D1396393

Pour l'amour de Logan

———————

Le visage de la vengeance

———————

Le voile du soupçon

PAULA GRAVES

Pour l'amour de Logan

BLACK ROSE

HARLEQUIN

Collection : BLACK ROSE

Titre original : THE LEGEND OF SMUGGLER'S CAVE

Traduction française de VERONIQUE MINDER

HARLEQUIN®
est une marque déposée par le Groupe Harlequin
BLACK ROSE®
est une marque déposée par Harlequin

HARLEQUIN
83-85, boulevard Vincent-Auriol, 75646 PARIS CEDEX 13.
Service Lectrices — Tél. : 01 45 82 47 47
www.harlequin.fr
ISBN 978-2-2803-3059-6 — ISSN 1950-2753

1

La porte d'entrée de son chalet était entrouverte. Briar se méfia aussitôt et ralentit le pas, sortant son Glock de son holster. Le souffle suspendu, l'oreille tendue, elle s'arrêta à quelques mètres de la porte.

Sa tante aurait-elle négligé de refermer ?

Pour cela, il aurait fallu qu'elle ouvre à quelqu'un. Or, depuis l'intrusion dans le chalet le mois précédent, Jenny avait peur de tout. Elle redoutait même de garder Logan, les nuits où Briar était d'astreinte. Elle verrouillait les portes, fermait les fenêtres et n'ouvrait que si elle avait réussi à identifier son visiteur au préalable.

Dans ces conditions, pourquoi la porte du chalet était-elle entrebâillée ? se demanda Briar. Pourquoi ce silence total, assourdissant ? Jenny se serait-elle assoupie sur le canapé ? Sans s'être enfermée ? C'était absurde, conclut Briar, et cela augurait du pire.

Elle prit une grande inspiration pour se donner du courage et fit le tour de la véranda, se baissant sous les fenêtres au cas où l'intrus, voire les intrus, se trouveraient toujours chez elle. D'une main, elle tenait serré son Glock tandis que de l'autre, elle sortait son Smartphone pour composer le numéro de son poste fixe. La sonnerie s'éleva à l'intérieur, mais personne ne décrocha. Pourtant, sa tante avait un sommeil d'oiseau depuis sa récente agression.

Un frisson d'effroi parcourut Briar : il se passait quelque chose de très grave dans le chalet.

Aussi, elle s'approcha de la fenêtre de sa cave devant laquelle s'empilaient des bocaux de fruits et de légumes. C'était par là que les voleurs étaient passés un mois plus tôt. Faute d'y trouver quoi que ce soit d'intéressant, ils l'avaient saccagée.

A l'époque, Briar s'était demandé si cette tentative de cambriolage avait à voir avec son métier. Fraîchement diplômée de l'académie de police, elle travaillait depuis peu au poste de Bitterwood.

Refoulant ce désagréable souvenir, elle ouvrit la porte de la cave qui grinça atrocement.

Puis elle utilisa l'application lampe de poche de son Smartphone pour descendre sans danger l'escalier en béton. Mais même éclairée, elle trébucha, se cogna à l'une des étagères garnies de bocaux et boîtes en plastique, et perdit l'équilibre. Elle étouffa un cri et n'eut que le temps de rattraper un bocal de tomates qui dégringolait.

Reprenant ses esprits, elle se dirigea vers l'escalier de bois qui donnait accès au rez-de-chaussée. La porte en était bien sûr verrouillée. Elle sortit ses clés et inséra celle qui correspondait dans la serrure, tourna doucement le bouton de la porte, puis éteignit son application lampe de poche.

A pas de loup, elle se glissa dans le couloir. Il régnait dans le chalet un inquiétant silence que ne rompait même pas le bourdonnement familier du réfrigérateur ou de la climatisation. Le courant aurait-il été coupé ?

Briar arriva dans son salon, plongé dans une semi-pénombre. *Mon Dieu !*

Les coussins de son canapé avaient été éventrés et le contenu de son réfrigérateur, plus loin dans le coin kitchenette, avait été répandu par terre.

Elle recula et revint dans le couloir, le cœur cognant avec violence.

Pourvu que Jenny et Logan...

Elle s'approcha de sa chambre à coucher que Jenny occupait les nuits où elle gardait Logan. La porte en était fermée. Briar voulut entrer, mais un obstacle de taille obstruait manifestement la porte. Briar ne put que l'entrouvrir. Elle jeta un œil dans l'interstice et retint un cri : Jenny gisait sur le plancher, inanimée et yeux clos.

Effrayée, Briar poussa un peu plus la porte et gagna

quelques centimètres, juste assez pour tendre la main et saisir le poignet de Jenny. Elle lui prit le pouls… Heureusement, il battait. Faiblement, mais il battait !

Un bref frôlement s'éleva alors de la chambre de Logan et la fit tressaillir. Là se trouvait l'agresseur de sa tante.

Son Glock toujours en main, Briar s'approcha d'un pas rapide mais discret, comme on le lui avait appris à l'académie de police. Le même froissement se répéta dans le silence du chalet. C'était un tiroir qu'on ouvrait et refermait, comprit Briar.

Elle tourna le bouton de la porte qui s'ouvrit sans grincer, et se félicita d'en avoir huilé les gonds récemment.

Aussitôt, une silhouette sombre se découpa dans l'encadrement de la fenêtre sur fond de clair de lune : un homme était en train de fuir par là. Il ne l'avait pas entendue apparemment.

Briar en profita pour jeter un regard vers le lit de Logan.

Dieu soit loué, il dort paisiblement !

Puis elle se recentra sur l'intrus :

— Stop ! Police !

L'individu se figea, puis fit volte-face. Mais au lieu de l'affronter, comme elle s'y attendait, il s'approcha du lit de Logan, que son cri venait malheureusement d'arracher à son sommeil. Briar ne pouvait plus tirer sans risquer de toucher son petit garçon.

En un éclair, elle remit son Glock à sa ceinture et se jeta sur l'homme. Surpris, celui-ci recula, trébucha et l'entraîna dans sa chute.

— Maman !

Le hurlement de panique de Logan lui serra le cœur, mais elle ne pouvait laisser cet individu prendre la fuite.

Ce dernier parvint à se dégager et à se relever, et sortit de la chambre en courant. Briar le poursuivit, réussit à le rattraper et le plaqua au sol. Mais au même instant, une main vigoureuse lui tira les cheveux et le bras. Brusquement projetée en arrière par ce second agresseur, elle ne put maintenir à terre l'homme qu'elle venait de neutraliser : il en profita pour se relever.

Forte de son entraînement, Briar se ressaisit également, se détourna à demi et braqua son Glock sur son complice.

Aussitôt, celui-ci la lâcha et recula. Briar en fut déséquilibrée, tomba à la renverse et se cogna avec une telle violence que sa vision se brouilla.

Elle tomba un instant dans les pommes.

Vaille que vaille, elle parvint ensuite à se redresser, rouvrant les yeux, encore un peu sonnée.

Elle était seule dans le silence revenu. Les deux intrus avaient disparu, la porte d'entrée était grande ouverte.

Briar étouffa un juron et se remit sur ses pieds. Une vive douleur lui broyait l'épaule, mais elle avança jusqu'à la porte et observa les alentours.

La lune dispensait une lueur suffisante. Il n'y avait pas de mouvement à proximité, mais un froissement de feuilles et le craquement de brindilles au loin. Les deux agresseurs fuyaient à toutes jambes dans la forêt...

Briar referma la porte, le cœur battant toujours trop fort, la tête martelant.

— Maman !

Le cri de Logan et ses pleurs la ramenèrent à la réalité. Elle rangea son arme et alluma la lumière.

— Maman !

Son fils venait à sa rencontre, le visage ruisselant de larmes.

Briar se précipita pour le serrer dans ses bras et enfouit le visage dans son cou.

— Maman est là, n'aie plus peur..., murmura-t-elle en le cajolant.

Luke poussa un soupir d'exaspération. Evidemment, Tim Massey était venu à l'hôpital ! Et comble de malchance, il était avec sa sœur et collègue, Dana. Tous deux avaient le même profil : cheveux auburn, yeux verts et pommettes hautes, lui rappelant que sa vie avait basculé dans le chaos un mois plus tôt.

Sur le moment, Luke avait réussi à se dominer face au chef de la police de Bitterwood et sa sœur. Mais depuis, il bouillonnait et il n'avait aucune envie de les croiser là, dans la salle d'attente du Maryville Mercy Hospital.

Heureusement, il y avait également la fiancée de Tim Massey, Katey Hanvey. Elle était l'une des personnes les plus sympathiques qu'il connaisse et ils travaillaient ensemble. D'ailleurs, elle vint à sa rencontre.

— Un problème de santé, Luke ? s'enquit-elle, l'air soucieux. Une urgence médicale ?

Non, une urgence professionnelle. Mais Katey ne pouvait pas le savoir.

— Tout va bien, la rassura-t-il. Je veux seulement m'entretenir avec la victime de l'intrusion de ce soir.

— Jenny Franklin ? s'étonna Katey. Tu devras patienter : elle est toujours avec les médecins.

— Non. Je veux rencontrer la veuve Blackwood.

Katey s'assombrit et Luke se reprocha la froideur de ces derniers mots.

Cette insensibilité ne lui ressemblait pas. Autrefois, dans une autre vie, il était un magistrat digne de ce nom et doué d'empathie, un procureur capable de parcourir des kilomètres pour écouter des plaignants et des victimes. Il recevait encore, de la part de certains, des cartes de remerciements pour les fêtes de fin d'année. Jamais il n'avait utilisé des termes aussi indifférenciés que victime et veuve.

— Elle s'appelle Briar Blackwood, rectifia Katey avec calme. Tu es vraiment obligé de l'interroger maintenant ?

— Pourquoi, elle a été blessée ?

— Malmenée seulement. Elle a refusé que les urgentistes l'examinent. Mais tu n'as pas choisi le bon moment, c'est tout.

Au même instant, les yeux de Luke se posèrent, par-dessus l'épaule de Katey, sur une jeune femme à la chevelure brune et bouclée. Il ne l'avait jamais rencontrée, mais il l'avait déjà vue en photo. Elle caressait un enfant endormi sur ses genoux et se tenait à l'écart de ses collègues policiers, venus certainement la soutenir.

— Tim a déjà recueilli le témoignage de Briar Blackwood,

précisa Katey en suivant son regard. Elle a été très précise et minutieuse. Elle est dans la police.

— Je sais : elle est sortie de l'académie de police au mois de décembre et travaille au poste de police de Bitterwood depuis la semaine dernière.

L'attitude protectrice de Katey le contrariait. Sa collègue répugnait clairement à ce qu'il interroge Briar Blackwood. Aurait-il été à sa place qu'il aurait eu la même attitude. A vrai dire, et en son for intérieur, il n'était pas fier de son comportement pour le moins arrogant et froid, mais depuis qu'il avait appris, un mois plus tôt, que son existence, son histoire avaient été basées sur un mensonge, il était devenu odieux.

— Je veux juste lui poser quelques questions sur l'intrusion de cette nuit à son domicile, reprit-il d'une voix aussi agréable que possible.

Katey étrécit de nouveau le regard, comme si elle voyait clair en lui.

— Alors, je vais te présenter, déclara-t-elle avec un sourire plus courtois qu'amical.

Luke n'avait certainement pas besoin d'intermédiaire, mais il contint son déplaisir derrière un sourire poli. Car non seulement il était là à titre officieux, mais Briar Blackwood était, du moins dans cette salle d'attente, une victime. De plus, dans l'affaire qui l'occupait, la jeune femme bénéficiait toujours de la présomption d'innocence.

Il suivit Katey, ignorant très ostensiblement le chef de police. Mais il glissa un regard en coin à Dana Massey, incapable de résister à la tentation perverse de vérifier, pour la énième fois, leur ressemblance frappante et indiscutable. Dès leur première rencontre, cette similitude avait convaincu Dana qu'il était le frère perdu dont elle n'avait appris l'existence que récemment.

Contrarié, exaspéré, Luke serra les dents et s'intéressa plutôt à la veuve de Johnny Blackwood.

— Briar Blackwood ?

La jeune femme leva les yeux, d'abord sur Katey, ensuite sur lui. A la lueur qui jaillit dans ses prunelles grises, elle le reconnaissait. C'était plutôt de mauvais augure, s'il en croyait la réputation qu'il s'était forgée à Bitterwood ces dernières semaines.

— Madame Blackwood, j'aimerais vous poser quelques questions sur les événements qui se sont déroulés cette nuit à votre domicile, dit-il sans attendre les indispensables présentations.

Le petit soupir fataliste de Katey ponctua ces préambules un peu secs.

— Briar ? intervint-elle. Je te présente le substitut du procureur du Ridge County : Luke Hale.

— Je sais qui c'est, répondit Briar Blackwood avec calme. Puis elle reprit à son intention :

— L'officier Kesey Nix a pris ma déposition, tantôt.

Sur ces mots, Briar Blackwood lui montra, d'un mouvement du menton, Kesey Nix, le fiancé de Dana, assis à côté de cette dernière. Nix tourna dans sa direction un regard ombrageux, le défiant clairement de provoquer le scandale.

Au même instant, le petit garçon endormi sur les genoux de Briar Blackwood soupira comme un chaton et serra plus fort ses bras autour du cou de sa mère. La jeune femme le pressa contre elle et lui murmura des paroles douces et apaisantes jusqu'à ce qu'il se calme et se rendorme.

Une sensation douloureuse et inexplicable serra la poitrine de Luke, qui se ressaisit cependant bien vite.

— Je comprends. Mais j'ai des questions que l'officier Nix n'a pas pu vous poser.

Une lueur jaillit dans le regard gris de la jeune femme.

— Que voulez-vous dire ?

— Pensez-vous que l'intrusion de cette nuit a un lien avec celle qui est survenue, il y a un mois ? enchaîna-t-il, content d'avoir éveillé sa curiosité.

Briar Blackwood se tendit visiblement.

— L'officier Nix m'a déjà posé cette question, qui va d'ailleurs de soi. Vous avez donc une si mauvaise opinion de la police pour vérifier si elle a bien fait son travail ?

Luke se reprocha aussitôt son manque de discernement. A l'évidence, il se laissait emporter par sa colère envers Tim Massey, laquelle entachait tout ce qui le touchait de près ou de loin. Bien sûr, Kesey Nix avait parfaitement rempli sa mission. C'était lui qui s'y prenait très mal.

— Excusez-moi, je me suis mal exprimé.

— Alors exprimez-vous mieux.

Sur ces mots, Briar tourna les yeux vers Katey. Comme suite à un accord tacite, cette dernière opina, serra sa main avec sollicitude et s'éloigna.

Resté seul avec la jeune femme, Luke s'assit à côté d'elle.

— Vous êtes à l'écart de vos collègues et amis. Vous venez d'éloigner Katey. Vous semblez avoir besoin de solitude. De recueillement.

— Et vous, vous semblez avoir réponse à tout.

Elle avait parlé bas, sans cesser de cajoler son fils.

— Je sais, entre autres choses, que votre mari est mort il y a neuf mois, déclara-t-il, pressé d'entrer dans le vif du sujet.

— Assassiné il y a neuf mois, corrigea-t-elle.

Elle avait prononcé ces mots d'une voix détachée. Parce que ses relations avec John Blackwood semblaient s'être délitées, à cette époque de leur vie ?

— Vous n'avez pas été suspectée ?

Elle le dévisagea sans ciller.

— Non. J'avais un alibi.

— Votre travail.

A l'époque, elle était en effet encore dispatcher à la police de Bitterwood et travaillait de nuit.

— Des enregistrements établissent ma présence à mon poste. Ecoutez, monsieur le procureur, je ne comprends pas quel est le rapport avec les événements de ce soir ?

Il n'y en avait pas.

Luke connaissait parfaitement les faits et gestes de Johnny Blackwood au cours des semaines qui avaient précédé son meurtre. Il s'était récemment intéressé à lui dans le cadre d'une importante enquête criminelle et avait découvert, non sans surprise, que les détails relatifs à sa vie privée étaient rares. Parce que sa femme avait travaillé comme dispatcher à la police de Bitterwood avant d'en faire partie en tant que policier ? La police formant une grande famille solidaire, l'enquête aurait-elle volontairement ignoré ou négligé des éléments, a priori sans lien direct avec l'enquête sur le meurtre de Johnny Blackwood, pour protéger sa veuve ?

Autrement dit, l'état de leurs relations au moment du meurtre ?

Luke le savait désormais : la conduite de Johnny n'avait pas été exemplaire. Mais jusqu'à quel point sa femme était-elle au courant ?

Un médecin entra dans la salle d'attente.

— La famille de Mme Franklin ?

Briar se raidit, puis se leva, toujours son fils dans ses bras, et s'approcha du médecin.

Luke lui emboîta le pas.

— Nous allons garder Mme Franklin en observation jusqu'à demain. C'est juste une précaution, parce que votre tante a perdu conscience. Pour autant, elle ne montre aucun signe de confusion et c'est bon signe. Nous avons réduit la fracture et elle porte désormais un plâtre qu'elle gardera pendant au moins quatre semaines.

— Je peux la voir ? s'enquit Briar.

— Adressez-vous à l'infirmière à l'accueil des urgences : elle vous communiquera le numéro de sa chambre.

Le médecin sourit, posa sa main sur l'épaule de Briar et sortit aussitôt.

— Voilà de bonnes nouvelles, murmura Luke à part lui.

Briar se détourna.

— Ah, vous êtes toujours là ?

— Oui, répondit-il, légèrement étonné par son interjection.

Certes, sa présence et ses questions inquisitrices, à cette heure de la nuit, étaient déplacées, mais avait-il le choix ? Non. Car Briar Blackwood tenait peut-être la clé de son avenir, encore incertain, entre ses mains.

— Je vais au chevet de ma tante, annonça-t-elle, lui tournant ostensiblement le dos.

Puis elle s'approcha de Katey, lui murmura quelques mots et lui tendit son fils.

Elle sortit de la salle d'attente le dos droit et les épaules raides, comme un soldat prêt à la bataille, songea Luke. Elle était clairement de ces femmes qui ne se laissaient jamais abattre. Avec un peu de chance, le courage et la lucidité de

Briar Blackwood l'aideraient à progresser dans son instruction sur une affaire capitale dont le meurtre de John Blackwood était peut-être la clé.

Il s'apprêtait à la suivre quand Tim Massey se leva et vint à sa rencontre avec le sourire d'un commercial prêt à vanter la qualité de ses produits.

— Qu'est-ce que vous faites, Hale ?

— Ça ne vous regarde pas, répliqua Luke qui accéléra le pas.

Tim s'interposa de nouveau.

— Je ne sais pas pourquoi vous vous intéressez à ma dernière recrue, mais je refuse que vous répandiez votre venin sur elle.

Luke ne put s'empêcher de sourire.

— Mon venin ?

— Dana et moi, nous avons compris que vous nous haïssiez, mais ne vous vengez pas pour autant en prenant des innocents comme boucs émissaires.

— La confiance que vous avez dans mon intégrité me touche, Massey, persifla Luke.

— C'est votre attitude et vos intentions qui me rendent méfiants, répliqua Tim. Pourquoi êtes-vous venu ici ce soir ?

— Certainement pas pour le plaisir. Je suis là dans le cadre d'une instruction.

Sur ces mots, Luke leva le menton avec un air de défi.

— Quelle affaire ? insista Tim Massey.

Au même instant, Kesey Nix se leva et suivit Briar Blackwood. Sans doute allait-il prendre la déposition de sa tante, pensa Luke.

Si c'était le cas, il voulait être présent, mais le chef de police ne semblait pas l'entendre de cette oreille et le retint. Luke le toisa.

— A quelle enquête faites-vous allusion ? insista Tim Massey.

Luke n'avait pas envie de lui répondre, mais il n'avait pas non plus le droit de laisser ses émotions et la colère prendre le pas sur la raison.

— Je veux faire la lumière sur les liens éventuels entre la milice radicale locale de Blake Culpepper et le réseau Wayne Cortland, répondit-il en baissant la voix.

— Et vous venez au beau milieu de la nuit à l'hôpital pour demander à Briar, la cousine de Blake Culpepper, des précisions sur ses activités criminelles ? Vous n'auriez pas pu patienter jusqu'à demain ?

Tim semblait vraiment perplexe.

— Non. Parce qu'il ne s'agit pas seulement de Blake Culpepper, précisa Luke, ravi de savoir quelque chose que son demi-frère ignorait. Je suis venu interroger Briar Culpepper sur son mari.

— Johnny ? Pourquoi ?

— Parce que John Blackwood aurait fait partie du réseau de Wayne Cortland.

2

Briar détestait les hôpitaux et cela, depuis bien avant le décès de sa mère des suites d'une longue maladie. Les odeurs d'antiseptique, les néons, le va-et-vient des infirmières, le bruit des chariots et des appareils appartenaient à un univers fort éloigné des espaces vivifiants de ses chères montagnes et forêts. Elle étouffait dans ces lieux clos et confinés.

Sur son lit d'hôpital, Jenny semblait aussi mince et gracile qu'une enfant, en dépit de ses soixante ans. Son plâtre, couleur de papier, semblait bien lourd à son bras. Ses cheveux poivre et sel étaient rendus ternes par l'éclairage du tube fluorescent de sa liseuse murale. Et lorsque Briar croisa son regard, elle fut frappée en plein cœur : sa tante paraissait avoir vieilli de dix ans en quelques heures.

— Tante Jenny... Comment vas-tu ?

— Ça va, Briar.

On frappa. La porte s'entrouvrit et le visage de Kesey apparut dans l'entrebâillement.

— Je peux ?

Briar consulta sa tante du regard.

— Tante Jenny, Kesey aimerait te poser quelques questions sur l'agression de cette nuit. Tu te sens capable de lui répondre ?

— Je vais faire de mon mieux.

Sur ces mots, Jenny adressa un faible sourire à Kesey qui s'approcha et resta au pied du lit.

— Comment vous sentez-vous, Jenny ?

Puis il posa une main amicale sur l'épaule de Briar et sortit de sa poche un petit bloc jaune.

— Un peu étourdie par le choc, mais ça va aller, répondit Jenny. Vous voulez donc que je vous raconte ce qui s'est passé ?

— Oui, si vous en avez la force.

Jenny leva la main à son front.

— Eh bien, je venais de coucher Logan quand j'ai entendu frapper.

Elle se tut, croisa le regard de Briar et reprit à son intention :

— Tu m'as recommandé de ne jamais ouvrir la nuit et je n'ouvre d'ailleurs à personne, mais le visiteur a dit être Tim Massey... Je n'ai pas vu son visage, parce que la lumière de la véranda ne fonctionne plus depuis hier...

— C'est juste. Je voulais changer l'ampoule avant de partir ce soir. Malheureusement, je n'ai pas eu le temps.

— J'ai donc cru que c'était le chef de police, alors tu peux imaginer mon anxiété ! poursuivit Jenny, serrant les mains de Briar avec élan. Tu viens d'entrer dans la police et le chef de police vient en personne à ton domicile en fin de soirée... alors... j'ai pensé... enfin, tu comprends, Briar.

Se faire passer pour le chef de police avait évidemment été une ruse pour obliger Jenny à ouvrir. Mais plus inquiétant, songea Briar : ces individus en savaient assez sur elle et sur sa vie pour avoir concocté cette petite mise en scène machiavélique. Il ne s'agissait donc pas de cambrioleurs qui avaient choisi son chalet par hasard. Leur malveillance était délibérément ciblée contre elle.

— Vous avez réussi à mieux voir ces hommes ? interrogea Kesey.

— Ils étaient grimés, comme les soldats en tenue de camouflage, et ils étaient vêtus de noir. L'un d'eux portait une casquette de base-ball... Noire, je crois ? Il faisait tellement sombre que je suis incapable de vous dire de quelle couleur étaient ses cheveux ou ses yeux. Dans la nuit, tout paraît foncé et puis ces individus ne m'ont pas laissé le temps de bien les observer. A peine avais-je ouvert qu'ils m'ont poussée. Puis ils ont commencé à fouiller partout.

La colère saisit Briar.

— Et ensuite ?

Jenny secoua la tête, l'air affligé.

— L'un d'entre eux m'a saisi le bras sitôt que j'ai tenté de résister. J'ai eu si mal que je suis tombée. J'ai dû me cogner et probablement rester longtemps évanouie, parce que, lorsque j'ai ouvert les yeux, c'est toi que j'ai vue penchée sur moi, Briar.

Ses agresseurs avaient sans doute traîné sa tante inanimée dans la chambre pour pouvoir fouiller à leur aise, déduisit Briar, contenant sa frustration et sa fureur.

— A propos, l'hôpital a gardé les vêtements de Jenny, au cas où il y aurait des indices, annonça-t-elle à Kesey d'une voix mal contrôlée.

Son collègue et ami opina. Une colère identique à la sienne brillait dans son regard sombre.

— Jenny ? Vous souvenez-vous d'autre chose ? reprit-il. Avez-vous surpris les propos de ces individus avant qu'ils ne vous agressent ?

Jenny essuya ses yeux qui se remplissaient de larmes.

— Je ne suis pas sûre… C'était si étrange…

Briar lui serra affectueusement les mains.

— Qui sait, ces propos ont peut-être un sens que nous découvrirons ?

Jenny acquiesça.

— L'un des deux a parlé de… livres.

Briar échangea un regard avec Kesey.

— Des livres ? répéta celui-ci.

— Je ne sais pas…, reprit Jenny en secouant la tête. Il a juste dit que ces livres devaient être quelque part.

Ce mouvement, manifestement, lui fit mal, car elle grimaça.

— Quel genre de livres possèdes-tu, Briar ? s'enquit Kesey.

— Rien de particulier… Quelques albums et livres d'images de Logan, mes manuels de droit et des romans policiers. Quoi qu'il en soit, rien qui vaille la peine que deux individus s'introduisent chez moi et agressent ma tante. Tu peux me croire, Kesey !

Elle se tourna vers sa tante, mais les yeux de celle-ci se fermaient.

Aussi Briar adressa-t-elle un regard éloquent à Kesey qui opina en signe d'intelligence.

— Je vous remercie, Jenny, dit-il aussitôt. Je vais vous laisser vous reposer maintenant.

Il referma son bloc jaune et le remit dans sa poche.

— Si d'autres souvenirs vous reviennent, faites-le moi savoir.

— Je suis désolée, je crois que je ne vous ai pas beaucoup aidé, murmura Jenny.

— Si ! affirma Briar. Mais maintenant, tu dois te reposer !

— Qui va garder Logan pendant que j'aurai mon plâtre ? balbutia Jenny.

Briar n'avait pas encore eu le temps d'y penser.

— Je vais me débrouiller, tante Jenny. Tu sais que je trouve toujours des solutions !

— Je suis désolée, murmura sa tante. Jamais je n'aurais dû ouvrir en pleine nuit.

Briar l'embrassa affectueusement.

— Cesse de t'accabler de reproches, je t'en prie.

Elle resta à son chevet jusqu'à ce qu'elle se soit endormie et sortit sur la pointe des pieds.

Kesey attendait dans le couloir, adossé au mur.

— Elle a eu de la chance, lâcha-t-il.

— Je sais.

Briar dégagea son visage des mèches et boucles qui s'étaient échappées de sa queue-de-cheval devenue un lointain souvenir après cette nuit agitée.

— A ton avis, cette intrusion est-elle liée à celle du mois dernier ?

— C'est difficile à dire. A l'époque, nous pensions qu'elle avait un rapport avec la récente visite de Dana chez toi.

— Oui, avec la malédiction des Cumberland…, soupira Briar.

A l'époque, elle avait pensé que cette première effraction était un acte de malveillance, une espèce de punition parce qu'elle avait eu le front de recevoir, dans son chalet, la fille de Tallie Cumberland.

Les habitants de Cherokee Cove, une toute petite ville non loin de Bitterwood, reprochaient en effet aux Cumberland tous les malheurs du monde. Près de quarante ans plus tôt, la mère de Dana Massey, Tallie Cumberland, avait été la bête noire d'une famille riche et puissante parce qu'elle avait accusé cette dernière de lui avoir volé son bébé au berceau.

Cette famille riche, c'était celle de Luke Hale.

Même si Tallie avait dit la vérité, les Sutherland et les Hale avaient fait savoir que tous les amis et proches des Cumberland étaient désormais persona non grata chez eux et de là, leur ennemi juré. L'influence des Sutherland et des Hale étant fort étendue à Bitterwood, presque toute la ville avait plié devant leur autorité de peur d'en subir les conséquences. A la suite de quoi, la malheureuse Tallie Cumberland, alors à peine âgée de vingt ans et victime de l'opprobre générale, avait quitté Bitterwood. Plus exactement, elle y avait été forcée et, avec elle, sa famille.

Ces événements pourtant assez anciens avaient laissé une telle empreinte sur les habitants du cru que, deux mois plus tôt, lorsque Dana Massey était arrivée à Bitterwood, sa ressemblance avec Tallie avait tant et si bien frappé les esprits qu'elle avait ravivé le souvenir de la malédiction des Cumberland à une vitesse fulgurante.

Par conséquent, après la première intrusion chez elle, Briar et Kesey avaient conclu qu'un voisin mal intentionné avait voulu lui signifier que la fréquentation des Cumberland était dangereuse et fortement déconseillée.

Mais après cette nouvelle agression, Briar ne savait plus.

— Luke Hale est encore là ? demanda-t-elle à Kesey.

— Il était toujours dans la salle d'attente quand j'en suis sorti.

Que voulait-il ? Pourquoi lui avait-il posé ces questions sur le meurtre de Johnny, une affaire pourtant classée *cold case* depuis plusieurs mois ?

Briar ne comprenait pas. Pourquoi donc le procureur du Ridge County s'intéressait-il au meurtre de son mari ?

Luke faisait les cent pas dans la salle d'attente. Il ne s'était jamais perçu comme enclin à la colère ou un colérique. Il se considérait plutôt comme un homme de loi épris de justice et d'éthique, passionné par sa quête de vérité. Mais il était désormais un homme perpétuellement en colère. La fureur bouillonnait en lui, le dévorait comme un incendie, détruisant le magistrat soucieux d'équité avec ses croyances et ses convictions.

Cette immense colère avait également détruit ses relations avec son père et son grand-père ; il était désormais incapable de leur adresser la parole ou de les regarder en face. En bref, cette colère avait entamé les fondations solides de sa carrière brillante et prometteuse. Le jeune homme courtois et agréable qu'il avait été était devenu, en l'espace d'une nuit, une espèce de bombe à retardement, une menace pour ses concitoyens sur l'appui desquels il comptait pourtant, pour construire sa réputation politique.

A cause de qui ? De quoi ? D'une vérité révélée après trente-sept ans d'un odieux mensonge. A cause des revendications, fort légitimes, d'une femme qui n'était désormais plus. A cause de son grand-père qu'il avait admiré et dont le prestige, autrefois, ne se limitait pas seulement au Tennessee, mais s'étendait jusqu'au Capitole.

Luke avait voué son existence à donner une voix à ceux de ses concitoyens sans pouvoir ni privilèges, à des gens comme sa mère biologique, Tallie Cumberland. Mais il était aussi en colère contre Tallie. Parce qu'elle avait existé. Parce qu'elle était revenue à Bitterwood, quinze ans plus tôt, pour revoir une dernière fois le fils qui lui avait été volé au berceau. Parce qu'elle avait été, et son mari aussi, victime de la volonté implacable de son grand-père et de la faiblesse impardonnable de son père. Parce qu'elle avait eu deux autres enfants, après lui, un garçon et une fille qui avaient investi son monde si bien ordonné et lui avaient posé des questions dérangeantes afin de faire éclater la vérité qui aurait dû rester secrète pour le bien de chacun.

A eux tous, ils l'avaient dépossédé de son identité.

Luke était aussi en colère contre ce qu'il était devenu, à savoir une victime frustrée. Il avait fait de la vérité la mission de toute sa vie et voilà que la vérité était destructrice au lieu d'être régénératrice. Que ne pouvait-il se décharger de sa colère par la violence ou des larmes. Que ne pouvait-il, d'une façon ou une autre, expulser la souffrance, le désarroi et l'impuissance.

Mais il avait été élevé par Nina Hale, non par Tallie Cumberland, et les Hale ne fermaient jamais les poings, ni ne se battaient ou n'élevaient la voix. Les Hale dominaient leurs émotions, privilégiaient la voix de la raison à celle du cœur et se flattaient d'avoir des manières sobres et civilisées. D'un autre côté, leur secret inavouable avait transformé son père et son grand-père en des criminels, prêts à supprimer tout individu susceptible de déranger le bel ordonnancement de leur univers, conclut Luke, tandis qu'il affrontait du regard son demi-frère, poings fermés justement.

— Quels sont les indices qui soutiennent votre théorie sur John Blackwood, Hale ?

Le calme de Tim Massey était trompeur, comprit Luke : la colère jaillissait de son regard vert, si semblable au sien.

— J'en ai assez dit et je n'ai pas l'intention de vous en révéler davantage, Massey.

— En d'autres mots, vous…

Katey posa la main sur le bras de Tim, l'interrompant ainsi.

— Luke enquête sur le réseau de Wayne Cortland. Il veut démanteler ses ramifications dans le Tennessee et inculper ses membres.

L'expression de Tim se mua soudain en de l'admiration, nota Luke, ravi et étonné de l'être. Comme si l'appréciation du chef de police de Bitterwood avait de l'importance !

— Entre nous, je ne sais pas grand-chose sur John Blackwood, confia Tim d'un ton moins agressif. Sinon qu'il a été tué, il y a plusieurs mois, et que l'affaire a été classée.

— Ce n'est pas son meurtre qui m'intéresse, répliqua Luke.

Mais il n'eut pas le temps d'en dire plus.

Briar Blackwood entra au même instant dans la salle d'attente. Son visage était fatigué, sa queue-de-cheval à moitié défaite, mais son regard étincelait.

Elle lui fit signe de la suivre.

— Excusez-moi, murmura Luke à Tim Massey en obtempérant.

— Attention à vous, Hale : Briar Blackwood est plus

coriace qu'elle ne le paraît, lâcha Tim, visiblement plus amusé que froid.

Luke rejoignit vite Briar Blackwood qui l'attendait au bout du couloir.

Postée devant une fenêtre, elle lui tournait le dos. Elle était mince dans son jean et son T-shirt. Sa queue-de-cheval étant presque entièrement défaite, elle retira son élastique.

Ce geste simple mais gracieux saisit Luke qui ralentit sensiblement le pas.

C'était ridicule, mais la jeune femme touchait une fibre secrète de son être. Il détailla avec une étrange avidité ses seins haut perchés ainsi que la courbe de ses hanches. Briar Blackwood était jolie et plus charmante que belle avec son teint doré, ses taches de rousseur qui rappelaient la couleur de la cannelle et surtout, ses grands yeux gris qui évoquaient l'étain.

Une lueur jaillit dans ce regard au moment où elle fit volte-face.

— Monsieur le procureur ? Je ne sais pas ce que vous pensez savoir sur mon mari ou sur son meurtre, mais si c'est une façon de vous venger de votre frère ou de votre sœur...

— Je vous prie de vous taire, la coupa Luke.

Il ne supportait pas qu'on lui rappelle ce lien de parenté.

Briar leva les sourcils en signe d'étonnement.

— Et moi, je vous prie de ne pas me donner d'ordre, répliqua-t-elle froidement. Je dis les choses telles qu'elles sont. Vous et le patron, vous avez la même mère, un point c'est tout. Je n'ai pas à apprécier ou non un fait avéré. Comme vous ou le chef de police. Par ailleurs, si vous vous intéressez à ma vie parce que vous avez la conviction que cela va contrarier votre frère, je vous conseille de passer votre chemin et de trouver une autre victime !

Son franc-parler aurait dû le mettre en colère, mais étonnamment, Luke s'en trouva apaisé. Ses amis et collègues marchaient sur des œufs avec lui, depuis que la vérité sur ses origines avait éclaté : ils semblaient redouter de traduire le chaos survenu dans sa vie.

Il n'appréciait pas les propos de Briar Blackwood, mais elle avait au moins le mérite de les prononcer à haute et intelligible voix, de plus, sans s'excuser.

— Compris. Mais mon intérêt concernant le meurtre de votre mari n'a aucun rapport avec Tim Massey, répliqua-t-il avec la même franchise.

— Alors dites-moi pourquoi vous vous y intéressez autant ?

Luke garda un moment le silence. Briar Blackwood aurait-elle le même franc-parler quand il l'interrogerait sur sa vie privée ?

— Pourquoi avez-vous abandonné votre quête de vérité sur le meurtre de votre mari, madame Blackwood ?

Sa question porta. Elle ouvrit de grands yeux et pinça les lèvres en signe de contrariété.

— Qu'est-ce qui vous fait croire que j'ai abandonné ?

— Votre attitude. La plupart des personnes qui ont perdu un être cher à la suite d'une mort violente, qui plus est, inexpliquée, ne font pas leur deuil aussi facilement. Ils relancent la police et s'entêtent à trouver le ou les coupables.

De nouveau, une flamme jaillit dans son regard gris.

— Que vouliez-vous que je fasse ? Transformer mon chalet en un sanctuaire et aduler le souvenir de mon mari ? J'ai un petit garçon. Des factures et des dettes. Je n'ai pas eu le temps de pleurer sur mon sort, de harceler la police, d'insister et exiger que l'enquête se poursuive jusqu'à ce que l'on trouve une piste et arrête le meurtrier. J'ai été dispatcher et je sais que la police de Bitterwood a fait son maximum pour élucider l'affaire. Mais il n'y a aucune piste. En tout cas, pas ici dans notre comté.

— Alors où ? demanda-t-il d'une voix plus douce.

Le regard de la jeune femme eut cette fois une dureté minérale. Et quand elle reprit la parole, sa voix était glacée.

— Pourquoi êtes-vous venu à l'hôpital, au beau milieu de la nuit, pour me poser des questions sur mon mari ?

— Parce que j'enquête sur l'organisation criminelle de Wayne Cortland. J'imagine que, travaillant dans la police, vous en avez entendu parler ?

— Oui, en effet.

Les informations que Luke avait réunies, au cours de ces

dernières semaines, étaient hautement confidentielles, mais il n'obtiendrait probablement rien de la jeune femme s'il ne lui parlait pas à cœur ouvert.

— J'essaie d'établir les connexions entre le réseau de Wayne Cortland et de certaines milices radicales du Tennessee qui auraient été de son côté.

— Je connais l'existence des milices du Tennessee. Dont celle de mon cousin Blake qui dirige la Blue Ridge Infantry.

Elle avait parlé d'une voix sèche, sans humour et surtout avec du mépris. De toute évidence, elle ne soutenait ni son cousin ni son groupe antigouvernemental. Voilà qui rendrait la tâche moins difficile, conclut Luke.

Il marqua une pause pour de nouveau la jauger. Mais au lieu d'analyser les expressions qu'elle affichait, son regard s'attarda sur ses courbes si féminines, et un désir inattendu l'envahit.

Il dut se ressaisir pour continuer la discussion.

— Que savez-vous sur l'emploi de votre mari ?

Briar Blackwood fronça les sourcils.

— Il était chauffeur routier chez Davenport Trucking.

Elle étrécit le regard et continua :

— Wayne Cortland a essayé de contrôler Davenport Trucking, donc vous en déduisez que Johnny aurait fait partie de son organisation ?

— En effet, déclara-t-il, même si ça n'était pas tout à fait la vérité.

La situation était plus complexe, mais tant mieux si Briar Blackwood croyait cette version.

Elle le dévisagea.

— C'est mince comme indice. Il y a des douzaines de chauffeurs routiers chez Davenport Trucking. Vous avez sûrement une autre raison pour vous intéresser de si près à Johnny.

— Il a été tué.

— Du fait de ses liens avec le réseau Cortland ?

Elle n'était pas dupe, comprit-il. Non seulement elle était courageuse, mais elle était aussi vive et très intelligente.

Luke choisit pourtant de biaiser. Non pour lui épargner la vérité, mais parce qu'il était las des scandales et des trahisons.

— J'ai mes raisons, mais ne suis pas enclin à vous les révéler.

Là-dessus, Briar Blackwood lui tourna le dos et s'éloigna.

— Attendez ! dit-il, en lui emboîtant le pas.

Elle s'arrêta et fit volte-face.

— Je veux la vérité, monsieur le procureur. Je ne veux pas que vous me protégiez ou que vous me ménagiez. Si vous refusez de jouer cartes sur table, je ne joue plus.

— Il ne s'agit pas d'un jeu.

— Dites-moi ce qui a attiré votre attention sur mon mari ? Pourquoi pensez-vous qu'il serait lié au réseau de Wayne Cortland ?

Sa voix avait des intonations tranchantes et dans le même temps, était parcourue de tremblements, comme si elle pressentait que les actes de son défunt mari n'avaient pas toujours été honorables.

Briar Blackwood n'était pas naïve au point de croire à l'intégrité de Johnny, conclut Luke, navré. La vérité n'en serait pas moins sordide, mais au moins, le choc de ses révélations serait atténué.

— Je vais vous faciliter la situation, reprit-elle, en lui dérobant son regard. Le jour où Johnny a été tué, j'avais un rendez-vous avec un avocat pour demander le divorce.

Elle avait énoncé ces faits d'une voix neutre, mais une certaine vulnérabilité perçait en dessous. Si elle n'avait pas le cœur brisé, en revanche sa fierté était blessée.

— Je ne le savais pas. Je suis désolé.

Elle rejeta ses boucles d'un geste impatient.

— Alors ? Pourquoi pensez-vous que Johnny avait un lien avec Cortland ?

— Parce qu'il avait une liaison avec sa comptable. Il l'aurait utilisée pour obtenir des informations sur Wayne Cortland et entrer en contact avec lui ou son neveu Merritt.

3

Briar ne flancha pas. Elle ne trembla ni ne pleura comme, manifestement, s'y attendait Luke Hale.

Mais en son for intérieur, un fragment de son être se défaisait, partait à la dérive et rejoignait les autres fragments qui s'étaient accumulés au cours de la lente désagrégation de son mariage.

— Combien de temps a duré cette liaison? demanda-t-elle, soulagée de réussir à parler d'une voix ferme.

— Trois mois selon la comptable de Wayne Cortland. Jusqu'au meurtre de votre mari.

Oui, cela correspondait, songea-t-elle, se souvenant de la froideur croissante de ses rapports avec Johnny, au cours des trois derniers mois avant son assassinat.

Mais elle l'avait soupçonné de lui être infidèle dès les cinq premiers mois, si difficiles, de sa grossesse. Elle avait en effet souffert d'étourdissements et de nausées, et n'avait regagné ses forces que lors des quatre derniers mois.

Johnny avait été fou de joie à l'idée de devenir père, mais jusqu'à la naissance de Logan, il avait été irritable et s'était senti négligé comme un enfant qui n'est plus le centre du monde. Il s'était éloigné d'elle… Son attitude puérile avait marqué le début de la fin d'une histoire d'amour de douze ans.

— Madame Blackwood?

Briar s'arracha à son immobilité, à sa douleur intérieure, et demanda :

— Pourquoi cette femme pense-t-elle que Johnny l'utilisait pour atteindre Wayne Cortland?

— Vous voulez vraiment connaître les détails de leur liaison ?

Non, elle ne le voulait pas, parce qu'elle devait, au préalable, accepter l'infidélité du seul homme qu'elle ait jamais aimé.

— A-t-elle fourni une preuve ou est-ce seulement une intuition ?

Briar avait conscience de sa froideur et de son mépris. Elle les regretta.

— Ecoutez, je ne suis pas en mesure de…

— Alors revenez me parler lorsque vous le serez, monsieur le procureur !

Elle se détourna, remonta le couloir et cette fois, ne s'arrêta pas quand il la rappela.

Elle revint dans la salle d'attente où ne se trouvaient plus que Kesey et Logan qui, pelotonné sur la chaise à côté de Kesey, dormait profondément.

— Les autres ont été obligés de partir, annonça Kesey en se levant. Ils doivent se lever tôt demain.

— Toi aussi, rappela-t-elle en lui souriant pour lui cacher ses tourments.

Kesey était son meilleur ami, presque un frère. S'il comprenait que Luke Hale l'avait blessée, il irait immédiatement lui dire sa façon de penser.

— Mais moi, c'est différent.

Sur ces mots, il ouvrit les bras. Briar s'y jeta, soulagée. Elle avait besoin de l'amitié de Kesey plus que de tout autre chose.

— Tante Jenny ne répondra plus à tes questions ce soir, Kesey. Tu peux rentrer et prendre un peu de repos.

— Toi et Logan, vous allez passer la nuit chez moi.

— Dana est d'accord ?

— Bien entendu : elle est en train de déplier le canapé !

— Garde-la précieusement, elle en vaut la peine. Je l'aime bien.

— Et moi, plus encore…, murmura-t-il avec ferveur.

Une désagréable sensation poussa alors Briar à se retourner : Luke Hale était entré dans la salle d'attente et les observait.

Briar lâcha Kesey et leva le menton.

— Bonne nuit, monsieur Hale.

Il lui adressa un petit signe de tête courtois, tandis que Kesey la suivait.

— Tu es certaine qu'il ne va pas te causer des ennuis ? murmura-t-il.

— Non, bien sûr ! mentit-elle en prenant son fils dans ses bras.

Luke étendit ses jambes, mais la place, décidément, manquait dans son pick-up Chevy S-10. Il aurait préféré rouler dans un véhicule plus grand et plus luxueux, d'autant qu'il en avait les moyens et pouvait se permettre un plaisir somme toute modeste et bien utile. Mais Bill Murphy, son directeur de campagne, avait souligné qu'il officiait dans un comté rural où la plupart des habitants se nourrissaient des produits de leur chasse ainsi que des fruits et légumes de leurs vergers et jardins. Son modeste pick-up tout terrain prouvait qu'il était des leurs, un gars des Smoky Mountains. C'était une maigre consolation. Comme le fait que son Chevy S-10 respectait l'environnement.

Le Infiniti M35 de chez Nissan, dont il rêvait, l'aurait installé, car ce véhicule était en adéquation avec l'image du magistrat puissant et aisé qui pouvait s'offrir luxe et confort.

Faire de la politique était une mission bien ardue…, soupira-t-il intérieurement. Quoi qu'en pense son entourage, Tim Massey ou éventuellement Briar Blackwood, ses motifs pour se faire élire procureur du comté n'étaient pas seulement dictés par l'ambition. C'était certes un levier pour ensuite concourir aux élections du procureur de l'Etat, peut-être se présenter aux primaires… Mais s'il avait vraiment voulu faire carrière dans la politique, il y aurait consacré son énergie depuis déjà belle lurette.

En vérité, il n'avait pas l'étoffe d'un homme politique. Il aimait trop le travail de terrain et détestait la langue de bois. Voilà un trait qu'il partageait avec Briar Blackwood, se dit-il, se souvenant de son franc-parler.

Le chalet de la jeune femme, quand il arriva à sa hauteur, était plongé dans la nuit. Tout semblait calme. Briar Blackwood n'y était pas, et pour cause : elle était d'astreinte au poste de police de 17 heures à minuit, ce que son clerc avait poétiquement appelé les « heures bleues » en lui communiquant ses horaires de travail.

C'était justement parce qu'elle était absente qu'il se rendait chez elle. Il voulait en effet surveiller les abords de son chalet et s'assurer que les individus de la veille n'y fassent pas une nouvelle intrusion. D'ailleurs, Briar n'y reviendrait peut-être pas dormir, une fois fini son service. Après tout, elle avait passé la nuit précédente chez Kesey Nix dont le chalet se trouvait à environ deux kilomètres de là, en pleine montagne.

Oui et alors, qu'est-ce que ça peut bien te faire ? murmura une petite voix dans sa tête. C'était celle, si douce, de Nina Hale, la femme qui l'avait élevé et qu'il considérait comme sa mère. Tallie Cumberland, elle, ne l'avait porté que pendant neuf mois.

A ce propos, il n'avait pas parlé à sa mère ces deux derniers jours. Il allait y remédier sans tarder, parce que, de toutes les personnes ayant eu un lien avec le vol du bébé de Tallie Cumberland, c'était la plus vulnérable et surtout la plus innocente.

Non seulement, Nina Hale avait été trahie par son père et son mari, tous les deux désormais en prison pour de longues années, mais en même temps, elle avait appris que son fils qu'elle aimait par-dessus tout n'était pas le sien, lequel était mort aussitôt après sa naissance, trente-sept ans plus tôt…

Sur ce, Luke soupira et vérifia l'heure. Il était plus de 21 heures. Nina devait sans doute être encore réveillée et surtout, se sentir bien seule dans sa grande et belle maison de Bitterwood, désormais déserte.

Luke sortit son Smartphone et pressa sur la touche raccourci.

Sa mère répondit à la seconde sonnerie.

— Luke ?

— Bonsoir maman.

— J'ai voulu t'appeler toute la journée, déclara-t-elle d'une voix douce, cependant altérée par l'anxiété. L'avocat de ton père m'a contactée ce matin. Il voulait me parler du plaidoyer de marchandage, mais ton père refuse toute transaction. Tu sais comment il est !

Oui. Obstiné. Têtu jusqu'à l'absurdité !

Mais Luke ne le lui avait jamais dit à haute voix. Il aimait trop tendrement sa mère pour accabler davantage son père.

— Tu veux qu'il sorte de prison au plus vite, mais lui, il veut payer pour ses crimes, dit-il gentiment.

— Il a seulement voulu nous protéger, Luke, confia Nina d'une voix désolée. C'était son seul but.

— Oui, je sais, répondit-il d'une voix mal assurée.

— Je t'en prie, Luke, parle à ton père ! Il refuse que je lui rende visite en prison, mais toi, il acceptera de te voir.

Le désarroi et un vif sentiment de culpabilité envahirent Luke. Il n'avait pas vu son père et son grand-père depuis plus d'un mois, précisément, depuis que la vérité avait éclaté au grand jour, provoqué un véritable séisme dans leur ville et détruit l'attitude de déni dont il s'était entouré à l'arrivée de Dana et Tim Massey.

Sa colère contre eux, les responsables de cette œuvre de destruction, ne s'était pas dissipée, et avait au contraire nourri sa fureur à l'encontre de son père et de son grand-père. Mais il ne se sentait pas moins coupable de vouloir les ignorer.

Il jugeait son état d'esprit malsain. Seulement, il ne savait toujours pas comment se débarrasser de la colère, l'expulser ou l'épuiser… Y réussirait-il un jour ?

— Je vais y réfléchir, biaisa-t-il, incapable de mentir, même à sa mère, laquelle persistait à croire qu'ils surmonteraient ce drame et reprendraient leur vie comme avant.

Comme si de rien n'était ? Impossible !

— J'aimerais aussi que nous dînions ensemble, ajouta-t-elle. Je te préparerai des crevettes à la créole ! C'est ton plat préféré.

Oui, autrefois, quand il avait huit ans… Mais il n'en dit rien.

— J'en salive d'avance.

— Je t'aime, mon fils.

Luke ferma les yeux et laissa l'onde de douleur le traverser avant de reprendre.

— Moi aussi, maman. Je t'appelle demain pour confirmer notre dîner.

Il raccrocha, rangea son portable et se remit à observer le chalet toujours plongé dans l'obscurité de Briar Blackwood.

Vers minuit, Briar termina son service, épuisée. Elle regrettait d'avoir refusé de prendre sa soirée et sa nuit pour se remettre des émotions de la veille d'autant que, en dépit de la montée récente de la criminalité dans le comté, les patrouilles nocturnes étaient le plus souvent calmes.

Dans la soirée, elle et son coéquipier, Gowdy Thurman, n'avaient répondu qu'à deux appels. Le premier avait été une fausse alerte et le second concernait un accident de voiture sans gravité nécessitant un peu de paperasserie et un procès-verbal. Deux clients du Smoky Joe's Taverne avaient voulu sortir du parking en même temps et étaient entrés en collision, mais comme leur taux d'alcoolémie était dans la norme, Gowdy et elle avaient laissé les deux protagonistes se débrouiller avec leurs compagnies d'assurance respectives.

Briar se rendit chez Kesey pour récupérer son fils et les quelques affaires qu'elle y avait laissées.

Son ami l'attendait de pied ferme.

— Tu peux aussi passer cette nuit ici, proposa-t-il.

— Non. C'est impossible, déclara-t-elle, atténuant son refus par un sourire. J'ai eu le temps de ranger chez moi, cet après-midi, après le passage de la police. Donc mon chalet est en ordre. Je dois reprendre le cours de ma vie. Tu sais ce qu'on dit : quand on tombe de cheval, il faut tout de suite se remettre en selle !

— Une intrusion avec agression à son domicile n'a rien à voir avec une chute de cheval, Briar ! En plus, tu vas devoir réveiller ton fils, c'est dommage.

Au même instant, Logan l'appela, de la petite pièce du fond, où Dana avait déplié le canapé-lit.

— Il l'est déjà, alors pas de regret ! dit-elle en empruntant le couloir.

Logan, somnolent, paraissait grincheux, mais à sa vue, il lui adressa un immense sourire qui la fit fondre de tendresse.

— Prêt à retrouver ton lit ? s'enquit-elle en le prenant dans ses bras.

— Oui ! répondit-il avec un hochement de tête exagéré, qui le fit se cogner contre son menton. Ouille !

Il rit en se frottant le front.

— Attention ! lança-t-elle, riant à son tour et l'embrassant. On rentre à la maison, d'accord ?

— Je m'occupe de vos affaires et je vous rejoins, intervint Kesey, manifestement résigné.

Il ramassa les jouets éparpillés un peu partout, prit les deux petits sacs à dos et les posa sur le siège avant de la Jeep de Briar. Pendant ce temps, elle installait son fils dans le siège auto.

— Si tu décides de revenir, quelle que soit l'heure, n'hésite surtout pas. Je ne replie pas le canapé-lit !

Sur ces mots, Kesey ébouriffa Logan par la vitre de la portière. Le petit garçon l'imita.

— Merci, Kesey. Je ne l'oublierai pas, dit-elle même si rien ni personne ne lui ferait quitter son chalet.

Elle se refusait à jouer les demoiselles en détresse, y compris avec Kesey, son ami le plus proche, presque un frère. Toute sa vie, elle avait suivi les désirs d'autrui, elle voulait désormais écouter ses instincts.

Mais en dépit de sa détermination, elle fut prise de doute lorsque, une fois en route, la voix ensommeillée de Logan lui parvint.

— Maman ? Les méchants hommes vont revenir ? Je ne les aime pas.

Aussitôt, elle freina, ralentit et s'arrêta sur le bas-côté de la route déserte.

— Moi non plus, je ne les aime pas, reconnut-elle.

Dans ces conditions, était-ce vraiment une bonne idée de rentrer au chalet ? Ne mettait-elle pas son fils en danger ? D'un autre côté, elle ne voulait pas devenir victime de ses peurs et fuir le chalet, son seul bien.

Son arrière-grand-père l'avait construit à la sueur de son front, avec le bois qu'il avait coupé dans les forêts environnantes, un siècle plus tôt. Ensuite, son grand-père l'avait aménagé et ajouté des pièces supplémentaires, et enfin installé l'eau, l'électricité au fur et à mesure que la famille s'agrandissait. A sa mort, il l'avait légué à sa mère qui, à son tour, le lui avait cédé en dot. De sa mère, sinon, Briar ne possédait rien.

Pour toutes ces raisons, elle aimait cette modeste maison où elle avait vécu plutôt heureuse pendant vingt-quatre ans. L'angoisse ne devait pas l'en éloigner.

— Les méchants hommes ne te feront jamais de mal ! répondit-elle enfin à son fils en essayant, par la même occasion, de s'en persuader.

En dépit de ses efforts pour donner le change, les révélations que Luke Hale lui avaient faites à l'hôpital continuaient de la tourmenter. Pour autant, ce n'était pas l'infidélité de Johnny qui la chagrinait le plus. Si elle avait été déçue de l'apprendre, elle n'en avait pas été surprise. En revanche, l'idée que Johnny ait eu un lien, de près ou de loin, avec un réseau criminel l'avait tenue éveillée jusqu'au petit matin et l'avait tracassée toute la journée.

En définitive, Johnny n'avait pas été un homme d'honneur, fort et solide comme elle se l'était si longtemps imaginé. Ils s'étaient mariés après le lycée, sans avoir conscience qu'ils étaient trop jeunes pour convoler en justes noces. Ils avaient aussitôt voulu fonder une famille. Ils n'y avaient pas réussi, en dépit d'efforts renouvelés, d'où la tension qui avait peu à peu empreint leurs rapports et les avaient un peu plus tard définitivement entachés.

Briar s'était résignée, bien avant Johnny, à ne pas concevoir, mais Johnny avait perçu cette incapacité à fonder une famille comme un affront personnel. Sa réaction pour le moins puérile lui avait dévoilé un pan de sa personnalité et de son caractère qu'elle n'aurait jamais soupçonnés.

Elle avait surtout été déçue par son attitude de déni, au cours des mois où il avait refusé la réalité des faits. Elle s'était rendu compte que son ego se concentrait exclusivement autour de sa virilité et de sa sexualité. Ainsi, face au ressentiment grandissant de Johnny, à chaque nouveau test de grossesse négatif, le doute avait commencé à s'insinuer en elle. Etait-il vraiment vierge, comme elle, la nuit de leurs noces ? Lui avait-il été fidèle avant qu'ils ne se marient ? Et si elle s'était trompée sur lui dès le début ? Elle avait été si fière de sa patience et de sa bonne volonté à attendre le mariage pour qu'ils se donnent l'un à l'autre. Elle les avait interprétées comme un signe de caractère et d'amour irréductible. Quelle naïveté…

Leur couple traversait ses heures les plus difficiles lorsqu'elle était tombée enceinte de Logan. Dès lors, et pendant quelque temps, Johnny était redevenu tel qu'elle l'avait toujours connu : chaleureux, aimant et drôle. Mais le répit avait été bref, car elle avait commencé à souffrir de nausées, et son gynécologue obstétricien l'avait avertie de la possibilité de ne pouvoir mener sa grossesse à terme.

— Maman ?

La voix de Logan, un peu inquiète, l'arracha à ses pensées.

Elle était toujours arrêtée sur le bas-côté de la route. Ses doutes l'avaient obligée à remonter le passé et à se remémorer une bonne partie de son existence.

A quoi bon hésiter plus longtemps ? Ils étaient presque arrivés à la maison. Chez eux. Les deux intrusions dans son sanctuaire ne la rendaient que plus déterminée à revendiquer son droit à la paix et à la sécurité !

Elle reprit donc la route, arriva vite et se gara dans l'allée de graviers. Cependant, elle ne sortit pas tout de suite de son véhicule. Avant, elle inspecta les alentours, cherchant malgré l'obscurité un signe d'effraction ou de présence. Mais la nuit était trop noire et la lune était voilée par des nuages très bas qui annonçaient la pluie.

En outre, elle avait oublié de changer l'ampoule de la véranda, lorsqu'elle était revenue ranger son intérieur après la visite de la police. Elle ne pouvait donc compter que sur la lueur des phares de sa Jeep qui projetaient deux ronds aux contours approximatifs sur le mur et l'application lampe de poche de son Smartphone.

Prudence, Briar. Ne cours pas au-devant des problèmes… Ils arrivent bien assez tôt et plus vite qu'on ne le désirerait.

C'était toujours ce que lui répétait sa mère.

Briar coupa le moteur, descendit et ouvrit la portière pour sortir Logan de son siège auto. Tout en retenant un bâillement, elle le serra très fermement dans ses bras. Elle était pressée de rentrer dans le chalet, de quitter cette nuit d'encre, où la lune et les étoiles étaient absentes. Elle habitait à environ cinq kilomètres de la ville et son voisin le plus proche se trouvait à trois kilomètres plus haut dans la montagne. Son chalet, environné par la forêt, était donc complètement isolé et plongé dans le noir.

Logan dans les bras, elle chercha son Smartphone au fond de sa poche.

Elle allait l'en sortir quand un bruit de pas sur le gravier la fit sursauter. Elle lâcha aussitôt son Smartphone pour saisir son arme dans son holster, mais elle n'en eut pas le temps, car des mains se plaquèrent sur son visage. Déséquilibrée par la force de l'impact, elle heurta sa Jeep, tandis qu'on cherchait à lui arracher Logan. Son fils hurla de peur.

Malgré le choc, elle le maintint contre elle de toutes ses forces et réussit par miracle à sortir son arme de son holster. Malheureusement, son agresseur était brutal, déterminé, et avait un complice. Lorsque, de nouveau, des mains se nouèrent autour de son cou, elle eut la respiration coupée.

Un coup de feu déchira alors le silence de la nuit.

Privée d'air, affolée, incapable de lutter plus longtemps, Briar fut prise de vertige et tomba.

4

Le recul de sa carabine Remington, même assez faible, déséquilibra Luke. Mais il se ressaisit assez vite et tira de nouveau, toujours dans le sol.

Son intervention désespérée produisit l'effet désiré : à son plus vif soulagement, les deux agresseurs de Briar Blackwood s'enfuirent au second coup de feu.

La nuit était totale, mais comme il faisait le guet dans sa voiture depuis plusieurs heures, sa vision avait eu le temps de s'habituer à la pénombre, ce qui lui avait permis de distinguer deux hommes sortant de la forêt au moment où Briar Blackwood se garait.

Malheureusement, il n'avait pas eu le temps de la prévenir, seulement celui de sortir sa carabine Remington long rifle 700 — un cadeau de son directeur de campagne — logé dans la cabine de son pick-up.

Luke en savait assez, sur les carabines et les fusils, pour vérifier s'il était chargé et presser sur la gâchette. D'un autre côté, il n'avait aucune chance de blesser qui que ce soit, ou seulement par pure maladresse, car il n'avait jamais appris à tirer. Il fut néanmoins content que sa petite ruse ait fonctionné et se précipita vers Briar.

Celle-ci se relevait. Elle braqua son arme sur lui.

— Ne tirez pas, Briar ! C'est moi : c'est Luke Hale !

Mais elle resta figée dans sa position de tir, son fils pelotonné contre sa jambe.

La peur envahit Luke, rugit dans ses oreilles comme une mer en furie et le fit trembler tandis qu'il lâchait sa carabine pour lui montrer qu'il se rendait sans condition.

— Alors, couvrez-moi jusqu'à ce que nous ayons atteint le chalet, lança-t-elle d'une voix rauque, remettant son arme dans le holster pour reprendre son fils pétrifié dans ses bras.

Luke lui emboîta le pas, le regard fixé sur la lisière de la forêt, cherchant des signes de présence, mais la nuit était redevenue calme et il n'y avait que le bruit de leurs pas montant l'escalier.

Briar ouvrit la porte d'entrée d'une main et entra à toute vitesse.

— Dépêchez-vous ! lui ordonna-t-elle.

Une fois qu'ils furent à l'intérieur, la jeune femme mit la chaîne de sécurité et s'adossa à la porte, le souffle court.

— Ça va ? s'enquit-il, reposant sa carabine.

Briar acquiesça faiblement mais soudain, se laissa glisser contre le mur, cherchant toujours son souffle.

Luke n'eut que le temps de lui prendre son fils des bras. Ce dernier eut évidemment peur et se mit aussitôt à pleurer.

— Maman !

— Ça va, petit bonhomme, ta maman va bien, le rassura Luke.

Il le déposa à terre. L'enfant se jeta au cou de sa mère. Elle le pressa contre elle et nicha son visage dans son cou.

— Appelez le 911, lui demanda-t-elle simultanément d'une voix étouffée.

Luke obtempéra et alluma la lumière qui l'éblouit. En attendant qu'on lui réponde, il s'agenouilla devant la jeune femme toujours très pâle. La voix du dispatcher lui parvint enfin.

— 911. Quelle est votre urgence ?

Luke posa la main sur l'épaule de Briar et résuma la situation rapidement.

— Je ne sais pas si la victime est blessée, conclut-il.

— Je n'ai rien ! intervint Briar d'un ton péremptoire.

Ses yeux étaient rougis et cernés, mais la couleur lui revenait au visage et sa voix semblait moins tendue.

— Dites au dispatcher de contacter immédiatement Kesey Nix, reprit-elle.

Luke transmit le message puis se pencha vers elle :

— Vous ne voulez pas que les médecins urgentistes viennent et vous examinent, Briar ? Ou votre fils ?

Elle écarta son fils toujours en larmes et l'observa.

— Logan ? Mon cœur ? Ça va ? Tu as mal ?

— Maman ! continuait de pleurer Logan en s'accrochant à son cou.

La jeune femme le serra dans ses bras et leva les yeux sur Luke.

— Je crois qu'il va bien. Plus de peur que de mal. Nous n'avons pas besoin de médecin.

Mais Luke restait dubitatif. Un hématome se formait dans le cou de Briar.

— Vous êtes blessée, murmura-t-il, en l'effleurant.

Lorsqu'il se rendit compte de son geste, il se figea et recula. Briar avait écarquillé les yeux et se mit étonnamment à rougir.

— Je vous dis que je vais bien, répéta-t-elle tandis que son regard revenait sur son fils toujours inconsolable. Je veux seulement que Kesey vienne !

— Dites à la police d'arriver tout de suite ! intima Luke au dispatcher.

Puis il raccrocha, rangea son Smartphone et se releva, grimaçant à la sensation de ses jambes engourdies.

Il tendit ensuite la main à Briar. Les doigts de celle-ci se nouèrent étroitement autour des siens. Une fois debout, elle ne le lâcha pas, comme si elle redoutait de chanceler. Sa main était chaude et sa poigne, très ferme en dépit du choc qu'elle venait de recevoir, songea-t-il, étonné. Elle était sans doute de ces personnes dont son grand-père disait qu'elles étaient d'acier trempé. D'ailleurs, elle semblait déjà se ressaisir. A l'exception des contusions à la base de son cou, elle se portait manifestement bien.

— Vous avez blessé mes agresseurs ? s'enquit-elle en cajolant son fils.

Ce dernier se calmait peu à peu.

— A vrai dire, je ne les ai pas visés, reconnut Luke. Je ne suis pas un très bon tireur et je ne voulais pas risquer de vous toucher, ou de toucher votre fils.

— Logan. Il s'appelle Logan, lui dit-elle avec une ombre de sourire.

Le petit garçon renifla à plusieurs reprises, comme pour appuyer ses dires.

— Puis-je faire quelque chose pour lui ? reprit Luke en essayant de se souvenir de ce qui le consolait, quand il était petit et qu'il avait du chagrin. Un jouet ? Un biscuit ? Autre chose ?

— Il y a de la crème glacée à la framboise au congélateur. C'est son parfum préféré.

Luke se rendit donc dans la cuisine. Briar avait déjà tout rangé, après l'intrusion et le saccage de la nuit précédente, remarqua-t-il. Le chalet était impeccable.

Il ouvrait le congélateur de la cuisine lorsque la voix de Briar lui parvint :

— Non non, pas celui-là. L'autre sur votre droite.

Luke avisa en effet un plus petit congélateur dont il ouvrit la porte supérieure. A l'intérieur, au lieu de produits du super-marché, il y avait de simples barquettes blanches en plastique avec une étiquette qui détaillait, d'une écriture soignée, leur contenu. Sa curiosité éveillée, il lut :

Gibier (cerf)

Une date, en dessous, avait été ajoutée. Décembre de l'année précédente.

Une autre barquette contenait du porc, plus exactement, de la viande de sanglier qui avait été congelée environ quatre semaines plus tôt.

Impressionné, il sortit le bac de crème glacée à la framboise, faite aussi maison, et la posa sur la petite table de la cuisine.

— Logan ? Tu en veux ?

Le petit garçon tourna vers lui des yeux écarquillés, à la fois remplis de curiosité et de méfiance.

Puis il interrogea sa mère du regard. Briar sourit et opina.

L'enfant s'approcha de Luke à petits pas prudents.

Mais quand il lui eut servi une généreuse portion de crème glacée et eut posé le bol sur la table, le petit garçon grimpa sans hésiter sur sa chaise et prit sa cuillère avec empressement. Luke remettait la crème glacée dans le congélateur que Logan avait déjà dévoré la moitié de sa portion.

Postée devant la fenêtre, Briar regardait quant à elle entre les rideaux.

— Vous voyez quelque chose ? Quelqu'un ? demanda-t-il.

Elle se retourna.

— Il fait vraiment très noir.

Ce n'était pas une réponse, mais il n'insista pas.

— Votre gorge ? Votre cou ? Ça va ?

— Que faisiez-vous devant chez moi ?

La question était inévitable. Luke soupira.

— Vous ne me croirez pas si je vous dis que je passais par hasard ?

Pour seule réponse, Briar haussa un sourcil dubitatif.

— J'observais les environs de votre chalet, expliqua-t-il. Au cas où vos intrus d'hier reviendraient.

Un léger sourire étira les commissures de ses lèvres.

— Et qu'auriez-vous fait dans ce cas ?

— J'aurais appelé la police.

Elle désigna sa carabine adossée au mur près de la porte.

— Où l'avez-vous eue ?

— Elle m'appartient.

— Vous chassez ?

— Il y a beaucoup de bêtes sauvages qui rôdent dans ces forêts, biaisa Luke. Vous le savez puisque votre congélateur est rempli de gibier.

— Je profite de la saison de la chasse pour faire des réserves. Nous en vivons le reste de l'année.

Elle fit de nouveau un geste vers sa carabine.

— Je peux regarder ?

Il opina. Elle leva l'arme et en vérifia le chargeur.

— J'ai entendu deux coups de feu. Qu'est-ce que vous avez visé ?

— Le sol.

— C'est un fusil de trois à quatre coups, plus un dans la chambre. Vous avez les autres cartouches sur vous ?

Luke garda le silence. Il ne savait pas s'il avait d'autres

cartouches. A vrai dire, il avait eu de la chance que la Remington soit chargée.

— Vous avez déjà tiré avec cette carabine ? reprit-elle.

A l'intonation de sa question, elle connaissait déjà la réponse.

— Non.

— Alors pourquoi vous l'aviez avec vous ?

— Pour les cas d'urgence, prétendit-il, même si cette réponse était ridicule.

Elle reposa la carabine contre le mur.

— Si vous voulez des leçons de tir, je suis à votre disposition.

— Quel est votre prix ?

— Vous venez de nous sauver la vie, je vous donnerai au moins une leçon gratuite. Pourquoi étiez-vous devant chez moi ce soir ?

Elle s'adossa au mur, croisa les bras et le dévisagea, le regard méfiant.

— Pour faire le guet ? A moins que vous ne soyez le complice de ces sinistres individus ?

Il la scruta pendant un bon moment, perplexe. Elle plaisantait ? A priori non.

— Vous pensez que j'aurais mis votre vie et la vie de votre fils en danger sciemment ?

— Pour jouer les héros peut-être ? Pour vous introduire dans ma vie et m'utiliser à vos propres fins, quelles qu'elles soient ?

— A mes fins ? Soyez plus précise, cela m'intéresse !

Briar haussa les épaules.

— Si je le savais ! Vous voulez peut-être punir votre frère de simplement exister.

Dans un sens, l'idée pourrait en effet le ravir. Mais de là à passer aux actes.

Il soupira.

— Hier à l'hôpital, je vous ai dit la vérité, Briar. Je pense que les liens de votre mari avec le réseau de Wayne Cortland ne se résumaient pas seulement à une liaison avec la comptable de Cortland. J'ai même la conviction que son meurtre n'a pas été un crime crapuleux, comme la police l'a conclu.

Briar resta longtemps silencieuse, comme si elle assimilait

et analysait ces déclarations. Enfin, elle se leva d'un bond et se frotta les yeux.

— Dans ces conditions, qu'attendez-vous de moi ?

Ses souvenirs sur les mois précédant le meurtre de son mari. Vu les événements des dernières vingt-quatre heures, il n'était pas le seul à s'intéresser à elle. Mais contrairement à lui, ces individus avaient décidé d'employer la manière forte.

— Le plus urgent, pour le moment, c'est de savoir pourquoi on a voulu pénétrer chez vous hier et de nouveau ce soir. Comprendre pourquoi on vous a agressée.

Un bruit de moteur l'interrompit, tandis que la lueur des phares passait au travers des rideaux.

Briar se tourna vers la fenêtre.

— C'est Kesey et Dana !

Dana ?

Luke se figea, puis se résigna. La présence de Dana était logique puisqu'elle vivait désormais avec Kesey Nix. C'était d'ailleurs par amour pour Kesey qu'elle avait décidé de rester dans la région, au lieu de retourner à Atlanta.

— Si vous voulez partir sans voir votre sœur, proposa Briar calmement, vous pouvez sortir par-derrière.

Sa déception était-elle à ce point visible ? s'interrogea Luke, s'offusquant d'être si transparent.

— Je ne vais pas fuir comme un criminel.

Briar haussa les épaules et ouvrit la porte sitôt que des bruits de pas résonnèrent dans la véranda. Dana entra la première et ouvrit de grands yeux en voyant Luke. Kesey Nix, qui la suivait, le dévisagea quant à lui avec plus de surprise que de méfiance.

— Qu'est-ce que vous faites là ?

— Luke Hale est venu à ma rescousse et m'a sauvé la vie, intervint Briar en refermant soigneusement la porte derrière lui. Ne me demande pas pourquoi, Kesey. Monsieur le procureur refuse de me dévoiler ses secrets.

Son ironie, perceptible, semblait faire de Luke un adolescent. A vrai dire, telle était son attitude depuis un mois. Il acceptait mal le séisme qui avait bouleversé son existence et radicalement changé son histoire.

— J'ai vu ce qui s'est passé, déclara-t-il. Enfin presque, car il faisait trop sombre pour que je puisse distinguer l'un ou l'autre des agresseurs de Briar.

Dana lui montra le canapé.

— Très bien. Vous allez tout me raconter.

Luke lança un regard dans la direction de Briar qui, bras croisés dans une attitude défensive, le suivait des yeux avec le plus vif intérêt. Puis elle se détourna pour se rendre dans la cuisine avec Kesey et il resta seul avec Dana Massey.

— A ton avis, qu'est-ce que Luke Hale attend de toi ? demanda Kesey.

— Selon lui, Johnny aurait été membre du réseau de Wayne Cortland, répondit Briar en mettant le bol de crème glacée dans l'évier.

Elle débarbouilla Logan, désormais tout sourire. Sa joie la remplit d'une tendresse bienvenue. S'il avait été traumatisé par l'assaut, la crème glacée avait réussi à le réconforter.

Que ne pouvait-elle oublier aussi facilement cette agression et la tentative d'enlèvement de Logan. Car c'était certain : on avait voulu le kidnapper.

Pourquoi ? La famille de Johnny ne lui en disputait pas la garde et n'avait pas entamé une procédure dans ce sens. Ses parents pouvaient le voir aussi souvent qu'ils le voulaient, et d'ailleurs ils n'en émettaient pas le désir. Alors pourquoi des inconnus avaient-ils tenté de l'enlever ? Pour obtenir une rançon qu'elle aurait été incapable de verser ? Ces hommes semblaient connaître ses habitudes et son mode de vie : ils ne pouvaient ignorer ses modestes revenus.

Pourtant, ils avaient essayé de l'arracher de ses bras. Leur violence l'avait terrifiée et privée de son courage. Heureusement, Luke Hale avait tiré.

— Tu crois que Johnny aurait pu travailler pour Cortland ? s'enquit Kesey, l'air perplexe.

Elle y avait beaucoup réfléchi depuis sa discussion avec Luke Hale, la veille. Le trajet routier de Johnny comprenait Travisville, Virginie, où se trouvait Cortland Lumber, l'entrepôt de Wayne Cortland qui avait été détruit par une explosion. Johnny y avait rencontré cette comptable avec qui il avait eu une liaison.

L'homme dont elle était tombée amoureuse à quinze ans, son mari et le père de son enfant, se serait rendu complice des activités criminelles du réseau Cortland ? Celles-ci étaient centralisées en Virginie, mais avaient des ramifications jusque dans les montagnes du Tennessee où des milices radicales semaient la terreur depuis deux ans.

Certes, au fil des années, Briar avait perdu ses illusions sur son amour de jeunesse. Johnny avait menti, lui avait été infidèle et pas seulement avec cette comptable.

Mais avait-il été retors au point de rentrer dans le monde du crime et de l'extorsion de fonds ? *Johnny* ? Elle avait du mal à le croire.

D'un autre côté, ces deux sinistres individus avaient forcément une raison bien précise pour pénétrer dans sa maison deux nuits de suite.

— Je ne sais pas, dit-elle finalement. Mais je compte le découvrir.

— Pourquoi étiez-vous devant chez Briar Blackwood ce soir ?

Luke se désintéressa de Briar et de Kesey pour reporter son attention sur Dana Massey.

Il haussa les épaules.

— Je passais.

— Quel heureux hasard.

— Epargnez-moi votre ironie et parlez sans détours.

Dana pinça les lèvres.

— Je sais que vous me détestez, Luke.

— Le terme est un peu fort. Non, je ne vous hais pas. A vrai dire, je ne vous connais pas assez pour ressentir quoi que ce soit à votre égard.

— Vous refusez de mieux me connaître. Parce que vous refusez l'évidence.

Il haussa les épaules.

— Les évidences de la biologie ? Ce n'est pas tout dans la vie.

— Je vous le concède. Mais ces évidences-là, indiscutables, ont changé la vôtre.

Sur ces mots, Dana se leva et s'éloigna.

Avec un soupir, Luke observa de loin Kesey et Briar.

L'arrivée de la Jeep de Briar l'avait arraché à une douce somnolence, si bien qu'il avait mis un moment à prendre conscience de la situation. Lorsqu'il avait compris que les deux individus allaient agresser la jeune femme, il avait déjà perdu un temps précieux et il en avait même perdu davantage pour sortir sa carabine et tirer un premier coup de feu.

Désormais, une image l'obsédait : les efforts et tentatives désespérées de Briar pour résister à ses agresseurs qui tentaient de lui arracher son fils.

Il posa les yeux sur Logan : le petit garçon était endormi sur le canapé et pelotonné sous une couverture au crochet. Dana avait proposé de le coucher, mais Briar refusait catégoriquement de le quitter des yeux. Sa tante Jenny étant désormais dans le plâtre et en maison de repos, qui s'occuperait de son fils, le lendemain soir, quand elle serait d'astreinte ? se demanda Luke.

Et s'il l'aidait ?

Déjà, il échafaudait un plan et mettait une solution en place. Briar ne pouvait rester plus longtemps seule dans ce chalet isolé où elle courait le risque d'une nouvelle agression. Ou l'enlèvement de son fils, corrigea-t-il en son for intérieur. Car cela ne faisait aucun doute : ces hommes avaient voulu kidnapper Logan.

La question, c'était de savoir pourquoi.

5

La porte d'entrée s'ouvrit subitement sur Tim Massey. Briar tressaillit, et encore plus quand Tim posa un regard glacial sur Luke. Elle était prête à s'interposer, mais Tim parut garder son calme.

— Pourquoi le procureur Hale est-il présent ?

— Il a été témoin de l'agression de ce soir, expliqua Briar.

Tim lui leva le menton pour examiner ses blessures.

— Ça va, Blackwood ? Et votre fils ?

— Ça va.

— Un médecin vous a examinée ?

— Ce ne sont que des hématomes, répondit-elle d'un ton dégagé.

Tim tourna les yeux vers Kesey, comme pour solliciter son avis, mais ce dernier haussa les épaules. Alors Tim resta un instant pensif, et soudain fit signe à Luke Hale de s'approcher.

Celui-ci obtempéra, tandis que Kesey prenait la parole d'une voix ferme :

— Ni Briar ni le procureur Hale n'ont reconnu ou identifié les deux agresseurs. Il n'y a pas d'empreintes de pneus. Briar a déclaré que ces individus portaient des gants.

— Alors que faire ? intervint Luke. Ils ont eu l'intention d'enlever Logan Blackwood et ils n'en resteront pas là.

Briar avait aussi compris les intentions de ses agresseurs, mais que Luke Hale en apporte la confirmation l'effraya.

— Blackwood, vous savez combien j'aimerais que la police monte la garde jour et nuit devant chez vous…, commença Tim.

— Mais c'est impossible : manque d'effectifs et de crédits.

— Alors installe-toi chez moi ! enchaîna Kesey.

— Non ! trancha Luke. Parce que vous habitez aussi dans un chalet perdu dans les bois, Nix. Briar n'y sera pas davantage en sécurité !

— Vous avez une meilleure idée ? s'enquit Dana.

— Oui, je crois.

Là-dessus, Luke prit une grande inspiration.

— Briar Blackwood et son fils peuvent séjourner chez moi.

Un silence stupéfié tomba, qui fut presque aussitôt suivi par le chorus des non fermes de Kesey, Tim et Dana.

Briar, elle, le dévisageait. Sa proposition la sidérait.

— Vous avez rencontré Briar pour la première fois hier soir à l'hôpital, reprit Kesey d'une voix à peine affable. Et maintenant, vous voulez qu'elle et son fils viennent chez vous ? Mais à quoi jouez-vous, Hale ?

Briar lui posa une main sur le bras.

— Arrête, Kesey. Chef ? Kesey ? Dana ? Pouvez-vous nous laisser seuls un instant, s'il vous plaît ?

— C'est une mauvaise idée, Briar ! insista Tim.

— Pourquoi ? Mon initiative part d'une bonne intention ! répliqua Luke, manifestement blessé.

— Viens Tim, intervint Dana, qui prit son frère par le bras pour le conduire dehors.

Nix leur emboîta le pas, puis ferma la porte derrière eux.

— Quel est votre plan ? demanda Briar sitôt qu'ils furent seuls.

— Vous protéger, vous et votre fils.

— C'est très gentil, mais jusqu'à hier, vous ne me connaissiez même pas, comme vient de le souligner Kesey.

— C'est exact, mais j'en sais beaucoup sur vous, Briar : je me renseigne à votre sujet depuis un mois.

Briar en fut horrifiée.

— Vous avez enquêté sur moi ! Vous vous rendez compte combien c'est intrusif ?

— Non, c'est mon métier. Vous êtes un élément important dans mon enquête sur un réseau criminel de grande envergure qui sévit dans plusieurs Etats.

Briar leva le menton.

— Je n'ai rien à voir avec le réseau de Wayne Cortland ou avec ses complices !

— Votre cousin Blake, oui.

— Je n'ai pas vu Blake depuis des années !

— Je le sais aussi, souligna-t-il paisiblement.

Mais ce n'était pas la seule chose qui gênait Briar.

— Si j'accepte de séjourner sous votre toit, je n'aurais jamais l'occasion de vous retourner la faveur. Je ne sais rien de vous, sinon ce que j'ai lu dans les journaux ou ce que j'ai entendu de la part de proches et d'amis que vous avez traités avec le plus grand mépris, au cours de ces dernières semaines. Vous voulez que je quitte mon chalet, le seul endroit où mon fils ait jamais vécu, pour emménager chez vous, dans un endroit inconnu ? Quel est votre avantage dans cette histoire, monsieur le procureur ?

— Sauver ce qui me reste de bienveillance et éventuellement me racheter une conduite.

Un long silence tomba.

Briar le rompit en posant une main sur le bras de Luke.

— Je sais que vous devez gérer un désastre personnel. Un affreux gâchis. Et sincèrement, j'en suis désolée. Ce qui vous arrive est injuste, ce mensonge est insupportable. Votre père et votre grand-père sont impardonnables. Je ne peux vous reprocher votre rage et votre rancœur.

Luke aurait volontiers repoussé la main de Briar et rompu ce contact chaleureux, mais personne n'avait eu un geste aussi doux à son encontre depuis bien longtemps.

Sa mère ne le serrait jamais dans ses bras et il refusait tout contact avec son père. Quant à son grand-père, c'était encore plus simple : il avait choisi de se murer dans le silence, par-devers la justice et la vérité, et ne voulait voir personne.

Peter Sutherland avait réussi à cacher la vérité depuis le premier jour, et pendant trente-sept ans. Pour rien…

« Car toujours la vérité éclate, quels que soient les efforts pour la cacher. »

Son grand-père en personne lui avait tenu ces propos, plusieurs années plus tôt. Cette phrase l'avait frappé au point de l'inspirer pour étudier le droit et devenir procureur. Comment son aïeul avait-il cru que son forfait resterait ignoré et impuni ?

Certes, Luke ne s'était pas trouvé dans sa situation, trente-sept ans plus tôt au Maryville Mercy Hospital, quand Peter Sutherland avait découvert son petit-fils, âgé de quelques heures à peine, mort dans son berceau. Les émotions, la peur et la situation l'avaient poussé à commettre une abominable transgression. L'irréparable.

L'échange de deux nourrissons nés le même jour presque à la même heure. Le vol de son bébé à une jeune maman pour épargner le chagrin à une autre jeune femme qui avait longtemps attendu d'être enceinte.

Mais c'était sans compter l'instinct maternel et l'obstination de la mère dépossédée de son nouveau-né. C'était également sans compter le retour de bâton… Cette manœuvre insensée, désespérée n'avait été qu'un pis-aller. Une bombe à retardement.

En définitive, Peter Sutherland n'avait épargné à sa fille ni le chagrin ni la douleur. Il les avait seulement différés, retardés de trente-sept ans, après des années de mensonges, de machinations et même de crimes — un ensemble qui avait rendu la vérité encore plus cruelle qu'elle ne l'aurait été, trente-sept ans plus tôt, à la maternité de Maryville Mercy.

Tim et Dana avaient fait éclater la vérité et avaient voulu le rencontrer. Mais ni l'un ni l'autre ne pouvaient comprendre ce que leur vue avait de terrible. Tim et Dana n'étaient pas sa fratrie retrouvée, plutôt une source de douleur insoutenable, les responsables d'un séisme émotionnel dont les répliques incessantes continuaient de fracasser son univers.

Il était conscient d'être injuste et d'en avoir fait ses boucs émissaires, mais c'était plus fort que lui.

Briar lui lâcha le bras et le regarda droit dans les yeux.

— Qu'attendez-vous de moi en échange ?

Ses yeux gris perçants empêchaient toute dérobade.

— Je veux démanteler le réseau Cortland et les milices radicales à sa botte, ou qui ambitionnent d'en prendre la direction, maintenant que Wayne Cortland est mort. Je veux débarrasser les montagnes du Tennessee de cette engeance.

Sa réponse fusa.

— Vous pensez que ce succès fera oublier le scandale de votre famille et vous fera gagner des voix aux élections de procureur du comté ?

Etre ainsi percé à jour agaça Luke. D'autant que son souci de justice n'était pas seulement conditionné par les prochaines élections.

— Je n'ai pas dit que je refusais de vous aider, reprit-elle, alors que le silence devenait lourd. Je veux juste que la situation soit claire entre vous et moi. Vous voulez être élu procureur du comté, moi je veux protéger mon fils. Si vous avez raison concernant Johnny, j'aimerais que justice soit faite afin que mon fils ne s'interroge pas sur son meurtre, quand il sera grand.

Luke poussa un soupir :

— Je doute que l'arrestation du meurtrier de votre mari puisse satisfaire mes ambitions électorales.

— Pourquoi désirer une carrière politique ? Vous pourriez avoir une clientèle privée et vous enrichir ?

— L'argent ne m'intéresse pas, répondit-il spontanément.

— Vous avez de la chance. Moi, l'argent m'intéresse. Comme tout le monde.

Briar fit un geste qui englobait son chalet.

— Qu'est-ce que vous croyez ? Que je vis dans ce vieux chalet isolé par romantisme ? Que je chasse et congèle les produits de ma chasse par plaisir ou parce que je suis une adepte du bio ?

Elle secoua la tête.

— Comme ce chalet m'appartient, je ne rembourse pas de prêt et ne paye pas de loyer. J'ai appris à chasser parce que c'est moins cher que d'aller au supermarché et que je peux économiser pour Logan, pour ses futures études. L'argent, c'est important.

Luke se frotta le menton. Comment convaincre la jeune femme d'accepter son offre ?

— Je suis riche, c'est juste, admit-il. J'ai également eu le luxe de choisir le métier qui me plaisait, ce qui rend plus heureux qu'un compte en banque bien approvisionné.

— Alors vous avez beaucoup de chance, conclut-elle en revenant s'asseoir sur le canapé, à côté de son fils endormi.

Elle lui caressa le dos avec douceur et reprit dans un murmure :

— Moi, je n'ai pas eu ce luxe. Je dois travailler pour vivre. Je n'ai pas les moyens de payer une nounou jusqu'à ce que ma tante se rétablisse. Alors comme vous le constatez, je suis actuellement dans une situation plutôt désespérée.

Un nouveau silence tomba. Apparemment, la jeune femme était sur le point de rendre sa décision, comprit Luke. Mais ses derniers propos avaient sans doute réduit à zéro ses chances qu'elle vienne chez lui…

Certes, il voulait en apprendre davantage sur Johnny Blackwood, mais à cet instant précis, et même si Briar semblait en douter, rien n'était plus important que de la protéger et de protéger son fils, de leur épargner une nouvelle nuit éprouvante.

— Ma priorité, c'est Logan, répéta-t-elle. Sa sécurité.

— Je sais.

— Je sais que vous le savez, Luke. C'est justement pourquoi vous m'avez suggéré de nous installer chez vous. C'est aussi pourquoi je réfléchis sérieusement à votre invitation.

L'instant était crucial, il ne dit mot.

— C'est d'accord, prononça-t-elle enfin.

Puis elle baissa les yeux sur son fils.

— Mais j'ai mes conditions.

— Quelles sont-elles ?

— Je vous verserai un loyer en contrepartie.

— Ce ne sera pas nécessaire, Briar.

— Je ne le fais pas pour vous, mais pour moi.

Par fierté, pensa-t-il en un éclair.

— J'ai besoin de votre collaboration, pas de votre argent, insista-t-il néanmoins.

— J'accepte de collaborer, mais j'insiste pour participer à votre enquête. C'est mon autre condition.

— Vous avez déjà beaucoup de travail au poste de police…

— J'ai aussi du temps de libre. Et je veux le consacrer à votre enquête : je dois donc consulter vos dossiers.

— C'est une enquête criminelle confidentielle, lâcha-t-il, dubitatif.

— Vous oubliez que je suis policier. Je veux consulter vos dossiers. Je pourrais repérer un fait qui vous a échappé ?

Luke soupira, résigné.

— C'est d'accord. En échange, vous me révélerez ce que vous savez sur l'activité professionnelle de votre mari chez Davenport Trucking.

Involontairement, il lui rappelait ainsi l'infidélité de Johnny et il en fut mal à l'aise. Mais Briar hocha la tête et lui tendit la main.

— Marché conclu.

Luke lui serra la main, refermant lentement ses doigts sur les siens. La poigne de la jeune femme était ferme, professionnelle et sa paume, sèche, un peu calleuse, ce qui lui rappela les difficultés et les défis auxquels Briar Blackwood était confrontée pour assurer son quotidien et construire un bel avenir à son fils. Combien d'années encore de luttes et d'économies avant d'atteindre son but ? Sans compter qu'elle devait désormais faire face à des kidnappeurs.

Il ne pouvait changer la vie de Briar, mais il pouvait la rendre plus confortable pendant au moins quelques semaines.

— Je vais l'annoncer aux autres, conclut Briar qui lâcha sa main et se leva. Vous gardez un œil sur Logan pendant ce temps ?

Il la suivit des yeux pendant qu'elle sortait, conscient de l'honneur qu'elle lui faisait, en lui confiant momentanément son fils.

Resté seul, il baissa les yeux sur l'enfant endormi et posa une main sur son ventre. Il était petit et si fragile, pensa-t-il, le cœur battant au rythme régulier de sa respiration.

— Personne ne te prendra à ta maman, murmura-t-il. Pas tant que vous serez tous les deux sous ma surveillance.

Briar ouvrit un œil et croisa le regard de son fils qui lui donnait des petits coups dans les côtes en riant.

— Hé toi ! s'exclama-t-elle en s'accoudant.

Elle se tut pour observer cette chambre, si différente de la sienne.

Comment Luke Hale avait-il réussi à la convaincre de séjourner chez lui ? Mystère.

— J'ai faim ! reprit Logan en tapotant ses joues.

— Je m'en doute ! déclara Briar qui le serra dans ses bras avec effusion.

Il était presque 9 heures, constata-t-elle. Luke était-il parti à son cabinet sans les réveiller ? La veille au soir, il lui avait fait visiter sa demeure et lui avait montré le fonctionnement de son système de sécurité. Au moment où il l'avait conduite dans la chambre d'amis, Briar avait épuisé jusqu'à la dernière goutte de son adrénaline et tombait de fatigue. Luke s'était donc retiré avant qu'elle n'ait eu le temps de s'informer de ses projets pour le lendemain.

La main de Logan dans la sienne, elle descendit au premier étage, admirative. La demeure était spacieuse et lumineuse, sobrement décorée de tableaux, de sculptures sous verre et de bibelots qui n'étaient pas forcément précieux, mais qui n'avaient d'autres prétentions que d'être jolis et de séduire le regard.

Voilà ce que je veux pour Logan ! songea-t-elle avec jubilation. *Je veux qu'il puisse avoir tout ce qui lui plaît sans s'inquiéter du coût...*

A sa grande surprise, Luke était dans la cuisine, perché sur l'un des tabourets de bar et en train de lire le journal de Knoxville. Sitôt qu'il eut levé les yeux, il lui adressa un grand sourire.

— Vous avez bien dormi, Briar ?

— Mieux que je ne le pensais. Je croyais que vous étiez déjà parti ?

— J'ai pris ma journée.

Sur ces mots, il replia son journal, dégringola de son tabouret et s'accroupit devant Logan.

— Tu veux des céréales ?

Logan se cacha derrière les jambes de Briar.

— Crème glacée ? prononça-t-il avec espoir.

Luke sourit et leva les yeux vers Briar : elle secoua la tête avec fermeté.

— Non, Logan. Pas pour le petit déjeuner.

Puis elle reprit à l'intention de Luke :

— Vous avez du pain, du beurre de cacahuètes et des bananes ?

— J'ai du pain de mie et des bananes. Je devrais bien trouver aussi un fond de beurre de cacahuètes.

Sur ces mots, il ouvrit les placards.

Sa cuisine, comme le reste de la maison, était sobre et agréable, lumineuse et bien aménagée avec ses nombreux espaces de rangement et plans de travail.

— Je connais des gens qui tueraient pour avoir une cuisine comme la vôtre ! commenta Briar. Et personne dans le Tennessee ne les jugerait coupables.

Il apporta du beurre de cacahuètes, des bananes et du pain.

— Cette cuisine est trop grande pour un homme seul, objecta-t-il. Mais elle est pratique quand je reçois.

— C'est fréquent ?

Luke glissa quatre tranches de pain de mie dans le grille-pain.

— Plus que je ne le voudrais. Mais c'est le prix à payer quand on fait de la politique.

Briar déposa Logan sur l'un des tabourets et se percha à côté de lui.

— Je vais aller faire des courses aujourd'hui, afin que nous ne dévalisions pas vos réserves.

Luke se figea.

— Jamais de la vie ! Vous êtes mes invités.

— Non, répliqua-t-elle. Nous sommes chez vous seulement parce que vous avez réussi à m'appâter et en échange d'informations sur les activités de Johnny. Et aussi parce que vous vivez dans une propriété dotée d'un système d'alarme dernier cri. Nous ne sommes pas des amis, Luke.

Il la dévisagea longuement et, l'espace d'un instant, elle crut l'avoir blessé. Mais il ouvrit le pot de beurre de cacahuètes en haussant les épaules.

— Comme vous voulez.

Briar se sentit soulagée.

— Quand me montrerez-vous vos dossiers ? reprit-elle.

Une tranche de pain jaillit du grille-pain. Luke la retira prestement pour ne pas se brûler et la déposa sur une assiette.

— Ils sont à mon bureau de Barrowville et je dois les

photocopier. Aujourd'hui, il vaudrait mieux que nous nous organisions. Simple question de logistique.

— Très bien. Je suis de service de 17 heures à minuit, commença-t-elle en épluchant une banane.

Pendant que Luke beurrait les toasts, elle en coupa de fines lamelles qu'elle disposa dessus.

— J'ai une proposition à vous faire, justement.

Sur ces mots, il se dirigea vers le réfrigérateur. Il en sortit une bouteille de lait, vérifia la date de péremption... et se ravisa. Le sourcil froncé, il la posa sur l'évier en adressant à Briar un regard d'excuse.

— Du jus d'orange, ça ira ?

— Ça ira, répondit-elle en masquant un sourire.

— Résumons-nous. Je travaille tous les jours jusqu'à 18 heures. Il me faut dix minutes pour rentrer de Barrowville, donc je suis de retour chez moi vers 18 h 20 ou 18 h 30 au plus tard. J'imagine que vous devez partir pour le poste de police vers 16 h 30 ? Nous avons donc un vide d'environ deux heures.

— C'est exact.

— Votre fils est sauvage ? Timide ?

— C'est un petit garçon de trois ans parfois impatient et grincheux, mais il est obéissant. S'il vous aime bien, tout se déroulera pour le mieux.

Luke posa un verre d'orange devant Logan et se mit à sa hauteur.

— Tu m'aimes déjà bien, Logan ?

Ce dernier leva les yeux sur lui et sembla réfléchir.

— Crème glacée ? demanda-t-il de nouveau en riant.

— Voilà ce que j'appelle de l'affection intéressée, murmura Briar, amusée.

Luke sourit à son tour.

— Vous pourriez partir plus tôt de chez moi et passer à mon bureau pour déposer Logan, avant de vous rendre au poste de police. Katey et moi, nous le garderons à tour de rôle jusqu'à ce que je quitte le bureau.

— Ecoutez, je ne sais pas..., commença Briar.

— Il pourra jouer, insista Luke. Je lui achèterai des albums de coloriage et des livres d'images. Il apprend déjà à lire ?

— Il sait reconnaître des lettres. Mais il a ses livres préférés. Je les ai d'ailleurs apportés.

— Je peux acheter les mêmes pour qu'il les ait aussi à mon bureau ?

— Ce n'est pas la peine, Luke. Je peux les glisser dans son sac à dos. Mais vous êtes certain que vous voulez le garder à votre bureau ? Je ne veux pas que mon fils vous empêche de travailler.

— Ne vous inquiétez pas. Je vous ai invitée à séjourner chez moi avec votre fils pour vous protéger, Briar. Ce n'était pas des paroles en l'air. En plus, engager une baby-sitter que ni vous ni moi ne connaissons n'aurait aucun sens.

— Vous avez raison.

— Je m'occuperai bien de votre fils. Vous me faites confiance ?

Elle croisa son regard vert dont l'intensité la troublait toujours.

En réalité, elle n'avait aucune raison de lui faire confiance. Luke Hale était un inconnu et son invitation était, quoi qu'il en ait dit, purement égoïste. En outre, il venait de traverser une épreuve particulièrement douloureuse qui le rendait amer… mais aussi touchant.

— Je vous fais confiance, Luke.

— Alors nous sommes d'accord. Du moins, jusqu'à ce que nous mettions ce système en pratique et que nous l'adoptions définitivement.

— A une condition.

Il étrécit le regard.

— Encore ?

— Oui. Vous devez apprendre à tirer.

Elle sourit.

— Si vous voulez gagner des voix, il faut bien parler, mais il faut aussi bien agir. N'oubliez pas que vous habitez dans une région rurale de chasseurs.

6

— Les armes ne sont pas mon fort, convint Luke deux heures plus tard.

Il considérait le triste résultat de son premier exercice de tir. Sans surprise, il avait lamentablement échoué.

— Ce n'était pas non plus le fort de mon père, ajouta-t-il sans réfléchir.

Dès que ces mots eurent franchi ses lèvres, l'embarras l'envahit.

Briar le dévisagea, circonspecte.

— Dana Massey a donc eu de la chance…

Luke comprit immédiatement l'allusion. Lorsque Dana avait commencé à s'intéresser au passé de sa mère, Tallie Cumberland, le père et le grand-père de Luke avaient eu peur qu'elle ne découvre la vérité sur ses liens de parenté avec lui. Ils avaient donc décidé de mettre un terme à sa quête par des moyens criminels. Au final, son père avait été blessé au cours de l'échange et avait fini en prison.

— Dana est convaincue que votre père ne voulait pas la blesser, seulement l'effrayer, précisa Briar.

Luke lui tendit son fusil.

— L'alibi des mauvais tireurs.

Briar resta silencieuse.

Elle était vraiment jolie, songea Luke. Non pas de ces beautés fulgurantes comme il en rencontrait chaque jour dans son milieu professionnel ou de ces reines de beauté qui paradaient et gagnaient les concours locaux. Briar Blackwood ne se maquillait pas, ses boucles étaient souvent en désordre, mais c'était justement dans son naturel que résidait son charme. Son air sain, reflet sans aucun doute d'une belle âme.

Un peu plus tôt, chez lui, il avait constaté qu'elle ne se sentait pas à sa place, malgré ses efforts pour le lui cacher. De toute évidence, elle n'aimait pas lui être obligée et se méfiait de son attitude qu'elle interprétait, à tort, comme de la pitié.

Il n'avait nulle compassion à son égard. Il était plutôt curieux et même admiratif.

Il avait étudié le dossier Blackwood longtemps avant de rencontrer Briar. Elle avait une forte personnalité, elle était particulièrement intègre et très courageuse. Ce détail avait son importance, car elle était en effet née Culpepper et, à Bitterwood comme partout dans le Tennessee, le nom de Culpepper était synonyme de hors-la-loi. Mais Briar avait sacrifié la tradition familiale en entrant dans la police. Motivée par quoi ? Un désir, bien légitime, de justice ? En tout cas, elle avait un casier vierge et était la seule, parmi les Culpepper, à travailler dans la police.

A dix-huit ans, elle avait épousé John Blackwood et était restée sa femme jusqu'à son meurtre survenu neuf mois plus tôt.

Elle avait travaillé comme dispatcher à la police et suivi des cours du soir en droit. Elle était entrée à l'académie de police de Bitterwood et en était sortie avec les honneurs au mois de décembre.

Briar Culpepper Blackwood était travailleuse et appréciée de tous. Luke ne pouvait en dire autant de lui. Depuis le séisme qui avait bouleversé sa vie, il s'était attiré de nombreuses antipathies, à commencer par celle du chef de la police de Bitterwood.

Justement, Tim Massey arrivait au stand de tir.

Probablement avait-il été renseigné par Kesey Nix, songea Luke. Kesey avait en effet proposé de garder Logan pendant que Briar allait entraîner Luke. Il avait à coup sûr transmis l'information et Tim, trop heureux de voir Luke se ridiculiser au tir, avait accouru. D'autant que le stand de tir n'était distant du poste de police que de quelques mètres.

Luke retint un juron.

— Tim est là…

— Je sais, je l'ai vu, chuchota Briar. Essayez de nouveau !

Elle lui avait montré comment charger son fusil. Il s'y essaya de nouveau et elle hocha la tête d'un air approbateur. Ouf, il n'était pas trop pathétique !

— Souvenez-vous, pressez juste sur la gâchette pour que le recul ne soit pas trop violent. Ne fermez pas les yeux en tirant. Regardez votre cible.

Elle lui adressa un sourire contraint.

— Je sais, cela semble aller de soi, mais si vous ne vous concentrez pas sur votre cible, vous la manquerez.

Luke visa. Il se concentra et essaya de ne penser qu'au cœur de sa cible. En vain. Ses pensées se dispersaient.

Il choisit donc de se focaliser sur Briar et Logan, sur sa promesse de les protéger. Et tant pis si, pour cela, il devait venir tous les jours au stand de tir et subir la présence et le regard de Tim Massey.

Le moins qu'il pouvait faire, c'était se montrer compétent et être à la hauteur de la mission de protection qu'il s'était assignée.

Il pressa sur la gâchette. Le recul le fit chanceler, mais il tint bon et garda les yeux sur sa cible. La balle toucha presque le centre.

— C'est bien ! le félicita Briar.

Luke ne put contenir un sourire de satisfaction.

— C'est même pas mal du tout ! déclara-t-elle, en étudiant mieux la cible. J'ai déjà remarqué que vous aviez tendance à tirer un peu trop sur la droite : vous devez trouver un moyen de le compenser.

Luke allait répondre quand Tim s'approcha. Conscient de sa subite contrariété, il s'intima au calme.

— Combien de temps encore allez-vous détester Tim simplement parce qu'il est le fils de votre mère ? s'enquit Briar d'une voix douce et sans se détourner.

— Je ne le déteste pas.

Elle haussa les sourcils, mais ne fit aucun commentaire.

— Le second essai était plutôt réussi, commenta Tim en arrivant à leur hauteur.

Luke chercha une repartie brillante, mais il n'en trouva pas et de toute façon, il ne voulait pas provoquer Tim devant Briar.

— Vous n'êtes pas au poste, aujourd'hui ? interrogea-t-il simplement.

— L'exercice au tir fait partie de mon boulot.

Puis Tim continua à l'adresse de Briar :

— Logan est en train de mener tout le monde par le bout du nez, au poste. On va faire de lui un policier honoris causa !

Briar adressa un tel sourire au chef de police que Luke eut le souffle coupé et regretta de ne pas en être à l'origine. Non seulement son visage s'illuminait, mais tout ce qui l'entourait semblait plus ensoleillé.

— Luke ? Je vais récupérer mon fils. Chef ? Vous voulez bien rester avec M. Hale et signer le registre de sortie à ma place, s'il vous plaît ?

Luke allait protester, mais elle s'éloignait déjà.

— Comment va-t-elle ? lui demanda Tim, ignorant son embarras.

Luke soupira.

— Le moins qu'on puisse dire, c'est que Briar est remarquablement résiliente.

Tim sourit.

— Je m'y attendais. Vous venez ?

Une fois que Luke eut rendu son badge de visiteur et que Tim eut émargé le registre de sortie, ils traversèrent en silence la pelouse qui séparait le stand de tir du poste de police.

— Vous connaissez bien la région, vous avez toujours vécu ici, reprit finalement Tim. Le taux de criminalité a toujours été aussi élevé ? Ou c'est récent ?

Que Tim sollicite son opinion surprit à ce point Luke qu'il mit un temps pour répondre.

— Les deux. Cela dit, récemment, et à cause du réseau de Wayne Cortland, la situation a empiré : les milices patriotiques et radicales sont plus nombreuses.

— Vous voulez parler de ces bandes qui revendiquent farouchement leur liberté et le droit de porter des armes à feu ?

— Oui, elles prônent le droit à toutes les libertés individuelles.

— Et dénoncent en permanence le gouvernement fédéral !

— Exactement. Ces milices ont tendance à reprocher au gouvernement tous les problèmes de la société, résuma Luke. Elles veulent plus de pouvoir au niveau local.

Ils arrivaient devant l'entrée arrière du poste de police.

— Le réseau Cortland en regroupe plusieurs, ajouta-t-il.

— Dans tous les cas, ce sujet passionne Katey, précisa Tim.

Luke se força à sourire.

— Votre fiancée ? Elle est extraordinaire. Travailler avec elle est un plaisir. J'espère que vous avez conscience de votre bonheur.

— Plus que vous ne le pensez.

— Vous savez, Tim, je ne vous hais pas.

Sitôt que Luke eut prononcé ces mots, il se mordit la lèvre. Il n'avait jamais eu l'intention de les prononcer, mais finalement, il ne les regrettait pas.

Tim étrécit les yeux, puis lui adressa un demi-sourire.

— Eh bien, j'en prends bonne note.

— Cela dit, je ne fais pas partie de votre famille. Ni de votre fratrie.

— Personne ne vous le demande ni ne l'espère plus, confia Tim avec un regard compréhensif.

De plus en plus embarrassé, Luke ne sut quoi répondre.

— Vous avez parlé avec votre père récemment ? s'enquit Tim, sans doute parce qu'il avait saisi sa gêne.

— Ce ne sont pas vos affaires, repartit Luke presque avec de l'hostilité.

— Vous avez raison, reconnut Tim, en lui faisant signe de passer. Après vous…

Ils se dirigèrent vers l'escalier. Arrivés là, Tim marqua une pause. Son visage se tendit tandis qu'il levait les yeux vers les marches.

C'était à cause de sa jambe, comprit aussitôt Luke. Le chef avait eu la jambe cassée, un mois plus tôt, dans un accident de voiture dont son grand-père était l'auteur.

— Prenez l'ascenseur, proposa Luke.

— Non. Il faut que je fasse de l'exercice.

Il gravit l'escalier, mais ses efforts étaient patents.

— Vous êtes vraiment têtu ! commenta Luke en le suivant.

Tim se retourna légèrement.

— Si vous le dites, c'est que vous l'êtes, plaisanta-t-il.

Luke prit deux marches à la fois et le dépassa en souriant malgré lui.

Une fois à l'étage, il n'attendit pas le chef de police pour enfiler le couloir qui conduisait vers l'open space du poste de police. Briar, l'air ravi, était juchée sur un coin du bureau de Kesey Nix tandis que celui-ci lisait une histoire à Logan. Le petit garçon semblait sur le point de s'assoupir et ne cessait de ciller pour lutter contre le sommeil.

Devant cette scène si touchante, Luke n'osa entrer. Tim eut la même réaction en arrivant sur le pas de la porte.

— Kesey est comme un frère pour Briar, murmura-t-il.

Briar souriait en effet à Nix.

Luke dut retenir un soupir. Que n'aurait-il fait pour un visage si radieux !

— Qu'attendez-vous de Briar ? demanda soudain Tim.

Son ton n'avait pas été accusateur, seulement rempli de curiosité.

— Je veux assurer sa sécurité et celle de son fils.

— Pourquoi ?

Luke ferma brièvement les yeux.

— Justement, je n'en sais rien.

Tim lui donna un petit coup sur la poitrine.

— Je vous conseille de vous poser la question, la réponse pourrait vous surprendre.

A cet instant, Briar les avisa, riva son regard au sien sans cesser de sourire. Une vive émotion étreignit alors Luke.

Pourquoi ?

Tim avait raison. Il avait besoin de comprendre pourquoi, au milieu de son maelström personnel, il avait décidé de protéger, littéralement, la veuve et l'orphelin sous couvert d'une affaire qu'il instruisait.

Le regard de Luke Hale était si concentré, si intense que Briar en fut troublée. Quand il était arrivé avec son demi-frère, elle avait espéré qu'aucun événement fâcheux ne s'était produit entre eux au stand de tir. Ni l'un ni l'autre n'ayant eu l'air en colère ou de mauvaise humeur, elle avait été soulagée, mais le regard continûment scrutateur de Luke Hale la déstabilisait.

Ils quittèrent ensemble le poste de police et, quand elle eut installé son fils dans le siège auto, elle n'y tint plus.

— Quoi à la fin ? demanda-t-elle d'un ton abrupt.

— Quoi quoi ? répliqua-t-il, l'air surpris et d'une voix un peu sèche.

— Vous m'observez depuis une heure ! J'ai de l'épinard coincé entre les dents ?

— Pourquoi, vous avez mangé des épinards aujourd'hui ?

— Ne faites pas semblant de ne pas comprendre.

Avec un sourire, Luke prit place sur le siège passager.

— Pour commencer, vous n'avez pas d'épinard coincé dans les dents.

— Alors qu'est-ce que j'ai ? Que se passe-t-il ?

— Le chef de police vous a donné votre soirée, pourquoi avez-vous refusé ?

Il répondait à sa question par une question, c'était habile. Mais il l'avait regardée avec attention dès son arrivée au poste de police, bien avant la proposition de Tim de ne pas travailler le soir même.

— Je peux me débrouiller toute seule, répondit-elle à contrecœur. Je suis coriace et je ne veux pas d'un traitement de faveur.

— Un traitement de faveur ? Je doute que ce soit l'intention du chef. Ou que vos collègues interprètent sa décision comme telle.

— Pourquoi vous ne l'appelez pas Tim, comme tout le monde ? lança-t-elle, consciente de son insolence et de son indiscrétion.

Tant pis. Elle avait des excuses. L'attention soutenue de Luke l'avait contrariée.

Elle insista :

— Je sais que vous refusez de le considérer comme votre frère, mais il n'est pas seulement chef de police et il s'appelle Tim.

Luke pinça les lèvres.

— Peut-être que, en lui donnant son titre, j'évite de penser à lui en tant qu'individu ?

— Voilà un sentiment qui vous honore ! ironisa-t-elle.

— Vous ne pouvez pas comprendre ce que je vis depuis que je sais la vérité, Briar. Ma vie et mon passé ont été basés sur un épouvantable mensonge. Je ne vous donne pas le droit de juger mon attitude et ma façon de gérer ma situation personnelle, lâcha-t-il d'un ton sec.

Elle rougit, gênée cette fois.

— Je suis désolée, Luke. Vous avez raison. Je me mêle de ce qui ne me regarde pas.

Sur ce, elle démarra. Après un moment de silence, Luke reprit la parole d'une voix plus douce.

— Non, c'est moi qui suis désolé, Briar. Je sais que, vous comme les autres, vous aimeriez que mes relations avec Tim et Dana soient plus apaisées, mais c'est encore trop tôt. Trop complexe.

— Ma mère disait toujours que rien n'était plus agréable et important que de se faciliter la vie.

Elle lui sourit. Il l'imita.

— C'est le genre de formule sage que toutes les mères ont en réserve.

— Sage mais vraie.

Briar détourna les yeux du visage souriant de Luke Hale, étonnée par les mouvements plus rapides de son cœur. Elle pressa subrepticement la main sur sa poitrine pour se calmer.

— J'aurais pu vous trouver une cachette, Briar, reprit-il avec une hésitation. J'en ai la possibilité et les moyens, du fait de ma profession.

Briar n'avait pas pensé à cette éventualité, mais elle saisit la balle au bond.

— Vous préféreriez que je m'installe dans une maison sécurisée ?

Il répondit du tac au tac.

— Qu'en pensez-vous ? Vous aimeriez ?

Elle se rebella aussitôt à la pensée de trouver refuge, avec son fils, dans un endroit complètement inconnu sous la protection d'étrangers. Mais telle n'avait pas été sa décision, en acceptant de séjourner chez Luke Hale ?

Certes.

Pour autant, elle se sentait bien chez lui, découvrit-elle avec surprise. Même en sécurité. C'était pour le moins inattendu.

— Non ! prononça-t-elle d'une voix nette. Je ne veux pas d'une maison sécurisée.

Elle rougit de son impétuosité, tandis que Luke Hale posait sur elle un regard caressant.

— Je ne regrette pas de vous avoir proposé de vous installer chez moi, Briar.

— Et moi, je ne regrette pas d'avoir accepté. Qu'il en reste ainsi, d'accord ?

Pour toute réponse, il lui sourit, complice.

Briar reporta définitivement son attention sur leur route, soupirant pour expulser son trop-plein d'émotions.

Vers 16 heures, Briar confia Logan à Luke. Elle prétendit avoir une course à faire avant de se rendre au poste de police pour son astreinte de nuit. Ladite course étant en réalité un passage dans son chalet pour une inspection en règle.

Kesey, qui s'y était rendu avant de prendre son service, lui avait assuré que tout y était en ordre. Mais Briar n'était pas tranquille : les individus qui avaient pénétré chez elle deux nuits d'affilée ne jetteraient pas l'éponge simplement parce qu'elle avait quitté les lieux avec son fils.

Leur tentative d'enlever Logan était un moyen de faire pression, dans le cas où elle retrouverait, avant eux, ce qu'ils voulaient avec tant d'obstination.

Le problème justement, c'était de savoir ce qu'ils cherchaient. Ce devait être important pour qu'ils aient tenté d'arracher un jeune enfant à sa mère.

Sur ce, Briar se gara devant chez elle. Les environs étaient paisibles, mais elle resta derrière son volant, prudente et attentive.

La brise agitait les feuillages et enveloppait les sapins de Fraser qui tapissaient les flancs de la montagne. L'après-midi touchait à sa fin, le soleil brillait, mais aux pieds des Smoky Mountains, l'ombre et la pénombre s'étendaient déjà.

La température restait douce. Cependant, Briar remonta le col de sa veste trop légère et contint un petit frisson.

La main sur son holster, elle fit le tour du chalet, jetant un œil par chaque fenêtre, essayant de repérer ce qui avait pu être déplacé dans son intérieur.

Alors qu'elle tournait le coin de la maison, un souffle rauque lui fit subitement ralentir le pas.

Elle sortit son Glock, s'approcha à pas de loup, puis se figea.

Tommy Barnett, son voisin, gisait dans une mare de sang, visage face au ciel.

Malgré son inquiétude, elle observa les alentours avant de se précipiter, chercha des signes d'une ou plusieurs présences, redoutant même un piège, mais il n'y avait rien que le paisible paysage de montagne et la course du vent.

La main sur la crosse de son Glock, elle courut auprès de Tommy pour évaluer la gravité de ses blessures.

Sa chemise était imbibée de sang, à tel point qu'elle ne pouvait identifier ses lésions, mais il semblait avoir reçu de nombreux coups de couteau.

Briar sortit vite son Smartphone et composa le 911, puis relata la situation en des termes précis et concis.

Sitôt que le dispatcher lui eut annoncé l'arrivée de la police et des urgences, elle rangea son Smartphone et examina mieux les blessures de Tommy. Son voisin était dans un état gravissime.

— Tommy ? C'est Briar. Vous m'entendez ?

Le visage de Tommy était gris. Un gémissement, une espèce de gargouillement, s'échappa de ses lèvres entrouvertes. Il essayait manifestement de parler. Briar se pencha sur lui. Que voulait-il lui confier ?

— Il ne cessera… pas…, balbutia Tommy.

— Qui ?

Elle lui prit le pouls à la gorge : il était faible.

— Blake… Ne cessera pas… chercher.

Son cousin Blake…, comprit Briar. Elle n'en était qu'à moitié surprise.

— Tommy ? C'est Blake qui vous a poignardé ?

La main de Tommy, poisseuse de sang, se referma autour de son poignet avec une vigueur étonnante.

— Vous… ne fuirez jamais assez loin…

Soudain, il relâcha sa pression, laissant sur son poignet une marque sanglante. Un râle s'échappa d'entre ses lèvres et fut suivi par le silence, comme si l'âme en partance de Tommy avait emporté, avec elle, la petite musique de sa vie.

Alors Briar se redressa et s'assit sur ses talons, les larmes aux yeux, parcourue de frissons.

Enfin, elle se releva lentement et observa les alentours.

« Elle ne fuirait jamais assez loin… »

C'était probablement la sinistre vérité.

7

— Vous auriez dû m'appeler ! s'exclama Luke, toujours sous le choc.

L'arrivée chez lui de Briar, pâle, les vêtements tachés de sang, l'avaient épouvanté. La jeune femme n'était pas blessée, mais il n'était pas rassuré pour autant.

— Je suis désolée, Luke. Je ne voulais pas vous alerter, d'autant que le chef de police m'a intimé de rentrer tout de suite à la maison.

A la maison...

Un sentiment étrange envahit Luke et d'ailleurs, Briar sembla se rendre compte de la portée de ses propos, car elle lui adressa un sourire bref et gêné.

— Enfin... ici, je veux dire.

— Allez vite vous changer et prendre une douche, lui conseilla-t-il gentiment pour couper court à son embarras. Mais avant, vous voulez peut-être boire un cognac pour vous remettre de vos émotions ?

Il n'était pas sûr d'en avoir, car il n'avait pas organisé de dîner depuis plusieurs semaines à cause du séisme qui avait ébranlé sa vie et sa famille. Il espérait néanmoins dénicher un fond de brandy ou de porto.

— Vous n'auriez pas plutôt du cacao ? Je préférerais un chocolat chaud.

Il sourit.

— Je constate que vous aimez les boissons fortes !

Elle lui adressa un vrai sourire, et non ce demi-sourire qu'elle lui réservait depuis leur rencontre.

— Oui, fortes en chocolat ! J'aime vivre dangereusement !

Rappelé au danger qu'elle avait couru, il se rembrunit.

Le cousin de Briar et ses complices ne devaient pas être loin au moment où elle avait trouvé Tommy à l'agonie. Les blessures de son voisin étaient si graves qu'il avait succombé peu après les avoir reçues.

— Utilisez ma salle de bains au lieu de celle de votre chambre. Logan dort, il ne faut pas le réveiller. Il pourrait prendre peur en vous voyant dans cet état.

Le sourire de Briar disparut.

— Vous avez raison. Merci d'y avoir pensé.

Elle monta l'escalier d'un pas pesant et accablé.

Luke s'apprêtait à lui faire son chocolat quand son portable sonna.

— Luke Hale.

— Tim Massey.

La voix du chef de police, étonnamment, le soulagea.

— Briar est rentrée, annonça-t-il sans attendre. Elle est en sécurité.

— Je sais. J'ai demandé à Kesey de la suivre jusque chez vous.

Evidemment…, songea Luke. Les policiers étaient solidaires des leurs, ce qui, selon les circonstances, avait des effets positifs, ou négatifs. Le poste de police de Bitterwood avait en effet récemment été l'épicentre de plusieurs affaires de corruption qui n'étaient pas totalement élucidées.

— Briar est allée prendre une douche. Vous voulez lui laisser un message ?

— Non. Je voulais juste que vous soyez informé des faits.

— C'est inutile : Briar m'a déjà tout raconté.

— Elle vous a rapporté ce que Tommy avait eu le temps de lui révéler avant de mourir ?

— Il a mentionné son cousin Blake ?

— Oui. Il a aussi dit que Blake ne cesserait pas de chercher… jusqu'à ce qu'il trouve ce qu'il voulait. Que Briar ne pourrait jamais fuir assez loin.

— Blake et ses hommes seraient prêts à venir chez moi ?

— Oui. Nous devons peut-être réévaluer les mesures relatives à sa sécurité et celle de son fils ?

— J'ai déjà informé Briar que je pouvais l'installer dans une maison sécurisée avec Logan.

— Ah bon ? fit Tim, l'air surpris.

— Oui. J'ai vraiment leur sécurité à cœur.

— Je crois que ce fait est désormais bien établi, lâcha Tim d'une voix plus amusée que sèche.

— Seulement Briar a refusé ma proposition, enchaîna Luke. Après les événements de ce soir, je devrais peut-être lui reposer la question…

— Je le crois aussi… Renoncez à assurer seul sa sécurité.

— Et lui retirer la possibilité de choisir entre chez moi et une cachette ?

C'était comme l'abandonner à son sort.

— Je le refuse !

— Je m'en doutais, déclara Tim en soupirant exagérément. Dans ces conditions, vous avez peut-être les moyens d'engager des vigiles ?

— Oui.

— Je vous suggère donc de contacter Sutton Calhoun, de The Gates, vous savez, cette nouvelle agence qui se trouve à Purgatory ?

— Je connais Sutton Calhoun, confia Luke d'une voix posée.

Il connaissait aussi la réputation, positive, que The Gates commençait à avoir, dans la région.

— Je vais vous donner son numéro, ajouta Tim.

— C'est inutile, je l'ai déjà, répliqua Luke avec impatience. Je m'en occupe. A partir de demain, il y aura un vigile à l'entrée de ma propriété.

— Très bien. Dites à Briar de me contacter si elle a besoin de quoi que ce soit.

— C'est d'accord.

Luke raccrocha, mais songeur, laissa sa main sur le combiné et consulta sa montre. Il était presque 20 heures, que faire ?

Pas grand-chose… La police était informée des faits et était sur les dents. Il n'y avait d'autre suspect que Blake Culpepper qui, de toute façon, figurait déjà sur la liste BOLO — Be On the Look Out. Autrement dit, le cousin de Briar était recherché dans tout le Tennessee.

Faute de mieux, Luke prépara le chocolat chaud de Briar, tout en tendant involontairement l'oreille vers la salle de bains. Aussitôt, l'image de la jeune femme, nue, envahit son esprit, tant et si bien que la boîte de cacao lui échappa. Il la posa sur le comptoir, le cœur battant trop fort, l'esprit enfiévré.

Qu'est-ce qui lui arrivait ? Briar avait été témoin de l'agonie de son voisin et lui, il ne pensait qu'à ses seins, ses hanches et ses cuisses ?

Ressaisis-toi tout de suite, Hale !

Ainsi fit-il. Il parvint à se concentrer sur la préparation du chocolat chaud, négligeant l'usage du micro-ondes pour le préparer dans les règles de l'art, sur la gazinière.

Le bruit de la douche cessa peu après et un profond silence tomba.

Luke attendit Briar avec impatience.

Comme au bout d'un moment elle ne revenait toujours pas, il s'approcha au pied de l'escalier et, de nouveau, prêta l'oreille, mais il n'y avait aucun bruit.

Et si Blake Culpepper avait réussi à franchir la fenêtre et menaçait Briar et son fils pendant qu'il tergiversait ? s'alarma Luke.

Sans plus attendre, il grimpa l'escalier quatre à quatre et remonta le couloir en courant. Il ouvrit à la volée la porte de la chambre d'amis : Logan était paisiblement endormi.

Submergé par un incroyable soulagement, Luke se pencha sur le petit garçon et caressa ses cheveux. Comme l'enfant soupirait, il craignit de l'avoir réveillé et recula.

Il se retourna et se figea : Briar, sur le pas de la porte, l'observait.

Son regard évoquait l'océan sous un ciel d'orage. Ses boucles humides encadraient son visage et quelques gouttes d'eau mouillaient son petit haut couleur chair, lequel moulait si bien ses seins qu'elle aurait pu être nue d'autant que, à l'évidence, elle ne portait pas de soutien-gorge. Son corsaire noir galbait idéalement ses jambes. Le vernis de ses ongles de pieds était bleu foncé.

Une étrange chaleur le gagna et se nicha dans son bas-ventre. Il prit la parole d'une voix incertaine.

— Je pensais…

Briar recula, lui faisant signe de se replier avec elle dans le couloir.

Luke obtempéra et ferma la porte de la chambre derrière lui, le cœur battant toujours avec violence d'autant que Briar le dévisageait, les lèvres entrouvertes et le souffle court. Une petite veine pulsait à sa tempe, constata-t-il, éperdu.

Il en oublia de respirer. Ses poumons privés d'oxygène le brûlaient et cependant, il ne parvenait pas à trouver son souffle.

Le regard de Briar fut soudain tout proche du sien et plus intense qu'il ne l'avait jamais été.

Animé par une volonté qui lui échappait, Luke posa la main sur sa joue, la caressa timidement et en écarta les boucles que l'eau y avait plaquées, rivant ses yeux aux siens.

— Je n'ai plus rien entendu… alors pendant un instant, j'ai cru que…, murmura-t-il d'une voix sans timbre.

Mais Briar ne semblait pas l'écouter. Elle ferma les yeux et inclina la tête sur sa main, comme si rien n'importait plus que ce geste de tendresse qu'il avait à son égard.

Sa peau était d'une incroyable douceur, découvrit-il avec émerveillement : comme veloutée par la brume de l'aurore. L'odeur de son propre gel douche avait, sur la peau de Briar, une nuance plus féminine et pour le moins sensuelle.

Il retira sa main, ferma le poing et recula jusqu'à heurter le mur du couloir.

— Je me faisais du souci, conclut-il, rompant enfin l'étonnant silence qui les avait enveloppés.

Au même instant, Briar se laissa glisser contre le mur, s'assit, puis elle rassembla les jambes sous le menton. Luke l'imita.

— Je n'ai vu le corps de Johnny qu'à la morgue, commença-t-elle subitement, le regard perdu.

Luke le savait, car cette information, à savoir, sa déposition, figurait dans le dossier Blackwood avec le rapport d'autopsie et celui du coroner.

— Et ce soir, en voyant Tommy, vous avez été ramenée au souvenir de Johnny mort ?

Elle passa le pouce sur le menton et leva lentement les yeux sur lui.

— Pourquoi avoir tué Tommy ? Parce qu'il aurait surpris Blake Culpepper et ses acolytes en train de pénétrer chez moi ?

— C'est votre interprétation des faits ?

Elle secoua la tête.

— Si je savais… Et j'ai peur de savoir.

— J'espère que vous ne vous reprochez pas le meurtre de Tommy ?

Elle ne répondit pas et lui déroba son regard.

— Briar ! Je vous en prie ! Ce n'est pas votre faute.

Elle reporta le regard sur lui.

— Blake et ses hommes veulent quelque chose qui se trouve caché chez moi, mais je ne sais pas ce que c'est ! Et de toute façon, ça ne vaut certainement pas la peine de tuer un homme !

— Rien au monde ne vaut la peine de tuer un innocent. Ce que Blake recherche doit être important. Explosif. Dangereux pour de nombreuses personnes… Selon vous, les deux individus qui ont voulu enlever Logan étaient les mêmes que ceux qui étaient entrés par effraction chez vous, la nuit d'avant ?

Briar poussa un soupir.

— Je ne sais pas. Mais dans tous les cas, c'est la même chose qui les intéresse.

— Aucun d'entre eux n'était votre cousin Blake ?

— Ça, j'en suis certaine. Je l'aurais reconnu.

— Mais ce soir, votre voisin a prononcé son nom, n'est-ce pas ?

— Oui.

Briar observa ses pieds et sembla étudier ses ongles vernissés.

— Soit Blake était présent, soit il a envoyé ses hommes ? Les mêmes que la veille et l'avant-veille ? D'autres ? Je n'en sais rien.

Les émotions les plus diverses jouaient sur ses traits, nota Luke.

— Il y a au moins cinq personnes en cause, résuma-t-il. Les quatre hommes de la veille et de l'avant-veille. Plus Blake. Et sans doute davantage. Ils recherchent quelque chose qui a un lien, de près ou de loin, avec leur milice antigouvernementale. Qui la mettrait en péril ?

— Quoi ?

Briar leva sur lui un regard si intense qu'il frissonna.

— Quelque chose qui vaut la peine de pénétrer dans la demeure d'un policier et de la fouiller à deux reprises, souligna-t-il.

— Et qui vaut la peine de kidnapper l'enfant de ce policier. De tuer un voisin.

Elle s'interrompit et poursuivit.

— Quelque chose que Blake pense que je détiens ou que je sais comment obtenir. Qui est lié à Johnny ? Luke...

Elle se leva d'un mouvement souple et l'invita d'un signe de tête à gagner la cuisine.

— Qu'avez-vous découvert en enquêtant sur Wayne Cortland ? Comment êtes-vous remonté à Johnny ?

Elle s'assit à la table-bar et porta à ses lèvres une des tasses de chocolat.

— C'est froid..., murmura-t-elle avec une grimace.

Il lui prit la tasse des mains, mais ce nouveau contact le troubla un peu plus et il s'empressa de mettre les tasses au micro-ondes.

Briar dut ressentir la même chose car elle reprit précipitamment leur conversation :

— Pourquoi Wayne Cortland de Cortland Lumber, dépôt de bois de Virginie, se serait-il intéressé à Davenport Trucking, une petite société de transport routier du Tennessee ? Nous savons que Cortland Lumber était la couverture de Wayne Cortland, mais ceci n'explique pas cela.

Luke se tourna vers elle.

— Nous sommes presque certains que Wayne Cortland s'intéressait au contrat qui liait Davenport Trucking et l'ORNL — le laboratoire national d'Oak Ridge, dans le Tennessee. Vous n'êtes pas sans savoir que c'est un centre d'études nucléaires, un laboratoire pluridisciplinaire dédié à la science et à la technologie qui travaille pour le département de l'Energie des Etats-Unis. Avant de mourir dans l'explosion de son entrepôt, Cortland aurait projeté d'y causer une catastrophe dans le but d'arrêter, ou de retarder, l'exploitation et la production de pétrole à partir de schistes bitumineux dans notre région.

Briar écarquilla les yeux.

— Il voulait stopper l'exploitation de pétrole à partir de schistes bitumineux ? Mais pourquoi ?

— Le réseau Cortland gérait diverses milices radicales qui agissaient illégalement dans le Tennessee, la Pennsylvanie et le Kentucky. L'exploitation et la production de pétrole à partir de schistes bitumineux auraient attiré du monde, donc de l'attention : ingénieurs, ouvriers, etc. Ce qui aurait mis fin à l'impunité de ces milices.

Briar réfléchit un instant.

— Cortland aurait ambitionné d'utiliser Davenport Trucking pour livrer un explosif ou une autre substance dangereuse au laboratoire de Oak Ridge, ce qui aurait représenté une grave menace voire provoqué un accident nucléaire ?

— Je pense que son intention était plus d'intimider que de provoquer une catastrophe, dont il aurait lui aussi pâti.

A cet instant, le four à micro-ondes sonna. Luke en sortit les deux tasses de chocolat et en tendit une à Briar.

— Attention. C'est très chaud.

Elle le dévisagea avec une expression de curiosité.

— Cortland aurait utilisé Johnny pour conduire le camion avec la livraison habituelle destinée au laboratoire de Oak Ridge, plus le matériel destiné à provoquer une éventuelle catastrophe ?

— C'est une possibilité. Tout ce que je sais, c'est que de son côté, Johnny semblait beaucoup s'intéresser à Cortland. Ses questions sur ses activités ont même provoqué l'étonnement de sa comptable. Voire d'autres personnes ?

— C'est pour ça que Johnny aurait été tué ? A cause de sa trop grande curiosité ?

— Peut-être.

Elle but son chocolat chaud, l'air pensif.

— Vous étiez heureuse, avec lui ? demanda-t-il, regrettant sa question sitôt qu'elle eut franchi ses lèvres.

Briar lui adressa un regard sans aménité.

— C'est important ?

Il hocha la tête négativement. Elle posa sa tasse sur le comptoir.

— Je vous ai déjà dit que, le jour où il a été tué, je consultais un avocat pour demander le divorce. Cela devrait répondre, d'une certaine façon, à votre question.

Elle enveloppa sa tasse des deux mains.

— Je l'ai aimé et peut-être que je l'aimais encore, même si je voulais me séparer de lui. Johnny a été mon premier amour. Un amour d'adolescente envers un éternel adolescent. Je suis presque certaine que cette comptable de Virginie n'était pas sa première aventure… Je ne supportais plus la déchéance de notre couple, je refusais de toucher le fond, et surtout, je ne pouvais supporter que Logan en soit victime. J'ai longtemps réfléchi à une solution.

— Au moment où vous l'avez trouvée, Johnny a été tué.

— J'ai de la chance d'avoir eu un alibi, n'est-ce pas ?

Elle fronça les sourcils et il résista au désir de lisser les petites rides sur son front. Ce désir devint même si intense qu'il noua ses mains étroitement autour de sa tasse.

— Pourquoi vous n'allez pas vous coucher, puisque vous n'êtes pas d'astreinte cette nuit ?

Mais elle secoua la tête et déversa le reste de son chocolat dans l'évier.

— Je me sens mieux, maintenant. Il n'y a aucune raison pour que je ne me rende pas au poste.

— Le chef vous a cependant intimé de rentrer ?

Elle haussa les épaules.

— Et moi, je m'ordonne de retourner travailler.

Elle se dirigea vers la porte, mais soudain, se figea et fit volte-face.

— Si Logan se réveille, il va vous demander de lui lire une histoire. Cela ne vous ennuie pas ? Ses livres sont dans le sac à dos, dans la chambre d'amis.

Luke sourit.

— Je crois que je me débrouillerai.

A son tour, elle sourit, visiblement reconnaissante.

Resté seul, Luke versa aussi le reste de son chocolat dans l'évier. Puis, comme son portable sonnait, il le sortit de sa poche et vérifia l'écran.

— Bonsoir maman.

— Tu devais m'appeler pour organiser notre dîner...

Il ferma les yeux et fit la grimace.

— Je suis désolé... J'ai eu quelques imprévus, aujourd'hui. On reporte ?

— Demain au Sequoyah House Tea Room, vers midi.

A l'évidence, sa mère n'accepterait ni un refus ni une dérobade de sa part.

— C'est d'accord : rendez-vous au Sequoyah House demain à midi, acquiesça-t-il, résigné. Tu vas bien ?

— Oui, oui, ça va, merci, répondit sa mère d'un ton bref. Je ne te retiens pas. A demain, Luke.

Il raccrocha et rempocha son téléphone, regrettant déjà d'avoir accepté ce rendez-vous et en même temps, se reprochant son manque d'enthousiasme.

Sa mère méritait sa sollicitude et son soutien, après la trahison de son père et de son grand-père qui n'avait pourtant eu d'autre but que de la protéger...

Mais le mal qu'ils lui avaient causé était proportionnel à l'amour dont ils avaient tant voulu l'entourer.

8

La sonnerie à l'entrée réveilla Briar qui s'était assoupie sur le canapé, Logan pelotonné contre elle. Par chance, son fils dormait toujours.

Pourvu que le visiteur ne se remette pas à sonner.

Elle prit son Glock par précaution et se dirigea, sur la pointe des pieds, vers la porte, jetant un œil par le judas.

C'était Kesey.

Soulagée, elle rangea son Glock, déverrouilla et retira la chaîne de sécurité.

— Tu es d'astreinte ? lui demanda-t-elle à voix basse.

— Bonjour à toi aussi, lui dit-il sur le même ton.

Elle le conduisit dans la cuisine.

— Chut ! Logan dort, l'informa-t-elle.

Kesey regarda autour de lui, approbateur.

— Jolie maison. Je n'étais jamais venu.

— Comment ? Tu n'es pas sur la liste des invités des Sutherland Hale ? plaisanta-t-elle. Je pensais pourtant que les Nix étaient l'une des plus anciennes familles de la région.

— C'est le cas. C'est peut-être le problème, justement ?

— Quel bon vent, Kesey ?

— Je suis venu voir si tout allait bien. Si Hale te traitait avec les égards qui t'étaient dus.

— Il est adorable, répondit-elle en souriant.

— Et si soucieux de te protéger : j'ai vu un vigile à l'entrée de la propriété.

Il se tut et la dévisagea.

— C'est drôle, mais j'ai l'impression que tu l'apprécies beaucoup ?

Briar, embarrassée, haussa les épaules. Elle se remémorait parfaitement l'instant d'émotion qui les avait enveloppés, la veille au soir. Elle avait décidé de remiser ce moment déconcertant au loin dans sa mémoire ; malheureusement, ce souvenir semblait être réfractaire à son désir d'oubli. Luke Hale se révélait plus attirant qu'elle ne l'avait pensé. Au point de céder à son charme ?

— Il est gentil, répondit-elle enfin à Kesey. En plus, Logan l'aime beaucoup.

Kesey lui donna un coup de coude complice.

— Comment le sais-tu ? Logan te l'a soufflé à l'oreille ?

Elle le taquina à son tour :

— Tu ne serais pas un peu jaloux ? Tu as peur que Logan l'aime plus que toi ?

— Quoi qu'il en soit, Hale peut lui acheter de plus beaux jouets.

— Arrête un peu, Kesey, Logan t'adore ! Mais tu ne seras jamais son père ! Contrairement à Luke...

Dès que ses mots eurent franchi ses lèvres et que cette pensée intempestive eut jailli dans son esprit, elle rougit.

— Non que Luke puisse le devenir... Enfin, je veux dire...

— Tu te fais des idées sur lui, Briar. Mais Hale aurait sacrément de la chance si tu le choisissais.

Elle sourit avec un pincement de plaisir au cœur.

— Je me demande pourquoi il est encore célibataire à trente-sept ans.

De nouveau, s'imposa à son esprit leur moment d'égarement, la veille au soir : le regard plus sombre de Luke quand il lui avait caressé la joue, la sensation de ses doigts un peu tremblants sur sa peau.

— Il a été fiancé autrefois, expliqua Kesey qui avait cessé de sourire. Elle s'appelait Calinda Morgan. C'était la plus jolie fille du lycée. Les garçons en étaient fous, mais elle n'avait d'yeux que pour le beau Luke Hale. Tout le monde pensait qu'ils allaient se marier. Puis le vieux Peter Sutherland a décidé d'envoyer Luke étudier à Harvard et Calinda est restée à l'attendre. Deux ans plus tard, elle a rencontré un autre homme, a rompu avec Hale et s'est mariée.

— Sans blague, le vieux Peter a envoyé Luke à Harvard ? J'imagine que c'est au moment où Tallie Cumberland et son mari sont revenus à Bitterwood ?

— Je n'y avais jamais pensé, mais je suis sûr que tu as raison.

Kesey secoua la tête.

— D'après ce que je sais, Luke a beaucoup souffert de cette rupture.

— Il n'a plus eu de relation sérieuse depuis ?

— Pas vraiment. Il papillonne. On le voit souvent en photo dans les journaux avec une jolie blonde à son bras.

— Blonde ?

Elle l'avait dit d'un ton léger, mais sa déception n'échappa guère à Kesey. Il joua affectueusement avec l'une de ses boucles brunes.

— Dommage pour toi, Briar. Tu vas devoir jeter ton dévolu sur un autre riche célibataire !

Briar changea de sujet pour conjurer son embarras.

— Bon, et toi avec Dana, ça va ?

— Justement ! Il faut que je te montre quelque chose !

Son ami sortit de sa poche un écrin en velours.

— Oh mon Dieu ! s'exclama Briar, le cœur battant à tout rompre. Tu vas te marier !

— Si elle accepte.

Kesey ouvrit l'écrin. Il contenait un diamant monté en marquise sur un anneau d'or.

— Le diamant est petit, je sais, mais…

— Cette bague est magnifique ! Dana va être folle de joie.

Briar jeta ses bras autour de son cou.

— Félicitations ! Tu vas devenir un homme marié et comblé !

Kesey éclata de rire. Son bonheur le transfigurait, constata Briar avec joie. Voilà comment devait être le véritable amour, conclut-elle. Elle-même en ignorait tout, puisqu'elle ne l'avait pas connu avec Johnny.

Après dix ans de mariage, il était resté le même adolescent charmant et charmeur de ses années de lycée. Mais elle, elle avait changé… Leur couple en devenir avait peut-être été voué à l'échec dès le début.

Comment aurait-elle pu savoir, à l'époque, que leur grande jeunesse leur avait fait plaquer le mot amour sur ce qui n'était qu'une amourette ?

Nina Hale planta ses yeux dans ceux de Luke.

— Quand as-tu vu ton père pour la dernière fois ?

Vingt minutes de conversation anodine mais fastidieuse avaient été nécessaires pour arriver à ce sujet épineux qui tenait tant au cœur de Nina.

L'appétit coupé, Luke posa sa fourchette.

— Je ne sais pas, maman. Quelques semaines ?

— Quatre ! précisa-t-elle. Il croyait pourtant que tu voulais l'aider.

— Je l'ai aidé.

Nina haussa les sourcils.

— Je sais que ton père t'a fait beaucoup de mal, Luke. Il m'a aussi fait souffrir. Je ne peux penser aux actes de mon propre père sans avoir les larmes aux yeux.

Touché par son affliction, Luke tendit le bras et posa sa main sur la sienne. C'était un geste d'affection sans ostentation. Les Sutherland et les Hale ne s'exhibaient jamais, ni en privé ni en public.

— Je suis désolé, maman. Je ne suis pas avocat de la défense, mais procureur. Je représente le ministère public donc je ne peux pas le défendre.

— Mais nous parlons de ton père !

Luke allait nier, mais il se ravisa et noua son poing sur son genou.

— J'ai engagé un très bon avocat de Knoxville ; c'est le meilleur de la région.

— Il n'a besoin que de son fils !

— Ecoute, maman...

— Il ne mérite pas que tu rompes le contact. Il a attenté à la vie de Dana Massey seulement pour te protéger.

Luke secoua la tête.

— Non, pour se protéger. Te protéger. Il est accusé d'homicide volontaire.

— Mais il n'a même pas blessé Dana.

— Il en avait l'intention puisqu'il a braqué une arme sur elle. Il a eu de la chance, c'est tout. Ne défend pas l'indéfendable.

— C'est parce que ton père ne voulait pas te perdre.

— Maman, j'avais vingt-quatre ans quand il a appris la vérité. J'étais étudiant, j'avais quitté la maison. Il aurait pu me dire la vérité. C'aurait été terrible pour toi, pour moi, mais nous n'en serions pas arrivés à de telles extrémités.

— Paul a fait un mauvais choix, murmura-t-elle, la voix contrôlée mais le regard lugubre.

Luke soupira.

— Je lui pardonnerai, mais il me faudra du temps. Je lui faisais confiance et il m'a menti.

L'émotion l'étrangla brusquement.

Au début, il avait été dans le déni, il avait rejeté avec virulence les révélations de Dana et Tim Massey. Pourtant, au premier regard sur Dana, il avait deviné, pressenti, avant qu'on ne le lui divulgue, que sa vie, son monde et tous ses repères étaient bouleversés.

L'aveu de son père l'avait soulagé en transformant ses terribles doutes en de plus terribles certitudes, lesquelles lui permettaient cependant de repartir de zéro pour se reconstruire.

— J'ai été enfant unique et soudain, j'ai un frère et une sœur, lâcha-t-il à contrecœur.

— Je t'en aurais donné si j'avais pu, répondit vivement Nina. Au fait, j'ai parlé à Tim Massey…

— Quand ? Pourquoi ?

— Parce que je l'ai croisé en ville. Il s'est présenté à moi, et nous avons échangé quelques mots.

— Je lui avais dit de te laisser en paix !

— Tu n'as pas besoin de me surprotéger. Il a été poli et gentil.

Nina but une gorgée de thé et reposa délicatement sa tasse sur la soucoupe.

— Il est même très sympathique.

Luke s'en étouffa presque, mais il parvint à se ressaisir.

— Pourquoi tu me parles de lui ?

— Il paraît que tu héberges une jeune femme chez toi ? biaisa Nina.

Les ragots qui se répandaient dans les petites villes étaient plus efficaces qu'une opération de la CIA, songea Luke avec dépit.

— C'est un témoin potentiel dans une enquête.

— Elle est policier, je crois ? Jolie ?

— C'est strictement professionnel, maman.

— Est-elle jo-lie ? insista Nina en détachant bien les syllabes.

— Oui, elle l'est.

— Cela te pose un problème, Luke ? Je veux dire de cohabiter avec une jolie femme ?

— Je refuse de m'engager dans une conversation aussi absurde !

— J'imagine.

Nina but une autre gorgée de thé.

— Tu sais que ta campagne électorale pourrait en être affectée…

Ah, voilà ! Son directeur de campagne, Bill Murphy, avait dû s'entretenir avec sa mère… D'où cet échange pour le moins surréaliste.

— Bill t'a demandé de me transmettre d'autres suggestions ?

A sa grande surprise, sa mère lui adressa un sourire désarmant.

— Non. C'est la seule.

— Alors que les choses soient bien claires : je n'entretiens pas une liaison avec cette jeune femme, assura-t-il en s'efforçant d'oublier les jambes galbées de Briar, ses seins ronds et parfaits et puis aussi, l'odeur de son gel de douche si sensuel sur sa peau. Elle a un petit garçon âgé de trois ans et aucun chaperon ne saurait être plus efficace !

— J'en conviens. Son mari est mort il y a plusieurs mois. Il a été tué ?

— Mère !

— Je déteste quand tu m'appelles mère, Luke ! C'est comme si tu m'adressais des reproches.

— N'est-ce pas toi qui, un jour, m'as dit que tu détestais les ragots ?

— En effet, mais c'est le seul moyen pour apprendre ce qui se passe dans ta vie.

Luke repoussa son assiette. Il avait à peine touché à son plat.

— J'irai rendre visite à papa.

— Est-elle en danger ? reprit Nina, ignorant ces derniers mots.

Luke poussa un soupir excédé.

— Oui. Et son fils aussi.

— Tu es prêt à les protéger ? Ton dernier cours de taekwondo remonte à une éternité, Luke !

Il partit d'un grand rire.

— Elle tire mieux que moi ! Et elle m'a même donné une leçon au stand de tir de la police, hier.

— Elle te plaît, n'est-ce pas ? insinua Nina avec un petit sourire.

— Maman…

— C'est une Culpepper. Tu as entendu parler de la réputation des Culpepper ?

— Ne sois pas snob, par pitié.

Elle leva sa tasse de thé à ses lèvres pour masquer, mal, un sourire entendu.

— Je ne le suis pas. De plus, les Cumberland ont désormais une réputation pire que celle des Culpepper. Mais qu'importe… je t'aime plus que tout, pour tout accepter, mon fils.

Cette déclaration surprit Luke au plus haut point. A croire que sa mère semblait se réconcilier avec leur passé pourtant douloureux.

— Tu as déjà rencontré… ma… enfin, Tallie ? bredouilla-t-il.

— Oui, un jour au parc. A l'époque, tu avais environ un an. Je ne la connaissais pas. Bien entendu, je ne savais pas que ton père et grand-père lui avaient volé son bébé, et je ne l'avais jamais rencontrée. Je ne connaissais le drame que par ce que j'en avais lu dans les journaux. Elle était si jeune quand tu es né : dix-huit ans tout juste… Mais je sais maintenant que c'était elle. Dana lui ressemble tellement.

Le regard de Nina devint vague, comme si elle revoyait sa rencontre avec Tallie.

— Elle a noué la conversation avec moi et elle t'a immédiatement adoré. Comme je raffolais de toi, je n'ai pas trouvé étrange qu'une autre personne t'aime d'emblée.

— Dana a raconté que, à partir de ce moment, Tallie a cessé de convaincre les gens que j'étais son fils, lâcha Luke.

— Car elle a vu combien tu m'aimais. Combien je t'aimais. A la folie.

Elle saisit impétueusement ses mains à travers la table et les serra entre les siennes avec ferveur. Luke n'en revenait pas.

— Ta jolie jeune invitée aime autant son fils ? s'enquit Nina.

— Oui.

— Alors elle en vaut la peine, Luke ! Vis ta vie, construis ton bonheur et ne t'occupe pas de politique ou des instructions de ton directeur de campagne. Elle te plaît, ne laisse pas passer ta chance.

Leur déjeuner terminé, Luke raccompagna sa mère jusqu'à sa voiture et, mû par une impulsion, la serra dans ses bras.

— Merci, maman. Ça m'a fait du bien de te voir.

Elle lui sourit.

— A moi aussi. Je me moque de l'ADN, Luke. Tu es mon fils. Et je ne cesserai jamais de le clamer haut et fort.

Son sourire s'effaça. Son regard bleu redevint sérieux.

— Je ne te demanderai jamais de choisir entre moi, et ton frère et ta sœur. Ne leur tiens pas rancune… Ce qui nous arrive à tous n'est pas leur faute. Dana et Tim sont aussi des victimes, ne l'oublie pas.

Il l'embrassa sur le front, humant son odeur d'eau de rose, qui le reporta à sa plus petite enfance.

— Merci maman.

Le reste de l'après-midi traîna en longueur ; il le consacra à rattraper son retard au travail. A la suite de quoi, il se concentra de nouveau sur les informations relatives au réseau criminel de Wayne Cortland et à ses éventuelles ramifications. Il avait promis à Briar de lui donner accès à ces dossiers, se souvint-il alors. Il appela donc Janet, sa secrétaire, et lui demanda de les lui photocopier avant la fin de la journée. Janet parut déroutée, mais elle obtempéra.

Vers 15 h 30, le téléphone sonna. C'était Briar.

— Je voulais savoir si tout allait bien avant de déposer Logan à votre bureau.

— J'ai hâte ! Apportez des jouets, au cas où je ne puisse pas rentrer tôt à la maison.

— D'accord. A tout à l'heure, Luke.

Briar raccrocha si vite qu'il ne put prendre de ses nouvelles.

Il se renversa sur sa chaise et tourna le regard vers la baie vitrée. De son bureau situé au troisième étage, il avait une vue magnifique sur les Smoky Mountains. Le soleil les baignait d'une lueur dorée qui allait décroître au fil de l'après-midi dans la gamme des pourpres et des bleus.

Son grand-père avait insisté pour qu'il voyage au loin. N'avait-il pas plutôt voulu l'éloigner du Tennessee, pour éviter qu'il ne rencontre Tallie ou ses enfants ?

La porte du bureau s'ouvrit.

— Vous avez de la visite, l'informa Janet.

Briar avait fait vite ! se dit Luke, ravi.

Mais ce fut une jeune femme blonde et svelte, vêtue d'un chemisier bleu marine, d'une jupe crayon et d'escarpins Manolo qui entra. Sa chevelure blonde retombait en cascade sur ses épaules. Son sac en crocodile lui avait sans doute coûté une petite fortune.

— Lydia !

Il se leva alors qu'elle contournait son bureau.

— Tu ne m'as pas rappelée ! lui reprocha-t-elle sans préambule, l'enveloppant d'un regard où luisait un mélange d'irritation et d'affection.

Lydia lui avait en effet laissé deux messages dans la matinée, mais il avait oublié de la recontacter.

— Je suis désolé, Lydia. Hier, j'ai été obligé de prendre ma journée et je n'ai pas levé le nez de mes dossiers, aujourd'hui.

— Eh bien, j'espère que tu es à jour, parce que j'ai réussi à réserver chez Berubi à 19 h 30 précises, annonça-t-elle, triomphante.

— A 19 h 30 ? répéta Luke, consterné.

Le sourire de Lydia disparut.

— Tu as oublié ? Mais on a prévu cette sortie la semaine dernière, Luke !

Lydia avait raison… Il avait même reporté ce dîner sous prétexte qu'il avait beaucoup de travail et cette semaine, normalement, il était censé avoir peu d'audiences à la cour, donc davantage de temps libre. Mais c'était avant que Briar et Logan ne fassent irruption dans sa vie.

— Ecoute, Lydia, ce soir, ça ne sera pas possible. Parce que…

— Pardon ? coupa-t-elle en levant les sourcils.

La porte s'ouvrit au même instant. Janet passa la tête dans l'entrebâillement.

— Vous avez deux visiteurs.

Luke n'eut pas le temps de reprendre la parole que Briar entrait, Logan dans ses bras et un petit sac à dos à la main. La jeune femme s'arrêta net à la vue de Lydia, assise sans cérémonie sur un coin du bureau.

— Oh… je suis désolée, Luke, je ne voulais pas vous déranger.

Briar le dévisageait, étonnée et méfiante, faisant évidemment les déductions qui s'imposaient. Elle serra mieux Logan dans ses bras et poursuivit :

— Je peux trouver quelqu'un d'autre pour le garder ce soir.

Sur ces mots, elle fit demi-tour.

— Non ! Il n'en est pas question ! répliqua Luke en la rejoignant, sans plus se soucier de Lydia.

Il lui saisit le bras.

Etonnée, elle baissa les yeux sur sa main.

— Ne vous inquiétez pas, Luke. Vous nous avez déjà tant rendu service. Je vais rattraper Kesey ! Il me dépannera.

— Ce ne sera pas nécessaire, objecta-t-il vivement en souriant à Logan qui le regardait timidement. Logan et moi, nous avons des projets pour la soirée.

— Eh bien, vous n'étiez pas les seuls, persifla Lydia.

Il tourna les yeux vers elle.

— Je suis désolé, Lydia. J'avais oublié les nôtres. Je ne savais pas qu'ils étaient fermes. En outre, tu n'as pas laissé…

— De messages ? Si ! Mais tu ne m'as pas rappelée ! coupa-t-elle.

Luke se sentait mal à l'aise. Il était en train de gâcher, irrémédiablement, ses relations avec Lydia. Mais il n'en était pas contrarié ou malheureux.

— Je suis désolé, Lydia, dit-il seulement.

— C'est tout ? Tu ne veux pas qu'on reporte ce dîner ?

Il hésita, sous le regard scrutateur de Briar.

— Ecoute, Lydia, je ne vais pas avoir le temps de te servir d'escorte dans les jours à venir.

A ces mots, Lydia cilla et ouvrit de grands yeux.

— Pardon ? « Escorte » ? Merci, Luke. Voilà des propos éclairants ! On va donc en rester là. A bon entendeur, salut.

Lydia reprit son sac, se leva et sortit, marquant une pause pour s'adresser à Briar :

— J'espère que vous ne vous faites pas trop d'illusions sur lui. On ne peut pas compter sur lui. Alors un bon conseil : fuyez.

Sur ces mots, elle sortit en claquant la porte.

Luke se laissa tomber sur sa chaise avec un soupir.

— Désolé.

— Rattrapez-la, Luke ! Je vais me débrouiller pour faire garder Logan ce soir !

— Je n'ai pas envie de la rattraper.

Soudain très las, il se frotta les yeux.

— Vous m'avez choisi pour assurer votre sécurité et celle de Logan, alors que ma vie part en lambeaux...

Briar prit place en face de lui et lui sourit.

— Pour commencer, je ne vous ai pas choisi, Luke, c'est vous qui nous avez choisis. Ensuite, je ne connais personne dans ce monde dont la vie ne part pas en lambeaux. Disons que c'est votre tour...

Elle reposa Logan sur le sol et lui donna son petit sac à dos.

— Logan ? Et si tu allais t'asseoir là-bas, pour jouer avec tes petites voitures ?

Son fils parut surpris, mais il obéit sans ronchonner.

— J'ai laissé son siège auto dans le bureau de votre secré-

taire, reprit Briar. Si vous jouez avec lui, je m'éclipserai plus
facilement, je veux dire, sans qu'il le remarque. Parce qu'il
faut bien que je m'en aille…

Briar paraissait incertaine, tout à coup, comme si elle
doutait qu'il puisse bien s'occuper de son fils. Mais Luke avait
décidé de lui prouver sa bonne volonté et il alla s'asseoir en
tailleur à côté de Logan.

— Je peux jouer avec toi, Logan ?

Le petit garçon le dévisagea gravement, puis il prit une
petite voiture de police bleue et la lui tendit.

— Maman. Police.

— Tu as raison. Ta maman travaille dans la police, répondit
Luke, prenant le jouet.

Briar en profita pour s'esquiver.

Logan ne le remarqua pas. Il s'amusait avec la petite
voiture bleue.

Luke décida alors d'interrompre sa journée de travail.

— Et si l'on rentrait à la maison, Logan ?

— Okeydokey ! répondit-il avec un sourire en coin qui
l'émut.

Il l'aida à ranger ses petites autos, prit sa menotte qu'il lui
tendait avec confiance et l'enveloppa dans sa main. De l'autre,
il prit le siège auto.

— On y va ?

— Oh oui.

Le parking du tribunal était bondé, car la journée n'avait
pas encore touché à sa fin. Comme Logan, avec ses petites
jambes, suivait mal son rythme, Luke le souleva dans ses bras.

Au début, Logan fut un peu raide, mais il se pelotonna
vite et avec confiance contre lui, pressant son front dans son
cou. Face à ce témoignage d'affection et de confiance, Luke
eut un petit pincement au cœur.

Quand il arriva à la hauteur de sa voiture, il croisa son reflet
dans la vitre de la portière : il souriait béatement.

Briar lui avait expliqué le fonctionnement du siège auto, le
matin même avant son départ au bureau, et il l'installa sans
mal dans son pick-up. Logan resta sage quand il lui passa la

ceinture de sécurité puis lui tendit son sac à dos rempli de jouets.

La route de Barrowville à Bitterwood était déserte, et ils y arrivèrent vite. En passant devant le petit supermarché de Bitterwood, Luke décida de s'y arrêter pour acheter du lait et des céréales. Il s'engagea dans le parking.

Une fois garé, il détacha Logan de son siège auto et l'enfant lui prit la main sans hésiter.

— Tu aimes les céréales, Logan ?

— Cheerios !

Une fois dans le supermarché, Luke se dirigea vers le rayon des produits laitiers et prit un bidon de lait.

— Tu sais reconnaître les lettres, Logan ? demanda-t-il ensuite pendant qu'ils s'engageaient dans un autre rayon. Tu peux m'aider à trouver les Cheerios ?

Logan s'appliqua et, quand il les identifia, sourit largement.

— Cheerios ! s'exclama-t-il, pointant le doigt sur une boîte.

Luke la mit dans son Caddie. Là-dessus, ils se dirigèrent vers les caisses.

La caissière, une jeune fille d'une vingtaine d'années avait le visage las, une coiffure et un maquillage trop ostentatoires qui la vieillissaient. Mais le sourire lumineux qu'elle adressa à Logan lui redonna tout son charme.

— Comme il est mignon !

Luke sourit avec fierté, paya et entraîna Logan vers la sortie, conscient de son plaisir à jouer le rôle d'un père.

— On va bien s'amuser ce soir, Logan !

L'enfant leva les yeux vers lui et Luke lui adressa un petit clin d'œil.

Mais un individu vêtu de noir surgit alors de derrière son pick-up. L'homme portait une tenue de camouflage et une casquette dont la visière était rabattue sur son visage, par ailleurs grimé comme ceux des soldats en mission.

Luke fut si surpris par cette apparition qu'il se figea. Son imagination lui jouait-elle des tours ?

Lorsque le soleil couchant éclaira le couteau brandi par l'inconnu, il comprit que non.

Son agresseur prit la parole avec une violence glaçante.

— Si vous voulez garder la vie sauve, donnez-moi le petit et fichez le camp.

9

Luke avait travaillé sur de nombreuses affaires criminelles. Il avait souvent réconforté les victimes et les témoins, les avait parfois aidés à préparer leur déposition. Ces derniers lui avaient souvent confié que, sous la menace d'une arme, le champ de vision se rétrécissait d'une façon hallucinante.

« Vous ne voyez que le pistolet que l'on braque sur vous, lui avait expliqué une victime de vol à main armée. Vous ne voyez même pas la personne qui vous menace, vous ne voyez et ne regardez que ça. C'est comme si, en le fixant, vous aviez la possibilité de conjurer la mort ».

Là, sur ce parking de supermarché, Luke comprenait exactement le sens de ces propos. Il fixait le couteau, hypnotisé. Mais les pleurs de Logan, épouvanté et qui s'accrochait à ses jambes, le ramenèrent à la réalité. Il réfléchit à toute vitesse.

Sa carabine était dans son pick-up, dont les portières étaient verrouillées. Il n'avait même pas un canif sur lui et, de toute façon, un canif ne lui aurait pas été d'une grande aide, face à un agresseur si bien armé.

En revanche, il avait un gallon de lait dans son sac de course. Soit un bidon en plastique de quatre litres. Le poids et peut-être l'effet d'une matraque.

Il feinta sur la gauche, simultanément évita le coup de couteau mortel de son agresseur, puis projeta, de toutes ses forces, son bidon de lait contre lui.

L'homme, s'il ne lâcha pas son couteau, vacilla sous le choc qui le déporta sur la voiture voisine. Luke reprit la main de Logan et courut vers le supermarché en espérant s'y mettre à l'abri à temps, car l'homme allait vite se ressaisir et les poursuivre.

Une douleur lancinante au flanc l'obligea à courir voûté, mais il ne lâcha pas la main de Logan. Il parvint même à le soulever de terre et à le serrer contre lui.

Des bruits de pas précipités dans son dos le firent courir plus vite.

Un jeune homme barbu et hirsute sortait du magasin au moment où il en atteignait l'accès. Celui-ci lui saisit le bras avec une telle force que, d'instinct, Luke tenta de se dégager. Puis il comprit : l'homme lui prêtait secours et tentait seulement de l'entraîner plus vite à l'intérieur.

Une fois à l'abri, Luke reprit son souffle. Les portes vitrées du supermarché se fermèrent et l'agresseur, le visage déformé par la colère, s'écrasa presque dessus. De rage, il donna dedans un coup violent, puis s'éloigna à toutes jambes.

— Appelez tout de suite la police ! s'exclama Luke hors d'haleine.

— La police est déjà en route, le renseigna la caissière, livide.

— Vous êtes blessé, monsieur ! s'exclama le jeune homme qui lui avait prêté main-forte.

Il posa la main sur son bras et Luke, encore mal remis de ses émotions, sursauta. Puis la tête se mit à lui tourner et ses oreilles à bourdonner. Il saisit le comptoir d'une main.

Le jeune homme tenta de lui prendre Logan, mais Luke pressait toujours contre lui le petit garçon en larmes, luttant pour garder l'équilibre.

L'appel lui était parvenu par radio à 17 h 15. Code 10-52, c'est-à-dire vol à main armée. Code 10-39 : un blessé.

Briar et Gowdy Thurman étaient les plus proches : ce furent eux qui se rendirent sur les lieux de l'agression. Une unité de secours s'y trouvait déjà et les gyrophares de l'ambulance dispersaient leurs lueurs fulgurantes dans le parking.

Briar entra avec Gowdy dans le supermarché. Plusieurs

personnes formaient un cercle autour des urgentistes accroupis devant la caisse. L'un des deux s'adressait à la victime.

— Ça va aller maintenant. Vous pouvez lâcher le petit. Nous allons nous occuper de lui.

Une voix sourde et remplie de douleur s'éleva avec virulence.

— Non ! Il reste avec moi !

Luke !

— Police ! annonça-t-elle en passant devant Gowdy pour se précipiter.

Luke était assis par terre et étreignait Logan comme si c'était son bien le plus précieux. Logan avait manifestement pleuré. Il ouvrait de grands yeux surpris et semblait troublé de voir tant de monde autour de lui.

Luke l'aperçut. Ses yeux verts se remplirent de soulagement.

— Briar ! Ne vous inquiétez pas, Logan va bien ! annonça-t-il aussitôt, lâchant le petit garçon qui gigota à sa vue.

Briar serra son fils contre elle, le regard fixé sur Luke. Il était blessé au flanc et sa chemise était imbibée de sang.

— Il n'a pas réussi à enlever Logan ! annonça Luke, le regard aussi rivé au sien.

Tandis que Gowdy appelait des renforts par radio, Briar déposa son fils sur le tapis de caisse. Heureusement, il n'était pas blessé. Il reniflait, son nez coulait parce qu'il avait pleuré, mais il était sain et sauf.

— Comment tu vas, mon petit homme ? demanda-t-elle l'embrassant sur le front.

— Luke ? Bobo ? interrogea Logan, l'air perplexe.

Il se pencha pour mieux voir Luke toujours entouré par les urgentistes.

— Luke va bien, chéri.

Du moins, Briar l'espérait.

Sur ce, Gowdy vint faire le point avec elle.

Sous sa casquette, il avait l'air d'un jeune homme dont il avait la minceur, mais sitôt qu'il la retirait et découvrait sa calvitie, il accusait bien sa cinquantaine. Surtout, c'était un pilier du département de police de Bitterwood depuis près de quarante ans. Il avait refusé catégoriquement les promotions, préférant rester simple policier et patrouiller de jour comme de nuit. Il était devenu le formateur par excellence des plus jeunes recrues. « Je n'ai aucun grade dans la police, avait-il expliqué à Briar le premier jour. Mais avec moi, vous apprendrez beaucoup en un rien de temps »

Gowdy lui relata la situation avec sa précision et sa concision coutumières.

— L'agresseur est un homme de type caucasien âgé d'une vingtaine d'années et vêtu d'un T-shirt et d'un pantalon noirs. Visage grimé. Armé d'un couteau de chasse. Des témoins l'ont vu agresser la victime. Celle-ci a asséné un gallon de lait sur son agresseur et a soulevé l'enfant dans ses bras pour courir se réfugier dans le magasin. L'agresseur a ensuite pris la fuite.

Gowdy lui posa la main sur l'épaule.

— C'est votre petit, n'est-ce pas, Blackwood ?

Briar ébouriffa les cheveux de son fils.

— Oui. Et la victime, c'est Luke Hale.

Gowdy haussa les sourcils.

— Le procureur ?

Briar acquiesça, retenant ses larmes.

Elle s'approcha des urgentistes qui donnaient les premiers soins à Luke. Elle ne voulait pas les gêner, mais elle avait besoin de s'entretenir avec lui pour comprendre ce qui s'était passé.

Au même instant, son Smartphone sonna. Elle était si troublée que sa sonnerie la fit sursauter. Elle consulta l'écran. C'était Kesey.

— Je viens d'être informé d'une attaque à l'arme blanche à Bitterwood. Luke Hale serait la victime ? Logan est avec lui ?

— Oui. Il va bien. Je suis déjà sur les lieux.

— Et Hale ?

— Blessé. Je ne sais pas encore si c'est grave. Mais il ne semble pas en danger.

— J'arrive. Tiens bon.

Briar raccrocha, posa sa main sur son front. Sa tête douloureuse allait exploser.

— Ecoutez, Thurman, je ne peux pas laisser Logan…

— Ne vous inquiétez pas, Blackwood, lui dit-il gentiment. Les renforts arrivent.

L'un des urgentistes leva les yeux sur elle. Briar le connaissait de l'époque où elle était dispatcher. Clark Emerson était un brave type, le père de trois enfants.

— Ça va, Briar ? Et ton fils ?

— Ça va. Mon fils aussi : Logan n'est pas blessé.

Puis elle lui montra Luke.

— Comment va le procureur Hale ?

— La blessure est impressionnante, mais elle est superficielle. Aucun organe vital n'a été touché. Il va avoir besoin de points de suture, mais il refuse d'aller à l'hôpital. Il insiste pour vous parler.

Luke avait réussi à se redresser et les fixait, elle et Logan, pendant que l'autre urgentiste s'occupait toujours de lui.

Elle souleva Logan dans ses bras et s'approcha.

— Logan va bien ? lui demanda aussitôt Luke.

Briar s'accroupit devant lui et déposa son fils, qui s'intéressa au tensiomètre.

— Il va bien. Et vous ?

— Ça va. Un peu embêté d'avoir failli m'évanouir.

Le collège de Clark Emerson leur fit signe de se taire pendant qu'il prenait sa tension.

— 13/8, murmura-t-il.

— C'est bon ou mauvais ?

— C'est bon, l'informa Clark avec un sourire.

Briar posa sa main sur le genou de Luke.

— Que s'est-il passé au juste ?

Il hésita, comme s'il cherchait les mots.

— Je me suis arrêté pour acheter du lait et des céréales, afin que Logan ait un vrai petit déjeuner, demain matin. Il a choisi des Cheerios.

— Les céréales qu'il préfère, confirma-t-elle, se déridant.

— Je suis revenu à mon pick-up, quand soudain, un type a surgi. Vêtu de noir, grimé. Armé d'un couteau.

— Quel genre de couteau ?

— Le genre impressionnant.

Sur ces mots, il lui adressa un regard contrit.

— Incapable de décrire un couteau… Je ne suis pas un bon témoin, n'est-ce pas ?

Elle ne put s'empêcher de sourire.

— Vous avez affronté un homme armé et sauvé la vie de mon fils. Alors je ne vais certainement pas me plaindre de la qualité de votre témoignage.

— Je suis vraiment désolé, Briar, prononça-t-il tout à coup.

Il saisit sa main sur ses genoux et la serra.

— Je n'aurais pas dû m'arrêter pour faire des courses. Mais je ne m'attendais pas non plus à être agressé en plein jour.

Justement, songea Briar, que l'individu ait pris un risque pareil était effrayant.

— Pourquoi vous n'êtes pas dans l'ambulance ?

Luke, qui se tenait la tête entre les mains, se détourna : Tim Massey était venu rejoindre ses hommes.

— Ça va aller, Massey. Je peux me rendre seul à l'hôpital.

— Nous allons avoir besoin de votre chemise. Peut-être que nous pourrons mieux identifier l'arme en examinant la déchirure.

— Je sais, répondit Luke, sur la défensive.

Briar s'approcha à son tour, Logan dans ses bras. A sa vue, Tim fronça les sourcils.

— Blackwood ? Qu'est-ce que vous fichez là ? Je vous rappelle que vous êtes en congé.

Luke prit Tim par le bras.

— Laissez, ça n'est pas sa faute. C'est la mienne. Je vous en prie, ne vous en prenez pas à Briar.

Le visage de Tim s'adoucit.

— C'est à vous de protéger votre fils, Briar, reprit-il plus posément. Restez avec lui et soyez vigilante.

Briar leva le menton. La fierté fit étinceler son regard gris.

— Je ne veux pas de favoritisme.

— Je ne fais pas de favoritisme ! Votre fils a besoin de protection et je vous assigne à la protection de votre fils à partir de maintenant, un point c'est tout. C'est votre nouvelle mission jusqu'à ce que nous comprenions la situation.

— Ne discutez pas avec le chef de police, murmura Luke. Il a toujours raison.

— J'aimerais ne pas avoir toujours raison, répliqua Tim

d'un ton sec. Cela me simplifierait notablement la vie. Cela aurait aussi simplifié la vôtre, il y a un mois.

Il s'éloigna pour conférer avec Kesey et Delilah venus en renfort.

— Ces rencontres familiales sont toujours un vrai bonheur, soupira Luke.

— Vous semblez surtout avoir le don de vous énerver mutuellement...

Briar pressa sa joue sur la tête de Logan.

— Luke, je vous suis très...

Il leva la tête, alarmé.

— Non ! Par pitié, ne me remerciez pas !

Il avait eu de la chance, voilà tout. Il osait à peine penser à ce qui serait arrivé, si...

— Vous avez vraiment frappé cet individu avec un gallon de lait ? reprit Briar.

Manifestement, l'idée l'amusait, malgré les circonstances.

Elle enchaîna, sur un ton plus grave :

— Vous avez protégé Logan au péril de votre vie. Si ça n'est pas de l'héroïsme, alors qu'est-ce ?

— Ma blessure est superficielle, rappela Luke. Et puis, non, je ne suis pas un héros, Briar. N'importe qui aurait agi comme moi.

— Je n'en suis pas certaine. Vous seriez surpris, si vous saviez combien les gens sont parfois lâches.

De nouveau, elle pressa sa joue sur celle de Logan.

— Il paraît que votre agresseur vous aurait promis de vous laisser filer si vous lui remettiez Logan.

— Jamais je n'aurais obéi !

— Je sais. Je vous fais confiance, prononça-t-elle avec reconnaissance et admiration.

Un puissant désir de les serrer, elle et Logan, prit Luke au dépourvu.

L'arrivée de Kesey au même instant fut particulièrement bienvenue.

— Le chef m'a demandé de te reconduire chez Hale, Briar. On y va ?

Puis il tourna les yeux vers lui.

— Tim a décidé de vous conduire à l'hôpital. Il restera avec vous et vous déposera à votre domicile quand vous aurez terminé.

Luke se pencha de côté : derrière Kesey, à quelques mètres, Tim se tenait adossé à la portière de sa voiture. Lorsqu'il croisa son regard, le chef de police lui adressa un bref hochement de tête.

Après tout, pourquoi pas ? pensa-t-il. Sa plaie devait être suturée, il fallait qu'il se rende à l'hôpital et cet homme, son frère qu'il le veuille ou non, le lui avait proposé. Si la situation avait été inversée…

Eh bien, il aurait agi de la même façon que Tim, songea-t-il, surpris par ses propres conclusions.

La voix de Kesey l'arracha à ses pensées.

— Hale ? J'ai besoin de vos clés pour prendre le siège auto de Logan dans votre pick-up.

Luke les lui tendit.

— Dites au chef que j'accepte qu'il me conduise à l'hôpital.

— Dites-le lui vous-même ! s'exclama Kesey. Bon sang, vous êtes deux adultes, mais vous vous comportez comme des enfants !

Sur ces mots, il s'éloigna.

— Vous acceptez que Tim vous conduise à l'hôpital ? demanda Briar, l'air perplexe.

— Je suis un grand garçon, non ?

— Alors soyez poli et n'oubliez pas de remercier Tim.

Il se mit à rire.

— Du moins si on arrive à l'hôpital sans s'étriper. Suite au prochain épisode.

— Faites de votre mieux !

Briar posa sa main sur son bras et la laissa glisser jusqu'à son poignet. Un frisson parcourut Luke.

— Prêt ? lança Tim en s'approchant. On y va ?

— Votre dévotion fraternelle me touche.

Tim parut amusé et rit. Luke ne put s'empêcher de sourire à son tour.

Il était plus de 21 heures lorsqu'un bruit de Klaxon annonça à Briar l'arrivée de Luke et Tim. Elle traversa la maison et se hâta de déverrouiller la porte.

Pendant que Luke s'approchait, elle adressa un petit signe de remerciement à Tim. Celui-ci ne redémarra qu'une fois Luke à l'intérieur.

— Ça va ? s'enquit-elle en refermant derrière Luke. On vous a fait des points de suture ?

— Oui. Vous voulez voir ?

Briar déclina d'un mouvement de la tête.

— Vous avez faim ? poursuivit-elle. Nous avons mangé de la soupe au poulet, pour le dîner. Je peux vous en réchauffer, si vous voulez.

Il saisit sa main.

— Laissez, Briar. Avec Tim, on a mangé un hamburger sur la route.

— Tout s'est bien passé ?

Elle attendait qu'il la lâche mais au contraire, il noua un peu plus ses doigts aux siens et la conduisit vers le canapé. Il s'y laissa tomber lourdement, l'attirant à ses côtés par la même occasion.

— Mieux que je ne le pensais. Il y a du progrès.

Il leva un regard anxieux sur elle.

— Logan dort ?

Briar considéra leurs mains enlacées, fascinée par leur étreinte.

— Oui, depuis une petite demi-heure. Je lui ai lu des histoires. Il a demandé, à plusieurs reprises, pourquoi vous n'étiez pas à la maison et je lui ai expliqué que vous deviez rester avec votre frère. Je lui ai promis que vous iriez le voir, avant d'aller vous coucher. Cela dit, vous n'êtes pas obligé. Une fois qu'il est endormi, un bulldozer ne le réveillerait pas. Il ne saura même pas que vous avez été là.

— Mais moi, si.

Elle leva les yeux sur lui, croisa son regard. Du choc qui en résulta s'éleva en elle comme une lame de fond, une décharge de sensualité qui la submergea et dont les répliques se succédèrent comme des vaguelettes dans son corps devenu soudain sensitif. Le regard de Luke était cerné et cependant incroyablement brillant dans son visage pâle et fatigué. Jamais elle n'avait rencontré homme plus séduisant, réalisa-t-elle, subjuguée.

Séduisant et viril, précisa-t-elle en son for intérieur tandis qu'elle se perdait dans le vert de ses yeux.

Oui, viril.

Ce que Johnny, l'éternel adolescent, n'avait jamais été. Alors que, après sa grossesse et son accouchement, elle était devenue, de la jeune fille gracile et insouciante, une mère, une femme avec des désirs de femme.

Et désormais, elle désirait Luke Hale. De toute évidence, lui aussi. Mais leur attirance était-elle viable ou née de leurs différences et de leurs épreuves personnelles du moment ?

Fortuné, Luke avait une autre vie que la sienne, qu'elle ne pouvait ni concevoir ni comprendre. En outre, il était torturé et confronté à la vérité sur ses origines et sa naissance.

Depuis la mort de Johnny, elle s'était exclusivement concentrée sur son avenir et celui de son fils. S'investir de quelle que façon que ce soit avec un homme, retomber amoureuse ne faisait pas partie de son programme.

Pourtant, il y avait cette certitude qui soudain embrasait son corps et dont la flamme jaillissante et brûlante convergeait vers son bas-ventre. Si Luke se rapprochait, elle se rapprocherait aussi et laisserait son instinct prendre le dessus.

— La nuit dernière, confia-t-il, j'ai eu envie de vous embrasser, Briar.

Bouleversée par sa franchise et proche de succomber, elle ferma les yeux brièvement.

— Je sais.

— Et j'ai toujours envie de t'embrasser, Briar, continua-t-il, le tutoiement instillant davantage de sensualité à ses propos.

Cette fois vaincue, elle s'approcha, bien que sa raison lui intime de se lever et de s'éloigner.

— Mauvaise idée, prononça-t-elle sans conviction.

— Je suis de ton avis : mauvaise idée, renchérit-il sur le même ton.

Elle posa la main sur son torse, étonnamment musclé pour un homme qui passait ses journées au tribunal. Il prenait soin de son corps. C'était excitant.

— Sais-tu pourquoi je n'ai pas rappelé Lydia ? demanda-t-il une flamme au fond des yeux, fixant sa bouche.

— Parce que tu n'es pas fiable ? répondit-elle en fixant la sienne, le tutoyant à son tour. Tu l'es pourtant. Tu aurais dû lui dire la vérité. Elle aurait sûrement compris. Et pardonné.

Il riva ses yeux aux siens.

— Elle n'aurait pas aimé ma vérité.

— Ta vérité ? insista-t-elle, consciente de jouer avec le feu et s'en délectant.

— J'ai oublié son existence dès le soir où je t'ai vue à l'hôpital.

Il inclina la tête et poursuivit d'une voix plus basse.

— Je ne pense qu'à toi, Briar. A ta sécurité et à celle de Logan. Je me demande sans cesse si je suis à la hauteur...

Qu'il exprime ainsi ses doutes et sa vulnérabilité, lui, toujours si confiant et si contrôlé, la déstabilisa un peu plus.

— Tu te poses trop de questions, Luke. Tu te compliques la vie.

Il soupira.

— Je crois que c'est un don. Qui se développe de façon exponentielle actuellement.

— Dis-moi plutôt comment s'est déroulé le déjeuner avec ta mère ?

Il haussa les sourcils.

— Tu es au courant ?

— J'ai essayé de te contacter, vers 13 heures. En vain. Puis ta secrétaire m'a expliqué que tu étais avec ta mère. Comment va-t-elle ?

— Mieux que je ne l'aurais pensé...

Il poussa un nouveau soupir, recula à peine et rejeta sa tête en arrière.

— Mon père et mon grand-père se sont trompés sur son compte. Ils voulaient la protéger, mais elle est finalement plus forte qu'ils ne le pensaient. Et résiliente... Elle m'engage même à revoir mon père.

— Depuis combien de temps tu ne lui as pas parlé?

Il roula la tête dans sa direction.

— Pourquoi me poses-tu cette question?

— Pour rien. Encore que... Moi, j'ai perdu mon père quand j'avais dix ans. J'aimerais pouvoir lui parler.

Luke lui caressa la joue, puis grimaça. Sans doute ce geste ravivait-il sa blessure désormais suturée. Il laissa retomber la main et fixa le plafond.

Un silence tomba.

Briar déglutit avec peine. Si elle avait eu les idées plus claires, elle se serait levée et lui aurait souhaité bonne nuit, mais elle était trop troublée. Elle n'avait d'autre désir que de prolonger cette soirée inattendue qui créait une si belle intimité entre eux.

Face à son inertie, elle décida de prendre l'initiative. Lentement, elle leva la main et prit son menton. Il tourna la tête, lentement lui aussi, et riva son regard au sien. Ses yeux étaient verts comme un reflet de verdure dans l'eau.

— Je te préviens Luke, je vais t'embrasser..., chuchota-t-elle. Que tu le veuilles ou non. Interprète ce baiser comme tu le veux, moi je n'en connais pas le sens, mais j'en ai envie et ça me suffit.

Il ne répondit pas. Il passa la main dans ses cheveux pour l'attirer à lui.

Son souffle brûlant la fit frémir un peu plus. Elle inclina le visage vers le sien, sans se presser en dépit de son impatience et enfin, effleura ses lèvres. Tièdes, douces et timides.

Mais Luke entrouvrit les siennes et vite s'enhardit. De la pointe de sa langue, il taquina sa lèvre inférieure sans hâte, avec une étrange légèreté qui ne l'embrasa pas moins.

10

Le sexe de Luke était dur et Briar s'en doutait certainement car elle s'installa sur ses genoux, nouant fougueusement ses jambes autour de lui. L'impact fit jaillir un feu d'artifice dans son esprit et dispersa des myriades d'étincelles dans son corps, comme s'il jouissait déjà d'un plaisir aussi inattendu qu'inconnu.

Il posa une main sur sa joue et l'autre dans son dos pour l'attirer plus encore à lui et mieux savourer leur délicieuse proximité, se délecter de l'intimité de leurs corps enflammés.

Il l'embrassa dans le cou, à la naissance de sa gorge, remonta vers son menton en savourant l'exquise douceur de sa peau, pour enfin revenir vers sa bouche gonflée par leurs premiers baisers.

Elle entrouvrit les lèvres sous les siennes tellement insistantes, et avec un tel soupir de volupté, qu'il la pressa d'un geste convulsif, redoutant de mourir de plaisir avant même de l'avoir possédée.

Consciente sans aucun doute qu'il était hors de lui, Briar glissa ses mains sous la chemise. De ses doigts jaillissaient des foyers d'incendie. Le désir écrasait Luke, rendant impossible de le différer plus longtemps : il voulait la faire sienne. La passion et l'adrénaline lui faisaient presque oublier sa blessure au flanc, et la douleur.

Pourtant, dans les tréfonds de son esprit enfiévré, il le savait : ils commettaient une erreur. Mais comment conjurer ce besoin primal, cette promesse d'un plaisir inouï ?

Les caresses continues de Briar le transportaient et le privaient de toute rationalité.

C'est si bon, et puis aussi, si facile, songea-t-il euphorique. Se perdre dans des ébats amoureux et oublier sa réalité, le chaos que sa vie était devenue. Les mensonges. Le danger qui menaçait pendant qu'ils étaient à l'abri entre ces murs, dans leur cocon de sensualité.

Non !

Avec un gémissement rauque, il s'arracha à sa bouche et, essoufflé, lui saisit les hanches.

— Non, Briar ! Il ne faut pas. On était tous les deux d'accord pour dire que c'est une très mauvaise idée.

Un silence tomba au cours duquel elle leva les yeux sur lui et croisa ardemment son regard. Le magnétisme, de nouveau, opéra. Implacable. Leurs souffles rapides s'épousèrent, leurs lèvres se retrouvèrent.

Définitivement vaincu, il lui arracha ses vêtements, dénuda sa poitrine tandis que, de son côté, elle le dévêtait avec impatience. Et enfin, lorsqu'il fut à bout de caresses et qu'il put la posséder, il découvrit ce plaisir inconnu qu'il avait anticipé. Un plaisir certainement partagé car Briar cria en même temps que lui, dans un râle qui conclut leurs brûlants baisers.

Elle reposa sa tête sur son épaule et resta à califourchon sur lui longtemps après.

— C'était une très mauvaise idée, murmura-t-elle, sans conviction.

Il sourit à part lui et ne répondit pas. Ils continuèrent de respirer au même rythme jusqu'à ce que leurs souffles se calment, deviennent inaudibles.

Enfin, elle se détacha de lui et ramassa ses vêtements épars.

— Je suis désolée, Luke…

Il fut surpris, mais ne put s'empêcher de rire.

— Désolée ? Pourquoi ?

— Pour ce qui vient de se passer.

Il sourit de nouveau.

— Tu veux dire, de m'avoir chevauché comme une cowgirl à un rodéo.

Elle rougit.

Cette fois, il rit doucement.

— Briar! Nous sommes des adultes. Nous n'avons rien fait de mal.

Il se tut et reprit d'une voix rauque.

— Au contraire…

Et cependant, il se sentait lui aussi un peu perdu.

Il n'était pas le genre d'homme à céder à ses impulsions avec cet abandon et sans avoir au préalable mûrement réfléchi. D'ailleurs, sa maîtrise de lui-même, en amour comme en affaires, était légendaire, ce qui avait fait dire à plus d'une de ses conquêtes qu'il avait, à la place du cœur, un iceberg.

Mais les caresses de Briar avaient produit sur lui un effet si foudroyant qu'elles avaient fait fondre cette prétendue glace.

A la vérité, Luke était stupéfié. Comment Briar avait-elle provoqué une si puissante réaction en lui, ce quelque chose d'unique et de complètement inédit?

La réponse ne serait probablement pas rassurante. Mais peut-être exaltante. Trop même.

Cela ne devait plus se reproduire.

— Je ne m'y attendais pas, confia-t-elle enfin avec hésitation. Ce n'est pas dans mes habitudes…

— Moi non plus, Briar. Ce n'est pas dans mes habitudes.

— Je sais que nous vivons à une époque où les femmes sont libérées et assument leur sexualité, mais…

Son regard voltigea et, après une hésitation, s'arrêta sur lui.

— Mais ça ne me ressemble pas, tout simplement.

— Ça ne me ressemble pas non plus, fit-il en écho, étonné par son ton posé, presque grave.

D'habitude en effet, il conjurait ses émotions par l'humour.

— Alors on est d'accord? reprit-elle.

Il lui adressa un regard étonné.

— D'accord sur quoi?

— Pour ne pas recommencer. Luke, écoute, il ne faut pas… Nous n'avons rien en commun, et puis nos vies sont actuellement bien compliquées. Nous n'avons pas besoin de ce… ce…

Elle se tut.

Ce dont il avait besoin, songea-t-il en un éclair, c'était de recommencer à lui faire l'amour et d'y consacrer toute la nuit.

— D'accord, dit-il à regret.

Un nouveau silence s'étira entre eux au cours duquel ils se rhabillèrent.

— Briar… Il ne fallait peut-être pas, mais je ne regrette rien.

Elle lui adressa un demi-sourire. Le gris de ses yeux évoquait le vif argent… A quoi bon résister ? Définitivement séduit, Luke se leva, prêt à la soulever dans ses bras et à la conduire dans sa chambre pour de nouveau l'aimer, retrouver ce sentiment de jouissance inconnu si délectable. Il s'approchait quand elle se détourna.

— N'en parlons plus…

Sur ces mots, elle monta dans sa chambre d'un pas lent.

— Briar ! la rappela-t-il.

En vain.

Resté seul, il tenta de recouvrer ses esprits et fit une découverte qui le laissa pensif, à la fois anxieux et heureux.

Il n'aurait aucun moyen de se défendre contre la passion que Briar Blackwood provoquait en lui aussi longtemps qu'elle vivrait sous son toit.

« Dans la pénombre uniforme qui enveloppait le parking jaillissaient, par intermittence, les éclairs bleu indigo des gyrophares des ambulances. Les curieux s'étaient amassés autour du pick-up garé à l'entrée du parking.

Elle se fraya un chemin entre les badauds, le cœur battant avec une telle rapidité qu'elle n'aurait pu en compter les battements, pendant que son sang bourdonnait dans ses oreilles.

La foule semblait telle une mer ondulant et s'étendant à perte de vue, ce qui rendait la menace et la peur plus terribles.

Enfin, elle parvint au centre de l'attroupement et découvrit la scène.

Il était inanimé, face contre terre. Il y avait du sang partout. Son sang… et puis un sac en papier marron déchiré et un gallon de lait. Une boîte de céréales. Tachés de sang. Son sang.

Enfin, un petit sac à dos dont les deux lanières avaient été tranchées.

Elle ne put crier car sa gorge nouée par l'effroi était trop douloureuse. Elle s'agenouilla à ses côtés. »

« *Je vous en prie… je vous en prie*, supplia-t-elle en silence. Elle caressa sa joue glacée. Il ouvrit tout à coup les yeux :
— Briar ? »
— Briar ?
Elle se réveilla brusquement, le cœur battant avec une violence saisissante. Il faisait toujours nuit, la seule lumière venait du couloir, par l'embrasure de la porte.
Luke se penchait sur elle.
— Je suis désolé de t'avoir réveillée, murmura-t-il en regardant le petit garçon toujours endormi à ses côtés, mais je dois partir.
Briar tourna les yeux vers le réveil. Il n'était même pas 6 heures.
— Que se passe-t-il ?
— C'est mon père. Il a eu une attaque et il a été transporté à l'hôpital de Maryville.
Elle se redressa avec vivacité.
— C'est grave ?
— Son état est stable, mais personne n'a pu me donner davantage d'informations. Je ne voulais pas que tu te réveilles et te demandes où j'avais disparu. D'ailleurs, peut-être devrions-nous appeler Kesey ? Ou quelqu'un d'autre pour lui demander de venir ?
— Inutile de déranger Kesey. Ces sinistres individus ne peuvent pas pénétrer chez toi comme ils ont réussi à entrer dans mon chalet.
Sur ces mots, Briar rejeta sa couette et se leva, soulagée de porter un pyjama au lieu d'une nuisette en coton, comme elle en avait l'habitude.
— Tu as eu le temps de prendre au moins un café ?
— Non, mais…
Elle le prit par le bras.
— Il n'est pas question que tu prennes la route le ventre vide, Luke.

Il ne protesta pas tandis qu'elle le conduisait dans la cuisine.

Tout en cherchant le nécessaire, elle l'observait du coin de l'œil, remarquant ce que la pénombre de sa chambre à coucher lui avait caché.

Sa pâleur. Son état de choc.

Elle posa la poêle qu'elle venait de sortir pour serrer ses mains glacées avec sollicitude.

Il leva sur elle son regard vert rempli d'ombre.

— La dernière fois que j'ai vu mon père, enfin… Paul, je lui ai dit que j'avais honte de l'avoir appelé papa.

Elle serra ses mains plus fort.

— Dis-lui que c'était une erreur !

— Et si c'était trop tard ?

— Tu as affirmé que son état était stable.

— Il peut évoluer avant mon arrivée.

Il fixa longuement leurs mains jointes.

— Briar… il va peut-être mourir.

Elle aurait voulu l'accompagner à l'hôpital, lui offrir le même soutien moral que ses amis lui avaient donné, le soir où sa tante avait été hospitalisée, mais elle devait rester avec Logan.

— Laisse-moi appeler quelqu'un, Luke, je t'en prie. Je ne veux pas que tu y ailles seul.

— Il n'y a personne, Briar. Je n'ai pas encore averti ma mère : j'attends d'en savoir davantage.

— Alors appelle ton frère. Ta sœur.

Il ferma les yeux.

— Je ne leur ai jamais donné de raisons de me soutenir…

L'aveu de sa vulnérabilité lui serra le cœur.

— Mais moi, je peux leur demander.

Elle n'en dit pas davantage, mais se promit d'agir dans ce sens.

— Tranquillisez-vous, ce n'était pas une crise cardiaque.

Le médecin des urgences, le Dr Treadway, était un petit homme trapu d'une quarantaine d'années qui avait le cheveu rare et le sourire généreux.

— Sa tension était élevée quand il est arrivé, il hyperventilait, mais les constantes sont redevenues normales. Nous allons faire des examens complémentaires pour écarter tout risque, mais nous sommes à peu près certains qu'il a fait une crise de panique.

Luke se passa la main sur les yeux et soupira de soulagement.

— Je peux le voir ?

— Il y a un policier devant sa chambre. Vous allez devoir le convaincre de vous laisser entrer.

— Bien entendu. Je comprends.

Même hospitalisé, son père restait un prisonnier. Le juge de Barrowville avait refusé de le libérer sous caution, car il craignait que Paul Hale ne prenne la fuite et ne menace de nouveau Dana Massey.

Heureusement, Luke connaissait le policier en faction, il l'avait souvent croisé au palais de justice. Il put donc entrer sans avoir à parlementer.

Son père, pâle et épuisé, semblait bien inoffensif dans son lit d'hôpital. A sa vue, son visage reprit des couleurs.

— Je ne m'attendais pas à te voir ici.

Luke approcha une chaise.

— Je ne m'attendais pas à venir te voir.

— Les médecins m'ont rassuré : mes jours ne sont pas en danger.

— Je suis content.

Paul Hale étrécit le regard.

— Vraiment ?

— Je suis désolé d'avoir été dur à ton égard. Ce que je t'ai dit était terrible.

— Ah ? Tu m'as dit tellement de choses.

— Tu t'es rendu coupable de tentative de meurtre sur ma sœur, rappela Luke.

En lui, la colère le disputait à la contrition.

Son père sursauta.

— « Ta sœur... »

— Oui, ma sœur.

Il avait prononcé ces mots sans difficulté et en fut surpris.

— C'est la première fois que je te l'entends dire.

— C'est la première fois que je le dis.

L'expression de son père s'empreignit de curiosité.

— Pourquoi maintenant ?

— Parce que je commence à accepter l'évidence. Dana est ma sœur. Tim est mon frère. Tallie Cumberland m'a mis au monde.

Et ton beau-père m'a volé à Tallie et m'a donné à ta femme. Ensuite, il a fait en sorte que jamais Tallie ne connaisse la vérité.

— Tallie Cumberland n'est pas ta mère, rectifia Paul.

— On ne lui a pas donné la chance de l'être.

Son père s'agita. Le cliquetis des menottes, attachées au rail du lit, s'éleva.

— C'est ton grand-père le responsable, poursuivit Paul.

— Je sais.

— Tu lui as parlé ?

Luke hocha la tête.

— Il n'accepte de parler qu'à son avocat.

— Et ta mère ? Elle est au courant ?

— De quoi ? De ton hospitalisation ? Non, pas encore. Je l'appellerai demain.

— Je refuse qu'elle vienne me rendre visite. Je ne veux pas qu'elle me voie dans cet état.

— Elle sait que tu es en prison. Elle ne sera pas surprise de te voir menotté à ton lit.

— Mais j'ai honte, Luke. Elle me faisait confiance… Elle s'appuyait sur moi…

Luke coupa court.

— Je ne peux pas rester trop longtemps, lâcha-t-il en remontant le drap sur son père.

— Pourquoi ? Tu vas être en retard au bureau ? Tu as des rendez-vous au palais ?

Le ton de son père était admiratif. Paul Hale avait été si fier qu'il devienne procureur. Ironie du sort, vu son infortuné destin, songea Luke.

— Non, je vais travailler à la maison aujourd'hui.

Il ne lui expliqua pas ses raisons. Il ne voulait pas parler à son père de Briar et de ses efforts pour les protéger, elle et son fils.

— Il n'en reste pas moins que j'ai beaucoup de travail, précisa-t-il.

— Je vois.

Son père leva le menton et lui adressa un regard glacial, vestiges de la vieille fierté Hale.

— Je te rendrai visite lorsque tu seras sorti, ajouta Luke.

— Quand je serai de retour en prison, tu veux dire.

Luke soupira, plus déçu que furieux contre son père. Mais c'était un progrès, conclut-il.

— Tu as commis des actes terribles. Quels que soient tes motifs, tu as failli tuer Dana. Elle n'est pas responsable de la situation.

— Si. Elle a voulu nous séparer. Et en définitive, elle nous a séparés.

— Non, c'est grand-père qui nous a séparés. Avec ta complicité. Pas au début, mais des années plus tard.

Sur ce, Luke se leva. Le déni de son père le contrariait.

— A plus tard. J'espère que tu te rétabliras vite.

— Je t'aime, lança Paul.

A ces mots, Luke se figea et se détourna lentement.

— Moi aussi, papa.

Et il disait vrai.

Dans le couloir, deux personnes attendaient, qui levèrent sur lui des yeux verts identiques aux siens.

— C'est Briar qui nous a contactés, lui expliqua aussitôt Dana. Elle a déclaré qu'elle était désolée de se mêler de ce qui ne la regardait pas.

— Ce qui ne l'a pas empêchée de s'en mêler, commenta Luke.

Mais il n'était pas en colère. En réalité, la présence de son frère et de sa sœur lui réchauffait le cœur. Il se sentait soudain moins seul.

— Si vous préférez, nous pouvons partir, proposa Tim. Nous sommes là, mais nous vous laissons le choix.

— Restez, dit simplement Luke.

Dana leva la main et la posa timidement sur son épaule.

— Il y a un café en bas de la rue. Je l'ai découvert quand Tim a été hospitalisé.

Suite à l'accident dont son grand-père s'était rendu responsable, précisa Luke en pensée. Mais ni Tim ni sa sœur ne semblaient le tenir responsable des actes criminels de la famille Hale.

Il posa la main sur celle de Dana, la serra un peu. C'était un bon début…

— Bon, tu nous invites ? demanda Tim, le tutoyant pour la première fois.

Luke ne put s'empêcher de rire.

— C'est une proposition ou un ordre ?

— Je reconnais bien là la casuistique typique d'un homme de loi.

— Et moi, l'autorité, typique, d'un chef de police.

— Qui vaut mieux que les arguties des avocats et des procureurs.

— Ah, les petits frères…, coupa Dana, alors qu'ils se dirigeaient vers l'ascenseur. Quelle engeance !

— Et la petite sœur, quelle plaie ! s'exclama Tim en riant.

Frères et sœur, pensa Luke en les suivant. *Une fratrie.*

11

La matinée passait et Briar était de plus en plus inquiète : Luke ne revenait pas. Il ne fallait qu'une vingtaine de minutes pour se rendre à Maryville et autant pour en revenir. Que se passait-il ?

Il avait pourtant bien dit qu'il travaillerait à la maison. Avait-il changé d'avis ?

Elle appela sa secrétaire : non, Luke n'était pas au bureau.

Etait-il resté à l'hôpital avec son père ? L'état de ce dernier se serait-il aggravé ?

Briar essaya de tuer le temps en se concentrant sur l'enquête relative au meurtre de Johnny. Comment son mari avait-il pu être lié aux événements récents qui mettaient sa vie et celle de Logan en danger ?

Johnny était mort neuf mois plus tôt. Dans ces conditions, pourquoi Blake et ses hommes avaient-ils attendu si longtemps avant d'agir ? Qu'est-ce qui les y avait soudain incités ?

Luke ! comprit-elle subitement. Ses découvertes concernant Johnny lui avaient permis de relancer son enquête sur le réseau criminel Cortland. Il s'était récemment entretenu avec la comptable du dépôt de bois et cette discussion l'avait orienté dans la direction de Johnny.

Oui, Luke avait été le catalyseur. Il était possible, et même très vraisemblable que Blake ait été averti du zèle du procureur du Ridge County. D'autant que les membres du réseau de Cortland avaient, dans leurs rangs, des individus liés de près ou de loin à la police de Bitterwood. Voire au département du shérif. Si ça n'était au bureau du procureur du Ridge County.

Si Luke soupçonnait que Johnny avait volé des informations

appartenant à Wayne Cortland, par le biais de sa liaison avec la comptable de Cortland, Blake avait évidemment les mêmes soupçons. D'où son désir de récupérer ces informations. Des livres…

Des livres de compte ?

Le bruit de la porte la fit tressaillir, mais heureusement, c'était Luke et elle se détendit.

— Je suis soulagée ! lâcha-t-elle spontanément.

— Soulagée ?

— Oui ! Je commençais à me faire du souci… Tu tardais à rentrer et personne n'avait de tes nouvelles.

Il sourit.

— J'ai pris un café avec mon frère et ma sœur.

Puis il ajouta, l'air pensif.

— Je n'aurais jamais cru que je prononcerais ces mots un jour…

Sur ce, il s'affala sur le canapé. Il semblait épuisé, songea Briar, remplie de compassion et de tendresse.

— Où est Logan ? s'enquit-il.

— Il fait la sieste.

Luke consulta sa montre.

— A 10 h 30 ?

Briar prit place en face de lui. Si agréable que leur étreinte de la veille ait été, elle ne voulait pas que cette situation se reproduise et préférait garder ses distances.

— La journée d'hier a été riche en émotions pour un petit garçon. Il a mal dormi. Il n'a pas protesté lorsque je l'ai recouché… A part ça, comment va ton père ?

— Ça va. Le médecin est convaincu qu'il s'agit d'une crise de panique.

— Heureuse de te l'entendre dire. Tu l'as vu ?

— Oui.

Luke se passa la main sur le visage, comme si ce geste avait le pouvoir d'effacer la fatigue.

— Je n'ai jamais pensé à mon père en termes de force ou de faiblesse. On croit toujours que nos parents sont des saints ou des démons, n'est-ce pas ?

— Selon ce qu'on veut voir en eux, murmura-t-elle.

— Ou ce qu'on a besoin de voir en eux.

— C'est juste. Ainsi en est-il de toutes les personnes de notre vie…

Briar pensa à Johnny, aux mensonges et aux illusions dont elle s'était autrefois bercée, comme toute jeune fille amoureuse pour la première fois.

— On regarde au-delà des défauts et des qualités de nos proches, reprit-elle. Par complaisance.

Luke poussa un soupir.

— Mon père s'apitoie sur son sort. Il est incapable de reconnaître ses failles, ses responsabilités et il préfère accuser les autres.

— C'est humain, dit-elle gentiment.

— Certes. Mais ce n'est pas particulièrement admirable.

— As-tu toujours été admirable depuis que tu connais la vérité sur tes origines ?

Luke considéra ses mains, en fronçant les sourcils.

— Non.

— Il n'en reste pas moins que la vérité peut être injuste, reconnut-elle.

Un silence s'installa que rompit finalement Luke.

— Tu m'as dit avoir deviné que Johnny était infidèle. Quand a-t-il commencé ?

— Tu veux dire, à me tromper ?

Elle réfléchit. Même ce retour sur son passé était pénible.

— Je ne sais pas… J'ai attendu qu'on soit mariés pour me donner à lui. Il semblait si patient, j'étais émerveillée… car je savais qu'il me désirait. Mais je crois que…

Elle se tut.

— Il n'aurait pas été vraiment patient, n'est-ce pas ?

Elle haussa les épaules.

— Je connaissais Johnny depuis l'enfance. J'ai été folle de lui sitôt que j'ai eu l'âge de m'intéresser aux garçons. Quand on a commencé à sortir ensemble, j'ai été sûre et certaine que c'était l'homme de ma vie. Que je l'épouserais un jour. Et j'ai eu raison.

Elle ne put s'empêcher de sourire au souvenir de son bonheur quand Johnny lui avait demandé sa main. Son avenir était plein de promesses. Malheureusement, toutes n'avaient pas été tenues...

Ses mains se mirent à trembler et elle agrippa ses genoux pour que Luke ne s'en rende pas compte.

— Nous avions dix-huit ans quand nous nous sommes mariés. Nous étions jeunes... Johnny a trouvé un emploi de chauffeur routier pour une compagnie minière et moi, j'ai travaillé comme dispatcher au Bitterwood Emergency Service. Nous avions du travail, nous pensions avoir nos vies en main. Et puis, nous voulions des enfants. Beaucoup. Mais ça ne s'est pas passé comme ça.

— Logan... C'est un enfant adopté ? demanda Luke, l'air étonné.

— Non, c'est notre fils biologique, précisa-t-elle à la hâte. Johnny n'aurait jamais accepté l'adoption. En plus, nous n'aurions jamais pu nous le permettre, même s'il l'avait voulu. Je pense qu'il désirait un enfant de sa chair et de son sang pour prouver quelque chose.

— Quoi au juste ?

— Je ne sais pas. Tu es un homme, à toi de me le dire, Luke.

— Peut-être pour prouver sa virilité ? avança-t-il au bout d'un moment. Avoir un enfant confirme à certains qu'ils sont des hommes, des vrais...

Il parut réfléchir un instant.

— Je me demande si c'est ce que Paul Hale a ressenti. Si c'est pour cette raison qu'il m'a caché la vérité.

— N'oublie pas qu'il t'a longtemps considéré comme son fils biologique avant de l'apprendre.

— Tu crois que l'ADN régente notre destinée ?

— J'espère bien que non ! Je suis née Culpepper, souviens-toi.

— Tous les Culpepper ne sont pas mauvais !

Elle rit.

— Ça dépend à qui tu le demandes !

— J'imagine que Johnny a été fou de joie quand tu lui as annoncé que tu étais enceinte.

— Plus que tu ne peux l'imaginer, reconnut-elle, en souriant à ce souvenir. Moi, je pensais que tout irait désormais mieux entre nous.

— Mieux ?

Briar déglutit. Elle confiait ses secrets les plus intimes à un homme qu'elle ne connaissait que depuis quelques jours. Un homme avec qui elle avait pourtant déjà fait l'amour. Devait-elle entériner leur relation charnelle par des aveux aussi essentiels ? Sa raison était réticente, mais son cœur disait oui…

— Je suis désolé, déclara Luke. Je te pose des questions trop personnelles, je suis indiscret.

— Johnny a changé quand il a constaté qu'on n'arrivait pas à avoir un bébé, répondit-elle, ignorant son commentaire.

Elle avait gardé le silence pendant trop longtemps sur sa vie ; elle avait été trop fière pour révéler à ses amis, la famille de Johnny et la sienne les failles de leur mariage.

Mais il n'y avait plus de mariage à protéger… Johnny était mort. Le besoin de se confier était le plus fort, le temps était venu de révéler ses secrets avant de se laisser détruire par eux.

— Au début, j'ai pensé que c'était une question de malchance. Un mauvais timing. On a donc lu des livres sur l'ovulation et les meilleurs moments pour concevoir. Au début, on a beaucoup ri. Johnny n'avait jamais aimé lire, mais il prenait les instructions de ces manuels très au sérieux !

Elle sourit.

— On a fait des blagues nulles sur les abeilles, les choux et les roses, bref…

Luke rit à son tour.

— Mais à la longue, face à l'échec de nos efforts répétés, il a cessé de plaisanter.

Oui, Johnny avait changé. La joie était devenue de la terreur. Leurs relations sexuelles avaient cessé d'être un acte de tendre communication pour devenir l'expression d'un désespoir qui amenait parfois l'inappétence.

— Nous n'avions pas les moyens de nous offrir des traitements pour l'infertilité, trop chers. Parfois, je me demandais si Johnny ne préférait pas que ça reste ainsi. C'était plus facile de m'adresser des reproches que de s'en adresser. Et comme on ne pouvait pas savoir qui était le responsable…

— Il pouvait continuer de penser que ce n'était pas sa faute, acheva Luke.

— Exact. Et puis, ce n'était la faute de personne. Il ne s'agit pas de culpabilité. La nature nous donne ce qu'elle veut bien nous donner. S'adresser des reproches, en adresser à son partenaire, c'est inutile et cruel.

— Mes parents ont longtemps essayé d'avoir un bébé. En vain. Quand je suis né…

Luke se tut. Un sourire de guingois étira ses lèvres quand il se remit à parler.

— Quand leur fils est né, ils ont pensé que c'était un miracle.

— J'imagine que ton grand-père ne voulait pas les en priver quand il a découvert que le nouveau-né était mort.

— Sans doute. Mais ses motifs n'excusent pas ses actes.

— On est d'accord là-dessus.

Il lui adressa un regard brûlant.

— Je ne sais pas ce que je dois ressentir par rapport à cette histoire, Briar. C'est comme de se réveiller un jour, de se regarder dans un miroir et de voir un inconnu.

— Pourtant, tu es toujours le même, dit-elle doucement, luttant contre un désir désespéré de le prendre dans ses bras pour le réconforter. C'est ta façon de te voir et de te percevoir dans le monde qui a changé. Rien d'autre.

— Je devrais donc cesser de me lamenter sur mon sort et m'adapter…

— Désolée si j'ai manqué de délicatesse.

— Ta franchise fait ton charme, Briar Blackwood !

Elle ne releva pas.

— La franchise, c'est bien, Briar. Trop de délicatesse tue le naturel et la spontanéité. Je le constate tous les jours dans mon bureau ou à la cour.

— La délicatesse est un luxe quand tu vis dans ces montagnes. La vie y est dure.

— J'imagine que ce serait terrible de te demander de quitter Bitterwood avec Logan, lâcha-t-il, l'air pensif.

Tout son être se rebella à cette perspective. Sa vie dans ces montagnes avait été dure, oui, et parfois pénible, mais elle y était chez elle. Son histoire était gravée dans ces roches et ces arbres, ces collines. Elle refusait que la peur l'en chasse.

— J'ai des amis qui vivent dans le Colorado, poursuivit-il.

C'est très beau, surtout l'hiver quand il y a la neige. Personne ne vous retrouvera.

— Nous devrions prendre la fuite ? Abandonner ce que nous connaissons ?

Il regarda ses mains avant de relever sur elle un regard énergique.

— Je pourrais partir avec toi, Briar ! Ma vie a basculé, j'ai besoin de changer d'environnement. De vivre ailleurs. Repartir de zéro !

— Avec moi ?

— Pourquoi pas ?

Leurs regards se retinrent, puis Luke éloigna le sien.

Elle en fut soulagée. Non seulement cet échange l'avait enflammée, mais Luke avait semblé la percer à jour et lire dans ses moindres pensées. En même temps, elle était déçue que ce lien précieux et continu se rompe net, la reléguant dans le froid et la solitude.

— A propos, je suis passé à mon bureau pour prendre les photocopies que je t'avais promises : celles des dossiers.

Il saisit sa sacoche sur la table basse.

— Nous allons les étudier, non ?

Il sortit les photocopies et lui fit de la place sur le canapé.

— Viens t'asseoir.

Elle obtempéra, savourant son corps chaud contre le sien, même s'ils ne se touchaient pas, mais se frôlaient seulement.

Il y avait une pile de feuillets.

— Impressionnant ! s'exclama-t-elle, surprise.

C'était sans doute plus d'informations que n'en avait rassemblée la police de Bitterwood sur le réseau Cortland.

— Je travaille avec des procureurs d'autres comtés du Tennessee et aussi de Virginie. J'ai réparti ces informations par rubriques : agence de police fédérale, milices antigouver-nementales radicales, listes des trafiquants et tueurs à gage à la botte du réseau Cortland.

La quatrième section concernait les ramifications de ce réseau, dont la milice Blue Ridge Infantry ou BRI.

— Que peux-tu me dire sur cette BRI ? lui demanda Luke.

— Sa création remonte aux années quatre-vingts, par des

citoyens attachés au premier amendement de la Constitution, la pleine liberté d'expression, et au second amendement, le droit de porter des armes à feu. De nombreux Culpepper de l'Alabama et du Maryland en font partie.

Elle repensa aux récits de sa mère, laquelle exécrait les Culpepper, à l'exception de son mari.

— La BRI, comme la plupart des milices radicales, veut rappeler au gouvernement américain, soi-disant oppresseur des libertés individuelles, que l'intérêt du citoyen précède la souveraineté de l'Etat.

— Comment Blake Culpepper a-t-il adhéré à ces thèses ? la questionna Luke.

— Parce que c'est avant tout un aigri, un insatisfait qui en veut au monde entier.

Elle secoua la tête et pinça les lèvres pour conjurer sa colère.

— Il a toujours cherché la bagarre.

— Johnny le connaissait ?

— Bien entendu ! Johnny est né comme lui à Cherokee Cove. Tout le monde se connaît et se côtoie là-bas. Dans nos montagnes, on ne s'enferme pas derrière des systèmes de surveillance.

Il lui adressa un regard circonspect, comme si elle avait été grossière.

— Johnny était facile à vivre et apprécié de tous, reprit-elle cependant. Un jour, il m'a confié que s'il devait rompre avec tous les gens qui avaient enfreint la loi d'une façon ou d'une autre, il n'aurait plus aucun ami.

Sur ce, elle parcourut la liste des individus dressée par Luke et dont le bureau du procureur pensait qu'ils étaient liés, directement ou non, au BRI.

— Nous sommes allés à l'école, à l'église, avec la moitié des personnes dont le nom figure sur cette liste, conclut-elle. Johnny a sans doute joué au football avec la majorité d'entre eux.

D'un geste las, elle reposa les feuillets. Elle se sentait fatiguée et dépassée, menacée de partout.

— Qu'est-ce que Johnny aurait pu dérober à Cortland qui vaille la peine qu'on te terrorise maintenant ? demanda Luke.

— Des livres de comptes, je pense. Rappelle-toi ce qu'a dit ma tante Jenny. Et puis, je crois que tu as été le catalyseur.

Il haussa les sourcils.

— Comment ça ?

— Johnny est mort il y a neuf mois et personne ne m'a jamais inquiétée, d'autant moins que l'enquête sur son meurtre a été classée. Mais il y a un mois, des intrus sont venus au chalet. Et encore deux fois ces derniers jours. Ils ont tué mon voisin et ils t'ont agressé pour enlever Logan. Que s'est-il passé pour que Blake et ses hommes resurgissent et pensent que Johnny m'avait remis des documents importants ?

Luke fronça de nouveau les sourcils, mais garda le silence.

— Souviens-toi, insista Briar. Tu es venu m'interroger à l'hôpital, le soir où Jenny a été agressée.

Luke opina en silence.

— Parce que tu espérais découvrir ce que Johnny avait dérobé au réseau Cortland ? reprit-elle. Pourquoi en étais-tu arrivé à ces conclusions ? Parce que tu avais découvert, un mois plus tôt, que Johnny avait eu une liaison avec la comptable de Cortland ?

— Ça n'est pas la seule explication.

— Que veux-tu dire ?

Luke reporta les yeux sur les dossiers, l'air peiné et gêné.

— Parle, Luke ! Je ne vais pas m'effondrer en larmes ! Je sais déjà que Johnny a été infidèle.

Il prit une grande inspiration.

— Ils faisaient souvent l'amour dans le bureau de Cortland. Johnny s'y introduisait seul et elle faisait le guet avant de le rejoindre. C'était comme des préliminaires, ce qui permettait sans doute à Johnny de fouiller partout.

Briar dévisagea Luke. Il s'en voulait manifestement de lui faire de pareilles révélations, et le regret l'assombrissait.

Mais cela donna une idée à Briar.

— Dis-moi où je peux trouver la comptable de Cortland. Je veux la rencontrer !

Ce serait certainement aussi désagréable qu'utile.

12

Briar traversa le parking de Pinter Constructions, dans la petite ville de Wytheville, en Virginie : là travaillait Leanne Dawson. L'immeuble, une petite structure en parpaing, avait autrefois été peint en jaune soleil et qui était, à la longue, devenu grisâtre. Le nom de Pinter Constructions était à peine lisible sur le fond bleu du fronton de l'entrée.

A l'intérieur, l'espace était occupé par un bureau au centre et d'autres contre le mur. La plupart était inoccupé, sauf les deux du fond : à l'un d'entre eux, était installé un grand brun d'une quarantaine d'années qui tapait lentement sur son clavier, et à un autre, une jolie blonde. Elle écrivait sur un bloc jaune en consultant de temps en temps un livre grand ouvert devant elle.

A l'accueil, une petite brune d'une vingtaine d'années et dont la grossesse était bien avancée prêta à peine attention à Briar.

— J'aimerais parler avec Leanne Dawson, s'il vous plaît.

La femme enceinte leva les yeux, manifestement surprise.

— Pardon ?

— J'aimerais m'entretenir avec Leanne Dawson, répéta Briar. Est-elle là ?

Puis elle se tut, traversée par un doute affreux : si cette femme enceinte n'était autre que Leanne Dawson, alors…

Mais à son plus vif soulagement, la petite brune lui montra la jolie blonde.

— Oui, elle est là.

Briar se dirigea donc vers Leanne Dawson, qui continuait de prendre des notes. Arrivée à sa hauteur, Briar toussota et la jeune femme sursauta.

— Leanne Dawson ?

Cette dernière releva la tête et opina. Alors Briar détailla la maîtresse de son mari.

Elle était vraiment très belle et, au plus vif étonnement de Briar, semblait plus âgée qu'elle. Leanne Dawson avait les yeux bleus et un teint doré qui contrastait joliment avec sa blondeur miellée. Elle avait également une silhouette de mannequin et était vêtue avec la plus grande élégance. C'était une citadine, conclut Briar. Sa situation de comptable dans le réseau Cortland avait attiré Johnny, mais sans doute aussi, sa sophistication ? Son mari avait peut-être aimé avoir une maîtresse aussi différente de son épouse ?

— Oui ? En quoi puis-je vous aider ?

Elle parlait avec l'accent du sud, léger et harmonieux.

— Je m'appelle Briar Culpepper...

Johnny avait-il cité son prénom à Leanne ? Vu l'absence de réaction de sa part, non.

— Je travaille au poste de police de Bitterwood, dans le Tennessee, et j'enquête sur le meurtre de John Blackwood.

L'expression de Leanne changea aussitôt. Son regard se voila et sa lèvre inférieure trembla alors qu'elle lui faisait signe de s'asseoir sur la chaise en face de son bureau.

— Je ne sais rien, dit-elle doucement.

— Mais vous connaissiez John Blackwood.

— Nous étions... amis.

— Plus que des amis, insista Briar, s'en voulant d'acculer cette jeune femme alors qu'elle lui cachait qui elle était.

Mais si la vie de Logan n'avait pas été en danger, elle lui aurait révélé la vérité, se justifia-t-elle à la hâte.

— Officier... Heu ?

— Appelez-moi Briar.

— Quel joli prénom.

Leanne sourit, mais très vite, elle se rembrunit.

— On m'a déjà interrogée à plusieurs reprises, et je ne sais pas ce que je peux vous dire de plus. J'ai commis une terrible erreur. A plus d'un titre, acheva-t-elle avec un soupir.

— J'ai cru comprendre, d'après votre déposition au procureur du Ridge County, que vous et Johnny aviez souvent des ébats amoureux dans le bureau de Wayne Cortland.

Leanne rougit sous son hâle. Briar fut gênée d'avoir été si directe.

— C'est en effet arrivé.

— Johnny était parfois seul dans le bureau ?

— Pourquoi me posez-vous cette question ?

— Nous essayons d'établir si M. Blackwood a pu fouiller le bureau de Cortland.

Leanne s'humecta les lèvres et baissa les yeux.

— J'ai en effet accordé certaines libertés à Johnny. Je n'aurais pas dû. Mais cela faisait partie de… notre liaison. C'était si excitant. Drôle et dangereux à la fois.

Elle poursuivit, gênée et rougissante.

— Je n'avais jamais attiré des hommes aussi audacieux et intéressants. Avec Johnny, je me sentais vivante. Audacieuse.

Briar eut un élan de compassion envers Leanne.

— Votre liaison avait donc un côté ludique. Dangereux.

Leanne acquiesça, tandis qu'une larme coulait sur sa joue.

— J'avais tellement peur que M. Cortland nous découvre. Mais quand Johnny y était seul, quand je l'attendais dans le couloir, mon cœur battait à toute vitesse.

Elle se tut et essuya sa larme d'une main rageuse.

— Le pire, Johnny était marié et je ne l'ai su qu'après son meurtre !

Briar jeta un œil à sa propre main gauche, à la marque désormais imperceptible laissée par son alliance.

— M. Cortland avait-il un coffre ? reprit-elle. Un tiroir ou un placard auquel personne, sauf lui, n'avait accès ?

— Le procureur m'a posé les mêmes questions. Il y avait bien un tiroir que M. Cortland gardait toujours fermé. Il a pu y conserver des objets personnels.

Elle hésita et poursuivit.

— L'autre jour, je me suis souvenue qu'il avait cessé de le fermer quelques mois avant l'explosion.

L'explosion qui avait tué Wayne Cortland, après le meurtre de Johnny, songea Briar. De nombreux innocents étaient morts à cette occasion. Leanne avait vraiment eu de la chance d'avoir été épargnée...

Cortland avait-il déjoué les manœuvres de Johnny ? Et commandité son meurtre afin de récupérer ce qu'il lui avait dérobé ? Sans y réussir, évidemment, conclut Briar. Dans le cas contraire, en effet, Blake et ses hommes n'auraient jamais tenté de kidnapper Logan pour faire pression sur elle et récupérer ces mystérieux documents. Mais au fait, quels étaient les liens de Blake avec Wayne Cortland ? Les motifs de Blake ? Où Johnny avait-il caché ce qu'il avait volé à Cortland ? A qui le destinait-il ?

— Le meurtre de Johnny aurait un rapport avec l'explosion qui a tué M. Cortland ? demanda Leanne, visiblement troublée.

— A votre avis ?

Les sourcils froncés, la jeune femme considéra ses mains manucurées avec soin. Cette constatation faite, Briar observa les siennes, avec leurs ongles coupés courts, irrégulièrement, et leurs cuticules.

— A la vérité, je me suis toujours demandé si Johnny ne cherchait pas à dérober des documents à Cortland, confia Leanne. Il me posait sans cesse des questions sur lui... Lors de notre dernière rencontre, il m'a conseillée, pressée même, de chercher un autre emploi. Quand je lui ai demandé pourquoi, il a seulement répondu qu'il avait un mauvais pressentiment. Il a refusé de m'en dire davantage. De me révéler ses raisons.

Elle hocha doucement la tête. Des larmes brillaient à ses cils.

— Le jour de l'explosion, justement, j'avais pris ma journée pour me rendre à un entretien d'embauche. Pour obtenir mon poste actuel.

Briar comprenait mieux pourquoi Luke s'était intéressé à Leanne Dawson. Non seulement elle n'avait pas été sur les lieux, le jour de l'explosion, mais elle cherchait un autre emploi. Ces deux détails avaient évidemment éveillé ses soupçons. De là, il avait découvert sa liaison avec Johnny. Et ses éventuelles implications avec Cortland.

— Vous avez eu de la chance, laissa tomber Briar.

— Je sais. Je n'en reviens toujours pas ! M. Cortland semblait si gentil et si... ordinaire.

— L'habit ne fait pas le moine, malheureusement. Johnny Blackwood vous aimait ? demanda-t-elle, mue par une impulsion.

Leanne ouvrit de grands yeux.

— Pardon ?

— Excusez-moi. Je n'aurais jamais dû vous poser cette question.

Leanne étrécit le regard.

— Rappelez-moi votre nom ?

— Briar Culpepper.

Leanne ouvrit un regard épouvanté.

— Oh mon Dieu ! Je crois que je comprends ! Vous êtes sa femme, n'est-ce pas ?

Honteuse, Briar garda le silence.

— Vous vouliez me voir pour comparer ? reprit Leanne, des pleurs dans la voix. Vous voulez aussi des excuses ? Alors je m'excuse. Je vous le dois bien !

— Je ne veux pas de vos excuses, Leanne. Après tout, vous ne saviez pas que Johnny était marié. Parfois, je pense que Johnny lui-même n'avait pas compris la valeur de cet engagement.

Briar chercha le regard de la jeune femme.

— Je suis désolée de vous avoir caché qui j'étais, mais à ma décharge, certaines personnes cherchent à enlever mon fils pour obtenir ce que Johnny aurait dérobé à Wayne Cortland.

Leanne cessa aussitôt de pleurer. Son expression, de désespérée, devint horrifiée.

— Vraiment ?

— Par deux fois, on a essayé. Je ne sais pas exactement ce que Johnny a pris et où il l'a caché.

— Et selon vous, je pourrais le savoir ?

— Je l'avais espéré…

Leanne sortit un mouchoir en papier et se tapota les yeux.

— Je crois que vous accordez trop d'importance à ma relation avec Johnny.

Elle prit une grande inspiration.

— C'était une aventure sans lendemain, un jeu, mais il me faisait du bien, vous savez. Avec lui, je me sentais désirable et aventureuse.

Elle sourit.

— Il me donnait l'impression de prendre le monde à bras-le-corps. J'adorais cette sensation. C'était comme d'être ivre !

Briar eut un élan de sympathie envers la jeune femme. Elle s'était éprise de Johnny pour cette raison, autrefois... Il avait un petit air rebelle sans pourtant le moins du monde être dangereux. Il ne faisait du mal qu'aux filles dont il brisait le cœur sans s'en rendre compte.

Johnny n'avait jamais voulu briser le sien. Ni celui de Leanne Dawson. Pour autant, son cœur restait calme, seul son amour-propre souffrait de l'avoir su infidèle.

— Vous n'avez jamais eu de soupçons sur Cortland ? Sur ses activités illégales sous couvert d'activités honorables ?

— Bien sûr que non ! Sinon, jamais je n'aurais travaillé pour lui !

Leanne semblait sincère. Wayne Cortland avait sans doute joué à merveille son rôle d'homme d'affaires honnête et gérant d'un entrepôt de bois. Voilà pourquoi il avait si longtemps pu agir dans l'impunité.

— Je vous remercie pour le temps que vous m'avez accordé, Leanne. Je suis désolée de vous avoir caché que j'étais la femme de John Blackwood.

La jeune femme inclina la tête.

— Et moi, je suis navrée de ne pas avoir pu vous aider.

Briar sortait quand Leanne la rejoignit.

— Attendez ! Je viens de penser à quelque chose. Je ne sais pas si c'est important, mais le jour où Johnny m'a conseillé de chercher un nouvel emploi, je lui ai dit que je ne voulais pas me trouver fort dépourvue l'hiver venu, comme la cigale de la fable. Ce à quoi Johnny a répondu en riant qu'il était une vraie fourmi : il avait de telles réserves de nourriture que les gens pensaient qu'il était un survivaliste !

Briar ne put s'empêcher de rire.

— La fourmi, c'était moi ! Sinon, Johnny serait mort de faim ! Mais je ne comprends pas pourquoi ce détail vous a frappée ?

— Attendez, ce n'est pas tout. Il a expliqué qu'il était sidéré par ce que pouvait contenir un bocal de verre. Là-dessus, il m'a adressé un clin d'œil.

Un frisson parcourut Briar.

— Vous pensez qu'il a voulu me faire passer un message ? demanda Leanne, songeuse.

Briar contint son excitation.

— J'en doute. Vous savez, Johnny a toujours aimé voir des mystères là où il n'y en avait pas.

Sur le visage de Leanne surgit une expression de regret et d'affection.

— Cette tendance à rendre la réalité plus belle ou étrange… Oui, c'était l'un de ses plus grands charmes.

Elle rougit.

— Oh… je suis désolée.

— Cessez de vous critiquer, Leanne, je vous en prie. Ne vous en voulez pas d'être tombée amoureuse de Johnny. Vous n'étiez pas la première.

— Vous êtes gentille. J'espère que vous trouverez ce que vous cherchez et que tout ira bien pour vous et votre fils.

Briar lui sourit et sortit, en essayant de modérer son excitation.

Il était plus de 16 heures et il y avait trois heures de route jusqu'à Bitterwood…

Trois heures à ronger son frein, car elle savait maintenant où chercher ce que Johnny avait dérobé à Wayne Cortland.

Dans l'un de ses bocaux.

Johnny avait sans doute photographié des documents papier et les avait transférés sur une clé USB. Une clé étanche et certainement cachée dans un petit sac de congélation étanche lui aussi. Qui irait chercher une clé USB dans des fruits au sirop ou des légumes en saumure ?

Personne !

Elle-même n'avait pu la découvrir, car elle procédait selon un ordre strict, en ouvrant ses bocaux du plus ancien au plus récent. Et Johnny avait probablement choisi l'un de ceux qu'elle était en train de préparer, à l'époque, pour cacher la clé USB.

Briar en tapotait d'excitation sur son volant quand son Smartphone se mit à sonner. Elle prit la communication, mais un bip lui signala que la batterie était presque vide, ce qui l'empêcha d'identifier son correspondant.

— Zut !

Par chance, elle avait un chargeur dans la boîte à gants. Elle l'en sortit et le brancha dans l'allume-cigare. L'écran de son portable s'alluma : elle avait manqué un appel de Dana Massey.

Elle la rappela aussitôt. Dana répondit à la première sonnerie.

— Briar ? Où es-tu ?

— A Wytheville en Virginie. C'est une longue histoire. Que se passe-t-il ?

— J'essaie de joindre Luke depuis une heure, mais personne ne répond. Il est avec toi ?

Une peur irraisonnée la saisit.

— Non. Mais il devrait être à la maison : il garde Logan.

Le silence de Dana accrut sa panique.

— Il ne répond peut-être pas à ses appels ? hasarda Briar.

— C'est possible.

Dana parut soulagée.

— Contacte-le pour savoir ce qui se passe, reprit cette dernière. Et dis-lui de m'appeler. J'ai obtenu des informations confidentielles sur une milice liée à la BRI et à Blake Culpepper. On ne m'a autorisée à n'en parler qu'à Luke.

— D'accord. Tout de suite.

Sur ces mots, Briar raccrocha et contacta Luke sur son Smartphone. Au bout de cinq sonneries, sa boîte vocale se déclencha. Elle laissa un message et l'appela sur son fixe. Occupé.

Il n'avait sans doute pas de signal de double appel, conclut-elle en raccrochant.

Vingt minutes plus tard, elle le rappela. Toujours occupé. Inquiète cette fois, elle s'empressa de contacter Dana.

— Dana ? Ecoute, il y a un problème ! Je n'arrive pas à joindre Luke. Ni sur son fixe ni sur son portable ! Et j'ai encore trois heures de route.

— Et moi, je suis toujours à Knoxville, mais je vais téléphoner à Kesey et lui demander de passer chez Luke pour s'assurer que tout va bien. Je m'y rends aussi vite que possible !

Briar reposa son portable sur le siège passager, le cœur battant, et accéléra.

13

Quelque chose martelait et pilonnait, décuplant son mal de tête. Luke se força à ouvrir les yeux et essaya de se redresser pour intimer ce gêneur au silence !

Mais ses paupières étaient si lourdes et son corps si engourdi qu'il renonça. En plus, il avait la nausée.

Par chance, le fracas cessa. Un silence si profond retomba qu'il craignit être devenu sourd…

Malheureusement, le vacarme reprit, plus fort et plus précipité.

On frappait à sa porte à coups redoublés, comprit-il.

Il essaya de nouveau de se lever, mais il eut le vertige. Il n'eut que le temps de rouler sur le flanc pour vomir.

Puis une voix lui parvint.

— Luke ! C'est Tim ! Tu es là ?

Luke, repris par la nausée, fut incapable de répondre. Que se passait-il ?

Il était chez lui. Il le savait à la subtile odeur de cire de son intérieur, à la sensation rêche du tissu de son canapé contre sa joue. Soulevant à demi ses paupières, il reconnut même quelques éléments du décor.

Il aurait volontiers répondu à Tim, mais il avait trop mal à la gorge et sa bouche était sèche.

Peu après, il y eut un bruit de porte, puis de pas qui se rapprochaient.

— Luke ! s'écria Tim.

Pour seule réponse, Luke poussa un gémissement tandis que les mains chaudes et sèches de son frère se posaient sur son visage.

— Luke ? Tu peux parler ? Tu as des difficultés à respirer ?

Luke avait la tête lourde et douloureuse, mais il opina. Il parvint enfin à ouvrir les yeux complètement.

— Ça ne va pas, bredouilla-t-il d'une voix rauque.

— Je le vois !

Tim posa son index à la base de sa gorge, évidemment pour vérifier son pouls.

— Que s'est-il passé ? murmura Luke.

— A toi de me le dire.

Je n'en sais rien..., songea Luke, paniqué. Il se souvenait être allé se coucher, la veille au soir, mais ensuite...

Rien.

— Où est Logan ? s'enquit Tim.

— Je ne sais pas...

Il essaya de se lever mais, saisi par le vertige, se laissa retomber.

— Ne bouge pas ! lui intima Tim.

Il sortit, sans doute pour chercher Logan, supposa Luke toujours dans la confusion la plus totale. Il consulta sa montre d'un geste machinal. 5 heures. Du matin ou de l'après-midi ?

De l'après-midi, décida-t-il vu la lumière à l'ouest. Qu'avait-il fait de la journée ? Il n'en savait rien.

— Où est Briar ? demanda-t-il à Tim qui revenait.

— A Wytheville. Tu l'as oublié ?

— Je ne sais pas... je n'ai aucun souvenir de cette journée.

De nouveau, il tenta de se redresser.

— Je me suis couché hier soir, enfin, je pense que c'était hier soir, et après... c'est le trou noir.

Le regard que Tim lui lança l'inquiéta un peu plus. Mais son frère garda le silence et sortit de nouveau du salon.

Luke se leva avec effort et se rendit dans la cuisine pour prendre de l'essuie-tout et nettoyer le sol souillé. Les moindres mouvements lui faisaient tourner la tête, mais il s'obstina par fierté.

Tim revint sur ces entrefaites, le visage grave. Il sortit son portable, lui tourna le dos et passa un appel.

— J'ai besoin de tous les policiers disponibles chez Luke Hale, 224 Maplewood Lane à Bitterwood. Nous devons lancer une alerte Amber : Logan Blackwood a disparu.

Luke fut cette fois soulevé par une nausée qui n'avait rien à voir avec son état physique, mais avec de l'épouvante.

Logan se cache et quand il entendra le son de ma voix, il sortira de sa cachette. Je me fais du souci pour rien.

Briar se le répétait, mais sans croire à son propre mensonge. Logan avait bel et bien disparu.

L'information, par le biais de Dana Massey, lui était parvenue alors qu'elle traversait Bristol, dans le Tennessee. Il lui restait encore deux heures de route pour arriver à Bitterwood. Elle avait ensuite accéléré, l'esprit embrumé par l'angoisse, même couru le risque de se faire arrêter pour excès de vitesse.

Jusqu'à son arrivée, elle n'avait cessé d'échanger de nombreux appels avec Dana, Kesey et le chef Tim Massey pour s'informer de la situation en temps réel.

En revanche, elle n'avait aucune nouvelle de Luke.

Luke à qui elle avait confié son fils.

Etonnamment aussi, personne ne lui avait parlé de lui.

Quand elle arriva enfin chez lui, le vigile à l'entrée de la propriété avait l'air sombre. Des gyrophares éclairaient par intermittences la pénombre et Kesey l'attendait dans la véranda.

Il vint à sa rencontre et, dans un geste rempli de sollicitude, posa ses mains sur ses bras.

— Nous le retrouverons, Briar.

Elle déglutit.

— Je sais. Où est Luke ?

— A l'intérieur.

Elle se précipita, mais Kesey la retint.

— Attends. Je me doute que tu es en colère, mais il faut que tu saches… Luke a été drogué.

— Drogué ?

— Oui. Les urgentistes sont sur place. Luke va mieux, mais il a tous les symptômes d'ingestion de substance toxique. Les médecins lui ont fait une prise de sang. Ils ont aussi voulu le conduire à l'hôpital, mais il a refusé catégoriquement.

Briar avait de plus en plus de mal à respirer.

— Il a dit ce qui s'était passé ?

— Briar… il ne s'en souvient pas.

Kesey lui serra la main.

— Nous espérons que la prise de sang nous en apprendra davantage, mais si j'en crois les symptômes — amnésie, nausées et vomissements — on lui a fait boire du GHB.

— Mais comment a-t-on pu l'approcher pour le droguer au GHB ? Qui ?

— C'est ce qu'on essaie de comprendre. Les policiers du Tennessee Bureau of Investigation seront là dans une heure et passeront la maison au peigne fin. S'il y a un indice, ils le trouveront !

— Et le vigile à l'entrée ? A-t-il vu quelqu'un ? Personne ne peut pénétrer sur la propriété de Luke sans passer devant lui !

— Nous essayons de retrouver ce vigile : il a terminé son service à 17 heures et il était parti bien avant qu'on arrive sur les lieux. Personne ne sait où il est. Selon son collègue, il serait parti pêcher. Où ? Mystère. Il ne répond même pas à son portable.

— Il est peut-être en danger ?

— Je ne crois pas.

— Il faut que je parle à Luke tout de suite !

Kesey serra sa main plus fort encore.

— Ne l'accule pas, surtout. Il se sent déjà assez mal comme ça.

Briar n'en avait pas l'intention. Certes, elle était en colère, souffrait dans sa chair et dans son cœur, mais elle ne pouvait ni ne voulait faire de Luke un bouc émissaire. Et d'ailleurs, à deux reprises, il avait protégé son fils.

Un seul regard sur Luke balaya ses derniers doutes. Le visage entre ses mains, il était l'image de la consternation et de l'affliction.

— Je suis désolé, Briar…

Elle prit place à côté de lui et posa la main sur son épaule.

— Comment vas-tu ?

Il s'écarta d'elle.

— Non, Briar. Pas de ça. Pas de compassion.

Elle reposa la main sur ses genoux.

— Tu ne te souviens de rien ?

— Je ne me souviens que d'hier soir.

Elle se revit l'étreignant, l'embrassant, cherchant comme lui l'apaisement dans le désir et la sensualité. Un homme et une femme avides du plaisir que l'autre seul pouvait donner.

Combien cet instant de volupté semblait loin désormais…

— Tu ne te souviens pas que, ce matin, tu m'as réveillée pour m'informer que tu devais aller à l'hôpital voir ton père ?

Il bondit. La peur jaillit aussitôt dans ses yeux.

— Quoi ? Mon père est à l'hôpital !

— Mais il va bien ! lui dit-elle à la hâte. Il a seulement eu une attaque de panique. Il a été transféré à la prison à l'heure du déjeuner.

Il la regardait toujours comme si elle venait de le frapper.

— Je ne m'en souviens pas, Briar.

— Kesey affirme que tu as été drogué.

Luke secoua la tête puis il se figea en même temps qu'il pâlissait. Briar, inquiète, craignit un malaise. Mais il reprit des couleurs.

— Comment ai-je pu être drogué ? Par qui ? Je n'aurais jamais laissé entrer qui que ce soit chez moi.

— Si le ravisseur était entré par la force ?

Et cependant, il n'y avait aucune trace de lutte dans le salon, remarqua-t-elle.

— A qui aurais-tu ouvert sans te méfier ? A qui fais-tu confiance ?

— A ma mère, répondit-il spontanément. Mais je doute qu'elle soit liée à cette histoire.

— Alors qui ?

Il se frotta le menton.

— Tom Bevill ?

Son supérieur hiérarchique.

— Katey. Les policiers de Bitterwood.

Cette dernière piste était intéressante, songea Briar, car le poste de police de Bitterwood comptait des éléments indignes de confiance sans que Tim sache lesquels. Le purger de ses éléments séditieux était d'ailleurs l'un de ses chevaux de bataille.

— Qui sinon ?

— Des avocats m'apportent parfois des dossiers. Ou ma secrétaire. Des clercs.

— Et Lydia ? demanda-t-elle en pensant à la jolie blonde qu'elle avait croisée dans son bureau.

— J'en doute. Où est George Applewood, le vigile qui assurait le service de jour à l'entrée ?

— Il serait parti pêcher et ne répond pas au téléphone.

Parce qu'il voulait être tranquille ou parce qu'il avait identifié le ravisseur ? Et qu'il était devenu un témoin gênant ?

Briar priait que non.

— Qu'est-ce que nous allons faire, Briar ? Qu'est-ce que j'ai fait ?

Elle s'assit sur la table basse, en face de lui, et prit son visage en coupe pour plonger ses yeux dans les siens.

— Je vais retrouver Logan. Et je te jure que je ferai passer un sale quart d'heure à son ravisseur.

Luke sembla puiser une espèce de réconfort tant dans son geste que dans ses propos.

— Nous le chercherons ensemble !

Elle laissa tomber les mains sur ses épaules.

— Pour le moment, tu n'es pas en condition de partir en montagne. C'est probablement là que mon fils est détenu par mon cousin et ses sbires.

— Alors appelle les urgentistes ! Ils sauront quoi faire pour me redonner des forces !

— Je suis certaine qu'ils t'ont déjà donné quelque chose.

Luke haussa les sourcils, comme s'il essayait de se souvenir.

Dana Massey s'approcha. Elle prit place à côté de Luke.

— Ils ont voulu le conduire à l'hôpital, mais il a refusé.

— Je voulais d'abord parler à Briar ! expliqua Luke. Lui dire combien j'étais désolé.

Briar posa la main sur son genou.

— Tu as besoin de temps pour récupérer, Luke.

— Nous n'avons pas de temps !

— Ecoute, Luke…

Du regard, elle chercha le soutien de Dana. Mais celle-ci n'alla pas dans son sens :

— Je comprends le désir de Luke de participer aux recherches. Je t'assure, Briar, qu'il est plus lucide qu'il ne l'était tout à l'heure, à mon arrivée.

— Les ravisseurs t'ont déjà contactée ? demanda Luke qui faisait manifestement un effort de lucidité.

— Non, répondit Briar s'en étonnant.

N'avait-on pas enlevé son fils pour faire pression sur elle, afin qu'elle remette les documents que Johnny avait dérobés à Cortland ?

Des documents qu'elle savait désormais où trouver…

Elle n'en avait pas encore parlé à ses collègues parce qu'elle savait parfaitement comment ils allaient gérer la situation.

A supposer qu'elle retrouve la clé USB dans l'un de ses bocaux, la police ferait une copie des fichiers qu'elle contenait et les passerait au crible. Pendant ce temps, Logan serait toujours aux mains d'individus dangereux et sans scrupule. La police agissait certes avec les meilleures intentions du monde, mais Briar refusait que son fils reste séquestré. Rien n'était plus important que de le retrouver vite, sain et sauf.

Son esprit travaillait à toute allure, elle cherchait un plan.

Elle devait agir. Vite. Maintenant. Seule. Au diable la police !

Elle se ressaisit sous le regard attentif de Luke. Elle aurait aimé se confier à lui, mais pour le moment, elle ne voulait et ne pouvait compter que sur elle.

— J'ai besoin d'être seule ! lâcha-t-elle soudain.

A l'étonnement sceptique de Luke, il avait deviné son intention de passer à l'action sans aucune aide.

Mais elle décida de mentir.

— Ecoute, Luke, je crois qu'il vaut mieux que nous prenions nos distances pendant quelque temps.

Il vacilla, comme si elle l'avait frappé.

— Briar ! intervint Dana, manifestement surprise et peinée.

— Mon fils a été enlevé ! coupa Briar en haussant le ton. J'ai le droit d'être en colère ! Et d'avoir besoin de solitude !

Kesey, un peu plus loin, fut sans doute alerté par les inflexions de sa voix, car il tourna la tête dans sa direction.

Elle se leva dans le plus grand silence et sortit sans que Kesey et Tim s'interposent. Au contraire, ils s'écartèrent pour lui laisser le passage. Dana se précipita à sa suite, mais Kesey la retint et hocha la tête.

— Laisse-la, Dana.

La douleur qui perçait dans ces mots saisit Briar, mais elle n'en sortit pas moins.

Dehors, la nuit était tombée et rendue plus sombre par de gros nuages. La lune était cachée.

Parfait. Son accès au chalet n'en serait que plus facile.

Les ravisseurs devaient l'y attendre. Voilà pourquoi ils ne l'avaient pas encore contactée.

A quoi bon, quand ils n'avaient qu'à guetter son retour chez elle, où se trouvait précisément ce qu'ils cherchaient ?

Mais elle avait un secret que seule sa famille connaissait. Qu'elle n'avait jamais partagé avec Johnny.

Elle savait comment entrer dans son chalet sans être vue.

14

Lorsque Briar fut sortie, Luke se leva avec précaution. Heureusement, il se sentait mieux. Il se rendit dans la cuisine et y resta un bon moment, désœuvré et pensif.

Il avisa un bol sur la table. Les restes d'une soupe au poulet et aux nouilles.

Logan, songea-t-il, frappé en plein cœur. Le petit garçon était-il près de lui quand l'agresseur était entré ?

Mais pourquoi avait-il ouvert à un inconnu ? Etait-il donc à ce point inconscient ?

Dans tous les cas, il ne pouvait rester chez lui à tourner en rond ! décida-t-il. Il devait agir. Il ne savait par où commencer, mais tant pis, il ne pouvait rester bras ballants, alors que le petit garçon était en danger !

Briar avait certainement tenu le même raisonnement.

Elle n'avait pu avoir besoin de solitude. Du moins, cela n'avait pas été sa seule raison pour se retirer.

Dana entra dans la cuisine. Il se confia à elle :

— Briar a sans doute décidé de gérer la situation à sa manière, sans la police.

— Tu penses qu'elle serait partie à la recherche de Blake Culpepper ?

— Je n'en sais rien. Je sais seulement que ça ne ressemble pas à Briar de rechercher la solitude ou le recueillement. Elle est toujours dans l'action. Elle a invoqué un prétexte quelconque pour qu'on ne lui pose pas de questions.

Dana regarda dans la direction de Tim et de Kesey.

— Ils n'accepteront pas que tu quittes la maison.

— Je sortirai par-derrière sans me faire remarquer.

— Mais tu tiens à peine debout !

— Je vais mieux. J'ai les idées claires, maintenant !

— Tu ne pourras pas conduire !

— Toi, tu le peux.

— Tu veux que je t'aide à prendre la poudre d'escampette ? Que je mente à mon frère et à mon fiancé pour te permettre de partir rejoindre Briar Dieu sait où alors que tu es encore sous les effets du GHB ?

— Mais si Briar est partie seule, elle court au-devant de grands dangers !

— Justement : nous allons informer Kesey et Tim de la situation.

Luke fit la grimace. Puis une idée lui vint.

— D'accord. Mais avant, Dana, laisse-moi le temps d'aller me rafraîchir. Je reviens. Nous leur parlerons ensemble.

Sur ce, il enfila le couloir mais, au lieu d'entrer dans la salle de bains, il continua et sortit par le garage.

La Jeep de Briar était garée là.

Et Briar était là ! Sur le siège conducteur. Tête baissée, elle serrait le volant comme si sa vie en dépendait.

Il frappa à la vitre passager. A sa vue, elle sursauta et écarquilla les yeux.

— Je sais que tu as l'intention de partir seule à la recherche de Logan. Je veux venir avec toi, Briar.

Elle le fixa longtemps, pendant qu'il retenait son souffle. Enfin, elle ouvrit sa portière. Il monta à la hâte sur le siège passager.

— J'aimerais te dire combien je suis désolé pour ce qui est arrivé…, mais il faut faire vite… Dès l'instant où Dana se rendra compte que je reste absent trop longtemps, elle va s'alarmer et prévenir les autres. Filons !

Briar le jaugea et soudain, desserra son frein à main. La Jeep descendit en roue libre la petite pente jusqu'à l'entrée de la propriété. Arrivée, Briar fit signe au vigile, puis démarra.

Luke tourna les yeux en direction de sa maison : la porte d'entrée restait fermée. Ouf !

— Où allons-nous ? Chez toi ?

— Oui, mais je te préviens, les ravisseurs doivent nous y attendre.

Il boucla sa ceinture de sécurité tandis qu'elle prenait un virage en épingle. Aussitôt, son estomac se souleva. Il se sentait encore nauséeux et n'était certainement pas en état de foncer dans une embuscade. Tant pis. Pour rien au monde, il n'aurait voulu être ailleurs.

— Je crois savoir où est la cachette de Johnny, dit-elle soudain.

Luke se figea, les mains sur sa ceinture de sécurité.

— Tu sais ce qu'il a dérobé à Cortland ?

— Non. Pas encore.

Elle lui rapporta sa conversation avec Leanne Dawson.

— Cacher une clé USB dans un bocal de légumes va sûrement l'endommager ? A moins qu'il ne l'ait placée dans un emballage étanche ?

— C'est sans doute le cas. De toute façon, il n'avait pas l'intention de l'y laisser longtemps. Il envisageait certainement de changer de cachette à court terme. Et dans le cas où quelque chose de fâcheux surviendrait, il savait que j'ouvrirais le bocal au bout d'un an maximum. Johnny connaissait mon obsession des dates de péremption. Il a donc caché sa clé USB dans les bocaux que j'étais en train de préparer à l'époque.

— Tu es sûre de ne pas avoir jeté ce bocal ?

— Je ne jette jamais la nourriture, Luke.

— Ah…

Il comprenait mieux la démarche de Johnny. Personne ne penserait à mettre le nez dans un bocal pour y chercher une clé USB. Sauf sa Briar.

Ma Briar, se répéta-t-il en silence, une décharge d'électricité lui traversant le corps.

— Comment allons-nous entrer chez toi, si les ravisseurs montent la garde autour de ton chalet ?

Le sourire de Briar lui fit chaud au cœur.

— Tu vas voir !

C'était une histoire que la famille de Briar lui avait racontée maintes fois, une sorte de fierté un peu mal placée, devait-elle reconnaître. La Prohibition des années 1920 et 1930 n'avait pas mis un terme à la production et à la vente d'alcool, elle avait seulement contribué à l'apparition de distilleries clandestines dont l'existence avait perduré, même après que le vingt et unième amendement de la Constitution y avait mis fin. Cela dit, la vente de boissons alcoolisées était longtemps restée interdite dans de nombreux comtés du Tennessee. Aussi, la distillerie clandestine de son grand-père s'était perpétuée bien après la fin de la Prohibition, en 1933. Pour éviter que celle-ci ne soit découverte, puis fermée par les autorités, le vieux Bartholomew Meade avait trouvé un moyen de protéger sa petite affaire sans attirer l'attention.

Il avait découvert, par le plus grand des hasards, que son chalet s'élevait à proximité d'une grotte souterraine. En chassant le lièvre dans les forêts, Lamar, son fils aîné, était tombé dans un trou qui s'en trouvait à une distance d'environ quarante-cinq mètres. Incapable d'en sortir, Lamar avait trouvé un étroit boyau qui l'avait conduit jusqu'à la sortie de la grotte. Quand Bartholomew Meade avait appris qu'un tunnel naturel de près de quarante-cinq mètres se trouvait si près de chez lui, il avait tout de suite su quel parti en tirer pour ses activités clandestines.

Deux ans de dur labeur avaient été nécessaires à Bartholomew, ses trois fils et ses deux filles pour creuser un tunnel entre la cave de leur chalet et la grotte, mais ils y avaient réussi et la famille Meade avait prospéré dans son activité illégale pendant plusieurs dizaines d'années, jusqu'aux années 1960, au moment où Bitterwood avait voté en faveur de la vente d'alcool, dans l'espoir d'attirer les touristes qui se rendaient dans le parc national des Great Smoky Mountains.

L'interdiction de la vente d'alcool n'avait plus cours au moment où la mère de Briar lui avait offert le chalet en guise de dot, mais le tunnel existait toujours, désormais inutilisé même si en bon état. C'était un secret que seuls les descendants de Bartholomew Meade connaissaient. Johnny n'en avait jamais eu connaissance et Briar n'avait jamais songé à lui en parler.

C'était étrange : elle n'avait aucun scrupule à en révéler l'existence à Luke.

— Les habitants de Cherokee Cove l'appellent la grotte des contrebandiers, conclut-elle. Mon arrière-grand-père a répandu des récits horribles pour que les gens la considèrent comme hantée. La peur a donc empêché les plus intrépides de s'y aventurer. Et ceux qui n'ont pas cru à la légende se prenaient de la chevrotine dans les fesses quand ils s'en approchaient de trop près.

— Ton grand-père était vraiment un distillateur clandestin ? demanda-t-il en la suivant vers l'entrée de la grotte.

Un orage s'annonçait, le tonnerre grondait à l'horizon. Des nuages obscurcissaient la lune qui s'était un instant dévoilée, masquant le dernier quartier.

Luke semblait se sentir mieux, sans doute à cause du grand air, mais sa démarche si assurée la sidérait.

— Le tien aussi, reprit-elle. Enfin, je veux dire, le père de Tallie Cumberland. Les Meade et les Cumberland étaient rivaux à l'époque.

— Alors Blake doit connaître ce passage secret, puisqu'il est ton cousin ? s'alarma-t-il.

— Du côté paternel. Les Meade, c'est le côté maternel. Les Culpepper et les Meade étaient ennemis au moins autant que les Hale et les Cumberland.

— Comme les Capulet et les Montaigu.

— Oui, sauf que mes parents n'ont pas été assez fous pour se tuer. Quelle chance pour moi.

C'était étrange de relater l'histoire de sa famille avec tant de calme, alors que son fils venait d'être enlevé, se dit Briar. Cette pensée l'avait pourtant paralysée un peu plus tôt, alors que seule dans sa Jeep, elle n'avait d'autre envie que de partir à sa recherche. Sans Luke…

Comme s'il avait compris le tour de ses pensées, il posa la main sur son bras en arrivant à l'entrée de la grotte.

— Briar, on cherchera Logan jusqu'à ce qu'on le trouve.

La détermination perçait dans sa voix.

— Je ne sais pas ce qui va arriver une fois que nous serons

parvenus dans ma cave. Il est possible que Blake ait disposé ses hommes autour. On pourrait tomber dans une embuscade.

— Ces individus ne te feront aucun mal tant qu'ils n'auront pas mis la main sur les documents volés par Johnny.

— Blake n'a pas l'air de s'inquiéter de savoir si j'en ai fait ou non des copies ?

— J'y ai déjà réfléchi, déclara Luke alors qu'il la suivait dans la caverne.

Dans la nuit qui les enveloppait, Briar se figea et prêta l'oreille. La présence de Luke la réconfortait. Combien elle avait envie de s'appuyer contre lui et de se laisser aller, mais le temps pressait.

Pour se diriger dans le noir, elle eut recours à l'application lampe de poche de son Smartphone.

La galerie se prolongeait sur plusieurs mètres puis se perdait dans d'insondables profondeurs. Une vive angoisse étreignit Briar : elle n'avait pas arpenté ce tunnel depuis des années. Heureusement, le boyau semblait d'une solidité à toute épreuve.

— Alors ? Quelles sont tes conclusions ? le relança-t-elle, pour penser à autre chose.

Elle se détourna et l'éclaira. Il cilla légèrement.

— Je t'écoute, Luke.

— Blake Culpepper se moque sans doute que la police recherche les individus et les milices qui ont collaboré avec Wayne Cortland. Au contraire. Parce qu'à mon avis, il a toujours voulu rivaliser avec Cortland. La police pourrait donc l'aider à démanteler le réseau, ce qui lui permettrait de rester maître du jeu au Tennessee. Cortland est mort dans une explosion et son neveu, Merritt Cortland, a priori aussi car son corps n'a pas été retrouvé. Wayne était le seul à connaître les ramifications de son réseau dans divers Etats.

Briar suivait les pensées de Luke :

— Les livres comptables que Johnny a volés contiendraient donc les noms, les ramifications, les lieux et les activités illicites.

— Oui, je pense. Blake et moi, on veut la même chose. Moi pour faire justice, lui pour rester seul maître à bord.

Briar éclaira de nouveau le tunnel.

— Alors faisons vite !

— Nous ne devrions pas nous rendre chez Briar, déclara Kesey à Tim qui prenait un virage trop vite.

A côté de lui, Dana, les mains crispées sur ses genoux, avait le visage tendu. Luke lui avait menti et elle avait de la peine, même si elle et Tim étaient tombés d'accord pour dire qu'ils auraient sans doute agi comme lui.

— Vous pensez que les hommes de Blake, ou Blake en personne, surveillent le chalet ? demanda Tim d'un ton sec en ralentissant.

— Oui, répondit Kesey. Car ce que veut Culpepper se trouve là.

— Encore faut-il que Briar sache de quoi il s'agit. Et découvre la cachette, intervint Dana.

— A mon avis, confia Kesey, elle a dû l'apprendre aujourd'hui. Sinon, elle n'aurait pas trouvé un prétexte pour partir. Elle le communiquera à Blake Culpepper si elle met la main dessus.

— Elle transmettrait un indice capital à un criminel ? s'étrangla Tim.

Kesey lui lança un regard.

— Elle préférerait évidemment le donner à la police, mais si c'est le seul moyen de récupérer son fils, elle n'hésitera pas.

— Logique, déclara Dana d'une voix plate. Nous ferions tous la même chose. Enfin, c'est ce que moi, je ferais.

Personne ne la contredit.

— On va se garer en bas de la montagne et continuer à pied, conseilla Kesey. C'est plus prudent.

Le tunnel était interminable. Du moins, ce fut l'impression de Luke jusqu'à ce que Briar presse les doigts sur une petite anfractuosité, qui ouvrit une porte secrète creusée avec soin et surtout, grand art, dans la roche. Elle donnait sur la cave.

Briar alluma la lumière. Apparurent alors des étagères métalliques chargées de bocaux et de boîtes en plastique.

— Voilà mes réserves, murmura-t-elle.

Sur la gauche se profilait un escalier en béton.

— Où conduit-il ? s'enquit Luke.

— Vers le jardin. Et celui-là, dans la maison, précisa Briar en désignant un escalier de bois.

Luke fit un signe vers les bocaux.

— Johnny y aurait donc caché une clé USB ?

— J'en suis convaincue. Je dois juste trouver lequel… Johnny a entretenu une liaison avec Leanne Dawson pendant trois mois jusqu'à son meurtre, le 18 août. Donc la clé USB doit se trouver dans l'un de ceux que j'ai préparés en juillet, voire en juin ? Pêches, pommes, pickles, poivrons, courges, tomates… voilà les légumes de saison. Trop tard pour les framboises et trop tôt pour les courges d'hiver et les poires. Je choisirais les bocaux de fruits, leur jus est plus opaque. Les légumes sont conservés dans la saumure, plus claire.

Sur ce, elle s'approcha des bocaux de pêche. Luke la suivit et lut les étiquettes par-dessus son épaule.

— La date est indiquée là, expliqua-t-elle. Sélectionne les bocaux entre juin et le 18 août de l'année dernière.

— Il faut tous les ouvrir ?

Elle le regarda, sourcils froncés.

— Non. Nous allons commencer par les agiter… Je sais, c'est étrange de vouloir épargner des bocaux de pêche alors que Logan est en danger, mais mon fils adore les pêches au sirop…

Elle prit un bocal, l'agita, le posa et recommença. Luke l'imita. Un silence tomba.

Durant un long moment, ils prirent les bocaux un par un et les secouèrent.

— Oh ! je crois que ça y est ! s'exclama soudain Briar. Regarde !

Elle brandit un bocal où le coin d'un sac en plastique se dessinait entre deux fruits.

Elle retira le papier paraffine, puis le couvercle qui émit un petit pop.

— Donne-moi le seau qui se trouve là dans le coin !

Il obtempéra à la hâte. Elle vida le contenu du bocal de pêche jusqu'à que le sac de congélation tombe dans le seau. Elle le saisit ensuite entre le pouce et l'index, et utilisa un petit canif pour en retirer les restes de fruits collés dessus.

A l'intérieur se trouvait une clé USB noire.

15

A la plus vive stupéfaction de Luke, Briar fondit en larmes. Prise de sanglots incontrôlables, elle serrait le sachet contre sa poitrine. Elle avait fait front bravement et voilà qu'elle lâchait prise...

— J'avais... tellement... peur de ne pas le trouver, balbutia-t-elle.

Luke la serra dans ses bras. Elle pressa son front contre son épaule sans cesser de pleurer à chaudes larmes.

— Je suis... désolée..., bredouilla-t-elle.

Luke l'embrassa dans les cheveux, lui murmura quelques paroles de réconfort. Après tout, ce n'était pas plus mal que Briar craque un peu et évacue sa tension.

Au bout d'un moment, elle dégagea son visage mouillé par les larmes et lui adressa un sourire tremblant.

— Désolée de m'être donnée en spectacle.

— Et moi, je suis désolé de ne pas avoir su protéger Logan.

— Ça n'est pas ta faute, Luke, tu as été drogué.

— Je n'en ai pas moins ouvert ma porte à un inconnu ! J'ai mis sciemment ton fils en danger. Comment ai-je pu ?

Que s'était-il passé entre l'heure de son coucher et celle de son réveil sur le sofa ? Cette question l'obsédait.

— On le découvrira, fais-moi confiance ! promit-elle d'une voix ferme. Pour le moment, j'aimerais savoir ce que contient cette clé USB.

— Je me demande pourquoi Johnny a volé ces informations. Pour les monnayer ? Ou mettre fin aux activités de Cortland ?

Elle lui adressa un regard sans aménité.

— Tu veux dire, pour faire chanter Cortland ? Ou son neveu Merritt ?

— Et faire partie du réseau ?

Contre toute attente, Briar sourit.

— C'est impossible ! Johnny avait beaucoup de défauts, mais il n'était pas ambitieux et il aurait été incapable de faire du chantage.

— Alors peut-être voulait-il vraiment mettre fin aux activités séditieuses de Cortland ?

— Je l'espère.

Mais elle ne semblait pas convaincue, remarqua-t-il. Quelles que fussent ses intentions, Johnny Blackwood avait sacrifié son bonheur familial à l'infidélité et au danger.

A sa place...

A sa place, qu'est-ce qu'il aurait fait ? Il n'en savait rien... Valait-il mieux que Johnny ? Pas sûr. Il avait laissé un inconnu pénétrer chez lui, le droguer à son insu et enlever Logan.

— L'ordinateur de Johnny est dans la chambre, reprit Briar dont la voix s'immisça dans ses pensées. Je ne l'ai pas utilisé depuis des mois, mais il fonctionne certainement encore. On va regarder ce qu'il y a sur cette clé ?

La police avait saisi l'ordinateur de Johnny en espérant découvrir le motif qui sous-tendait son meurtre, mais elle le lui avait rendu après des recherches infructueuses. Briar l'avait remisé dans un coin de sa chambre et n'y accordait son attention que lorsqu'elle devait faire le ménage et l'épousseter.

Le souffle suspendu, elle alluma l'ordinateur et attendit, consciente du temps qui s'écoulait inexorablement. Pourquoi Blake ne s'était-il toujours pas manifesté ? Le chalet et ses abords semblaient déserts... Et si l'enlèvement de Logan n'était pas lié aux documents volés par Johnny ? En ce cas, qui avait enlevé son fils ? Et pourquoi ?

Luke posa une main pleine de sollicitude dans son dos et elle en fut légèrement réconfortée.

Enfin, l'écran d'accueil s'afficha, mais Briar était si anxieuse qu'elle ne parvint pas à se souvenir du mot de passe de Johnny.

Les mains tremblantes, elle tapa tout ce qui lui vint à l'esprit avant de se le remémorer dans un éclair : Pontiacfirebird92.

— Intéressant, lâcha Luke.

— Les hommes et leur passion pour les voitures… commenta-t-elle en soupirant.

Après la mort de Johnny, elle avait dû vendre sa chère Firebird pour payer ses dettes les plus criantes et mettre un peu d'argent de côté. N'ayant plus qu'un seul revenu, elle avait en effet dû revoir son budget et ses priorités. La Firebird n'en faisait pas partie.

Elle inséra la clé USB dans le port. Avec de la chance, son séjour prolongé, même protégé dans un bocal de fruits au sirop, ne l'avait pas définitivement abîmé.

La clé USB contenait des fichiers photo. Deux cents en tout. Et un fichier texte : « 4BR »

— C'est pour moi, dit-elle, surprise.

— Ouvre !

Elle double-cliqua et retint son souffle en lisant.

> Briar, si tu tombes sur ces lignes, cela signifiera que la situation a mal tourné et que je ne suis plus de ce monde. Je sais que tu n'apprécieras pas que j'aie volé des fichiers de cette importance, mais je l'ai fait pour Logan. Pour en tirer de l'argent. Afin que notre fils ait une meilleure vie que la nôtre…

— Eloquent, laissa tomber Luke.

Son ton sec ne laissait aucune ambiguïté sur ce qu'il pensait de Johnny.

Briar ne lui en tint pas grief… Johnny avait eu de nombreux défauts et une conduite impardonnable.

— Tu veux ouvrir les fichiers ? demanda-t-il.

— Non. D'abord, copions-les sur l'ordinateur.

Elle créa un nouveau dossier nommé « JB » et transféra les fichiers photos sur le disque dur. L'ordinateur était ancien, donc très lent. Aussi, ses tentatives pour ouvrir les fichiers pendant qu'elle les copiait restèrent vaines.

Mais le temps passait et, n'y tenant plus d'impatience, elle se leva et s'approcha de la fenêtre. La faible lueur de l'écran de l'ordinateur avait-elle attiré l'attention des individus éventuellement cachés aux abords du chalet ?

— Tu vois quelqu'un ? s'enquit Luke.

— Non, mais je suis certaine qu'ils sont là.

Elle se détourna. La lueur bleuâtre de l'écran de l'ordinateur accusait la fatigue, le désarroi sur le visage de Luke. Elle eut un élan de tendresse vers lui, elle n'était plus en colère.

Son fils avait été pourtant enlevé et était en danger à cause de lui. Pendant ses trois heures de route, elle l'avait accablé de reproches et projeté de les lui jeter au visage. Mais dès son arrivée chez lui, lorsqu'elle l'avait vu sur le canapé, mal en point, brisé, sa colère était tombée et avait plutôt ciblé la personne qui avait trahi la confiance de Luke et l'avait drogué. Et Blake Culpepper.

Un bruit sourd s'éleva quelque part dans la maison et lui fit tourner les yeux vers la porte de la chambre. Luke l'imita.

— Ne bouge pas, Luke. Continue de copier les fichiers.

— L'ordinateur n'a pas besoin de moi, objecta-t-il en la suivant dans le couloir. Tu es armée ?

— Bien sûr que oui. Et toi ?

— Bien sûr que non.

Elle revint dans la chambre et déverrouilla la porte du placard. Elle en sortit son fusil de chasse et quelques cartouches. Puis elle tendit son Glock à Luke.

— Ne tire que si c'est absolument nécessaire et vise les jambes.

Là-dessus, elle reprit le couloir, s'arrêta au bout, jeta un coup d'œil rapide dans le salon et de là, vers la porte d'entrée qui était ouverte. Elle se retourna vers Luke qui la suivait.

— Ne bouge pas. Ils sont déjà à l'intérieur, chuchota-t-elle.

Luke se tendit nettement, mais il ne recula pas. Il resterait à son côté coûte que coûte, songea-t-elle avec une immense tendresse. Sa présence la soutenait et lui donnait le courage d'affronter les intrus.

Blake ne l'emporterait pas au paradis ! se dit-elle, et pendant un moment, elle y crut.

Jusqu'à l'affrontement.

Les deux hommes en tenue de camouflage entrèrent dans le chalet au moment où Kesey atteignit la lisière de la forêt avec Tim et Dana. Tous deux allaient se précipiter, mais Kesey les retint.

— Attendez !

— Pourquoi ? objecta Tim. Nous devons agir !

— Certes. Mais il y a déjà quelqu'un dans la maison, déclara Kesey avec calme.

Dans la chambre de Briar, le rideau avait un peu ondulé et une lueur blafarde filtrait à travers, évoquant une télévision en marche.

— Qui ? demanda Tim.

— Je parie que c'est Briar. Et ton frère.

— Mais je n'ai pas vu la Jeep de Briar.

— Elle sera venue à pied, hasarda Kesey. Ou elle a trouvé un autre moyen d'accéder à son chalet.

Il ne pouvait leur donner d'explications concrètes. Comme à son habitude, il suivait son intuition. Ses collègues dans la police y voyaient une manifestation de l'esprit cherokee.

Pour autant, ses intuitions n'avaient rien à voir avec des manifestations du paranormal. Il était seulement attentif aux tout petits détails, comme le mouvement imperceptible d'un rideau devant une fenêtre ou un filet de lumière blafarde indiquant une télévision allumée.

Avant que Tim ou Dana n'aient le temps de répondre, un coup de feu s'éleva. Aussitôt, tous deux coururent vers le chalet et Kesey les suivit.

Il grimpait les marches quand un nouveau coup de feu éclata. Il se plaqua contre le mur près de l'entrée et tendit l'oreille. A son plus vif soulagement, Briar menaçait ses agresseurs :

— Ne bougez plus, sinon je tire !

— Billy Hackmore et Terry McDavid.

Briar ne pouvait cacher son mépris à l'égard des deux individus que Kesey et Tim venaient de menotter.

— Vous êtes arrêtés pour avoir pénétré par effraction dans une propriété privée, enchaîna Tim. Nous allons vérifier si vous n'êtes pas déjà recherchés par la police et si vous avez un permis de port d'arme. Etes-vous sous les ordres de Blake Culpepper ? Je vous conseille de parler.

La peur jaillit dans les regards des deux hommes. Tim s'approcha et les toisa en silence.

— Où est Blake ? intervint Briar, à bout de patience.

Elle s'approcha si brusquement de Terry McDavid que ce dernier eut un mouvement de recul. Luke lui saisit le bras, comme pour la retenir.

— Bonne question, souligna Tim d'une voix calme. Alors, où est Blake Culpepper ? Et Logan Blackwood ?

— Il nous tuera si on le dit…, marmonna Billy Hackmore.

— Vous regretterez de ne pas mourir de sa main si vous ne me le révélez pas dans la seconde ! gronda Briar.

Tim lui adressa un regard contrarié et lui fit signe de sortir. Les poings serrés, elle obtempéra.

Luke la suivit et aussitôt qu'il l'eut rejoint, l'étreignit avec élan.

Elle tremblait de tous ses membres, mais au bout d'un moment, elle réussit à se calmer et se pressa contre lui. Il resserra son étreinte et enfouit son visage dans ses boucles.

— Tim les brisera, Briar, chuchota-t-il. Nous retrouverons Logan.

— Plus le temps passe, plus j'ai peur pour lui.

Un frisson nerveux la parcourut. Il la serra encore plus fort.

— Et même si nous savons où est détenu Logan, que va-t-il se passer, Luke ? La police de Bitterwood va demander l'intervention d'un raid SWAT ? Mon bébé en otage sera encore plus en danger ?

— Nous trouverons ! martela-t-il.

Elle poussa un soupir :

— Il faut que j'aille chez mon cousin.

— Pour qu'il te prenne en otage ?

Elle fit volte-face dans ses bras, déterminée.

— Je ne suis pas de celles qui se laissent prendre en otage, Luke.

Il caressa sa joue veloutée avec douceur, passa le pouce sur ses lèvres.

— Moi aussi, je veux retrouver Logan ! murmura-t-il. Mais je ne veux pas que tu te sacrifies, Briar. Il doit y avoir un moyen qui ne t'oblige pas à prendre une initiative si risquée.

Elle soutint son regard.

— Je ne sais pas. Je veux savoir si tu soutiens ma décision.

Il plongea ses yeux verts dans les siens.

— D'accord. Mais je viens avec toi.

— Non.

— Je te laisserai agir, mais je resterai à proximité. Je ne veux pas que tu y ailles seule, Briar. Vas-tu soutenir ma décision ?

Elle était à la fois consternée et amusée qu'il reprenne ses arguments.

— Tu n'es pas un homme de terrain, Luke. Tu ne sais même pas tirer.

— Le moins qu'on puisse dire, c'est que tu es encourageante !

Elle devait le reconnaître.

Il l'attira à lui et susurra à son oreille :

— Si j'insiste, c'est parce que tu me donnes envie de me surpasser, Briar. Tu me fais croire que tout est possible. Même l'impossible.

Elle chercha son regard alors qu'il reculait.

— Quand tout sera fini…, murmura-t-elle.

Il la réduisit au silence d'un baiser.

Une petite toux gênée les arracha l'un à l'autre. Ils tournèrent les yeux vers la porte où Kesey, rempli de stupeur, les observait.

— On sait où est Logan.

16

Briar prit une grande inspiration. Ce n'était pas seulement sa vie qu'elle allait mettre en jeu, mais aussi et surtout celle de son fils.

— J'aimerais avoir le temps de vous équiper d'un micro, Blackwood, grommela Tim. Mais nous devons agir vite, avant que Blake n'ait le temps de se demander pourquoi ses deux acolytes ne sont toujours pas revenus.

— Justement, qu'est-ce que vous allez faire de ces individus ? intervint Luke.

— Dana et Kesey vont rester ici avec eux. Nous ne les conduirons pas au poste tant qu'on n'aura pas arraché Logan à Blake, répondit Tim.

En clair, il se méfiait même des policiers sous ses ordres, comprit Briar.

— J'ai copié les fichiers de la clé USB sur le disque dur de l'ordinateur dans ma chambre, expliqua-t-elle. Ils contiennent sans doute des révélations…

— Il me faut une arme, l'interrompit Luke.

Briar lui tendit son Glock, qu'il lui avait rendu un peu plus tôt. Elle n'avait pas l'intention d'être armée lorsqu'elle irait à la rencontre de Blake sur Smoky Ridge, là où il détenait son fils.

— Quinze coups plus un dans la réserve, précisa-t-elle.

Luke acquiesça, l'air inquiet mais déterminé.

Briar lui sourit. Si elle ne l'aimait pas déjà, elle serait tombée amoureuse de lui à cet instant. Elle exigeait beaucoup de sa part et aussi, de la part de ses collègues, en leur demandant de lui faire confiance pour affronter l'un des pires individus des Smoky Mountains et retrouver son fils en danger de mort.

— On restera à proximité du chalet, annonça Tim. Nous attendrons.

— Si on ne peut pas équiper Briar d'un micro, on peut peut-être écouter son échange avec Blake par le biais de son Smartphone, avança Luke.

— Blake pourrait me le confisquer, objecta-t-elle.

— Ou pas : ton écran reste noir lorsque tu es en ligne.

— Donc il ne vérifiera pas forcément, enchaîna-t-elle.

— Bonne idée ! conclut Tim.

A ces mots, un immense sourire illumina le visage de Luke. Malgré la situation dramatique, Briar s'en réjouit : un jour, peut-être très bientôt, les trois enfants de Tallie Cumberland formeraient une vraie fratrie. Elle en était certaine.

Briar conduisit Luke et Tim à travers les épaisses forêts. La cachette de Blake Culpepper était géniale, elle devait bien le reconnaître. Il avait en effet trouvé refuge dans un chalet qui avait autrefois appartenu aux Cumberland et était à l'abandon depuis que les habitants de Cherokee Cove avaient obligé Tallie Cumberland et sa famille à le quitter. Personne ne s'y rendait jamais, par peur de la malédiction.

L'endroit était retiré, mais bien aménagé. Il y avait la plomberie et l'électricité, sans doute piratée, songea Briar.

Elle se retourna vers ses compagnons. Tim regardait attentivement autour de lui, mais Luke la fixait comme si sa vie en dépendait. Etre si bien entourée dans un moment aussi périlleux lui procura un étrange frisson.

— Sois prudente, surtout, lui intima Luke avec une émotion contenue.

De son cœur jaillirent une tendresse et une douceur qui se répandirent dans tout son corps.

Elle lui sourit, et lui montra son Smartphone.

— Le tien est bien sur vibreur ?

Il opina. Elle composa son numéro, faisant vibrer son Smartphone. Il passa le doigt sur l'écran pour prendre la communication.

— Ramène Logan à la maison, dit-elle, sans le quitter des yeux.

— Ne cesse jamais de parler au cours de l'opération, Briar. Si jamais je n'entends plus le son de ta voix, j'entrerai. J'irai te chercher.

— Si jamais je cesse de parler, rentre et viens chercher mon fils.

Elle lui posa la main sur le torse.

— Promets.

— Je te le promets.

Tim s'approcha d'eux, levant la main.

— Moi aussi, je vous le promets, Blackwood. Surtout soyez prudente.

Le cœur battant, elle s'approcha du chalet.

Elle y parvint sans encombre sans que Blake l'apostrophe ou la menace.

La porte s'ouvrit avant qu'elle n'ait eu le temps de frapper. Elle fut accueillie par le canon d'un fusil et le regard méfiant de Blake Culpepper.

— Je n'aurais jamais dû envoyer ces deux imbéciles aux trousses d'une Culpepper ! lâcha-t-il.

— Je m'appelle Blackwood désormais. J'imagine que tu veux les documents que Johnny a volés à Wayne Cortland ?

Blake baissa son fusil et recula.

Briar interpréta son geste comme une invitation à entrer et le suivit. Mais Blake referma la porte d'un violent coup de botte.

— Où est mon fils ? demanda-t-elle, affrontant son cousin du regard.

Ce dernier parut amusé, comme s'il regardait un chaton sous ses griffes.

Parfait…, pensa Briar. *Qu'il continue de penser que je suis inoffensive.*

— Où sont les fichiers ? lança-t-il.

Elle allait sortir la clé USB de sa poche quand il braqua son arme sur elle.

— Attends !

Il se mit à la fouiller.

Briar resta immobile et se raidit. Comme Luke l'avait prédit, son cousin n'accorda aucune attention à son Smartphone toujours en ligne. Il le lui rendit, elle le remit dans la poche de son coupe-vent. Blake n'avait en fait d'yeux que pour la clé USB, qu'il serrait comme un trésor au creux de sa paume.

Il écarta son fusil. Elle aurait pu en profiter pour le désarmer. Non ! Pas tant qu'elle n'aurait pas revu son fils ! Les hommes de Blake avaient déclaré que ce dernier le détenait précisément là, mais elle n'en avait pas encore acquis la certitude. Avant de prendre la moindre initiative, elle voulait retrouver Logan et s'assurer qu'il allait bien.

— Tu as les dossiers, alors rends-moi mon fils.

— Non, répliqua-t-il. Pour l'instant, je n'ai qu'une clé USB. Je ne sais pas encore ce qu'elle contient.

— Où est Logan ? insista Briar.

Blake soupira.

— Là-bas, dit-il, désignant une porte. Suis-moi.

Il braqua le canon de son fusil vers son cœur qui battait violemment.

— Maman !

Le cri de joie de Logan s'éleva avec netteté de son portable. Luke, soulagé, se détendit enfin.

Il sourit à Tim qui lui retourna son sourire tandis que leur parvenait cette fois la voix de Briar. S'il en croyait les froissements qui parasitèrent ensuite la ligne, la jeune femme étreignait son fils.

Puis Blake reprit la parole.

— Je te laisse avec le petit pendant que je consulte ce qu'il y a sur la clé USB.

— Non. On revient avec toi dans le salon.

— Tu n'as donc pas peur de moi ?

— Oh si, objecta Briar d'une voix cependant confiante et calme.

Quel courage ! songea Luke, rempli d'humilité. Il ne méritait pas une femme aussi brave, il ferait tout son possible pour qu'elle fasse partie de sa vie.

— Ah bon, fit Blake. J'imagine que tu as copié les fichiers qui sont sur cette clé ?

Blake semblait plus résigné que contrarié. Luke n'en fut pas étonné. Sans doute avait-il eu raison concernant les motifs pour lesquels Blake voulait mettre la main sur ces documents. S'il voulait éliminer ses rivaux, peu lui importait que la police s'en mêle et accomplisse une partie du travail à sa place. Du moment qu'il réussissait à prendre le pouvoir impunément. Jusque-là, la police avait manqué de preuves pour l'arrêter, mais l'enlèvement de Logan changerait la donne.

— Tu ne crains pas que la police t'arrête pour le kidnapping de mon fils ? demanda justement Briar avec naturel, comme si elle faisait la conversation autour d'une tasse de café.

— Comment prouver que je l'ai enlevé ? On est parents, ma puce. Et puis, au pire, personne ne connaît mieux ces montagnes qu'un Culpepper.

Il y eut un bruit de pas, puis un chuchotement de Logan que Luke ne comprit pas.

— Ne bouge pas, Logan. Reste près de maman, dit Briar d'une voix douce, certainement pour rassurer son fils.

De nouveau, un bruit de pas s'éleva. Venait-elle de reposer le petit garçon à terre ? se demanda Luke. Pourquoi ? N'aurait-elle pas mieux fait de le garder serré contre elle ? Avait-elle une idée en tête ?

La voix de Blake parvint plus lointaine.

— Voyons ce qu'il y a sur cette clé USB…

Le raclement d'une chaise et quelques parasites brouillèrent un instant la communication téléphonique. Luke essaya de se représenter la scène dans le chalet, mais il ne pensait qu'à Briar et à ses projets de neutraliser Blake au péril de sa vie.

Briar s'accroupit devant son fils tandis que Blake tirait une chaise métallique devant la table où se trouvait son ordinateur portable.

De là, il pouvait parfaitement la voir. D'un autre côté, il avait posé son fusil contre le mur, comme si elle ne représentait plus une menace.

Erreur ! songea-t-elle.

Pour autant, elle devait rester sur ses gardes, au moins pour la sécurité de Logan. Si elle s'emparait du fusil et le braquait sur Blake, elle ne pouvait pas prévoir les réactions de son fils. Elle devait donc encore patienter.

Elle serra Logan dans ses bras et l'embrassa dans le cou.

— Ça va, mon petit homme ? murmura-t-elle à son oreille, en vérifiant du coin de l'œil si Blake écoutait.

Mais il était concentré sur l'écran de son ordinateur.

— Il ne t'a pas fait de mal, chéri ?

— Il crie beaucoup, déclara Logan avec conviction.

— Ecoute Logan, chuchota-t-elle, refoulant sa colère contre Blake, quand je crierai « go » je veux que tu sortes à toute vitesse du chalet. D'accord ? Ne réponds pas, hoche seulement la tête pour me montrer que tu as bien compris.

Son fils acquiesça solennellement.

Briar tourna de nouveau les yeux vers Blake qui souriait d'aise devant son écran.

— Bravo Johnny. Bon boulot, mon gars !

Il s'adressa à Briar d'un air ravi :

— Comment savais-tu que Johnny avait ces fichiers ?

Sur ces mots, elle se releva, plaçant Logan derrière elle.

— Johnny a essayé de les vendre à Merritt Cortland. Il avait entendu dire que Merritt essayait de doubler Cortland. Il a dû penser que Merritt les lui achèterait à bon prix. Tout ce qui l'intéressait, c'était l'argent. Quel maître chanteur !

Son cœur se serra. Jusqu'au bout, elle se serait trompée sur son mari.

— Merritt ne les lui a pas achetés ? s'étonna Blake.

Il haussa les épaules et reporta son attention sur son ordinateur.

— Merritt est vraiment un imbécile. Il a tué Johnny avant qu'il ne lui donne ces fichiers. Il pensait qu'il les avait sur lui.

Le sang de Briar se glaça devant l'indifférence avec laquelle Blake parlait du meurtre de son mari. Briar ne l'aimait plus, mais il avait été son premier amour et était le père de son fils.

Elle se contint, sans cesser de fixer Blake, attendant le meilleur moment pour ouvrir les hostilités.

Blake ouvrit un autre fichier et écarquilla cette fois les yeux. Il murmura une suite de jurons et se rapprocha de son écran d'ordinateur.

C'est le moment! pensa Briar.

Elle se détourna, posa la main sur la tête de Logan.

— Go !

Le petit garçon courut. Blake s'empara de son fusil avec un temps de retard, et Briar profita de ce que son cousin faisait volte-face pour se jeter sur lui. Le coup partit.

Logan Blackwood sortit en courant du chalet pendant qu'un coup de feu éclatait dans le silence de la nuit. Luke se précipita avec Tim vers le petit garçon. Il jeta à son frère un regard éloquent pour qu'il s'occupe de l'enfant et le mette en sécurité. Contre toute attente, le chef de police obtempéra.

Luke entra donc seul dans le chalet et se figea sur le pas de la porte. Briar et Blake s'affrontaient du regard et se disputaient le fusil. Blake était plus grand que Briar, mais la colère et l'amour maternel de la jeune femme décuplaient sa force.

Luke n'avait entendu qu'un coup de feu, mais c'était manifestement un fusil à deux coups, donc le pire était encore à craindre. Il leva son arme, mais hésita. Briar lui avait recommandé de viser les jambes, mais elle était si proche de Culpepper qu'il risquait aussi de la toucher. Alors il s'approcha et plaqua le canon de son Glock sur la nuque de Blake.

— Je te tue si tu ne lâches pas, annonça-t-il d'une voix calme et si glacée que lui-même ne la reconnut pas.

Blake se figea. Briar en profita pour lui arracher son fusil dont elle enfonça le canon si brusquement dans son bas-ventre que Blake, le souffle coupé, se plia en deux et recula.

Luke, désarçonné, faillit tomber, mais il reprit son équilibre et continua de menacer Blake.

— Laisse-le, Luke ! lui intima Briar. Je m'occupe de lui !

Elle arma le fusil et le braqua sur son cousin. La colère étincelait dans ses yeux gris.

— Briar, pose ce fusil ! lui ordonna Luke.

Mais elle secoua la tête obstinément et garda le regard fixé sur Blake, enfonçant le canon de son fusil dans son torse.

— Briar, par pitié, pose ce fusil ! répéta Luke. Si tu lui tires dessus, tu risques de me toucher !

Elle croisa enfin son regard, soupira longuement et profondément.

— Luke, c'est Merritt Cortland qui a tué Johnny, lui confia-t-elle.

— Je sais, j'ai tout entendu.

Le visage de Briar se décomposa. Elle recula en baissant son fusil. Puis, les mains tremblantes, elle sortit son Smartphone, pressa sur quelques touches et le porta à l'oreille.

— Chef ? Venez. On a besoin de vous.

— Ce sont des informations explosives !

La voix de Tom Bevill attira l'attention de Luke, mais il ne put détacher ses yeux du visage de Briar, assise en face de lui. Elle berçait son fils endormi sur ses genoux, les yeux perdus dans le vide. A quoi pensait-elle ?

— Vous m'écoutez, Luke ?

Il fit un effort pour s'intéresser aux propos de Tom.

— Nous avons les noms, les événements et les dates ! Quel trésor ! Ce sont de précieux indices, de nouvelles pistes pour notre enquête. Du coup, j'ai presque envie de différer mon départ en retraite !

— Je vous en félicite !

Bevill étrécit le regard.

— Hale ? Vous voulez que je renonce à mon départ en retraite et sois votre rival lors des prochaines élections de procureur général du comté ?

— J'abandonne la compétition, lâcha Luke, traduisant enfin ses pensées à voix haute.

Bevill eut l'air sidéré.

— Mais vous vouliez devenir procureur du comté, puis de l'Etat. Faire une carrière politique ! Que se passe-t-il ?

Le regard de Luke se posa sur Briar et son fils.

— Je crois que je vais changer de vie, Tom.

— Mais… j'ai toujours pensé que vous finiriez par devenir gouverneur. Et que vous seriez un jour dans la course à l'investiture pour la Maison Blanche.

C'était désormais impossible…, pensa Luke. D'une part à cause des scandales dont sa famille avait été éclaboussée, d'autre part, parce que le rêve de faire une carrière politique n'avait jamais été que celui de son père et de son grand-père. Il aimait son métier de procureur, il aimait faire justice aux victimes. A la vérité, il détestait la politique de toute son âme.

— J'aime mon travail.

Bevill plissa de nouveau les yeux, puis opina.

— Alors, je vais annoncer que je diffère mon départ en retraite, demain à la conférence de presse. Vous y assisterez. Vous me soutiendrez ?

— Oui, prononça Luke distraitement.

Il avait des priorités plus importantes qu'une conférence de presse annonçant une arrestation de première importance et une candidature imprévue au poste de procureur du comté.

— Excusez-moi, Tom, mais la police a besoin de moi…

Du moins, il espérait une entrevue avec un certain officier de police…

Mais son espoir de s'entretenir en tête à tête avec Briar disparut sitôt que Kesey Nix prit place à côté de la jeune femme. Tous deux, penchés l'un sur l'autre, tinrent ensuite un vrai conciliabule.

Luke s'approcha néanmoins d'eux.

— Que se passe-t-il ?

— Nous avons réussi à joindre le vigile qui était en faction aujourd'hui. Nous avons identifié votre visiteur.

Le regard de compassion que Kesey lui adressa le remplit d'appréhension.

— C'était qui ?

Briar posa la main sur son bras.

— Janet Trainor.

— Janet Trainor ? Ma secrétaire ? répéta Luke, stupéfait.

— Oui, elle a donné un faux nom au vigile, mais la description qu'il en a faite était claire et détaillée.

Luke fut pris de nausée.

— Janet est ma secrétaire depuis des années ! Elle est adorable ! Je lui ai toujours fait confiance !

— Elle a été arrêtée, reprit Nix. Si vous voulez, vous pouvez écouter son interrogatoire dans le bureau de Tim. Katey y est aussi.

— Merci, fit Luke.

Il se leva, mais contrairement à ce qu'il aurait aimé, Briar se contenta de lui presser le bras avec sollicitude ; elle ne l'accompagna pas.

Luke ravala donc sa déception et suivit Kesey.

Dès qu'il entra, Tim lui demanda :

— Kesey t'a expliqué la situation ?

— Oui. Qui va interroger Janet ?

— Delilah Brand. Elle et Janet se connaissent depuis le collège.

Luke s'installa, avec Tim, devant son ordinateur qui retransmettait l'entretien dans la salle d'interrogatoire. L'image avait du grain, mais le son était parfait et le tremblement dans la voix de Janet évident.

— La police sait tout, n'est-ce pas ? demanda-t-elle à Delilah.

— A ton avis, que savons-nous justement ?

Janet se mit à pleurer.

— Il faut que la police comprenne… S'ils découvrent que la police sait tout, ils le tueront.

Luke se pencha sur l'écran.

— Tuer qui ? demanda Delilah.

— Hunter…, murmura Janet.

— Qui est Hunter ? interrogea Tim.

— C'est son frère, expliqua Luke, qui commençait à comprendre la situation. Hunter Bragg. Vétéran dans l'infanterie. Il y a un an, en Afghanistan, il a été blessé dans une explosion EEI — engins explosifs improvisés. L'armée l'a renvoyé aux Etats-Unis. Il souffre d'un syndrome post-traumatique.

— Janet se fait beaucoup de souci pour lui, renchérit Katey. Tout le monde le sait.

Elle se tut, car Delilah continuait son interrogatoire.

— Qui veut tuer Hunter ?

— Blake Culpepper, répondit Janet, prenant le mouchoir en papier que Delilah lui tendait.

Sa voix était plus ferme, nota Luke : comme si, en ayant révélé son lourd secret et admis les faits ainsi que sa peur, elle reprenait courage.

— J'ai eu son message ce matin au bureau, enchaîna-t-elle.

Déposé sur ma chaise. Il indiquait la présence d'un flacon dans mon tiroir et m'expliquait la démarche à suivre. Il y avait des menaces si je n'obtempérais pas. La vie de Hunter contre mon obéissance. Il y avait également une photo…

— Tu as gardé la photo et la note ? demanda Delilah.

Janet acquiesça à contrecœur.

— Elles sont dans la boîte à gants de ma voiture.

— Je veux un mandat pour la fouiller ! dit aussitôt Tim.

Kesey opina et sortit du bureau.

— Qu'est-ce qu'on voit sur cette photo ? insista Delilah.

— Hunter. Ligoté. Et bâillonné. Ils vont le tuer s'ils savent que je suis là.

Tim soupira.

— Blake Culpepper a déjà invoqué le cinquième amendement de la Constitution des Etats-Unis.

— Qui permet à tout citoyen américain de refuser de témoigner contre lui-même dans une affaire pénale, enchaîna Luke.

— Oui. Il a un avocat, précisa Tim. Il ne parlera pas.

— Demande à Janet l'autorisation de fouiller sa voiture, proposa Luke. Dis-lui que nous avons arrêté Culpepper et que nous devons retrouver son frère Hunter. Elle coopérera sûrement.

Mais déjà Delilah prenait cette initiative.

— Nous devons obtenir un mandat pour fouiller ton véhicule, mais si tu nous en donnes l'autorisation…

— Bien entendu ! répondit Janet. Tout ce que vous voulez.

Luke s'éloigna de l'ordinateur, confondu et nauséeux. Janet était venue chez lui sous un prétexte fallacieux. Il l'avait fait entrer, lui avait offert du café, ou un thé, où elle avait versé le GHB. Elle avait obéi à des ordres, sous la menace.

— Je voulais avertir la police, mais j'avais si peur, reprit Janet. Je vous en prie, Delilah, dites-moi comment va Luke. Je vous en supplie.

— Il va bien, indiqua Delilah.

Non ! songea Luke en sortant. *Je ne vais pas bien du tout.*

*
* *

Briar refusait de se séparer de son fils. Mais quand Dana revint lui communiquer les dernières nouvelles, elle se résigna à réendosser son rôle de policier et à laisser Logan sous la surveillance de ses collègues.

Il ne risquait plus rien puisque Blake avait été arrêté.

— C'est Katey qui va s'occuper de lui, déclara Dana, l'air contrit. Je regrette de te confier cette nouvelle mission, mais toi et Kesey, vous connaissez Cherokee Cove mieux que n'importe qui. Kesey veut que tu l'accompagnes. Il faut agir vite, ne pas donner l'alerte. Sinon, Hunter Bragg sera en danger.

Briar était épuisée, mais un seul regard sur la photo que Nix avait trouvée dans la boîte à gants de la voiture de Janet, suffit à lui faire recouvrer son énergie et sa détermination. Hunter Bragg avait été blessé lors de son enlèvement, et la pensée que les hommes de Blake Culpepper avaient utilisé un vétéran victime de stress post-traumatique pour faire chanter Janet raviva sa colère contre Blake.

Elle détacha son regard du visage meurtri de la photo et se concentra sur l'arrière-plan, cherchant à identifier les lieux.

— On dirait un chalet de montagne…

Puis elle avisa un détail. Elle sut, et son cœur se serra.

— Regarde, Dana : tu vois cette tache noire, là, juste derrière son épaule.

Dana opina.

— Oui. Tu sais ce que c'est ?

Briar déglutit avec peine. Elle pouvait se tromper mais si elle avait raison…

Eh bien, si elle avait raison, se reprit-elle, le cœur en berne, tous ses repères s'effondraient.

— Je pense que c'est une peau d'ours, admit-elle à contre-cœur.

— Qu'est-ce que cela signifie ? questionna Dana, intriguée.

Briar ne répondit pas et se leva. Logan remua dans ses bras, s'accrochant plus étroitement à son cou.

La nécessité de le garder contre elle était si puissante qu'elle faillit renoncer à suivre Kesey. Mais un nouveau regard sur la photo du vétéran ligoté et malmené l'en dissuada. Elle savait où elle avait vu cette peau d'ours tout en refusant d'y croire. Et si elle ne se trompait pas, Hunter était en danger.

Comme tout le monde au poste.

— Où est Luke ? demanda-t-elle à Dana alors qu'elles se hâtaient dans le couloir, vers l'open space des officiers de police.

— Il était avec Tim et écoutait l'interrogatoire de Janet Trainor, la renseigna-t-elle. Cela a été un choc d'apprendre qu'elle l'avait drogué à son insu pour enlever Logan.

— Il est toujours là ?

— Non. Il a quitté le bureau de Tim après avoir entendu les aveux de Janet. Je ne sais même pas s'il est encore au poste.

Briar le regretta. Elle aurait voulu le voir, lui parler, éventuellement lui demander de rester avec Katey et Logan pendant son absence. Mais elle n'avait pas le temps de partir à sa recherche, car Hunter Bragg était en danger. Plus que personne ne pouvait l'imaginer.

— Si tu vois Luke, tu peux lui dire que je suis en mission ?

Peut-être n'avait-il pas envie de lui parler, après la scène au chalet, quand elle avait refusé de lâcher son arme ? Dans ce cas, qu'il lui laisse au moins une chance de s'expliquer… Qu'il laisse une chance à leurs relations de s'épanouir.

Elle l'aimait. Elle avait déjà été amoureuse, mais elle n'avait jamais aimé comme elle aimait Luke.

Se faisait-elle des illusions ? L'aimait-il aussi ? Pouvaient-ils surmonter leurs différences et construire un avenir solide et durable ?

Luke dévisagea Dana, sidéré.

— Comment ça Briar est en mission ?

— Kesey voulait qu'elle soit son équipière.

— Ton petit ami ne se rend pas compte qu'elle n'a pas fermé l'œil depuis près de vingt-quatre heures et que Logan a besoin d'elle ?

— Elle a donné son accord, riposta Dana qui essayait visiblement de garder son calme. Personne ne connaît la région mieux que Briar et Kesey. La vie d'un homme est en jeu, je te rappelle.

Luke se frotta les yeux.

— Ils ont donc localisé l'endroit où le frère de Janet est séquestré ?

— Kesey a affirmé que oui. Tim va envoyer des renforts.

— Qui détient Hunter ? Où ?

— On ne me l'a pas dit. Par prudence, je crois. Personne ne doit le savoir.

A cause d'affaires de corruption au sein de la police de Bitterwood, comprit Luke.

— Ils sont déjà partis ?

Dana secoua la tête.

— Ils ne vont pas tarder. Pourquoi cette question ?

Luke sortait déjà du poste de police.

— Parce que je vais avec eux !

Briar ne portait pas de veste kevlar, seulement son Glock coincé à la ceinture de son jean. Elle n'avait pas pris le temps de se rafraîchir avant de quitter le poste.

Kesey hocha la tête à deux reprises. C'était le signal convenu pour passer à l'action.

Parfait.

Elle monta les marches du perron sans chercher à être discrète. Elle devait faire diversion, elle n'était que l'appât, ainsi en avaient-ils décidé. Elle frappa et se tendit, mais s'efforça d'avoir l'air normal.

La porte s'entrouvrit. Elle lutta pour ne pas réagir à la vue du visage familier.

— Blackwood ? s'exclama Gowdy, la voix rauque de sommeil. Vous vous rendez compte qu'il est 4 heures du matin.

— Je peux entrer ?

Son équipier de patrouille la regarda, étonné et perplexe. Sa brosse poivre et sel était ébouriffée, comme s'il venait de sortir du lit. D'ailleurs, peut-être était-ce le cas, songea Briar. Il n'avait en effet aucune raison de penser que son chalet serait pris d'assaut par la police. Il ne pouvait pas savoir que Blake avait été arrêté. A priori.

— Que s'est-il passé ?

— Logan a été enlevé ! déclara-t-elle, laissant planer le doute sur l'issue de l'enlèvement.

Juste au cas où elle se serait trompée et qu'il sache déjà que Logan avait été retrouvé.

— Je sais. Je suis désolé.

Le pire, il semblait sincère, pensa-t-elle, révulsée.

— J'ai demandé si je pouvais participer aux recherches, mais le chef a refusé, confia-t-il. Quelques policiers seulement enquêtent. On dirait une mission top secret…

Gowdy essayait-il de la piéger ? Ou ignorait-il la situation actuelle ?

Dans le doute, elle biaisa.

— Je peux entrer ? Il faut que je vous parle.

Face à son hésitation, elle acquit la conviction de sa culpabilité. Hunter Bragg était bien séquestré chez lui.

— Ecoutez Blackwood, mon frère est là, et il a le sommeil léger. On pourrait se retrouver dans une dizaine de minutes chez Ledbetter pour boire un café et prendre un petit déjeuner ?

Il regarda derrière lui dans la nuit et elle profita de son instant d'inattention pour sortir son Glock. Quand il reporta le regard sur elle, il découvrit le pistolet braqué sur lui et en parut vraiment choqué.

— Bon sang, Blackwood ! Qu'est-ce qui vous prend ?

— Il y a une autre personne dans ce chalet mis à part votre prisonnier ?

Il feignit la confusion.

— Prisonnier ? De quoi parlez-vous ? Posez votre arme, Blackwood ! Vous avez perdu l'esprit !

Kesey s'approcha à cet instant précis :

— C'est fini, Gowdy. Tu as oublié de retirer la peau de l'ours sur le mur derrière toi, quand tu as pris Hunter Bragg en photo.

L'expression de Gowdy se mua en désarroi. Lentement, il leva les mains et les noua derrière sa nuque.

— Je veux un avocat.

— Il y a quelqu'un d'autre dans le chalet à l'exception de Bragg ? répéta Briar.

Gowdy la regarda sans répondre.

Deux hommes du SWAT arrivèrent alors en renfort et Kesey les conduisit dans le chalet.

Briar garda son arme sur Gowdy et ne la baissa que lorsque Delilah et un autre policier du Ridge County lui passèrent les menottes.

— Bon boulot, Briar ! Bravo ! déclara Delilah, en lui adressant un sourire de sympathie.

Briar baissa son arme et retint son désir de s'asseoir et mettre sa tête entre ses mains pour pleurer comme un bébé.

La voix de Kesey lui parvint :

— Il est là ! Sain et sauf.

De nombreux autres policiers entrèrent. Mais Briar ne les suivit pas. Elle s'assit sur les marches du perron et observa les arbres qui marquaient la lisière du jardin. Le soleil commençait tout juste à pointer à l'est, éclairant à peine les feuillages encore drapés dans la brume.

Soudain, Luke se dressa devant elle. L'esprit noyé de fatigue, elle cilla à plusieurs reprises : ce ne pouvait être qu'une hallucination, due à son épuisement.

Mais non. Luke Hale s'approchait bel et bien dans la lumière grise de l'aube.

— Ça va ?

Elle aurait voulu répondre par l'affirmative, mais elle ne put parler. Sa gorge était trop serrée par les larmes qu'elle retenait.

Le regard de Luke s'adoucit. Il ouvrit les bras et attendit.

Elle n'avait pas voulu s'y précipiter et pourtant, elle se retrouva dans son étreinte réconfortante et passionnée.

— Je suis désolé, lui confia Luke. Jamais je n'aurais soupçonné Gowdy.

Elle pressa son visage contre son torse.

— En qui avoir confiance ?

Puis elle leva les yeux sur lui et ajouta ces mots :

— Je sais ce que Janet a fait…

— Je suppose que je devrais me sentir trahi. J'imagine aussi que tu devrais être en colère contre elle.

Au début, elle l'avait été. Mais elle revoyait le visage de Hunter Bragg et ne pouvait en vouloir à Janet Trainor.

— J'aurais peut-être agi comme elle…

Il lui montra le chalet où Kesey et les hommes du shérif faisaient sortir Hunter Bragg. Ce dernier boitillait et frissonnait sous sa couverture.

— Ils vont contacter le poste, si ce n'est déjà fait, dit-elle. Pour informer Janet que son frère est tiré d'affaires.

— Je ne sais pas quel sort l'attend... Elle a kidnappé ton fils et l'a livré à un criminel...

Son regard revint sur elle, et son sourire devint plus tendre.

— Je viens d'appeler Katey pour prendre des nouvelles de Logan. Il va bien. Il dort sur le canapé du bureau de Tim. Tim prend son boulot de baby sitter très au sérieux !

Briar sourit et une bouffée de joie pure l'envahit soudain.

— J'ai entendu dire, avant de partir, que le procureur du comté était sidéré par les fichiers de la clé USB.

— Oui.

Mais Luke lui adressait un sourire contraint. Que se passait-il ?

Son propre sourire s'effaça et son cœur se serra presque autant qu'à son arrivée au chalet de Gowdy, quelques minutes plus tôt, quand elle voulait encore croire à l'innocence de son collègue.

— Luke ? Qu'est-ce qu'il y a ?

Il parut surpris.

— Rien.

— Tom Bevill a dit quelque chose d'inquiétant à ton propos ? insista Briar.

— Non, Briar. Rien de tel.

— Tu te présentes toujours aux élections de procureur du comté ? Il va soutenir ta candidature ?

Tom Bevill ne pouvait reprocher à Luke les événements qui avaient bouleversé sa vie depuis un mois, songea Briar. Luke restait passionné et dévoué à sa tâche en dépit des révélations sur ses origines et sa famille. Il avait prouvé son courage et sa détermination, au cours de ces derniers jours, en la protégeant, elle et Logan.

— S'il te pose des problèmes, je peux lui parler. Lui dire que tu as été étonnant...

Il sourit, mais l'inquiétude persistait dans son regard vert.

— Il ne va pas partir en retraite. Il veut être réélu procureur du comté.

Elle n'en revenait pas.

— Mais non !

— Mais si. Je l'y ai encouragé.

— Tu sais combien ce sera difficile de rivaliser avec lui !

— Non. Parce que je laisse tomber.

Elle en fut plus sidérée encore.

— Pourquoi ? Tu crains que les gens te reprochent les actes de ton père et de ton grand-père ? Les gens sont assez intelligents pour savoir que tu n'es pas…

— Je n'ai jamais voulu faire une carrière politique, coupa-t-il.

Il lui caressa la nuque. Un frisson la secoua.

— Je veux juste aider les gens à obtenir justice, poursuivit-il. Je ne suis pas fait pour la politique.

Il aurait pourtant été un candidat parfait, mais au soulagement qui se lisait dans ses yeux, il savait parfaitement ce qu'il voulait et que les élections n'en faisaient pas partie.

La voulait-il, elle ?

Elle allait se lancer, mais il leva la main et la posa sur sa joue.

— Ce que je désire, murmura-t-il d'une voix qui la bouleversa, c'est toi. Toi et Logan. Chaque jour aider mes concitoyens, et chaque soir rentrer à la maison pour te retrouver, toi et ton fils. Vous rendre heureux.

Le doute traversa son regard vert.

— Tu penses que c'est possible, Briar ? Je sais que c'est rapide, je sais que c'est insensé, mais il y a quelque chose entre nous. Je le sais, je le sens. C'est comme si tu faisais partie de moi… De ma vie. C'est comme ça. Je n'y peux rien. Et je veux qu'il en reste ainsi. C'est de la folie…

— Non, c'est de l'amour ! s'exclama-t-elle, incapable de contenir plus longtemps sa joie. Cet amour fou que je ressens pour toi.

Il se mit à rire et prit son visage en coupe pour l'embrasser.

Puis, il recula et reprit son souffle. Son regard vert, vainqueur, étincelait de bonheur.

— Je suis amoureux… Je t'aime. Pour la première fois de ma vie ! Et pour toute ma vie. Tu le veux ? Dis-le !

Le soulagement et l'euphorie la gagnèrent. Elle lui sourit à son tour, confiante et pleine d'assurance.

— Pour toujours ?

Il afficha une satisfaction virile.

— Oui, pour toujours !

— Je suis une fille des montagnes, dit-elle se haussant sur la pointe des pieds pour nouer les bras autour de son cou. Un monde d'éternité et de solidité. Comme mon amour. Notre amour. Oui, Luke, pour toujours.

AIMÉE THURLO

Le visage de la vengeance

BLACK ROSE

HARLEQUIN

Titre original : EAGLE'S LAST STAND

Traduction française de HERVE PERNETTE

1

Rick s'était demandé avec un peu d'appréhension à quoi ressemblerait cette soirée. Désormais, il était rassuré et observait avec un sourire ses frères adoptifs, issus comme lui de la communauté navajo, et leurs épouses. Tous étaient réunis au Brickhouse Tavern pour fêter son retour. Depuis de nombreuses années, ce restaurant était leur lieu de rassemblement favori. Ils n'auraient donc pas pu célébrer l'événement ailleurs.

Gene Redhouse, le seul de la fratrie qui possédait un ranch, s'approcha de lui et lui posa la main sur l'épaule.

— Bienvenue à la maison, Rick !

Au même instant, Kyle Goodluck et Daniel Hawk, deux de leurs frères, débarrassèrent une table pour effectuer un bras de fer.

— Voilà qu'ils recommencent, commenta Gene.

— Il y a des choses qui ne changent pas, soupira Rick.

Des yeux, il suivait en même temps la jolie serveuse qui passait de table en table. Elle était grande, avait une silhouette élancée, de longs cheveux blonds qui lui tombaient sur les épaules et de magnifiques yeux verts pleins de bienveillance et d'intelligence. Elle débarrassa un plat de guacamole et le remplaça par un autre de chips épicées.

— C'est Kim Nelson, indiqua Gene. Tu te souviens d'elle au lycée ?

— Non, je ne pense pas lui avoir déjà parlé, confia Rick sans hésiter.

— Elle est plus jeune que toi. Elle était en seconde quand tu étais en terminale. Si je me fie à l'intérêt qu'elle a montré, quand nous sommes venus réserver le restaurant pour ce soir, je crois qu'elle se souvient très bien de toi. Manifestement, tu ne la laissais pas indifférente. Kyle dit que c'est parce que tu jouais Quarterback dans l'équipe de football américain du lycée. Moi, je ne comprends pas son raisonnement. Quaterback, c'est un poste où on se contente de faire quelques passes, où on ne court pas souvent et où on prend un minimum de coups. Il n'y a vraiment pas de quoi pavoiser.

— Tu es jaloux, vieux ? lui lança Rick dans un éclat de rire.

— Certainement pas ! Lori est une épouse géniale, répliqua Gene. Je nage dans le bonheur.

— Tant mieux, je suis heureux pour toi.

Tandis que Gene rejoignait sa femme, Rick continua à observer Kim. Elle avait une véritable présence et se déplaçait avec une grâce captivante.

Finalement, il se força à détourner les yeux. Ce n'était vraiment pas le moment de s'intéresser à une femme. Certes, il avait toujours su user de ses charmes. Mais depuis qu'une cicatrice lui barrait la joue gauche, stigmate de sa dernière mission, ce serait sans doute différent.

Sans qu'il s'en soit rendu compte, Kim s'était approchée de lui et le sortit de ses pensées.

— Vous êtes l'invité d'honneur de la soirée, monsieur Cloud. Puis-je faire quelque chose pour vous ?

— Non, je vous remercie, tout va bien.

Elle avait des yeux immenses et soutenait son regard sans paraître troublée par sa cicatrice. Pourtant, il était impossible qu'elle ne l'ait pas remarquée.

— Je m'appelle Kim, se présenta-t-elle. C'est mon oncle qui tient le restaurant, et moi, je me charge des événements spéciaux.

Il lui serra la main.

— Heureux de faire votre connaissance. Et appelez-moi Rick.

— Vos frères souhaitaient que tout soit parfait pour votre retour. C'est pour cela que j'ai tenu à être présente en personne. Et également, je dois l'admettre, parce que j'étais curieuse de vous revoir. Au lycée, je savais qui vous étiez, mais je ne pense pas que ce soit réciproque.

— Je l'avoue. Et j'en suis le premier désolé.

Elle sourit.

— Quand Preston Bowman est venu réserver le restaurant pour votre retour, mon oncle et moi, nous avons compris que nous devions nous surpasser.

Rick hocha la tête. Son frère Preston était enquêteur au sein du service de police de Hartley, au Nouveau-Mexique. C'était quelqu'un de très intimidant.

— Preston a autant d'influence que ça ?

— Eh bien, en tout cas, il en a sur mon oncle et moi.

Il y eut alors un bruit sourd en provenance de la cuisine, puis un grand fracas, comme si des plats ou des poêles étaient tombés au sol.

Kim sursauta.

— Je ferais mieux d'aller voir ce qui se passe, dit-elle en tournant les talons.

— Attendez, répliqua-t-il en la retenant par le bras.

Il inspira : une odeur devenait de plus en plus forte.

— Il y a une fuite de gaz, annonça-t-il à Kim.

Il se tourna vers la salle.

— Tout le monde dehors, vite !

— Allez, on y va, dépêchez-vous ! renchérit Daniel, qui poussait déjà sa femme Holly vers la sortie.

Paul, un autre des frères de Rick, fut le premier à la porte. Mais quand il voulut l'ouvrir, elle ne bougea pas.

— C'est fermé !

Il actionna la poignée dans tous les sens, poussa, tira. En vain.

— Impossible d'ouvrir.

— Force-la ! lui cria Gene. Enfonce-la à l'épaule s'il le faut !

— Je vais vérifier la porte arrière, proposa Rick.

— Il faut que j'aille voir mon oncle, déclara Kim en le rejoignant.

Quand ils pénétrèrent dans la cuisine, l'odeur de gaz était tellement forte qu'ils se mirent à tousser.

— Oncle Frank ? Où es-tu ?

Tous deux baissèrent les yeux. Frank Nelson gisait au sol. Du sang s'échappait de l'arrière de son crâne.

Kim se précipita sur lui.

— Il est inconscient. Nous devons le sortir de là ! s'écria-t-elle.

Rick tourna la tête : une conduite de gaz derrière le four était sectionnée. Au sol traînait une paire de tenailles.

— Il faut partir avant qu'une étincelle provoque une explosion. Aidez-moi, nous allons l'évacuer par la porte arrière.

Kim prit son oncle sous un bras, Rick par l'autre et, ensemble, ils le tirèrent vers les doubles portes. Rick les poussa de l'épaule, mais elles s'entrebâillèrent de quelques centimètres à peine.

Il se pencha pour comprendre ce qui se passait.

— Elles sont bloquées de l'extérieur par des chaînes !

Il prit appui contre les portes et poussa de toutes ses forces, mais les chaînes ne cédèrent pas.

— Nous sommes pris au piège, conclut Kim. La porte avant a peut-être été ouverte ?

Tous deux se retournèrent en même temps : les frères de Rick unissaient leurs efforts, mais ils étaient tout juste parvenus à entrouvrir suffisamment pour permettre à Erin, la plus menue des belles-sœurs, de se glisser à l'extérieur.

— Nous ne pouvons pas attendre, décida Rick.

Il tira l'oncle de Kim à l'écart, prit son élan et se jeta sur les portes avec l'énergie du désespoir. Il y eut un craquement et les poignées en cuivre s'arrachèrent.

Emporté par son élan, Rick dérapa sur les quelques marches qui séparaient l'arrière du restaurant de la contre-allée, dehors.

Il se remit promptement debout et retourna dans la cuisine. Kim était agenouillée au-dessus de son oncle.

Rick leva la tête : à l'autre bout du restaurant, son frère Daniel était le dernier à se mettre à quatre pattes et se faufilait par l'entrebâillement de la porte principale. Tous les autres étaient dehors.

— Allez, on y va, dit-il en soulevant Frank Nelson pour le porter sur son épaule. Dépêchez-vous ! lança-t-il à Kim.

Ils quittèrent précipitamment la cuisine et dévalèrent les marches à l'extérieur. Au même moment, Kyle et Preston contournaient le bâtiment et couraient vers eux.

— Non, faites demi-tour ! leur cria Rick. Tout peut exploser d'une seconde à l'autre.

Il avait toujours Frank sur l'épaule et, au pas de course, rejoignit avec Kim le bout de la ruelle. Puis ils tournèrent à gauche pour se mettre à l'abri derrière un autre bâtiment. Si tout sautait, ils seraient protégés.

Mais le reste de sa famille était à découvert, de l'autre côté du trottoir.

— Au sol ! leur ordonna-t-il.

Il se mit à genoux et déposa Frank sur le trottoir. Puis il prit Kim par les épaules et la serra pour la protéger de son corps.

Il y eut alors un grondement puis un éclair lumineux. Une bouffée d'air chaud les balaya et une boule de feu monta vers le ciel. Les fenêtres de l'entrepôt près duquel ils s'étaient réfugiés volèrent en éclats. Pendant plusieurs secondes, des débris de toutes sortes tombèrent autour d'eux.

Enfin, il n'y eut plus que le craquement des flammes qui dévoraient le restaurant.

Rick se remit debout.

— Ça va ? demanda-t-il à Kim.

— Mon oncle… je ne sens pas son pouls, répondit-elle d'une voix inquiète, deux doigts sur le cou de Frank.

— Il est vivant, je sens sa respiration, lui assura-t-il. Appliquez un tissu contre sa blessure à la tête pour éviter qu'il perde trop de sang. J'appelle une ambulance.

— J'ai déjà appelé le 911, annonça Preston en se dirigeant vers eux.

De la tête, il désigna l'oncle de Kim.

— Tirons-le davantage à l'écart, au cas où il y aurait une seconde explosion.

Tous deux le portèrent derrière l'entrepôt.

— Tu sais ce qui s'est passé ? demanda Preston à Rick. Qu'est-ce que tu as vu dans la cuisine ?

— Ce n'était pas un accident. Une conduite de gaz avait été sectionnée et il y avait une paire de tenailles juste à côté. Le responsable a dû assommer Frank, saboter la conduite puis s'enfuir par la ruelle.

Preston observa ses frères et leurs épouses. Tous s'étaient relevés pour se mettre à l'abri.

— Apparemment, personne n'est blessé. C'est un vrai miracle.

— Etant donné mes activités de ces dernières années, ce ne serait pas la première fois qu'on me prendrait pour cible, déclara Rick d'un ton sombre. Mais provoquer une explosion au gaz, ça ne ressemble pas aux méthodes des gens que j'ai affrontés. En général, ils sont beaucoup plus directs et efficaces.

— Qui que ce soit, s'en prendre à nous tous a été une monumentale erreur, intervint Daniel en s'approchant à son tour.

— Rien ne dit que c'était nous la cible, répliqua Rick.

Plusieurs années passées comme agent du FBI infiltré dans le milieu lui avait appris qu'il ne fallait pas s'emporter, mais au contraire faire preuve de discernement, sous peine de commettre une erreur fatale.

— D'après toi, qui était visé, alors ? demanda Paul.

— Ce pourrait être le personnel du restaurant. Etant donné que les portes avaient été bloquées de l'extérieur, on ne peut pas soupçonner le propriétaire d'avoir voulu déclencher un incendie volontaire pour toucher l'assurance.

Il tourna la tête vers Kim. Elle était toujours à côté de son oncle, mais heureusement, celui-ci ne semblait plus saigner.

— Kim, qui est le propriétaire du Brickhouse Tavern ?

— Mon oncle détient la moitié des parts, répondit-elle sans lever les yeux. Les autres sont détenues par Arthur Johnson, son associé. Mais jamais Arthur ne chercherait à détruire l'établissement au risque de blesser quelqu'un. Et surtout pas Frank. Mon oncle et lui ont toujours été bons amis. En plus, le restaurant marche très bien.

— Je suis d'accord avec Kim, renchérit Preston. Le restaurant est toujours bondé, je ne vois pas comment il pourrait perdre de l'argent. Pour le moment, concentrons-nous sur ce que nous savons. Compte tenu du déroulement des événements, le saboteur a dû commencer par bloquer la porte principale avant d'entrer dans la cuisine par l'arrière.

— Ce qui signifie qu'il ne pouvait pas être parmi nous, conclut Rick.

Des sirènes de police et d'ambulance retentirent.

— Il est temps pour moi de reprendre mon rôle de flic, annonça Preston. Si par hasard une idée sur l'identité du suspect ou son mobile vous traverse l'esprit, faites-le-moi savoir. En attendant, je vais aider mes collègues à dresser un périmètre de sécurité.

Preston se posta au milieu de la route et fit signe à l'ambulance et aux pompiers.

Une minute plus tard, les pompiers s'attaquaient au feu tandis qu'un médecin et des brancardiers étaient au chevet de Frank.

Rick et Daniel s'écartèrent pour les laisser travailler.

— Frank est certainement notre meilleur témoin, observa Rick. Il est possible qu'il ait vu son agresseur.

— S'il est en mesure de nous donner des éléments, Preston fera le nécessaire, confirma Daniel. Il faut néanmoins que je te pose une question, Rick : serait-il possible que le type responsable de la cicatrice qui te barre la joue soit revenu se venger ?

— Non, il est mort. En revanche, certains membres de son cartel sont toujours dans la nature. Les organisations de ce genre sont tentaculaires, c'est très difficile de les anéantir définitivement.

— Et tu penses qu'on aurait pu te suivre jusqu'ici ?

Rick soupira.

— J'en doute. Ils savent que je ne peux plus dissimuler mon identité et donc plus travailler comme agent infiltré. Par conséquent, pour eux, je ne représente plus une menace. Ce serait une grossière erreur, voire une perte de temps, de s'acharner après moi.

— Je vois, répondit Daniel en contemplant les débris éparpillés un peu partout. Toujours est-il que s'en prendre aux fils d'Hosteen Silver, c'est de la folie furieuse. Celui qui a fait ça va s'en mordre les doigts.

— Oui, on l'aura.

Rick tourna la tête vers Kim : elle s'était relevée pour laisser travailler les secours, mais les regardait s'occuper de son oncle avec inquiétude.

— Je vais accompagner Kim à l'hôpital. J'aimerais parler à son oncle dès qu'il aura repris conscience.

— Tu ferais mieux d'attendre Preston, pour cela. Je te rappelle que c'est le seul parmi nous à être encore officiellement policier et, qu'ici, il est sur sa juridiction. Tu sais à quel point il est attaché aux procédures…

Rick adressa un petit sourire amer à son frère.

— Tant mieux pour lui. Moi, j'ai commencé avec les mêmes idéaux en tête, mais quand on devient agent infiltré…

— Je sais, le coupa Daniel. Mais il n'en reste pas moins qu'ici, il y a des règles et qu'il faut les respecter.

Daniel avait raison, reconnut Rick intérieurement. Il devait rester en retrait. Cette affaire n'était pas la sienne.

Mais il ne pouvait s'empêcher de vouloir veiller sur Kim : elle était en conversation avec les médecins et ces derniers lui expliquaient visiblement qu'elle ne pouvait pas monter dans l'ambulance.

Rick décida d'intervenir :

— Venez, Kim, je vais vous conduire à l'hôpital.

— Merci, car j'ai laissé ma voiture chez moi.

Tandis qu'ils se dirigeaient vers son SUV de location, Preston les intercepta.

— Gene va emmener tout le monde chez Daniel, le temps qu'on détermine si cette attaque était dirigée contre notre famille. Sa maison est une véritable forteresse.

— Et pour Kim et les deux autres serveurs du restaurant ?

— J'ai demandé aux serveurs de rester dans les parages jusqu'à ce que je puisse leur poser quelques questions. Kim, une fois que vous en saurez davantage sur l'état de santé de votre oncle, vous devrez revenir ici pour que je puisse également vous interroger. Ou alors vous pouvez passer me voir plus tard au poste de police. A vous de choisir.

— Je veux rester à l'hôpital. Si vous tenez absolument à m'interroger avant demain, c'est vous qui devrez vous déplacer.

— Entendu. Compte tenu des circonstances, je comprends que vous souhaitiez rester avec votre oncle. Mais il se peut qu'il soit tard quand je serai en mesure de me rendre à l'hôpital. Quant à toi, Rick, j'aimerais que tu restes avec moi. Etant donné ton expérience, ce serait bien que tu sois là quand nous pourrons retourner à l'intérieur chercher d'éventuelles preuves.

Rick se tourna vers Kim et lui tendit ses clés.

— Prenez mon véhicule, c'est le SUV bleu foncé tout au bout là-bas.

— Ne vous inquiétez pas, je vais prendre la voiture de mon oncle. Il laisse toujours un double des clés dans un petit étui magnétique glissé sous le pare-chocs avant. Je peux prendre sa voiture, n'est-ce pas ? demanda-t-elle à Preston.

— Oui. De toute façon, tôt ou tard, il aurait fallu la déplacer pour permettre aux engins qui vont venir déblayer la rue de passer.

— D'accord. Si vous avez besoin de moi, je serai probablement à l'hôpital toute la nuit.

— Je vous rejoins dès que possible, lui promit Rick.

Déjà, elle se hâtait vers la voiture de Frank.

Rick la détailla de nouveau. Non seulement, elle était très belle, mais en plus, elle avait du tempérament.

Un peu plus tard, Rick se dirigea avec son frère Preston vers le bâtiment éventré par l'explosion. De puissants projecteurs avaient été installés et l'éclairaient à l'extérieur comme à l'intérieur.

Rick s'arrêta devant la porte d'entrée et l'observa minutieusement en prenant soin de ne rien toucher.

— Comment était-elle bloquée ? demanda-t-il à Preston.

— Un tuyau métallique avait été passé à l'intérieur des poignées. Je l'ai retiré moi-même et mis de côté pour le labo. Personne d'autre ne l'a touché, hormis Erin. On verra ce que donnera le relevé d'empreintes.

— Et les chaînes qui bloquaient la porte arrière, elles ont été récupérées également ?

— Absolument. Tout est parti au labo.

— Bien, alors allons voir la cuisine. Je ne suis pas certain de ce qui a déclenché l'explosion.

Preston ouvrit la marche. Dans la salle de restaurant ne restaient plus que des chaises calcinées, des lampes brisées et des restes d'ustensiles en tous genres.

Soudain, un homme vêtu d'une veste ignifugée sortit de l'ombre et leur barra le chemin.

— Stop. Pour le moment, personne ne peut pénétrer dans la cuisine.

A son insigne, remarqua Rick, il s'agissait du chef des pompiers.

— Il n'y a pas de caméras de surveillance ici, ce qui signifie qu'il me faudra sans doute un bout de temps avant de déterminer les causes de l'explosion. Alors d'ici là, vous n'entrez pas.

Sans attendre de réponse, il tourna les talons.

— C'est Arnie Medina, précisa Preston. C'est lui qui est en charge des opérations. Laissons-le tranquille et tentons plutôt de dénicher des indices qui nous aideront à identifier le suspect. Ça nous aidera à être plus précis quand nous chercherons qui était dans le secteur ce soir.

Rick contempla les décombres autour d'eux. Il venait de passer quatre ans infiltré auprès de types sanguinaires et avait espéré être tranquille en revenant chez lui.

Hélas, à peine de retour, voilà que sa famille était en danger. Certes, tout le monde était sorti indemne de cette explosion criminelle, mais il le savait d'expérience : quelqu'un prêt à tuer restait rarement sur un échec.

Avec son frère, il pénétra dans un bureau réservé au personnel, à côté de la cuisine. Parmi les débris traînait un sac en toile. Il le ramassa et en examina le contenu : des cahiers. Il y avait également un petit sac à main et un trousseau de clés. Il tendit le sac à main à Preston.

— Sa propriétaire a de la chance, il n'est même pas mouillé.

Son frère l'ouvrit et en sortit un permis de conduire.

— C'est le sac de Kim. J'espère qu'elle ne se fera pas arrêter sur la route car elle n'a pas ses papiers. Il faudra le lui rapporter à l'hôpital.

Rick acquiesça puis reporta son attention sur les cahiers dans le sac de toile : il contenait également un livre traitant des procédures policières.

— Qu'est-ce que ça fait là ?

— Kim prépare un diplôme en criminologie, expliqua

Preston. Son père était flic et elle souhaite elle aussi intégrer les forces de l'ordre.

— Tu as dit que son père « était » flic ?

— Oui, il est mort en service, répondit Preston.

Un de ses hommes lui fit alors signe et il laissa Rick seul. Celui-ci mit le sac de côté et reprit son inspection. Il se faisait tard, il avait passé une grande partie de la journée sur la route et la fatigue commençait à se faire sentir.

Preston revint au moment où il dissimulait un bâillement.

— Tu devrais aller, toi aussi, chez Daniel. Je pense que moi, je suis bon pour passer une nuit blanche.

— Fais ce que tu as à faire ici. Moi, je vais peut-être passer voir Kim à l'hôpital.

— Non, pas avant que je l'ai interrogée, Rick. Je ne vais pas perdre mon temps à te dire de ne pas te mêler de cette affaire car c'est trop tard. Mais je te rappelle quand même que tu ne fais plus partie du FBI. Et tu n'as plus non plus de permis de port d'arme.

— En fait, si. Le bureau s'en est occupé avant mon départ.

— Bien, ça fait déjà un souci en moins. Où est le sac de Kim ?

— Je l'ai posé là-bas, répondit Rick en le pointant du doigt.

— Parfait. Comme, pour le moment, on ne peut écarter la possibilité que ce qui est arrivé soit en rapport avec ton passé d'agent infiltré, dis-moi si tu souhaites porter un insigne. Au cas où tu aurais à interroger des personnes… Etant donné tes références, mon chef devrait accepter sans problème que tu intègres le service pendant quelques semaines.

— Entendu. Règle la question dès que possible. Je ferai de mon mieux pour vous aider.

— C'est comme si c'était fait. Alors, tu vas chez Daniel ?

Rick secoua la tête.

— Si jamais c'est après moi qu'on en a…

Il laissa sa phrase en suspens.

— La maison de Daniel est ultrasécurisée, répliqua Preston d'un ton sans appel.

Leur frère apparut justement de l'autre côté de la rue et se dirigea vers eux.

Rick lui sourit. Daniel était à la tête d'une grosse société de sécurité privée.

— Alors il paraît que tu as transformé ta maison en Fort Knox ?

— Ça t'étonne ? Et à propos de sécurité, j'ai vu que tu conduisais un véhicule de location. Si tu veux mon avis, tu devrais le rendre à l'agence et prendre un véhicule de ma société. Je t'en donnerai un dès demain.

— Je dois aller interroger les employés du restaurant, annonça Preston.

Il rentra dans le bâtiment.

Rick se pencha alors vers Daniel.

— J'ai l'impression d'avoir la mort aux trousses. Tant que j'étais en mission d'infiltration, j'en prenais mon parti, mais jamais je n'aurais cru que ça continuerait à mon retour ici. Visiblement, il y a quelqu'un qui n'a pas encore compris.

— Compris quoi ?

— Que les fils d'Hosteen Silver ont la peau dure.

2

Le lendemain matin, Rick se rendit dans la cuisine et prit un café. Il en avait d'autant plus besoin qu'il avait très mal dormi.

Alors qu'il se servait, Daniel le rejoignit.

— Suis-moi, il est temps de se mettre au boulot.

Rick suivit son frère dans son bureau. Un gros ordinateur trônait sur la table de travail et quatre moniteurs étaient fixés au mur du fond.

— Grâce à la coopération de la Sécurité Intérieure, j'ai accès à toutes les données des services de renseignement. Rien n'indique qu'hier soir, c'était toi la cible. J'ai également contacté le FBI, et tous les agents font le même constat : aucun n'a eu vent d'une quelconque tentative contre toi.

— Donc, l'auteur du sabotage pouvait aussi bien souhaiter éliminer tout le monde que l'un ou l'autre d'entre nous. Nous ne sommes guère avancés.

— On ne peut être sûrs de rien, mais mon instinct me dit que si c'était précisément l'un d'entre nous qui était visé, on s'y serait pris autrement. On ne peut pas non plus écarter la possibilité que la cible ait été Frank, ou bien Kim, ou un employé, voire le restaurant lui-même.

— C'est quand même troublant que cette tentative ait eu lieu précisément le soir de mon retour. A part ça, que se passait-il de particulier hier soir ?

— Autant que je sache, rien du tout. Cependant, si c'est bien après toi qu'on en avait, mais que la tentative n'a pas de rapport avec ton travail d'agent infiltré, cela signifie que tu as un ennemi ici même.

— Je ne vois vraiment pas de qui il pourrait s'agir, déclara Rick en agitant la tête. Mais je vais y réfléchir.

A ce moment-là, Preston fit son entrée.

— Frank Nelson n'est toujours pas en état d'être interrogé. Toutefois, selon les médecins, il est hors de danger. J'ai parlé à Kim hier soir. Elle était encore sous le choc et ne nous a rien appris que nous ne sachions déjà.

— Je comprends que ce soit difficile pour elle. Hélas, si elle veut devenir flic, il va falloir qu'elle s'y fasse, commenta Rick.

Preston le fixa.

— Elle s'y fera, mais il ne faut pas être trop sévère avec elle. Elle a déjà perdu son père. Son oncle est sa seule famille. C'est vraiment dur.

Rick savait ce que signifiait se retrouver seul, en détresse. Il comprenait d'autant mieux ce que vivait Kim.

— J'aimerais vraiment lui parler. Elle pourrait savoir quelque chose d'utile. Je ne suis pas flic, ou du moins je ne le suis plus, alors peut-être qu'une conversation informelle avec elle l'aidera à se souvenir d'un détail.

Preston acquiesça.

— Vas-y, tu as carte blanche.

— Avant qu'on se sépare, il faut qu'on détermine si nos familles ont besoin de protection supplémentaire, intervint Daniel.

— J'en ai déjà parlé avec Gene et nous sommes tombés d'accord, répondit Preston. Le plus simple, c'est de mettre tout le monde au vert pendant quelque temps. Eventuellement avec un ou deux employés de ta société pour veiller sur eux.

— Où comptes-tu les envoyer ? voulut savoir Rick.

— Au ranch de Gene dans le Colorado, indiqua Preston. C'est en pleine nature et, quand quelqu'un s'approche, on le voit arriver de loin.

— En plus, le ranch est sous vidéosurveillance et les caméras sont directement reliées à notre PC sécurité, ici même, renchérit Daniel. Ils ne risquent rien.

— Parfait, conclut Rick.

— Laisse ta voiture ici, un de mes employés se chargera de la reconduire à l'agence de location, reprit Daniel. Tu peux prendre le SUV noir garé à l'arrière. Il est équipé d'un blindage, d'un système de géolocalisation et de pneus increvables.

— Super. Si vous n'y voyez pas d'inconvénient, je vais y aller, dit Rick.

Preston l'arrêta d'un geste.

— Hier soir, l'hôpital a dit à Kim qu'elle ne pouvait pas voir son oncle, mais qu'il ne risquait plus rien, alors elle est rentrée chez elle. Si, ce matin, elle n'est pas retournée à l'hôpital, tu la trouveras à la bijouterie Silver Heritage. C'est Angelina Curley, une femme de notre communauté, qui dirige la boutique.

— Kim a deux emplois ? Un au restaurant et un autre à cette bijouterie ?

— Oui, elle finance ses études avec deux petits boulots aux horaires flexibles, précisa Preston.

— Je sais qu'elle a beaucoup de respect pour toi. Il y a une raison particulière à cela ?

— C'est moi qui ai envoyé derrière les barreaux le type qui a tué son père, expliqua Preston. Ensuite, son oncle l'a prise sous son aile, mais mes collègues et moi, nous sommes restés en contact avec elle. Nous souhaitions qu'elle sache que nous sommes une famille et que, si elle avait besoin de quoi que ce soit, nous serions là pour elle. A sa sortie du lycée, elle a été volontaire pour effectuer un service civil. Depuis son retour, elle est déterminée à faire partie des forces de l'ordre pour marcher dans les pas de son père.

— Donc, j'imagine que je dois la traiter avec une grande délicatesse.

— Non, pas du tout. Seulement savoir que, par ici, de nombreux flics sont prêts à la protéger.

Daniel tendit un trousseau de clés à Rick.

— Repasse ici dès que tu pourras. Je vais effectuer une enquête de routine sur tous ceux qui étaient présents hier en dehors de nous. J'ai accès à toutes les bases de données possibles.

Rick acquiesça et gagna l'arrière de la maison. Le SUV noir avait dû coûter une fortune à Daniel, songea-t-il en arrivant devant. Mais il était heureux de pouvoir en disposer. Car il en avait l'intuition : cette affaire n'irait pas sans remous.

Il s'installa au volant et traversa Hartley. Mais une question continuait de le tarauder : était-il la cause de l'attaque au Brickhouse Tavern ? Tant qu'il n'en aurait pas le cœur net, il ne connaîtrait pas le repos.

Kim nettoyait une vitrine quand la cloche de l'entrée tinta. Elle leva les yeux : Rick entrait dans la bijouterie et saluait Fred, le vigile, d'un signe de tête.

Elle sourit. Rick avait une allure qui attirait immanquablement l'attention. Au lycée, elle avait déjà un faible pour lui, mais elle n'en avait jamais rien dit. Rick était en terminale, c'était la star de l'équipe de football, tandis qu'elle était une petite élève de seconde qui ne sortait jamais de ses livres.

Désormais, Rick n'était plus un grand adolescent, mais un homme ténébreux, à l'air à la fois sexy et dangereux. Sa cicatrice sur la joue durcissait son expression, tout en ajoutant à son charme et à sa virilité.

Il avança dans sa direction, d'une démarche tranquille et assurée. Arrivé devant elle, il lui sourit et, un instant, son expression s'adoucit.

— Bonjour Rick, que puis-je pour vous ? s'enquit-elle.

— Je sais que la police vous a déjà posé quelques questions, mais j'aimerais néanmoins reparler d'hier soir avec vous, Kim. A quelle heure prendrez-vous votre pause ?

Elle tourna la tête vers la pendule. Angelina n'étant pas encore arrivée, si elle s'accordait son quart d'heure un peu plus tôt que d'habitude, personne ne le lui reprocherait. En outre, il n'y avait pas de clients.

— Nous pouvons discuter maintenant.

Elle se dirigea vers le fond de la bijouterie en l'invitant à la suivre, se servit un café et lui en proposa un. Il déclina poliment.

— Je n'arrive pas à me sortir les événements d'hier soir de la tête, reconnut-elle, je n'ai quasiment pas dormi de la nuit. En revanche, je ne vois toujours pas ce que je pourrais apprendre d'utile à la police.

— Peut-être devriez-vous penser à autre chose. Oubliez quelques instants le moment où nous avons découvert la fuite de gaz et concentrez-vous sur ce qui s'est passé avant.

— D'accord.

Elle le fixa droit dans les yeux. Il semblait si fort, si déterminé…

— Hier soir, Preston a demandé à parler à mon oncle, mais les médecins ne l'y ont pas autorisé. Ils devaient lui administrer de puissants calmants car, quand il a repris connaissance, il était très agité.

— Et vous, vous avez pu lui parler ?

— Seulement quelques minutes. Il a juste eu le temps de me dire qu'il avait aperçu un homme large d'épaules vêtu d'une combinaison de travail, d'une casquette et de lunettes de soleil avant de recevoir un coup à la tête. J'aurais dû lui poser d'autres questions, mais j'étais tellement soulagée qu'il soit vivant, que nous en soyons tous sortis indemnes que je n'en ai pas eu le cœur. Vous devez penser que je suis une trouillarde.

— Pas du tout, vous avez eu une réaction humaine. Dès que vous avez compris le danger, vous avez tout fait pour sauver votre oncle. Vous avez eu un comportement exemplaire.

Touchée par son compliment, elle baissa les yeux et secoua la tête.

— N'importe qui aurait fait pareil.

— Ne vous sous-estimez pas, lui répondit-il doucement.

— En tout cas, l'homme qui a agressé mon oncle a pris un gros risque. Si Frank l'avait entendu entrer dans la cuisine, je suis sûre qu'il l'aurait neutralisé.

Le tintement de la cloche d'entrée leur fit tourner la tête.

— C'est ma patronne, dit Kim. Elle a mauvais caractère, alors je ferais mieux de me remettre au travail. Si vous voulez, on peut se retrouver au Desert Rose Café pour le déjeuner et continuer notre conversation.

Rick observa la femme qui venait d'entrer et se souvint l'avoir déjà rencontrée. Il s'avança vers elle avec un large sourire.

— Angelina Tso ! Je ne sais pas si vous vous souvenez de

moi. Il y a quelques années, un jour de forte pluie, vous vous étiez retrouvée piégée par la montée des eaux dans Copper Canyon après être venue travailler avec mon père. J'avais remorqué votre voiture jusqu'à la nationale.

— Désormais je m'appelle Angelina Curley, répondit-elle sèchement.

— Il me semble que vous travailliez avec mon père pour devenir guérisseuse, reprit Rick. Avez-vous trouvé un autre enseignant après sa disparition ?

Angelina s'assombrit puis se tourna vers Kim.

— Kim, je ne te paye pas pour rien faire, alors occupe-toi ! Et toi, reprit-elle en toisant Rick, je te demande de quitter ma boutique. Ta famille et toi, vous n'êtes pas les bienvenus ici. Ton père, Hosteen Silver, s'est fichu de moi. Il a pris mon argent puis, du jour au lendemain, il a refusé de continuer son enseignement. C'est à cause de lui que je ne suis jamais devenue guérisseuse et ensuite il a essayé de ruiner ma réputation.

— J'ai du mal à croire que ce que vous racontez soit aussi simple, rétorqua calmement Rick. Hosteen Silver a toujours été un homme intègre. Mais pourquoi ne pas reparler de tout cela plus tard, en privé ?

— Je n'ai aucune envie de te reparler. Fred, raccompagne M. Cloud à la porte, ordonna Angelina au vigile.

— Je connaissais mon père adoptif, jamais il n'aurait agi comme vous le prétendez, persista Rick. Pourquoi ne pas tout éclaircir ? ajouta-t-il en avançant d'un pas supplémentaire.

— Ne me touche pas ! le menaça Angelina.

— Il n'a rien…, commença Kim, qui n'eut pas le temps d'aller plus loin.

En effet, Fred se posta devant Rick et s'apprêta à le saisir par le col. Kim s'interposa entre les deux hommes.

— Fred, calme-toi, il ne l'a même pas touchée !

— Fiche-le dehors ! cria Angelina au vigile.

— Ecarte-toi, Kim, déclara Fred.

— Non, arrête !

Fred prit Kim par les épaules et l'écarta sans ménagement. Elle dut s'appuyer au comptoir pour ne pas tomber.

Rick sortit alors de sa réserve. Il saisit le vigile par le

poignet, le lui passa dans le dos et le plaqua au sol, face contre terre. Angelina voulut intervenir, mais il l'en dissuada d'un geste de la main.

— Tout le monde se calme, maintenant. Je m'en vais. Kim, on se revoit plus tard.

Il lâcha Fred, se releva et adressa un regard glacial à Angelina. Puis, sans un mot, il quitta la boutique.

Kim se tenait toujours au comptoir et se remettait à peine de la scène. Angelina, elle, ne s'était encore pas calmée. Elle s'approcha de Fred.

— Tu es un vigile lamentable, tu le sais, ça ? lui asséna-t-elle.

Puis elle tourna la tête vers Kim :

— Quant à toi…

— Angelina, je n'ai rien fait de mal et vous le savez.

Kim n'avait jamais apprécié sa patronne, mais elle avait besoin de ce boulot. Il fallait qu'elle parvienne à ramener Angelina à la raison.

— Il était venu te voir ! tonna sa patronne. Toi et personne d'autre.

— Il souhaitait seulement reparler de ce qui s'est passé hier au Brickhouse. Vous devez être au courant. Quelqu'un a agressé mon oncle puis a provoqué une fuite de gaz. Nous étions quinze à l'intérieur et nous aurions tous pu mourir. Mon oncle est encore à l'hôpital, il souffre d'un traumatisme crânien.

— Vous organisiez une soirée pour le fils d'Hosteen Silver, c'est ça ? A quoi vous attendiez-vous ? Cette famille ne fait qu'attirer des ennuis à tout le monde. Regarde ce qui vient de se passer ici. Et puis, non, oublie. Va-t'en. Tu es virée.

Kim n'en revenait pas.

— M. Cloud ne reviendra certainement pas, alors pourquoi me renvoyer ?

— Je ne veux pas d'une employée qui fréquente mes ennemis. J'ai entendu ce qu'il t'a dit avant de partir, tu vas le retrouver. Allez, fiche le camp, je t'enverrai ta dernière paie par courrier.

C'était sans appel, comprit Kim. Elle alla chercher son sac et sa veste, puis quitta la boutique, tête basse.

*
* *

— Tu as bien fait de m'appeler pour me raconter cet épisode, Rick, déclara Preston.

Ils étaient assis l'un en face de l'autre au Desert Rose Cafe.

— Je ne pouvais pas faire autrement, confia Rick. Cette femme a perdu les pédales. Mais je ne l'ai pas touchée, Kim pourra en témoigner.

— Angelina est bien connue en ville et, en dépit de son caractère très particulier, elle a des amis haut placés. Evite de croiser son chemin. Il est peu probable qu'elle soit mêlée aux événements du Brickhouse, alors ne va pas t'en faire une ennemie.

— Une ennemie en plus ou en moins…, commenta Rick, dépité.

Cependant, la réaction d'Angelina l'avait choqué. Il devait découvrir ce qui s'était passé entre son père, Hosteen Silver, et elle.

3

En quittant la bijouterie, Kim était passablement troublée et ne savait trop où aller. Il était 10 h 30 et elle n'avait rendez-vous au Desert Rose Cafe avec Rick que pour le déjeuner. Elle décida tout de même de s'y rendre, faute de mieux.

A son grand étonnement, Rick y était déjà, attablé avec son frère Preston. Elle s'approcha spontanément d'eux.

Mais était-ce une bonne idée ? se demanda-t-elle soudain. Rick n'était pas revenu depuis vingt-quatre heures que les mauvaises nouvelles s'accumulaient.

Elle se força à repousser cette pensée. Personne ne traînait la malchance avec lui en permanence.

Les deux frères se levèrent pour l'accueillir et Rick tira une chaise pour elle.

— Je ne vous attendais pas si tôt, Kim. Si vous voulez manger un morceau, les burritos sont excellents. En revanche, le café un peu moins.

Elle sourit.

— Je sais. En général, je prends du thé.

Une serveuse s'approcha de leur table.

— Salut, Kim, qu'est-ce que je te sers ?

— Si tu avais un boulot pour moi, Sally, ce serait avec plaisir, je viens de perdre le mien. Bon… Je plaisante. Un thé au miel, s'il te plaît.

— C'est vrai, tu as perdu ton job ? s'étonna Sally. Je suis vraiment désolée, Kim.

— Moi aussi, renchérit Rick. Le thé est pour moi. Ce n'est qu'une maigre compensation, mais je ne sais que faire de plus.

Kim lui posa la main sur le bras.

— Ne vous inquiétez pas, vous n'avez fait que précipiter l'inévitable. Je n'ai jamais apprécié la façon dont Angelina traite son personnel et je gardais ce boulot seulement parce que les horaires me convenaient.

Preston prit la parole :

— Si tu as besoin d'argent pour tes études…

Kim leva la main pour l'interrompre.

— Merci, mais il y a un tas de petits boulots que je peux faire, je finirai bien par trouver. En revanche, si vous entendez parler de quelqu'un qui cherche une employée à temps partiel en horaires décalés, je veux bien que vous me teniez au courant.

— Je n'y manquerai pas, répondit Preston qui sortit un billet de son portefeuille et le posa sur la table. Bien, il faut que je retourne travailler. Kim, continue à repenser au film des événements de la soirée d'hier. Parfois, un élément nous revient sans crier gare.

— Oui, d'accord.

Alors que la serveuse lui apportait son thé, Kim jeta un œil au reste de burrito dans l'assiette de Rick et en eut l'eau à la bouche. Mais elle n'osa rien dire.

— Finalement, je crois que la demoiselle prendra aussi un burrito, lança Rick à la serveuse.

Il avait manifestement surpris son regard, songea Kim. Aussi lui sourit-elle.

— Merci, mais ce n'était vraiment pas la peine, vous savez.

— Ça me fait plaisir et, comme ça, je me sens un petit peu moins coupable.

Ils restèrent silencieux jusqu'à ce que la serveuse revienne avec le burrito, que Kim attaqua sans tarder. Elle avait envie d'en savoir plus sur Rick et reprit la conversation :

— Alors, dites-moi, vous êtes de retour pour de bon ?

— Oui.

— Et vous êtes heureux d'avoir retrouvé votre famille ou votre ancien travail vous manque ?

— Les deux.

Visiblement, il n'aimait pas beaucoup les conversations personnelles. Kim continua donc de manger son burrito sans poser d'autres questions. A l'Université, lors d'un cours sur la façon de mener un interrogatoire, elle avait appris que certaines personnes se livraient plus facilement quand elles se sentaient obligées de parler pour ne pas laisser s'installer le silence.

Mais avec Rick, cette tactique ne marchait apparemment pas. Sans doute avait-il suivi les mêmes cours bien avant elle. Elle décida de se montrer plus directe.

— J'ai l'impression que vous êtes préoccupé, Rick. Vous ne voulez pas me dire pourquoi ?

— Eh bien, je sais qu'Angelina Curley suivait l'enseignement de mon père adoptif et que, brusquement, elle a cessé de venir, mais je ne crois pas à sa version des faits. Et vous, avez-vous une idée de ce qui a pu se passer entre eux ?

— A vrai dire, j'ai entendu quelques bribes de l'histoire mais, comme elles viennent d'Angelina, je ne sais pas si on peut leur donner du crédit.

— Continuez.

— En gros, selon elle, Hosteen Silver avait accepté de l'argent liquide et des bijoux de sa part pour lui enseigner ses méthodes de guérisseur. Mais, au bout d'un moment, il aurait commencé à lui faire des avances et, quand elle l'a repoussé, il se serait mis en colère et l'aurait chassée.

— Je n'imagine pas un instant que mon père adoptif ait pu se comporter ainsi. Cette femme ment.

— Mon oncle Frank connaissait votre père. Moi, je ne l'ai vu que quelques fois, mais j'ai également du mal à croire aux propos d'Angelina. En revanche, je sais qu'elle, elle est prête à mentir quand ça l'arrange. Je l'ai vue faire avec certains fournisseurs et même avec les clients. Elle reste dans la légalité, mais elle n'a aucune éthique. En fait, si votre père a cessé de continuer à la former, c'est peut-être tout simplement parce qu'il considérait qu'elle n'avait pas les capacités pour devenir guérisseuse. Entre nous, je suis même étonnée qu'elle ait si bien réussi en affaires, car elle est très négligente et n'a pas beaucoup de mémoire. Parfois, il lui arrive de me demander trois fois la même chose dans la même journée.

— Effectivement, cela pourrait expliquer son échec comme apprentie de mon père. Pour devenir guérisseur navajo, il faut mémoriser des incantations à la perfection, et elles sont parfois très longues. Selon la croyance, il suffit de commettre une seule erreur, d'oublier un mot pour que le Grand Esprit ne réponde pas. Il faut beaucoup de discipline et de persévérance pour y parvenir.

— Et elle, ça lui a pris plusieurs jours pour retenir la combinaison du nouveau coffre-fort ! Angelina n'est pas stupide, mais elle perd facilement sa concentration.

— Mon père était au contraire très rigoureux. S'il a senti qu'elle n'était pas à la hauteur, il est possible qu'il le lui ait dit sans prendre de gants.

— Et Angelina ne supporte pas la critique, confia Kim.

— J'ai tout de même été surpris de la véhémence de sa réaction, ce matin. Est-ce de l'esbroufe ou bien peut-elle se montrer violente ?

— Je pense que c'est avant tout de l'intimidation.

— Je vois.

— Attention, je ne prétends pas encore avoir les compétences pour cerner précisément une personnalité. Tout ce que je peux dire, c'est que je travaillais depuis dix mois à Silver Heritage et que je n'ai pas tissé de liens amicaux avec elle. Nous parlions uniquement travail.

— Au moins, c'est clair.

Kim observa Rick. Il en savait déjà pas mal sur elle, mais l'inverse n'était pas vrai. Il restait un véritable mystère.

— Mon frère m'a dit qu'Angelina possédait une autre boutique, reprit-il.

— C'est exact, elle a également un magasin spécialisé dans les bijoux design en dehors de la ville, près de l'hôpital régional. Si vous êtes curieux, nous pourrons aller y faire un tour après mes cours. La gérante est une amie. Angelina s'y rend tous les jours, mais elle n'y reste qu'une heure en début de journée. En revanche, là, je vais devoir aller au campus, car j'ai cours en début d'après-midi.

— Cela vous ennuie si je marche un peu avec vous ?

— Non, au contraire.

Il régla l'addition puis ils se mirent en marche. C'était une belle journée d'octobre, l'air était vif mais pas froid.

— Alors, pourquoi tenez-vous tellement à faire carrière dans les forces de l'ordre ?

— Parce que je souhaite exercer un métier utile.

Il acquiesça.

— Et vous pensez que la police, c'est le milieu idéal pour être utile ?

— Je suis un peu idéaliste et je considère qu'on a besoin de protéger les gens honnêtes des personnes mal intentionnées.

Il sourit.

— Hosteen Silver disait souvent cela. La spiritualité navajo s'appuie sur la croyance que, pour atteindre le bonheur, il faut parvenir à équilibrer le bien et le mal.

Quand Rick souriait, l'ensemble de son visage s'adoucissait, nota Kim. Son expression se teintait de sérénité, malgré sa cicatrice.

— Vous devriez sourire plus souvent, Rick.

Il reprit une expression sérieuse.

— Je n'en ai pas souvent l'occasion.

— Eh bien, tentez d'en avoir, répliqua-t-elle en souriant à son tour.

Puis elle reporta son attention sur la rue. A quelques mètres devant eux, un sans-abri qu'elle connaissait un peu était assis sur le trottoir. Elle se pencha vers Rick et chuchota :

— Cet homme s'appelle Mike. D'habitude, je lui donne des restes de nourriture du Brickhouse, après mon service. Mais avec ce qui s'est passé hier, je ne vais plus pouvoir. Malheureusement.

Quand il les vit approcher, l'homme se leva et se mit à courir. Kim l'interpella :

— Mike, attends, j'aimerais te dire un mot ! Rick détailla le sans-abri. C'était un type qui faisait environ un mètre quatre-vingts, avec une barbe et des cheveux en bataille. Il était vêtu d'une veste de camouflage, d'un jean, de chaussures de marche et tenait un sac à dos.

A peine les aperçut-il qu'il gagna une ruelle toute proche.

Rick et Kim tentèrent de le rattraper, mais il avait déjà pris une autre rue, au loin.

— Mince ! marmonna Kim. Mike est un peu sauvage,

il ne se laisse pas approcher facilement. Avec l'arrivée de l'hiver, il va falloir qu'il trouve un endroit où dormir et de quoi manger. Il y a bien un refuge pour sans-abris, mais ils sont tout le temps débordés. Je voulais quand même lui donner leur adresse.

— Mike vient tous les soirs derrière le Brickhouse ? demanda Rick.

— Oui, il s'installe sur les marches de la porte arrière et attend que je sorte.

— S'il y était hier soir, il a peut-être vu quelque chose, ou même le type qui a assommé votre oncle puis sectionné la conduite de gaz. Nous devons le retrouver.

— Ce ne sera pas facile. Vous avez vu avec quelle rapidité il a disparu. Et puis, je le connais à peine. Nous n'avons jamais de réelles conversations. Je lui parle, mais il me répond toujours par bribes. Alors, même s'il a vu quelque chose, je doute qu'il donne beaucoup de détails.

— Quoi qu'il en soit, je veux lui parler, insista Rick. Même s'il se contente de marmonner ou de hocher la tête, cela pourrait nous mettre sur une piste.

— Eh bien, bonne chance.

Ils arrivaient sur le campus et Kim désigna un imposant bâtiment blanc.

— C'est ici que j'ai cours. Si vous retrouvez Mike, ne vous montrez pas trop ferme avec lui. Cela fait des années qu'il vit dans la rue et il se méfie de tout le monde. Mais ce n'est pas de l'hostilité.

— D'accord. Je vais quand même essayer de l'approcher. Vous connaissez son nom de famille ?

— Non, je ne connais même pas son véritable prénom ; il me rappelle Mike Oher, le joueur de football américain. Alors, un jour, je lui ai demandé si ça le dérangeait que je l'appelle Mike et il m'a seulement fait signe de la tête que non.

— Je vois. Je vais faire de mon mieux.

Elle consulta sa montre.

— Je dois y aller. Mon cours se termine dans deux heures. Voulez-vous que nous nous retrouvions ensuite pour nous rendre à Turquoise Dreams, le second magasin d'Angelina ?

— Oui, bonne idée.

— Alors à tout à l'heure.

Rick quitta le campus et retourna au centre-ville. Il emprunta délibérément les petites rues et s'attarda autour des restaurants et sandwicheries. De toute évidence, Mike savait ce qui s'était passé au Brickhouse : il devrait se mettre en quête d'un nouvel endroit où glaner un peu de nourriture.

Après une heure de recherche, Rick le repéra enfin. Mike faisait les poubelles du Hamburger Haven.

Plutôt que de se diriger directement vers lui, Rick choisit de faire le tour de l'établissement.

Quand il fut à une vingtaine de mètres de Mike, il baissa les yeux pour ne pas croiser son regard et s'assit sur le trottoir, dos contre le mur. Il avait une petite arme de secours sur lui, mais ne pensait pas vraiment en avoir besoin. Mike ne se montrerait sans doute pas violent, sauf s'il se sentait pris au piège, sans moyen de s'échapper.

Rick fit mine de contempler la rue mais, du coin de l'œil, il observait Mike et ce dernier en faisait clairement autant.

Rick remarqua un détail : Mike portait un tatouage sur l'avant-bras gauche, l'insigne de la première division de cavalerie.

Aussi lança-t-il :

— Salut, soldat !

Mike le dévisagea et fixa sa cicatrice sur la joue.

— Certaines plaies sont plus visibles que d'autres, commenta Rick. Ça te dirait de manger un morceau ? Moi, j'ai faim.

Mike avait le regard vide, comme s'il avait des difficultés à s'exprimer.

Puis, soudain, son expression changea. Et Rick comprit : ce regard vide, c'était celui d'un homme qui avait besoin de s'isoler du monde pour soigner ses traumatismes.

— Un cheeseburger et des frites, lâcha Mike.

— Entendu. J'en ai pour deux minutes.

Mike ne serait peut-être plus là à son retour, mais cela valait la peine de tenter le coup, décida Rick. C'était peut-être un témoin clé. En outre, Mike provoquait un écho en lui. Ils semblaient partager la même souffrance.

Quand il revint, Mike n'était plus à sa place. Mais il y avait une présence dans l'air. Rick posa donc le sac avec le sandwich et les frites, puis lança d'une voix claire, à la cantonade :

— Je cherche à savoir qui était le type qui a failli tuer Kim, son oncle et toute ma famille. Peut-être qu'hier, au Brickhouse, tu as vu quelque chose ou quelqu'un, Mike. Tout ce que tu me diras restera entre nous. Mais si tu pouvais m'aider, je t'en serais vraiment reconnaissant. Ce type ne doit pas s'en sortir.

Rick attendit quelques instants, l'oreille aux aguets, puis il quitta la ruelle et traversa. Avait-il fait tout cela en vain ? Seul l'avenir le dirait.

4

Rick rejoignit l'endroit où il avait garé le SUV de Daniel pour retourner au campus. Mais ayant du temps devant lui, il en profita pour reprendre ses marques dans Hartley. Il sillonna la ville en tous sens, se réappropriant les lieux. Puis il se rendit à destination. Le campus s'était bien développé depuis l'époque où il l'avait fréquenté.

Il se gara sur le parking et marcha jusqu'au bâtiment où Kim avait cours. Elle était en grande conversation avec un homme qui évoquait vaguement quelque chose à Rick. Quand l'individu se tourna vers lui, il l'identifia.

— Karl Edmonds ! Ça fait un bail…

— Vous connaissez mon professeur ? s'étonna Kim.

— Professeur ? Je n'aurais jamais imaginé que tu embrasserais la carrière d'enseignant, Karl, commenta Rick.

— A vrai dire, je suis plutôt un instructeur, précisa Karl. Je dirige le service de déminage de la police d'Hartley. Je ne donne des cours qu'à temps partiel.

— Ah, d'accord, ça colle plus avec l'image que j'avais de toi.

Karl observa brièvement la cicatrice sur le visage de Rick.

— On dirait que tu t'es retrouvé au milieu d'une rixe et que ça ne t'a pas réussi. J'espère que ça t'a incité à t'améliorer en combat singulier.

Rick se rappela pourquoi il n'avait jamais beaucoup aimé Karl. Au lycée, ils étaient rivaux plus qu'amis. Karl ne savait jamais se taire et, apparemment, ça n'avait pas changé.

Ignorant son commentaire, Rick lança :

— Nous ferions mieux d'y aller, Kim. Je dois passer voir Preston.

— Content de t'avoir revu, vieux, reprit Karl.

Méfiant, Rick soutint son regard quelques secondes. Karl le voyait-il toujours comme un rival ? Voire davantage ? Il n'en savait rien, mais tant qu'il n'en aurait pas le cœur net, il ne baisserait pas la garde.

Kim lui emboîta le pas et, une fois éloignés de Karl, lui demanda :

— Karl et vous... ça n'a jamais été le grand amour, n'est-ce pas ?

— Non, mais nous avons passé nos années de lycée ensemble et nous jouions tous deux dans l'équipe de football. Il nous est parfois arrivé d'avoir une certaine complicité.

— En tout cas, aujourd'hui, il s'est montré désagréable avec vous. Avez-vous réellement besoin de voir votre frère ou était-ce une excuse ?

— Les deux. J'aimerais obtenir l'autorisation d'inspecter le Brickhouse en plein jour. Ensuite, nous irons au second magasin d'Angelina. Je souhaite en savoir plus sur elle.

— Vous croyez que votre frère va vous laisser enquêter de votre côté, sans rien dire ?

— En temps normal, il ne le ferait pas. Mais la police d'Hartley manque de personnel, alors mon concours sera le bienvenu. D'autant plus que j'ai quand même une petite expérience en tant qu'enquêteur.

— Est-ce que je dois avoir l'autorisation de Preston pour vous assister ?

— Oui, ce serait bien de faire une demande officielle car votre connaissance des lieux et du déroulement des événements me sera utile. Un élément étrange, qui n'aurait normalement rien à faire là, peut vous interpeller, alors que moi, je pourrais ne pas le remarquer.

Le long du trajet jusqu'au poste de police, Kim resta silencieuse. Elle ne regardait pas directement Rick, mais rien ne lui échappait : les mains puissantes sur le volant, l'expression d'intense concentration. Quoi qu'il fasse, il dégageait une énorme virilité qui ne la laissait pas de marbre.

Elle changea de position. Elle devait garder la tête froide, ce n'était pas le moment de tomber sous le charme de Rick.

Au même instant, il se passa le bout du doigt sur sa cicatrice.

— Ça vous fait mal ?

— Pardon ? lui demanda-t-il en tournant la tête vers elle.

— Votre cicatrice. Elle vous fait mal ?

— Non, pas vraiment. La peau autour est parfois sèche, mais c'est tout.

Il se concentra de nouveau sur la route.

— Hier soir, quand vous êtes venue vers moi, vous ne l'avez pas regardée directement. Ça m'a surpris car, généralement, les gens que je rencontre ne voient que cela. Ils la fixent puis font comme si de rien n'était.

— C'est parce que votre regard m'intéressait davantage.

— Mon… Vraiment ?

— Oui, car quand vous observez quelqu'un, vous donnez l'impression de lire en lui.

— Eh bien, oui, je m'efforce d'être observateur. Cela m'a souvent permis de rester en vie.

— Et votre cicatrice fait-elle partie des raisons pour lesquelles vous avez quitté le FBI ?

— Oui car, après m'être retrouvé balafré, je ne pouvais plus travailler comme agent infiltré. J'étais trop facilement identifiable.

— Toutefois, vous auriez pu rester enquêteur.

— Je préférais les missions d'infiltration.

Il marqua une pause, secoua la tête puis reprit :

— En fait, ce n'était pas seulement cela. Je sentais que j'étais arrivé à un point où il fallait que je reprenne contact.

— Avec vos frères ?

— Avec moi-même.

Quelques instants plus tard, ils arrivèrent au poste de police et Rick la conduisit droit au bureau de son frère. Preston leur fit signe d'entrer.

— Du nouveau ? s'enquit Rick.

— Non, c'est encore trop tôt. Nous n'avons pas les résultats du labo.

— J'aimerais obtenir l'autorisation de retourner au Brickhouse pour y effectuer des recherches. Je sais que ton équipe et toi, vous avez déjà passé les lieux au peigne fin, mais Kim et moi pourrions découvrir un indice quelconque. En tout cas, ça ne coûte rien d'essayer.

— Bien sûr. J'ai déjà demandé à mon capitaine de t'engager temporairement pour que tu puisses nous assister et il est d'accord.

Preston sortit un insigne d'un tiroir.

— Tu fais officiellement partie de la maison. Lève la main droite.

Preston lui fit rapidement prêter serment.

— Voilà. Une fois cette affaire terminée, si tu souhaites intégrer le service de police de façon permanente, ta candidature sera traitée en priorité.

— Merci beaucoup.

Preston se tourna vers Kim.

— Reste avec Rick et suis ses ordres à la lettre. Tu n'es pas officier de police, tu n'es qu'un simple observateur.

— Compris, dit-elle.

Preston leur tendit des paires de gants en Latex.

— N'oubliez pas de les porter !

Ils le remercièrent encore une fois puis s'en allèrent.

En route, Rick demanda à Kim :

— Comment s'appellent les serveurs d'hier soir ?

— Bobby Crawford et Kate Masters.

— Où peut-on les trouver ?

— A cette heure-ci, Kate doit être en cours. Elle travaille à temps partiel pour payer ses études, comme moi. Je doute qu'elle nous soit d'une grande aide. Elle est consciencieuse, mais elle pense surtout à ses examens car il ne lui en reste plus que quelques-uns à passer, pour valider son diplôme. Et elle entre très rarement dans la cuisine.

— Et Crawford ?

— Bobby est toujours à l'heure et fait son boulot, mais il ne parle pas beaucoup.

Quand ils approchèrent de ce qui restait du Brickhouse, Rick ralentit pour contempler le bâtiment endommagé.

— On dirait que de nouvelles briques sont tombées dans la ruelle. Le passage est presque bloqué.

— Au moins, le bâtiment d'à côté n'a pas été touché,

commenta Kim. Heureusement que ces immeubles ont été construits pour durer.

— Oui. Celui qui a sectionné la conduite de gaz espérait que l'explosion et l'incendie qui a suivi suffiraient à tous nous éliminer. Et si nous ne nous en étions pas sortis, tout le monde aurait cru à un tragique accident.

A quelques mètres devant eux, un homme se baissait pour passer sous le cordon de sécurité.

Kim donna un coup de coude à Rick.

— Vous voyez ce jeune homme en jean et en sweat-shirt à capuche ? Je crois que c'est Bobby Crawford.

L'individu escaladait quelques gravats pour s'engager dans la ruelle.

— Qu'est-ce qu'il fait là ? lança Rick. Venez, allons lui parler.

Mais quand ils eurent traversé la rue, Bobby avait disparu. Ils passèrent donc sous le cordon et se frayèrent un chemin jusqu'à la porte arrière du restaurant.

— Attendez-moi ici, intima Rick à Kim.

Puis il pénétra prudemment dans ce qui restait de la cuisine.

Il progressa pas à pas, sans bruit. Le plafond s'était effondré et le pan de mur qui séparait la cuisine de la salle de restaurant n'était pas loin d'en faire autant. Au fond se profilaient les marches qui descendaient à la cave. C'était sans doute la partie la moins endommagée du bâtiment.

Il resta immobile quelques secondes et prêta l'oreille. Quelqu'un fouillait les gravats. Il avança lentement en direction du bruit. C'était le jeune type, il lui tournait le dos.

— Police, ne bougez plus ! lança Rick. Redressez-vous et tournez-vous lentement.

Le jeune homme obtempéra.

— C'est bon, du calme, je travaille ici. Je m'appelle Bobby Crawford. Vous vous souvenez de moi ?

Rick n'eut pas le temps de répondre, car Kim apparut. Elle portait un casque de sécurité et en tenait un autre à la main.

— Je ne faisais rien de mal, reprit Bobby, mais hier soir, j'ai perdu un truc important. C'est pour ça que je suis là. Je voulais le retrouver avant que les bulldozers ne déblaient tout. C'était un cadeau de ma mère.

Rick détailla Bobby. Il devait avoir entre dix-huit et vingt ans, mesurait environ un mètre soixante-dix, avait les cheveux noirs et les yeux marron.

— En avez-vous parlé à la police quand on a pris votre déposition ?

— Non, je me suis rendu compte seulement ce matin que je l'avais perdu. C'est un crucifix en or sur une chaîne que je porte autour du cou.

— Vous ne devriez pas être là, le tança Rick. Le cordon de sécurité vous l'interdit. C'est dangereux et vous pourriez déplacer d'éventuelles preuves.

— Mais vous avez entendu ce que je viens de vous dire ? Ce que je cherche, c'est un cadeau de famille.

— Les agents de la police scientifique et les pompiers vont continuer à fouiller les décombres et à rassembler tout ce qu'ils retrouveront. Si votre crucifix en fait partie, on vous le rendra. Maintenant, montrez-moi une pièce d'identité, s'il vous plaît.

Bobby lui tendit son permis de conduire. Rick le parcourut rapidement des yeux puis le lui rendit.

— Bien, vous pouvez y aller. Si on retrouve ce bijou, je saurai à quelle adresse vous le rapporter.

Sans un mot, Bobby s'en alla.

Kim tendit à Rick le casque qu'elle avait à la main.

— J'ai rencontré le chef des pompiers. Preston l'avait appelé pour le prévenir que nous serions là ; il tenait absolument à ce que nous portions un casque.

Rick lui sourit.

— Arnie Medina n'est pas commode. Il vous a fait un sermon ?

— Non, il m'a seulement demandé de ne surtout pas m'appuyer contre les parois et a insisté pour que je mette un casque.

— D'accord, répondit Rick en mettant le sien.

Kim tourna sur elle-même et observa les gravats.

— Ça me fait mal de voir ce que cet endroit est devenu,

alors qu'hier encore, c'était un beau restaurant toujours plein et convivial.

— Je suis sûr qu'il aura une nouvelle vie, la rassura Rick.

Elle acquiesça. Ils retournèrent sur leurs pas en faisant attention où ils mettaient les pieds.

Mais Arnie Medina apparut alors à la porte et leur cria :

— Sortez d'ici, le mur s'effondre !

Rick prit Kim par la main et courut en direction de la porte. Au même moment, des briques chutèrent devant eux dans un nuage de poussière et leur bloquèrent le passage.

Rick fit volte-face pour repartir dans l'autre sens, mais une poutre craqua et ce qui restait du plafond s'effondra.

5

Rick saisit Kim à la taille et la poussa vers les marches du sous-sol.

— Descendez, vite !

Les marches étaient couvertes de débris. Ils glissèrent tous deux et finirent sur le dos. Rick couvrit Kim pour la protéger et reçut une brique entre les reins.

Après quelques secondes, le bruit se calma et fut remplacé par des éclats de voix.

Manifestement, tout danger était écarté. Aussi, Rick se redressa et se tourna vers Kim. Elle avait porté les mains à son visage et fermait les yeux.

— Gardez les yeux fermés le temps que la poussière retombe.

Ils eurent beau essayer de ne pas trop en inhaler, ils furent tous deux pris d'une quinte de toux.

Enfin, ils purent un peu mieux respirer et Rick aida Kim à se redresser.

— Si je ne me trompe pas, nous sommes en vie ? dit-elle.

Il lui sourit.

— En gros, oui. Ça va ?

— Un peu secouée, mais je m'en remettrai.

Rick leva la tête vers l'escalier. Des briques avaient roulé, mais n'obstruaient pas totalement le passage.

— Nous ne sommes pas pris au piège, commenta-t-il. Mais il va quand même falloir qu'on nous aide à remonter.

— Vous m'entendez ? Ça va ? appela Arnie Medina.

— Oui, on vous entend et nous allons bien, répondit Rick. Mais il va falloir qu'on déblaie quelques briques pour remonter.

— Non, ne touchez à rien ! On ne sait jamais, un autre

mur pourrait tomber. Ecartez-vous et patientez, on vient vous chercher.

Les pompiers consolidèrent les murs qui tenaient encore debout et dégagèrent l'escalier pour que Rick et Kim puissent remonter. Le tout prit une petite demi-heure.

Enfin, ils se retrouvèrent à l'extérieur, sur le trottoir devant les restes du Brickhouse.

— Je ne vous l'ai pas dit, mais je déteste me retrouver dans un espace confiné, avoua Kim à Rick. J'avais l'impression d'étouffer.

— C'était à cause de l'air chargé de poussière, ce n'est pas de la claustrophobie. Mais encore une fois vous avez réagi comme il le fallait, sans paniquer.

Arnie Medina s'approcha d'eux.

— J'ai bien fait d'insister pour que vous portiez un casque, non ?

— Oui, reconnut Rick. Mais je suis tout de même étonné que nous nous soyons fait piéger : j'avais pris soin de ne pas passer à proximité de sections de mur qui paraissaient instables.

— Oh, mais ça ne s'est pas passé par hasard, confia Arnie. Nous avons tout juste eu le temps de voir un type qui portait des lunettes de soleil, un sweat et un pantalon de survêtement : il poussait sur une cloison à l'aide d'une planche. Quand il a vu que nous l'avions repéré, il a pris ses jambes à son cou, mais j'ignore depuis combien de temps il était là.

Rick pensa immédiatement à Bobby.

— Vous êtes sûr qu'il portait un pantalon de survêtement, pas un jean ?

— Non, ce n'est pas lui, intervint Kim qui avait visiblement deviné ses pensées.

— Que voulez-vous dire, vous connaissez ce type ? s'enquit Arnie.

— Possible, rétorqua Rick. Quelle était sa couleur de cheveux ? Sa taille ? Dites-moi tout ce que vous pouvez.

Le chef des pompiers secoua la tête.

— Je ne peux pas vous dire grand-chose. Il avait une capuche et nous tournait le dos quand on l'a vu pousser contre le mur. Dès qu'il nous a entendus, il a lâché sa planche pour détaler. Dans sa fuite, il a d'ailleurs bousculé un sans-abri.

— Un sans-abri ? releva Kim. Vêtu d'une veste militaire, avec une barbe ?

— Oui, c'est ça. Il était à l'extérieur du périmètre de sécurité. Quand le type s'est enfui, il s'est retrouvé face à lui et l'a bousculé. Ensuite, je ne sais pas ce qui s'est passé car nous nous sommes précipités pour vous alerter du danger.

— Très bien, merci pour tout, déclara Rick.

— Je suppose que vous n'avez plus rien à voir ici ?

— Non, ça ira pour aujourd'hui. Au fait, si un de vos hommes ou vous, vous trouvez un crucifix en or sur une chaîne, vous voulez bien le mettre de côté ? A notre arrivée, le serveur qui travaillait hier soir était ici. Il a prétendu l'avoir perdu et être revenu le chercher.

— C'est noté, nous y penserons.

Rick remercia une dernière fois puis retourna au SUV avec Kim.

— On fait un tour dans le quartier pour essayer de retrouver Mike ?

— D'accord, j'ouvre l'œil, acquiesça-t-elle.

Au bout de vingt minutes à sillonner les petites rues du centre-ville, Rick secoua la tête, découragé.

— C'est à croire qu'il a disparu de la surface de la Terre.

— Oui, Mike est comme ça. Je voulais l'aider à se resocialiser, à nouer des liens avec des gens prêts à lui donner de quoi manger et même à lui trouver un endroit où passer la nuit, mais sans succès. Il va et vient quand il le veut, à sa guise.

— Oui, je cerne à peu près le personnage.

— Mais il y a une chose dont je suis sûre : s'il savait que quelqu'un me veut du mal, il me préviendrait d'une manière ou d'une autre. Ce n'est pas un mauvais bougre, il préfère juste vivre à l'écart. Du monde, de lui-même, je ne sais pas très bien. Mais il y a du bon en lui.

— Qu'est-ce qui vous fait dire ça ?

— Si jamais c'est ce que vous pensez, je vous jure que je ne suis pas une idéaliste naïve. Un soir, en partant du restaurant, j'étais pressée. Je lui ai donné quelques restes puis je suis partie sans remarquer que je n'avais pas fermé mon sac à main. Et quand je m'en suis aperçue, je me suis rendu compte que j'avais perdu mon portefeuille.

— Il y avait de l'argent à l'intérieur ?

— Oui, tous mes pourboires, ainsi que ma carte de crédit et mon permis de conduire. J'ai immédiatement fait opposition sur la carte mais, le temps de recevoir la nouvelle, je me demandais bien comment j'allais faire mes courses.

— Votre oncle ne pouvait pas vous faire une avance sur votre salaire ?

— Si, mais ça me gênait de le lui demander.

Il sourit. Kim avait beaucoup de scrupules, et il était comme elle.

— Le lendemain, poursuivit-elle, à mon arrivée au restaurant, Mike m'attendait à la porte de service. Il avait trouvé mon portefeuille et il me l'a rendu. Je l'ai chaleureusement remercié et je voulais lui donner un peu d'argent en récompense, mais il a refusé. Il m'a seulement demandé de lui rapporter un chili pour son dîner. C'est d'ailleurs la seule fois où il m'a parlé en faisant des phrases complètes.

Rick sourit de nouveau. Il était heureux que Kim ait la tête sur les épaules et ne porte pas de jugements par simple pitié.

Il ne supportait pas la pitié. Il avait encore à la mémoire celle qu'il lisait dans les regards des gens quand sa mère l'avait abandonné, à l'âge de six ans. Etre regardé ainsi avait détruit sa confiance en lui. D'autant que la plupart des gens, même désolés, ne l'avaient pas aidé.

Récemment, après l'altercation qui lui avait valu sa balafre, il avait craint revivre cela. Pour s'en prémunir, il s'était efforcé de se tenir droit, d'apparaître fort.

Finalement, ses collègues du FBI avaient considéré cette blessure comme une preuve de bravoure et ne l'en avaient que davantage respecté. Cela lui avait fait du bien et permis de marcher la tête haute. Bien sûr, il surprenait parfois de la peur ou un certain trouble sur le visage des personnes qu'il croisait, mais jamais de la pitié.

Kim le sortit de ses pensées :

— Ça vous dérange si nous faisons un crochet par chez

moi avant de nous rendre à Turquoise Dreams ? J'aimerais poser mes affaires de cours et prendre cinq minutes pour me remettre de mes émotions. En plus, il faudrait que je prenne une lettre de candidature à une offre d'emploi pour la mettre au courrier.

— De quel type de boulot s'agit-il ? voulut-il savoir tandis qu'elle lui indiquait comment aller chez elle.

— Une boîte de sécurité privée qui recrute. Comme je compte entrer à l'académie de police, ce boulot se rapprocherait davantage de mes projets.

— Mais pour quel type de poste recrutent-ils exactement ?

— Eh bien, le seul boulot à temps partiel qu'ils proposent, c'est pour la maintenance de nuit des caméras de surveillance. A priori, le champ d'action est plus vaste mais, dans leur annonce, ils restent très discrets et ne donneront les détails qu'après s'être renseignés sur les candidats.

— C'est bien payé ? demanda innocemment Rick.

Il avait pourtant deviné de quelle société il s'agissait : celle de son frère Daniel.

— Non, c'est rémunéré le minimum légal, mais je pense que, si je gagne la confiance de la société, on pourra m'apprendre beaucoup. Encore faut-il que je décroche le job !

Elle pointa du doigt le carrefour devant eux.

— C'est juste là, à droite.

Il se gara devant l'immeuble indiqué et descendit. Aussitôt, un mauvais pressentiment l'envahit.

Il inspecta les alentours. Tout semblait calme pourtant.

Ils entrèrent dans l'immeuble et montèrent l'escalier.

— Mon appartement est au bout du couloir, précisa Kim.

Sauf que la porte était entrouverte, remarqua Rick.

— Avez-vous une femme de ménage ou un propriétaire curieux ?

— Une femme de ménage, moi ? répliqua Kim dans un éclat de rire.

Puis elle suivit son regard et comprit.

— Je ferme toujours à clé, mais mon propriétaire a un double. Il devait passer pour changer le filtre de la chaudière. Ce doit être lui. Venez, je vais vous présenter.

— Non, l'arrêta-t-il. Attendez-moi ici.

Elle se figea.

— Qu'avez-vous vu ?

Rick sortit le revolver glissé dans sa botte.

6

Rick poussa sèchement la porte au cas où quelqu'un se serait dissimulé derrière. Puis il entra et examina d'un regard l'ensemble de la pièce. Il y avait eu effraction. La télé avait été renversée, des étagères de livres entièrement vidées. Acte de vandalisme ou cambriolage ? Il n'aurait su le dire.

Prudemment, il passa de pièce en pièce, mais il n'y avait plus personne. Il rangea son arme. Dans la chambre, la fenêtre était ouverte et une empreinte de pied se dessinait sur la commode en dessous. Il était facile de deviner par où l'intrus était entré.

Rick sortit son portable et appela Preston pour l'avertir puis retourna auprès de Kim. Elle se tenait à l'entrée de l'appartement et tendait la tête, consternée, pour voir à l'intérieur.

Il lui fit signe d'entrer.

— Courage, car c'est le complet désordre partout. Et mettez les gants que Preston vous a donnés avant de toucher quoi que ce soit.

Elle obtempéra, s'avança dans le salon et poussa un juron. Absolument tout le contenu des étagères était par terre.

Ensemble, ils se rendirent dans la cuisine. Les chaises étaient renversées, les tiroirs vidés.

Dans la chambre, le futon avait été lacéré avec un objet coupant, un couteau ou un cutter.

— Mais qui a bien pu me faire ça ? pesta-t-elle.

— On dirait que l'intrus cherchait quelque chose.

— Dissimulé dans un futon presque neuf ? Non, cela a été fait délibérément.

— Venez là, dit-il en ouvrant les bras pour la réconforter.

Il la tint contre lui et en fut ému. Elle était douce et chaude. Il lui déposa un baiser sur le front et, quand elle leva la tête pour croiser son regard, il ne put se retenir de l'embrasser.

Elle poussa un petit soupir, se rapprocha de lui et entrouvrit les lèvres. Il ne lui en fallut pas plus pour intensifier son baiser, le rendre plus sensuel. Pendant quelques secondes, la réalité disparut, il n'y avait plus qu'eux deux. Il inhala son léger parfum de fleurs sauvages.

Elle était douce, mais également pleine de passion. Au départ, il souhaitait seulement la réconforter, mais un désir plus fort le gagnait peu à peu. S'il ne se faisait pas violence, il perdrait totalement le contrôle.

Il se força à interrompre son baiser et recula d'un pas.

— Ça va aller, Kim. Ne vous laissez pas abattre.

Elle recula également et contempla longuement la chambre.

— Le lit…, dit-elle finalement, évitant son regard. Il faut que j'essaie de sauver le matelas. Je ne peux pas me permettre de le remplacer. Pourriez-vous tenir les deux bords lacérés pendant que je les recouds ?

Rick enfila ses gants en Latex pour l'aider. Mais, quand il saisit le tissu du matelas, quelque chose en dessous attira son attention. Il glissa la main, tâtonna quelques secondes puis sortit un os d'une dizaine de centimètres de long.

— Qu'est-ce que c'est que ça ? s'étrangla Kim.

Rick marmonna un juron.

— Auriez-vous un sac en plastique ? Nous devons le transmettre à Preston.

Elle se rendit dans la cuisine et revint quelques instants plus tard.

— Vous pensez qu'il pourrait s'agir d'un os humain ?

— Possible. Le labo nous le dira.

— Ça ressemble à l'attirail de sorcière d'Angelina.

Il tourna vivement la tête vers elle.

— Redites-moi ça.

— Angelina n'est jamais devenue guérisseuse, mais elle affirmait maîtriser des savoirs plus utiles. Elle prétendait avoir le pouvoir de jeter un sort à ceux qui le méritaient.

— Elle s'est vantée d'être une sorcière ? s'étonna Rick.

Même si elle l'était effectivement devenue, qu'elle le révèle avait de quoi surprendre. Car, dans la communauté navajo, la sorcellerie était très mal vue. Ceux qui avaient le don prenaient soin de ne rien en dire.

— Elle ne l'a pas explicitement avoué, mais elle a laissé comprendre que, pour elle, le savoir de sorcière était plus intéressant que celui de guérisseuse. Comme je ne crois pas à ces superstitions, je n'ai pas prêté grande attention à ses propos.

— L'objectif de cette effraction était donc peut-être de vous dissuader de me fréquenter, avança Rick.

— Angelina m'a déjà renvoyée. Alors maintenant, je refuse qu'elle se mêle de ma vie. Quel que soit le responsable, je le déteste.

— Même si vous ne partagez pas les croyances navajo, les personnes qui décident de pratiquer la sorcellerie sont généralement instables. Plus elles se plongent dans cette pratique, plus elles se laissent griser.

— Autant que je puisse en juger, dans le cas d'Angelina, il s'agissait avant tout de paroles. Elle souhaite que les gens la craignent, mais il faudra davantage qu'un os dans mon matelas pour m'intimider.

— N'oubliez pas qu'elle s'est quand même très vite emportée contre moi, ce matin.

Kim acquiesça.

— Je ne l'oublie pas.

— Puisque vous souhaitez intégrer la police et que vous êtes à la recherche d'un boulot, laissez-moi vous faire une suggestion : je n'étais plus revenu à Hartley depuis plusieurs années. Or vous, vous connaissez les lieux et les gens mieux que moi. Vous m'êtes très utile.

— Est-ce une façon de me faire comprendre que vous souhaitez m'engager ?

— En quelque sorte. Si vous me le permettez, j'aimerais en toucher un mot à Daniel. Au cas où vous l'ignoreriez, Complete Security est une filiale de la société de mon frère. Alors peut-être acceptera-t-il de vous embaucher pour que vous m'assistiez. J'ai moi-même été enquêteur, donc je pourrais devenir votre formateur. En retour, vous pourriez accepter de rester au moins un an dans la société. Ça vous intéresse ? Vous voulez que j'en parle à Daniel ?

— Eh bien, étant donné que je ne validerai pas mon diplôme avant dix-huit mois, pour moi, c'est parfait. D'autant qu'avoir travaillé au moins un an pour une société comme celle de votre frère, sur un CV, c'est un plus.

— Entendu, alors je parlerai à Daniel.

Il y eut un claquement de portière à l'extérieur. Rick marcha jusqu'à la fenêtre.

— Preston et ses hommes sont là. Je vous laisse lui parler pendant que j'appelle Daniel.

Il passa dans la pièce d'à côté et présenta son projet à son frère.

— Qu'en penses-tu ? lui demanda-t-il finalement.

— J'ai déjà fait ce type de proposition à des personnes dont je sentais qu'elles avaient du potentiel, alors ça me va parfaitement. Néanmoins, je dois te poser une question : as-tu un faible pour Kim ? Cela expliquerait que tu fasses ça pour elle…

— Non, ce n'est pas pour cela. Cependant, c'est ma faute si elle a perdu son boulot. Même si je n'y peux pas grand-chose, c'est un fait.

— Mon instinct me dit qu'il y a plus que cela, Rick. Mais je suis d'accord pour engager Kim.

Rick remercia son frère puis rejoignit Kim et Preston. Tous deux avaient la mine sombre.

— Que se passe-t-il ?

— C'est bizarre, expliqua Preston. Généralement, lors d'une effraction, il y a des empreintes un peu partout. Là, à part une trace de pas sur la commode, nous n'en avons pas trouvé une seule.

— Cela confirme que ce n'était pas un cambriolage ni un acte de vandalisme gratuit, commenta Rick.

Preston s'adressa à Kim :

— Je te conseille d'aller habiter ailleurs pendant quelque temps. Ici, tu n'es pas en sécurité.

— Mais où pourrais-je aller ? Si je me fais héberger par

un parent ou un ami, je le mettrai également en danger. Et je n'ai pas les moyens de me payer le motel pour plusieurs nuits.

— On doit pouvoir remédier à ce problème, intervint Rick qui ressortit son téléphone. Mais il faut que je vérifie. Excusez-moi un instant, ajouta-t-il avant de s'éloigner.

Deux minutes plus tard, il était de retour.

— Mon frère Kyle et son épouse Erin acceptent de vous héberger. Ils vivent à Copper Canyon, au nord-ouest de Shiprock, dans la réserve. C'est là-bas que je vis également pour le moment. Sauf hier soir, car je n'avais pas le courage de prendre la route après ce qui s'était passé.

Kim sembla hésiter :

— C'est très gentil mais… je ne veux pas m'imposer.

— Puisque nous allons travailler ensemble, ce sera plus simple si nous vivons au même endroit, la rassura-t-il.

Kim eut une expression satisfaite.

— Alors d'accord. Quand voulez-vous partir ?

— Dès que vous serez prête. Essayez de rassembler des affaires.

— Pas si vite, intervint Preston, il faudrait refaire un tour des lieux.

Rick le dévisagea et fronça les sourcils.

— Pourquoi, tu penses être passé à côté d'un élément ?

Preston acquiesça.

— C'est ce que me dit mon instinct de flic.

— Est-ce que je peux prendre des affaires au fur et à mesure de l'inspection ? demanda Kim à Preston.

Celui-ci hocha la tête et ils se rendirent tous trois dans la chambre.

Rick en fit le tour avec son frère. Il n'y avait rien d'intéressant. Kim put donc récupérer son ordinateur portable.

Comme elle ouvrait la commode pour en sortir des affaires, quelque chose tomba au sol.

— Qu'est-ce que c'est que ça ? demanda Rick en se baissant pour le ramasser.

— On dirait une dent, observa Kim.

— Une longue dent creuse, précisa Rick. Comme un crochet de serpent à sonnettes.

— Faut-il y voir une signification particulière ?

— Dans la mythologie navajo, expliqua Preston, la sorcellerie existait avant même le développement de l'humanité. La première femme est censée avoir transmis ce savoir aux autres créatures qui peuplaient la Terre. Mais le serpent, qui était nu, n'a pas eu d'autre choix que de prendre cette magie dans sa bouche, et c'est pour cela que sa morsure est devenue mortelle.

Kim fit la moue.

— Je doute que ce crochet ait été laissé là à mon intention car, si vous ne m'aviez pas expliqué la signification de sa présence, je n'aurais pas compris.

A ces mots, Rick échangea un regard avec son frère. Manifestement, Preston pensait la même chose que lui, mais ils n'en dirent rien, et Preston glissa la dent dans un sachet.

Quelques minutes plus tard, Rick signa avec Kim sa déposition, puis ils reprirent la route.

— Si on met bout à bout les incidents récents, ça n'a pas beaucoup de sens, soupira Kim. Il n'y a pas de mobile général qui se dessine. Ce qui s'est passé chez moi paraît tenir de la pure méchanceté, alors qu'hier soir au Brickhouse, c'était une véritable tentative de meurtre. Difficile de croire que la même personne soit à l'origine de ces deux événements, en tout cas dans cet ordre-là. Peut-être avons-nous affaire à plusieurs suspects.

Rick acquiesça lentement.

— Oui, c'est fort possible.

Kim regarda devant elle.

— Nous allons passer près de l'hôpital. Pouvons-nous nous y arrêter un petit moment pour que je puisse voir mon oncle ?

— Oui, bien sûr. Vous êtes très proches tous les deux ?

— A la mort de mon père, il s'est montré très présent. Mais mon oncle n'est pas quelqu'un à qui une adolescente peut facilement se confier, et il n'a pas souvent de démonstrations d'affection. Il est un peu bourru. En revanche, on peut compter sur lui. Quant à ce qui lui est arrivé, je suis sûre qu'il va s'en remettre et que, très vite, il ne voudra plus en parler.

— Pourra-t-il assumer la remise en état du restaurant ?

— Oui, il est bien assuré. Tant qu'il pourra reprendre une activité, je ne m'inquiète pas pour lui. A mon avis, il sera soulagé de ne pas avoir racheté la part de son associé, comme il l'envisageait à une époque.

— Son associé, c'est Arthur Johnson, c'est ça ? Que pouvez-vous me dire sur lui ?

— Mon oncle et lui se connaissent depuis longtemps. La femme d'Arthur est tombée gravement malade il y a quelques années et, pour payer ses traitements, Arthur a quasiment vendu tous ses biens, à l'exception de sa part dans le Brickhouse. Hélas, elle a fini par succomber à la maladie. Mais il n'a pas vendu sa part dans le restaurant justement à cause de mon oncle.

— Et Arthur s'implique beaucoup dans la gestion de l'établissement ?

— Non, pas du tout. Mon oncle le tient au courant de toutes les décisions à prendre et, chaque fois, Arthur lui donne son feu vert sans poser de questions.

— Je ne l'ai pas vu sur les lieux du sinistre. J'imagine qu'il ne vit pas à Hartley.

— Non, il habite un vieux chalet dans les montagnes près de Santa Fe. C'est loin de tout, mais il adore cet endroit.

Rick entra sur le parking de l'hôpital et se gara. Il jeta un regard aux enseignes des magasins de l'autre côté de la rue.

— Turquoise Dreams. C'est le second magasin d'Angelina ?

— Oui, si vous voulez, nous pourrons y faire un saut en sortant. Du moins si le pick-up d'Angelina n'est plus là, ajouta Kim en pointant du doigt un véhicule.

Ils pénétrèrent dans l'hôpital et se dirigèrent vers la réception. Une hôtesse leur indiqua le numéro de chambre de Frank Nelson. Celui-ci était assis dans son lit, à regarder la télévision.

Quand il les vit, il leur sourit.

— Bonjour vous deux. Heureux de vous voir. J'attendais des nouvelles du restaurant. Qu'en reste-t-il ?

— Pas grand-chose, répondit Kim. Dès que les pompiers auront terminé de déblayer, il faudra contacter les assurances. Mais la procédure prendra certainement du temps, car il est clair que c'était un acte de malveillance.

— Ce restaurant, c'est tout ce que je possède, marmonna Frank. Qui a bien pu faire ça ?

— Vous êtes propriétaire du Brickhouse à parts égales avec Arthur Johnson, lança Rick, dans l'espoir d'en savoir plus.

— Oui, et il faudrait que je le prévienne de ce qui s'est passé. Mais, en ce moment, il ne doit pas être joignable. Il y a quelques jours, il est parti pour une partie de pêche, comme il le fait souvent. Il aime aller pêcher dans les lacs de montagne, des endroits qu'on ne peut atteindre qu'à pied ou à dos de cheval. Se retrouver seul, loin de tout, lui permet de ne pas trop penser à la mort de son épouse. Car je sais qu'il en est encore très affecté. Quand il sera de retour, c'est lui qui m'appellera.

— Vous savez quand il compte revenir ?

— D'ici une semaine au maximum. Tout dépend si la pêche est bonne ou pas. Arthur n'a plus de famille, alors il peut s'absenter aussi longtemps qu'il le souhaite, sans prévoir précisément la date de son retour.

— Et sinon, le restaurant marchait très bien ?

— Oui, nous avons une clientèle fidèle. Toutefois, au cas où vous vous poseriez la question, les assurances ne couvriront pas l'ensemble de la remise en état.

— Et vous comptez rouvrir ?

— Eh bien, sans en avoir discuté avec Arthur au préalable, je ne peux pas vous répondre catégoriquement. Mais c'est mon souhait le plus cher et je ferai tout pour convaincre Arthur.

— Y avait-il des tensions entre Angelina Curley et vous ? continua Rick.

A sa grande surprise, Frank éclata de rire.

— Cette folle ? Non, elle a un grain mais, fort heureusement, elle me laisse tranquille. J'étais ami avec votre père adoptif, vous savez. Il m'avait donné un carquois avec des flèches, des pelotes de pollen et d'autres choses pour tenir le mal à distance, selon ses propres termes. Un jour, suite à un conseil municipal auquel les commerçants étaient conviés, Angelina est venue me voir : elle me reprochait d'avoir soutenu le projet d'installation de parcmètres. En réponse, je lui ai montré ce que votre père m'avait donné. Je ne sais pas si ça l'a intimidée mais, depuis, je n'ai plus jamais eu affaire à elle.

Kim prit alors la parole :

— Je voulais t'avertir que, dans les jours qui viennent, je ne serai pas chez moi.

Elle lui parla de l'effraction.

— Là où je l'emmène, elle sera en sécurité, ajouta Rick.

— Il n'y a pas de caméras de vidéosurveillance dans ta rue ? demanda Frank à sa nièce.

Elle fit non de la tête.

— Je vis dans un quartier calme, tu sais. Comme il est principalement peuplé d'étudiants, il y a peu de maisons ou d'appartements très intéressants pour des voleurs.

— Mon frère va tout de même visionner les bandes des caméras des feux de circulation du quartier, précisa Rick.

Frank acquiesça.

— Je dois quitter l'hôpital dans un jour ou deux. Dès que je serai sur pied, j'irai voir ce qu'il reste du restaurant. Kim, si tu as besoin de moi, tu n'auras qu'à m'appeler.

Tous trois échangèrent encore quelques propos, puis Kim et Rick prirent congé.

Quand ils sortirent, le pick-up d'Angelina était toujours sur le parking, remarqua Rick.

— On dirait que nous allons devoir reporter notre visite à Turquoise Dreams, conclut-il en désignant le véhicule de la tête.

— Oui, autant éviter une nouvelle confrontation, renchérit Kim.

Ils montèrent en voiture et prirent la route. Kim jeta un regard à Rick.

— D'après les questions que vous avez posées à mon oncle, vous avez envisagé une arnaque aux assurances. Mais, étant donné que mon oncle a été agressé, il ne peut pas être considéré comme suspect. Ce qui ne nous laisse qu'Arthur. Vous y croyez réellement ?

— Disons que, pour le moment, on ne peut pas considérer qu'il n'y est pour rien. Mais, avant de tirer des conclusions, nous devons attendre de savoir si les prélèvements envoyés au labo par Preston ouvriront de nouvelles pistes. En bref, il faut faire preuve de patience.

— Désolée, vous devez me trouver bien inexpérimentée.

Une heure plus tard, ils laissèrent derrière eux la vallée et pénétrèrent en territoire navajo. De longues étendues arides se déployaient à perte de vue au nord, couvertes de genévriers à l'ouest. A l'horizon, se devinaient les montagnes et les forêts de sapins.

— J'aime beaucoup cette région, déclara Kim. Au moins, ici, les maisons ne sont pas les unes sur les autres, le ciel est immense et on peut respirer.

— Dois-je en conclure que vous aspirez à vivre à la campagne ?

— Non, l'endroit qui me correspond le mieux, c'est une ville à taille humaine. Mais venir dans une région comme celle-ci permet de décompresser. Je crois que tout le monde en a besoin.

Il acquiesça.

— Est-ce pour cette raison que vous vous êtes installé à Copper Canyon ? continua-t-elle. Pour décompresser ?

— Oui, et également pour des raisons pratiques. Erin et Kyle disposent de trois chambres. Alors, quand ils m'ont proposé de m'héberger le temps que je décide quoi faire, j'ai accepté.

Il ne put retenir un sourire en arrivant au dernier canyon.

— Voilà, ici, c'est Copper Canyon. Mes frères et moi, nous connaissons cet endroit comme notre poche.

Kim observa les environs, quelque peu inquiète.

— C'est vraiment isolé comme endroit.

— Oui, mais ici vous ne risquez rien. Cette route est la seule par laquelle on peut accéder au ranch de Kyle et Erin, ce qui fait qu'on entend une voiture approcher de très loin.

— Je ne vois aucune maison.

— C'est à environ cinq cents mètres, répondit-il en s'engageant sur un chemin de terre.

Le SUV fut secoué dans tous les sens. Kim scruta de nouveau les alentours.

— Il y a d'autres chemins, il me semble. Vous êtes sûr

d'avoir pris le plus commode ? demanda-t-elle tandis qu'elle s'accrochait à l'accoudoir.

— Les gens qui ne connaissent pas le secteur réagissent toujours comme vous. Mais ils regrettent vite d'avoir pris un autre chemin car ils se retrouvent ensablés et doivent abandonner leur véhicule. Plus loin, un petit ruisseau coupe un autre chemin et on ne peut le franchir qu'à pied ou à cheval.

— Et sinon, il y a des animaux qui s'aventurent par ici ?

— Des chats sauvages viennent y chasser de temps à autre, ainsi que des coyotes. Plus rarement, un ours descend des montagnes et s'approche.

Soudain, quelques bâtiments se détachèrent du paysage. Une maison de bois et de stuc avec un toit en tôle ondulée brillait dans le soleil. Un corral avec quelques bêtes à l'intérieur la jouxtait.

— Oh ! des chevaux !

— Ah là là, les femmes et les chevaux ! commenta Rick dans un sourire. C'est Erin qui a absolument voulu ceux-là. Quand elle les a vus au ranch de Gene, elle en est pour ainsi dire tombée amoureuse. Tiens, d'ailleurs il semblerait qu'Erin vienne de terminer de les nourrir.

Une petite brune sortait en effet du corral, nota Kim.

Rick alla se garer le long de la maison et coupa le moteur. Avant même qu'ils soient descendus, Kyle apparut pour les accueillir.

— Bonjour à vous, leur lança-t-il.

— Tu nous as entendus arriver ? lui demanda Rick avec un sourire entendu.

— Oui, il y a quelques minutes.

Ils se saluèrent. Erin les rejoignit.

— Je vous promets que vous serez bien ici, dit-elle à Kim. Venez, je vais vous faire visiter la maison.

Alors qu'elles se dirigeaient ensemble vers la porte, un grondement de tonnerre retentit et les arrêta.

Rick demanda à son frère :

— Tu te souviens de ce qu'Hosteen Silver disait du tonnerre ?

— Ouais, que les guérisseurs ne devaient jamais l'invoquer au cours d'une cérémonie car il n'apporte que des ennuis.

— Etes-vous en train de dire qu'entendre le tonnerre est un mauvais présage ? leur demanda Kim.

— Pas nécessairement, répondit Rick. L'arrivée du tonnerre peut aussi annoncer une prochaine découverte.

Un faucon fit alors retentir son cri, vola quelques instants au-dessus d'eux et alla se poser sur un arbre. Il resta immobile, à les toiser d'où il était.

— Je vois souvent ce faucon voler autour de la maison, indiqua Erin. Il est beau, non ?

— Le frère spirituel d'Hosteen Silver était le faucon, ajouta Rick.

Kyle acquiesça lentement.

— Le tonnerre et le faucon. C'est à la fois un signe de bienvenue et une mise en garde.

— Eh bien, si le danger rôde, Copper Canyon est le meilleur endroit où se trouver, reprit Rick d'une voix crispée. Allons à l'intérieur.

7

Kim le sentait : Rick était aussi tendu qu'elle. Elle ne croyait pas aux présages, mais elle ne les balayait pas d'un revers de main car, depuis l'enfance, elle avait appris que le Nouveau-Mexique était une terre de mystères.

Quand elle pénétra dans la maison, elle sourit et se sentit immédiatement à l'aise. L'intérieur ressemblait à un chalet rustique, très semblable à ceux des magazines de décoration. Il était très simplement meublé, mais d'une indéniable élégance. L'imposante table en pin au milieu de la salle à manger était superbe.

Au fond de la pièce, une grande cheminée en pierre occupait l'espace et au-dessus trônait une traditionnelle tapisserie navajo, très colorée.

— C'est vraiment un endroit particulier. Je comprends pourquoi vous avez souhaité venir y vivre, confia-t-elle à Erin.

— Kyle et ses frères étaient tous d'accord sur le fait que nous y serions bien, alors j'ai vendu mon appartement à Hartley et nous avons déménagé, expliqua Erin. Ici, j'ai de la place pour faire mes cultures, je peux irriguer, les terres ont déjà été aplanies et, le printemps prochain, nous poserons du grillage anti-lapins. Quant à Kyle, il assiste Daniel dans la direction de Complete Security, mais il travaille souvent depuis la maison.

Kim sourit.

— Eh bien, désormais, je travaille moi aussi pour Complete Security.

— Oui, c'est ce qu'on m'a dit, répondit Erin.

D'un geste, elle l'invita à se rendre dans la cuisine, où étaient déjà Kyle et Rick.

— Vous voulez une tasse de café ? lui proposa Rick qui s'apprêtait à s'en servir une. Il est tout chaud, cela vous fera du bien.

— Tout chaud ? Enfin, Rick, c'est tout ce que tu trouves à dire de mon café ? le tança Erin sur le ton de la plaisanterie.

Kim accepta une tasse et la dégusta à petites gorgées tandis que Kyle, Rick et Erin s'affairaient pour préparer le dîner. Ce fut un repas très simple, mais elle se régala et, quand ils eurent fini de manger, ils allèrent s'installer dans le salon, où crépitait un bon feu.

Kyle se pencha vers Rick.

— La lettre qu'Hosteen Silver a laissée pour toi est sur la troisième étagère de la bibliothèque.

— Je suis tenté de ne pas la lire, mais ce serait manquer de respect à notre père adoptif, à qui je dois tout, soupira Rick.

Il se leva pour aller chercher la lettre puis s'approcha de Kim.

— A sa mort, notre père a laissé à chacun de mes frères et moi une lettre…

— Nous avons tous lu la nôtre, l'interrompit Kyle. Tu es le seul à ne pas encore l'avoir fait.

— Parce qu'à l'époque, j'étais en mission d'infiltration, rappela Rick.

Il fit tourner l'enveloppe entre ses doigts.

— Plus vous repousserez ce moment, plus ce sera dur, lui dit doucement Kim.

Il décacheta l'enveloppe, le visage fermé. Kyle vint se poster à côté de lui, comme pour le soutenir.

Rick lut en silence. Puis il déclara :

— Hosteen a toujours été énigmatique, mais là, ça bat des records…

Il relut à haute voix :

« Accepter les apparences n'est pas dans la nature de l'aigle. Quand ce qui est caché apparaîtra en pleine lumière, ton combat débutera. Tu ne connaîtras le repos que quand le bleu aura eu raison du rouge et que tes yeux auront découvert la vérité qui m'a échappé. »

Il posa le papier sur la table basse.

— Ta lettre est différente des nôtres, commenta Kyle. D'abord, l'écriture est tremblotante, elle ne ressemble pas à celle d'Hosteen Silver. Ensuite, regarde la date à laquelle elle est censée avoir été écrite : le jour où nous pensons qu'Hosteen Silver a disparu.

Rick regarda de nouveau la lettre.

— C'est pourtant bien lui qui l'a écrite. Cette façon de former le c et le g n'appartenait qu'à lui. Ce qui signifie qu'il a dû la rédiger d'une main tremblante.

— Pourtant, Hosteen Silver ne connaissait pas la peur, indiqua Kyle. Peut-être était-il malade.

— Oui, c'est ce que je pense aussi, renchérit Rick.

— Le passage sur le bleu qui doit avoir raison du rouge m'intrigue, reconnut Kyle. Ça me rappelle quelque chose, mais je n'arrive pas à me souvenir quoi.

Rick hocha la tête.

— Il me semble que c'est une référence à l'histoire des jumeaux et leur bâton de prière que nous racontait Hosteen.

— Quels jumeaux ? voulut savoir Kim.

— C'est une histoire de la mythologie navajo. Les jumeaux étaient les enfants du Soleil et de la femme aux mille apparences. C'étaient de grands guerriers à qui leur père avait ordonné de combattre et détruire les ennemis du genre humain. A leur départ, on leur avait donné un bâton de prière magique couvert de peinture bleue, symbole de paix et de bonheur. Et quand le bâton devenait rouge, cela signifiait qu'une bataille mortelle se préparait.

Kyle acquiesça.

— Oui, je me souviens maintenant.

— Je pense que c'est une façon de me dire que j'ai une mission à accomplir ici avant de pouvoir connaître la paix.

— Mais comment pourriez-vous savoir en quoi consiste cette mission puisqu'il ne vous le dit pas explicitement ? lui demanda Kim.

— C'est l'essence même des prédictions d'Hosteen Silver, répondit Rick. Il est inutile de partir en quête de réponses.

Ce qu'on recherche, ce dont on a besoin finira fatalement par venir à nous.

Tout cela était bien mystérieux, songea Kim. Et elle ne devait pas être la seule à le penser, car plus personne ne parlait.

Finalement, Erin se leva et s'étira un peu.

— Bien… Moi, je vais me coucher. Kim, si vous le souhaitez, je peux vous montrer votre chambre.

— Cette nuit, je veux rester vigilant alors je dormirai sur le canapé, annonça Rick.

— Tu ne préfères pas qu'on se relaie pour monter la garde ? lui proposa Kyle. Comme ça, quand je viendrai te relever, tu pourras aller dormir dans un vrai lit. En plus, nous avons des caméras installées à tous les points stratégiques. Si jamais un coyote s'approche à moins de cent mètres, nous sommes immédiatement alertés et les images sont enregistrées. Alors c'est vraiment inutile que tu restes là toute la nuit.

Rick acquiesça.

— Ça marche, je prends le premier tour de garde et tu me relèves dans quatre heures.

— Et moi, je pourrais également vous aider, intervint Kim. J'ai un bon sens de l'observation et une bonne oreille. Par exemple, à l'instant, je peux vous assurer qu'il n'y a personne dans les parages. J'entends un coyote hurler au loin. S'il y avait un humain à proximité, l'animal resterait silencieux.

Kyle sourit.

— Ce qu'il y a de bien avec Rick, c'est que personne ne l'entend se déplacer. D'ailleurs, nous l'avons surnommé l'homme-ombre.

— C'est un don ! renchérit Rick, l'air ravi.

— Vous avez promis de me former, insista Kim. Laissez-moi vous aider.

— D'accord, vous pouvez rester avec moi, concéda Rick. Il se tourna ensuite vers son frère.

— Kyle, je viendrai te réveiller quand ce sera l'heure.

Une fois qu'Erin et Kyle eurent quitté la pièce, Kim éteignit la lumière principale. Seuls la lueur du feu dans la cheminée et les moniteurs des caméras de surveillance éclairaient encore le salon.

— Je suis content que vous ayez insisté pour rester avec moi, confia Rick. Je suis fatigué. A deux, ce sera plus facile de ne pas s'assoupir.

Kim sourit, touchée d'être considérée comme sa coéquipière.

— Parlez-moi encore de cette lettre. J'ai comme l'impression qu'il y a un autre élément dans son contenu qui vous a troublé.

Il acquiesça.

— En effet. J'ai l'impression que, quand il l'a écrite, Hosteen savait qu'il allait mourir. Comme je suis le plus jeune de la fratrie, je suis certainement le dernier à qui il a adressé un message. Je pense que c'est pour cette raison que son écriture était tremblotante. Hosteen Silver voulait me dire quelque chose d'important, mais il a toujours surestimé ma capacité à interpréter ses énigmes.

— Moi, j'ai plutôt l'impression qu'il savait pertinemment ce qu'il faisait en choisissant de vous confier une mission.

En tout cas, elle avait son idée sur la question : Rick était quelqu'un d'unique, un rare mélange de douceur et de force. A cette idée, elle repensa à leur baiser et un frisson de plaisir la parcourut.

— Qu'est-ce qui vous rend différent de vos frères ? reprit-elle, en s'efforçant de se concentrer sur la conversation.

— Mes frères préfèrent le travail en équipe, moi le travail en solitaire. Cela explique que je me sois porté volontaire pour devenir agent infiltré.

Il se leva, marcha jusqu'à la fenêtre et écarta le rideau pour regarder dehors.

— Pourtant, vous collaborez avec vos frères sans rechigner, observa Kim.

— C'est parce que je leur fais confiance, mais il n'en reste pas moins que je préfère agir seul.

— A cause de votre ego ?

Il eut un petit rire.

— Peut-être.

Il revint vers la table basse, ramassa la lettre d'Hosteen Silver, la plia et la rangea dans sa poche.

— Je n'ai pas compris la référence à l'aigle, avoua Kim. Que voulait-il dire ?

— C'est encore une allusion à nos croyances. Hosteen Silver nous a attribué à tous un animal totem. Le mien, c'est l'aigle. Selon la légende, on finit par ne plus faire qu'un avec cet animal, et ses qualités sont censées décupler les nôtres.

— C'est-à-dire ? Vous avez le pouvoir de voir plus loin que la normale, par exemple ?

— Non, c'est plus métaphorique. Un aigle voit effectivement très loin, mais cela lui permet d'avoir une vue d'ensemble d'un paysage. En tant qu'enquêteur, moi, j'ai dû apprendre à avoir une vue d'ensemble d'une situation pour faire progresser une enquête. En cela, mon animal totem est censé m'avoir aidé à développer cette compétence.

— Je vois. Moi, il m'arrive de me laisser influencer par des détails. J'aimerais avoir la capacité de l'aigle à obtenir une vue d'ensemble pour garder du recul.

Elle soupira et ajouta :

— Quand Angelina m'a fichue dehors, j'ai complètement paniqué, et le saccage de mon appartement n'a rien arrangé. Désormais, avec du recul, je comprends que me faire virer de Silver Heritage est ce qui pouvait m'arriver de mieux.

— C'était si pénible que ça de travailler chez Angelina ?

Elle acquiesça.

— Moi, j'aimais discuter avec les clients pour bien définir leurs attentes, mais Angelina, elle, ne cherchait qu'à vendre les articles les plus chers.

Elle s'interrompit, battit des paupières puis reprit :

— Tiens, il me revient d'ailleurs un souvenir qui pourrait être important.

— De quoi s'agit-il ?

— Il y a environ trois semaines, il s'est produit un incident curieux au magasin. Un homme d'une cinquantaine d'années s'y est présenté. Il était professeur d'Université à Durango. Il voulait savoir si nous connaissions un guérisseur navajo qui utilisait des fétiches Hopi lors de ses cérémonies.

— A-t-il mentionné le nom d'Hosteen Silver ?

— Non, mais je me doutais que c'était de lui qu'il parlait. Je lui ai suggéré de s'adresser directement à Angelina. Je ne savais pas encore qu'elle avait autant de rancœur envers votre père. Mais à l'instant où j'ai prononcé le nom d'Angelina, l'homme a décliné poliment ma proposition de lui parler et il est parti. Depuis, je ne l'ai plus revu.

— Et vous ne savez pas son nom ?

— Non, je ne lui ai pas demandé. Mais je suis sûre que si je le voyais, je le reconnaîtrais. Et s'il enseigne à Durango, ce ne doit pas être très difficile de trouver une photo de lui quelque part.

— Oui, bonne idée. Nous chercherons demain matin.

Ils continuèrent à bavarder pour se tenir éveillés jusqu'à 2 heures. Kyle fit alors son entrée dans la pièce.

— Je constate que ton horloge biologique est toujours bien réglée, commenta Rick.

— Absolument. Allez, au lit, vous deux, vous aurez encore à faire demain.

Rick accompagna Kim jusqu'à la porte de sa chambre.

— Dormez bien.

— Vous serez dans la chambre d'à côté ?

— Non, je vais me glisser dans un sac de couchage près de la cheminée. Je préfère être disponible au cas où Kyle aurait besoin de moi.

Elle était trop fatiguée pour protester. Elle entra dans la chambre, se déshabilla et se glissa sous les épaisses couvertures. A peine eut-elle posé la tête sur l'oreiller qu'elle s'endormit.

Elle ne fut réveillée que par les premiers rayons du soleil à travers les rideaux. Elle se leva, marcha jusqu'à la fenêtre et jeta un regard à l'extérieur. Rick était déjà dehors. Il fit le tour de la cour puis se dirigea vers le canyon.

Curieuse, elle s'habilla et se rendit dans le salon. Il n'y avait personne. Kyle devait être retourné se coucher. Elle décida de suivre Rick. Après tout, elle était sa coéquipière. Quand elle sortit, elle serra les pans de son manteau pour se protéger de l'air vif et se mit en marche.

8

Rick contempla la cime des sapins baignée de la lumière matinale. Les falaises du canyon offraient un véritable kaléidoscope de couleurs. Ce paysage était encore plus beau que dans ses souvenirs.

C'était là qu'il était né et pourtant, il ne se sentait pas encore chez lui. Peut-être avait-il besoin de temps pour éprouver de nouveau un sentiment d'appartenance. Il mit les mains dans les poches et reprit sa marche.

Chaque matin, à cette heure-ci, Hosteen Silver partait remercier le jour nouveau en récitant ses prières du sommet d'une colline. Sa voix, emplie de force et de conviction, résonnait dans tout le canyon.

Rick gravit la pente sans hésiter.

Voilà ! C'était de cet endroit que son père s'adressait au ciel.

« Maintenant, tout est en place, tout est en place » récitait-il dans la langue navajo. Puis il sortait de son sac de guérisseur des grains de pollen et les semait aux quatre vents comme offrande au jour qui débutait.

Les souvenirs affluaient à la mémoire de Rick et il se rappela pour quelle autre raison il prenait ce chemin quand il était ado. Il sourit.

Comme ses frères avant lui, il s'était créé un endroit secret, dont lui seul connaissait l'existence. Et personne ne l'avait jamais découvert.

Le « trésor » qu'il avait laissé dans cette cachette y était-il encore ?

Il contourna un gros rocher, écarta les touffes d'herbe qui dissimulaient une cavité et allait y passer la main quand des pas résonnèrent. Il fit volte-face à la vitesse de l'éclair, son arme au poing.

— Hé, c'est moi, Kim ! s'exclama celle-ci, mains en l'air.

— Vous m'avez suivi ? lui demanda-t-il, surpris.

Personne n'était jamais parvenu à lui emboîter le pas sans qu'il s'en aperçoive.

— Oui. Je suis censée être votre coéquipière, je vous rappelle. Surveiller vos arrières, ça fait aussi partie de ma formation. Imaginez que vous vous soyez retrouvé en danger.

— Qu'auriez-vous fait ? Vous n'êtes même pas armée.

— Je sais me battre, se justifia-t-elle. Et je ne suis pas complètement désarmée, ajouta-t-elle en brandissant une petite bombe lacrymogène.

Il faillit rire.

— Je doute que ce soit très utile contre un homme aguerri.

— En fait, je me disais que vous risquiez davantage de croiser un animal sauvage.

— Eh bien vous pouvez constater que moi, j'étais armé, répliqua-t-il en rangeant son revolver.

— Ça ne change rien. Vous auriez pu faire une mauvaise chute ou être mordu par un serpent à sonnettes.

Il décida de ne pas continuer à protester, car c'était autre chose qui l'intriguait.

— Comment m'avez-vous suivi ? Je sais que vous n'avez pas eu besoin de me voir. Sinon, je vous aurais repérée.

— J'ai suivi vos traces, expliqua-t-elle. J'avais un ami scout qui m'a appris comment faire. C'est d'ailleurs bien la seule chose dans l'enseignement des scouts qui m'intéressait.

Il éclata de rire cette fois.

— Ça ne m'étonne pas.

— Qu'êtes-vous venu faire ici ? lui demanda-t-elle.

Il reprit son sérieux.

— Je souhaitais revenir sur les lieux familiers de ma jeunesse, pour retisser un lien avec mon passé. Quand Hosteen Silver m'a amené ici après m'avoir adopté, je partais souvent faire de grandes balades à pied. Un jour, j'ai trouvé une pointe de flèche. Elle n'avait pas grande valeur mais, pour moi, cette découverte était symbolique. Car je me voyais comme un survivant et un combattant.

— Ce que vous êtes toujours, dit-elle doucement.

— Oui, mais pas seulement.

Il se baissa et se remit à écarter les touffes d'herbe, comme il le faisait avant l'arrivée de Kim.

— Voyons si ma pointe de flèche est toujours là.

Il glissa la main, tâta quelques instants puis s'immobilisa.

— Il y a autre chose.

Il sortit la pointe de flèche ainsi qu'un petit carnet à spirales protégé par un sac en plastique.

Il extirpa le carnet du sac et l'ouvrit. Toutes les pages étaient remplies de dessins à l'encre de Chine.

— Le peuple des plantes, commenta-t-il.

— De quoi parlez-vous ? s'enquit-elle en s'approchant.

— Les Navajos croient que les plantes sont des êtres vivants qui peuvent se transporter où bon leur semble et font du mal ou du bien, selon la façon dont on les traite. Celles qui sont dessinées dans ce carnet sont aussi celles qu'Hosteen utilisait lors de ses cérémonies. Mais regardez en haut des pages. C'est une sorte de code.

— Vous reconnaissez ce carnet ?

— Non, mais tout porte à croire que mon père l'avait laissé là à mon intention. Et il pensait également que je saurais déchiffrer ce code.

— Alors vous aviez dit à votre père où était votre cachette secrète ?

— Non, mais je ne suis pas surpris qu'il l'ait su.

Il parcourut de nouveau les pages du carnet.

— Je ne serais pas étonné qu'il l'ait laissé là le jour où il est parti pour son ultime marche dans le désert. Les chiffres du code ont été formés par une main tremblante, comme la lettre qu'il m'a écrite.

— Je ne comprends pas. Pourquoi votre père serait-il parti dans le désert, s'il se savait malade ? Pourquoi n'a-t-il pas appelé les secours ?

— Les Navajos qui respectent les rites traditionnels

n'agissent pas ainsi, expliqua-t-il, ému. S'il était mort chez lui, beaucoup auraient pensé que la maison était maudite.

— Pourquoi ? Parce qu'elle aurait été hantée par son fantôme ?

— C'est plus compliqué que cela. Quand un Navajo meurt ailleurs qu'en pleine nature, on pense qu'il ne peut pas s'unir à l'harmonie universelle et que ce qu'il y avait de mal en lui reste sur Terre.

— Vos frères et vous, vous y croyez ?

— Non, pas vraiment, nous sommes d'une génération plus moderne, si je puis dire. Mais nous respectons les anciennes croyances et traditions, comme la plupart des Navajos. Le rapport spirituel des nôtres à la nature est très important.

— Ecoutez, l'interrompit-elle. Il me semble entendre une voix.

Rick tendit l'oreille. C'était son frère Kyle qui l'appelait. Il porta les mains à sa bouche pour s'en servir comme d'un haut-parleur et répondit :

— Nous sommes là, Kyle, tout va bien.

L'écho de sa voix se répercuta dans le canyon.

— Bien, allons-y, reprit-il. Laissez-moi juste une minute.

A l'aide de son portable, il photographia les pages du petit carnet puis le rangea dans le sac en plastique et remit le tout dans sa cachette sous le rocher.

— Pourquoi le laissez-vous ici ?

— Mon père n'est pas mort de maladie. Si ç'avait été le cas, mes frères et les gens qui le voyaient régulièrement se seraient rendu compte qu'il n'était pas bien. Ce qui signifie que ce qui l'a poussé à partir pour son ultime marche est survenu brusquement. Mes frères et moi, nous nous sommes demandé s'il n'avait pas été assassiné. Mais un assassinat sournois, par empoisonnement par exemple. Cela expliquerait pourquoi il a laissé sa documentation sur le peuple des plantes ici. Ce carnet est notre seul indice mais, si je le prends avec moi, je risque de le perdre ou de l'endommager. Il est resté caché ici plusieurs années alors, pour le moment, il est inutile de le déplacer.

— Vous comptez en parler à vos frères ?

— Oui et j'enverrai les photos des pages à Daniel et Paul dès que possible. Ils sont doués pour déchiffrer un code.

— Donc nous allons à Hartley ce matin ?

— Oui, mais en retournant au ranch, il faut effacer nos traces. Je fais confiance à mes frères, ainsi qu'à vous, bien sûr, mais je n'ai pas envie que quelqu'un d'autre s'amuse à suivre notre piste.

Il arracha une branche de genévrier et montra à Kim comment épousseter le sable derrière eux pour faire disparaître leurs traces de pas.

Il leur fallut un bon moment pour tout effacer autour du rocher et ils furent de retour au ranch seulement une demi-heure plus tard.

Ils y racontèrent tout à Kyle. Celui-ci poussa un soupir.

— Le fait qu'il n'ait pas laissé le carnet dans la maison me pousse à croire qu'il pensait que quelqu'un qui savait où il vivait aurait pu mettre la main dessus et qu'il voulait à tout prix l'éviter.

— Ce qui ne nous avance pas beaucoup, maugréa Rick.

— Je te le concède. On verra si Paul ou Daniel parviennent à déchiffrer le code, mais, à mon avis, si Hosteen Silver a tout fait pour que ce soit toi qui trouves le carnet, c'est que c'est aussi toi qui détiens la clé de ce code. Tous les deux, vous aviez un lien très particulier.

— Oui, Hosteen disait toujours que j'étais aussi doué que lui pour lire les pensées des autres.

— Et même quand tu étais en mission d'infiltration, vous étiez en contact.

— Oui, mais de façon très sporadique. Quand il y avait une nouvelle importante, comme la naissance d'un enfant dans la famille par exemple, Hosteen me laissait un message sur un site internet administré par Daniel et je lui répondais. Mais c'est tout.

— Et je suppose que, là aussi, vous communiquiez en code.

— Oui, il transmettait le message à Daniel qui s'occupait de le crypter. Et moi, j'avais un logiciel adapté pour le décrypter.

— Aurait-il pu utiliser une variante de ce code dans son carnet ?

— Ça m'étonnerait. Il n'aimait pas les ordinateurs. En revanche, il est possible qu'il ait utilisé un code de substitution d'un chiffre pour une lettre et que ce code se trouve dans un livre. Mais si c'est le cas, il va nous falloir beaucoup de patience et une bonne dose de chance pour retrouver ce livre.

Une heure plus tard, Kim prit la route de Hartley avec Rick. Elle repensa à leur discussion sur Hosteen Silver.

— Je me souviens que, quand votre père venait voir mon oncle au restaurant, tous les yeux se tournaient vers lui. Ses longs cheveux argentés attiraient immanquablement l'attention.

— Oui, c'est d'ailleurs pour cela qu'il s'appelait Hosteen Silver. Hosteen est l'équivalent de monsieur en navajo. Et ses cheveux semblaient toujours scintiller comme de l'argent.

— Je me souviens également qu'un jour, alors que je me dépêchais de terminer de débarrasser les tables avant de partir en cours, il m'a déclaré que j'avais déjà ma place dans le grand ensemble de la vie et que je n'étais donc pas obligée de me dépêcher.

— Ce genre de formule, c'était tout lui.

— Je n'ai pas vraiment compris ce qu'il voulait dire, mais je n'avais pas le temps de lui demander de préciser. Le lendemain, quand je suis arrivée au travail, mon oncle m'a dit qu'il avait laissé un mot pour moi. Je l'ai lu mais, là encore, je n'ai pas compris.

Rick eut l'air étonné.

— Que disait ce mot ?

— Eh bien, il y avait un petit dessin qui représentait la silhouette d'un cheval et une phrase qui disait que le cheval avait beaucoup à m'apprendre.

Elle leva les mains, paumes à plat, et ajouta :

— Et c'est tout, pas d'explication.

Rick sourit.

— Il voulait vous dire que le cheval était votre frère spirituel.

— Pourquoi le cheval ? J'aime les chevaux, mais je n'en ai jamais monté un seul.

— Pour mon père, le cheval était pour vous ce que l'aigle est pour moi.

— Et que symbolise le cheval ?

— La force et l'entraide. Un cheval sait quand il doit prendre les choses en main ou se laisser mener. Cela vous rappelle qu'on obtient de meilleurs résultats quand on ne cherche pas à tout faire par soi-même.

— Je regrette qu'il ne m'ait pas expliqué tout cela.

Rick éclata de rire.

— Ça, en revanche, ce n'était pas dans ses habitudes. Il souhaitait susciter la réflexion pour que les gens comprennent d'eux-mêmes ce qu'il leur disait.

Kim réfléchit en silence à ce que Rick venait de lui apprendre. Puis elle sortit de ses pensées et se tourna vers lui :

— Vous voulez toujours vous arrêter au second magasin d'Angelina ? Jeri, la gérante, travaillait à Silver Heritage avant d'être promue. Elle se souviendra peut-être du nom de ce professeur dont je vous ai parlé.

— Pourquoi croyez-vous ça ?

— Parce qu'elle l'avait trouvé sexy.

— Ah oui ? Et pas vous ?

Kim soupira.

— Ce qui m'attire chez un homme, ce n'est pas son physique mais son attitude. J'ai besoin de sentir qu'un homme respire la confiance, l'intégrité. Et qu'il a du courage, aussi.

— Etes-vous en train de prétendre que vous ne craquez jamais pour un type mignon ? insista-t-il en lui adressant un sourire taquin.

— Oh ! je suis comme tout le monde, j'aime des beaux yeux ou un joli sourire. Mais pour retenir mon attention plus longtemps, il faut davantage. Je suis difficile, ajouta-t-elle dans un éclat de rire. Quand je vous ai revu l'autre soir, ce qui m'a touchée, c'est la façon dont vous regardiez les personnes à qui vous parliez. Votre interlocuteur avait votre complète attention. J'ai également remarqué que vous preniez le temps de savourer ce que vous mangiez, vous n'engloutissiez pas tout sans même savoir ce que c'est. J'ai compris que vous étiez un homme qui aimait prendre son temps pour bien faire les choses.

Cette dernière phrase était ambiguë, réalisa-t-elle aussitôt, et elle ne put s'empêcher de rougir.

— Je n'aime pas me précipiter, c'est vrai, répondit-il d'une voix profonde. Il y a des choses importantes qui méritent qu'on leur prête soin et attention.

Son timbre grave était telle une caresse. Kim déglutit. Ses pensées prenaient un tour dangereux. Elle fixa la route devant elle et chercha un nouveau sujet à aborder.

Soudain, une forme devant eux l'intrigua.

— Ralentissez, on dirait qu'il y a un animal sur la route.

Elle plissa les yeux, se concentra et ajouta :

— C'est un serpent.

— A cette période de l'année, on en voit souvent. Ils recherchent un endroit ensoleillé pour se réchauffer. Je vais voir si je peux l'inciter à ne pas rester sur la route. Ne bougez pas, ajouta-t-il en s'arrêtant.

— Pourquoi vous ne vous contentez pas de le contourner ? C'est un serpent à sonnettes, il est dangereux.

— La route n'est pas assez large et, si j'essaie de l'effrayer, je risque de l'écraser. Ne bougez pas, répéta-t-il. Je préférerais éviter de le tuer, sauf si j'y suis contraint.

Il descendit de voiture, approcha du serpent puis regarda autour de lui.

Peut-être le reptile était-il déjà mort, songea Kim.

Rick écarta doucement le serpent du bout du pied mais alors, celui-ci sembla se désagréger. Kim fut incrédule puis comprit : ce n'était pas un vrai serpent.

Elle descendit de voiture et rejoignit Rick.

— Qu'est-ce que c'est ?

— Un serpent fait de sciure, de sable et de charbon. Les matières qu'utilisent les sorciers navajo.

— Les sorciers navajo ?

Il se tourna vivement vers elle.

— Ne dites plus un mot et remontez en voiture. Vite.

Il paraissait vraiment inquiet et elle obtempéra sans discuter. Mais, avant qu'ils puissent monter dans le SUV, un coup de feu retentit et il y eut un impact sur le pare-brise.

— Une embuscade ! s'exclama Rick.

Il la prit par les épaules pour la faire se baisser.

9

Tandis que d'autres coups de feu retentissaient, Rick cria :

— Essayez de vous glisser sous le SUV, Kim.

Une fois qu'elle fut à l'abri, il rampa pour la rejoindre.

— Nous sommes pris au piège ! dit-elle d'une voix tremblante.

— Pour le moment, nous ne sommes pas dans sa ligne de mire et le véhicule nous protège, répondit-il pour la rassurer. Mais nous ne pouvons pas rester là indéfiniment. Si nous ne bougeons pas, il finira par changer de position pour trouver un nouvel angle de tir.

— Nous devons appeler de l'aide.

— C'est mon intention.

Il roula de côté pour sortir son portable de sa poche et le tendit à Kim.

— Appelez Kyle, dites-lui que nous sommes à environ cent mètres de la nationale et que le tireur est embusqué sur les hauteurs au nord-ouest à environ cent cinquante mètres de nous.

— Qu'allez-vous faire pendant ce temps-là ?

— Me mettre en position pour riposter. Dans le meilleur des cas, il n'osera plus bouger ou prendra la fuite. Ce qui nous permettra de remonter en voiture et de détaler.

— D'accord. Mais je vous en supplie, soyez prudent !

— N'ayez crainte, rétorqua-t-il avec résolution alors qu'il se tortillait pour se mettre à genoux.

Il marcha en canard jusqu'à l'arrière du SUV et risqua un regard aux alentours.

Il y eut un nouveau tir et une balle ricocha sur le pare-chocs. Il se baissa.

— Ça va ? appela Kim, inquiète.

— Oui, oui, dépêchez-vous de téléphoner.

— C'est fait, j'attends une réponse. Ça y est, il décroche.

Pendant qu'elle expliquait la situation à Kyle, Rick sortit son arme et réfléchit. Il retourna vers l'avant du véhicule et se redressa.

Un bref mouvement lui révéla la position exacte du tireur. Si seulement il avait eu un fusil à lunette ! A cette distance, avec un revolver, il avait peu de chances de faire mouche. Toutefois, il pouvait intimider son adversaire et le pousser à décamper.

Il y eut un nouveau tir et une balle fusa sur sa droite.

Ils ne pouvaient pas bouger. S'ils s'éloignaient, ils deviendraient inéluctablement des cibles de choix.

— Kyle a alerté la police de la réserve, mais ils risquent de ne pas arriver avant une demi-heure, lui annonça Kim. Votre frère a ajouté qu'il venait en personne, mais nous devons tenir une bonne quinzaine de minutes.

— D'accord, ne bougez pas.

— Kyle a précisé qu'il arriverait par le nord-est, mais comment compte-t-il s'y prendre ? lui demanda-t-elle. Je croyais qu'il n'y avait qu'une seule route pour sortir du canyon.

— Non, il y en a une autre, mais il devra finir à pied. Très peu de gens la connaissent.

— Alors on fait quoi ? On attend ?

Il garda les yeux sur l'endroit où se nichait le tireur et repéra un nouveau mouvement. Quelqu'un se redressait.

— Taisez-vous et ne bougez surtout pas.

Il se leva le plus rapidement possible et fit feu deux fois avant de se remettre à l'abri. Il n'avait pas touché l'homme, mais il l'avait néanmoins poussé à plonger au sol.

Quelques secondes plus tard, leur agresseur fit feu. La première balle fusa, la seconde frappa la portière conducteur.

— Ce n'était pas loin, pesta Kim.

— Je pense qu'il voulait changer de position, mais que je l'en ai dissuadé. Venez, rejoignez-moi.

Elle se dandina pour sortir. Elle avait les traits tendus, mais semblait garder son calme.

— Comment pouvons-nous nous défendre ?

— Nous devons seulement rester où nous sommes et empêcher le tireur de bouger. D'où il est, il ne peut pas nous atteindre. Et les renforts ne vont plus tarder.

Après cinq longues minutes, le téléphone de Rick sonna enfin. C'était Kyle.

— Le tireur est parti, lui annonça-t-il. D'où je suis, je vois une camionnette qui vient de rejoindre la nationale et roule à tombeau ouvert. Je vais prévenir la police au cas où ils pourraient dresser un barrage.

— Tu es sûr que c'est lui ?

— Oui, il n'y a plus personne sur la colline. Dans la lunette de mon fusil, je vois des herbes couchées à l'endroit où il se tenait, mais rien d'autre.

Rick fit signe à Kim de rester à l'abri puis leva la tête vers la colline derrière eux. Kyle s'y tenait. Mais de l'autre côté, il n'y avait effectivement plus personne.

— C'est bon, dit-il à Kim en lui tendant la main pour l'aider à se relever.

Quand elle fut debout, il lui passa un bras autour des épaules et la serra contre lui.

— Nous avons réussi.

A l'arrivée de la police de la réserve, Rick leur montra le faux serpent de sciure, de sable et de charbon sur la route.

— Il a été conçu pour attirer votre attention et vous piéger, déclara un officier qui répondait au nom de Begay.

Il prit une photo et ajouta :

— Ce n'est pas à proprement parler de la sorcellerie navajo, car disperser de la sciure en plein jour est une insulte au soleil.

— Est-il possible que nous ayons affaire à quelqu'un qui connaît imparfaitement les traditions ?

— Oui, possible, répliqua un second policier, du nom d'Henderson.

— Ce pourrait être quelqu'un qui travaille dans la réserve, mais ne fait pas partie de la communauté navajo, suggéra Kim.

— C'est une hypothèse à retenir, acquiesça Rick. Et si nous allions voir l'endroit où se tenait le tireur ? proposa-t-il aux policiers.

Tous les quatre gravirent la colline pour rejoindre Kyle, qui était déjà monté.

Henderson se baissa et observa le sol.

— Il n'a pas effacé toutes ses traces, mais il a pris soin de ne pas laisser d'empreintes de pas. Il n'y a pas de douilles non plus. Mais nous avons quand même les empreintes de pneus de son pick-up. Nous avons repéré l'endroit où il a rejoint la nationale.

— Il me semble que vous avez déjà eu des ennuis il n'y a pas longtemps, déclara Begay en s'adressant à Rick. Si les deux incidents sont liés, on peut en déduire que c'est vous la cible.

— Ou alors la jeune femme qui vous accompagne, ajouta Henderson en se tournant vers Kim. Vous étiez également au restaurant, n'est-ce pas ?

Kim acquiesça.

— Si c'est après moi qu'on en a, on pourrait m'agresser à n'importe quel moment, remarqua-t-elle. Mais tout a commencé au retour de Rick.

— C'est exact, confirma-t-il.

Il leur parla de ce qui s'était passé dans les ruines du Brickhouse.

— Ce type n'a pas réussi à tous nous éliminer d'un coup. Alors maintenant, il cherche peut-être à nous avoir les uns après les autres.

Il ajouta à l'intention de Kyle :

— Si c'est bien ça, tu dois toi aussi rester sur tes gardes.

Peu après, Rick signa sa déposition, tout comme Kim. Erin vint chercher Kyle et tandis que tous deux retournaient au ranch, Rick inspecta le SUV. Heureusement, il était toujours en état de marche. Rick put donc reprendre la route de Hartley avec Kim.

— Je sens que tous ces événements ont un rapport avec Hosteen Silver et vous, déclara-t-elle, mais, pour le moment, je n'arrive pas à faire clairement le lien.

Rick lui tendit son téléphone.

— Appelez Daniel et prévenez-le que vous allez lui envoyer les pages du carnet que j'ai prises en photo.

Quelques minutes après l'envoi, Daniel rappela. Rick enclencha le haut-parleur.

— Je suis chez Preston avec Paul et Gene, indiqua Daniel. Je vais essayer d'appliquer un programme de décryptage, mais sans grand espoir. Ce n'est pas le code que notre père et toi utilisiez auparavant, tu dois t'en être aperçu.

Paul intervint dans la conversation :

— Demandons à Gene. C'est le dernier à avoir parlé à Hosteen Silver avant sa disparition.

Gene se joignit à la discussion et Rick l'interrogea :

— Que peux-tu me dire de ta dernière conversation avec notre père ?

— Rien de très important. Il m'a seulement demandé si je pouvais héberger son cheval parce que lui ne montait presque plus. Il ne m'a rien dit d'un quelconque code. Plus tard dans la journée, je suis allé chercher le hongre, mais Hosteen n'était pas là. Je suis entré chez lui et c'est à ce moment que j'ai compris qu'il se passait quelque chose d'anormal. Ses lettres, son journal intime et ses clés de voiture étaient posés sur la table, bien en évidence. J'ai donc appelé Preston et nous sommes partis à sa recherche dans le canyon. En vain...

— Il ne voulait pas qu'on le retrouve, commenta Rick.

— Sans doute, confirma Gene.

— Rick, tu es en route pour venir en ville ? reprit Daniel. Il faudrait qu'on fasse le point.

— Nous avons un arrêt à faire, répondit-il, mais ensuite nous vous rejoignons.

Une fois qu'il eut raccroché, Kim lui demanda :

— L'arrêt à effectuer, c'est à Turquoise Dreams ?

— Oui, j'aimerais savoir si votre amie se rappelle le nom de ce fameux professeur et si elle aurait des choses intéressantes à nous apprendre.

Quand ils approchèrent, avant de se garer, Rick prit soin de vérifier que le pick-up d'Angelina n'était pas dans les parages.

La boutique était plus petite que Silver Heritage, mais

semblait tout aussi fréquentée. Un vigile se tenait près de la porte et les salua de la tête quand ils entrèrent.

Jeri, la gérante, contourna le comptoir pour donner l'accolade à Kim.

— Salut ma belle. J'ai appris ce qui s'était passé. J'aurais aimé convaincre Angelina de revenir sur sa décision, mais tu sais comment elle est.

— Ne te fais pas de souci, Jeri. J'ai un nouveau boulot beaucoup plus en phase avec ce que je veux faire. Je te présente Rick, mon formateur, ajouta-t-elle en se tournant à demi vers lui.

Jeri sourit et lui tendit la main.

— Enchantée, je suis Jeri Murphy.

— Rick Cloud, répondit-il en lui serrant la main.

— Alors qu'est-ce qui vous amène ?

— En fait, nous sommes à la recherche de quelqu'un, expliqua Kim. Tu te souviens de ce professeur qui s'était présenté à Silver Heritage, pour nous demander si nous connaissions un guérisseur navajo ?

— Oh oui, cet homme avec des yeux bleus magnifiques ! Comment aurais-je pu l'oublier ?

— Tu te rappelles de son nom ou de quelle matière il enseignait ? Moi, je me souviens seulement qu'il nous avait dit être de Durango.

— Il enseigne à Fort Lewis College et a dit s'appeler Tim McCullough, précisa Jeri sans hésiter. Mais pourquoi le cherchez-vous ?

— Nous voulions savoir si c'était le père de Rick qu'il recherchait. Si par hasard tu le revois, tu me passes un coup de fil, d'accord ?

— Oui, promis, je n'y manquerai pas.

— Merci beaucoup.

Des clients venaient de pénétrer dans la boutique et ils ne pouvaient pas retenir Jeri plus longtemps, décida Rick.

Alors qu'ils allaient ressortir, il observa de plus près le vigile et sourit.

— Hé, Joe ! Je ne t'avais pas reconnu ! Il faut dire que je ne t'avais pas revu depuis le lycée !

— Rick Cloud ! Ça alors.

— Alors tu travailles dans la sécurité ?

— Oui, depuis que je suis revenu ici, après avoir passé quelques années dans l'armée, répondit Joe. Je dois une fière chandelle à ton père, d'ailleurs, tu sais. A mon retour, j'étais au bord de la dépression, et c'est grâce à lui que j'ai remonté la pente. Il avait vraiment un don.

— Je ne pensais pas que tu croyais aux anciennes traditions, Joe.

— Eh bien, en prenant de l'âge, on devient plus sage, on recherche ses racines. Et Hosteen Silver était le meilleur de nos guérisseurs. C'est pour cette raison qu'il s'est fait des ennemis, d'ailleurs. Il avait constamment des gens qui venaient le voir pour lui demander de les prendre en stage, et il était obligé de refuser. Tu te souviens par exemple de Nestor Sandoval, le petit mec qui était avec nous en physique et qui ne parlait à personne ?

— Oui, pourquoi ?

— Eh bien, il est devenu traditionaliste et il a demandé à ton père de le prendre comme élève. Hosteen Silver a accepté, sauf qu'au bout d'une semaine, il l'a renvoyé.

— Tu sais à cause de quoi ?

— Pas précisément, mais je sais que ton père prenait son travail de guérisseur très au sérieux et, à mon avis, il a vite compris que, ce qui intéressait Nestor, c'était de manipuler les gens, pas de les aider.

— Intéressant. Et que fait Sandoval, maintenant ?

— Il a très mal tourné. Il traîne avec une bande de voyous impliquée dans toutes sortes de trafics dans la réserve. Et je sais qu'il en veut beaucoup à ta famille. Selon lui, Hosteen Silver l'a empêché de suivre le chemin de la sagesse.

— Merci beaucoup, c'est bon à savoir. Tu as une idée d'où on peut le trouver ?

— Sa bande traîne souvent au Taco Emporium. Ils font leurs « affaires » dans le coin.

Rick remercia encore Joe, puis Kim et lui prirent congé.

— Ce Sandoval a un profil de suspect idéal, commenta Kim une fois dehors.

— Je vais demander à mes frères de se renseigner sur lui. J'imagine qu'il a un casier, nous saurons rapidement à qui nous avons affaire.

Rick les appela aussitôt, puis ils remontèrent en voiture.

— Jamais je n'aurais cru qu'un guérisseur pouvait se faire autant d'ennemis, soupira-t-elle.

— En soi, ce n'est pas si étonnant, répliqua Rick. Il reste des gens qui voient les guérisseurs comme des êtres à part, doués de pouvoirs surnaturels. Alors, quand ils font appel à l'un d'entre eux, mais que le résultat n'est pas conforme à leurs attentes, ils nourrissent beaucoup de rancœur. En plus, Hosteen Silver était un homme intransigeant, à forte personnalité.

Rapidement, ils atteignirent Hartley.

— Je ne m'attendais vraiment pas à rencontrer Joe, reprit Rick. Je l'ai toujours bien aimé et il n'a pas changé même si, apparemment, il a traversé de nombreuses épreuves. Je crois qu'il n'a même pas remarqué ma cicatrice. Pour lui, je suis toujours Rick.

— Ce n'est pas étonnant, vous savez. Quand vous pénétrez dans une pièce, c'est vous tout entier qu'on remarque, pas seulement votre cicatrice. C'est d'ailleurs pour ça que j'ai du mal à imaginer que vous ayez pu travailler sous couverture pendant des années. Pour moi, c'est un travail réservé à quelqu'un qui peut se fondre partout sans qu'on le voie. Ce qui n'est pas votre cas.

Le regard de Kim brillait et Rick en fut touché.

— Est-ce un compliment ? voulut-il savoir.

— C'est un fait... et un compliment, ajouta-t-elle avec un petit sourire. Alors comment faisiez-vous pour passer inaperçu, sachant que ça vous est quasiment impossible ?

Il éclata de rire.

— Etre agent infiltré, c'est vraiment particulier. Ça ressemble à un travail d'acteur, vous jouez un rôle, vous devez vous créer une nouvelle personnalité. Parfois, quand ça marche trop bien, vous risquez d'oublier qui vous êtes réellement. Quand vous en arrivez là, il est temps de dire stop...

— Que vous est-il arrivé exactement ?

— Je vous le raconterai une autre fois, répondit-il.

Il jeta un œil dans le rétroviseur et ajouta :

— Je crois que nous sommes suivis.

10

Rick serra fort le volant pour éviter de faire des mouvements brusques. Il devait se montrer patient le temps de déterminer comment agir.

Après quelques secondes, il lança un nouveau regard dans le rétroviseur.

— Ce type prend soin de ne pas vous suivre de trop près, mais il est toujours là.

Kim fit mine de se retourner, mais il lui posa la main sur l'épaule pour l'en dissuader.

— Ne bougez pas. Regardez dans le rétroviseur extérieur si vous voulez, mais ne faites rien qui pourrait lui faire comprendre que nous l'avons repéré. J'aimerais essayer de l'identifier.

Il roula plus lentement, modifia son itinéraire et fit de son mieux pour arriver au rouge à tous les feux de circulation. La vieille camionnette Ford restait à trois ou quatre voitures d'eux.

— Je pourrais appeler mes frères pour qu'on essaie de le coincer, mais il se montre extrêmement prudent. S'il flaire un piège, il filera sans demander son reste.

— Quand l'avez-vous remarqué pour la première fois ?

— Quelques minutes après notre départ de Turquoise Dreams.

A un carrefour, il bifurqua.

— Je ne le vois plus. Il a dû prendre peur.

Rick continua à rouler lentement pour laisser la possibilité à leur poursuivant de les rattraper, mais la camionnette avait bel et bien disparu.

Ils roulèrent en silence pendant plusieurs minutes. Soudain, un petit cliquetis capta l'attention de Rick.

Il observa l'habitacle pour en comprendre l'origine. Mais le bruit ne se reproduisit pas.

— Que se passe-t-il ? lui demanda Kim, manifestement intriguée par son comportement.

— Vous n'avez pas entendu un petit bruit ?

— Si, mais je pensais que c'était vous qui l'aviez produit en touchant une commande.

Il posa les yeux sur le tableau de bord. De nouveau, il y eut un petit bruit étrange.

— Je n'aime pas ça.

A la première occasion, il entra sur un parking de magasin et se gara.

— Descendez et éloignez-vous du véhicule.

— Pourquoi ? voulut-elle savoir tout en ouvrant sa portière. Et vous, que faites-vous ?

— Je veux comprendre d'où vient ce bruit.

Il sortit une lampe torche de la boîte à gants, la pointa sur la colonne de direction puis sur le plancher.

— Vous pensez que la voiture a été piégée ? reprit Kim. Il vaudrait mieux alerter la police.

— Non, si la voiture était piégée, nous n'aurions rien entendu…

Il descendit de voiture, se baissa et pointa sa lampe en dessous. Sur la face intérieure de la roue avant gauche, un petit boîtier noir apparut.

— J'ai trouvé quelque chose. Ça ressemble à un boîtier pour cacher un double de clés.

Il enfila des gants, détacha le boîtier et le posa au sol.

— Qu'est-ce que c'est ? dit-elle en s'approchant.

— Restez où vous êtes, on ne sait jamais, l'avertit-il. Mais je pense qu'il s'agit d'un traqueur GPS.

— Et qui l'aurait installé, d'après vous ? Un de vos frères ?

— Non, mes frères auraient installé un appareil indétectable. Celui-ci fait du bruit. Vous entendez ?

— Oui, c'est comme un ronronnement.

Il ramassa le boîtier.

— Reculez, Kim.

Il tint l'objet à bout de bras, tourna la tête et l'ouvrit.

Le boîtier fit un bruit de bouchon de champagne, et des confettis se dispersèrent en l'air. Rick eut le réflexe de lâcher la boîte puis, quand il comprit, la ramassa de nouveau. Il n'y avait aucun danger.

— Quelqu'un joue avec nous, dit-il d'une voix agacée.

Kim s'approcha.

— Qu'est-ce que c'était, un pétard ?

— Même pas, plutôt une sorte de boîte surprise. Quand on soulève le couvercle, on tire une ficelle qui déclenche un petit système à air comprimé et les confettis s'envolent.

— Oui, je vois.

— Une fois, au lycée, j'en avais mis une dans le casier de Kyle. Quand il l'avait ouverte, pan ! Il avait sursauté et laissé tomber tous ses livres. C'était une blague de gamin dont il s'est d'ailleurs vengé plus tard.

— Et qu'est-ce que c'est que ce petit cube, là ?

— Ça, c'est un petit mécanisme qui fait du bruit, comme il y en a dans les jouets en plastique ou les peluches d'animaux. Regardez dans la boîte à gants, je crois que Daniel y a laissé des sacs pour y glisser des preuves. Je vais demander à Preston de transmettre le tout au labo au cas où on pourrait relever des empreintes dessus.

— Qui a posé cette boîte surprise sur le SUV, et pourquoi ? insista Kim.

Elle semblait éprouvée, nota Rick.

— Gardez votre calme. Nous faire craquer, c'est exactement le but recherché. Allez, il est temps de repartir.

Ils reprirent la route.

Rick roulait lentement et observait les environs en permanence.

— Vous espérez retrouver la camionnette qui nous suivait tout à l'heure ? demanda Kim.

— Oui. Il y a peu de chances que cela arrive, mais on ne sait jamais.

— Etant donné ce que vous a appris Joe sur Nestor Sandoval, vous pensez que ce genre de plaisanterie peut venir de lui ?

— Au lycée, les blagues de potache, c'était son style, oui, mais désormais il traîne avec un gang. Je le vois plus tenter une agression directe pour nous intimider que jouer sur nos nerfs avec des confettis.

Alors qu'ils approchaient du centre-ville, une silhouette s'engagea dans une ruelle devant eux et Kim tressaillit.

— C'est Mike ! annonça-t-elle à Rick. Faites le tour de ce pâté de maisons.

Rick bifurqua dès que possible.

Quand ils eurent atteint l'autre extrémité de la ruelle, Kim descendit sa vitre.

— Mike, tu es là ? appela-t-elle.

Il apparut de derrière une poubelle. Il portait un sac à dos et une veste de camouflage.

— Tu as faim ? s'enquit Rick. Un cheeseburger et des frites, ça peut se faire.

Mike ne répondit pas, mais désigna le bout de la ruelle.

— Chez Total Burger ? demanda Rick. Pas de problème. Monte, on te conduit jusque là-bas.

Mike fit non de la tête.

— On y va à pied, alors ? proposa Kim.

Mike sourit. Rick fit un créneau pour se garer le long du trottoir.

Ils descendirent de voiture puis tous trois se dirigèrent vers le fast-food en silence.

Soudain, Mike prit la parole :

— Quand vous avez sorti cette boîte surprise d'en dessous la voiture, j'ai vu un type qui observait la scène. C'était un Navajo. Environ un mètre quatre-vingts, en jean et en polo des Chieftains. Puis vous avez ouvert la boîte. Alors il est monté dans une camionnette et il est parti.

Rick réfléchit quelques secondes. Les Chieftains, c'était le nom de l'équipe de football du lycée de Shiprock.

— A quoi ressemblait sa voiture ?

— Une vieille camionnette. Mais sans impact de balles dessus, ajouta Mike avec un nouveau sourire.

Ils arrivaient à la porte du fast-food, Rick l'ouvrit et invita Mike à entrer. Mais celui-ci fit encore non de la tête.

— C'est bon, nous mangerons dehors, intervint Kim.

Elle sortit son portefeuille de son sac, le tendit à Rick et ajouta :

— Vous voulez bien passer commande pour nous trois ?

— Bien sûr.

Il revint quelques minutes plus tard, les bras chargés. Il tendit un sac en papier à Mike. L'autre contenait des burgers et des frites pour Kim et lui.

Tous trois piquèrent quelques frites. Puis Rick reprit le fil de la conversation :

— Ça nous fait plaisir à tous les deux de t'aider, soldat. Mais, pour être honnêtes, on aimerait bien que tu nous renvoies l'ascenseur.

Mike mit quelques secondes avant de répondre.

— Vous aimeriez que je vous dise qui est à l'origine de l'incendie du Brickhouse mais, ce soir-là, je n'ai rien vu. En revanche, quand vous êtes revenus sur les lieux le lendemain, j'ai vu un type s'enfuir.

— Tu pourrais le décrire ? questionna Rick. Tu le connais ?

— Non, je ne l'ai pas vu clairement. Il portait un pantalon de survêtement et un sweat à capuche.

— Tu penses que ç'aurait pu être Bobby Crawford ? lui demanda Kim.

— Non, ce type était plus grand.

— Il faisait la même taille que celui qui nous épiait aujourd'hui ? voulut savoir Rick.

— Ouais, à peu près, répondit Mike.

Il froissa le sac en papier qui contenait son sandwich et le jeta à la poubelle.

— Les gens ne font pas attention à moi, alors c'est plus facile pour moi de remarquer s'ils ont un comportement bizarre. Si je vois quelqu'un ou quelque chose, je vous le dirai. Je saurai vous trouver.

— Mike, il y a des institutions qui viennent en aide aux vétérans…, commença Rick.

Mais Mike l'interrompit d'un geste.

— Non merci, je m'occupe de moi tout seul.

Sans rien ajouter, il s'en alla.

— Il apparaît et disparaît quand bon lui semble, commenta Kim. C'est étonnant.

— Vivre dans la rue vous apprend à devenir invisible, confia Rick.

Il ouvrit la poubelle et en sortit le sac en papier que Mike avait jeté.

— Voyons si nous pourrons déterminer quelle est sa véritable identité.

— Il ne va pas aimer cela.

— Je ne lui dirai pas, mais je veux savoir à qui nous avons affaire.

Kim observa Rick. Elle aussi, elle aurait bien aimé en savoir davantage sur lui. Mais, avant qu'il se livre, il faudrait apparemment qu'elle gagne sa confiance et son respect.

Plus tard dans la journée, Rick se gara devant chez Daniel et y entra avec Kim. Paul et Preston étaient là également. Ce dernier avait eu accès au casier judiciaire de Nestor Sandoval : le contenu s'affichait sur un des moniteurs fixés au mur.

— Nestor vit dans la réserve. Donc, il est hors de ma juridiction, sauf s'il commet un délit en ville, précisa Preston. C'est la police de Shiprock qui m'a transmis son casier et je vais me rendre là-bas en fin de journée pour voir si je trouve autre chose.

— Toi, tu n'as pas le droit d'interroger Sandoval, mais moi si, dit Rick.

— Tu ne peux pas le faire dans un cadre officiel. Laisse-moi le temps de convaincre l'agent Bidtah, qui fait partie de la police de la réserve, de t'accompagner. Lui, il sera sur sa juridiction.

— De mon côté, je n'ai quasiment rien sur Bobby Crawford, intervint Paul. Il n'a commis aucun délit majeur.

— Si ç'avait été le cas, je pense que mon oncle l'aurait su, fit remarquer Kim. Il n'aurait pas embauché le premier venu les yeux fermés.

— Et à propos du sans-abri que nous appelons Mike, il y a du nouveau ? demanda Rick.

— Oui, avec ses empreintes, ce n'était pas difficile, répondit Preston. Son véritable nom est Raymond Weaver. Il a servi comme sergent dans l'armée. Son unité a été décimée lors d'une opération à l'étranger. Après le drame, il a été démobilisé et a passé plusieurs mois à l'hôpital où on lui avait diagnostiqué un syndrome post-traumatique. Ensuite, à sa sortie de l'hôpital, il a disparu des radars : il n'a pas de carte de crédit enregistrée à son nom, pas même de compte en banque et son permis de conduire n'est plus valide.

— En clair, il est encore meurtri et doit se battre avec lui-même pour guérir, conclut Rick.

— Tu veux qu'un de mes hommes aille le ramasser ? lui proposa Preston. Peut-être parviendrons-nous à le convaincre de…

— Non, le coupa Rick. Ce serait le pire des services à lui rendre. On ne peut pas décider pour lui. Il doit s'en sortir seul.

Rick repensa à son séjour à l'hôpital, après avoir été relevé de sa mission d'infiltration. Sa cicatrice au visage était sa seule blessure visible, mais il en avait bien d'autres à l'intérieur. Et il lui avait fallu plusieurs mois pour reprendre le dessus.

Kim le sortit de ses pensées :

— On dirait que c'est votre attitude à son égard qui a poussé Mike — ou plutôt Raymond — à nous parler. Vous lui avez dit quoi ?

— Quasiment rien, en fait. Mais il a dû sentir que nous étions un peu semblables…

A l'autre bout de la table, Gene intervint à son tour.

— Kim, vous devriez retourner parler à votre oncle. Il est possible que d'autres souvenirs lui soient revenus et qu'il puisse nous en dire plus sur son agresseur.

— Il est sorti de l'hôpital hier, ajouta Preston. Il est donc rentré chez lui.

— Enfin une bonne nouvelle ! Je vais lui rendre visite, annonça Kim. Rick, on y va ?

— Vous feriez peut-être mieux de changer de voiture pour y aller, leur conseilla Preston. Le SUV que vous utilisez commence à être un peu voyant, ajouta-t-il avec un sourire entendu.

— Bonne idée, acquiesça Rick.

Il se leva et s'empara d'un jeu de clés accroché sur un tableau au mur.

— On y va, mais continue de t'intéresser à Sandoval, Preston. Je sens qu'il est mouillé dans cette histoire et je veux savoir comment.

— Compte sur moi, promit Preston. Et je vais également me renseigner sur Angelina Curley.

— Et au sujet de l'associé de Frank, on en est où ? questionna Rick.

— Arthur Johnson est un ancien lieutenant des Marines. Il n'a pas de casier. Ellie, son épouse, est décédée il y a dix-huit mois. C'est tout.

Rick quitta la maison avec Kim et ils remontèrent en voiture. En chemin, Kim poursuivit la conversation :

— Je ne connais pas beaucoup Arthur, mais mon oncle ne se lie pas facilement d'amitié. Or, il fait entièrement confiance à son associé. Je pense qu'il faut en tenir compte. Souhaitez-vous que j'interroge mon oncle à son sujet ?

— Oui, mais pas directement : essayez plutôt de l'inciter à se confier par des allusions.

— Pourquoi ? Vous pensez que mon oncle cache quelque chose ?

— Pas nécessairement, mais les gens parlent plus aisément s'ils ne se sentent pas contraints de le faire.

Ils traversaient le centre-ville quand un petit attroupement attira l'attention de Rick. Trois hommes encerclaient Mike et semblaient le provoquer.

— Ces types sont en train de s'en prendre à Mike. Enfin, à Raymond. Il a besoin d'aide.

11

Rick freina sèchement et se gara. Mais, avant même que lui et Kim soient descendus, Raymond avait neutralisé le premier de ses assaillants d'une clé de bras, fait tomber le second d'un balayage de jambes et était face au troisième. Ce dernier ne tarda pas à comprendre qu'il avait affaire à plus fort que lui, tourna les talons et détala sans se préoccuper de ses compagnons, lesquels se relevèrent et s'enfuirent également sans demander leur reste. Rick n'en revenait pas.

— Je ne sais pas pourquoi nous nous sommes arrêtés, tu n'as pas besoin de nous, lança-t-il à Raymond.

Celui-ci haussa les épaules.

— Pas avec ce genre d'idiots qui méritent surtout une bonne leçon. Mais merci quand même.

— De rien, répondit Rick.

Il sortit une carte de son portefeuille et la tendit à Raymond.

— Quand tu seras prêt, passe-moi un coup de fil. Je pourrais te trouver du boulot et un endroit où vivre.

— Vous savez qui je suis, devina Raymond. Il y avait mes empreintes sur le sac que vous avez récupéré dans la poubelle.

Rick ne répondit pas directement.

— Comme je te l'ai dit, appelle-moi quand tu te sentiras prêt.

Sur ce, il remonta en voiture avec Kim.

— Que pensez-vous de Raymond exactement ? lui demanda-t-elle sur la route.

— Il a besoin de réconcilier son passé de soldat et son présent de civil. Et pour ça, il faut qu'il se mette en retrait du monde quelque temps.

— Vous avez vécu une expérience similaire quand vous avez quitté le FBI, n'est-ce pas ?

Il acquiesça.

— A la fin de ma dernière mission, j'ai passé pas mal de temps à l'hôpital. La douleur me rappelait chaque jour que j'avais frôlé la mort. Ensuite, quand j'ai récupéré physiquement et que je suis sorti, je ne me sentais pas prêt à reprendre une vie normale. J'ai loué un chalet isolé dans la montagne, loin de tout, et j'y suis resté dix mois. Je passais mes journées à me baigner dans un lac, tout seul, et je ne parlais à personne. C'est le temps et le silence qui m'ont permis de reprendre le dessus.

A ce souvenir, une vive émotion l'étreignit et il resta silencieux tout le reste du trajet.

Quand ils arrivèrent chez Frank, Kim se redressa sur son siège.

— Le pick-up, c'est la voiture de mon oncle. En revanche, je ne sais pas à qui appartient la Toyota blanche garée à côté.

— On va vite le savoir, annonça Rick.

Il transmit la plaque d'immatriculation à Preston qui lui renvoya un texto deux minutes plus tard.

— C'est la voiture d'Arthur Johnson. On a de la chance.

Ils frappèrent à la porte. Frank vint leur ouvrir et les invita dans le salon. Il se déplaçait lentement, mais semblait néanmoins bien se remettre, nota Rick.

— Je suis heureuse de te revoir debout, oncle Frank, dit Kim.

— Pas autant que moi, confia son oncle. Je déteste les hôpitaux. Finalement, c'est aussi bien que j'aie été inconscient quand on m'y a transporté, ajouta-t-il avec un sourire.

Puis il s'adressa à Rick.

— Alors, vous avez du nouveau ?

— Pour le moment, rien de concret, mais nous aimerions vous poser quelques questions supplémentaires.

Frank se tourna de nouveau vers Kim, l'air sévère.

— Tu as convaincu M. Cloud de te laisser l'assister sur cette enquête, je parie. Je sais que tu te destines à intégrer les forces de l'ordre et que ton père t'a beaucoup appris, mais tu n'es pas encore policière, Kim.

— En fait, cette enquête fait partie de mon nouveau travail, oncle Frank. J'ai accepté de travailler pour Complete Security et Rick s'est proposé de devenir mon formateur. C'était une occasion que je ne pouvais pas laisser passer.

Frank lança à Rick un regard peu amène, puis revint vers Kim :

— Cela lui permet aussi de garder un œil sur toi et de déterminer si tu sais quelque chose sur le type qui a mis le feu au restaurant.

— Je peux également la protéger, se justifia Rick.

— Il me semble pourtant que, dans le passé, vous n'êtes pas complètement parvenu à vous protéger vous-même, répliqua Frank.

Le sous-entendu était limpide. Mais Rick ne se démonta pas :

— Je suis encore là. Ce qui prouve que je ne suis pas totalement incapable.

— Je vous le concède. Alors, en quoi puis-je vous aider ?

— Avez-vous réfléchi au fil des événements le soir de l'incendie ?

— Oui, mais rien de nouveau ne m'est revenu, répondit Frank qui posa la main sur le pansement au-dessus de son oreille droite.

— Et rien qui aurait pu vous paraître anodin ce soir-là ne vous a fait songer qu'en fait, c'était un signe qu'il se préparait quelque chose ?

Frank réfléchit.

— Je ne sais pas trop. Je me souviens que quand je suis allé sortir les poubelles, un type avec une capuche sortait de la ruelle. Mais j'ai pensé qu'il s'agissait du vétéran sans-abri à qui ma nièce donne parfois à manger.

— Comment savez-vous que c'est un vétéran ?

— Parce que j'ai remarqué le tatouage qu'il porte à l'avant-bras : celui d'une unité de l'armée. Et il a une démarche particulière, qui rappelle celle d'un militaire.

— Et cette personne qui portait une capuche, tu es sûr que c'était un homme ? intervint Kim. Il ne pouvait pas s'agir d'une femme ?

— Eh bien, à l'allure, j'ai pensé que c'était un homme. Mais j'avoue que je n'ai pas regardé très longuement.

— Vous gardez toujours la porte des cuisines fermée ? reprit Rick.

— Non, pas pendant le service car, entre les allers-retours aux poubelles et l'un ou l'autre qui sort dans la ruelle au moment de sa pause, on ouvre et ferme un grand nombre de fois. Et puis, jusqu'à l'autre soir, nous n'avions jamais eu d'ennuis.

Un homme aux cheveux gris en brosse pénétra alors dans le salon. Il tenait un mug de café à la main.

Frank se leva pour le présenter.

— Voici Arthur Johnson, mon associé et ami.

— Enchanté, fit Arthur.

Il serra la main de Rick.

— J'imagine qu'étant l'associé de Frank, la police s'est déjà renseignée sur moi. Mais si je peux vous donner des renseignements que vous ne connaissez pas encore, n'hésitez pas.

Rick hocha la tête.

— Où étiez-vous il y a deux jours aux environs de 21 heures ?

— Voilà une question directe. J'aime ça, répliqua Arthur. J'étais dans un avion quelque part entre l'Oregon et Phoenix, où je devais prendre une correspondance et je suis arrivé à Hartley hier vers midi. Si vous cherchez à savoir si Frank et moi pourrions avoir un mobile, je vous le dis tout net, vous perdez votre temps.

— Je crois que la prime d'assurance que vous allez toucher est assez coquette, insista Rick.

En vérité, il en ignorait complètement le montant.

— Evidemment, répondit Arthur. Lorsque je fais un investissement, j'ai pour habitude de couvrir mes arrières. Si on est un homme d'affaires sérieux, on fait ça. Toutefois, étant donné les délais nécessaires pour reconstruire le restaurant, Frank et moi, nous finirons fatalement par perdre de l'argent.

— Vous ne vous impliquiez pas directement dans la gestion quotidienne de l'établissement, n'est-ce pas ?

— En effet. Moi, j'apportais des fonds, mais Frank prenait toutes les mesures opérationnelles. Après le décès de ma femme, j'ai revendu quasiment toutes les parts que je possédais un peu partout, sauf celles du Brickhouse. Précisément parce que je n'avais pas à m'y investir personnellement.

— Donc, vous avez l'intention de reconstruire et de poursuivre l'activité du restaurant ?

Arthur posa son mug.

— A vrai dire, Frank et moi n'en avons pas encore ouvertement discuté. Avant, je souhaite d'abord voir l'étendue des dégâts par moi-même. Voulez-vous m'accompagner ?

Rick fit non de la tête.

— J'ai déjà inspecté les lieux, merci.

— Dans ce cas, si vous en avez terminé, je vais y aller sans attendre. Je vous dis au revoir et j'espère que vous arrêterez le malfrat qui a détruit notre restaurant et agressé Frank.

Par la fenêtre, Frank regarda Arthur monter en voiture et s'en aller.

— C'est un ami très cher. Je sais qu'il peut paraître froid mais, quand on a besoin de lui, on peut toujours compter sur Arthur.

Rick s'adressa à Kim :

— Je vais sortir appeler Paul, mon frère. Ça vous permettra de bavarder un peu tous les deux.

Rick sortit et passa son appel. Il avait besoin d'obtenir quelques renseignements.

— Tâche de savoir quel est l'état précis des finances d'Arthur Johnson, dit-il à son frère quand il l'eut en ligne.

— Dois-je me concentrer sur un aspect en particulier ?

— Pour commencer, je veux savoir s'il a des dettes. Il a affirmé avoir vendu l'ensemble de ses parts dans diverses sociétés, ce qui confirme les dires de Kim. Mais nous ignorons si c'était par nécessité ou pour des raisons purement personnelles.

— Entendu. Ne quitte pas, je vais commencer par consulter l'historique de sa carte de crédit.

Il revint rapidement en ligne.

— Il a réglé pas mal de grosses factures médicales, principalement pour des traitements alternatifs non couverts par sa mutuelle. Mais, a priori, il n'a eu aucun retard de paiement.

— Cela ne signifie pas qu'il ne risque pas de se retrouver prochainement en difficulté. Vérifie l'ensemble de ses comptes et rappelle-moi dès que ce sera fait.

Il mit fin à la communication et retourna à l'intérieur. Kim et son oncle étaient au milieu d'une discussion animée.

— Kim, disait Frank, tu ne dois pas négliger tes études pour un boulot mal payé, même si tu juges qu'il pourrait t'être utile. Obtenir ton diplôme, ce doit être ta priorité.

— Ce travail vaut bien les cours, je t'assure. En plus, je n'ai plus besoin d'en cumuler deux pour joindre les deux bouts. Je décrocherai mon diplôme, répliqua-t-elle d'une voix calme mais ferme.

Quand ils remarquèrent Rick, tous deux se turent.

— Vous êtes prêt à partir ? lui demanda Kim, d'un air légèrement confus.

— Oui, quand vous voulez.

Tandis qu'ils retournaient à la voiture, il lui posa la question qui lui brûlait les lèvres.

— Regrettez-vous de vous impliquer dans l'enquête ?

— Non, pas du tout. En fait, Karl Edmonds, mon intervenant à la fac, m'a appelée pendant que vous étiez sorti, et mon oncle a entendu ce qu'on se disait. Karl ne pense pas que la société de Daniel constitue un environnement favorable pour se préparer à rejoindre les forces de l'ordre et il souhaite s'entretenir de la question avec moi.

— Je sais qu'Edmonds ne m'aime pas, mais il est possible qu'il y ait également un contentieux entre Daniel et lui, fit remarquer Rick. Avez-vous une idée de ce qui ne lui plaît pas ?

— Pas précisément, mais c'est un fait qu'il y a toujours eu des tensions entre les services de police et les sociétés de sécurité privées.

— Je vous accompagne au campus. Comme ça, nous parlerons tous deux à Edmonds.

— D'accord, répondit-elle, manifestement touchée par l'attention.

Arrivés sur place, ils se rendirent directement au bureau de Karl.

Celui-ci eut l'air ravi de voir Kim, mais beaucoup moins que Rick soit là.

— J'aimerais parler à Mlle Nelson en privé si tu n'y vois pas d'inconvénient, Rick.

Sa formulation était polie, mais son ton ouvertement hostile.

— Moi, je préférerais que M. Cloud assiste à notre entretien, monsieur Edmonds, répliqua Kim tranquillement.

Clairement à contrecœur, Karl les pria de s'asseoir.

— Kim, je voulais discuter avec vous de cet emploi que vous avez accepté chez Complete Security. Etes-vous consciente que les sociétés de sécurité privées ont un fonctionnement souvent ambigu et usent de pratiques qui flirtent avec l'illégalité ? Travailler pour l'une d'elles, alors que vous souhaitez intégrer l'académie de police, ne me semble pas franchement judicieux.

Rick répondit avant même que Kim ait pu ouvrir la bouche.

— Complete Security est dirigée par un ancien officier de l'armée au-dessus de tout soupçon et aux états de service plus prestigieux que n'importe lequel de vos agents. Par ailleurs, la société travaille sous contrat avec l'Etat et les agences fédérales. Enfin, les services de police locaux font souvent appel à la société pour les assister sur des enquêtes spécifiques.

Karl haussa les épaules et ignora les arguments de Rick.

— Bien sûr, vous êtes libre de votre choix, Kim, mais la façon de procéder de ces sociétés diffère beaucoup de celle de la police. Quoi que Rick puisse vous dire, vous faites fausse route.

Rick se pencha en avant.

— Et que suis-je censé lui dire exactement, Karl ?

Edmonds le dévisagea.

— Tu la mets en danger alors qu'elle n'est pas entraînée pour y faire face. Ta famille a beaucoup d'ennemis dans la région et Kim n'a pas à en payer les conséquences.

— C'est déjà fait, intervint Kim. Il y a deux jours, j'aurais pu mourir dans l'incendie criminel du restaurant de mon oncle. Même si ce n'était pas moi la cible, j'aurais pu y passer, l'agresseur le savait et ça ne l'a pas découragé. Je ne vais donc pas rester les bras croisés alors qu'il est encore dans la nature.

— Voilà une autre raison pour laquelle vous ne devriez pas être mêlée à cette enquête. Un policier n'est jamais autorisé à travailler sur une affaire dans laquelle il est personnellement impliqué.

Edmonds marqua un temps d'arrêt puis se tourna vers Rick.

— A moins que tu ne te serves d'elle comme appât ?

A ces mots, Rick se leva.

— Venez, Kim. Nous partons.

Une fois qu'ils furent dehors, elle secoua la tête de colère.

— Mais qu'est-ce qui lui est passé par la tête ? Il cherchait clairement à vous provoquer. Ce n'était pas moi le problème.

— Je vais appeler Daniel pour savoir s'il y a un contentieux entre eux.

Il joignit son frère et discuta quelques minutes avec lui. Il avait sa réponse.

— Avant que Karl rejoigne la police, il avait postulé pour travailler dans la société de Daniel. Mais, finalement, mon frère a préféré engager quelqu'un d'autre.

— Y a-t-il une raison particulière qui a poussé Daniel à ne pas l'embaucher ?

— Ça, il n'a pas voulu me le dire, mais il souhaitait que Preston soit au courant de l'altercation d'aujourd'hui.

— Pensez-vous que Karl Edmonds pourrait être derrière l'incendie au Brickhouse ? S'il en veut à Daniel et à vous, ça pourrait être un mobile.

— Possible… C'était la première fois depuis plusieurs années que Daniel et moi étions au même endroit.

— Et Edmonds sait comment provoquer une explosion, ajouta Kim.

— Toutefois, je ne suis pas encore prêt à le mettre tout en haut de ma liste de suspects. Pour le moment, j'ai une autre idée que je dois suivre.

12

Tandis qu'ils quittaient le campus en voiture, Kim observa Rick. Il conduisait calmement, mais son regard bougeait sans cesse et ne ratait pas un seul détail de ce qui se passait autour d'eux. Ce mélange de sérénité et d'énergie était ce qui l'attirait chez lui. Cet homme avait connu la violence et la brutalité, mais était en quête de paix. Et elle avait envie d'être là pour lui, de l'aider à atteindre ce nouvel état. Sauf que percer son armure n'était pas chose aisée.

— Nous devons réfléchir à plus grande échelle, reprit-il soudain. Mon instinct me dit que les autres employés du Brickhouse et vous, vous vous êtes retrouvés au mauvais endroit au mauvais moment. Cette attaque était dirigée contre ma famille. Je sens que, de près ou de loin, elle est liée à Hosteen Silver.

Kim fronça les sourcils.

— Même si nous partons du principe que quelqu'un veut détruire votre famille, une question reste en suspens : pourquoi maintenant ?

— Bonne question. Quand nous y aurons répondu, tout deviendra plus clair, dit-il en lui adressant un bref sourire.

Kim en fut ravie. Quand Rick souriait, ce qui n'arrivait pas souvent, son expression s'adoucissait. Malgré ce qu'il pensait, sa cicatrice ne l'enlaidissait pas. Au contraire, elle ajoutait à son charme.

— A quoi pensez-vous ? lui demanda-t-il avec une lueur complice dans les yeux.

Il l'avait percée à jour. Gênée, elle biaisa.

— Pour trouver des réponses, il faudrait parvenir à décrypter le code laissé par votre père.

— Sans doute. Allons voir Daniel pour lui demander s'il a fait des progrès à ce niveau-là.

A leur arrivée, Daniel et Paul étaient installés face à face à la même table.

— Où en êtes-vous ? s'enquit Rick.

— Nous avons testé tous les programmes de décodage, hélas, sans succès, annonça Daniel.

— Si vous voulez mon avis, ce n'est pas la haute technologie qui nous aidera, intervint Paul. Rick, tu sais que notre père considérait que tu étais capable de comprendre le sens des choses sans ordinateur. Alors je pense que la clé, c'est une conversation que tu as eue avec lui.

Rick fit la moue.

— La dernière fois que nous avons longuement parlé remonte à pas mal de temps, maintenant. En plus, nous abordions rarement des sujets très personnels. Même quand j'étais gamin, je n'aimais pas me confier et il n'insistait pas.

— Pourtant, insista Daniel, il a laissé le livre qui contient la clé de ce code à un endroit où toi seul saurais le trouver. Je te fais une suggestion : Kyle et Erin vont s'absenter de Copper Canyon pendant un jour ou deux, pour aller rencontrer de nouveaux clients. Dans l'intervalle, tu auras la maison pour toi tout seul. Profites-en pour rester là-bas, te détendre, laisser remonter les souvenirs. Je suis sûr qu'ainsi tu trouveras la clé.

— Je suis d'accord avec Daniel, renchérit Paul. Pendant ce temps-là, nous nous chargerons de retrouver et d'interroger le professeur Tim McCullough.

— Très bien, acquiesça Rick. Mais avant, il y a quelqu'un à qui j'aimerais parler de visu. Paul, que peux-tu me dire sur Nestor Sandoval ?

— Sandoval ? Il a été interpellé il y a six mois pour trafic de drogue, mais les charges contre lui ont été abandonnées car le principal témoin s'est rétracté. Depuis, il est sous surveillance et la police le suspecte de s'être reconverti dans le trafic d'armes.

Rick parut réfléchir quelques secondes.

— Bien, je me rends dans la réserve. Voyez si Preston peut s'occuper de demander à l'agent Bidtah de nous retrouver chez Sandoval.

Une fois de plus, Rick reprit la route avec Kim.

— Ça ne vous ennuie pas de rester un jour ou deux seule avec moi au ranch ? lui demanda-t-il. Comme vous l'avez vous-même remarqué, c'est loin de tout.

— Non, ça ne me dérange pas du tout.

Il sourit. Au début de sa carrière, il était comme elle. Il voulait être dans l'action, au mépris du danger. Mais quelque chose le tracassait.

— Nous savons tous deux que, si nous sommes ensemble, ce n'est pas seulement parce que nous nous entendons bien dans le travail. Cela pourrait compliquer les choses.

Elle se redressa sur son siège.

— Non, non. Il ne se passera rien. D'ailleurs, je vous connais à peine, et vous êtes quelqu'un qui ne s'ouvre pas facilement.

— En effet, concéda-t-il.

— Mais, si j'en crois ce que vous avez dit à vos frères, c'est votre nature profonde.

— Probablement. La vie fait de nous des êtres singuliers. Quand Hosteen nous a recueillis, mes frères et moi, nous avions en commun d'être tous livrés à nous-mêmes. C'est grâce à lui que nous nous sommes reconstruits. Mais il y a des blessures qui ne se referment jamais complètement. Elles nous rappellent que nous ne sommes pas aussi endurcis que nous aimerions le croire.

— Je comprends. Mais si vous restez un étranger pour moi, comment pourrai-je avoir une totale confiance en vous ?

Il hésita un instant, puis lança :

— Vous avez raison. Demandez-moi tout ce que vous voudrez.

— Premièrement, comment vous êtes-vous retrouvé à l'orphelinat ?

De nouveau, il tiqua et elle le devança :

— Vous préférez que je vous pose une autre question ?

— Non, je vais vous répondre. Ma mère était toute seule à ma naissance, et elle m'a abandonné dans un centre commercial quand j'avais six ans. Depuis ce jour, je ne l'ai plus jamais revue. Quand Hosteen Silver m'a recueilli, j'étais déjà passé par plusieurs familles d'accueil. J'étais un enfant très perturbé et les familles ne voulaient pas me garder. Moi, ça ne me dérangeait pas car j'avais déjà appris à ne compter que sur moi-même. Hosteen m'a offert une chance de repenser ma vie, et ç'a fonctionné, même si ça n'a pas été facile, ni pour lui ni pour moi.

Il lui raconta tout cela sobrement, sans entrer dans les détails et sans émotion. Il n'avait pas envie qu'elle comprenne à quel point il avait souffert.

— Avant que vous me disiez combien vous êtes désolée pour moi, je tiens à vous faire savoir que j'aime ma vie, s'empressa-t-il d'ajouter. Mes frères et moi, nous nous entendons très bien et, quand j'ai quitté la réserve, j'ai atteint le but que je m'étais fixé.

— Et aujourd'hui, où en êtes-vous ?

— Je ne fais plus partie du FBI, je traverse une nouvelle période de transition. La vie me dira quelle est la prochaine étape.

— Ce dont vous avez besoin, c'est d'être animé d'une nouvelle passion qui vous stimule autant que votre ancien travail. Vous avez besoin d'avoir un nouveau rêve.

— Je ne suis pas un rêveur, je suis un homme d'action.

— Les deux ne sont pas contradictoires. De quoi aimeriez-vous que votre avenir soit fait ? Avez-vous envie d'avoir une famille et des enfants, comme vos frères ?

— Je pense que je me marierai un jour, mais pas nécessairement par amour, car c'est un sentiment qui peut basculer très vite.

— Alors vous comptez faire un mariage de raison ?

— Non, plutôt me marier par amitié ou par respect. Ce sont des sentiments plus pérennes que l'amour.

— Je connais des gens qui se sont mariés pour des motifs moins nobles, dit-elle. Mais, en ce qui me concerne, ce sera par amour ou rien.

— Vous êtes très belle, intelligente, indépendante. Je parie que la liste de vos soupirants est longue.

— Merci pour le compliment. Mais, en vérité, je ne suis pas quelqu'un de facile. Au lycée, mes amies s'intéressaient toujours aux garçons pour les mêmes raisons : parce qu'ils étaient mignons, qu'ils avaient la langue bien pendue, et j'en passe. Mais moi, ces garçons-là ne m'intéressaient pas.

— Quel est votre genre d'homme, alors ?

Elle haussa les épaules.

— En fait, je ne le sais pas d'avance. Je crois qu'un jour, un homme me touchera droit au cœur et que je l'aimerai si je sens que mes sentiments sont réciproques.

Ils roulaient sur la nationale et approchaient de Shiprock quand, soudain, une voiture de police, gyrophares allumés, remonta sur eux.

— Je parie que c'est l'agent Bidtah, déclara Rick. Il devait se douter que nous arriverions par là.

Rick se gara sur le bas-côté de la route. Quelques instants plus tard, un homme en civil, un badge accroché à la ceinture, se présenta à sa vitre.

— Rick ? Je suis l'agent Allan Bidtah. Un de nos indics nous a appris que Sandoval avait été expulsé de son ancien logement. Il s'est installé au nord de Shiprock et, selon la rumeur, il s'est associé à un gang qui a déjà causé pas mal de troubles dans la réserve. Si ces infos sont exactes, mon renfort ne sera pas de trop.

— Entendu. Passez devant, nous vous suivons.

Dix minutes plus tard, ils approchaient d'un ensemble immobilier dont la construction avait été abandonnée. Seuls quelques mobile homes paraissaient habités.

Bidtah s'arrêta sur un chemin poussiéreux entre deux caravanes et descendit de voiture. Il pointa du doigt une Nissan noire garée un peu plus loin.

Rick acquiesça, puis se tourna vers Kim.

— Vous n'êtes pas armée, alors il serait plus prudent que vous restiez dans la voiture.

— Hors de question, répondit-elle. Je suis là pour apprendre. Si je ne vous accompagne pas, ça ne sert à rien.

Il se retint de sourire. Il n'en attendait pas moins d'elle.

— Restez derrière moi et soyez très vigilante.

En compagnie de Bidtah, ils avancèrent prudemment vers l'entrée d'un mobile home.

Bidtah frappa à la porte.

— Sandoval, ouvrez, c'est la police !

Rick surveillait en même temps l'arrière du mobile home pour s'assurer que personne ne s'échappait ou ne cherchait à les prendre à revers.

Au bout de longues secondes, il y eut un bruit de pas à l'intérieur. La porte s'entrouvrit et quatre jeunes types en jean et sweat à capuche apparurent. Aucun d'eux n'avait d'arme en main.

— Sandoval n'est pas là, monsieur l'agent. On ne l'a pas vu depuis environ une semaine, indiqua un type au visage rond qui portait un bandana autour de la tête.

— Où pouvons-nous le trouver ? demanda Bidtah.

— Aucune idée. Si vous tombez sur lui le premier, dites-lui que Billy le cherche.

— C'est vous, Billy ? Et quel est votre nom de famille ?

— Qu'est-ce que ça peut vous faire ? Je n'ai rien à me reprocher.

— Ecoute, Billy, soit tu réponds à mes questions, soit tu le feras au poste, rétorqua Bidtah.

Les trois autres se mirent en cercle autour de leur copain. Rick connaissait cette manœuvre.

Quand Billy leur adressa un signe de tête et se jeta sur lui, il fit un mouvement de côté, saisit le bras de Billy et l'envoya au sol. Puis il l'immobilisa en lui plaçant un genou en travers du buste.

— Ne bouge pas.

Bidtah avait dégainé et tenait deux des copains de Billy en joue. Le quatrième voulut s'emparer de Kim en lui passant un bras autour des épaules. Mais, d'un coup de coude, elle lui fit lâcher prise puis lui envoya son talon dans le tibia.

Le jeune type gémit et se plia en deux.

Kim s'écarta, dévisageant les deux autres, qui avaient les mains en l'air.

— Maintenant que vous avez fini de faire les malins, parlez. Vous ne semblez pas porter Sandoval dans votre cœur et ça tombe bien car nous non plus. Alors si vous vous mettez à table, on vous laissera tranquilles. Compris ?

Elle semblait parfaitement calme, remarqua Rick. Il enchaîna :

— Sinon, on peut aller au poste et vous inculper d'agression envers les forces de l'ordre et peut-être d'autres choses encore, une fois que nous aurons fouillé le mobile home.

— Si on vous dit ce qu'on sait sur Sandoval, vous nous fichez la paix ? demanda Billy.

— C'est ce que nous venons de vous promettre et nous tiendrons parole, assura Bidtah.

— D'accord, répondit Billy en faisant signe aux autres. Que voulez-vous savoir ?

— Pourquoi Sandoval est-il en cavale ?

— Parce qu'il a peur que les fils d'un guérisseur navajo qu'il a escroqué soient après lui.

— Qu'entends-tu par escroqué ? insista Kim. Il lui a volé de l'argent ?

— Non, même pas. Le guérisseur avait accepté de former une élève. Angelina, je crois, je ne sais plus son nom de famille. Bref, le guérisseur avait découvert qu'au lieu d'apprendre par cœur les incantations, elle l'enregistrait. Et elle prenait des photos avec son portable des plantes qu'il fallait utiliser comme remèdes. Alors il l'a renvoyée. Ensuite, Sandoval a appris qu'Angelina avait l'intention de revendre les incantations qu'elle avait enregistrées à un prof d'Université qui écrivait un livre sur les traditions navajo. Alors il a proposé au guérisseur de récupérer l'ordinateur portable où étaient stockées les informations contre deux cents dollars.

— Mais que viennent faire les fils du guérisseur dans cette histoire ? voulut savoir Kim.

— Eh bien, Sandoval s'est présenté chez le guérisseur avec un portable, mais le vieil homme a vite compris que ce n'était pas le bon. Sandoval a un peu bousculé le vieil homme et a filé. Peu après, le guérisseur a disparu et Sandoval redoute que ses fils croient que c'est lui qui l'a éliminé.

— Tu tiens ça de Sandoval lui-même ? poursuivit Kim. Et pourquoi s'inquiète-t-il maintenant ?

— Parce qu'un des fils du guérisseur est revenu dans les

parages depuis peu et Sandoval craint qu'il enquête sur la disparition de son père. Je crois même qu'il a promis du fric à celui qui le débarrassera de ce type.

— Et à ta connaissance, quelqu'un s'est porté volontaire ?

— Ça, je n'en sais rien et je ne veux pas le savoir. Mes potes et moi, nous ne sommes pas des tueurs, se justifia Billy.

A ce moment-là, un bruit de moteur attira l'attention de tout le monde. Rick se retourna : une voiture avec trois personnes à l'intérieur fonçait droit sur eux. Le type assis à l'avant passa un bras armé par la vitre.

— Les Diablos ! cria Billy en roulant au sol.

Des coups de feu éclatèrent. L'agent Bidtah répliqua tandis que Rick attrapait Kim par les épaules pour la faire plonger au sol et la protéger de son corps.

La voiture prit alors un virage et repartit dans l'autre sens, ne laissant qu'un sillage de poussière derrière elle.

13

Rick se releva lentement. Kim fit de même. Heureusement, elle n'avait rien, songea Rick.

Il se tourna ensuite vers Bidtah. L'agent avait déjà sorti son téléphone pour signaler l'incident à ses collègues tout en époussetant de sa main libre le sable sur ses vêtements.

Mais Billy, lui, semblait passablement agité et son regard était rempli de haine.

— Calme-toi, lui ordonna Rick.

— Si ça se trouve, c'est à cause de vous que les Diablos ont débarqué ici !

— Nous n'avons pas été suivis, sinon nous l'aurions remarqué, répliqua Rick d'un ton catégorique. Pour le moment, le principal, c'est que personne ne soit blessé.

Un des trois jeunes maugréa :

— Les Diablos savent où nous trouver. Après ce qui s'est passé la semaine dernière…

— La ferme ! le coupa Billy. C'est nos affaires, ça ne regarde que nous.

Il s'adressa de nouveau à Rick.

— Je n'ai pas de conseil à te donner, mec, mais avec ta cicatrice, tu ne passes pas inaperçu. Alors fais gaffe à toi. Et pour ce qui est de Sandoval, si on sait où il est, on vous le fera savoir, vous avez notre parole.

Bidtah tendit une carte à Billy.

— Mon numéro de portable est inscrit au dos.

Rick s'apprêtait à repartir, mais Kim se passa la main sur l'épaule et fit la grimace.

— Vous êtes blessée ? s'enquit Rick.

— Ce n'est rien, je suis seulement tombée sur l'épaule en plongeant au sol.

— Il faudra mettre une poche de glace dessus dès que possible, conseilla Rick.

Sur ce, ils se dirigèrent avec Bidtah vers le SUV.

— Des voitures de patrouille sont déjà à la recherche du coupé avec les trois types qui nous ont tirés dessus, indiqua l'agent. La guerre des gangs pour le contrôle des territoires dans la réserve s'est intensifiée depuis quelque temps. Si Sandoval a bel et bien mis une prime sur votre tête, vous devrez vous montrer extrêmement prudent. Dans ces gangs, il y a des types prêts à tout.

— J'ai bien reçu le message, répondit Rick.

Bidtah lui tendit également sa carte.

— N'hésitez pas à faire appel à moi si besoin.

Rick le remercia puis il remonta en voiture avec Kim. Tous deux reprirent la direction de Copper Canyon.

En chemin, Rick ne cessa de vérifier ses rétroviseurs.

— Une fois que nous serons rentrés et qu'on se sera occupé de votre épaule, j'irai faire un tour à pied. Pour briser le code d'Hosteen Silver, il suffit peut-être qu'un souvenir me revienne et c'est souvent en marchant que cela se produit.

— En gros, il faut que vous redeveniez l'adolescent que vous étiez quand vous viviez ici.

Rick acquiesça, puis il appela Preston pour lui signaler ce qui s'était passé.

— Ce professeur, à qui Sandoval voulait revendre le portable, est certainement le même qui s'était présenté à la bijouterie pour se renseigner sur Hosteen Silver. Il devient urgent de le retrouver.

— Oui, toutefois, j'ai du mal à envisager un prof d'Université comme un tueur à gages, répliqua Preston.

— Je comprends, mais le fait est que tout semble démontrer que McCullough faisait des pieds et des mains pour se documenter et pouvoir sortir son livre. On ne peut pas le rayer de la liste des suspects.

— Tu n'as pas tort, reconnut Preston. A part ça, vous allez où, Kim et toi ?

— A Copper Canyon, où d'autre ?

A l'autre bout de la ligne, Preston jura.

— Si tu es la cible d'un gang, je ne suis pas certain que le ranch soit le meilleur endroit où rester.

— Au contraire, étant donné leur mode opératoire, ils ne sont pas du genre à repérer les lieux avant d'agir. Alors s'ils tentent une offensive, ils ont toutes les chances de s'enliser dans les sables mouvants avant même d'atteindre la maison.

Preston éclata de rire.

— Oui, tu as sans doute raison. Je vais t'envoyer la photo du professeur McCullough. Je l'ai trouvée sur l'intranet de l'Université. Je ne sais pas de quand elle date, mais montre-la à Kim pour qu'elle l'identifie formellement. Je t'envoie aussi une copie d'un article qu'il a rédigé pour une revue d'anthropologie. Et une dernière chose, je me suis renseigné sur Angelina Curley : son mari est censé s'être suicidé, mais il reste des zones d'ombre sur les circonstances de sa mort.

— C'est-à-dire ?

— Eh bien, il est mort d'une intoxication au monoxyde de carbone dans son garage et il avait laissé un mot pour expliquer son geste. Mais quand on a interrogé son entourage et ses voisins, seule Angelina a affirmé que son comportement avait changé dans les jours précédant sa mort. Il n'y avait toutefois pas de preuves que ce n'était pas un suicide et, par conséquent, Angelina a hérité de l'ensemble de ses biens.

— C'est bon à savoir mais, pour le moment, je me concentre sur Nestor Sandoval. Merci pour tous ces renseignements, conclut Rick.

Kim tourna la tête vers lui.

— Je ne suis pas certaine que nous devrions faire de Sandoval notre suspect principal. Peut-être a-t-il joué un rôle, mais j'ai l'impression que cette histoire a de multiples ramifications. Nous sommes encore loin d'avoir rassemblé toutes les pièces du puzzle.

— Qu'est-ce qui vous fait dire ça, Kim ?

— L'intuition.

Il hocha la tête.

— L'intuition, c'est important, mais vous devez vous

assurer que votre jugement n'est pas biaisé. Vous aimeriez qu'Angelina soit la coupable, n'est-ce pas ?

— Possible, admit-elle. Mais, hélas, elle a un alibi. A l'heure de l'agression, elle s'exprimait devant une assemblée de commerçants locaux. Cela faisait plusieurs semaines qu'elle préparait cette intervention.

— Oui et, en plus, les rares témoignages que nous avons recueillis sur l'allure du suspect suggèrent qu'il s'agissait d'un homme.

— Angelina aurait pu l'envoyer, avança Kim.

— Elle pourrait aussi avoir changé ses plans à la dernière minute. Je vais vérifier avec Preston.

Il rappela son frère et brancha le haut-parleur.

— As-tu parlé avec Angelina Curley de son alibi pour la nuit de l'incendie du Brickhouse ?

— Je l'ai vérifié. Elle intervenait à une réunion de l'association des femmes commerçantes de la réserve. L'événement a même été filmé et on voit Angelina échanger jusque tard avec les autres participantes.

— D'accord, fit Rick. Mais ça ne la dédouane pas complètement, elle reste suspecte.

Ils arrivèrent à la maison une demi-heure plus tard. Il y avait du vent et la température avait baissé. Un frisson parcourut Kim.

Rick dut s'en apercevoir car, une fois à l'intérieur, il fit du feu.

De son côté, elle se plongea dans les documents envoyés par Preston.

— Comment va votre épaule ? s'enquit Rick. Je vous apporte une poche de glace ?

— Comme s'il ne faisait pas assez froid, commenta-t-elle avec un sourire.

Il rit à son tour et lui en ramena quand même de la cuisine.

— Ne la laissez pas plus d'une vingtaine de minutes contre votre épaule. C'est un conseil qu'on me donnait quand je jouais au football au lycée.

Sa sollicitude et sa gentillesse la touchèrent.

— Preston précise dans son message qu'il a également

envoyé les documents sur l'ordinateur du ranch, reprit-elle en désignant le bureau où était le matériel informatique.

Tous deux s'installèrent devant l'ordinateur et elle ouvrit les fichiers. La proximité avec Rick la réchauffait en même temps qu'elle la troublait. Elle dut faire un effort pour se concentrer.

Dans un premier temps, elle ouvrit la photo et la contempla quelques secondes.

— Oui, c'est bien Tim McCullough. Cette photo doit dater de quelques années, mais je le reconnais.

Elle cliqua sur le lien pour ouvrir l'article et ils lurent tous deux en silence.

— Il fait référence à ses sources en ne mentionnant que les initiales des personnes concernées, mais A.T, ce pourrait être Angelina Tso, déclara Kim. Il dit également qu'il regrette de ne pas avoir pu interviewer davantage de guérisseurs, mais que peu ont accepté de répondre à ses questions.

— Ça ne m'étonne pas, remarqua Rick. Les guérisseurs sont très réticents à parler de leurs méthodes, surtout à des non Navajos. Ils craignent qu'on veuille leur voler leurs pouvoirs.

Kim se renfonça dans son siège.

— Cet article est intéressant, mais je n'y vois rien qui pourrait pousser quelqu'un à tuer.

— Oui, c'est vrai.

Il se leva, se retourna et contempla l'ensemble de la pièce.

— Nous avons fait des progrès. Maintenant, il est temps pour moi de voir si je parviens à me reconnecter à mon passé. Depuis mon enfance, mes frères ont rénové le ranch, mais il reste des éléments identiques de l'époque où Hosteen Silver y vivait. Cette bibliothèque, par exemple, c'est moi qui l'ai aidé à l'assembler.

— Il lisait beaucoup ?

— Oui, énormément. Mes frères et moi aussi, d'ailleurs. Nous avions la télévision, mais nous ne la regardions jamais plus de deux heures par jour. Notre père adorait les livres d'histoire. Notamment ceux au sujet des transmetteurs de code Navajos.

— C'étaient des opérateurs radio pendant la seconde guerre

mondiale, c'est bien ça ? Je me souviens qu'on nous parlait d'eux en cours d'histoire, à l'école.

— Oui, ils étaient avec la marine dans le Pacifique et ils transmettaient des messages en langage traditionnel navajo que les Japonais ne pouvaient pas décrypter.

— Pensez-vous qu'Hosteen Silver a pu utiliser un code du même genre pour vous laisser un message ?

— Non, car dans ce cas précis, il fallait que l'émetteur et le récepteur connaissent le code. Mais c'est vrai qu'il était passionné par les codes. Et pour interpréter celui qu'il a utilisé, il faut en trouver la clé. Qui se cache dans un livre, j'en suis persuadé.

— Si vous avez raison, à voir le nombre d'ouvrages dans cette pièce, la tâche ne va pas être facile.

— En plus, tous ceux qui sont ici n'appartenaient pas forcément à mon père. Beaucoup ont été donnés ou dispersés entre mes frères. Ce qui signifie que le livre en question n'est plus forcément dans cette maison.

A ce moment-là, son téléphone sonna.

— C'est encore Preston, indiqua-t-il en activant le haut-parleur.

— J'en sais plus sur McCullough, annonça son frère. Il a pris un congé sabbatique pour se consacrer à un travail de terrain et se trouve actuellement sur un site de fouilles anasazi dans la réserve.

— Où exactement ?

— A environ quinze kilomètres au sud-est du ranch. C'est tout près de l'ancien lit de la rivière. Apparemment, on y a récemment découvert d'anciens objets de rites traditionnels.

— Bien. Il est temps qu'on aille lui parler.

— Autre chose encore : l'agent Bidtah m'a appris que McCullough a déjà été averti deux fois pour s'être aventuré au-delà du périmètre du site de fouilles. Si cela se produit encore une fois, il lui sera tout bonnement interdit de revenir dans la réserve.

— Je vois. Si je ne le trouve pas sur le site même, on cherchera aux alentours.

— Je t'envoie la localisation précise du site par texto dès que possible, conclut Preston.

Rick se tourna vers Kim :

— Allons voir McCullough !

— Bonne idée, acquiesça-t-elle.

Rick décida de prendre un raccourci. Il s'engagea sur un chemin de terre où, parfois, par temps de fortes pluies, se formaient des marécages. A cette période de l'année, toutefois, le paysage était celui d'un désert caillouteux et le SUV était secoué dans tous les sens.

— Je ne sais pas si c'est un raccourci, mais ce chemin est un bon moyen de se faire un torticolis, commenta Kim.

— Nous gagnerons du temps et personne ne nous entendra arriver, se justifia Rick.

Ils gravirent une pente et, une fois au sommet, dominèrent le site.

— Tenez, regardez, ils sont là, en bas.

La zone de fouilles avait été clairement délimitée. Au beau milieu, un homme en veste et pantalon kaki était à genoux, occupé à gratter le sol. Un peu à l'extérieur du rectangle délimité, un Land Rover blanc était garé à côté d'une Jeep et deux jeunes hommes à l'allure d'étudiants chargeaient du matériel dans le coffre.

— Je pensais qu'il y aurait plus que trois personnes à travailler sur le site, déclara Kim.

— A mon avis, McCullough en est à l'initiative et pour le moment, il ne dispose que d'un petit budget. En plus, à cette époque de l'année, la nuit commence à tomber tôt, les fouilles ne peuvent pas durer trop longtemps.

— C'est vrai, admit-elle.

Les deux étudiants terminèrent de charger leur matériel, puis ils montèrent en voiture et démarrèrent.

— Si c'est bien McCullough qui est encore dans la fosse, nous l'avons pour nous tout seuls, se réjouit Rick.

Il descendit la pente et se gara à côté de la Jeep. L'homme dans la fosse leva la tête et regarda dans leur direction.

Quand Kim descendit, l'individu sourit, comme s'il l'avait reconnue. Il s'avança vers eux.

— Je ne m'attendais pas à vous voir ici. Vous vous appelez Kim si je ne m'abuse ?

— Oui, bonjour monsieur McCullough. Je vois que vous vous souvenez de moi. Nous enquêtons sur ce qui s'est passé l'autre soir au Brickhouse et nous souhaitions vous poser quelques questions.

— Il paraît que c'était un incendie volontaire.

— Comment le savez-vous ? lui demanda Rick.

McCullough se concentra sur lui.

— C'est ce qu'on entend dire un peu partout. Mais ne seriez-vous pas un des fils du guérisseur qui s'appelait Hosteen Silver ?

— Si, en effet.

— Le hasard fait bien les choses. Je cherchais à savoir ce qu'il était devenu mais, tout ce qu'on me répétait, c'était qu'il avait disparu.

— Nous croyons qu'il est parti dans le désert pour y mourir. C'est ce que font les Navajos traditionalistes quand ils sentent venir leur fin.

— Je sais et j'en suis désolé. J'aurais aimé travailler avec lui. Depuis plusieurs années, je collecte tout ce que je peux trouver sur les traditions navajo et notamment sur les méthodes de leurs guérisseurs. Dans ce domaine, les savoirs se transmettent uniquement par oral, ce qui signifie qu'à terme, ils seront fatalement perdus. J'aurais voulu laisser une trace écrite pour que les futures générations y aient encore accès. Vos frères et vous, seriez-vous prêts à m'aider ?

— Nos guérisseurs interdisent que leurs incantations soient retranscrites entièrement par écrit ou enregistrées. Partager ce type de savoir avec tout un chacun est considéré comme dangereux.

McCullough fronça les sourcils.

— Je n'aurais pas cru que vous étiez traditionaliste.

— Ni moi ni mes frères ne le sommes, mais nous respectons la volonté de notre père et de ses semblables.

— Je comprends. Alors, dans ce cas, je vous formule une autre proposition : plus personne ne se servira de ses accessoires de guérisseur, désormais. Si vous vouliez bien me les vendre, ou effectuer une donation pour...

Rick leva la main et l'interrompit.

— Nous ignorons ce qu'il en a fait. Il les a certainement laissés en lieu sûr avant de partir pour son ultime marche. Mais… dites-moi, professeur, avez-vous l'habitude de payer les gens pour obtenir des informations ?

— Au début, oui, c'est ce que je faisais, reconnut-il. Je croyais que ça me permettrait d'arriver plus vite à mes fins. Une ancienne guérisseuse, Angelina Tso, s'est montrée plus coopérative quand je lui ai proposé de la payer. Mais quand je lui ai dit que je devais vérifier auprès d'un autre guérisseur l'exactitude de ses incantations, elle s'est fâchée et n'a plus voulu me recevoir.

— Vous ne lui faisiez pas confiance ? voulut savoir Kim.

— Je suis un universitaire et je considère que, chaque fois que je publie un article, ma réputation est en jeu. Par conséquent, je croise toujours mes sources pour que mes publications soient les plus rigoureuses possibles. J'étais ennuyé qu'elle ne veuille plus collaborer avec moi, mais ce qui s'est passé ensuite m'a encore plus ébranlé.

— C'est-à-dire ? s'enquit Rick.

— Quelques semaines plus tard, mon véhicule et mon bureau ont été vandalisés. J'étais persuadé que c'était Angelina la responsable, car j'ai retrouvé des cendres dispersées un peu partout : chez les Navajos, ça porte malheur. Mais je ne pouvais pas formellement le prouver.

— Vous aviez eu des ennuis avec Angelina et pourtant, vous vous êtes présenté à sa boutique pour demander des renseignements ? C'est bizarre, non ? le pressa Kim.

— Le jour où je suis venu à la bijouterie, je m'étais assuré qu'elle n'était pas là, se justifia le professeur. Je savais qu'elle avait beaucoup de contacts. Alors, je me suis dit que ses employés pourraient peut-être me renseigner. Je travaille également sur le pouvoir et la signification des fétiches chez les Hopis et les autres tribus du sud-est.

Tim McCullough n'en dirait pas plus, comprit Rick. Aussi salua-t-il le professeur.

— Merci d'avoir répondu à nos questions.

— Si vous retrouvez quoi que ce soit qui puisse mettre en lumière ce que représentait le fait d'être un guérisseur de la stature de votre père, faites-moi signe, dit McCullough. Je garantis l'anonymat de mes sources et une copie de mon article ira à l'université de la communauté navajo à Tsaile. Ce qui signifie qu'en m'aidant, vous contribuerez aussi à la préservation de la culture de vos ancêtres.

— Je doute que nous puissions quoi que ce soit pour vous. Pas pour le moment, en tout cas.

— Au préalable, vous aimeriez pouvoir faire véritablement votre deuil, avança McCullough. C'est normal.

Rick ne répondit pas. Il salua le professeur d'un geste et tourna les talons.

— Il a raison sur un point, dit Kim tandis qu'ils retournaient au SUV. Votre famille et vous, vous avez besoin de faire votre deuil. Une fois que vous saurez ce qui est réellement arrivé à votre père, tout le reste suivra.

— Retournons au ranch, biaisa Rick. Il faut que je réfléchisse.

Ils remontèrent en voiture et repartirent.

Alors qu'ils avaient rejoint la nationale, l'attention de Rick se fixa sur un point au loin.

— Qu'est-ce qu'il y a ? lui demanda Kim.

— Ce n'est peut-être rien, mais il y a un pick-up en face de nous qui roule à grande vitesse. Je me méfie. Vous avez bien attaché votre ceinture ?

— Oui, comme toujours. C'est peut-être un conducteur ivre, laissez-lui autant de place que possible.

Au moment où elle prononçait ces paroles, le pick-up se déporta au milieu de la route.

Rick freina et serra le bas-côté. Quand le pick-up passa à leur hauteur, le conducteur jeta quelque chose par sa fenêtre ouverte.

Il y eut un bruit de verre brisé et une matière visqueuse se répandit sur le pare-brise du SUV, obstruant la vue de Rick.

— Accrochez-vous ! s'exclama-t-il.

14

Rick serra fermement le volant, ôta son pied de l'accélérateur et jeta un regard par la vitre passager pour jauger sa trajectoire.

Devant Kim, le pare-brise n'était pas complètement recouvert.

— Vous voyez un peu devant vous ? s'alarma-t-il.

— Vous vous en sortez très bien, Rick. Vous avez seulement fait un petit écart à droite. Essayez de maintenir la trajectoire.

Tandis qu'ils ralentissaient, il tenta un nouveau regard.

— A quelle distance est le parapet ?

— A environ deux mètres. Vous pouvez serrer encore un petit peu. Doucement… voilà, pas plus !

Il s'arrêta complètement et enclencha ses feux de détresse pour éviter qu'un autre véhicule les accroche.

— Ça va, Kim ?

— Un peu secouée, mais ça va. Quand je l'ai vu se déporter au milieu de la route, j'ai compris que ce n'était pas normal et, un instant, j'ai redouté qu'il nous percute de face.

— Avez-vous relevé la plaque ?

— Non, ça s'est passé trop vite et je n'ai vraiment pas eu le réflexe.

— Je vais appeler Bidtah. A l'odeur, on dirait que ce type a projeté de la peinture sur le pare-brise.

— Ç'aurait pu être pire s'il avait lancé un pavé ou nous avait tirés dessus.

— Oui, nous sommes en vie et la voiture marche toujours. C'est le plus important.

— Oui, c'est le principal, renchérit-elle, comme pour se donner du courage.

Vingt minutes plus tard, Bidtah et deux techniciens arrivèrent sur les lieux.

— Ce SUV est un véritable char d'assaut, commenta le policier. L'impact du récipient de peinture n'a pas provoqué le moindre éclat sur le pare-brise.

— Pensez-vous pouvoir effectuer une recherche d'empreintes sur les morceaux de verre qui sont récupérables ? lui demanda Rick.

— Non, les éclats sont trop petits. Mais nous avons retrouvé un morceau de l'étiquette. Peut-être qu'avec un peu de chance, nous pourrons déterminer de quelle marque de peinture il s'agit et où votre agresseur se l'est procurée.

— Pourrez-vous transmettre vos résultats à mon frère Preston ?

— Oui, bien sûr, je le tiendrai au courant en temps réel. Sinon, il y avait une substance mélangée à la peinture. A mon avis, il s'agit soit de pierre ponce, soit de poudre de cadavre.

— La pierre ponce, nous en utilisons au Brickhouse pour nettoyer le grill, intervint Kim. Mais de la poudre de…

Bidtah l'interrompit :

— Selon la légende, les sorciers navajo déterrent les os des cadavres, les réduisent en poudre et s'en servent pour maudire leurs ennemis.

Kim eut une grimace de dégoût.

— Une dernière chose, ajouta l'agent : si les gens d'ici pensent qu'un sorcier vous a maudits, ils vous éviteront. Ils refuseront de vous parler et vous serez ostracisés.

Bidtah pointa sa ceinture du doigt.

— C'est pour cela que, mes hommes et moi, nous avons tous une petite bourse de guérisseur à la ceinture pour éloigner le mauvais sort.

— J'en ai une aussi, répondit Rick en sortant la sienne de sa poche. Je vais l'accrocher à ma ceinture pour que tout le monde la voie.

— Bonne idée, commenta Bidtah. Kim, vous feriez bien d'en porter une aussi.

Elle acquiesça.

— D'accord, merci.

Une fois Bidtah reparti, Rick entreprit de nettoyer le pare-brise avec Kim. Heureusement, c'était de la peinture à l'eau et ce ne fut pas trop difficile d'en enlever suffisamment pour rouler jusqu'à la station de lavage la plus proche.

Ils reprirent ensuite la route de Copper Canyon.

— Je vais demander à mes frères de m'aider à retrouver le corps de notre père, annonça Rick. Nous savons qu'il est parti à pied. Alors, si nous nous y mettons tous, nous parviendrons à déterminer quelle direction il a prise. Quand nous l'aurons retrouvé, nous saurons une fois pour toutes s'il est décédé de causes naturelles ou pas.

— Comment se fait-il que vous ne l'ayez pas cherché avant ? s'étonna Kim. Vous travaillez tous plus ou moins dans les forces de l'ordre…

— Nous l'avons envisagé. Mais, en vérité, aucun d'entre nous n'était prêt à accepter sa mort. Tant que son corps n'avait pas été retrouvé, nous pouvions nous accrocher à un infime espoir, même si ce n'était pas réaliste, qu'il réapparaisse un jour ou l'autre. Et puis, il y avait aussi le respect de la volonté et des coutumes des traditionalistes.

— Aujourd'hui, vous pensez que vos frères accepteront sans restriction de vous aider à retrouver son corps ?

— Oui, mais ce ne sera pas facile. En revanche, Bidtah a raison : si vous voulez continuer à participer à l'enquête, il faut que vous portiez une bourse de guérisseur. Nous allons commencer par vous procurer un petit fétiche de cheval. Et, dans votre bourse, il faudra mettre du pollen et un cristal. Quand ces éléments sont réunis, vos prières deviennent réalité.

— C'est une belle tradition.

— Oui, c'est vrai.

A la grande surprise de Rick, tous ses frères acceptèrent sans rechigner de contribuer aux recherches du corps de leur père adoptif. Ils se réunirent tous au ranch à 9 heures le lendemain, ainsi que l'agent Bidtah.

— Rick, retrouver sa dépouille ne va pas être évident, l'avertit Preston. D'abord, personne parmi la communauté navajo n'aime évoquer les morts. Ce qui signifie qu'il sera quasiment impossible de reconstituer ses faits et gestes lors de sa dernière journée.

— Je suis d'accord, vous n'obtiendrez aucune coopération, renchérit Bidtah. Il n'y a aucune preuve qu'un crime a été commis. Votre démarche sera vue comme contraire à la tradition. A votre place, je ne ferais pas de la recherche du corps de votre père une priorité.

— Je pense qu'il sera quand même possible d'obtenir des informations de témoins potentiels, nuança Preston. Mais il faudra ne pas nous montrer trop directs dans nos questions et faire preuve de tact.

— Kim et moi, nous essaierons de déterminer dans quelle direction il est parti, déclara Rick. Je me souviens que, le matin, il aimait aller prendre son petit déjeuner au Totah Café. C'est à peine à une heure de marche d'ici. Il se peut que, le jour de son départ, il y soit passé pour dire adieu au café et à sa vie sur Terre.

— Notre père a disparu il y a maintenant près de trois ans, lui rappela Preston. Les employés de l'établissement risquent de ne plus se souvenir s'ils l'ont vu ou pas.

— Essayer ne coûte rien. Depuis quelques années, avec le développement du pétrole de schiste, il y a toujours beaucoup de monde au Totah Café. On peut donc espérer tomber sur quelqu'un qui se souviendra d'Hosteen Silver.

Leur résolution prise, ils quittèrent tous le ranch et Rick partit de nouveau en voiture avec Kim.

Sur la nationale, il observa les clôtures qui bordaient la route.

— Il y a de nombreux bergers par ici. Peut-être que nous en trouverons quelques-uns à qui parler.

Un peu plus loin, une bergère navajo se tenait assise au sommet d'une petite colline pour surveiller ses chèvres.

— Posons-lui quelques questions, proposa Rick. A son allure et à sa tenue vestimentaire, c'est une traditionaliste.

Il se pencha vers Kim :

— Ne faites surtout pas allusion à la sorcellerie.

— Compris.

Ils se garèrent sur le bas-côté de la route, enjambèrent la clôture et se dirigèrent vers elle.

La bergère se tourna et les observa d'un air méfiant. Mais, quand elle vit Rick, elle se détendit.

— Vous la connaissez ? lui demanda Kim à voix basse.

— Non, mais elle doit savoir qui je suis. Avec ma cicatrice, quand on me voit, on m'identifie vite.

Il salua la femme de manière traditionnelle.

— Avez-vous un moment à nous accorder ? Je suis le fils adoptif du guérisseur du clan du peuple du sel. Il était né parmi ceux qui vivent près de l'eau.

— Je sais qui tu es, petit, répondit la femme. Nous sommes tristes pour le guérisseur. Son pouvoir était puissant.

— Vous rappelez-vous l'avoir vu longer cette route à pied ?

— Oui, bien des fois. Et puis, un jour, je ne l'ai plus vu.

— Y a-t-il d'autres personnes que vous voyez passer régulièrement ?

— Non, pas que je sache. Je remarquais ton père parce que c'était mon ami. Je l'avertissais de faire attention, de ne pas monter en voiture avec les employés des compagnies pétrolières qui travaillent un peu plus loin, parce qu'on ne peut pas leur faire confiance. Mais rien ne semblait l'inquiéter.

Ils discutèrent encore quelques instants. De toute évidence, elle ne savait rien de plus.

— Merci beaucoup, conclut Rick.

Puis ils la saluèrent et reprirent la route à pied.

— Le Totah Café n'est pas très loin, précisa Rick à Kim.

Elle acquiesça.

— Totah, c'est un terme navajo, il me semble. Qu'est-ce que ça signifie ?

— Un endroit de repos où trois rivières se rencontrent, précisa Rick.

Ils contournèrent les chèvres et les moutons pour ne pas les effrayer et suivirent l'ancien lit d'un ruisseau. A un moment, Rick se pencha pour ramasser quelque chose.

— Ça, c'est une découverte ! Cela fait des années que je n'en avais plus vue. Une pointe de flèche, sans doute taillée pour chasser de petits animaux. C'est un silex, une pierre sacrée pour les Navajos. Sa solidité et la façon dont elle reflète la lumière sont censées révéler son pouvoir.

Il la contempla quelques secondes puis la tendit à Kim.

— Gardez-la sur vous. Le silex vous protège contre le mal.

— C'est un très beau cadeau. Merci beaucoup.

Elle semblait troublée.

— Bientôt, nous vous trouverons une véritable bourse de guérisseur, lui promit-il.

Ils repassèrent la clôture et, rapidement, prirent la route du Totah Café.

A l'intérieur de l'établissement, il n'y avait pas grand monde. La plupart des clients étaient manifestement des employés, Navajos ou pas, des compagnies pétrolières : ils prenaient leur pause.

— Tiens, je vois quelqu'un que je connais, là-bas, annonça Rick.

Il désigna à Kim un homme au fond du café.

— Commençons par lui.

Alors qu'ils traversaient la salle, Rick remarqua les regards des clients sur sa balafre puis leur gêne. Il avait l'habitude de ces réactions.

Depuis le premier jour, Kim s'était montrée différente. Jamais elle ne l'avait considéré avec embarras ou commisération. Elle le voyait comme l'homme qu'il était, ni plus ni moins, et Rick en était touché.

— Donnie Arcitty ! lança-t-il en approchant de l'homme qu'il avait repéré.

Celui-ci portait l'uniforme d'une société de sécurité, un badge d'identification et une arme à la ceinture.

— Ça faisait longtemps, Donnie. Tu travailles pour Sunrise Energy à ce que je vois ?

— Tiens, salut Rick ! Eh oui, je dirige une équipe. Nous surveillons une soixantaine de puits de pétrole.

Donnie leur fit signe de s'asseoir.

— J'avais entendu dire que tu étais de retour et j'espérais bien te voir. Alors tu es là pour de bon ?

— Oui, c'est mon intention, répondit Rick. Pour le moment, j'habite encore au ranch, avec mon frère et son épouse.

— Je n'ai jamais eu l'occasion de te le dire, mais je suis désolé pour ton père, tu sais. C'était quelqu'un de bien.

Rick acquiesça.

— Nous ne sommes toujours pas sûrs de ce qui lui est arrivé. Alors maintenant que je suis là, nous essayons de rassembler les pièces du puzzle. Autant que je sache, il n'était pas malade.

— C'est un raisonnement de visage pâle, ça, répliqua Donnie en secouant la tête. Les nôtres sont différents, ils savent quand leur heure est venue et alors ils quittent la maison pour que leur mauvais esprit ne revienne pas hanter leur famille. Tu le sais, non ?

— Vous êtes traditionaliste ? intervint Kim.

— Ma femme, oui. Pour moi, c'est surtout une question de respect pour ces croyances. Quelle que soit notre opinion, elles imprègnent encore notre culture, c'est un fait qu'on ne peut pas contester.

Kim fit signe de la tête qu'elle comprenait.

— Tu as raison, reconnut Rick, mais je souhaite obtenir la certitude qu'il est parti volontairement pour son ultime marche. Tu vois ce que je veux dire ?

— Oui, je te suis. D'autant plus que ton père n'avait pas que des amis, comme la plupart des guérisseurs.

— Je sais que le jour où il est parti, il faisait froid, donc il n'est pas impossible qu'il ait fait un bout de chemin en voiture. Les employés des sociétés pétrolières s'arrêtent fréquemment pour prendre des gens qu'ils voient marcher le long de la route.

Donnie hocha la tête.

— Je ferai passer le mot à mes collègues pour qu'ils demandent autour d'eux. Mais c'était il y a plusieurs années et le personnel tourne beaucoup.

— Je sais que nous avons peu de chances d'aboutir, mais nous ne perdrons rien à essayer, alors ton aide est la bienvenue, Donnie. Voici mon numéro de téléphone. Tu peux m'appeler à n'importe quel moment. Si quelqu'un se souvient avoir pris mon père en voiture, donne-lui mon numéro. Hosteen Silver n'était pas un homme qu'on oublie facilement. Ses longs cheveux argentés lui donnaient une allure particulière.

Donnie sourit.

— Ce n'est pas moi qui dirai le contraire. Il faut que je retourne travailler, ajouta-t-il en se levant. Je te souhaite de trouver les réponses dont tu as besoin.

Comme ils étaient sur place, Rick et Kim en profitèrent pour manger un morceau. Puis ils s'en allèrent et, quand ils furent dans le SUV, Rick appela Kyle et Preston. Il leur fit part de sa conversation avec Donnie.

— Au fait, demanda-t-il à Preston, sais-tu ce que sont devenus les livres de notre père qui ne sont plus au ranch ?

— Tu penses que le code pourrait être dans l'un d'eux ?

— C'est possible.

— Appelle Gene alors. Il a gardé une partie des livres et il a dressé la liste de ceux que nous avons donnés à la bibliothèque du lycée.

— D'accord, je l'appelle tout de suite.

Gene lui en apprit un peu plus :

— J'en ai lu quelques-uns, mais je ne les ai pas gardés chez moi. Je les ai laissés au chalet où nous vivions quand Hosteen nous a recueillis.

— Parfait, j'irai y faire un tour. Il y a toujours un double de la clé caché sous le gros rocher plat ?

— Je ne pensais pas que tu t'en souviendrais après tout ce temps, confia Gene.

— J'ai toujours adoré cet endroit. Une année, pendant les vacances d'hiver, j'y ai passé deux semaines tout seul, tu te souviens ?

— Oui, tu avais utilisé tout le bois de chauffe que nous avions stocké pour l'hiver, commenta Gene avec un petit rire.

Ils échangèrent encore quelques propos puis Rick raccrocha et se tourna vers Kim.

— J'aimerais aller au chalet. Cela vous ennuie ? C'est à environ une heure de route, dans les montagnes à l'ouest.

— Non, non, allons-y.

Il allait démarrer quand son téléphone sonna.

— Allô, M. Cloud ? Je m'appelle Larry Blake. C'est Donnie Arcitty qui m'a transmis votre numéro. C'est au sujet de votre père.

15

Rick convint avec Larry Blake d'un point de rendez-vous pour le rencontrer, lui et Victor Pete, un de ses amis, qui avait également vu Hosteen Silver ce fameux jour. Le lieu du rendez-vous était le parking d'un comptoir de commerce de la réserve.

Avant de s'y rendre, Rick appela Bidtah par précaution. Mais d'après l'agent, les deux hommes n'avaient pas de casier.

Il fallut ensuite vingt minutes à Rick et Kim pour arriver sur place. Quand ils entrèrent sur le parking, deux individus se tenaient debout à côté d'un pick-up. L'un était un homme blanc qui buvait une canette de soda, l'autre un Navajo baraqué qui fumait une cigarette.

Rick se gara et serra le frein à main.

— Restez sur vos gardes, conseilla-t-il à Kim.

— Pourquoi ? Vous flairez un piège ?

— Il s'est passé très peu de temps avant que ce Larry Blake m'appelle, c'est surprenant. Et je n'aime pas l'allure de ces deux types.

— Les ouvriers des sociétés pétrolières sont souvent des durs à cuire, ça va avec leur travail, fit remarquer Kim. J'en ai vu passer quelques-uns au Brickhouse.

— Raison de plus pour rester prudents, rétorqua Rick.

Ils descendirent de voiture.

— Rick ? lui demanda l'homme blanc en s'avançant vers lui, main tendue. Je suis Larry Blake. Victor et moi, nous avons pris votre père sur la route pour l'avancer, ce jour-là. Je m'en souviens très bien car il faisait un froid de canard, et lui, il était à pied. Avec ses cheveux blancs dans le vent, c'était une vision tout à fait étonnante !

Blake marqua une pause, mais Rick garda le silence. Il se méfiait encore.

— Votre père semblait parfaitement savoir ce qu'il faisait, reprit Blake. Quand je lui ai demandé où il allait par une telle température, il a simplement répondu qu'il avait à faire et nous a demandé de le déposer le plus près possible de Big Gap. Comme c'est loin de tout, à plusieurs kilomètres de la route, je lui ai proposé de le reconduire chez lui, en disant que c'était plus prudent. Mais il n'a rien voulu savoir.

— Et où l'avez-vous laissé ?

— Près d'un des puits de pétrole dans la réserve.

— Montrez-moi.

— C'est à environ quarante-cinq minutes d'ici, au sud de Shiprock. Si vous voulez, on vous y conduit, Victor et moi. Nous avons fini notre journée.

— Entendu, on vous suit.

Ils remontèrent en voiture.

Après une bonne demi-heure, Blake s'engagea sur un chemin de gravier. Rick fit de même, en jurant.

— Qu'est-ce qui ne va pas ? lui demanda Kim.

— Je ne me souvenais pas qu'il y avait des puits de pétrole aussi loin de la nationale. Il faut que nous fassions attention.

Rapidement, le chemin se détériora. Devant eux, le pick-up oscillait de droite à gauche, mais Blake ne ralentissait pas.

— J'ai de plus en plus de mal à croire qu'il y a un puits de pétrole dans le coin, reprit Rick. Jamais une compagnie n'aurait laissé les accès dans cet état, ou alors nous n'aurions pas pu nous engager sur ce chemin, une barrière aurait fermé l'entrée. Je le sens vraiment mal.

A peine eut-il terminé sa phrase que le pick-up s'arrêta. Un ruisseau bloquait le passage.

— Ils se sont peut-être trompés, suggéra Kim. Après tout, cela fait quelques années qu'ils ne sont pas venus ici.

— Nous n'allons pas tarder à le savoir, maugréa Rick en descendant du véhicule.

Kim le suivit.

— Désolé, j'ai bien peur de m'être perdu, déclara Blake.
Je ne me souvenais pas qu'un ruisseau coupait le chemin.

— Ce sont des choses qui arrivent, répondit Rick. Vous
voulez qu'on rejoigne la route pour continuer à chercher?

A ce moment-là, Victor sortit à son tour. Il avait mis des
lunettes de soleil et tenait un revolver.

— Sortez lentement votre arme et jetez-la au sol, ordonna-
t-il à Rick.

Il n'y avait pas d'autre choix qu'obéir, comprit Rick. D'autant
que Larry arborait un couteau de chasse à la ceinture.

— Maintenant reculez, intima Victor en agitant son revolver.

Larry en profita pour ramasser l'arme de Rick et la glissa
à côté de son couteau.

— Ces lunettes! s'écria Kim en dévisageant Victor. Je les
reconnais. C'est vous qui avez tenté de faire tomber un pan
de mur sur nous avant-hier, au Brickhouse!

— Tiens donc, vous avez compris. Vous savez que vous
n'êtes pas faciles à tuer, tous les deux? J'ai coupé une
arrivée de gaz, bloqué toutes les sorties, mais il a fallu que
les autres et vous, vous trouviez le moyen d'en sortir sans
une égratignure avant que tout parte en flammes. Ensuite,
je vous ai fait tomber un mur de briques dessus, et encore
une fois, vous en réchappez. Cette fois, c'est la troisième
tentative. Nous n'avons rien contre vous, vous savez, nous
sommes seulement aux ordres. Et nous n'avons jamais
rencontré votre père.

— Vous voulez nous tuer, c'est entendu. Alors pourquoi
ne pas nous dire qui vous a engagés? demanda Kim.

— Je ne connais même pas l'identité du commanditaire
et, pour dire vrai, je m'en fiche. Le bruit s'est répandu qu'un
type du coin avait des ennemis dont il voulait se débarrasser
et qu'il était prêt à payer ceux qui feraient le boulot. J'ai
récupéré un numéro de téléphone et j'ai appelé. Une voix
étouffée m'a répondu, je ne sais même pas si c'était un
homme ou une femme. J'ai dit que j'avais besoin d'argent
et que je ferais le boulot. Une enveloppe a été laissée pour
moi à un endroit convenu. Je suis allé la chercher. Elle
contenait la moitié de la somme prévue, des photos et des

instructions. La petite boîte surprise sous la voiture, c'était un petit plus que nous avons ajouté. Je parie que ça vous a bien mis sur les nerfs.

Rick ignora ce dernier commentaire.

— Alors mon père n'est jamais venu dans les environs ? Ce n'étaient que des bobards ?

Il s'éloigna subrepticement de Kim pour se rapprocher de Victor. S'il parvenait à le désarmer, Kim aurait une chance de se jeter sur Larry avant qu'il puisse dégainer. Elle était rapide et douée au corps à corps, il avait déjà pu le remarquer.

— Quelqu'un a passé un appel à la radio sur laquelle se branchent tous les employés des sociétés de sécurité qui travaillent sur les sites pétroliers : il demandait de vous contacter si on se rappelait avoir vu votre père. On a compris que c'était notre chance, précisa Victor.

— S'il nous arrive quoi que ce soit, l'ami qui a transmis cet appel saura que c'est vous les responsables, lui fit remarquer Kim.

Blake éclata de rire.

— Hé, il nous suffira de raconter que vous ne vous êtes jamais montrés au rendez-vous. Et si personne ne retrouve vos corps…

Victor agita de nouveau son revolver.

— Assez bavardé. Avancez jusqu'à la camionnette, mains en l'air. Et ne tentez rien, à moins que vous souhaitiez mourir encore plus vite.

Larry contourna le pick-up, ouvrit le hayon arrière et s'empara de deux pelles qu'il jeta au sol.

— Ramassez-les et commencez à creuser, leur ordonna-t-il en désignant le ruisseau. Cherchez un endroit où le sol n'est pas trop dur pour pouvoir creuser suffisamment profond.

— Vous voulez nous faire creuser notre propre tombe ? s'étrangla Kim. N'y pensez même pas ! Faites-le vous-même !

Elle ramassa la pelle et la jeta dans le ruisseau.

— Allez la chercher, et vite ! s'exclama Victor d'un ton menaçant.

A la vitesse de l'éclair, Rick saisit la seconde pelle, décrivit un arc de cercle et, à l'aide de l'outil, fit gicler le revolver des mains de Victor. Celui-ci poussa un cri de douleur.

Larry voulut dégainer l'arme qu'il avait passée à sa ceinture, mais il tâtonna et Kim en profita pour se ruer sur lui et lui faire lâcher le revolver.

Simultanément, Rick frappa de nouveau Victor avec sa pelle. Celui-ci para l'attaque du bras, mais poussa un nouveau gémissement de douleur. Le manche se brisa et la pelle tomba au sol.

Victor se pencha en avant, sans doute pour saisir une seconde arme dissimulée dans sa botte. Mais Rick ne lui en laissa pas le temps. Il l'attrapa au niveau de la nuque, le força à se retourner et l'immobilisa d'une clé de bras.

Puis il sortit le petit revolver caché dans la botte de Victor et le pointa sur Larry.

Celui-ci s'était battu avec Kim et était parvenu à reprendre le dessus : il la tenait, la lame de son couteau de chasse contre sa gorge.

— Alors tu penses pouvoir me tuer avant que je lui ouvre la gorge ? lança Larry en appuyant la lame de son couteau contre le cou de Kim.

Elle inclina la tête pour ne pas subir la pression de l'arme blanche.

— Allez-y, Rick, tirez ! cria-t-elle.

Il aurait dû le faire. Il était excellent tireur. Mais la crainte de la blesser fut plus forte.

— Je ne lâcherai pas ton copain et je ne te laisserai pas non plus partir, Larry. Alors réfléchis bien, car tu n'as pas trente-six façons de garder la vie sauve. Si tu la touches, ensuite, c'est ton tour.

Soudain, Kim se laissa tomber. Larry ne s'y attendait pas et chercha à la retenir. C'était l'occasion que Rick attendait. Il pressa la détente. Larry s'affala, une balle entre les deux yeux.

Victor asséna alors un coup de coude à Rick, se retourna et lutta désespérément pour le contrôle de l'arme. Celle-ci tomba au sol mais, avant que Victor puisse la ramasser, Rick lui envoya un uppercut à l'estomac. Il roula au sol, mais y récupéra le couteau de Larry.

Rick aurait voulu éviter cette lutte : il souhaitait prendre Victor vivant. Il fléchit néanmoins les jambes et écarta les bras pour parer les attaques de son adversaire. Celui-ci fit un grand geste puis se jeta sur lui.

Rick fit un écart à droite puis, avec dextérité, saisit le poignet de Victor et le lui tordit. Victor hurla de douleur. Rick le mit définitivement hors d'état de nuire d'un direct à la mâchoire. Son agresseur s'effondra, inconscient.

Rick se tourna vers Kim. Elle avait ramassé le revolver et le pointait sur Victor.

— Trouvez de quoi ligoter ce type, lui intima Rick.

Elle chercha dans le hayon du pick-up et revint avec un morceau de câble électrique.

— Ça devrait convenir, jugea Rick.

Il ligota les poignets de Victor dans le dos puis releva la tête.

— Vous n'avez rien ?

— Non, tout juste une égratignure sur le cou. Mais ça ne saigne plus.

Rick appela Bidtah et lui fit un rapide compte rendu des événements. Puis il lui expliqua où ils se trouvaient et raccrocha.

— Nous allons attendre la police ici, dit-il à Kim. Avez-vous besoin de vous asseoir ?

Elle décrocha le hayon du pick-up et s'installa.

— J'ai vraiment cru que c'en était fini de nous. Pourquoi vous n'avez pas tiré quand je vous l'ai ordonné ?

— Je n'étais pas sûr de faire mouche, se justifia-t-il.

— Pourtant, vous l'avez atteint pile entre les deux yeux alors qu'il bougeait. Quand il me tenait contre lui, il était immobile, le tir était donc plus facile.

— Je ne pouvais pas courir le risque de vous blesser, répliqua-t-il en la prenant par les épaules pour la fixer droit dans les yeux. Vous comprenez ?

Elle secoua la tête.

— Parlez-moi, aidez-moi à vous comprendre, l'implora-t-elle d'une voix émue.

— Je tiens à vous, Kim. Plus que je ne le devrais. Je ferai

tout mon possible pour vous protéger, mais je ne suis pas certain que vous deviez rester avec moi. Je vous mets en danger et je n'en ai pas le droit.

Elle n'eut pas le temps de répondre car des sirènes de police retentirent. Rick s'écarta d'elle.

— Ce doit être Bidtah et ses hommes. Préparez-vous, ils auront sans doute de nombreuses questions à nous poser.

Rick se tint à l'écart avec Bidtah tandis que les analystes de scène de crime faisaient leur travail.

— Vous avez réussi un sacré tir, commenta Bidtah. J'ai rarement vu une telle précision.

— Quand on travaille comme agent infiltré, il y a plutôt intérêt à ne pas être trop mauvais tireur, expliqua Rick.

— Nous avons l'adresse de ce type, nous allons sans tarder passer son appartement au peigne fin. Je vous tiendrai au courant des résultats de nos recherches, évidemment. Nous allons également interroger Victor Pete. Preston sera présent lors de l'interrogatoire.

— Parfait, fit Rick.

Il tourna la tête vers Kim. Elle avait fini de répondre aux questions des policiers.

— Si vous en avez terminé avec nous, reprit Rick à l'intention de Bidtah, je vais reconduire Kim à Copper Canyon.

— Oui, allez-y, de toute façon, je sais où vous trouver.

Tandis qu'ils s'apprêtaient à remonter en voiture, Rick nota un reflet dans la végétation, juste au-dessus de la route. Il prit Kim par les épaules et la tira à l'abri du véhicule.

— Que se passe-t-il?

— Quelqu'un nous observe avec des jumelles depuis l'autre côté de la route, répondit-il. Ce n'est peut-être qu'un curieux attiré par la présence de la police.

— Ou pas. Vous voulez alerter Bidtah?

— Oui, mais j'aimerais bien savoir en personne à qui nous avons affaire.

Il sortit son portable et appela Bidtah pour ne pas avoir à retourner auprès de lui. Il lui expliqua ce qu'il venait de voir puis raccrocha.

— Il envoie un de ses hommes, annonça-t-il à Kim.

Sur ce, il sortit son arme.

— Vous vous sentez la force de m'accompagner ?

— Et comment !

Il sourit. Il adorait son état d'esprit.

16

Rick monta en voiture avec Kim. Ils firent mine de partir, mais se garèrent un peu plus loin et prirent les jumelles dans la boîte à gants. Puis, à pied, ils contournèrent l'endroit où Rick avait repéré l'observateur pour le prendre à revers s'il était encore sur place. Arrivés à une cinquantaine de mètres de l'endroit en question, Rick ajusta ses jumelles et balaya les environs.

— Il n'y a plus personne, mais j'aimerais quand même aller voir.

Ils avancèrent prudemment et le plus silencieusement possible. Soudain, il y eut un mouvement sur leur gauche.

Un homme sortit à découvert.

— Je suis l'agent Sells. J'ai inspecté les lieux en arrivant par l'ouest. Le suspect est parti. Vous voulez venir voir ?

Ils suivirent le policier jusqu'à un endroit où une petite bourse en peau de tortue reposait au sol.

— C'est une bourse de sorcier, expliqua Rick à Kim. L'inverse d'une bourse de guérisseur.

Il réfléchit un instant.

— Il y avait bien quelqu'un ici et cette personne n'était pas là par hasard. Elle voulait que nous trouvions ceci. C'est une manière de nous faire savoir que nous ne sommes pas encore tirés d'affaire.

Sells appela Bidtah pour lui faire son rapport, puis se tourna vers Rick.

— Pas de doute, il y a quelqu'un qui veut votre peau !

— Oui, mais nous ne nous laisserons pas faire. Au

contraire, cela nous rend encore plus déterminés à identifier cette personne.

Sells acquiesça puis partit rejoindre ses collègues.

Une fois qu'ils furent de retour dans le SUV, Rick fixa Kim.

— Puisque vous participez à l'enquête, il faudrait que vous portiez les bonnes armes.

— Je maîtrise le maniement des armes de poing, précisa-t-elle.

— Je ne faisais pas allusion à ce genre d'armes.

— Vous parliez des protections traditionnelles des Navajos, comme les fétiches et les bourses de guérisseurs ?

— Oui. Ce sera une marque de respect envers notre peuple et notre culture ; les habitants de la réserve vous feront davantage confiance. Nous allons passer à la boutique de Pablo Ortiz, s'il est encore là.

— Pablo Ortiz, de Southwest Treasures ?

Il sourit.

— Vous le connaissez ?

— Seulement de nom.

Un peu plus tard, ils se garèrent sur le parking de Southwest Treasures.

Pablo Ortiz, un homme corpulent de petite taille aux cheveux poivre et sel, sortit de sa boutique pour les accueillir.

— Bienvenue, Rick ! Tu as choisi le bon moment pour t'arrêter. Je viens de fermer boutique, on ne sera pas dérangés.

Pablo les fit entrer puis, quand Rick lui eut présenté Kim, il les invita à monter à l'étage au-dessus du magasin, où il vivait.

— Mon amie aurait besoin d'un fétiche et d'une bourse médicinale, expliqua Rick.

— Dans ce cas, allons dans mon atelier, répondit Pablo qui les fit passer dans une seconde pièce remplie d'outils en tous genres.

Ortiz suivit le regard ébahi de Kim et sourit.

— C'est ici que je donne la touche finale à mes pièces les plus précieuses, dit-il en désignant une large table de bois. Je viens de terminer trois fétiches. Je ne sais pas à qui ils sont destinés, mais l'esprit à l'intérieur des pierres reconnaîtra son propriétaire.

— Je peux regarder ? demanda Kim.

— Je vous en prie.

Rick s'approcha à son tour de la table.

— Nous cherchions un...

Mais Ortiz l'interrompit en levant la main.

Le premier fétiche était un ours en jais. Le second était un lézard d'un beau bleu turquoise. Le troisième était un cheval en albâtre avec une veine turquoise qui s'étendait de la bouche au cœur. Des plumes ornaient son dos.

— Celui-ci est magnifique, observa Kim.

Ortiz sourit à Rick puis reporta son attention sur elle.

— Le cheval vous a choisie autant que vous l'avez choisi.

— Et que symbolisent les plumes ?

— C'est une offrande à l'esprit du fétiche, qui le rend plus puissant. Les plumes, notamment les plumes bleues, ont de forts pouvoirs protecteurs.

Ortiz l'observa quelques secondes.

— Qu'est-ce qui vous a poussée à choisir le cheval ?

Elle lui parla du mot et du dessin qu'Hosteen Silver avait laissés pour elle.

— En regardant ce cheval, j'ai trouvé qu'il évoquait le courage et la liberté.

Elle prit l'objet dans sa paume et le contempla encore.

Ortiz sourit.

— Voilà, maintenant, l'union est complète.

— Merci, fit Rick. Il nous faudrait également une bourse médicinale.

Pablo traversa la pièce, saisit une bourse sans hésiter et la donna à Kim.

— Dans celle-ci, il y a du pollen, un cristal et un brin d'une plante très puissante. Pour le cheval et vous, c'est parfait.

Elle plaça le cheval dans la bourse puis, suivant les instructions de Pablo, le saupoudra de pollen.

Elle releva la tête vers Rick :

— Puis-je y mettre aussi la pointe de flèche que vous m'avez offerte ?

Il acquiesça, puis paya et Pablo les remercia.

— Faites attention à vous, tous les deux. Quelque chose me dit que vous devrez encore affronter votre pire ennemi.

— Merci pour cet avertissement, nous nous en souviendrons.

Quand ils reprirent la route, Kim paraissait différente.

— Merci beaucoup, dit-elle, une main sur la petite bourse. C'est vraiment incroyable que votre père m'ait appris que mon animal totem était le cheval et de trouver ce petit fétiche qui, selon Pablo Ortiz, m'attendait.

— Pablo a un instinct très développé pour ces choses-là, indiqua Rick. Même Hosteen Silver avait parfois du mal à lire en moi et il n'était pas certain du fétiche qui me convenait le mieux. Alors, un jour, il m'a amené chez Pablo. Nous y sommes restés plusieurs heures, nous avons mangé avec lui et parlé. Pablo voulait savoir ce que je souhaitais pour mon avenir.

— Quel âge aviez-vous ?

— Seize ans, mais je savais déjà ce que je voulais faire. Je lui ai expliqué que j'avais besoin de mener une vie avec un but précis, mais que chaque jour soit différent du précédent. Dans ma tête, j'ambitionnais déjà d'intégrer une agence fédérale et de travailler sous couverture.

— Alors, pendant plusieurs années, vous vous êtes créé une fausse identité pour traduire des malfaiteurs en justice, enchaîna-t-elle. Mais survivre, ce n'est pas la même chose que vivre sa vie.

Il ne répondit pas, la dévisagea puis fixa de nouveau la route. La nuit était tombée et seul le halo des phares produisait un peu de lumière. Autour, c'était le noir total.

Le silence s'était installé dans l'habitacle. Aussi Kim reprit-elle la conversation :

— Rick, aucun guerrier ne garde son armure en permanence.

Elle avait envie d'établir un véritable contact avec lui, de créer un lien. Elle comprenait pourquoi il s'était refermé sur lui-même, mais cela ne pouvait durer éternellement. Sinon, il ne serait jamais heureux.

Comme Rick ne répondait rien, elle n'osa pas insister. Mais l'obscurité autour du SUV la rendait claustrophobe.

— Je ne sais même plus où nous sommes ni où nous allons, confessa-t-elle.

— Au chalet de mon père. J'ai le sentiment que le code que je recherche est dans un des livres que Gene a laissés là-bas.

— Parlez-moi de ce chalet. A quoi ressemble-t-il ?

— Quand Hosteen Silver a recueilli Gene et Daniel, ils y ont vécu avec lui pendant un an. C'est petit, il n'y a que deux pièces et, à leur arrivée, il n'y avait même pas l'eau courante. Ils devaient aller remplir des bonbonnes dans un puits situé à plusieurs centaines de mètres du chalet.

— Quotidiennement ? Ce devait être éreintant.

— Oui, ça l'était. Mais Hosteen Silver considérait que les travaux physiques avaient des vertus. A l'époque, mes frères étaient très instables. Alors effectuer ces tâches canalisait leur énergie et leur apprenait à travailler ensemble. Et, le soir venu, ils étaient tellement fatigués qu'ils n'avaient plus la force de faire des bêtises.

— Et il y avait de quoi se chauffer ? Un poêle ou autre chose ?

— Un poêle pour la cuisine et une cheminée pour le chauffage. Cette nuit, dans la montagne, la température va descendre bien en dessous de zéro. Alors je ferai du feu dès notre arrivée. Daniel va de temps en temps au chalet pour faire des balades en montagne et, maintenant, il y a aussi un générateur électrique.

— Et l'eau courante ?

— Uniquement l'eau froide. Et quand je dis froide, c'est froide.

Elle sourit.

— S'il fait vraiment trop froid, nous allumerons le poêle.

Deux heures plus tard, Rick se gara devant un petit chalet dans une clairière au milieu d'une forêt de pins.

Il lui fallut quelques minutes pour trouver la clé puis ils purent entrer.

Kim observa les lieux. Malgré la température glaciale, l'aspect chaleureux et bien aménagé du chalet donnait la sensation d'être dans une oasis de civilisation au milieu de nulle part. Pour tout mobilier, il n'y avait qu'un petit canapé et une chaise, mais un beau tapis couleur crème devant la cheminée attira immédiatement son attention. Il paraissait extrêmement doux et s'intégrait parfaitement dans l'atmosphère rustique du chalet.

— Je vais faire du feu, annonça Rick. Mon frère empile le bois dans un petit abri derrière, à côté du générateur. J'en profiterai pour l'allumer aussi.

Il quitta la pièce. Elle fit quelques pas. Il n'y avait pas de photos au mur, mais dans un coin de la pièce, un portrait encadré de Holly, la femme de Daniel, avec un bébé dans les bras.

Rick revint et démarra le feu à l'aide de vieux journaux. Il avait des gestes habiles et sûrs, nota Kim. Les flammes ne tardèrent pas à monter et à crépiter dans l'âtre.

Il se tourna vers elle.

— Vous êtes congelée, n'est-ce pas ?

Elle serra les bras autour de son buste. Elle avait toujours ses gants.

— Oui, j'avoue, mais c'est ma faute. J'ai laissé mon manteau chez moi.

Il s'approcha d'elle, ouvrit sa veste et la serra contre lui pour lui offrir sa chaleur.

Elle fut prise de court, mais ne tarda pas à se laisser aller. Blottie contre lui, elle était bien, rien ne pouvait lui arriver.

Le cœur de Rick battait à l'unisson du sien, il dégageait une force revigorante.

Elle leva la tête pour croiser son regard. Ils se fixèrent quelques instants. Puis, lentement, il inclina la tête et l'embrassa avec tendresse.

— Vous êtes en sécurité avec moi. Je vous le promets.

Sa chaleur était enivrante.

— J'aimerais que…

— Quoi ? Vous pouvez tout me dire, Kim. Vous le savez, n'est-ce pas ?

— Cet après-midi, vous m'avez déclaré que je ne devrais pas rester avec vous. J'ai eu l'impression que vous me repoussiez parce que vous aviez peur que je vous voie tel que vous êtes réellement. Mais comment voulez-vous que j'aie une entière confiance en vous si vous me repoussez ? Il n'y a rien que je souhaite davantage que vous faire aveuglément confiance et me laisser aller dans vos bras. Mais c'est comme s'il y avait encore un mur entre nous que vous refusiez de laisser tomber.

Il ne relâcha pas son étreinte.

— J'ai appris à me protéger en tenant constamment les autres à distance. Pour moi, c'était la seule façon d'éviter un mauvais coup du destin. Mais, au fil du temps, cette attitude est devenue une seconde nature.

— Si vous envisagez de rester seul toute votre vie, c'est une attitude plutôt sage. Mais la plupart d'entre nous rêvent d'autre chose.

— Je ne voulais pas de l'amour dans ma vie. J'ai toujours considéré que c'était une illusion, vouée à s'éteindre un jour ou l'autre.

— Pourtant, vous êtes proche de vos frères. Vous les aimez.

— Ce qui nous lie, c'est la loyauté, l'intégrité et l'honneur. Ce sont des vertus plus solides que l'amour.

— Mais sans amour, ces vertus, comme vous dites, ne peuvent pas perdurer.

— J'ai des sentiments pour vous, Kim, avoua-t-il. Mais des sentiments forts, sincères, sur lesquels vous pourrez toujours compter. Quoi qu'il arrive, je serai là.

Du revers de la main, il lui caressa le visage.

— Mais ces sentiments vous troublent, Rick, vous les combattez. Pourquoi ?

— Parce que ce que je lis dans votre regard me fait peur.

— Je ne comprends pas.

— Vous voyez l'homme que vous désireriez que je devienne, pas celui que je suis réellement.

— Ce que je vois, c'est un homme qui m'a protégée, au péril de sa propre vie.

— Je vous ai peut-être sauvé la vie, mais j'en ai pris d'autres. Je ne suis pas un enfant de chœur, vous savez.

— Vous êtes un homme prêt à tout pour que justice soit rendue, qui n'a peur de rien. Sauf de laisser les autres devenir trop proches de vous. Mais si vous souhaitez que notre relation soit davantage qu'une parenthèse éphémère, vous devez accepter de m'ouvrir votre cœur.

Il la lâcha.

— Kim, il y a des aspects de moi qui ne vous plairaient pas. Si je les laisse sortir, un fossé se creusera inéluctablement entre nous.

— Vous dites avoir de l'affection pour moi, mais tant que vous me tiendrez à distance, vous douterez toujours de l'étendue de mes sentiments pour vous.

Il lui déposa un baiser sur le front puis recula et se mit à marcher, mains dans les poches.

— Je pensais avoir le profil type pour travailler sous couverture : j'étais froid, distant, concentré sur mon objectif, mais, sur le terrain, c'était différent. Le mythe des bons contre les méchants n'est qu'une illusion et, plus on fréquente des gens malhonnêtes, plus on comprend qu'ils ne sont pas mauvais en permanence.

Il se passa une main dans les cheveux et parut chercher ses mots :

— Quand on commence à voir chez ces gens-là des traits de caractère similaires aux siens, on se pose inéluctablement des questions sur le sens de ce qu'on fait. Et alors, ça devient très compliqué.

— Pourquoi vous n'avez pas demandé à cesser votre mission à ce moment-là ?

— Il m'avait fallu plus d'un an pour infiltrer le cartel que je devais démanteler et, grâce à mon travail, nous avions obtenu des informations précieuses : des noms, des lieux, toutes sortes d'éléments qui, à terme, permettraient de réussir un beau coup de filet.

Il se dirigea vers la cheminée, se baissa et attisa les flammes. Il ne disait plus rien ; elle attendit qu'il reprenne de lui-même.

— Un jour, le chef du cartel m'a donné l'ordre d'abattre un homme. Son principal rival, pour être précis. Etant donné ses activités, l'éliminer aurait presque été bénéfique pour tout le monde, mais je n'étais pas là pour effectuer le sale boulot du cartel.

Il agita la tête et se massa la nuque.

— Je me suis dit que j'allais laisser le destin décider de ce qu'il adviendrait. J'ai arrangé un rendez-vous, sachant que ce type essaierait de me tuer et que seul l'un d'entre nous s'en sortirait. Tuer un homme en position de légitime défense, ça, je pouvais vivre avec.

Il y eut un nouveau silence avant qu'il continue.

— Nous nous sommes retrouvés sur le parking d'une église et, en fait, le rendez-vous s'est transformé en embuscade. A l'intérieur de l'église, un mariage avait lieu, je ne pouvais donc pas me servir de mon arme. Lui, il avait prévu le coup en venant avec un couteau pour m'éliminer discrètement. Nous nous sommes battus, ce fut une bagarre très violente. Finalement, j'ai réussi à le neutraliser. Mais, au moment où j'aurais pu l'achever, il m'a fixé, et son regard était plein de terreur.

Kim n'osait rien dire.

Finalement, Rick lui tourna le dos et regarda par la fenêtre.

Elle s'approcha lentement, lui passa les bras autour de la taille.

Il se retourna pour lui faire face.

— C'est à cet instant que j'ai compris ce que j'étais devenu. Je voulais le tuer, j'avais seulement cherché une bonne raison de le faire pour justifier mon acte, ne pas voir la vérité en face. Alors je me suis reculé, dans l'intention de le laisser partir. Il en a profité pour ramasser son couteau, qu'il avait laissé tomber, et m'a attaqué. C'est comme ça que j'ai hérité de la cicatrice qui me barre le visage. Ensuite, il a voulu me porter l'estocade et je me suis défendu. J'ai survécu, pas lui.

— Vous lui avez offert une chance de s'en sortir, Rick, vous ne pouviez pas faire davantage. Vous avez fait preuve d'humanité.

— Et elle a failli me coûter la vie. Plus tard, à l'hôpital, au cours de ma convalescence, j'ai eu tout le temps de repenser à ces événements et d'envisager un nouvel avenir. C'est à cette époque que j'ai décidé de revenir ici pour me reconstruire. Je me disais qu'en me retrouvant là où j'avais grandi, où sont mes racines, je n'aurais aucune difficulté à trouver un nouvel objectif, de nouvelles perspectives.

— Découvrir les circonstances de la mort de votre père, c'est un nouvel objectif ?

— Non, c'est vous qui m'avez ouvert de nouvelles perspectives.

Il l'embrassa de nouveau, la faisant vibrer de tout son être.

— Vous avez vécu l'enfer, Rick, mais vous êtes un homme d'honneur et de compassion. Vous êtes tout ce que je pensais de vous, et plus encore.

Il lui donna un nouveau baiser, plus fort.

Une intense chaleur monta en elle. Bien sûr, elle avait déjà rencontré des hommes qui l'avaient attirée, mais jamais elle n'avait connu un désir aussi puissant. Peut-être était-ce cela, l'amour. Rick ne lui avait pas déclaré qu'il l'aimait, mais, en cet instant, ça n'avait plus d'importance.

Elle l'incita à retirer sa veste et s'attaqua aux boutons de sa chemise.

Puis elle leva les yeux pour croiser son regard : il était animé des mêmes pulsions qu'elle. Mais il semblait faire d'immenses efforts pour se contenir, il avait la mâchoire serrée et, quand elle posa la main sur son torse, il laissa échapper un soupir.

Un tatouage ornait sa poitrine, un mot en langage navajo. Elle passa le bout du doigt dessus.

— Qu'est-ce que ça veut dire ?

— Ombre. C'est ce que je devais devenir dans mon travail : une ombre.

Elle déposa de petits baisers sur son torse.

Quand elle voulut défaire sa ceinture, il posa une main sur ses doigts.

— Il n'est pas trop tard pour changer d'avis, dit-il, mais vous devez le faire vite.

— Rick, je n'ai pas peur de vous. Ouvrez-moi votre cœur, laissez-moi vous prouver qu'aimer ne fait pas mal.

Elle défit sa ceinture et le caressa.

— Doucement, dit-il en lui prenant les poignets.

Il lui enleva son pull et le reste de ses vêtements. Enfin, elle fut nue devant le feu près de la cheminée. Il la prit dans ses bras et la déposa délicatement sur l'épais tapis.

Dans l'éclat des flammes, ils s'unirent et leur désir dévastateur s'exprima enfin, avec une force inouïe. C'était de l'amour, c'était leur destin, songea Kim.

Rick luttait visiblement pour se contrôler le plus longtemps possible, pour prolonger encore et encore leur étreinte. Mais le feu qui courait dans ses veines finit par être le plus fort et, dans un long cri d'extase, il s'abandonna totalement.

Ils restèrent longuement enlacés, à reprendre leur souffle.

— Vous êtes à moi et je suis à vous, lui chuchota Kim. Ne bougez pas.

17

Le temps passa et Rick finit par avoir froid.

— Le feu est presque éteint, observa-t-il. C'est bien dommage que ce ne soit pas l'été. J'aurais aimé te voir te promener nue dans le chalet.

Il se leva pour se rhabiller.

— Moi aussi, j'aurais aimé te voir, répondit-elle.

Il éclata de rire.

— Malgré mes cicatrices ?

— Je ne trouve rien à y redire, assura-t-elle en rassemblant ses vêtements.

Il lui tendit la main pour l'aider à se relever.

— Nous nous réchaufferons plus vite si nous nous mettons au travail sans tarder. Il faut rassembler les livres et les porter au SUV. Je n'ai pas envie de les laisser ici, on peut s'introduire trop facilement dans le chalet.

— Ton frère t'a indiqué où il les avait rangés ?

— Il m'a seulement précisé qu'ils étaient dans une grosse malle métallique. Je ne vois rien ici et elle n'était pas non plus dans l'abri à côté du générateur. Donc il ne reste que la chambre.

— J'ai rarement eu aussi froid, confia Kim en serrant la veste autour d'elle.

— Le climat par ici est extrêmement rigoureux, reconnut-il. Mais dès que j'aurai relancé le feu, la température remontera très vite, ne t'inquiète pas. Je peux également faire du feu dans le poêle s'il le faut. Daniel est assez frileux. Alors il a fait remplacer le poêle d'origine par cette merveille.

— Je n'aurais pas cru que Daniel soit frileux, répliqua-t-elle dans un éclat de rire.

— Oh si, mais ne lui dis pas que j'ai vendu la mèche.

Ils se rendirent dans la chambre. Une malle métallique y traînait dans un coin et ils en sortirent deux grosses boîtes. Sur chacune figurait bien clairement la date à laquelle les livres y avaient été rangés.

— Ça, c'est Gene. Toujours très méticuleux, commenta Rick.

Ils rapportèrent les deux boîtes dans le salon et les posèrent sur la grande table.

— Je vais faire du tri, ce n'est pas la peine de tout emporter, décida Rick.

Il commença à détailler le contenu de la première boîte et sortit un vieux livre de poche qui n'avait même plus de couverture.

— Je me souviens de celui-ci. Il a été écrit par un ancien transmetteur de code navajo qu'Hosteen Silver admirait beaucoup. Il est très abîmé car, un jour, en le lisant, Kyle l'a accidentellement fait tomber dans l'eau. Malgré cela, et même s'il l'a lu un nombre incalculable de fois, Hosteen l'avait gardé.

Rick feuilleta l'ouvrage. Une page attira son attention.

— Tiens, il y a une page d'un autre livre glissée dedans. Une page d'un livre de Richard Sorge, on dirait.

— Qui est Richard Sorge ? demanda Kim.

— Je l'ignore. Nous en saurons plus quand nous aurons de nouveau accès à internet. Qui sait, peut-être que le code que j'ai découvert dans le carnet de mon père a un rapport avec cet auteur.

Ils continuèrent leur tri et replacèrent tous les livres dignes d'intérêt dans les boîtes.

— On ferait mieux d'aller directement chez Daniel plutôt que de retourner au ranch, non ? suggéra Kim. Paul et Daniel semblent en savoir davantage sur les codes que Kyle.

— Oui, tu as raison, allons chez Daniel. Je sens que nous sommes proches d'obtenir des réponses.

Il éteignit le feu puis ils quittèrent le chalet et portèrent les boîtes à la voiture.

Rick démarra et conduisit prudemment sur le chemin pentu

qui redescendait vers la route. A un moment, il dut freiner pour négocier un creux d'eau.

— Les freins sont mous, ce n'est pas bon signe.

Le SUV fut secoué quand ils passèrent le creux d'eau. Kim serra l'accoudoir.

— Accroche-toi, il n'y a plus de freins du tout ! l'alerta Rick.

Il tira le frein à main pour les faire ralentir et donna un coup de volant à droite pour tenter de s'arrêter.

Le SUV oscilla de droite à gauche et, la pente se faisant de nouveau plus raide, ils reprirent de la vitesse.

Rick tourna la tête vers Kim. Elle était plaquée contre son siège, le regard agrandi par la peur.

Devant eux s'annonçait un virage serré à gauche : s'ils ne ralentissaient pas, ils étaient bons pour finir dans le ravin.

Rick songea un instant à percuter un arbre puisqu'ils avaient tous deux leur ceinture de sécurité et que les airbags se déclencheraient. Mais alors, il se souvint des buissons juste avant le virage. Il restait une chance...

— Accroche-toi, ça passe ou ça casse ! cria-t-il en fonçant droit sur les buissons.

L'impact le fit heurter le volant, lui coupa le souffle une seconde, mais ne fut pas assez violent pour déclencher l'airbag.

Il serra le volant de toutes ses forces pour maintenir la trajectoire. Le buisson les avait ralentis, mais ils ne s'étaient pas arrêtés. Il y eut alors un bruit sourd sous la voiture et une secousse qui les fit tous deux décoller de leur siège. Enfin, le SUV ralentit encore et termina sa course dans un nuage de poussière.

Rick coupa le contact et le silence s'abattit sur le véhicule. Il se tourna vers Kim.

— Nous sommes encore là ? ironisa-t-elle.

— Oui. Nous n'irons pas plus loin mais, au moins, nous sommes entiers.

Il posa la main sur la portière.

— Reste dans la voiture, je vais regarder en dessous pour voir ce qui s'est passé.

— Non, je vais t'aider. En tenant une lampe torche pour

que tu puisses examiner les freins, par exemple. A mon avis, ça n'est pas un accident.

Ils sortirent tous deux du SUV et Rick rampa dessous.

— Ça sent le liquide de freins à plein nez, annonça-t-il. Manifestement, tu as raison : on a saboté la voiture.

Il ressortit et épousseta ses vêtements, furieux contre lui-même.

— Je suis désolé. Je n'ai pas fait attention, c'est ma faute. Je t'ai mise en danger.

— Je ne comprends pas. Comment…

Elle marqua une pause, puis reprit :

— Tu veux dire que c'est arrivé parce que nous avons fait l'amour ?

— J'avais le devoir de rester sur mes gardes, je n'avais pas le droit de me laisser distraire.

— Premièrement, tu ne sais même pas à quel moment les freins ont été sabotés. Peut-être pendant que tu faisais du feu. Ensuite, rien ne me fera jamais regretter une seule seconde ce qui s'est passé entre nous, continua-t-elle en soutenant son regard. Nous nous sommes rapprochés l'un de l'autre, et, à terme, je suis sûre que ça nous rendra plus forts.

Il sourit.

— Tu ressembles à un ange, mais tu es en acier trempé, Kim.

— Comme la plupart des femmes.

Il scruta les alentours.

— Il ne faut pas que nous restions dans les parages. Rien ne nous dit que le saboteur n'est pas encore dans le coin. Il y a un grand sac de toile dans le coffre. Nous allons mettre les livres dedans et je le porterai. Toi, prends les jumelles dans la boîte à gants. Ce sont des jumelles à infrarouge qui permettent de voir dans l'obscurité.

— D'accord.

— Nous sommes à un peu moins d'une demi-heure de marche de la route. Dès que j'aurai du réseau, j'appellerai Daniel. Je n'ai pas vu d'autres traces de pneus que les nôtres sur le chemin, ce qui signifie que le responsable a dû approcher du chalet à pied. Il s'est probablement garé dans les environs.

Pour gagner du temps, ils s'engagèrent directement dans la

pente plutôt que de suivre le chemin et restèrent au maximum à l'abri de la végétation.

Rick fit signe à Kim de marcher le plus discrètement possible.

— Tu crois vraiment qu'il y a encore quelqu'un ? chuchota-t-elle.

— Mon instinct me dit que le responsable n'est pas loin. Il ne pouvait pas être certain que le sabotage provoquerait notre fin. Alors, quand il constatera qu'il a raté son coup, il tentera autre chose.

Finalement, Daniel vint chercher Rick et Kim et les ramena chez lui. Tout le monde se rassembla dans la salle d'opérations autour d'un bon café chaud. Paul était déjà devant l'ordinateur.

— Je vais me renseigner sur ce Richard Sorge, dit-il en tapant son nom dans le moteur de recherche.

Quelques instants plus tard, il se tourna vers eux et leur fit part de ce qu'il avait appris :

— Pendant la seconde guerre mondiale, il espionnait l'armée japonaise. Pour communiquer ses informations, il avait mis au point un code que seuls lui et la personne à qui il transmettait ses infos connaissaient ; la méthode de décryptage était chaque fois différente. Tu as toujours les photos que tu as prises du carnet de notre père ?

— Oui, elles sont dans mon portable, répondit Rick en lui tendant son téléphone.

Paul le raccorda à l'ordinateur et y transféra les photos qui apparurent à l'écran.

— Ce sont des séquences de chiffres séparées par des virgules, précisa Daniel. Mais ce n'est pas un code tout simple dans lequel le chiffre 1 est égal à a et ainsi de suite. Nous avons déjà vérifié.

Paul enchaîna :

— Une méthode couramment employée était que le transmetteur du message et le destinataire possédaient tous deux la même copie du même livre. Un classique de la littérature ou même un dictionnaire. Si nous mettons la main sur le livre utilisé par notre père pour créer le code, nous réussirons à décrypter le message.

Rick retourna une fois encore le vieux livre de poche entre ses mains. Parmi les ouvrages dans la malle, ils n'en avaient pas retrouvé de Richard Sorge alors qu'une page d'un livre de cet auteur avait pourtant été glissée dans un autre.

— Cette page devait être là pour nous faire comprendre qu'il avait utilisé une variation de la méthode de codage de Sorge, déduisit Rick. Il faut que nous passions les livres en revue en commençant par ses favoris.

Paul intervint de nouveau :

— Partons du principe que le premier chiffre correspond à la page, le second au numéro de la ligne sur cette page, le troisième au mot sur cette ligne et le quatrième à la lettre dans ce mot.

Rick prit le vieux poche et appliqua la méthode.

— Cela nous donnerait un *e* comme première lettre.

Quelques minutes plus tard, il leva les yeux et sourit.

— En suivant ce procédé, on obtient une phrase cohérente mais énigmatique : « Elle me l'a fait manger ».

— Cela ne peut pas être un hasard, déclara Kim. En plus, « elle » désigne une femme. La seule femme suspecte, c'est Angelina Curley.

Rick acquiesça et réfléchit.

— « Elle me l'a fait manger », répéta Kim. Qu'est-ce qu'Angelina aurait pu faire manger à votre père ?

— Cette phrase était dans un carnet qu'il utilisait pour noter des remarques sur le peuple des plantes, déclara Rick. Je crois que c'est une façon de nous dire qu'il a été empoisonné.

— Et il a dissimulé ce carnet à un endroit où toi seul le trouverais, renchérit Kim. Cela pourrait signifier qu'il craignait que son ennemi ne fasse disparaître toute preuve de son implication et qu'il ne pouvait donc pas le laisser ailleurs.

— Mais s'il avait compris qu'il avait été empoisonné et connaissait l'identité de son meurtrier, pourquoi n'a-t-il pas alerté les autorités ? intervint Daniel.

— Peut-être qu'il n'était pas sûr de lui à 100 %, suggéra Kim.

— Il est également possible qu'il ait compris qu'il était

condamné et qu'il ait préféré utiliser ses dernières forces pour faire ce qu'il jugeait honorable : mourir le plus loin possible de chez lui, lança Paul.

— Ou alors, il pensait qu'Angelina avait l'antidote à ce poison et il était parti pour aller la voir, reprit Daniel. Mais rien ne dit qu'elle est forcément coupable. Elle s'intéressait au peuple des plantes mais, après tout, c'est son droit.

— Angelina ne vit pas près de Copper Canyon, objecta Kim.

— Sauf que ces événements ont eu lieu avant son mariage, rappela Paul. Où vivait-elle avant ? Attendez, je cherche.

Il tapota une fois de plus sur l'ordinateur.

— Selon l'état civil, elle habitait à environ trois kilomètres de Copper Canyon. Il n'est pas impossible que notre père soit parti la voir, mais n'ait pas eu le temps d'arriver à destination.

— Théorie intéressante mais, tant que nous n'aurons pas retrouvé son corps, ça restera une hypothèse, déclara Preston. Nous ne pouvons pas prouver comment il est mort et même qu'il est bien mort, d'ailleurs.

— Un autre élément me tracasse, confia Kim. Pourquoi Angelina chercherait-elle à tuer Rick après toutes ces années ? Si elle a empoisonné Hosteen Silver, elle a plus que réussi son coup puisque, sans corps, sans témoins ni preuves substantielles, il sera impossible de la confondre.

Un long silence suivit. Tous se perdaient en conjectures.

— Il reste la possibilité qu'elle ait pris peur que, d'une manière ou d'une autre, Rick parvienne à comprendre qu'elle avait empoisonné notre père, conclut Preston. De nous tous, Rick est le seul capable de raisonner comme Hosteen Silver, ce n'est un secret pour personne.

Rick hocha la tête.

— C'est plausible, mais il faut retrouver le corps de notre père. Nous devons partir du ranch et prendre la direction de l'endroit où vivait Angelina à l'époque. Nous prendrons tous les chemins possibles et nous chercherons partout où il a pu s'arrêter. S'il n'a jamais atteint la maison d'Angelina, son corps est forcément quelque part.

Sur l'ordinateur, Paul dressa une carte aérienne de la zone concernée.

— L'itinéraire le plus court passe par une zone désertique. Apparemment, il n'y a pas une seule habitation le long du chemin, seulement des animaux sauvages, constata Preston. Autant dire que toute trace de son corps a peut-être disparu depuis longtemps.

— Il faut quand même que nous partions à sa recherche, insista Paul. Personne d'autre que nous ne peut le faire.

— C'est entendu, allons dormir quelques heures, nous partirons demain matin, trancha Rick. Kim, si tu n'as pas envie de te joindre à nous, nous comprendrons.

— Non, un peu de sommeil et une bonne tasse de café au réveil, c'est tout ce que je demande.

Le téléphone de Rick sonna.

— Qui cela peut-il bien être à cette heure ? se demanda-t-il à voix haute.

18

Rick décrocha et reconnut immédiatement la voix rauque à l'autre bout du fil.

— C'est Raymond, se présenta son interlocuteur.

Le vétéran devenu vagabond, songea Rick.

— Que me vaut l'honneur ?

— J'ai entendu dire que l'agent Bowman, de la police de la réserve, cherchait Nestor Sandoval, expliqua Raymond. Et justement, je viens de le voir ici, à Hartley.

— Donne-moi l'adresse, s'empressa de répondre Rick.

— Je ne peux pas donner une adresse précise car c'est un immeuble désaffecté. C'est le bâtiment derrière la station-service sur Pine Boulevard. J'ai aperçu de la lumière et j'ai reconnu Sandoval. Il doit toujours y être car je ne l'ai pas vu ressortir. Et, pour autant que je sache, il est tout seul.

— Comment sais-tu qu'il s'agit de Sandoval ?

— Tout le monde le connaît de près ou de loin, ici. Il cause souvent des embrouilles à la sortie des bars avec sa bande.

— Tu peux garder un œil sur l'endroit où il se trouve jusqu'à notre arrivée ?

— Oui, je resterai à côté de la cabine téléphonique et, s'il sort, je le suivrai.

— Surveille, mais ne prends aucune initiative, d'accord ? dit Rick fermement.

— Entendu, répondit Raymond.

Pour la première fois, il avait une voix alerte et déterminée, remarqua Rick. Il ajouta même :

— Evitez d'arriver par la rue entre la station-service et l'immeuble. Sandoval a obstrué la porte et les fenêtres avec des planches et des clous pour dissuader les intrus.

— Tu connais un autre moyen d'entrer dans l'immeuble ? demanda Rick.

— Affirmatif. Quand vous arrivez à hauteur de la station-service, prenez à droite et faites le tour. Vous allez vous retrouver dans un terrain vague et, au bout, il y a une autre entrée. On y accédait par des doubles-portes qui n'existent plus et l'ouverture est trop large pour être occultée.

— Merci pour ces précieux renseignements, on arrive.

Rick raccrocha et fit aux autres un résumé de la conversation.

— J'appelle des renforts, déclara Preston. Vous savez que je tiens à ce que tout soit fait dans les règles, mais nous n'aurons peut-être pas d'autre occasion de coincer Sandoval. En plus, l'effet de surprise est important : nous devrons peut-être agir sans attendre qu'une équipe d'intervention arrive.

— Compris, acquiesça Rick. Alors allons-y !

Daniel les arrêta d'un geste de la main :

— Attention, il ne se laissera pas interpeller facilement. Maintenant, il est passible de trois chefs d'inculpation.

— Oui mais, au moins, à cette heure-là, tout est calme, rappela Preston. Si par malheur une fusillade éclate, il ne risque pas de blesser des passants.

— Je veux vous accompagner, intervint Kim.

— Non, rétorqua Preston. Cette fois, c'est une situation à très haut risque.

— Si tu tiens absolument à venir, proposa Rick, tu restes dans la voiture pour nous prévenir au cas où quelqu'un approcherait, quand nous serons dans le bâtiment.

— D'accord, fit-elle.

Tandis que Rick devait pénétrer dans l'immeuble via le terrain vague, Paul fut chargé de surveiller l'avant du bâtiment et Daniel de rester en retrait pour couvrir leurs arrières.

Ils étaient tous équipés de radios et d'oreillettes pour

rester en contact permanent. C'était la pleine lune, ce qui leur permettait de ne pas être dans l'obscurité complète.

Rick longea le mur et avança sans bruit. Preston était un peu plus loin et s'approchait d'une fenêtre. Rick tenta un regard à l'intérieur, repéra un petit radiateur posé au sol et le désigna à Preston. Puis il contacta Kim, qui était restée aux abords de la station-service et observait la scène à l'aide de jumelles infrarouges.

— Tout est calme, vous pouvez continuer, dit-elle.

— Très bien, j'entre, annonça Rick à voix basse.

Il pénétra dans l'immeuble, se retrouva dans une sorte de hall et se recroquevilla dans un coin, à l'affût du moindre bruit. Il n'y avait personne. Si un homme s'était tenu quelque part, il aurait repéré sa silhouette. Preston le rejoignit et marcha accidentellement sur un morceau de verre. Il y eut un craquement. Immédiatement, des pas pressés retentirent derrière eux. Rick fit volte-face, juste à temps pour apercevoir un bras armé d'un revolver émerger à l'angle du couloir. Deux coups de feu retentirent, tirés à l'aveugle. Les balles allèrent se ficher dans le mur, loin d'eux.

Rick allait riposter, mais le bras armé disparut.

— Rappliquez ici, lança Preston à Paul et Daniel dans sa radio. Police ! Posez votre arme et rendez-vous sans résistance ! s'exclama-t-il à l'intention de l'homme armé. Le bâtiment est encerclé.

— Je ne retournerai pas en prison ! répondit une voix.

Rick jeta un rapide coup d'œil à sa gauche et fit un pas dans le couloir en rasant le mur pour rester dans l'ombre, son arme devant lui.

— Je te couvre, lui murmura Preston.

Rick avança de quelques pas supplémentaires, aussi silencieux qu'un chat. Enfin, il repéra Sandoval, tapi derrière une pile de palettes. Celui-ci le vit également et tira deux fois. Rick eut juste le temps de reculer pour ne pas être touché.

Il se redressa, fit un nouveau pas en avant, roula au sol et tira en direction des palettes. Sandoval battit en retraite.

Rick fit signe à Preston de le rejoindre.

— J'ai eu le temps de voir son arme, annonça-t-il dans sa

radio. C'est un revolver à six coups. S'il tire encore deux fois, il devra recharger. Je vais l'inciter à le faire. Préparez-vous.

Rick tâta le sol, trouva un caillou et le lança. Alerté par le bruit, Sandoval fit feu une fois. Rick pointa son arme sur les palettes et tira deux fois. Sandoval répliqua, puis il y eut un cliquetis caractéristique. Son chargeur était vide.

Aussitôt, Rick se rua sur les palettes, les renversa et neutralisa Sandoval.

Quelques secondes après, Preston apparaissait, ainsi que Daniel et Paul. Sandoval était allongé au sol, immobilisé.

Preston lui passa les menottes et lui récita ses droits.

— Allez, on t'emmène.

— Tu sais qui nous sommes ? demanda Daniel à Sandoval.

— Ouais, et je parie que vous me croyez responsable de l'incendie du restaurant.

— Attends, laisse-moi deviner, rétorqua Rick. Tu es un blanc mouton innocent.

Preston fit se lever Sandoval.

— Je ne suis ni plus innocent ni plus coupable qu'un autre, assura-t-il.

— Tu as un rapport avec cette affaire ou pas ? insista Rick, agacé.

— Mais non, et je ne suis pour rien non plus dans la disparition de votre père. Mais, si on peut passer un accord, j'aurai des infos pour vous.

— On verra ça au poste, trancha Preston.

Il monta en voiture avec Sandoval. Paul et Daniel les suivirent. De son côté, Rick rejoignit Kim.

— As-tu vu Raymond ? lui demanda-t-il.

— Non, pas depuis notre arrivée.

— J'aimerais bien lui parler s'il est dans les parages.

— Il ne doit pas être loin, estima Kim. Faisons un tour.

Ils remontèrent la ruelle à pied et allaient tourner à l'angle d'un immeuble quand Raymond sortit de l'ombre.

— Vous me cherchiez ?

Il y avait un changement subtil dans son allure, remarqua Rick. Raymond se tenait plus droit et son regard était clair.

— Oui, on voulait te remercier de ton aide, répondit Kim. Tu nous as rendu un grand service.

— De rien, c'était un plaisir. Et merci à vous aussi. Vous m'avez rappelé ce que c'était d'avoir quelque chose d'important à faire, d'avoir un but. Je suis allé voir une association pour les vétérans de l'armée. Maintenant, j'ai un endroit fixe où dormir et je devrais prochainement décrocher un boulot.

— Toutes mes félicitations, conclut Rick en lui tendant la main.

— Moi aussi, je te félicite, renchérit Kim.

Ils se séparèrent quelques instants plus tard et Raymond s'éloigna en souriant.

— Il est en train de reprendre le contrôle de sa vie, se réjouit Rick. Il va s'en sortir.

— Oui, je le pense aussi, commenta Kim. En sollicitant son aide et en le traitant d'égal à égal, tu as changé son destin.

— Tout le monde a besoin d'aide à un moment ou un autre. Je suis content d'avoir été là pour lui. La route est encore longue, mais c'est le premier pas le plus difficile.

Ils retournèrent au SUV.

— Bien, allons voir ce que Sandoval a à nous apprendre.

— Tu crois que Preston va passer un accord avec lui ? interrogea Kim.

— Oui, si les infos qu'il est prêt à donner en valent la peine.

Kim se tenait devant la glace sans tain. De l'autre côté, Rick, Preston et Daniel harcelaient Sandoval de questions. Seul Paul ne participait pas à l'interrogatoire, il était resté avec Kim.

— Mon frère éprouve des sentiments très forts pour vous, Kim, déclara-t-il au bout d'un moment. Je ne l'ai jamais vu aussi proche de quelqu'un d'autre que nous. Il a besoin de vous, c'est évident.

— Moi aussi, j'ai besoin de lui, répondit-elle doucement. Et je vous assure que je ne lui ferai pas de mal. Nous nous parlons, nous faisons de notre mieux pour construire une vraie relation.

Paul acquiesça.

— J'en suis très heureux.

Kim n'osa rien dire de plus et tous deux suivirent de nouveau l'échange entre Sandoval et les frères.

— Je veux une immunité totale, disait Sandoval. Si vous me l'accordez, je vous donnerai des infos utiles.

— Tu sais qui a saboté l'arrivée de gaz au Brickhouse ? demanda Preston.

— Non. Mais j'ai une idée de qui ce pourrait être et pourquoi.

— Continue, l'incita Preston, convaincs-nous que tes tuyaux sont vraiment intéressants.

— Pas question, rétorqua Sandoval en secouant la tête. C'est vous qui commencez par me montrer que j'ai intérêt à parler.

— O.K., fit Preston. On laisse tomber les charges pour agression sur un représentant des forces de l'ordre. A toi maintenant.

— Pas de charges non plus pour détention d'armes illégale.

Preston haussa les épaules.

— Si tes infos nous permettent d'aboutir à une arrestation pour tentative de meurtre, je dirai au procureur d'en tenir compte. Sinon, tant pis pour toi.

— Je vous conseille d'y réfléchir à deux fois. Je suis probablement la dernière personne à avoir vu votre père vivant.

Kim observa Rick. Il avait le visage fermé, la mâchoire et les poings serrés.

— J'étais venu chez lui récupérer un truc pour le compte d'Angelina Tso. Enfin, Curley.

— Nous savons déjà qu'elle enregistrait les incantations de notre père à son insu, confia Preston.

— Ça allait plus loin. Angelina fouillait dans ses affaires, volait des photos, et d'autres choses encore. Votre père lui a demandé d'effacer ce qu'elle avait enregistré, mais elle a refusé. Il lui a pris son téléphone mais, sans le code PIN, il ne pouvait pas l'activer.

— Et pourquoi il n'a pas enlevé la carte mémoire ?

— Je n'en sais rien, peut-être qu'il ne savait pas comment

faire. Toujours est-il qu'Angelina m'a demandé de récupérer son téléphone. Mais votre père m'a surpris et nous avons eu une… altercation. Et finalement je suis reparti avec le téléphone.

— Quoi, tu…, commença Rick en se jetant sur lui.

Mais Preston l'arrêta.

— Rick, reste tranquille !

Il se calma instantanément, mais son expression révélait de gros efforts pour se maîtriser.

— Tu penses qu'Angelina voulait se venger de notre père après cette histoire ? demanda Preston à Sandoval.

— Ouais. Votre père l'avait renvoyée, elle ne deviendrait jamais guérisseuse. Angelina était folle de rage. Elle avait payé pour que votre père lui enseigne son savoir et elle considérait que cela lui donnait à peu près tous les droits. Et quand vous êtes revenu ici, continua-t-il en fixant Rick, elle m'a promis de m'offrir une nouvelle voiture si je la débarrassais de vous. Elle était persuadée que vous seul pourriez établir un lien entre la disparition de votre père et elle. Mais moi, je lui ai répondu de régler ses problèmes toute seule.

— Tu l'as envoyée paître ? Et pourquoi on te croirait ? reprit Preston.

— Parce que je savais que s'en prendre à l'un de vous revenait à s'en prendre à l'ensemble de la famille. Je n'ai pas peur d'aller en prison, mais je ne suis pas non plus complètement débile.

— On dirait que tu en sais long, Sandoval, intervint Rick. Alors comment notre père a-t-il été empoisonné ?

— Bonnie, la nièce d'Angelina, a la langue bien pendue, alors j'ai ma petite idée là-dessus. Avant qu'elle devienne son élève, Hosteen Silver et Angelina s'entendaient plutôt bien. Votre père adorait manger des burritos au petit déjeuner et Bonnie en prépare de fameux. Tous les matins, elle en cuisinait spécialement pour lui et Angelina les lui portait.

— Mais à l'époque de sa disparition, notre père avait déjà renvoyé Angelina, rappela Rick.

— Oui, mais elle aidait fréquemment sa nièce à préparer ses burritos et il n'est pas impossible que Bonnie ait continué à en emporter à votre père.

Rick se tourna vers Preston.

— Tu as d'autres questions ?

— Non, ce sera tout pour le moment, répondit Preston en se levant.

— Et moi, qu'est-ce qui va m'arriver ? voulut savoir Sandoval.

— Une fois que tes dires auront été confirmés, on statuera sur ton sort, annonça Preston.

19

Au moment où ils quittaient la salle d'interrogatoire, le portable de Rick vibra dans sa poche. Il avait reçu un message. De l'agent Bidtah, lut-il sur l'écran.

Il montra le texto à Preston.

— La substance mélangée à la peinture jetée sur votre pare-brise n'augure rien de bon, commenta celui-ci.

Ils entrèrent ensemble dans la petite pièce où Kim et Paul avaient suivi la discussion avec Sandoval.

Rick leur fit part du texto :

— La peinture jetée sur le pare-brise du SUV avait été mélangée à de la poudre de cadavre, comme on le soupçonnait.

— Cela signifie qu'on cherche à nous maudire, précisa Preston. Si nous voulons en finir avec ces événements, nous devons retrouver le corps de notre père au plus vite et faire procéder à une autopsie pour déterminer s'il a bien été empoisonné. Sinon, nous ne prouverons jamais qu'il a été assassiné.

— Allons chez Daniel pour dormir quelques heures, proposa Rick. Dès qu'il fera jour, nous irons au ranch et nous partirons à pied pour nous rendre à l'ancienne maison d'Angelina en empruntant chacun un chemin différent. Nous resterons en contact par téléphone satellite. Nous aurons besoin de Gene, alors il faut l'appeler dès maintenant.

— Et l'agent Bidtah ? suggéra Paul.

— Les recherches que nous allons entreprendre demain ne concernent pas la police, du moins pas avant que nous n'ayons découvert un corps, répliqua Preston. Si par la suite nous obtenons des éléments qui étayent l'hypothèse du meurtre, alors la police aura de quoi ouvrir une enquête. En revanche, il ne faut pas ébruiter nos projets. Les membres de notre communauté verraient d'un mauvais œil que nous recherchions le corps d'Hosteen Silver. Ils considéreraient cela dangereux et malsain.

— Peut-être que, d'une certaine façon, ça l'est, reconnut Rick. Mais nous n'avons pas le choix.

Kim fut réveillée en sursaut par un coup de sifflet. Paul, qui s'était installé sur un matelas gonflable quelques mètres plus loin, se redressa brusquement.

— Qu'est-ce que…

Daniel apparut, tout sourire, un sifflet à la main.

— Je devais trouver un moyen pour que tout le monde se lève en même temps, justifia-t-il.

— Une odeur de café chaud, ç'aurait été mieux, grommela Kim.

A contrecœur, elle s'extirpa de son douillet sac de couchage et le roula.

— On prend un rapide petit déjeuner et ensuite on y va, déclara Rick. Pensez à prendre des barres de céréales et une bouteille d'eau et à mettre le tout dans un sac à dos. Vous trouverez ce qu'il faut dans la cuisine.

Il ajouta dans la foulée :

— N'oublions pas de porter notre bourse médicinale bien en évidence. Si jamais nous devons demander de l'aide à quelqu'un de la communauté navajo, ce sera déterminant.

— Oui, tu fais bien de nous le rappeler, soupira Paul.

Une fois le petit déjeuner avalé, ils partirent dans des véhicules séparés : Preston avec sa voiture, Paul et Daniel dans un des SUV de la société, Rick et Kim de leur côté.

Tout avait été programmé. Arrivé à Copper Canyon, Daniel partirait à pied et, en chemin, serait rejoint par Kyle. Paul emprunterait un autre itinéraire moins direct et les retrouverait à proximité de la nationale.

Gene avait décidé de prendre son pick-up et de longer la nationale jusqu'à la sortie du canyon. Puis il retournerait au ranch où il retrouverait Erin et, ensemble, ils coordonneraient les recherches en transmettant des informations aux uns et aux autres.

Rick et Kim iraient là où le carnet avait été découvert et, ensuite, prendraient le chemin le plus court jusqu'à l'ancienne maison d'Angelina.

Tout le monde partit et, quand ils furent à l'emplacement de sa cachette secrète, Rick déplia une carte topographique.

— Nous allons traverser l'étroit canyon que j'évitais quand j'étais ado.

— Et pourquoi tu l'évitais ? demanda Kim.

— Parce que le chemin sinue entre des falaises qui se resserrent de plus en plus et il y a un nombre incalculable de petites cavernes tout le long. Je me disais toujours qu'elles étaient remplies de coyotes et autres animaux sauvages qui attendaient de sauter sur une proie.

— C'est bien le genre de choses qu'on se raconte quand on est ado, dit-elle avec un sourire.

— Ouais. Cependant, un jour, j'ai décidé de braver ma peur et de traverser ce canyon armé d'une lampe de poche et d'un bâton de marche. En fait, les cavernes abritaient surtout des chauves-souris. En glissant mon bâton dans l'une d'elles, j'en ai fait s'envoler une dizaine. Je ne suis jamais revenu dans le secteur depuis.

— Mais à cette heure-là elles ne sortiront pas, n'est-ce pas ? s'alarma Kim, qui n'avait aucune envie de se retrouver au milieu d'un vol de chauve-souris.

— Non. En revanche, il y a de fortes chances pour que ce soit le chemin qu'a pris mon père. Et si j'ai raison, on peut imaginer qu'il a senti ses forces l'abandonner et a cherché à se mettre à l'abri dans une de ces cavernes. Plus loin, il y en a de plus grandes.

Quelques minutes plus tard, ils marchaient sur le chemin qui s'enfonçait entre les falaises.

— Les cavernes dont tu parlais, ce sont celles dont on devine l'entrée de l'autre côté du canyon ? demanda Kim en pointant du doigt une série de cavités sombres dans la roche. Elles ne semblent pas si profondes que cela.

— Tu as raison. Je pense qu'elles me semblaient plus grandes quand j'étais enfant.

Il les observa quelques instants, tout en effleurant sa bourse médicinale.

— Si mon père a senti la fatigue l'assaillir au moment où il passait par là, il a dû se réfugier dans la plus grande. Je vais aller vérifier.

— Laisse-moi faire, Rick, intervint Kim. Je suis plus petite que toi, ça me sera plus facile de me glisser à l'intérieur.

— Non, je veux voir par moi-même. Mais tu peux m'accompagner, ajouta-t-il en lui tendant la main. Allez, viens, on grimpe.

L'entrée de la caverne n'était pas très difficile à atteindre et il n'y avait pas besoin d'équipement spécial. Arrivés à l'entrée, ils s'agenouillèrent.

— Attends, Kim. Je vais d'abord m'assurer qu'il n'y a pas d'animaux à l'intérieur.

Il sortit sa lampe torche, l'alluma et la braqua dans la caverne.

— Pas de chauve-souris. En revanche, il me semble distinguer une silhouette immobile tout au fond.

— Oui, je la vois aussi, confirma Kim.

Rick s'appuya sur les coudes, rampa sur quelques mètres et pointa de nouveau sa lampe sur cette forme.

— Est-ce lui ? demanda Kim doucement.

— Oui, je crois bien. Son corps est parcheminé, mais ses longs cheveux argentés et sa boucle de ceinture sont caractéristiques, répondit-il d'une voix émue.

Kim s'avança à son tour.

— Il est allongé sur le dos, comme s'il s'était endormi, observa-t-elle. Tu veux que je me glisse près de lui pour chercher s'il a un portefeuille ou autre chose ?

Elle posa une main sur le bras de Rick avec sollicitude.

— Non, ne te donne pas cette peine, répondit-il. Dès que nous serons ressortis du canyon, je préviendrai mes frères. A leur arrivée, nous prendrons des photos, nous chercherons d'éventuelles preuves et nous sortirons le corps. Avec l'aval des autorités, nous le remettrons au service de médecine légale à Hartley. S'il est confirmé qu'il a été empoisonné, il reviendra à Bidtah d'ouvrir une enquête.

Il avait dit tout cela d'un ton détaché, mais son émotion était évidente, remarqua Kim. Cédant à l'élan de son cœur, elle le prit dans ses bras.

— Je suis désolée, Rick.

— Rechercher son corps va à l'encontre des traditions navajo, mais, s'il a été assassiné, laisser son meurtrier s'en tirer serait bien pire.

— Tu veux que justice soit faite pour ton père, tu as fait ce qu'il fallait, Rick. Il n'en attendait pas moins de toi, déclara-t-elle pour le rassurer.

Il la serra contre lui, manifestement touché, puis recula d'un pas.

— Il faut que j'appelle mes frères.

Dès qu'ils furent sortis du canyon, il passa l'appel. Et deux heures plus tard, tous chargèrent le corps d'Hosteen Silver dans le pick-up de Preston.

Rick s'approcha de son frère Gene.

— Si tu peux accompagner Preston à Hartley, j'aimerais continuer à pied jusqu'à l'ancienne maison d'Angelina pour y jeter un œil.

Puis il se tourna vers Kim :

— Tu préfères m'accompagner ou retourner au ranch ?

— Je t'accompagne, répondit-elle sans hésiter.

Daniel intervint à son tour :

— Moi, je vais rester ici encore un moment pour vérifier qu'il n'y a pas d'autres éléments intéressants. Quand vous aurez terminé à l'ancienne maison d'Angelina, appelez-moi et je viendrai vous chercher.

Kim et Rick se mirent en route. Il marchait sans dire un mot, nota-t-elle.

— Ça va ?

— À peu près, oui.

Elle lui prit la main.

— Tu sais, rien ne t'oblige à te comporter comme si tu étais invulnérable, Rick. C'est humain de montrer sa peine de temps en temps.

Il serra ses doigts entre les siens.

— Pour le moment, nous devons rester concentrés et prudents. Nous sommes toujours en danger.

Une fois sortis du canyon, le chemin sinua parmi la végétation. Ils avançaient d'un bon pas, mais Rick semblait à l'affût du moindre bruit suspect.

Enfin apparurent au loin un petit bâtiment et, à côté, une surface carrée, plate, et sans végétation.

— A gauche, déclara Rick, ce doit être une ancienne écurie et, à côté, la surface en dur où Angelina avait installé son mobile home.

Il se retourna vers le canyon.

— Mon père a échoué à cinq cents mètres du but. Ou alors, il est arrivé jusqu'à la maison puis s'est arrêté dans la caverne au retour. Voyons si nous trouvons un indice quelconque.

— Tu penses à un objet qui aurait appartenu à ton père, par exemple ?

— Exactement.

Au moment où ils se remirent en route, une nuée d'oiseaux s'envola. Rick leva la main, s'immobilisa et tendit l'oreille.

Kim scruta les environs, le souffle court, le cœur battant. Soudain, une forme bougea.

20

Un coyote sortit des fourrés avec un lapin dans la gueule. Il ne demanda pas son reste et s'éloigna au petit trot.

— Il a de quoi manger, donc on ne l'intéresse pas, commenta Rick.

Il restait néanmoins sur ses gardes.

Kim dut s'en apercevoir, car elle lui demanda :

— Qu'est-ce qui ne va pas ?

— Je l'ignore. Peut-être l'apparition de ce coyote. Dans l'imaginaire navajo, ce n'est jamais très bon signe. Reste prudente.

— O.K.

Rick observa les environs pendant plusieurs secondes puis sortit son téléphone pour appeler Daniel.

— Nous allons inspecter la zone où était le mobile home d'Angelina, mais je n'arrive pas à me débarrasser de l'impression qu'on nous observe. De ton côté, tu as vu quelque chose ?

— J'ai seulement remarqué un sillage de poussière sur un chemin isolé au loin, mais c'est peut-être quelqu'un qui vit dans le secteur. Je vais vérifier si le véhicule s'est arrêté ou a continué sa route, mais il va me falloir un peu de temps pour arriver sur place, alors n'hésite pas à me rappeler si tu as besoin de moi. Et fais attention à toi.

— Merci, toi aussi.

Puis il lança à Kim :

— Bien, avançons.

Tout semblait calme. Ils firent le tour de la dalle de béton qui avait accueilli le mobile home, mais ne remarquèrent rien de particulier.

Personne ne semblait être passé par là depuis un bout de temps et, partout, la végétation reprenait ses droits.

— Il n'y a pas beaucoup d'écuries par ici, dit-il en contemplant le petit bâtiment encore debout. La plupart des gens se contentent d'un abri à moutons.

— A mon avis, elle ne va pas tarder à s'effondrer, commenta Kim. Je doute qu'il y ait quoi que ce soit d'intéressant à l'intérieur, mais vérifions quand même.

— Attends une minute, la retint Rick. J'ai un mauvais pressentiment.

Il rappela Daniel.

— Je vais inspecter l'intérieur de l'écurie, mais dès que tu le pourras, rappelle-moi pour me dire si le véhicule que tu as repéré de loin a continué son chemin dans notre direction. Je ne peux pas te dire pourquoi, mais j'ai une étrange impression.

— Entendu. Preston et Gene ont pris la route pour se rendre au labo, mais je vais demander à Paul de vous rejoindre. A plus tard.

Kim intervint :

— Si nous étions observés, tu ne crois pas que nous nous en serions déjà rendu compte ? Les fois précédentes, nos agresseurs n'ont pas hésité à nous attaquer directement.

Rick n'était pas de cet avis.

— A leur place, j'attendrais que ma cible soit le plus près possible pour mettre toutes les chances de mon côté. La patience est parfois une vertu.

Ils avancèrent jusqu'à l'écurie en prenant soin de rester au maximum à l'abri de la végétation. Au sol, il n'y avait pas d'empreintes, rien ne bougeait, mais Rick ne parvenait pas à se débarrasser de son appréhension.

— On jette un coup d'œil et ensuite on rejoint la route sans tarder pour retrouver mes frères.

Une rafale de vent fit alors grincer les planches disjointes, comme pour créer une atmosphère encore plus oppressante.

Ils ouvrirent la porte.

— C'est plutôt bien aménagé, observa Kim.

L'écurie était pourvue de deux stalles, de palettes pour

stocker du foin et de crochets à outils. Une pelle et un vieux râteau étaient encore accrochés au mur.

Il y eut un nouveau coup de vent et la porte claqua derrière eux.

— Ces bourrasques me mettent les nerfs en pelote, confia Kim.

— Selon la légende, le vent porte des nouvelles. Bonnes ou mauvaises, ça, je ne saurais dire.

Le vent avait fait s'envoler la poussière et Kim éternua.

— Il n'y a plus rien ici, conclut Rick. Allons-nous-en avant d'avoir le nez et les yeux irrités.

Il poussa la porte, mais elle ne bougea pas.

— C'est coincé ? demanda Kim en venant l'aider.

La porte refusait toujours de s'ouvrir. Rick se baissa et lança un regard à travers deux planches.

— Le battant a dû retomber. Il me faudrait un outil que je pourrais passer entre les planches pour le soulever.

— Les manches de la pelle et du râteau sont trop gros, s'agaça Kim. Il nous faudrait un fil de fer, par exemple.

Rick renifla. Ils avaient un autre problème.

— Tu sens ?

— Il y a une odeur de poussière et de foin, pourquoi ?

Rick déglutit. De la fumée s'immisçait à l'intérieur.

— Quelqu'un a mis le feu à l'écurie.

Il sortit son téléphone et le tendit à Kim.

— Appelle Daniel et dis-lui que nous avons besoin de lui d'urgence. Moi, je vais essayer d'ouvrir par tous les moyens.

Il s'empara de la pelle, mais la fumée se faisait de plus en plus envahissante.

Rick comprit : quelqu'un avait disposé des herbes hautes derrière la porte et y avait mis le feu.

Kim le rejoignit.

— Daniel arrive, mais il lui faudra une dizaine de minutes pour être là.

Rick lâcha un juron. Ils étaient coincés, les flammes crépitaient. La pelle ne servait à rien.

Kim s'approcha un peu plus de lui.

— Si nous ne réussissons pas à sortir, Daniel arrivera trop tard, n'est-ce pas ?

Sa voix était tremblante.

Il réfléchit un instant.

— Cherche s'il y a un endroit où le bois est prêt à céder. Je vais créer une brèche.

Kim se mit à tousser.

— Protège-toi la bouche et le nez, lui conseilla-t-il. Soulève ton T-shirt, au pire.

De sa pelle, il tapait partout sur les parois. Soudain, le bois ploya.

— J'ai trouvé des planches pourries !

Il brandit son outil comme une lance et commença à marteler la paroi. Une première planche craqua sans résister ; puis une seconde. Il lui fallut un peu plus de patience pour venir à bout de la troisième.

— Encore une et nous aurons suffisamment d'espace pour sortir, cria Kim d'une voix enrouée.

Il y eut encore une bourrasque qui attisa les flammes.

Rick lâcha sa pelle et prit Kim par les épaules pour l'agenouiller devant l'ouverture dans la paroi.

— Nous ne pouvons plus attendre, annonça-t-il tandis que des flammèches incandescentes tombaient du plafond.

Il prit son élan et, épaule en avant, chargea la planche qu'il avait commencé à faire céder. Il y eut un craquement. Le bois n'avait pas complètement rompu, mais il put terminer le travail en arrachant un gros morceau. Sans attendre, il se glissa dans l'ouverture puis, à peine sorti, se retourna et tendit les mains à Kim pour la tirer de toutes ses forces. Dès qu'elle fut dehors, il la prit dans ses bras et la tira à l'écart du feu.

— Ça va, nous ne risquons plus rien…, soupira-t-il en lui déposant un baiser sur le front.

Il y eut alors des bruits de pas. D'instinct, Rick dégaina son arme et la braqua devant lui.

Mais c'étaient Paul et Daniel, et il abaissa son revolver avec soulagement.

— Du calme, petit frère, nous sommes les gentils, le rassura Daniel.

L'agent Bidtah arriva peu de temps après. A son expression quand il descendit de son SUV, il était soulagé de les découvrir tous en vie et en bonne santé. La fumée noire de l'incendie avait dû l'inquiéter.

— Dites donc, vous enquêtez sur ma juridiction sans m'avertir ? leur demanda-t-il d'un ton faussement vexé, comme si sa réprimande était de pure forme.

— Nous n'étions pas certains que nos recherches étaient du ressort de la police, répondit Rick.

Sur ce, il lui expliqua tout.

— Je comprends, acquiesça finalement Bidtah. Mais si l'autopsie du corps de votre père révèle que sa mort est suspecte, ça deviendra mon affaire. A part ça, comment vous et Mlle Nelson vous êtes-vous retrouvés coincés dans cette écurie ?

Rick lui donna une fois encore les détails.

— On voit un panache de fumée noire s'élever très haut, reprit Bidtah. Je pense que l'incendiaire a utilisé de l'essence pour mettre le feu.

Rick acquiesça.

— Oui, l'odeur semble le confirmer.

— Bien. L'un d'entre vous a-t-il d'autres infos pour moi ? demanda Bidtah en s'adressant à tous.

Ils secouèrent négativement la tête.

— Si vous voulez voir la caverne où nous avons découvert le corps de notre père, vous n'aurez pas de mal à la repérer, précisa Rick. Elle est située au milieu du canyon et j'imagine que nous y avons laissé beaucoup d'empreintes.

— Je n'y tiens pas particulièrement, confia Bidtah. Votre père était un homme bien. En revanche, quand vous aurez les résultats du labo, appelez-moi sans attendre. Et j'aimerais aussi que vous m'envoyiez par mail toutes les photos que vous avez prises sur place.

— Nous n'y manquerons pas, lui promit Rick.

— Si on apprend que votre père a été assassiné, cela va provoquer des remous dans notre communauté, déclara Bidtah en se passant la main sur le menton.

— Sans doute, mais nous resterons le plus discret possible,

assura Rick. Ce sera à vous de déterminer ce que vous souhaitez divulguer ou pas.

— Sauf que dans la réserve, garder un secret n'est pas chose aisée.

— Je sais, reconnut Rick.

Bidtah regarda ce qui restait de l'écurie.

— Il faut que je parle à Angelina Curley dès que possible. D'autant que ce terrain appartient à la communauté. Si elle ne l'occupe plus, elle doit le dire au cas où une autre famille navajo souhaiterait l'exploiter. J'aimerais également savoir quand et pourquoi elle est partie. Bref, j'ai des questions à lui poser.

Il les salua donc, puis remonta dans son SUV.

Rick, ses frères et Kim en firent autant et retournèrent chez Daniel.

Tous étaient vidés et d'humeur sombre, remarqua Rick.

— Quand aurons-nous les résultats du labo ? demanda Kyle.

— Ça dépend, répondit Preston. Ils ne peuvent travailler que sur les cheveux, les os et quelques tissus de peau, ce qui n'est pas énorme. Mais l'autopsie doit être effectuée en priorité.

— En attendant, nous devons nous renseigner sur la nièce d'Angelina, intervint Rick. Pour le moment, la seule hypothèse que nous ayons, c'est que le poison a été placé dans ses burritos.

Paul, installé à l'ordinateur, prit la parole :

— Elle s'appelle Bonnie Herder. C'est une mère célibataire, elle a trois enfants. En plus de son petit restaurant, elle a un camion de restauration rapide. Généralement, elle se gare près du lycée de Shiprock pour vendre ses burritos.

— C'est la fin des cours dans moins d'une heure, déclara Rick. Je vais aller lui parler.

— Oui, moi, je ne peux pas l'interroger car c'est en dehors de ma juridiction, dit Preston. Et je n'ai pas envie de me brouiller avec Bidtah.

— Je ne sais pas si c'est une bonne idée que tu y ailles, Rick, jugea Kyle. Elle saura tout de suite qui tu es et elle risque d'être sur la défensive.

— Laissez-moi m'en charger, proposa Kim. Je me ferai

passer pour une prof remplaçante. Si je bavarde avec elle, elle n'aura pas l'impression de subir un interrogatoire.

— C'est peut-être la meilleure solution, reconnut Preston.

— Moi ça ne me plaît pas trop, répliqua Rick.

— Pourquoi ? contra Kim. Fais-moi confiance, j'en suis capable. Si j'ai une conversation amicale avec elle, nous obtiendrons plus facilement les infos qu'il nous faut.

— Je suis d'accord avec Kim, déclara Daniel.

Rick n'était toujours pas convaincu.

— Nous sommes à la recherche d'un tueur. Kim ne sera pas armée, elle courra un double risque.

— Pas si tu restes à proximité pour couvrir ses arrières, reprit Preston. Et puis, en pleine ville, tout près d'un lycée, ce n'est pas le meilleur endroit pour tenter de s'en prendre à quelqu'un.

Vingt minutes plus tard, Rick et Kim prenaient la route pour Shiprock.

— Tu as déjà rencontré Bonnie ? demanda Kim à Rick.

— Pas que je me souvienne. Mais une mère célibataire avec trois enfants et à la tête d'une petite entreprise a beaucoup à perdre. Si elle sait quoi que ce soit ou si elle est impliquée dans la mort de mon père, elle sera très méfiante. Sois très prudente dans la formulation de tes questions et ne cite pas directement Angelina. Essaie d'apprendre combien de personnes différentes l'aident à préparer ses burritos, par exemple.

— Je vais me débrouiller, ne t'inquiète pas.

— Je ne peux pas m'en empêcher. Et ça me contrarie de t'envoyer en première ligne.

— Tu ne seras pas loin. Pourquoi es-tu aussi inquiet ?

Il garda les yeux fixés sur la route.

— Pour moi, tu comptes plus que tout. Y compris cette affaire. Tu comprends ?

— Non. Est-ce que tu douterais de ta capacité à gérer tes émotions ? lança-t-elle avec un petit sourire.

— Possible. Je t'aime, Kim.

Il jeta un regard dans son rétroviseur, se gara au bord de la route et la prit dans ses bras.

C'était plus fort que lui.

Il l'embrassa fougueusement.

Et s'il s'était écouté, il aurait été plus loin. Mais ce n'était ni le lieu ni le moment.

Avec un grognement de dépit, il mit fin à son baiser et la relâcha.

— Je serai là pour te protéger, promit-il avant de redémarrer.

21

Ebahie, émerveillée, le cœur battant, Kim resta sans voix. Rick l'aimait ! Enfin, il avait prononcé les mots qu'elle désespérait d'entendre.

Elle sourit. Une force nouvelle montait en elle.

Mais tout en conduisant, Rick lui confia :

— Je n'aurais pas dû te faire cette déclaration maintenant. Pour le moment, notre seule préoccupation doit être d'en finir avec cette affaire. Et de survivre.

— Mais j'ai les mêmes sentiments pour toi, Rick, je…

— Non, ne dis rien tant que tout danger ne sera pas écarté. Fais-le pour moi. Pour nous.

Elle déglutit, perdue. Rick regrettait-il déjà son élan de passion, son aveu d'amour ?

Elle fit de son mieux pour dissimuler sa déception et répondit :

— D'accord.

Dix minutes plus tard, ils arrivèrent devant le lycée.

— Ce n'est pas encore l'heure de la sortie des cours, alors Bonnie ne devrait pas être surchargée de travail, supposa Kim.

Ils repérèrent le camion et passèrent devant sans ralentir.

— Ecoute-moi bien, Kim : si tu sens le moindre danger, n'insiste pas et reviens à la voiture.

— C'est promis mais, n'aie crainte, je ne vais pas la provoquer. Au contraire. Je vais faire comme si nous avions une conversation banale entre une cliente et une commerçante.

— Bien. Je vais me garer là pour ne pas être vu.

Il entra sur un vaste parking à une centaine de mètres du camion et se rangea entre deux voitures.

Kim prit alors une grande inspiration, sortit du véhicule avec son plus beau sourire et se présenta devant le camion.

— Bonjour, je meurs de faim. Que pourriez-vous me proposer à manger rapidement ?

La jeune femme lui retourna son sourire.

— Vous avez de la chance, vous avez un peu d'avance sur le rush des lycéens.

— Ce qui signifie que je dois me décider sans attendre. Une suggestion ?

— Ma meilleure vente, à cette heure-là, c'est le chili burger.

— D'accord, je vous suis. Avec une sauce pas trop relevée, si possible.

Bonnie se mit immédiatement à la préparation. Kim engagea la conversation et se présenta.

— Moi, je m'appelle Bonnie, répondit la jeune femme. Vous travaillez au lycée ? Vous êtes nouvelle ? Il ne me semble pas vous avoir déjà vue.

— Oui, je viens de commencer un remplacement. Sinon, je suis d'Hartley.

— C'est à une demi-heure de route, ce n'est pas trop mal, commenta Bonnie.

Kim se massa la nuque en prenant soin que la jeune femme la voie faire.

— Je suis restée trop longtemps assise à mon bureau, dit-elle. J'ai les muscles raides. J'aimerais bien avoir un remède pour les détendre.

— Avez-vous pensé à essayer les pommades végétales de nos guérisseurs ? Elles sont souvent efficaces, vous savez.

— Oui, c'est ce que j'ai entendu dire. Avez-vous un guérisseur à me recommander ?

— Non, pas en particulier. Celui que je connaissais le mieux n'est plus là, confia Bonnie.

Elle plaça le burger qu'elle venait de confectionner dans un petit four à micro-ondes.

Kim insista :

— J'ai une amie qui ne jurait que par une crème que lui avait prescrite un guérisseur très réputé dans la réserve. Je ne sais plus son nom.

— Hosteen Silver ? proposa Bonnie.

— Oui, c'est ça.

Bonnie eut un petit sourire mélancolique.

— C'était quelqu'un de très gentil et un excellent guérisseur. Ma tante lui portait tous les matins des burritos que je préparais exprès pour lui. Elle a été son élève pendant quelque temps.

Bonnie sortit le burger du four et le posa sur le comptoir avec une serviette en papier.

— Votre tante est guérisseuse, alors ?

— Non, elle trouvait la formation trop longue et trop fastidieuse. Elle a préféré se marier plutôt que persévérer.

Après avoir payé, Kim goûta une bouchée de son burger.

— C'est délicieux. Je parie que quand les lycéens sortent, ils se précipitent ici. Les affaires doivent bien marcher. Vous faites tout toute seule ou vous avez de l'aide ?

— Eh bien, avant, ma tante me donnait un coup de main le matin mais, maintenant, elle doit s'occuper de ses propres affaires.

La sonnerie du lycée retentit.

— Je ferais mieux de terminer et d'y aller avant l'invasion, plaisanta Kim.

Elle remercia Bonnie, la salua et s'en alla. Le temps qu'elle retourne au SUV, elle était déjà entourée de lycéens qui se dirigeaient vers le camion.

Elle termina sa dernière bouchée sur le parking où Rick s'était garé, jeta sa serviette dans une poubelle et remonta en voiture.

— J'ai obtenu la confirmation que Sandoval disait la vérité. Angelina aidait Bonnie à préparer ses burritos et les portait en personne à ton père tous les matins.

— Je vais prévenir Preston, annonça Rick. Ce n'est pas une preuve, mais c'est quand même une piste sérieuse.

Preston décrocha à la première sonnerie. Rick activa le haut-parleur de son téléphone.

— Je suis au labo de médecine légale, indiqua Preston. Les tests préliminaires sur les tissus n'ont rien révélé, mais un des techniciens a découvert une feuille séchée dans sa poche de chemise. Ça ressemble à du persil, mais ça n'en est pas. C'est de la ciguë.

— La ciguë est mortelle, commenta Kim.

— Absolument, répliqua Preston. A ce qu'on m'a dit, après en avoir ingurgité, on peut mourir quelques heures ou plusieurs jours après, c'est variable. Si c'est bien ce qui l'a tué, Hosteen Silver a dû comprendre ce qui lui arrivait. Le problème, c'est que l'empoisonnement est difficile à établir car la ciguë provoque la mort par asphyxie.

— Cette feuille n'est pas arrivée dans sa poche par hasard, maugréa Rick. Je suppose que, quand il a compris ce qui l'attendait, il a gardé cette feuille pour que l'on comprenne comment il était mort.

— Possible, mais nous ne pouvons pas prouver formellement qu'il a été empoisonné et que ce poison a provoqué sa mort, insista Preston.

— Bien, il faut réfléchir, conclut Rick. Si tu as une idée, Preston, rappelle-moi.

Il raccrocha et se tourna vers Kim.

— On dirait bien qu'il va falloir provoquer des aveux. Angelina se met facilement en colère. Je crois qu'il est temps de la pousser dans ses retranchements.

— Je suis d'accord. Aujourd'hui, c'est vendredi. C'est le jour où elle rend visite à deux artisans bijoutiers à Teec Nos Pos, tout près de la frontière avec l'Arizona. Elle déteste faire la route, mais elle tient à y aller en personne pour discuter les prix. Si on pouvait la voir là-bas, je parie qu'il n'en faudrait pas beaucoup pour la faire sortir de ses gonds.

Rick hocha la tête.

— On peut essayer d'aller là-bas et tenter un coup de bluff. Tu sais où se situe l'atelier de ces artisans ?

— Oui, j'ai déjà vu leur carte au magasin avec l'adresse précise. Teec Nos Pos est une petite ville, nous n'aurons pas de mal à trouver.

Sans attendre, Rick appela ses frères et leur demanda de le retrouver à Teec Nos Pos.

Rick fut le premier à arriver sur place avec Kim. Ils se renseignèrent sur l'adresse des artisans et se rendirent à proximité de leur atelier. Rick envoya alors un message à ses frères pour signaler leur position. Daniel, Paul et Preston devaient arriver vingt minutes plus tard.

— D'habitude, le vendredi, elle est de retour au magasin un peu avant 18 heures, précisa Kim. Vu le temps qu'il faut pour retourner à Hartley, elle ne devrait pas tarder à s'en aller.

Dix minutes plus tard, elle désigna un véhicule qui venait dans leur direction.

— On dirait bien que c'est elle.

— O.K. C'est parti ! lança Rick.

Il enclencha le contact et se mit en travers de la route.

Quand Angelina arriva, elle klaxonna puis, voyant que le SUV ne bougeait pas, descendit de voiture, une carabine Winchester à la main.

— Qu'est-ce qui se passe ? demanda-t-elle avec hostilité.

Rick descendit également et s'approcha d'elle.

— Vous vous souvenez de moi ?

— Comme de la peste. Et moins je te vois, mieux je me porte. Ecarte-toi de mon chemin.

Rick prit une grande inspiration pour garder son calme.

— Je dois vous parler. C'est important.

— Hors de question. Je n'ai rien à te dire.

— Je n'en suis pas si sûr. La police de la réserve est déjà en route, mentit-il.

Angelina plissa les yeux puis fixa Kim qui descendit à son tour pour venir se poster à côté de Rick.

— Petite teigne, pesta Angelina.

Kim ne répondit pas. Angelina gardait sa carabine devant elle, sans la pointer sur eux.

— Nous avons retrouvé le corps de mon père, reprit Rick. Il était dans une des cavernes, pas très loin d'où vous habitiez avant. Est-il mort en venant vous voir ou en repartant ? Allez, dites-moi.

Le regard d'Angelina s'agrandit légèrement puis revint à la normale.

— Alors comme ça, au bout de trois ans, vous vous êtes enfin décidé à rechercher ce vieux fou ? Comment savez-vous que c'était bien lui, d'ailleurs ?

— Nous avons identifié ses vêtements, sa boucle de ceinture et, évidemment, ses cheveux. Dans une caverne, même après plusieurs années, tout cela reste en très bon état. Mais là où ça devient intéressant, c'est que, avant de mourir, il a gravé votre nom dans la pierre.

Elle sembla brièvement déstabilisée mais, une fois encore, reprit rapidement sa contenance.

— Je l'attirais. Peut-être suis-je la dernière personne à qui il a pensé avant de mourir.

— Non. Il a été empoisonné et la police pense qu'il a voulu désigner son meurtrier. Il avait également gardé une feuille de ciguë dans sa poche. Où l'avez-vous trouvée ? Vous en faites pousser sur votre bord de fenêtre ?

Angelina resta impassible mais son index se posa sur la détente de la carabine.

— Nous savons aussi comment vous vous y êtes prise pour lui faire ingurgiter ce poison, intervint Kim. Chaque matin, vous lui portiez des burritos préparés par Bonnie, votre nièce. Il vous a suffi d'y ajouter un peu de ciguë, une plante qu'on peut très facilement prendre pour du persil, et le tour était joué. Il s'en est rendu compte trop tard.

— Il vous a transmis sa connaissance des plantes et vous vous en êtes servie contre lui, l'accusa Rick. Avant l'arrivée de la police, expliquez-moi au moins pourquoi vous l'avez tué. C'est la seule chose que je n'ai toujours pas comprise.

Angelina repoussa le chien de sa carabine.

— Dégagez avant que…

— Ne soyez pas stupide, Angelina. Si vous nous tirez dessus, vous ne ferez qu'aggraver votre cas.

Il pointa du doigt la route au loin, sur laquelle circulait une voiture blanche.

— C'est la police de l'Arizona.

Evidemment, c'était un coup de bluff.

Angelina leva sa carabine. Rick prit Kim par le bras pour la faire plonger derrière le SUV.

— Baisse-toi et ne bouge pas, lui ordonna-t-il au moment où Angelina fit feu.

Une balle ricocha sur le capot blindé du véhicule.

Rick se redressa prudemment pour jeter un regard ; Angelina tira de nouveau et fit éclater un phare.

Rick voulut dégainer son arme, mais son étui était vide. Il scruta le sol : son revolver était tombé à quelques mètres. Il tendit le bras pour s'en emparer. Au même moment, la portière du pick-up d'Angelina claqua. Elle était remontée en voiture pour prendre la fuite.

Quand il se redressa, elle passa en trombe à hauteur du SUV, en accrochant même le côté passager.

Rick se mit en appui sur un genou, visa et tira deux fois. Deux balles allèrent se ficher dans le hayon arrière du pick-up, sans pour autant l'arrêter.

— Elle s'enfuit ! s'exclama Kim qui remontait déjà dans le SUV.

Il remonta également, donna son arme à Kim et effectua un demi-tour.

— Ça va ? lui demanda-t-il avant de presser l'accélérateur.

Kim exhiba sa paume de main égratignée.

— Je me suis râpé la main en me baissant quand elle a tiré, mais ce n'est rien. En revanche, je suis très en colère.

— Moi aussi.

Son téléphone sonna. D'un doigt, il décrocha et mit le haut-parleur.

— Allô ! Rick ? Où es-tu ?

C'était la voix de Preston.

— Nous venons de croiser un pick-up qui roulait à pleine vitesse. Etait-ce…

— … Angelina, termina Rick. Nous lui donnons la chasse. Nous allons bientôt vous croiser. Quand nous serons passés, faites demi-tour et suivez-nous.

— Oui, d'accord. Ça y est, je vous vois arriver.

Kim pointa le doigt devant elle. Effectivement, ils allaient croiser la voiture de Preston. Rick ne ralentit pas quand ils passèrent à sa hauteur.

— Ralentis, Rick, tu roules beaucoup trop vite, déclara Preston dans le téléphone.

— Je ne peux pas. Si je la perds de vue, elle risque de nous échapper.

— Ça m'étonnerait qu'elle aille bien loin, rétorqua son frère. Quand on l'a croisée, elle laissait des traces sur la route. Je crois que son réservoir fuit.

Kim se redressa sur son siège pour observer la route.

— Oui, en effet, je vois un sillon.

Rick ralentit.

— C'est bon, je lève le pied. Je vais l'avoir en vue pendant un moment, je suis sur une longue ligne droite.

— Je sais que, maintenant, elle habite tout près d'ici, précisa Kim.

Rick acquiesça.

— Vous avez entendu ce que vient de dire Kim, les gars ? demanda-t-il à ses frères.

— Oui, on a entendu, répondit Preston. Tiens-nous au courant de la direction qu'elle prend, nous devons être à environ cinq cents mètres derrière vous, maintenant.

Quelques minutes plus tard, Kim montra un nuage de poussière sur la droite de la route au niveau d'une intersection.

— Tu vois ça ? Tu crois qu'Angelina a quitté la route à cause de la vitesse ?

Rick fixa le nuage de poussière : le pick-up en émergeait.

— Non, elle n'a pas eu d'accident, mais je pense qu'elle a tourné au dernier moment et qu'il s'en est fallu de peu.

Il ajouta à l'intention de ses frères :

— Les gars, elle a tourné en direction de Beclabito. Elle va chez elle.

Quand il tourna à son tour, son regard fut attiré par des traces de pneus sur l'asphalte.

— Elle a dû se faire une belle peur, commenta-t-il.

— Sa maison est un peu plus loin, de l'autre côté de ces petites falaises, annonça Kim. Il faut faire attention car elle pourrait nous tendre une embuscade. D'autant qu'elle est armée.

Rick ralentit encore. Un sillon humide maculait la route.

— Elle continue de perdre de l'essence. Elle ne va pas tarder à devoir s'arrêter. Elle ne nous échappera pas.

Quelques secondes plus tard, alors qu'ils atteignaient le sommet d'une petite pente, la voiture d'Angelina apparut, arrêtée en pleine route à une cinquantaine de mètres devant eux.

— Combien de coups a-t-elle déjà tiré avec sa carabine ? demanda Kim.

— Trois ou quatre. Normalement, elle peut en tirer au maximum six. Donc, elle est toujours dangereuse. Surtout qu'avec une carabine, il est plus facile de viser de loin qu'avec un revolver.

— Il faudrait que nous réussissions à lui faire gâcher ses cartouches, suggéra Kim.

Rick s'arrêta complètement.

— Oui, c'est ce que je pensais aussi. Viens, descendons de mon côté pour rester à l'abri du véhicule. Quand mes frères arriveront, ils nous couvriront.

— Tu as un plan ?

— Oui. Mes frères resteront en retrait pendant que nous avancerons lentement dans le fossé. Si Angelina tire, ils répliqueront.

Rick expliqua rapidement par téléphone la tactique à Preston. A leur arrivée, Kim et lui se courbèrent, descendirent dans le fossé et avancèrent en direction du pick-up d'Angelina. Preston était resté sur la route et roulait très lentement. Une odeur d'essence flottait dans l'air.

— Elle n'est plus dans sa voiture, remarqua Rick.

— Il y a une petite colline qui domine la route, indiqua Kim en la pointant du doigt. Ce pourrait être l'endroit idéal pour nous tirer dessus.

— Oui, si elle est décidée à aller jusqu'au bout, mais moi, j'ai plutôt l'impression qu'elle cherche à se cacher. Le flanc de la falaise derrière la maison est plein de petites cavernes.

Il reprit son téléphone :

— Les gars, surveillez la falaise et, si jamais vous voyez apparaître un canon de carabine, alertez-nous. On va grimper.

— Si jamais on la voit, on fera feu pour la dissuader de vous tirer dessus, promit Preston.

Rick remit son téléphone dans sa poche et se tourna vers Kim :

— Nous devons progresser sans faire le moindre bruit.

— D'accord. Allons-y.

Ils avancèrent en écartant délicatement les herbes hautes.

Rapidement, ils arrivèrent devant l'entrée d'une caverne qui semblait profonde. Rick leva la main pour indiquer à Kim de ne plus bouger.

Il avança et se posta à l'entrée de la caverne. Comme il n'y avait aucun bruit, il se mit à genoux et entra.

Après quelques mètres, il sortit une lampe de poche et l'alluma. Au fond se dessinait un petit autel.

Rick continua à avancer. Deux photos étaient collées sur la paroi.

Sur la première, il reconnut Hosteen Silver. En dessous était plié son jean préféré.

Il braqua le faisceau de sa lampe sur la seconde photo : elle représentait Angelina en robe de mariée à côté d'un homme en costume. Sous la photo, ce même costume était délicatement plié avec une alliance posée dessus.

Derrière lui, il y eut un son étouffé. Il se retourna : Kim entrait dans la caverne.

— Qu'est-ce que c'est que cet endroit ? Un mémorial ? demanda-t-elle à voix basse.

— En quelque sorte, je suppose.

Sur la gauche, il y avait encore un renfoncement. Rick braqua sa lampe dessus : Angelina y était assise sur un petit tabouret, un revolver en main.

— Vous n'auriez pas dû me suivre ici. C'est mon sanctuaire, et le leur, le seul endroit où nous pouvons être ensemble.

Elle avait posé une bonbonne de propane à ses pieds. Rick ne sut comment réagir.

— Je suppose qu'ils vous manquent énormément, dit doucement Kim.

— Ils ne m'ont jamais réellement aimée mais, au moins, ici, nous sommes ensemble.

— Angelina, posez votre arme et venez avec nous, intervint Rick. L'escalade dans la violence ne résoudra rien.

— N'ayez crainte, nous ne souffrirons pas. Je ne peux pas rater mon coup. Nous serons balayés par une boule de feu.

Elle changea de position et pointa son arme sur la bonbonne de gaz.

Elle semblait avoir perdu l'esprit, songea Rick. Si elle faisait feu, ils avaient effectivement peu de chances d'en réchapper. Leur vie ne tenait plus qu'à un fil.

— Il est temps pour moi de rejoindre mes hommes, conclut Angelina. Vous n'étiez pas censés partir avec moi, mais Hosteen appréciera de vous retrouver.

Elle replia alors son doigt autour de la détente. A la vitesse de l'éclair, Rick saisit la main de Kim et, avec l'énergie du désespoir, la tira derrière lui. Il y eut une déflagration.

Plié en deux, Rick poussa Kim devant lui et, la protégeant au mieux de son corps, l'aida à avancer le plus rapidement possible vers la sortie. La chaleur et le souffle de l'explosion les frôlèrent, de la poussière et des gravats tombaient de partout.

— Allez, allez, vite ! La caverne s'effondre ! cria-t-il.

A peine furent-ils dehors qu'il prit Kim dans ses bras pour leur faire dévaler la pente en roulade.

Puis, quand ils furent en bas, il la couvrit de son corps et serra les dents. Des cailloux et des rochers tombaient et roulaient, il encaissa quelques impacts, mais tint bon.

Quand le plus gros fut passé, il releva la tête, aida Kim à se redresser également et prit sa main.

— Allez, on bouge.

Ils partirent en courant cette fois-ci, en faisant de leur mieux pour ne pas tomber. Il y eut un craquement derrière eux et un gros bloc de granite se détacha de la falaise, tombant à l'endroit où ils se tenaient quelques secondes auparavant.

Enfin, quand ils furent à bonne distance, ils purent s'arrêter et reprendre leur souffle.

Kim était pantelante et tremblait de tous ses membres.

— Je croyais vraiment que notre dernière heure était arrivée, parvint-elle à articuler.

Rick la serra contre lui.

— Moi aussi. Ma vie a défilé devant mes yeux et je me suis maudit d'avoir perdu autant de temps.

Il prit son visage entre ses mains pour la fixer droit dans les yeux.

— Epouse-moi, Kim. Je t'aime.

— Oui !

Ils s'embrassèrent, mais furent interrompus par un bruit

de pas. Daniel accourait vers eux. Quand il les vit, il éclata de rire de soulagement.

— Vous êtes couverts de poussière, vous avez de l'herbe dans les cheveux, mais vous êtes en vie et en train de vous embrasser. Que c'est romantique !

Rick sourit puis embrassa de nouveau Kim. Daniel se racla la gorge.

— Je suis vraiment désolé de casser l'ambiance, mais nous avons encore du boulot.

Rick interrompit son baiser, tourna la tête puis pointa le doigt en avant.

— Regarde, là-bas, c'est Copper Canyon, dit-il à Kim. Lui, il est toujours debout. Et nous aussi, malgré tout ce que nous avons traversé.

— C'est vrai, répondit Kim. Le destin voulait manifestement nous unir, coûte que coûte.

Epilogue

Une semaine était passée, le calme était revenu et, enfin, la vie reprenait un cours normal.

Rick souhaitait qu'ils se marient sans attendre, mais que la cérémonie soit simple. Un juge de paix les unirait en présence de leurs familles, au ranch.

Alors que la cérémonie devait débuter quarante-cinq minutes plus tard, Rick était plongé dans la lecture du journal d'Hosteen Silver.

— Il décrit avec un luxe de détails étonnant tous les objets sacrés qu'il utilisait à chacune de ses incantations, indiqua-t-il à Kyle. C'est extraordinaire.

— Aucun de nous ne deviendra jamais guérisseur, mais il faut préserver cet héritage, répondit son frère.

— Tâchons de faire en sorte de le garder pour nos enfants, suggéra Preston.

— Oui, après tout, qui sait…, renchérit Paul. Peut-être que l'un d'eux deviendra guérisseur ou guérisseuse.

Daniel reçut un message sur son téléphone.

— C'est le juge de paix. Il prévient qu'il sera en avance.

Paul sortit de la pièce et frappa à la porte voisine.

— Mesdames, le juge de paix est en avance. Vous êtes prêtes ?

Quelques instants plus tard, Kim apparut. Rick la rejoignit.

— Tu es magnifique, la félicita-t-il.

Elle baissa les yeux sur sa robe.

— Je suis prête, dit-elle en se passant les mains dans les cheveux.

— Je m'en veux un peu d'avoir insisté pour que notre

mariage ait lieu au ranch aussi rapidement. Tu ne regrettes pas que ce ne soit pas une grande cérémonie avec beaucoup d'invités ?

— Non, c'est parfait. Cet endroit a fait de toi l'homme que tu es devenu et tous ceux qui comptent dans ta vie sont là. Je ne pouvais rêver mieux.

Ils sortirent dans la cour et furent accueillis par un beau soleil. C'était un véritable été indien, il faisait doux et la nature prenait des couleurs superbes.

Ensemble, ils marchèrent jusqu'au plus haut pin, au pied duquel la cérémonie devait avoir lieu. Un geai prit son envol et une petite plume bleue tomba en virevoltant vers eux. Kim l'attrapa.

— Regarde comme elle est belle !

Rick fut ébahi.

— Hosteen Silver gardait toujours une plume de geai dans sa bourse médicinale. C'est un symbole de paix et d'harmonie.

— C'est la preuve qu'aujourd'hui, son esprit est avec nous, fit remarquer Kim.

Emu, Rick lui prit la main et la porta à ses lèvres.

Le juge de paix arriva et rejoignit l'assemblée.

— Tout le monde est là ? Nous pouvons commencer ?

Rick acquiesça.

Le juge prit place derrière un pupitre installé pour lui, ouvrit un petit livre qu'il tenait en main et commença :

— Chers amis, nous sommes réunis aujourd'hui…

Rick observa celle qui, quelques minutes plus tard, deviendrait son épouse. Enfin, sa vraie vie débutait.

LEONA KARR

Le voile du soupçon

Titre original : SHADOW MOUNTAIN

Traduction française de CAROLE PAUWELS

Ce roman a déjà été publié en mai 2008

1

La pendule de l'entrée venait de sonner minuit lorsque Caroline Fairchild éteignit son ordinateur et recula son fauteuil.

Tout en marmonnant de dépit, elle se massa le cou pour tenter de dénouer la tension de ses muscles.

Le document comptable qu'elle venait d'imprimer ne lui apprenait rien qu'elle ne savait déjà. L'entreprise de décoration qu'elle venait de lancer était dans le rouge. Si elle ne décrochait pas un contrat lucratif avant l'hiver, elle perdrait l'assurance vie de son défunt mari, qui avait servi de mise de fonds. Et peut-être aussi la maison.

Or, elle n'avait aucune marge de manœuvre. Ce n'était pas uniquement son avenir qui était en jeu, mais aussi celui de Danny, son fils de six ans.

Grandir sans un père à ses côtés était déjà assez difficile pour lui, et elle tenait par-dessus tout à lui assurer une vie heureuse et bien remplie. Jamais elle n'aurait pu imaginer qu'il lui faudrait l'élever seule, et la vie quotidienne s'avérait beaucoup plus compliquée qu'elle ne l'aurait cru.

Préoccupée, elle éteignit les lumières du rez-de-chaussée et monta vérifier que Danny dormait.

Penché au-dessus de lui, elle repoussa une mèche de cheveux châtain clair qui lui tombait sur le front.

— Ne t'inquiète pas, murmura-t-elle. Je trouverai une solution.

C'était un bel enfant, et chaque fois qu'elle le regardait, son cœur se gonflait de joie et de fierté à l'idée qu'il soit le sien. N'ayant pas de famille, elle avait très tôt désiré être mère et maintenant qu'elle avait perdu son mari, son petit garçon était devenu sa seule raison de vivre.

En silence, elle traversa le couloir pour regagner sa chambre, et laissa la porte ouverte au cas où Danny l'appellerait.

Bien que la mort de Thomas, son mari, remonte à deux ans déjà, elle ne s'était toujours pas habituée à dormir seule. Du jour au lendemain, elle avait troqué ses tenues de nuit sexy contre de bons vieux pyjamas en flanelle, et quand elle se regardait dans le miroir, elle se demandait où était passée sa jeunesse. Elle se sentait si vieille quelquefois ! Bien plus âgée en tout cas que ses trente-deux ans. Elle continuait à entretenir sa silhouette et nul fil blanc ne se mêlait à sa chevelure d'un noir bleuté, mais quelque chose en elle avait changé. De chaque côté de sa bouche, un pli mélancolique s'était creusé, ses yeux bleus autrefois si rieurs s'étaient ternis, et quelques légères griffures qu'on ne pouvait pas vraiment qualifier de rides étaient apparues au coin de ses paupières.

Le cœur lourd, elle finit par aller se coucher, mais le sommeil ne voulait pas venir. Dans cette pièce désespérément vide et silencieuse, son esprit était obnubilé par des questions sans réponse et des décisions à prendre.

La pendulette de la table de chevet indiquait un peu plus de 2 heures quand elle commença à se détendre.

Elle s'apprêtait finalement à s'endormir lorsqu'une odeur de bois brûlé vint lui chatouiller les narines.

Elle se redressa brusquement et referma la main sur son nez et sa bouche.

De la fumée !

Elle bondit hors de son lit et se rua dans le couloir.

Des nuages de fumée noire se répandaient dans l'escalier, tandis que du rez-de-chaussée, illuminé par une terrifiante lumière, lui parvenait le crépitement des flammes.

La maison était en feu.

— Danny !

Elle se précipita en hurlant dans la chambre de son fils, et le tira de son lit.

A demi réveillé, l'enfant essaya de se débattre.

— Non, chéri, non. La maison est en train de brûler. Nous devons sortir.

Il pesait lourd dans ses bras tandis qu'elle se précipitait dans le couloir en le serrant contre elle, mais la peur décuplait ses forces.

Elle devait absolument trouver un moyen de les sortir de là.

Les seuls accès vers l'extérieur se trouvaient au rez-de-chaussée. En s'arrêtant sur le palier, elle constata que les flammes commençaient à attaquer les premières marches, ainsi que la rampe.

Dans quelques minutes, l'escalier tout entier serait en feu.

Une épaisse fumée noire s'enroulait autour d'eux. Effrayé, Danny commença à tousser et à pleurer.

— Je vois plus rien, dit-il d'une petite voix plaintive.

Tandis qu'elle descendait en vacillant les premières marches, la chaleur l'encercla, asséchant en quelques instants ses lèvres et sa gorge. Ses yeux s'emplirent de larmes et elle se mit à tousser, l'estomac révulsé par l'odeur corrosive du mélange de matériaux en feu.

La clarté qui régnait au bas de l'escalier l'avertit que tout le rez-de-chaussée n'était plus qu'un brasier.

Danny toussait et criait de plus en plus fort. Elle n'hésita pas davantage et plongea dans la fournaise.

La panique lui fit dévaler les marches et sauter par-dessus la rampe de feu qui bloquait le bas des marches. Perdant l'équilibre, elle s'affaissa lourdement sur le sol du couloir.

D'immenses flammes dévoraient les rideaux du salon, ouvert sur le hall, et couraient sur la moquette.

Se débattant avec l'énergie terrible qui pouvait animer un enfant de six ans quand il était terrifié, Danny lui échappa et se rua vers la porte. Au même moment, un tremblement fit bouger la maison, tandis que quelque chose s'effondrait à l'arrière.

— Danny ! parvint-elle à crier malgré sa gorge asséchée.

Quand elle le rejoignit, il avait atteint la porte verrouillée, et tapait dessus à coups de pied et de poings. Les larmes et la fumée brouillaient tellement la vision de Caroline qu'elle ne parvenait pas à trouver la serrure. A force de tâtonner, elle finit par toucher un gond.

Elle était du mauvais côté de la porte !

Danny avait enfoui la tête dans sa chemise de nuit quand elle trouva enfin la serrure. Frénétiquement, elle tourna la clé, puis laissa remonter ses doigts pour actionner le verrou.

La porte s'ouvrit enfin, et ils se ruèrent à l'extérieur.

La respiration haletante, saisis de violentes quintes de toux, ils dévalèrent les marches du perron et traversèrent le jardin en courant, poursuivis par la chaleur des flammes et le bruit des poutres qui s'effondraient.

A plus de 2 heures du matin, tout était calme dans ce modeste quartier du nord de Denver. Il n'y avait pas âme qui vive dans la rue, et les réverbères étaient éteints depuis longtemps.

Guidée par quelques rares lampes restées allumées sur les perrons, Caroline se dirigea vers la maison de ses amis, Betty et Jim McClure, située au bout de la voie sans issue.

Serrant très fort la main de son fils, elle grimpa les marches à la volée et laissa le doigt appuyé sur la sonnette, avant de se mettre à tambouriner sur la porte.

Jim finit par ouvrir, échevelé et les yeux bouffis de sommeil.

— Caroline ! Mais, mon Dieu, que se passe-t-il ?

— Appelez les pompiers. Il y a le feu chez moi.

A présent complètement réveillé, Jim regarda de l'autre côté de la rue et aperçut les flammes qui sortaient par le toit et les fenêtres. Pivotant sur ses pieds nus, il se précipita vers le téléphone.

— Qu'y a-t-il ? demanda Betty depuis le haut de l'escalier.

Apercevant son amie, elle s'empressa de descendre.

Caroline essaya de lui répondre, mais une quinte de toux l'en empêcha.

— La maison est en train de brûler, dit Danny en sanglotant.

Jamais Caroline n'oublierait le hurlement des sirènes dans la nuit, ni le ballet parfaitement orchestré des combattants du feu.

Les pompiers avaient lutté toute la nuit pour venir à bout

de l'incendie. Au lever du soleil, la vision qui s'offrait à elle était apocalyptique. Les cendres fumantes dégageaient une odeur infecte et une immense flaque d'eau s'écoulait à travers tout le quartier. La maison tout entière avait été ravagée. Une partie des murs tenait encore debout, mais la toiture s'était effondrée.

Les lèvres tremblantes à cause des sanglots qu'elle réprimait, Caroline ne pouvait détacher les yeux de ce désastre.

Thomas et elle avaient acheté cette maison quand ils s'étaient mariés, et c'était son premier véritable foyer.

Ouvriers agricoles dans l'est du Colorado, ses parents louaient leurs services de ferme en ferme. Elle était une enfant unique, et dès son plus jeune âge elle avait été confrontée aux responsabilités et à la pauvreté extrême. Ses parents étaient morts à une année d'intervalle alors qu'elle terminait le lycée. Excellente élève et travailleuse acharnée, elle avait réussi à décrocher une bourse complète pour l'Université du Colorado.

Elle travaillait à la cafétéria lorsqu'elle avait rencontré Thomas Fairchild, un étudiant en médecine un peu plus âgé qu'elle qui faisait son internat. Thomas lui répétait toujours qu'il n'avait jamais vu des yeux aussi bleus que les siens. Leur mariage avait été heureux, surtout après l'arrivé de Danny dans leur vie.

Se mordant la lèvre inférieure pour tenter de maîtriser le chagrin qui lui broyait le cœur, elle traversa la rue pour aller à la rencontre du capitaine des pompiers.

— J'ai bien peur qu'il ne reste pas grand-chose, dit ce dernier en affichant une mimique de sympathie.

— Mais je n'ai quand même pas tout perdu, n'est-ce pas ? Il évita soigneusement de répondre.

— Avez-vous une idée de ce qui a pu provoquer l'incendie ? Elle secoua la tête.

— Je ne vois pas du tout comment ça a pu se produire.

— Aviez-vous des bidons d'essence dans le garage, ou des produits hautement inflammables ?

— Non. Et j'avais fermé le gaz, comme tous les soirs après le dîner. Je ne comprends pas.

Le regard de l'homme se porta sur ce qui restait de la maison.

— Compte tenu de l'ampleur des dégâts, nous n'excluons pas un incendie criminel.

— Comment cela ? Mais qui aurait pu faire une chose pareille ?

— Ça, madame, c'est l'enquête qui le dira. En attendant, personne ne doit entrer sur les lieux du sinistre.

— Mais… je voudrais essayer de sauver ce qui peut encore l'être.

— Je regrette, c'est la procédure. Vous ne pourrez vous y rendre qu'en compagnie d'un pompier, et lorsque l'enquête sera terminée.

— Combien de temps cela prendra-t-il ?

Il grimaça.

— Difficile à dire.

Caroline comprit alors qu'elle ne risquait pas de recevoir un chèque de sa compagnie d'assurance avant longtemps.

Trois jours plus tard, Caroline fut enfin autorisée à retourner chez elle et constata avec désarroi qu'il n'y avait rien à récupérer. Ce qui n'avait pas brûlé était irrémédiablement endommagé par la fumée et l'eau.

A part quelques papiers personnels et une photo de ses parents qu'elle gardait dans une boîte en métal, il ne lui restait plus rien.

Heureusement, les McClure avaient généreusement proposé de l'héberger avec son fils, et il lui restait les vêtements d'hiver qu'elle avait déposés à la teinturerie pour les faire nettoyer en prévision de l'arrivée du mauvais temps.

Toutefois, il lui faudrait quand même piocher dans ses maigres économies pour racheter des objets de première nécessité.

— Qu'allez-vous faire, Caroline ? demanda Betty, alors qu'elle jouait machinalement avec sa tasse de thé tout en regardant par la fenêtre de la cuisine. Je veux dire, pour votre affaire ? Je sais que vous aviez l'habitude de travailler chez vous, mais si vous le souhaitez, nous pouvons vous installer un bureau au magasin.

Jim et Betty possédaient un magasin de meubles, et c'était grâce à leurs chaleureuses recommandations que Caroline avait pu décrocher plusieurs contrats de décoration chez certains de leurs clients.

— C'est très gentil à vous, mais je ne sais pas trop…

— Vous pourriez proposer directement vos services à la clientèle, insista Betty. Et naturellement, Danny et vous êtes les bienvenus chez nous aussi longtemps que vous le souhaiterez.

Encore sous le choc, et incapable de se projeter dans l'avenir, Caroline demanda à son amie de lui accorder quelques jours de réflexion. Depuis la rentrée Danny allait à l'école, et rien ne s'opposait à ce qu'elle travaille à l'extérieur. Mais comment ferait-elle pour mener de front un emploi salarié et la relance de son entreprise ?

Finalement rattrapée par la réalité, elle accepta cette offre généreuse. Betty lui installa donc un bureau dans un coin du magasin et lui prêta son ordinateur portable.

Durant la première semaine, Caroline fit de la prospection téléphonique et créa à moindre frais une brochure publicitaire qu'elle distribua en ville.

Le lundi suivant, alors qu'elle raccrochait après un énième contact infructueux, Betty s'approcha de son bureau en compagnie d'une séduisante jeune femme.

— Caroline, j'aimerais vous présenter Stella Wainwright. Elle vient du Texas, et son beau-frère possède un chalet dans les montagnes du Colorado qu'il aimerait redécorer.

— Je suis ravie de vous rencontrer.

Elle se leva et tendit la main.

— Caroline Fairchild.

Dans son pantalon de toile beige, son pull à torsades ivoire et sa veste de cuir marron, la cliente paraissait vêtue de manière extrêmement simple, mais il se dégageait de sa tenue une impression de luxe et d'élégance naturelle. Ses cheveux blonds étaient coupés au carré, et son teint hâlé faisait ressortir l'éclat de ses yeux verts, mais en dépit de son apparence juvénile, elle ne devait pas être loin des quarante ans.

— Mme Wainwright me disait qu'elle avait le plus grand mal à trouver un décorateur qui accepte d'aller travailler dans un endroit aussi isolé, expliqua rapidement Betty. Je ne sais pas si vous serez intéressée, compte tenu de vos nombreux autres engagements…

— Eh bien, je peux toujours étudier le projet, répondit Caroline en se mettant instantanément dans la peau d'une décoratrice brillante et sollicitée de toutes parts.

L'air enchanté, Betty opéra un repli stratégique et laissa les deux femmes discuter.

— Je vous en prie, asseyez-vous, dit Caroline en désignant un fauteuil à la cliente. Où se trouve le chalet, exactement ?

— Au pied de la montagne San Juan, sur le versant ouest du Colorado, répondit-elle en croisant les jambes d'un geste décontracté.

— Près de Durango ?

— Un peu plus au nord, à quelques kilomètres de Telluride.

— Je vois.

Caroline n'était jamais allée dans cette partie de l'Etat, mais elle situait approximativement la région.

— La propriété est immense et comprend un lac et des milliers d'hectares de forêt. Autant vous le dire tout de suite, c'est un endroit coupé du monde.

L'enthousiasme de Caroline redescendit d'un cran. Un séjour occasionnel dans une station de montagne parfaitement équipée pouvait encore se concevoir. Mais se retrouver dans un trou perdu avec un enfant de six ans n'était pas ce qu'on pouvait rêver de mieux.

— Ecoutez, je vous avoue que j'hésite, dit-elle.

— Je sais à quoi vous pensez, mais ce n'est pas épouvantable à ce point. La famille Wainwright a fait construire le chalet de Shadow Mountain pour échapper aux étés caniculaires du Texas. Delvin, mon mari, adorait cet endroit. Il était le frère cadet de Wes, et il a trouvé la mort dans un accident d'avion alors qu'il se rendait au chalet.

— Oh, je suis navrée.

Ce n'était pas une remarque dictée par les convenances. Caroline savait ce que c'était que de perdre un mari, et elle était de tout cœur avec Stella.

— J'ai un fils de dix-sept ans, Shane, qui adore y venir skier. Le paysage est magnifique.

— Je n'en doute pas, répondit machinalement Caroline.

Même sans avoir vu l'endroit, elle était intimidée par le défi que représentait un tel travail. Le simple fait de faire acheminer les matériaux sur place et d'engager des artisans devait relever du cauchemar.

Avant qu'elle ait eu le temps de refuser poliment, Stella Wainwright la surprit en se levant et en lui touchant la main.

— Je peux vous assurer que Wesley Wainwright, en tant qu'héritier de l'empire pétrolier familial, ne lésinera pas sur les moyens financiers.

Elle mentionna alors un chiffre qui était dix fois supérieur à ce que Caroline espérait.

— Avec un tel budget, vous pourriez vous offrir les services d'un décorateur en vue, remarqua-t-elle.

— J'ai essayé. Mais toutes les personnes figurant sur ma liste ont refusé pour une raison ou pour une autre. C'est sans doute parce que j'ai des idées très arrêtées sur ce que je veux. Naturellement, ces idées sont susceptibles d'évoluer si le résultat n'est pas à la hauteur de ce que j'escomptais.

Attention, danger, songea immédiatement Caroline. Il était inutile d'en dire plus, elle avait compris. Stella Wainwright cherchait une personne prête à se plier à ses caprices. C'était le genre de personne à fourmiller d'idées et à demander l'impossible. Le cauchemar des décorateurs.

Comme pour corroborer ses pensées, Stella la mesura du regard.

— Croyez-vous que nous pourrions travailler ensemble ?

La question était loin d'être innocente, et Caroline en avait pleinement conscience. Si elle acceptait le travail, cela deviendrait rapidement un enfer. Elle était prête à parier qu'il y aurait une quantité de maux de tête et peu de satisfaction. Peut-être même y perdrait-elle son intégrité.

Elle avait envie de dire : « Non merci, sans moi. » Mais évidemment elle ne le fit pas. Il y avait trop de choses en jeu, notamment l'assurance de disposer d'un revenu immédiat et d'un endroit où elle pourrait s'installer avec Danny sans rien devoir à personne. Ses choix étaient passablement limités. Ou, pour être plus exacte, elle n'avait absolument pas d'autre choix.

Redressant les épaules, elle répondit d'une voix posée :

— Oui, je crois que nous allons très bien nous entendre, madame Wainwright.

— Appelez-moi Stella, répondit celle-ci avec un sourire affable. Quand pouvez-vous commencer ?

Wesley Wainwright venait de rentrer au chalet après une vivifiante randonnée en montagne lorsque le téléphone sonna. En dépit de son excellente forme physique, il était un peu essoufflé, mais la voie qu'il avait empruntée était l'une des plus escarpées du domaine, et il était pleinement satisfait de sa performance. A trente-cinq ans, il continuait à pratiquer de nombreux sports et se sentait en pleine possession de ses moyens. Il adorait cette région où il venait se ressourcer chaque fois qu'il en avait assez des bureaux confinés, des conseils d'administration interminables et de la pression financière qui pesait constamment sur ses épaules.

Avec un soupir, il souleva le combiné. Si c'était sa secrétaire qui l'appelait de Houston, il lui dirait de se débrouiller toute seule.

— Salut, c'est Stella.

Sa belle-sœur était partie depuis une semaine, et il devait avouer qu'il appréciait de ne plus l'avoir sans arrêt dans les jambes. Stella était très sympathique, mais elle avait tendance à se montrer envahissante et à tout régenter. D'ailleurs, il n'avait pas vu d'un très bon œil qu'elle débarque au chalet durant ses vacances durement méritées. Et pour tout dire, il s'était senti soulagé quand elle avait tout à coup annoncé qu'elle avait envie de passer du temps à Denver. C'était le genre de femme qui aurait été parfaite pour diriger un régiment.

Percevant une certaine excitation dans la voix de sa belle-sœur, il se prépara au pire.

— Que se passe-t-il ?

— Ce n'était pas facile, mais j'ai fini par y arriver. Je l'ai trouvé.

— Quoi donc ?

— Mais notre décorateur, voyons, répliqua-t-elle avec impatience. J'ai trouvé quelqu'un qui veut bien venir s'enterrer au chalet.

— Attends une minute. Qu'est-ce que c'est que cette histoire de décorateur ?

— Enfin, Wes, tu sais bien qu'au printemps dernier nous avons décidé de redécorer le chalet.

Il crispa les doigts autour du combiné.

— Je pensais que ce n'était qu'une vague idée. Je ne savais pas que tu avais l'intention de la concrétiser aussi rapidement.

— Je l'aurais même fait plus tôt si j'avais réussi à trouver un décorateur qui accepte de venir plusieurs semaines en pleine montagne. Heureusement, comme je viens de te le dire, j'ai déniché la perle rare. Au fait, il s'agit d'une jeune femme, j'espère que ça ne t'ennuie pas.

— Et le chantier doit démarrer quand ?

Sa belle-sœur repoussait sans cesse les limites de sa patience, et si elle n'avait pas été la veuve d'un frère qu'il adorait, jamais il ne se serait laissé mener ainsi à la baguette.

— Le plus tôt sera le mieux, répondit-elle. Comme nous ne sommes qu'au début d'octobre, je me suis dit qu'avec un peu de chance tout devrait être terminé pour Noël. Je me suis donc arrangée pour qu'elle commence la semaine prochaine. Elle s'appelle Caroline Fairchild, et elle viendra avec son petit garçon.

Elle marqua une pause.

— Je crois que je vais les installer au premier étage. Elle pourra y disposer d'une chambre supplémentaire pour en faire son bureau. Et comme ta suite se trouve à l'autre bout du couloir, tu ne seras pas dérangé.

Wesley se retint de lui dire le fond de sa pensée.

— Comme tu voudras.

— Parfait. Ils seront là la semaine prochaine.

Il raccrocha en laissant échapper un juron. Lui qui espérait avoir la paix !

Devoir supporter les allées et venues intempestives de Stella n'était déjà pas une partie de plaisir, et voilà qu'elle faisait venir une espèce de décoratrice et son gamin. Et Dieu seul savait combien de temps cela allait durer.

Stella avait vingt-quatre ans quand elle avait épousé Delvin, qui n'était âgé que de dix-neuf ans, et sa grossesse était alors très avancée. Elle avait donné naissance à un fils, Shane. Malgré ses réticences, Wesley avait dû très vite reconnaître qu'elle était une excellente mère et qu'elle savait se montrer à la hauteur du nom des Wainwright. Après la mort de Delvin, survenue six ans plus tôt, elle avait pris une place prépondérante au sein de la famille.

De son côté, Wesley avait cherché à combler les vides que la mort de son frère avait laissés dans la vie du jeune Shane. Aujourd'hui âgé de dix-sept ans, ce dernier était passionné de ski, et il avait supplié son oncle de l'autoriser à abandonner provisoirement des études qui ne l'inspiraient guère pour se consacrer à sa passion. Stella avait désapprouvé, mais Wesley considérait que c'était une bonne idée pour Shane de prendre une année sabbatique afin de découvrir ce qu'il voulait vraiment.

Mis à part ce léger différend vite aplani avec Stella, il essayait de s'accommoder des idées de cette dernière, mais cette nouvelle frénésie de décoration qui s'était emparée d'elle risquait d'être la goutte d'eau qui ferait déborder le vase.

Il imaginait sans peine le chaos qui régnerait dans le chalet dès que commenceraient les travaux.

Cependant, il n'avait pas l'intention de rester là à contempler les dégâts les bras ballants. Au contraire, il allait déguerpir avant que cette décoratrice n'arrive. Après tout, le Colorado ne manquait pas d'endroits tranquilles où on ne viendrait pas le déranger.

Il ne lui restait plus qu'à organiser sa disparition.

2

La propriété des Wainwright se trouvait à sept heures de route de Denver. La route étroite et taillée dans le roc surplombait des ravins vertigineux, et la brume conférait au paysage un aspect fantomatique qui donnait à Caroline l'envie de faire demi-tour.

Depuis quelques kilomètres déjà, elle avait un mauvais pressentiment. Peut-être aurait-elle dû demander un délai de réflexion avant d'accepter cet emploi, prendre quelques renseignements sur la famille...

Mais avait-elle vraiment la possibilité de faire la fine bouche ?

— On arrive quand ? demanda Danny d'une voix fatiguée.

Tournant brièvement la tête, elle lui adressa un sourire rassurant, alors qu'elle n'en menait pas large elle-même.

— Bientôt.

— J'en ai marre.

— Je sais. Mais sois patient. Il n'y en a plus pour longtemps.

Normalement, elle ne devait plus se trouver très loin du chalet. Les panneaux indicateurs étaient rares, et le dernier qu'elle avait aperçu signalait le domaine de Shadow Mountain à quinze kilomètres. Le plan que Stella lui avait dessiné à la hâte ne lui était pas d'une très grande aide. Cette dernière avait simplement marqué d'une croix l'endroit où se trouvait le chalet, sur la rive d'un lac privé. Le problème était de savoir où se trouvait le lac.

Les doigts crispés sur le volant tandis qu'elle négociait une série de virages en épingle à cheveux, elle commençait à se demander si elle ne s'était pas trompée de route lorsqu'un panorama époustouflant lui apparut en contrebas.

Niché au cœur de la montagne, apparut un lac ainsi qu'une route qui serpentait vers un imposant ensemble de bâtiments.

— Nous y sommes, dit Caroline avec un soupir de soulagement.

Danny se pencha vers le siège avant, autant que le lui permettait sa ceinture.

— Où ? Je vois rien.

— Je *ne* vois rien, le corrigea-t-elle automatiquement. Tu vois cette maison près du lac ? C'est là que nous allons.

Il avala sa lèvre inférieure, comme il le faisait lorsque quelque chose ne lui plaisait pas.

Lorsqu'ils approchèrent, il remarqua d'un ton boudeur :

— Je déteste. C'est moche.

Ce n'était pas Caroline qui aurait osé dire le contraire.

Construit de bois foncé, le chalet était entouré d'immenses sapins dont la masse sombre avait quelque chose de menaçant. Un pâle soleil de fin d'après-midi peinait à éclairer les fenêtres ombrées au rez-de-chaussée par un balcon circulaire, et par les profondes avancées du toit au premier étage.

Stella lui avait dit que son beau-frère était veuf, et père d'une petite fille de six ans nommée Cassie. Elle espérait que Danny et la fillette s'entendraient bien. Dans l'ensemble, son fils avait un caractère facile, mais lorsque quelque chose ou quelqu'un ne lui plaisait pas, rien ne pouvait le faire changer d'avis.

Elle suivit la route qui longeait le lac avant de s'élever vers le chalet et se gara sur le côté. Un peu en retrait, on apercevait des écuries ainsi que plusieurs petites dépendances.

Aussitôt libéré, Danny bondit hors de la voiture tel un jeune animal libéré de sa cage.

— Ne t'éloigne pas, lui recommanda-t-elle.

Elle sortit un sac de voyage du coffre et décida que le reste des bagages attendrait.

L'endroit paraissait désert, mais elle entendit hennir un cheval.

Prenant la main de Danny, elle se dirigea vers une lourde porte sculptée, au centre de laquelle se trouvait une tête de lion en laiton. Elle actionna plusieurs fois le heurtoir, dont le son résonna de façon lugubre dans le silence, et attendit, la main posée sur l'épaule de Danny en un geste rassurant.

A mesure que les secondes s'écoulaient, son malaise grandissait.

Au nom du ciel, qu'était-elle venue faire dans cet épouvantable endroit ?

La porte s'ouvrit tout à coup et Stella apparut, tout sourire.

— Oh, vous voilà ! Je suis heureuse que vous soyez arrivés avant la tombée de la nuit. Ces routes de montagne sont parfois un peu traîtres lorsqu'on est dans le noir.

Ça ne m'étonne pas, se dit Caroline en son for intérieur. C'était un miracle qu'elle soit arrivée jusque-là.

— Entrez, je vous en prie. Je vais demander à Shane de prendre vos bagages.

Caroline suivit son hôtesse et constata que l'intérieur du chalet était aussi sombre et intimidant que l'extérieur.

Passé un couloir ténébreux, elle découvrit une vaste pièce dotée d'une saisissante hauteur de plafond. Un lustre monstrueux fait de bois de cerfs était accroché à une poutre d'une largeur impressionnante. Les fenêtres étroites laissaient filtrer un soleil assourdi qui ne parvenait pas à dissiper l'impression lugubre provoquée par le bois sombre des murs. Une immense cheminée de pierre grise occupait un des murs, tandis qu'un excès de mobilier, composé essentiellement de cuir brun, de flanelle kaki et de noyer foncé, encombrait l'espace. Délimitant le coin feu, un tapis dans des tons de marron et de vert fané recouvrait le sol en dalles de granit noir. Des photographies en noir et blanc représentant des scènes de chasse étaient accrochées de part et d'autre de la cheminée.

Devant ce sinistre décor, Caroline sentit le découragement la gagner.

L'occupant des lieux devait être un macho indécrottable, et elle était prête à parier qu'il réfuterait toutes ses propositions. A moins que Stella ne dispose d'une certaine influence sur lui.

— Je vais vous montrer vos appartements, dit cette dernière en désignant l'imposant escalier qui partait à l'assaut d'un des murs. Vous aurez sans doute envie de vous rafraîchir avant de rencontrer Wes. Il devait partir hier, mais un de ses amis,

Dexter Tate, est arrivé à l'improviste. Ils sont partis s'entraîner au tir, mais ils ne devraient pas tarder à rentrer. La fille de Wes, Cassie, est à l'étage avec sa nourrice, Felicia.

Stella ouvrit la marche, s'adressant à Caroline sur le ton d'une hôtesse accomplie.

— J'espère que vous y serez bien. Il y a un petit salon, une chambre avec des lits jumeaux et une salle de bains communicante. Je vous ai également installé un bureau dans la pièce voisine.

Elle ouvrit la porte et les invita à entrer.

Le seuil à peine franchi, Danny se dissimula derrière Caroline, en lui agrippant les jambes.

— Qu'y a-t-il ?

Elle suivit son regard effrayé et eut un hoquet de surprise.

Des têtes d'animaux sauvages empaillés étaient accrochées au mur, et à l'expression terrifiée de Danny, elle devinait que son fils les croyait vivants et prêts à sauter sur lui.

— Ce n'est rien, chéri. Ils ne te feront pas de mal.

— Est-ce qu'ils sont morts ?

— Oui.

— Pourquoi ils sont sur le mur ? C'est moche, dit-il avec sa brutale franchise d'enfant.

— Ce sont des trophées, expliqua Stella, avant que Caroline ait eu le temps de répondre. Les hommes les tuent et les exposent pour montrer combien ils sont courageux.

Avec un sourire rassurant, elle lui ébouriffa les cheveux.

— Mais ta maman et moi allons changer tout ça.

Caroline préféra ne rien dire, mais elle redoutait que cela ne se passe pas aussi bien que semblait le penser Stella. S'attaquer aux traditions masculines était un combat perdu d'avance. D'ailleurs, elle était prête à parier que les animaux empaillés resteraient à leur place.

Heureusement, la chambre offrait un décor moins sanguinaire. C'était une pièce immense, à la décoration vieillotte où trônaient deux lits en cuivre recouverts d'un patchwork aux tons pastel. Des meubles anciens en chêne se découpaient sur une tapisserie abricot égayée de gravures champêtres. Des rideaux de velours vert olive encadraient la fenêtre, accrochés à une tringle en fer forgé.

Immédiatement, Caroline imagina comment elle pourrait égayer la pièce avec un peu de couleur et un nouveau papier peint.

— S'il vous manque quelque chose, n'hésitez pas à me le signaler, dit Stella en se préparant à sortir. Rejoignez-nous en bas dès que vous serez prête. Nous serons dans le salon familial, au fond du couloir à droite. Je sais que Wes est impatient de vous rencontrer tous les deux.

Elle se pencha vers Danny, qui affichait une moue boudeuse.

— Il a une petite fille de ton âge. Elle s'appelle Cassie. Et je suis sûre que vous vous amuserez bien tous les deux pendant que je travaillerai avec ta maman.

La grimace de Danny en dit long sur ce qu'il pensait de cette idée. Les filles, c'était nul.

Caroline retint un soupir. Cet emploi se révélait beaucoup moins idyllique qu'elle ne l'avait imaginé, et elle n'était pas sûre d'avoir la patience de supporter les colères de Danny.

L'humeur de son fils ne s'améliora pas quand elle insista pour qu'il se lave les mains et le visage et change de vêtements. Quand ce fut fait, il se laissa tomber sur l'un des lits en grommelant.

Stella lui avait dit qu'ils auraient besoin de tenues chaudes, ainsi que de bottes et de chaussures de marche, et elle avait suivi son conseil en achetant des vêtements d'occasion pour elle et son fils.

Elle tenait à faire bonne impression pour sa première rencontre avec le maître des lieux, mais sa garde-robe était passablement limitée. Après avoir troqué son jean usé contre un pantalon de gabardine beige, et son sweat-shirt bleu marine contre un pull à rayures dans des tons de feuilles mortes, force lui fut de constater qu'elle n'avait pas du tout l'air professionnel. Mais d'un autre côté, le tailleur gris anthracite qu'elle réservait à ses rendez-vous avec ses clients ne lui semblait pas non plus adapté. De toute façon, il se trouvait dans les bagages qu'elle avait laissés dans la voiture.

Elle passa rapidement la brosse dans ses courts cheveux bouclés, et appliqua un gloss beige sur ses lèvres.

— Je crois que je suis prête, dit-elle en sortant de la salle de bains.

Découvrant que Danny s'était endormi, elle soupira.

Que faire ? Elle ne pouvait pas descendre rejoindre ses hôtes en le laissant dormir. S'il se réveillait, seul dans cette chambre inconnue, il prendrait peur. Surtout avec les têtes d'animaux empaillées. D'un autre côté, il serait grognon toute la soirée s'il ne faisait pas une sieste.

Stella l'attendait probablement avec impatience, mais elle n'avait pas le choix. Elle savait qu'elle devrait attendre au moins une demi-heure avant de le réveiller.

Tandis qu'elle observait l'adorable visage de son fils, si angélique dans le sommeil, son cœur se serra de tendresse. Il lui était si précieux ! Il n'avait que quatre ans quand elle s'était retrouvée seule pour l'élever, et à présent il était toute sa vie. Il n'y avait ni grands-parents ni proches d'aucune sorte pour leur apporter réconfort et soutien.

S'arrachant à sa contemplation, elle se dirigea vers la fenêtre qui donnait sur les bois, à l'arrière du chalet. Le soleil entamait sa chute derrière les pics rocheux, et elle aurait pu ne pas remarquer les deux cavaliers qui sortaient d'entre les arbres si un mouvement n'avait attiré son regard. Ils disparurent avant qu'elle ait eu le temps de mieux les voir.

Il s'agissait probablement de Wesley Wainwright et de l'invité que Stella avait mentionné. Elle se demandait sur quel genre de cible ils étaient allés s'entraîner au tir, tout en ne désirant pas vraiment connaître la réponse. En tout cas, après avoir vu les dépouilles d'animaux sur les murs, elle doutait de pouvoir se montrer polie avec son hôte.

Elle avait toujours beaucoup de difficulté à garder son sang-froid quand elle rencontrait des machos égoïstes et arrogants. Et elle avait une sainte horreur des parvenus.

Lorsqu'elle réveilla finalement Danny, celui-ci ne se montra guère coopératif.

— Quand est-ce qu'on rentre à la maison ?

Comme elle essayait de nouveau de le coiffer, il grommela et la repoussa.

— Pas aujourd'hui, répondit-elle avec un entrain simulé. Mais je suis sûre que nous allons nous plaire ici.

Elle ne pouvait pas lui répondre, car elle n'en savait absolument rien. Tout dépendait de Stella et de ses projets de décoration. S'il ne s'agissait que de rafraîchir un peu l'ensemble, cela ne prendrait pas plus de quelques semaines. Si au contraire il fallait tout refaire de fond en comble, mieux valait tabler sur plusieurs mois. En outre, Danny et elle n'avaient plus de maison, et il pourrait bien s'écouler une bonne année avant que la prime d'assurance ne lui soit versée.

— Je parie que tu as faim, dit-elle. Allons voir en bas ce qu'on nous a préparé de bon pour le dîner.

Heureusement, la chambre avait un accès direct sur le couloir, et ils n'eurent pas à repasser par le salon au décor macabre. Danny avait besoin d'un petit peu de temps pour s'y habituer.

Et elle aussi.

Leurs pieds faisaient un bruit mat sur les marches de l'escalier qui menait au grand salon. Quelqu'un avait allumé ici et là des lampes qui projetaient des ombres effrayantes sur les murs. Les ampoules de l'horrible lustre étaient éteintes et il semblait planer comme une menace au-dessus de leur tête.

Suivant les instructions de Stella, Caroline traversa le hall en serrant la main de Danny, et emprunta un long couloir percé de portes ouvrant sur des pièces de différentes tailles, toutes plongées dans l'obscurité. Tout au fond, de la lumière s'échappait par une double porte, et des bruits de conversation lui parvenaient.

Au moment d'entrer dans le salon familial, ainsi que l'avait appelé Stella, elle plaqua un sourire poli sur son visage.

Bien que le décor fût à peu près le même que celui du grand salon — murs lambrissés de bois sombre et canapés de cuir brun — l'atmosphère de la pièce était tout autre. Baignée de la lumière chatoyante du feu qui pétillait dans l'âtre, et de celle plus tamisée des lampes disposées un peu partout, la grande salle était étonnement chaleureuse.

Alors que Danny tirait sur sa main pour l'inciter à faire demi-tour, elle resserra la pression de ses doigts. Puis elle vit qu'il observait avec un mélange de peur et de dégoût une peau d'ours noir à la gueule béante étendue devant la cheminée.

Stella se leva immédiatement pour les accueillir.

— Vous voilà enfin ! J'allais envoyer quelqu'un vous chercher. Je voudrais vous présenter Wes.

Caroline remarqua que Stella était nerveuse. Peut-être autant qu'elle-même.

— Je suis navrée. Danny s'était endormi.

Deux hommes se tenaient devant la cheminée, un verre à la main.

Qui était le milliardaire texan ? Etait-ce le quinquagénaire au visage rougeaud, boudiné dans son pantalon de velours kaki et sa veste en tweed brun, et qui parlait en faisant de grands gestes de sa main libre ?

L'autre homme était plus grand, et magnifiquement bâti. Sous sa veste de daim frangée, sa chemise était entrouverte, découvrant la peau hâlée de son torse, et son jean délavé collait à ses cuisses musclées comme une seconde peau. Ses cheveux châtain clair étaient légèrement décoiffés, encadrant un visage d'une étonnante beauté, où se détachaient des yeux d'une étrange couleur ambrée.

Un léger pli barra son front tandis que Stella traversait la pièce avec Caroline et faisait les présentations.

— Wes, voici Caroline Fairchild et son fils, Danny. C'est la décoratrice dont je t'ai parlé, ajouta-t-elle, comme si elle craignait qu'il ne s'en souvienne plus.

— Oui, bien sûr. Ravi de vous rencontrer.

En dépit de son sourire poli, Caroline détecta chez lui un manque d'enthousiasme certain.

— C'est toi qui l'as tué ? demanda Danny en montrant la peau d'ours.

— Non, c'est mon grand-père.

— Pourquoi ?

— Eh bien, ce vieil ours n'arrêtait pas de rôder autour de

la maison pour trouver quelque chose à manger. Tu as vu ses grandes dents ? Grand-père avait peur qu'il mange son chien pour le dîner. Ma fille dit qu'il a l'air méchant. Qu'est-ce que tu en penses ?

— Je ne l'aime pas.

— Tu as raison. Quel âge as-tu, Danny ?

— Six ans.

— C'est vrai ? Tu sais quoi ? Ma fille a le même âge.

Il se tourna vers Caroline.

— Ils nous donnent du fil à retordre à cet âge-là, non ?

Voyant qu'il faisait un effort pour se montrer agréable, elle sourit et hocha la tête.

Apparemment, il n'était pas ravi d'avoir une décoratrice dans les jambes.

Quelque chose lui dit qu'elle ferait bien d'y aller en douceur et de garder le plus possible ses distances. S'il était prêt à payer la somme faramineuse que Stella lui avait annoncée, elle ne pouvait pas se permettre de le faire se braquer. D'après ce qu'elle avait compris, il avait prévu de ne pas être là à son arrivée, et elle soupçonnait que derrière ce physique incroyablement séduisant se cachait un caractère malcommode et solitaire.

Indifférente au manque d'enthousiasme de son beau-frère, Stella ne partageait apparemment pas ses craintes et semblait décidée à mener les choses tambour battant.

— Demain, nous ferons un tour de la maison et nous déciderons par où commencer. Je crois que j'ai envie de tout refaire.

— Du moment que tu ne touches pas à ma chambre et à l'armurerie, je te laisse carte blanche, dit-il.

Tout cela semblait l'ennuyer au plus haut point, mais son regard froid et son expression sévère laissaient entendre qu'il avait l'intention de garder un œil sur elles, et Caroline ne fut pas dupe un seul instant de son apparence flegmatique.

L'autre homme eut un petit rire, avant de terminer son verre d'une seule gorgée. Il devait être l'ami arrivé à l'improviste dont avait parlé Stella.

Tandis qu'il l'enveloppait d'un regard ouvertement appréciateur, Caroline se crispa. Ils n'avaient pas encore été présentés, et déjà elle le détestait.

Au même moment, une petite fille entra en sautillant dans la pièce, ses couettes blondes dansant en rythme. Elle portait un jean ainsi qu'une chemise à carreaux, et un chapeau de cow-boy rouge pendait dans son dos, retenu autour de son cou par une lanière.

Lorsqu'elle aperçut Danny, elle s'arrêta net.

— Qui c'est ? demanda-t-elle en plissant le front, l'air contrarié.

La bouche de Danny se crispa, et à son tour il se mit à faire la tête.

— Il s'appelle Danny Fairchild, dit Stella d'un ton de mise en garde. Il est notre invité, et je compte sur toi pour être gentille avec lui.

— Et si je ne l'aime pas ?

Oh non ! pensa Caroline. Cela risquait fort de devenir un vrai cauchemar.

— Et pourquoi ne l'aimerais-tu pas, chérie ? demanda son père en lui faisant signe de s'approcher. Tu n'arrêtes pas de te plaindre que tu n'as personne pour monter à cheval avec toi.

Il se tourna vers Danny.

— Qu'en dis-tu, fiston ? Tu aimerais faire une balade sur l'un des poneys Shetland de Cassie ?

Tandis que le visage de Danny s'illuminait, Caroline se figea, immédiatement agacée. Comment cet homme osait-il faire une telle offre sans savoir si Danny se sentirait en sécurité sur un poney ?

Les yeux de Danny brillaient déjà d'excitation quand il tourna la tête vers elle.

— Maman ?

— On verra.

— Ça, c'est bien une réponse de mère, dit l'homme en veste de tweed, avant que Wesley ait eu une chance de dire quelque chose.

Il s'avança en tendant sa main grassouillette.

— Dexter Tate. Si j'avais su que nous aurions une compagnie féminine, je me serais rasé pour l'occasion.

Il termina sa phrase en caressant son visage poupin.

— Dexter se prend pour un homme à femmes et nous aimons bien contrarier ses plans, dit Wesley avec un petit rire.

Son ami lui donna une bourrade sur l'épaule et ils s'esclaffèrent comme deux collégiens.

Pendant ce temps, Cassie s'était rapprochée de Danny.

— Tu veux voir mes poneys ?

— Pas maintenant, Cassie, dit son père, avant que Danny ne puisse répondre.

Il se tourna vers Caroline.

— Je suppose que la journée a été longue. Voyager est toujours une corvée.

— Pas quand on possède un jet, un hélicoptère et une grosse berline étrangère, remarqua Dexter d'un ton moqueur. Encore que Wes soit plutôt du genre partageur.

— Ça suffit, vous deux, dit Stella, qui semblait quelque peu agacée par le côté sans gêne de Dexter.

Un adolescent grand et maigre au visage hâlé et aux longs cheveux noirs en broussaille apparut sur le pas de la porte.

— Le cuisinier a dit que la bouffe était prête. Amenez-vous.

— Shane, ce ne sont pas des façons de parler, je te l'ai déjà dit, le reprit aussitôt Stella. Entre, je voudrais te présenter à Mme Fairchild.

Elle se tourna vers Caroline avec un haussement de sourcils entendu.

— Mon fils de dix-sept ans, Shane.

L'intéressé s'avança d'un pas traînant, les mains profondément enfoncées dans les poches.

— Salut, dit-il.

Puis, surprenant un regard sévère de sa mère, il ajouta :

— J'ai monté vos affaires dans la chambre.

Caroline le remercia et ne reçut en retour qu'une vague grimace qui pouvait passer pour un sourire.

— Shane nous aide beaucoup ici, dit Wes en passant un bras autour des épaules de son neveu.

Le jeune homme baissa la tête et racla ses pieds sur le sol, mais Caroline devina qu'il était touché par l'attention de son oncle.

— Shane ne passera qu'un an dans le Colorado avant d'entrer à l'université, précisa sa mère d'un ton pincé, comme si le sujet avait fait l'objet d'une âpre discussion. Son père aurait voulu qu'il lui succède et prenne en charge les affaires de la famille, mais pour cela, il faut faire des études.

Devant la tête que faisait Shane, Caroline devina qu'il avait déjà entendu ce sermon plusieurs fois. Une expression menaçante passa dans son regard soudain assombri, et elle le vit serrer les poings.

— Du calme, murmura Wesley.

Il y avait chez cet adolescent quelque chose de dérangeant et d'inquiétant. Obéissant à un inexplicable pressentiment, Caroline décida de veiller à ce que Danny ne se retrouve jamais seul avec lui.

3

Au grand soulagement de Caroline, le dîner fut servi avec simplicité, dans une pièce qui ressemblait plus à une taverne rustique qu'à une salle à manger formelle.

Les murs étaient lambrissés de pin noueux verni dans un ton rougeâtre et il n'y avait pas de rideaux devant les fenêtres qui donnaient sur le lac. De petites tables disparates et des chaises qui avaient connu des jours meilleurs étaient dispersées dans la pièce.

Stella avait expliqué à Caroline que seuls la famille et les amis proches utilisaient régulièrement le chalet, mais il arrivait que Wesley y invite des relations d'affaires durant l'année. A cette occasion, on ouvrait les pièces de réception. Sinon, la famille aimait vivre simplement.

Wesley et Dexter étaient restés à la traîne pour finir leur verre, et la seule personne qui se trouvait dans la pièce était une femme dont les cheveux d'un noir bleuté, le teint mat et les pommettes hautes évoquaient des origines latino-américaines. Elle portait une robe aux couleurs vives, un châle frangé, une quantité impressionnante de colliers et d'épais anneaux d'argent sculpté aux oreilles.

— Felicia, il y a un autre enfant, s'exclama Cassie en courant vers elle.

Elle pointa le doigt vers Danny et ajouta avec un froncement de sourcils :

— Je ne l'aime pas beaucoup. Est-ce qu'il va toucher à toutes mes affaires ?

La nourrice posa lentement sa tasse et se leva.

Elle était grande et avait un port de reine. Malgré l'absence de cheveux blancs et un visage étonnamment lisse, Caroline se dit qu'elle devait avoir une cinquantaine d'années.

— Asseyez-vous, Felicia, dit Stella d'un ton agacé.

Mais son employée resta debout tandis qu'elle s'approchait avec Caroline.

— Je vous ai parlé de Mme Fairchild et de son fils. Voici donc Danny. Il a le même âge que Cassie.

Les paupières de Felicia s'étrécirent et elle parut se crisper tandis que son regard sombre s'attardait sur Danny.

Caroline se demanda si elle avait déjà décidé que la présence d'un autre enfant serait source de problèmes.

— Je suis sûre que cela vous soulagera que Cassie ait un compagnon de jeu, dit Stella. Elle sera moins dans vos jambes.

Caroline se crut obligée de prendre la défense de son fils.

— A la crèche, les assistantes maternelles l'ont trouvé très facile à vivre. Il joue sans problème avec les autres enfants.

— Il a de si beaux yeux en amande, limpides et intelligents, dit la nourrice d'un ton attendri.

Cassie agita le doigt sous le nez de Danny, d'un geste autoritaire.

— Tu devras faire tout ce qu'elle dit.

Pour toute réponse, Danny lui tira la langue.

A la grande surprise de Caroline, Felicia éclata de rire.

— C'est un bon petit. Je crois que nous allons bien nous entendre.

— Eh bien, c'est parfait, dit Stella juste au moment où Wesley et Dexter entraient dans la pièce.

— Mmm, ça sent bon, dit ce dernier. J'ai aussi faim qu'un ours.

Tout en se massant l'estomac, il se mit à grogner et avança d'un air menaçant vers Danny. Voyant l'enfant reculer en ouvrant de grands yeux, il rit méchamment.

— Ça suffit, dit Wesley d'un ton qui ne souffrait aucune protestation.

Puis il guida Caroline et son fils vers un buffet dressé le long d'un mur.

— Nous ne faisons pas de formalités, ici. Nous avons

l'habitude de nous servir nous-mêmes, sauf pour ce qui est des boissons.

— Va t'asseoir à table, Danny, suggéra Caroline. Je t'apporte ton assiette.

Le choix était considérable et elle songea avec désapprobation qu'il y avait beaucoup trop de nourriture. Outre du poulet, du rosbif et des travers de porc grillés, on trouvait tout un assortiment de légumes, et des pommes de terre sautées dégoulinantes de beurre. Hormis le plateau de fruits, c'était une véritable débauche de calories.

Caroline choisit du blanc de poulet, des haricots verts et de la compote pour Danny et pour elle. En ligne derrière elle, Wesley, Dexter et Shane ne firent pas preuve des mêmes principes diététiques et garnirent copieusement leur assiette.

Stella et Cassie se servirent à leur tour et allèrent s'installer à la table où Danny s'était assis. Tandis qu'elle les rejoignait, Caroline remarqua que Felicia avait quitté la pièce et elle se demanda s'il était dans les habitudes de la nourrice de ne pas prendre ses repas avec la famille.

Dès que les deux hommes et Shane furent assis, une femme aux cheveux roux et à la silhouette replète apparut avec les boissons, comme si un signal avait été transmis dans la cuisine.

— Trudie Benson, notre employée de maison, dit Stella à Caroline. Son mari, Hank, est un merveilleux cuisinier et nous serions perdus sans eux. Ils sont au service de la famille Wainwright depuis toujours, et Wes les a fait venir dans le Colorado lorsqu'il s'est marié.

— Quand était-ce ?

— Avant ma naissance, intervint Cassie d'un ton important. Papa et maman étaient tout seuls avant que je vienne. Quand maman est partie au ciel, papa a été content de m'avoir.

— Moi aussi, mon papa est parti au ciel, dit Danny, comme s'il s'agissait d'une compétition. Et maman est encore plus contente de m'avoir.

Caroline et Stella échangèrent un regard entendu, et le reste du repas se déroula de façon plaisante, tandis qu'à la table voisine les éclats de voix et les rires allaient bon train.

A la grande surprise de Caroline, Wes l'invita à prendre

un digestif avant que chacun ne se retire dans sa chambre, mais elle déclina l'invitation.

La journée avait été longue et elle était aussi épuisée que Danny. Par ailleurs, l'expérience lui avait appris qu'il valait mieux ne pas trop sympathiser avec les clients.

Cela faisait maintenant plus d'une heure que Caroline s'était couchée, mais le sommeil se refusait à elle. Livrée à elle-même dans cette chambre inconnue, elle ne pouvait s'empêcher de laisser ses pensées vagabonder.

Sa nouvelle situation l'angoissait bien plus qu'elle ne l'aurait imaginé, et elle avait le plus grand mal à se faire une opinion sur les personnes qu'elle venait de rencontrer.

Wesley Wainwright offrait sans aucun doute l'image d'un père dévoué et d'un milliardaire sans prétention. Mais peut-être n'était-ce qu'une façade ?

Qui était-il vraiment ?

Elle doutait qu'il reste suffisament longtemps pour lui permettre de le découvrir. Et quand bien même il déciderait finalement de prolonger son séjour au chalet, quelque chose lui disait qu'il ferait tout pour éviter de la croiser.

Et que dire de Stella et de son fils, Shane ?

Stella devait être beaucoup plus âgée que Delvin, le jeune frère de Wesley, pour avoir un fils de dix-sept ans.

Caroline se demanda également à quoi ressemblait la femme de son client, et ce qui lui était arrivé. Puis toutes ces pensées se mêlèrent dans son esprit jusqu'à ce qu'elle finisse par sombrer dans un sommeil agité.

La lumière du jour emplissait la chambre lorsque Caroline se réveilla en sursaut. Danny était penché sur elle, et son souffle tiède réchauffait son visage.

— Tu es réveillée ?

— Presque, dit-elle.

Avec un sourire, elle lui prit le visage dans les mains et déposa un baiser sur son front.

— Et toi ?

— Est-ce qu'on peut rentrer à la maison ? demanda l'enfant d'un ton plaintif.

— Pas aujourd'hui.

— Quand ?

— Je ne sais pas, répondit-elle avec honnêteté.

Pour le moment, elle n'avait pas d'autre choix que d'accepter chaque jour comme il se présentait.

Elle ne savait pas très bien ce qu'elle devait attendre de cette proposition de travail. Tout cela dépendait avant tout du caractère de Stella, et d'après ce qu'elle avait pu en voir pour le moment, cette dernière était plutôt fantasque. C'était tout à fait le genre de personne à changer d'avis du jour au lendemain et à la renvoyer sans compensation.

Visiblement, son beau-frère était plus agacé qu'autre chose par ce projet de rénovation, et il serait probablement ravi de le voir annulé.

Il fallait également tenir compte de Cassie. Si Danny se montrait un peu trop agressif à son égard, comme il savait parfois le faire, son père s'empresserait de leur indiquer la porte.

En outre, Felicia n'était pas exactement le genre de nounou qu'elle aurait choisie. Malgré les compliments qu'elle avait faits à Danny, il y avait chez cette femme quelque chose de très inquiétant.

Wesley était seul dans la pièce lorsque Caroline et son fils descendirent pour le petit déjeuner.

Vaguement morose, il les regarda du coin de l'œil se diriger vers le buffet. Elle avait l'air d'une petite fille sage dans son pantalon bleu ciel, son gilet assorti et son chemisier blanc, songea-t-il. Ses cheveux noirs étaient coupés court, sans chichis. C'était un bon point pour elle. Il ne supportait pas les femmes qui jouaient sans cesse avec leurs cheveux, passant leur temps à se recoiffer et à contrôler leur image dans toutes les surfaces réfléchissantes. Sa femme, Pamela, était un modèle du genre. Ancienne Miss Texas, elle était si obsédée par son apparence qu'elle en devenait invivable.

Sans doute consciente de l'examen dont elle était l'objet, Caroline lui adressa un sourire timide. Il se résolut alors à faire un effort de politesse et à se lever pour l'inviter à se joindre à lui.

Tandis qu'elle prenait place, Wesley prit le pichet isotherme posé sur la table et lui servit un café, puis il tendit à Danny une petite brique de lait chocolaté.

— Le chocolat, c'est mon meilleur goût préféré, s'exclama l'enfant avec un grand sourire.

— Je m'en doutais, répondit Wes avec une lueur d'amusement dans le regard.

Alors qu'il était d'ordinaire assez peu sensible aux enfants des autres, il trouvait ce gamin adorable. Peut-être pas aussi vif que Cassie, mais amusant et déjà très sûr de lui.

— Vous avez bien dormi ? demanda-t-il à Caroline, comme si les cercles mauves autour de ses yeux ne constituaient pas une réponse suffisante.

— Pas très bien, non. Je suppose que j'avais trop de choses en tête.

Tandis qu'il l'observait en train de boire son café, une sensation qu'il n'avait pas éprouvée depuis longtemps le traversa.

Avec son teint de porcelaine, dont la perfection pouvait se passer de maquillage, et ses yeux d'un bleu éblouissant frangés de cils incroyablement longs, cette femme était extraordinairement belle, même si on ne s'en rendait pas forcément compte au premier abord tant elle cherchait à ne pas se faire remarquer.

Ses lèvres pleines, rosies et humidifiées par le contact de la tasse brûlante et du café, le rendaient fou. Il les imagina pressées contre les siennes, s'égarant en de voluptueuses caresses sur son corps...

Traversé par une vague de désir, il baissa les yeux et essaya de penser à autre chose.

— La vue est superbe, dit-elle.

Il s'empressa d'approuver.

— A cette heure de la matinée, on dirait que le soleil caresse la cime des arbres, tandis que la montagne semble directement peinte sur le ciel. Pour moi, il n'y a rien de plus beau que les paysages du Colorado. J'espère que vous aurez le temps d'en profiter pendant votre séjour.

— Stella m'a dit que vous n'aviez pas l'intention de rester avec nous.

Son intonation ne permettait pas à Wesley de décider si cela faisait ou non une différence pour elle, et il devait reconnaître qu'il se sentait un peu vexé. Il avait l'habitude que les femmes recherchent sa compagnie, et pour une raison qu'il ne s'expliquait pas, il avait envie qu'il en aille de même pour Caroline Fairchild.

— J'ai un peu changé mes projets, à cause de Dexter. Je vais être obligé de passer quelques jours avec lui.

C'était un mensonge. Il n'était pas rare que son ami séjourne au chalet en son absence. Cela faisait un moment que Dexter essayait de s'attirer les faveurs de Stella — sans grand succès. Si sa belle-sœur devait s'intéresser à quelqu'un, ce serait plutôt à Tim Henderson, l'administrateur de la propriété. Un peu plus âgé que Stella, Tim était un homme flegmatique, qui s'exprimait d'une voix basse et lente, et qui ne s'offusquait jamais quand Stella décidait de diriger tout le monde à la baguette. Leur relation n'avait guère évolué aux cours des années, et Wes ignorait s'il y avait quelque chose de plus intime entre eux.

— J'espère que Dex et moi ne vous dérangerons pas trop, dit-il en cherchant ouvertement à être rassuré.

— Je ne connais pas les projets de Stella, répondit posément Caroline.

— Vous allez avoir du mal à canaliser son imagination.

— Je ne suis pas là pour ça. J'ai été engagée pour répondre aussi bien que possible à ses exigences. Mon travail consiste à lui faire des suggestions, pas à lui imposer mes idées.

— Dans ce cas, ça risque d'être vite l'enfer, dit-il en tendant la main vers le pichet pour se servir un autre café.

— Elle est où, la fille ? demanda Danny, qui ne s'était pas fait entendre jusque-là.

— Je suppose que tu parles de Cassie ?

L'enfant hocha la tête.

— Ouais, elle.

— Elle prend toujours son petit déjeuner et parfois son déjeuner avec sa nourrice, en haut. Elles ont un joli petit appartement rien que pour elles, avec une cuisine. Si tu veux, tu pourras te joindre à elles de temps en temps.

La grimace de Danny exprima clairement ce que cette proposition lui inspirait.

— J'aime pas les filles.

Wes esquissa un sourire. Danny était un vrai petit garçon. Regarder grandir un enfant tel que lui serait un vrai plaisir.

A cette idée, son cœur se serra. Il adorait sa fille, mais il aurait tellement aimé avoir aussi un fils…

— Les filles sont parfois casse-pieds, approuva-t-il d'un ton solennel. Mais c'est dommage que ça ne t'intéresse pas, parce que Cassie a une pièce pleine de jouets. Et bien sûr, il y a les poneys.

— Je ne suis pas certaine que ce soit une bonne idée, s'empressa d'intervenir Caroline. Danny ne s'est jamais approché d'un cheval.

— Eh bien, c'est peut-être l'occasion de le faire. L'un de mes employés, Tim, est très doué avec les enfants. Il accompagne Cassie presque tous les jours.

Caroline eut une petite moue qui révéla son manque d'enthousiasme.

— Et vous ? Vous montez à cheval ?

Son rire frais et juvénile le surprit.

— Mes parents étaient employés de ferme, et je me suis occupée des chevaux dès mon plus jeune âge. Parfois, les propriétaires m'autorisaient à les monter.

— Dans ce cas, j'ai peut-être intérêt à m'entraîner avant de vous inviter à faire une balade avec moi. Je ne voudrais pas me ridiculiser.

— On peut y aller tous ensemble, déclara Danny d'une petite voix assurée.

— Excellente idée, répliqua Wes, en songeant que ce gamin lui plaisait de plus en plus. Pourquoi pas cet après-midi ?

— Oh, je ne sais pas…, commença à protester Caroline. Stella pourrait avoir besoin de moi.

— Disons seize heures. Elle devrait en avoir fini avec vous.

— S'il te plaît, maman, dis oui, plaida Danny.

Wes vit qu'elle avait du mal à résister à la mine suppliante de son fils.

— Nous devrions profiter du beau temps, insista-t-il. Le mois d'octobre est assez imprévisible en montagne.

— Bon, très bien, capitula Caroline. Mais seulement si Stella est d'accord.

— Parfait.

Wes se leva et ébouriffa les cheveux de Danny.

— A tout à l'heure, cow-boy.

Caroline et Danny finissaient leur petit déjeuner quand Trudie Benson sortit de la cuisine en essuyant ses mains sur un tablier assez large pour envelopper sa silhouette plantureuse.

— Tout va comme vous voulez ? demanda-t-elle avec un sourire.

— Oui, merci, répondit Caroline.

La gouvernante balaya cette réponse d'un geste de la main.

— Ce n'est pas la peine de me remercier. Hank et moi sommes contents quand les gens aiment notre cuisine.

— Où sont les autres ?

— Les employés déjeunent plus tôt, et la famille plus tard. Vous êtes comme qui dirait entre les deux. Felicia et Cassie prennent le petit déjeuner à l'étage.

— Je sais. Pouvez-vous me dire où se trouve leur appartement ? Je dois organiser la garde de Danny pendant que je travaille.

Elle ignora le grognement désapprobateur de son fils.

— C'est à droite en haut de l'escalier, la double porte au bout de la galerie.

Caroline remercia Trudie et quitta la pièce.

Danny marmonna et traîna les pieds jusqu'à l'étage.

— Ça va être amusant, lui promit-elle. Comme le jardin d'enfants, mais en mieux. Vous ne serez que deux à pouvoir utiliser des tas de jouets.

— Des jouets de fille, marmonna Danny.

— Est-ce que tu as remarqué ses bottes de cow-boy et son chapeau ? Et elle a des poneys rien qu'à elle.

Elle se félicita en son for intérieur lorsqu'elle vit disparaître la grimace de son fils.

— Je crois qu'elle est assez bien pour une fille, reconnut-il en soupirant.

Caroline frappa à la porte de l'appartement de Felicia. Le battant s'ouvrit lentement et Cassie jeta un regard méfiant dans le couloir.

Ses yeux en amande se fixèrent aussitôt sur Danny.

— Qu'est-ce que tu veux ?

— Pouvons-nous entrer ? demanda poliment Caroline, en ignorant les deux enfants qui s'affrontaient du regard.

— On a déjà fini le petit déjeuner, annonça Cassie en ouvrant la porte en grand.

— Et nous, on a déjà mangé, répliqua Danny d'un ton triomphal.

Le salon était vaste mais sombre, et encombré de bibelots, de lampes surmontées d'abat-jour frangés, de coussins et de tentures dans des tons de rouge et de prune. De chaque côté du canapé, une table ronde drapée de damas pourpre disparaissait sous les photographies dans des cadres d'argent. Un peu partout étaient disséminés des bouquets de fleurs artificielles et des coupes de cristal taillé contenant des pots-pourris à l'odeur envahissante.

Cassie sautilla devant eux, les guidant vers une autre pièce qui n'était autre que sa salle de jeu. Délaissant son air boudeur, Danny écarquilla les yeux devant une telle profusion de jouets et de gadgets électroniques.

Impassible, Cassie alla frapper à l'une des portes dans le fond de la pièce et cria :

— Le garçon est là.

La porte s'ouvrit aussitôt, et Felicia se glissa dans la pièce de sa démarche de reine. Elle était vêtue d'une robe de chambre chamarrée et ses longs cheveux étaient rassemblés en une natte épaisse qui lui tombait un peu plus bas que la taille. Si elle était embarrassée d'être surprise dans une tenue plus qu'informelle, elle n'en laissa rien paraître.

— J'espère que je n'arrive pas trop tôt, dit Caroline d'un ton d'excuse.

— Pas du tout.

Esquissant un sourire, elle se pencha vers le petit garçon qui semblait soudain intimidé.

— Bonjour, Danny.

A la surprise de Caroline, il répondit d'un ton appliqué et poli, comme il le faisait au jardin d'enfants.

— Bonjour madame… madame…

Il plissa le front, cherchant le nom de la nourrice.

— Felicia, dit-elle, en le prononçant à l'espagnol.

Tandis qu'il répétait en s'efforçant de copier son intonation, elle hocha la tête.

— Très bien.

Danny afficha une mine réjouie, et Caroline commença à se détendre.

— Cassie, que dirais-tu d'installer le circuit automobile pour Danny et toi ? proposa la nourrice. Et laisse-lui choisir ses voitures, d'accord.

Le visage de la fillette s'éclaira, et Caroline fut reconnaissante à Felicia d'avoir su désamorcer un conflit imminent.

— Puis-je vous offrir un café pendant que les enfants font connaissance ? proposa cette dernière.

— Oui, merci. Je ne pense pas que Stella aura besoin de moi tout de suite.

Felicia la guida vers la kitchenette, située dans une alcôve aménagée dans le salon.

Caroline ne vit pas de vaisselle, ni dans l'évier en inox, ni sur la table.

— Vous avez dû déjeuner très tôt, commenta-t-elle, tandis que Felicia déposait une tasse devant elle.

— L'aube est le meilleur moment pour accueillir le monde, répondit-elle. Les vibrations sont à leur comble. Les ombres de la nuit s'évanouissent sous la lumière réparatrice du soleil.

Un peu étonnée par son langage énigmatique, Caroline but une gorgée de café avant de répondre :

— Je comprends qu'on puisse se laisser emporter par la

beauté irréelle du paysage. Vous devez sans doute beaucoup vous plaire ici.

— Certes, mais je suis toujours heureuse de retrouver mon Texas.

— Vous avez toujours vécu là-bas ?

Felicia hocha la tête.

— Je n'étais qu'un bébé quand mes parents ont passé la frontière. Ils ont été engagés par le grand-père de Wesley, et j'ai grandi là-bas. Je me suis occupée de Wes quand il était petit, et lorsqu'il s'est marié, il m'a demandé de le suivre dans ses déplacements.

En apprenant cela, Caroline eut envie de lui poser des questions sur la femme de Wesley, mais elle se retint. Echanger des ragots avec la nourrice n'était pas une des choses les plus intelligentes à faire.

— Je vous suis vraiment reconnaissante de vous occuper de Danny.

Le front de Felicia fut soudain marqué de lignes soucieuses. Tournant longuement la cuillère dans son café, elle ne répondit pas.

Caroline crut deviner qu'elle n'avait pas envie de s'occuper de son fils. Mais pourquoi ?

— Danny n'est pas aussi difficile qu'il en a l'air, assura-t-elle. Il s'intéresse à beaucoup de choses, et il n'exigera pas trop d'attention s'il a de quoi s'occuper.

Felicia reposa sa cuillère avec un lourd soupir.

— Ce n'est pas ça. C'est un bon petit, je le vois.

— Mais qu'y a-t-il, alors ?

— Rien, dit-elle.

Mais ses yeux soudain très froids démentaient ses paroles.

Caroline éprouva soudain un étrange malaise. Elle était prête à quitter le chalet dans l'heure s'il y avait le moindre danger à laisser son fils avec cette femme.

— S'il y a quelque chose qui pourrait affecter mon fils, j'ai besoin de le savoir maintenant, dit-elle doucement.

Felicia but une gorgée de café et reposa lentement sa tasse.

— Je ne laisserai personne faire de mal à Danny.

Dans le silence lourd d'incompréhension et de crainte

diffuse qui suivit, elles entendirent les cris de joie des enfants qui montaient de la pièce voisine. Danny se lançait des encouragements, tandis que Cassie riait en affirmant qu'elle allait gagner.

— C'est une bonne chose pour eux qu'ils deviennent amis, affirma Felicia. Faites votre travail sans crainte. De mon côté, je m'occuperai bien de votre fils. Je veille sur Cassie depuis qu'elle est née. Ils me font confiance et vous pouvez en faire autant.

Une ombre passa dans son regard.

— Ne prêtez pas attention à ce que diront les gens. Aujourd'hui n'est pas hier.

Caroline ne sut pas ce qu'elle devait comprendre à cette remarque sibylline.

Mais une chose était sûre, songea-t-elle : elle ne serait pas tranquille tant qu'elle ne l'aurait pas découvert.

4

Caroline trouva Danny couché à plat ventre sur le sol, en train de suivre les déplacements périlleux d'une voiture rouge.

Il lui accorda à peine un regard quand elle dit :

— Je m'en vais, Danny. Tu vas rester avec Cassie et Felicia.

— D'ac.

Son visage était rouge d'excitation et ses yeux brillaient.

— J'ai deux tours d'avance.

— Tu vas rater un virage si tu vas aussi vite, dit Cassie.

Son petit ton narquois laissait entendre qu'elle avait déjà expérimenté cette déconvenue.

— Attends un peu. Je vais te rattraper.

— Non, même pas vrai !

— Je repasserai pour le déjeuner, annonça Caroline.

Tout semblait se passer au mieux, et elle n'avait aucune raison objective de s'inquiéter.

Peut-être était-il temps pour elle d'apprendre à ne pas surprotéger son fils. Mais cet effort lui semblait surhumain.

Une fois de plus, elle se dit qu'elle avait eu tort de partir de chez elle. Puis elle se souvint avec un pincement au cœur qu'elle n'avait plus de maison.

Traversant le couloir, elle regagna sa chambre et passa quelques minutes à faire les lits et à ranger ses affaires. L'état de ses finances ne lui avait permis d'acheter des vêtements que pour une semaine et l'une de ses priorités allait consister à trouver de la lingerie.

Après avoir jeté un coup d'œil à sa montre, elle décida de descendre et d'aller voir si Stella était prête à lui faire faire une visite complète du chalet, ainsi qu'elle le lui avait promis, et à lui donner ses premières instructions.

La salle à manger était vide, à l'exception de Trudie qui débarrassait le buffet. Lorsque Caroline lui demanda si elle avait vu Stella, l'employée de maison hocha la tête.

— Je crois qu'elle est allée voir Tim Henderson. C'est lui qui gère le domaine.

Caroline se souvint que Wesley avait mentionné ce nom.

— Vous les trouverez sûrement dans son bureau, ajouta Trudie. Il faut repasser par le hall principal, et c'est à l'arrière de la maison. La pièce possède un accès direct à l'extérieur de façon à ce que Tim puisse aller et venir sans devoir traverser toute la maison. Il passe beaucoup de temps dehors à superviser les jardiniers et les deux palefreniers.

— Je ne sais pas si je peux les déranger.

Trudie balaya cette objection de sa main potelée.

— Tim n'est pas du genre à faire des cérémonies. Et si Stella n'est pas avec lui, il pourra sûrement vous dire où elle se trouve.

Les explications de Trudie semblaient simples, mais Caroline découvrit que la double porte au fond du hall ouvrait sur un nouveau couloir sombre et étroit.

Passé l'escalier de service, le couloir tournait presque à angle droit. Elle serra les bras autour d'elle pour tenter de se protéger contre l'humidité qui semblait la pénétrer jusqu'aux os. Le seul son qui lui parvenait était celui de ses pas résonnant sur le plancher, et elle ne pouvait se départir d'un étrange sentiment de peur.

Lorsque le rire de Stella flotta soudain jusqu'à elle, Caroline poussa un soupir de soulagement et pressa le pas jusqu'au bureau de Tim.

Petite et basse de plafond, la pièce, dont la porte était ouverte, était sommairement meublée : un bureau de bois éraflé, deux chaises au dossier raide destinées aux visiteurs, et des classeurs métalliques gris.

Un homme à la carrure impressionnante, âgé de quarante-cinq ans environ, le visage tanné et les cheveux blonds, était à demi assis sur un coin du bureau et souriait à Stella qui se tenait très près de lui.

Tous deux se tournèrent brusquement vers la porte quand elle frappa timidement à celle-ci, mais Caroline fut incapable de décider si elle avait interrompu quelque chose de personnel ou s'ils étaient seulement surpris de la voir.

Stella lui fit signe d'entrer.

— Venez que je vous présente Tim Henderson. C'est lui le vrai patron, ici.

— A peine, protesta-t-il avec un sourire enjoué.

— Je vous ai parlé de Caroline Fairchild, je crois. C'est la décoratrice qui va m'aider à mettre un peu de vie dans ce chalet.

Avec un soupir, elle ajouta, comme si le sujet avait fait l'objet de rudes batailles :

— Et il était temps.

— Soyez la bienvenue à Shadow Mountain, dit Tim en serrant la main de Caroline. Je crois que vous allez avoir du travail.

A son accent traînant de l'Ouest, Caroline présuma qu'il était également originaire du Texas.

— Justement, je me demandais si nous n'allions pas commencer par cette pièce, dit Stella avec un sourire moqueur.

— Pas si vous tenez à la vie, trésor.

— Ah, les hommes, vous êtes bien tous pareils ! Wes m'a déjà prévenue de ne toucher ni à sa suite, ni à l'armurerie. Mais vous le regretterez quand vous verrez à quoi ressemblera le reste du chalet.

Elle se tourna vers Caroline.

— Je vais vous faire visiter la maison, et nous déciderons par où commencer.

Tim les accompagna jusque dans le couloir et murmura à l'attention de Caroline :

— J'espère que vous pourrez la freiner. Elle n'est pas toujours facile à suivre.

Amusée, elle se demanda s'il parlait d'expérience.

Tandis qu'elles longeaient le couloir, Stella la noya sous un flot d'explications.

— Nous avons un générateur, notre propre alimentation en eau, et une ligne de téléphone directement relié au centre de Telluride. Les cellulaires ne passent pas ici. Il n'y a pas de distribution de courrier non plus. Nous commandons l'épicerie à Telluride, ou bien nous faisons les courses nous-mêmes.

Tandis qu'elles faisaient le tour du rez-de-chaussée, Caroline se sentit désarçonnée par l'indécision de Stella quant aux changements à apporter. Au bout du compte, elles risquaient de se retrouver avec une profusion de matières de couleurs et de styles qui manquerait complètement d'harmonie.

Finalement, elle proposa de reporter à plus tard le reste de la visite et de consacrer l'après-midi à l'élaboration d'un plan de base.

— Oh, je ne peux pas, dit Stella. Vous serez seule pour le restant de la journée, mais nous pourrons nous voir demain matin.

Caroline ravala ses protestations.

Il y avait un millier de décisions à prendre avant de pouvoir démarrer le chantier. Et si elles n'y consacraient pas des journées complètes, le projet risquait de durer indéfiniment.

C'était terriblement frustrant, et elle savait qu'elle aurait ruminé cette déconvenue pendant des heures si elle n'avait pas déjà accepté de passer la fin de l'après-midi avec Wesley et les enfants.

— Je vais vous montrer votre bureau et vous pourrez vous mettre au travail, dit Stella, comme si elle avait deviné son impatience. J'ai rassemblé des magazines et des livres qui proposent des choses intéressantes. Vous pourriez y jeter un œil et me dire ce que vous en pensez.

— Pourquoi pas ? dit-elle dans un élan de bonne volonté. Cela nous fera une base de réflexion.

Lorsque Stella lui montra son bureau et qu'elle découvrit la montagne de documents qui s'empilaient sur la longue table de chêne massif, Caroline retint un mouvement d'humeur. Il allait lui falloir bien plus d'une journée pour étudier cette collection.

— Je vous ai installé mon ordinateur portable et une imprimante, dit Stella en désignant une petite table à l'écart. J'ai pensé que cela vous ferait gagner du temps. Avez-vous besoin d'autre chose ?

— Non, merci, c'est parfait, mentit Caroline.

Restée seule, elle se mit à feuilleter quelques magazines avec un manque certain d'enthousiasme. Stella ne lui avait toujours donné aucune indication sur ce qu'elle souhaitait, ni sur les modifications à effectuer dans chacune des pièces, et elle commençait à se demander ce qu'elle faisait là.

Les magazines et les livres étaient neufs et Stella ne semblait même pas y avoir jeté un coup d'œil.

C'était étrange. Habituellement, les clients laissaient des post-it dans les livres avec quelques annotations, et découpaient les pages des magazines. Fallait-il en déduire que Stella ne tenait pas sérieusement à ce projet ?

Tout à coup submergée par l'ampleur de la tâche qui l'attendait, Caroline se laissa aller contre le dossier de son fauteuil.

Comment pouvait-elle espérer satisfaire les demandes de Stella alors qu'elle ne savait pas par où commencer ?

Lorsque Caroline retourna chez Felicia un peu plus tard dans la matinée, Danny et Cassie jouaient gentiment avec de la pâte à modeler.

Avec un petit pincement au cœur, elle réalisa que son fils s'était fort bien accommodé de son absence. Mais après tout, n'était-il pas préférable que les deux enfants s'entendent bien ?

— Il est temps de descendre déjeuner, dit-elle.

— J'aime pas cette vieille salle à manger, déclara Cassie en fronçant son petit nez en trompette. Elle est moche et il fait trop noir.

— Mon non plus, j'l'aime pas, renchérit Danny.

— Et si je préparais quelque chose ici pour les enfants ? suggéra Felicia.

— Ouais ! s'exclamèrent-ils d'une même voix.

Caroline ne put s'empêcher de rire.

— D'accord. Je reviendrai après pour ta sieste, dit-elle à son fils.

Comme il protestait, elle se souvint qu'elle avait accepté une promenade à cheval avec Wesley.

— Excuse-moi, j'avais oublié. Mais j'espère que tu ne t'endormiras pas sur le poney de Cassie.

— Avec Blackie, ça ne risque pas, riposta la fillette avec un sourire narquois.

Tandis qu'elle descendait l'escalier, Caroline se rendit compte qu'elle aurait préféré déjeuner avec les enfants.

Lorsqu'elle entra dans la salle à manger, elle eut encore plus de regrets.

Dexter était le seul à s'y trouver. Il portait un pantalon de cuir bordeaux hideux et une chemise à carreaux qui élargissait encore sa silhouette massive.

— Ohé, belle dame, dit-il en se levant aussitôt.

Il resta collé derrière elle tandis qu'elle allait se servir au buffet, et la poussa vers sa table, tel un chien de berger talonnant une brebis échappée du troupeau.

— Où est Wesley ? demanda-t-elle en s'asseyant.

— Il s'est enfermé dans sa suite pour travailler. C'est la rançon de la richesse, je suppose. Il doit continuer à faire tourner ses affaires où qu'il soit. Tel que je le connais, il a sûrement déjà gagné des millions depuis ce matin.

Caroline crut discerner une pointe de jalousie dans son intonation. Dexter n'était peut-être pas un aussi bon ami que Wesley le pensait. En tout cas, elle ne pouvait pas le supporter.

— C'est dommage qu'il ne puisse pas se reposer quand il vient ici, dit-elle en s'efforçant malgré tout de lui faire la conversation.

— Oh, je crois qu'il y arrive quand même. Ce chalet est un vrai don du ciel. Il fait partie de l'héritage faramineux que son grand-père a laissé à la famille. Je ne pense pas que Wes ou son père l'aurait construit, sinon. A la mort de ses parents, Wes est devenu immensément riche.

Dexter adressa à Caroline un clin d'œil entendu.

— C'est un sacré beau parti.

— Je suppose qu'il y a quand même un revers à la médaille,

répliqua-t-elle d'un ton détaché. Combien de fois a-t-il été marié ?

— Une seule fois. Il a été marié à une reine de beauté du Texas, Pamela Labesky. Cette fille était vraiment torride ! A l'instant où il a posé les yeux sur elle, Wes était fichu.

Dexter s'interrompit pour couper avec application un énorme morceau de saucisse qu'il fourra dans sa bouche.

— Dommage pour elle qu'elle n'ait pas eu le temps de profiter de la fortune des Wainwright, dit-il la bouche pleine. Vous avez sûrement entendu parler du crash ?

— Vous faites sans doute allusion à l'accident d'avion dans lequel le mari de Stella a trouvé la mort ?

— C'est le même. Wes aurait dû être avec eux, mais quelque chose l'a retenu à Houston à la dernière minute. Stella et Shane étaient déjà au chalet. D'habitude, c'était Wes qui pilotait, mais Delvin et Pamela n'ont pas voulu attendre et ont engagé un pilote pour les conduire dans le Colorado. Grosse erreur. L'atterrissage est assez périlleux et le pilote, qui manquait d'expérience, s'est trompé dans son approche.

— Quelle horreur !

— Comme vous pouvez l'imaginer, Wes l'a mal vécu. D'autant qu'il se sentait coupable d'être resté en vie.

— A quand cela remonte-t-il ?

— Cassie n'avait que quelques mois quand c'est arrivé. Et puis…

En voyant Shane entrer dans la pièce, Dexter changea rapidement de sujet et demanda à Caroline comment se déroulait le projet de décoration.

Elle répondit d'une façon qui ne l'engageait pas trop et concentra son attention sur le repas.

Shane fit comme s'il ne les avait pas vus, et alla s'affaler à une table près de la fenêtre.

Il avait ce mélange d'insolence et de détachement propre à l'adolescence et Caroline ne s'offusqua pas de son attitude, se référant à l'adage populaire qui voulait que cela lui passerait avec l'âge.

Elle fut en revanche moins portée à l'indulgence quand elle vit que Dexter quittait la pièce avec elle.

— Et si je vous faisais visiter la propriété ? proposa-t-il en essayant de lui prendre le bras. Vous n'avez pas encore vu les écuries, je suppose.

— Les enfants et moi devons faire une promenade à cheval avec Wesley cet après-midi. J'ai hâte d'y être.

— Tu m'étonnes, marmonna Dexter. Les femmes adorent la compagnie de Wes.

Caroline retint une remarque cinglante sur sa goujaterie. La perspective de se retrouver coincée sous le même toit que ce type odieux ne faisait rien pour améliorer son humeur déjà morose.

Si Wesley quittait le chalet, elle priait le ciel que Dexter Tate s'en aille avec lui.

Après une longue sieste, Caroline et Danny descendirent à la salle à manger pour y retrouver Wes. Caroline avait enfilé un jean et le pull coloré qu'elle portait la veille. Danny portait quant à lui une nouvelle salopette en jean, et un blouson en velours côtelé. Par chance, elle avait pensé à leur acheter des bottes à tous les deux avant de partir.

La pièce était vide et Caroline éprouva un bref instant de déception. Il était peut-être arrivé quelque chose... à moins que Wes ait oublié.

Non. Cassie se serait empressée de le lui rappeler. Même si elle était adorable, cette petite avait un caractère bien trempé. Heureusement, le courant semblait passer entre elle et Danny. Tout au moins pour le moment.

A mesure que les minutes s'écoulaient, elle commença toutefois à se demander de nouveau s'il avait oublié leur rendez-vous. Et puis soudain, elle entendit le babil de Cassie dans le couloir.

Elle adressa un sourire à Danny qui ronchonnait depuis quelques minutes.

— Les voilà.

La fillette se précipita dans la pièce en passant devant Wesley. Elle était habillée comme une véritable star de rodéo, pantalon et veste blanche frangés, bottes blanches et chapeau de cow-boy du même rouge que sa chemise en satin.

Affichant un sourire satisfait, elle se planta devant Danny.

— Je suis jolie ? demanda-t-elle avec une moue coquette.

— Tu es en retard, rétorqua Danny, l'air boudeur.

— C'est bien une réponse d'homme, commenta Wesley avec un sourire. Pardonnez-moi, j'ai été retenu par une conversation téléphonique. Mais j'ai fait prévenir les palefreniers. Les chevaux doivent être sellés.

Tout le long du chemin de terre bordé de cyprès qui menait aux écuries, Caroline ne cessa de s'inquiéter. Etait-elle aussi bonne cavalière qu'elle le pensait ? Après tout, cela faisait des années qu'elle n'avait pas monté.

Et si elle se ridiculisait complètement ?

Tandis que cette pensée la traversait, elle réalisa combien elle avait envie d'impressionner le beau Wesley. La raison lui échappait. Dans quelques jours il serait parti et elle risquait fort de ne plus jamais le revoir.

C'était peut-être une question de fierté féminine. Elle avait envie qu'il se souvienne d'elle comme d'une excellente cavalière.

Lorsqu'ils entrèrent dans l'écurie, ses craintes se confirmèrent.

Une jument alezane qui montrait des signes évidents de nervosité était attachée à l'extérieur du box à côté de deux poneys débonnaires, l'un bai brun et l'autre noir. Deux hommes entre deux âges adressèrent un signe de tête à Wesley et retournèrent vaquer à leurs occupations.

Cassie se précipita aussitôt vers les poneys.

— Tu prendras Blackie, indiqua-t-elle d'un ton autoritaire à Danny. Il est assez vieux et je préfère Chocolat.

— Ils sont tous les deux très doux, s'empressa de préciser Wesley.

Caroline commença à se détendre quelque peu. Le harnachement était parfaitement proportionné à la taille d'un petit cavalier, et c'était une chance extraordinaire pour son fils de découvrir l'équitation.

— Je vais marcher à côté de Danny, proposa Wesley. Nous allons suivre le chemin jusqu'à la rive ouest du lac. Vous n'aurez qu'à aller en avant et nous vous rattraperons.

— Mais je peux accompagner Danny, protesta Caroline, qui venait enfin de trouver un moyen de se défausser. Je ne voudrais pas vous priver de votre promenade.

— Je peux monter à cheval tous les jours, vous savez. Ce n'est pas une fois de plus ou de moins qui va changer quelque chose.

Il aida Cassie à enfourcher sa monture. Sitôt en selle, la fillette saisit les rênes et adressa un sourire de défi à Danny.

— On fait la course jusqu'au lac ?

— Certainement pas, dit Wesley d'un ton qui ne souffrait aucune protestation.

Puis il aida Danny à se hisser sur le dos du poney.

— Je vais tenir les rênes pour toi, dit-il d'un ton rassurant. Pour aujourd'hui, nous allons nous contenter de marcher au pas.

Du coin de l'œil, il regarda Caroline mener la jument à l'extérieur. Il y avait dans chacun de ses gestes quelque chose de calme et d'assuré qui lui plaisait.

Faisant passer les rênes par-dessus la tête de la jument, elle les ajusta dans sa main gauche fermement posée sur l'encolure, glissa le pied dans l'étrier et enfourcha agilement sa monture.

Fasciné, il observa les muscles de ses longues jambes jouer à travers son jean, qui la moulait comme une seconde peau, tandis qu'elle dirigeait la jument vers le chemin.

Elle n'avait pas menti. Elle se tenait en selle comme si elle y était née.

Peut-être pourraient-ils faire une vraie balade avant qu'il ne parte. Il aimerait lui faire découvrir les paysages qu'il aimait tant, rudes, solitaires, époustouflants de beauté sauvage.

Le chemin qui menait au lac était étroit et tortueux, bordé par endroits de sombres futaies. Tandis que Caroline et Cassie prenaient de l'avance, Wesley maintint une allure modérée, marchant à hauteur de l'encolure du poney.

Lorsqu'ils sortirent des bosquets, débouchant sur une vaste prairie, il s'arrêta et donna les rênes à Danny.

— Je vais rester à côté de toi pendant que tu essaies de le guider, d'accord ?

Patiemment, il lui expliqua comment tenir les rênes et de quelle manière les manipuler pour que le poney tourne ou s'arrête.

— Tu as compris ?

Danny hocha vigoureusement la tête.

— Et maintenant, donne un léger coup de talons dans ses flancs.

Wesley retint un sourire en voyant s'écarquiller les yeux de Danny tandis que le poney se mettait à avancer. Puis quelque chose se serra dans sa poitrine.

Soudain, il en voulut au destin de l'avoir privé d'un fils. Il aimait sa petite fille de tout son cœur, mais un fils aurait tenu une place spéciale dans sa vie. Le regarder devenir un homme, et un jour prendre sa suite à la tête du groupe Wainwright aurait donné plus de sens à tout ce qu'il avait bâti.

— C'est drôle, dit Danny, avec des étoiles dans les yeux.

— Tu es un vrai cow-boy, maintenant, rétorqua Wes avec un grand sourire.

Lorsqu'ils atteignirent le lac, il vit à l'expression anxieuse de Caroline que cette dernière n'appréciait guère son initiative.

Avec ses cheveux courts ébouriffés par la chevauchée et ses joues en feu, elle était plus séduisante encore, et Wes dut faire un effort pour penser à autre chose.

L'arrivée intempestive de Danny, qui tira sur les rênes en criant un « holà » tonitruant, les fit éclater de rire, mettant fin à l'embarras de Wes.

— Tu veux faire la course ? proposa Cassie.

— D'accord, s'empressa de répondre Danny, avec l'assurance inconséquente des débutants.

— Non ! dit fermement Wes. Faisons plutôt quelques pas pour nous détendre.

Il fit descendre Danny, et attacha son poney à une branche basse. Puis il tendit les bras à Caroline, pour l'inviter à mettre pied à terre.

Troublée par la perspective de se retrouver plaquée contre lui, elle hésita un bref instant. Puis elle se dit qu'elle se faisait des idées et fit prestement passer sa jambe droite par-dessus l'encolure de sa monture, avant de se laisser glisser entre les bras puissants de son hôte.

Malgré ses efforts pour rester indifférente, le parfum boisé et la respiration toute proche de Wesley provoquèrent en elle un trouble surprenant. Pendant quelques secondes qui lui parurent une éternité, son hôte la dévisagea étrangement, puis il la lâcha et se tourna vers les enfants.

Danny et Cassie sautillaient tels de jeunes cabris à travers l'alpage où affleuraient ici et là des rochers.

A la grande surprise de Caroline, Wesley lui prit la main afin de la guider à travers une zone plus escarpée où les roches inégales formaient une sorte d'escalier.

Elle avait la gorge sèche, et son cœur battait à tout rompre. Le simple contact de cette main chaude contre sa paume lui faisait tourner la tête. Avec un frisson, elle réalisa qu'elle vivait seule depuis trop longtemps. Son fils était devenu tout son univers, et elle s'était un peu perdue en chemin tandis qu'elle prenait soin de lui et faisait face aux nécessités de la vie.

Rien dans l'attitude de Wesley ne laissait entendre qu'il cherchait à flirter avec elle, et elle se reprocha d'être aussi troublée. Pendant un instant, elle avait même eu envie de trébucher pour voir s'il la rattraperait. Il émanait de lui quelque chose de résolument viril qui la faisait se sentir toute petite et incroyablement femme.

Tout à coup, ils débouchèrent sur une plate-forme rocheuse qui offrait une vue à couper le souffle sur les montagnes environnantes et la vallée en contrebas, et Wesley lui lâcha la main pour aller réprimander les enfants qui couraient dangereusement près du bord.

— Arrêtez immédiatement, dit-il d'un ton sévère.

D'un geste de la main, il indiqua un gros rocher plat, un peu à l'écart.

— Asseyez-vous là-bas et tenez-vous tranquilles.

Cassie obéit immédiatement, mais Danny resta en arrière.

A son expression butée, Caroline devina qu'il se demandait jusqu'à quel point il devait obéir au père de sa nouvelle amie.

Wesley continua de l'observer sans dire un mot.

Très lentement, Danny mit un pied devant l'autre et alla rejoindre Cassie qui était déjà assise.

Tournant la tête, Wesley adressa un clin d'œil à Caroline.

Totalement sous le charme, elle ne put retenir un sourire. Le regard noisette de Wesley, éclairé par le soleil déjà bas, semblait constellé de paillettes d'or et ses cheveux châtain clair prenaient les nuances du miel dans la lumière dorée.

Ils allèrent rejoindre les enfants et restèrent un moment à contempler le paysage d'une beauté infinie, en savourant l'air doux et parfumé de cette belle journée d'automne.

Tandis que les enfants babillaient à perdre haleine, Wesley se passa une main dans les cheveux, sans chercher à entamer la conversation. Son regard se perdit au loin et Caroline le sentit soudain terriblement vulnérable.

Subrepticement, elle étudia son profil magnifique, son regard empli de gravité, ses lèvres pleines et sensuelles.

Au cœur de cette nature rude et sauvage, il était si différent de l'idée qu'elle s'était faite de lui au premier contact qu'elle sentit tout à coup quelque chose changer en elle, comme une barrière qui s'effondre.

Jamais elle n'oublierait Thomas, mais peut-être était-il temps qu'elle songe à refaire sa vie.

Pourrait-elle tomber amoureuse de quelqu'un comme Wesley Wainwright ?

Comme s'il devinait son indécision, celui-ci tourna tout à coup la tête vers elle et son regard croisa le sien, lui faisant battre le cœur plus vite.

Rompant soudain le contact, il se leva brusquement.

— Nous ferions mieux de rentrer, bougonna-t-il en amorçant la descente vers le lac.

Quelques minutes plus tard, Caroline tendait à Wes les rênes de sa jument.

— Cette fois, c'est moi qui marche.

La façon dont elle s'imposait le surprit.

Personne ne s'aventurait à lui donner des ordres. Il avait grandi avec la conviction que les gens étaient à son service et devaient se plier à la moindre de ses exigences. Le regard fier et imperturbable de Caroline n'était pas de ceux qu'il avait l'habitude de croiser. Et rien ne laissait présumer qu'elle était prête à négocier.

Il décida de lui laisser l'avantage.

Pour cette fois.

Guidant seule son poney, Cassie prit la tête du convoi.

Caroline suivait, cheminant à côté de la monture de Danny, tandis que Wes fermait la marche, prêt à intervenir au moindre problème.

La zone des Rocheuses était un terrain de jeu dangereux. Il suffisait d'un serpent pour rendre fou le cheval le plus placide, et il valait mieux se tenir sur ses gardes.

Mais ce que cette femme et son fils éveillait en lui allait au-delà d'une élémentaire mesure de sécurité.

Il avait envie de les protéger, d'être là pour eux comme s'ils faisaient partie de sa propre famille.

Non seulement c'était irrationnel, mais cela pourrait s'avérer dangereux.

Toutes les personnes à qui il tenait finissaient invariablement par mourir de mort violente.

5

Lorsqu'ils retournèrent au chalet, Wesley suggéra qu'ils prennent le repas du soir tous les quatre dans sa suite.

Cette proposition laissa d'abord Caroline sans voix.

Puis l'idée de devoir dîner avec Dexter, Stella et les autres l'aida à prendre sa décision.

— Avec plaisir, dit-elle.

— Super ! s'exclama Cassie en tapant dans ses mains. Est-ce qu'on peut faire un pique-nique ?

Elle se tourna vers Danny et ajouta :

— C'est génial. On s'assied par terre et on mange avec les doigts.

— Désolé, mais pas ce soir, Cassie, intervint Wesley. Nous allons nous asseoir à table et respecter les bonnes manières.

La fillette avança sa lèvre inférieure en une moue chagrine, tandis que Danny plissait le front comme si la proposition de Wesley le contrariait également.

Apparemment, respecter les bonnes manières n'était pas l'idée qu'ils se faisaient d'une soirée amusante.

Pour sa part, Caroline devait avouer qu'elle aurait préféré le pique-nique. Dîner dans la suite privée d'un homme riche n'était guère dans ses habitudes.

— Mon appartement se trouve dans l'aile ouest, au deuxième étage, au bout du couloir, lui expliqua Wesley. Disons 7 heures ? Je crois que Felicia préfère coucher Cassie avant 8 heures et demie.

— Eh ben moi, j'ai le droit de me coucher à 9 heures, des fois, fanfaronna Danny.

— Moi aussi, riposta aussitôt Cassie. Et même 10 heures.

— Ça suffit, ordonna Wes, sans toutefois parvenir à dissimuler un sourire.

Il se tourna vers son invitée.

— Nous pourrions peut-être les coucher de bonne heure et profiter tranquillement de la soirée tous les deux. Qu'en pensez-vous, Caroline ?

Il n'avait jamais employé ce ton charmeur auparavant, et elle ne savait pas ce qu'il lui demandait réellement.

Y avait-il un sens caché à sa question ?

L'idée que cette invitation à dîner soit une façon détournée de flirter avec elle lui traversa l'esprit. Avec son physique et sa position sociale, Wesley Wainwright devait avoir l'habitude que les femmes s'évanouissent sur son passage. Mais peut-être aussi lui avait-elle sans le vouloir envoyé les mauvais signaux.

Une question lui brûlait les lèvres : on se débarrasse des enfants, et après ?

Même si l'attitude de son hôte semblait amicale et innocente, elle ne pouvait s'empêcher d'être méfiante.

— Tout cet exercice et cet air vivifiant m'ont épuisée, répondit-elle. Je crois que je vais moi aussi me coucher tôt.

Plus tard, lorsqu'elle aurait le temps d'y penser, sans doute songerait-elle qu'elle s'était flattée en imaginant qu'un homme tel que lui pouvait être attiré par elle. Il l'avait peut-être tout simplement invitée parce qu'il s'ennuyait, ou parce qu'il tenait tout autant qu'elle à éviter la compagnie des autres.

A 19 heures précises, on frappa à la porte et Wes alla ouvrir, suivi de Cassie que Felicia lui avait envoyée quelques minutes plus tôt.

Caroline était ponctuelle, c'était un bon point pour elle. Il détestait attendre, et malheureusement les femmes mettaient généralement sa patience à rude épreuve.

— Ça sent bon, remarqua Caroline en franchissant le seuil.

— Il y a de la tarte aux pommes pour le dessert, dit Cassie. En plus, elle est bonne. J'ai goûté un morceau.

— Je reconnais bien là ma fille, dit Wes en secouant la tête.

Se penchant vers Danny, il ajouta :

— Tu sais quoi, il faudra vérifier nos parts et nous assurer qu'elle a bien celle où elle a mordu.

Le petit garçon éclata de rire.

— Tout est prêt, reprit Wes en les guidant à travers la pièce immense qui donnait sur la chaîne de montagnes.

Le cri effrayant d'un oiseau de nuit perché dans le cèdre dont les branches venaient caresser la fenêtre déchira le silence. La nuit était déjà tombée, et seul le reflet des lumières du chalet atténuait l'obscurité.

— Asseyez-vous, dit Wesley en désignant une table dressée pour quatre. J'apporte les plats.

— Je peux vous aider ? lui demanda Caroline.

— Non, mais je n'aurais rien contre un pourboire si le service vous plaît, rétorqua-t-il avec un clin d'œil suggestif.

En la voyant rougir, il réalisa qu'elle n'était pas habituée à ce genre de flirt mondain. A force de fréquenter depuis des années des femmes sans tabous, il avait oublié qu'il en existait d'un autre genre.

Le dîner achevé, Caroline s'étonna d'être aussi détendue. Wesley et elle étaient passés dans le salon et sirotaient une liqueur tandis que les enfants jouaient gentiment sur le tapis à un jeu de société.

— Vous savez que je vous envie, remarqua soudain son hôte.

Il observait Danny, et son expression trahissait une profonde émotion qu'elle ne lui avait encore jamais vue. Dans ses prunelles d'ambre vibrait une détresse qui provoqua aussitôt en elle un élan de sympathie.

— Pourquoi cela ? demanda-t-elle d'un ton très doux qui incitait à la confidence.

— J'ai perdu un fils. Il n'avait qu'un mois, et je n'ai pas eu le temps de vraiment le connaître.

— Oh, je suis désolée.

L'expression de Wesley se durcit, et elle vit sa mâchoire se serrer comme sous l'effet d'une colère rentrée. Pour la première fois, elle prit conscience de la violence qui se dissimulait derrière ses manières policées.

De toute évidence, il souffrait encore beaucoup et en voulait au destin qui l'avait privé de son fils.

Avalant d'une traite sa liqueur, il posa d'un geste brusque son verre vide sur la table et laissa un silence embarrassé s'installer.

Caroline se tortilla sur son fauteuil, croisant et décroisant nerveusement les jambes. Elle ne savait pas vraiment quoi faire. L'interroger sur son deuil lui semblait tellement indécent !

Pendant quelques minutes, il parut se refermer sur sa douleur, et on n'entendit plus que le bavardage joyeux des enfants.

Le silence mettait Caroline mal à l'aise, et elle fit un réel effort pour trouver quelque chose à dire, mais tout lui semblait tellement futile comparé au tumulte d'émotions dont il était visiblement la proie.

Lorsque les enfants abandonnèrent leur jeu et que Cassie vint tarabuster son père pour avoir une autre part de tarte, il sortit enfin de sa torpeur et reprit son rôle d'hôte idéal.

Un peu plus tard, Felicia vint chercher la fillette, et Caroline décida qu'il était temps pour elle aussi de s'en aller.

— Je suis désolé, dit-il en la raccompagnant à la porte. Je n'étais pas au mieux de ma forme ce soir. Parfois, il arrive que le passé me rattrape.

Elle hocha la tête d'un air compréhensif.

— Je sais ce que c'est.

La douleur d'avoir perdu son mari commençait à s'estomper tout doucement, et elle savait qu'elle finirait un jour par s'en remettre. Mais surmonter la perte d'un enfant était impossible, et elle n'osait même pas imaginer ce qu'elle ressentirait si elle perdait son précieux petit garçon.

Le lendemain, Wesley demeura invisible toute la journée, et Caroline passa le plus clair de son temps à feuilleter une pile de magazines et de livres de décoration.

Stella fit un saut à plusieurs reprises dans son bureau, mais le projet resta au point mort, et Caroline se surprit une fois de plus à regretter d'avoir accepté de travailler pour elle.

Malgré sa bonne volonté, elle n'arrivait pas à appréhender

les desseins de Stella. Envisageait-elle un simple rafraîchissement des lieux ou une transformation plus radicale — par exemple en combinant plusieurs petites pièces pour en faire de vastes espaces à vivre ?

Caroline s'avouait perplexe. Même si Wesley avait donné carte blanche à sa belle-sœur, elle sentait chez cette dernière une sorte d'hésitation. Peut-être Stella avait-elle déjà vu se manifester ce côté sombre qu'elle-même avait entraperçu chez Wesley...

Par ailleurs, elle se sentait mal à l'aise à l'idée de revoir son hôte. Derrière son sourire aimable se cachait à l'évidence une âme torturée et, sans aller jusqu'à dire qu'elle avait peur de lui, elle préférait quand même se tenir sur ses gardes. Elle aurait bien aimé pouvoir interroger Stella sur les conditions de la mort du fils de Wesley, mais son instinct lui soufflait qu'elle avait tout intérêt à s'en tenir avec elle à des relations purement professionnelles.

Derrière son allure décontractée et ses sourires chaleureux, Stella n'en était pas moins terriblement snob et consciente de ses privilèges. Jamais elle ne deviendrait pour elle une amie. Et de toute façon, ce n'était pas ce qu'elle était venue chercher en acceptant de s'installer à Shadow Mountain.

En fin d'après-midi, Caroline reçut un coup de fil qui fit passer ses préoccupations professionnelles au second plan.

L'appel émanait du capitaine des pompiers de Denver, et la nouvelle avait de quoi la bouleverser : l'enquête avait déterminé sans le moindre doute possible que l'incendie qui avait ravagé sa maison était bien d'origine criminelle.

— Nous avons trouvé des contenants de liquide inflammable dans la ruelle, et le vasistas de la cave était brisé, expliqua-t-il. C'est de là que le feu est parti.

— Je n'arrive pas à y croire !

— Connaissez-vous quelqu'un qui aurait des raisons de vous en vouloir ?

La question la laissa quelques secondes sans voix.

— N-non. Non, je ne vois pas...

— Peut-être un vieil ennemi de votre mari ? Il était médecin, je crois. A-t-il eu des ennuis avec l'un de ses patients ?

— Je l'ignore. Et de toute façon, mon mari est mort depuis quatre ans. Pourquoi quelqu'un attendrait-il jusqu'à aujourd'hui ?

— Qui peut le dire ? répondit sèchement son interlocuteur. Le fait est qu'il s'agit d'un incendie volontaire. J'ai vu que vous aviez une police d'assurance très avantageuse…

— Je n'en sais rien. C'est mon mari qui s'en était occupé.

— Quoi qu'il en soit, vous êtes couverte intégralement pour la perte de la maison et tout ce qu'elle contenait. Dans les cas de ce genre, le propriétaire fait l'objet d'une enquête très approfondie.

— Je n'ai pas mis le feu à ma propre maison, riposta Caroline avec colère. Et la police ferait bien de chercher le coupable au lieu de me soupçonner.

— Vous verrez ça avec eux. Pensez aussi à les prévenir si vous envisagez de quitter votre résidence actuelle.

Caroline raccrocha d'un geste brusque et se passa la main dans les cheveux.

— Non mais je rêve !

— Mauvaise nouvelle ?

Surprise, elle tourna vivement la tête.

Dexter se tenait près d'elle dans l'alcôve où était installé le téléphone, au rez-de-chaussée. Il se déplaçait d'une façon incroyablement silencieuse pour un homme de sa corpulence, et elle ne l'avait pas entendu arriver.

— Je peux peut-être vous aider, proposa-t-il aimablement.

Il n'était pas vraiment la personne qu'elle aurait choisie pour se confier, mais l'exaspération la fit exploser.

— Ils pensent que j'ai mis le feu à ma maison pour toucher l'assurance.

— Qui ça, ils ?

— La police et les pompiers de Denver.

— Ben, c'est logique, non ? On entend souvent parler de ce genre de choses. D'ailleurs, j'ai une anecdote incroyable à ce sujet…

N'ayant pas la patience de l'entendre pérorer plus longtemps, elle le bouscula et se précipita vers l'escalier, soulagée qu'il ne lui emboîte pas le pas.

Une fois dans sa chambre, elle s'assit sur le bord de son lit et, fixant le sol, réfléchit à l'appel qu'elle venait de recevoir.

Apprendre que quelqu'un avait mis le feu à sa maison était déjà un choc terrible, mais l'idée d'être soupçonnée la rendait malade.

Qui pouvait avoir fait cela ?

Elle ne croyait pas un instant qu'il pouvait s'agir d'un ancien patient de son mari. Thomas était un excellent praticien, et il avait toujours été très à l'écoute de ses malades. D'autre part, elle n'avait pas souvenir qu'il ait eu un jour un quelconque incident pouvant donner lieu à une vengeance.

Il y avait bien eu des actes de vandalisme dans son quartier, mais ils étaient le fait d'une bande de jeunes désœuvrés et cela n'avait jamais été plus loin que quelques voitures fracturées.

Pressant les doigts sur ses tempes, elle essaya de comprendre.

Elle ne croyait pas à la thèse de la vengeance. Voilà au moins une hypothèse qu'elle pouvait écarter.

En revanche, il y avait un lycée à quelques pâtés de maisons de là, dans une zone à risques, et la police s'y intéresserait sûrement. Cela pouvait être lié à un phénomène de gang. Elle avait entendu parler des rituels d'initiation au sein des bandes de jeunes délinquants, où le nouveau venu devait prouver sa valeur avant d'intégrer le groupe.

Tandis qu'elle se raccrochait à cette idée, la tension qui la submergeait commença à décroître.

Elle se rendit à la salle de bains, se passa un peu d'eau fraîche sur le visage et se coiffa. Puis elle redressa les épaules, et se rappela à ses obligations.

Il était temps d'aller chercher Danny.

La porte de Felicia était ouverte, et les deux enfants, qui jouaient à une sorte de chasse au trésor, fouinaient à travers tout l'appartement et le couloir pour trouver leurs indices. Ceux de Danny étaient écrits en bleu, ceux de Cassie en rouge.

Felicia avait astucieusement fait des dessins pour illustrer les objets à trouver, indiquant leur cachette par un mot en lettres majuscules qu'il fallait déchiffrer.

Caroline et elle s'amusèrent à regarder les enfants courir pour être le premier à rassembler tous les objets et à trouver le trésor. Heureusement, ils découvrirent leur barre chocolatée presque en même temps, et la dispute redoutée n'eut pas lieu. Le trophée de Cassie était caché derrière une photographie, tandis que celui de Danny se dissimulait au fond d'une boîte à biscuits.

Caroline félicita les deux petits et complimenta Felicia pour son ingéniosité.

— C'est une excellente idée pour développer leurs capacités de lecture. Vous êtes un merveilleux professeur.

Felicia rougit comme si elle n'était pas habituée à recevoir de tels compliments et changea rapidement de sujet.

— J'ai préparé de la citronnade pour les enfants. Voulez-vous une tasse de thé ?

— Volontiers.

Tandis que les enfants regardaient un dessin animé en grignotant leur barre chocolatée, les deux adultes se replièrent vers le coin cuisine.

Caroline ne sut pas exactement à quel moment ni comment la conversation dériva vers son hôte, mais toujours est-il qu'elle s'entendit soudain déclarer :

— Cela m'a fait un choc lorsqu'il m'a fait part de la perte tragique de son fils.

Felicia reposa sa tasse avec une telle force qu'un peu de thé éclaboussa la table.

— Il vous en a parlé ? dit-elle en écarquillant les yeux.

— Oui. Hier soir, quand nous avons dîné dans sa suite.

Les yeux sombres de la nourrice se posèrent fixement sur Caroline, et celle-ci crut y discerner une certaine inquiétude.

— Il vous a tout dit ?

— Seulement qu'il avait perdu un bébé. Il n'est pas entré dans les détails, mais je me suis rendu compte qu'il souffrait encore de sa mort. Que s'est-il passé ? Comment est-il décédé ?

Un instant, Caroline crut que Felicia allait quitter la table sans répondre. Mais elle redressa les épaules et s'exprima d'une voix plaintive qui ne lui ressemblait pas.

— Vous devez comprendre que ce n'était pas ma faute.

Felicia semblait aussi torturée que Wesley l'avait été la veille, et Caroline ne fut soudain plus très sûre d'avoir envie d'entendre la suite. La façon dont la nourrice se défendait semblait indiquer qu'elle avait quelque chose à voir dans la mort du bébé.

Mais si c'était le cas, pourquoi Wesley lui aurait-il confié la garde de Cassie ?

Pressée de changer de conversation, elle s'excusa d'avoir abordé le sujet.

— Je suis désolée. Je n'avais pas réalisé que vous aviez souffert de la mort prématurée du bébé en même temps que la famille. C'est toujours traumatisant d'enterrer un nouveau-né.

— C'est précisément cela qui rend la chose encore plus affreuse. Nous n'avons même pas eu d'enfant à enterrer.

— Je ne comprends pas.

Les larmes aux yeux, Felicia prit une profonde inspiration avant de répondre :

— Cassie avait un frère jumeau. Ils n'avaient qu'un mois quand c'est arrivé.

— Que s'est-il passé ?

— Il a été enlevé.

Le souffle coupé par une telle nouvelle, Caroline écouta la nourrice lui raconter ce qui s'était passé.

Cassie était très agitée cette nuit-là, et Felicia l'avait prise avec elle dans une chambre contiguë à la nursery. Le lendemain matin, quand elle avait voulu remettre la fillette dans son berceau, son frère jumeau avait disparu. Aucune demande de rançon n'avait été faite, et ni la fortune ni les relations des Wainwright n'avaient permis de retrouver la trace du ravisseur.

Après avoir contenu son chagrin tant bien que mal, Felicia pleurait maintenant à chaudes larmes, et Caroline passa un bras autour de ses épaules en un geste compatissant. Elle-même avait la gorge sèche et la poitrine serrée.

Pauvre Wesley !

Ses pensées se tournaient d'abord vers lui. Quel poids ce

devait être pour lui ! Et regarder grandir Cassie ne devait faire qu'entretenir une torture sans fin.

Et si Felicia n'était pas aussi innocente qu'elle le prétendait ?

Cette soudaine pensée réveilla ses angoisses.

Si un bébé avait été enlevé alors qu'il se trouvait sous la garde de Felicia, pouvait-elle lui confier Danny sans réserves ?

6

Stella et son fils Shane furent les seuls à se joindre à Caroline et à Danny pour le dîner.

Stella prit place à leur table et Shane suivit en traînant des pieds, son expression peinée indiquant clairement que ce n'était pas son choix.

— Je suppose que Wes et Dex ne sont pas encore rentrés, remarqua Stella. Ils ont pris la jeep pour aller faire quelques courses à Telluride.

— Ils étaient probablement à court de bières, marmonna Shane.

— Sans doute parce que quelqu'un les a aidés à les boire, rétorqua sa mère. Je me demande bien qui ça peut être.

Shane baissa la tête vers son assiette sans rien dire, mais son attitude parlait pour lui.

Caroline s'agita nerveusement sur sa chaise. Elle n'avait aucune envie d'être le témoin d'une dispute familiale.

Stella poussa un soupir exaspéré.

— Les enfants sont d'une ingratitude ! On se démène pour qu'ils aient la meilleure vie possible et on ne récolte que des reproches. Hier soir, j'ai trouvé six canettes de bière dans la chambre de Shane.

Caroline préféra ne pas répondre et but une gorgée d'eau pour se donner une contenance.

Un lourd silence retomba sur la pièce, et on pouvait sentir flotter dans l'air une tension mêlée d'hostilité.

Durant le repas, la mauvaise humeur de Stella fut évidente, et Caroline décida que ce n'était pas à elle d'essayer d'alléger l'ambiance en lui faisant la conversation.

Dès que ce fut possible, elle s'excusa et opéra un repli stratégique. Mais au lieu de monter directement à sa chambre, elle décida de faire un détour par la bibliothèque qu'elle avait repérée alors que Stella lui faisait visiter la maison.

— Je veux aller jouer avec Cassie, protesta Danny d'un ton plaintif.

— Pas ce soir.

Tenant fermement son fils par la main, elle s'engagea dans un dédale de couloirs.

Peut-être sa réaction était-elle excessive, mais elle avait besoin que Wesley la rassure au sujet de Felicia. En attendant, elle ne voulait pas prendre le risque de laisser Danny seul avec elle.

La bibliothèque n'était en réalité qu'une petite pièce pourvue de rayonnages sombres et d'un canapé hideux qui ressemblait à un rebut de vide-grenier.

L'ensemble manquait singulièrement de chaleur et de confort, et Caroline croisa les doigts pour que Stella lui permette de la redécorer.

Observant les étagères, elle eut la bonne surprise d'y trouver quelques livres illustrés pour enfants. Danny les prit avec enthousiasme et alla s'installer sur le canapé.

Caroline sourit en le voyant tourner les pages avec avidité. Leurs fréquentes visites à la bibliothèque portaient visiblement leurs fruits. Elle était prête à parier qu'il deviendrait tout comme elle un lecteur assidu.

Elle fit rapidement le tour de la pièce afin de voir ce qu'elle pouvait trouver pour elle.

Il y avait beaucoup d'ouvrages relatifs à la vie sauvage et à l'escalade, et quelqu'un avait rassemblé une collection de westerns du célèbre auteur Zane Grey. Elle en choisit deux pour se faire une idée.

— Tu sais quoi, Danny, nous allons monter ces livres dans la chambre, proposa-t-elle. Nous pourrons toujours revenir en chercher quand nous le voudrons.

Tandis qu'ils se dirigeaient vers l'escalier principal, Caroline entendit dans le hall la voix de Wesley qui disait :

— Dexter, gare la jeep derrière. Tim t'aidera à la décharger.

Caroline hésita, partagée entre l'idée de se ruer à l'étage et celle de faire demi-tour pour le saluer.

Il résolut ce dilemme pour elle.

— Bonsoir, dit-il en pressant le pas pour la rejoindre. Nous venons de rentrer de Telluride. Ça nous a pris plus de temps que je ne le pensais. Dexter avait des choses à faire de son côté, comme toujours. Ce type semble se faire des copains partout où il passe. Et vous ? Vous avez passé une bonne journée ?

— Assez, oui.

Elle savait qu'il ne lui servirait à rien de se plaindre du comportement de Stella. Dès le début, Wesley avait été on ne peut plus clair : il se désintéressait totalement de ce projet de décoration.

— Et toi, Danny ? demanda-t-il en posant la main sur l'épaule de l'enfant. Oh, mais qu'est-ce que tu as là ?

— Des livres. Et même que je sais les lire tout seul. Comme Cassie.

— J'en suis certain, répondit Wesley avec le plus grand sérieux.

Puis il adressa un clin d'œil complice à Caroline.

— Rien de tel qu'un peu de compétition pour pimenter les choses. Ils ont été sages, aujourd'hui ?

Caroline hocha la tête.

— Felicia leur a organisé une chasse au trésor très amusante. Ils ont couru à travers tout l'appartement pour trouver des indices.

— Felicia est toujours très créative quand il s'agit d'inventer des jeux.

Il soupira.

— Je ne sais pas ce que je ferais sans elle.

— Elle a toujours été la nounou de Cassie ? demanda Caroline, un peu honteuse malgré tout d'essayer de vérifier la triste histoire de Felicia.

— Pourquoi cette question ? Vous êtes inquiète à l'idée de lui confier Danny ?

— Un peu, avoua-t-elle.

— Il ne faut pas. Nous n'avons jamais eu aucune raison de douter de sa loyauté. Votre fils est en sécurité avec elle.

Comme l'était le vôtre ? eut-elle envie de lui demander.

A vrai dire, elle brûlait d'envie de le questionner à propos de l'enlèvement. Seule la crainte de raviver son chagrin la retint.

Et puis après tout, s'il faisait confiance à Felicia, quelle autre confirmation lui fallait-il ?

— Voudriez-vous faire une promenade à cheval, demain après-midi ? demanda-t-il soudain.

Surprise, elle se mit à bafouiller.

— Oh, je… je ne sais pas…

— Nous devrions profiter du beau temps avant de nous retrouver coincés sous des tonnes de neige.

— Vous voulez dire qu'il risque de neiger en octobre ?

— C'est déjà arrivé. Pas souvent, je vous rassure. Mais on ne sait jamais. Quoi qu'il en soit, il fera très beau demain. Frais, mais ensoleillé. Le temps idéal pour monter à cheval. Qu'en dites-vous ?

Danny intervint avec enthousiasme.

— Moi, je viens.

Caroline éclata de rire.

— Pas cette fois, mon chéri.

— Alors, c'est oui ? demanda Wesley.

La façon dont il étudiait son visage, comme s'il n'osait y croire, contrastait avec son assurance et son autorité habituelles.

— Quinze heures ? proposa-t-il.

La pensée de profiter d'une jolie balade à cheval sans les enfants était très tentante. Lorsqu'elle était adolescente, à la ferme, elle n'aimait rien tant que de galoper les cheveux au vent, se rappela Caroline. Rien ne comptait davantage que cette complicité secrète entre le cheval et elle, et cette impression de liberté totale.

Comment pourrait-elle refuser d'échapper pour quelques heures à la pression grandissante qui se faisait sentir au chalet ?

— C'est d'accord. Si Stella n'y voit pas d'objection, bien sûr.

— Elle ne dira rien, répondit Wesley d'un ton qui laissait entendre que sa belle-sœur n'avait jamais le dernier mot avec lui. Habillez-vous chaudement. Nous irons jusqu'en haut du canyon, et le vent peut être glacial en altitude.

A la grande surprise de Caroline, Stella l'informa le lendemain matin qu'elle avait finalement pris une décision.

— Nous commencerons par le grand salon, dit-elle d'un ton péremptoire.

— Bien, répondit Caroline.

Mais son soulagement fut de courte durée. Car après avoir posé quelques questions spécifiques à Stella, elle se rendit compte que sa cliente n'avait toujours pas la moindre idée de l'effet qu'elle voulait créer.

Elles passèrent beaucoup de temps à discuter de différentes options, étudiant les styles de meubles, les tissus, les revêtements muraux et les sols.

Stella hochait la tête en écoutant les conseils de Caroline, mais continuait à hésiter, donnant à cette dernière le sentiment qu'elle aimait avoir l'illusion de commander mais sans vraiment se faire confiance, et que pour rien au monde elle n'aurait voulu l'accepter.

A 15 heures, Caroline était plus que prête à s'évader du chalet. En proie à un mélange d'appréhension et d'excitation, elle avait vérifié l'heure toute la journée.

Ce n'était pas vraiment un rendez-vous sentimental, ne cessait-elle de se répéter. Après la mort de Thomas, même de bons amis comme Betty et Jim n'avaient pas réussi à la convaincre de refaire sa vie. Elle avait rencontré quelques hommes très gentils, mais aucun n'avait vraiment retenu son intérêt.

N'était-ce pas ironique qu'elle soit finalement attirée, si loin de chez elle, par un homme qui ne lui convenait pas du tout ?

Laissant Danny jouer à un jeu vidéo avec Cassie, sous la surveillance de Felicia qui tricotait dans son fauteuil à bascule, elle alla se changer. Elle enfila un jean à la place de son pantalon noir, passa un pull au-dessus de son chemisier, et s'emmitoufla dans une veste en velours côtelé doublée d'une imitation de peau de mouton. Puis elle chaussa ses nouvelles bottes.

Dévalant l'escalier, elle eut la surprise de découvrir que Wesley l'attendait, vêtu d'un pantalon western en daim frangé, d'une chemise à carreaux sous une veste de cuir, d'un Stetson et de bottes de cow-boy. Son expression trahissait une impatience évidente.

— Je suis désolée, dit-elle. Quitter Danny m'a demandé un peu plus de temps que prévu.

Il observa sa tenue et hocha la tête, comme s'il était satisfait de voir qu'elle avait suivi son conseil. Puis, à la grande surprise de Caroline, il lui tendit un chapeau.

— J'ai toujours un choix de chapeaux pour nos invités, dit-il, tandis qu'elle le plaçait sur sa tête.

Il eut une moue satisfaite.

— Il vous va bien.

Sur le chemin de l'écurie, il lui expliqua :

— J'avais pensé que nous pourrions remonter le canyon jusqu'aux chutes. Vous montez assez bien pour suivre le sentier, et ce serait dommage que vous vous priviez de la vue. Vous verrez, c'est vraiment spectaculaire.

— Bien, dit-elle.

Elle appréciait l'effort de Wesley. Etant donné son emploi du temps chargé, il n'avait sans doute pas souvent l'occasion de faire ce genre de sortie. Et puisqu'il s'agirait probablement du seul bon souvenir qu'elle conserverait de ce séjour, elle avait bien l'intention d'en profiter au maximum.

— Il nous faudra à peu près trente minutes pour atteindre la cascade, dit-il. Avec un peu de chance, il n'y aura pas trop de nuages. C'est tout simplement féerique quand les rayons du soleil couchant caressent l'eau.

Une odeur familière de paille et de chevaux saisit Caroline tandis qu'ils entraient dans l'écurie, et pendant quelques secondes elle eut l'impression de faire un bond dans le passé. Le manque d'argent, chez elle, avait eu très vite raison de l'insouciance propre à l'enfance, mais elle avait quand même quelques bons souvenirs de cette époque, et les chevaux y étaient liés.

En les voyant entrer, les palefreniers s'interrompirent dans leur tâche, et l'un d'eux s'adressa à Wesley en espagnol. Caroline en déduisit que ce dernier avait dû les faire venir avec lui du Texas, comme la majorité du personnel.

L'employé lui avança la jument alezane qu'elle avait montée la dernière fois, tandis que Wesley faisait sortir d'un box un splendide étalon noir.

— Magnifique ! s'exclama-t-elle, tandis que l'animal piaffait. Comment s'appelle-t-il ?

— Prince.

— Ça lui va bien.

— Il était sauvage quand on me l'a amené au ranch, et c'est moi qui l'ai dressé. Dès le début, le courant est passé entre nous, et c'est sans doute le cheval que je préfère aujourd'hui. Avant de partir, je vais le détendre un peu. Pablo vient de me dire qu'il n'a pas eu le temps de le faire travailler ce matin.

Précédant Caroline, il fit entrer Prince dans le manège extérieur. Puis, l'arrêtant au milieu de la piste, il rajusta son chapeau, et enfourcha agilement sa monture.

Fascinée, Caroline regarda les muscles de ses longues jambes jouer à travers son pantalon de daim.

Tenant fermement les rênes dans ses mains gantées, Wesley enchaîna une série de figures, avec une aisance impressionnante.

Le cavalier et sa monture, aussi impressionnants de force et de beauté l'un que l'autre, semblaient ne plus former qu'un, et Caroline retint son souffle tout au long de la démonstration, subjuguée par l'assurance de son hôte.

Jugeant finalement que Prince était prêt à partir en randonnée, il le dirigea hors du manège d'une pression quasi imperceptible des jambes.

Traversant les pâtures, ils avancèrent au pas un moment, si proches parfois que leurs jambes se frôlaient. Puis Wesley suggéra à Caroline de faire prendre un peu d'exercice à leur monture.

Avant qu'elle ait eu le temps de réagir, il lança son cheval au galop en criant par-dessus son épaule de le rejoindre au lac.

Sans se laisser inquiéter par son départ précipité, Caroline pressa les flancs de sa jument pour accélérer l'allure et rattrapa très vite du terrain. Elle s'offrit même le luxe de dépasser Wesley en éclatant de rire. Puis elle revint se placer à sa hauteur, et le suivit à une allure nettement plus modérée vers un petit bois.

Ils s'enfoncèrent bientôt dans une sombre pinède dont l'odeur fraîche se mêlait à celle du cuir, et à l'acidité douceâtre dégagée par la sueur des chevaux.

Martelant la pente silencieuse, les sabots des chevaux faisaient craquer le tapis de feuilles, de brindilles et de pommes de pin qui jonchaient le sol. Apaisée par l'oscillation régulière des pas de sa jument, Caroline se détendit totalement, savourant cette agréable promenade.

— Je vais passer devant, annonça soudain Wesley. Laissez votre jument trouver son rythme, elle suivra Prince. Mais nous pouvons faire demi-tour, si vous voulez.

— Non, allons-y. Ce serait trop bête de renoncer si près du but.

Il lui adressa un sourire approbateur.

— C'est bien ce que je pensais.

A mesure qu'ils avançaient, le chemin se resserrait et Caroline, un peu inquiète malgré ses dénégations, s'efforça de suivre Wesley qui menait son cheval d'une main sûre le long de l'étroit passage taillé dans le roc qui surplombait des ravins vertigineux.

Des lambeaux de brumes ajoutaient au caractère féerique du paysage, mais ne suffisaient pas à masquer les pics impressionnants qui surgissaient de toutes parts, et il sembla à Caroline qu'ils allaient monter assez haut pour atteindre les nuages.

Avant même de découvrir la cascade, elle sut qu'ils n'étaient plus très loin tant le vacarme de l'eau était assourdissant.

Brusquement, le sentier déboucha sur une corniche. Wesley mit pied à terre et attacha son cheval à la branche basse d'un arbre que le vent avait étrangement façonné. Caroline l'imita.

Avant qu'elle ait eu le temps de prévenir son geste, il lui

saisit la main et l'entraîna vers un endroit où la vue sur les chutes était spectaculaire.

Le visage éclaboussé par une bruine glaciale, complètement assourdie par le vrombissement de la cascade, Caroline retint son souffle.

Dévalant dans un nuage de brume une falaise vertigineuse, l'eau se déversait en contrebas dans un jaillissement d'écume.

Contre toute attente, Wesley passa un bras autour de ses épaules, et ils restèrent un long moment silencieux, s'abandonnant à la magie de cet instant d'harmonie et de complicité.

Les rayons d'un soleil déjà déclinant déchiraient l'écran des nuages et transformaient les gouttes d'eau en pierres précieuses qui scintillaient de mille feux.

Vacillant devant tant de beauté, Caroline s'appuya plus lourdement contre Wesley, sans parvenir à réprimer un frisson.

— Vous avez froid ? demanda-t-il.

La faisant pivoter, il l'attira dans le cercle réconfortant de ses bras.

Surprise par le flot d'émotions qui la submergeait, elle le laissa caresser sa joue du bout des doigts.

Partager ce moment avec lui avait provoqué des sentiments qu'elle ne comprenait pas vraiment. Ou qu'elle ne voulait pas s'avouer.

Comme hypnotisée, elle le vit pencher son visage au-dessus du sien.

Sa première sensation quand il lui embrassa délicatement les lèvres fut un effleurement léger, doux et tiède. Puis il resserra son étreinte et son baiser se fit si sensuel qu'elle sentit malgré elle ses lèvres s'ouvrir, tandis qu'une fièvre soudaine s'emparait de son corps.

Il y avait si longtemps qu'un homme ne l'avait pas prise dans ses bras que la tentation était forte de se laisser aller à l'émotion qui l'envahissait.

Soudain effrayée par la force de sa réaction, elle se dégagea et observa le visage de Wesley.

Il lui souriait comme s'il avait prévu ce qui venait de se passer. Cela devait faire partie du programme réservé aux visiteuses de Shadow Mountain.

Lui tournant le dos, elle se dirigea vers l'endroit où étaient attachés les chevaux.

L'indignation la submergea tandis qu'elle luttait pour retrouver son équilibre émotionnel.

Elle était prête à parier que des quantités de femmes étaient déjà venues en ces lieux avec Wesley Wainwright.

Et sans doute y en aurait-il encore beaucoup d'autres.

D'un geste rageur, elle ôta le chapeau blanc et le jeta dans les taillis.

Combien de fois avait-il embrassé des lèvres offertes sous ce chapeau ?

— Que se passe-t-il ? s'étonna Wesley en la rejoignant.

— C'est exactement ce que j'étais en train de me demander.

— Je ne comprends pas, dit-il. Si je ne vous connaissais pas un peu, je pourrais croire que vous êtes une adolescente de quinze ans qu'on embrasse pour la première fois.

— Je suis frigorifiée, dit-elle en ignorant son sarcasme. Rentrons.

Felicia descendait l'escalier au moment où Wes et Caroline entrèrent dans la maison. Elle était seule, et Caroline se rendit soudain compte qu'elle n'avait pas pensé à Danny durant sa promenade.

Rongée par la culpabilité, elle alla à la rencontre de la nourrice.

— Où est Danny ?

Felicia se crispa et ses yeux sombres lancèrent des éclairs.

— Les enfants sont descendus chercher des livres. Ils étaient surexcités et n'avaient pas envie de faire la sieste. Comme je ne savais plus quel jeu leur proposer, je leur ai suggéré de lire un peu. J'ai été retenue, et ils sont partis en avant, mais je leur ai dit de m'attendre dans la bibliothèque.

— Je suis désolée, dit rapidement Caroline. Je vais parler à Danny. Je tiens absolument à ce qu'il fasse la sieste.

— Et je parlerai à Cassie, renchérit Wesley.

Felicia se rembrunit comme si elle pensait que de beaux discours ne changeraient pas grand-chose.

La porte de la bibliothèque était ouverte, mais il n'y avait aucune trace des enfants à l'intérieur. Pas de livres sur le sol, ni de chaises dérangées. Rien n'indiquait que deux petits diables étaient passés par là.

— Je leur ai dit de rester là jusqu'à ce que je descende, dit Felicia d'un ton exaspéré. Où ont-ils bien pu passer ?

— Ne vous inquiétez pas, nous les trouverons, dit calmement Wesley. Retournez à votre appartement, Felicia. Ils sont peut-être remontés par l'escalier de service et vous les avez manqués.

Tout en marmonnant, Felicia hocha la tête et se précipita hors de la pièce.

— Allons voir dans la salle à manger, suggéra Wesley. Les enfants avaient peut-être faim, et Cassie a la mauvaise habitude de se servir toute seule.

Il ne semblait pas inquiet, seulement irrité, et Caroline fit de son mieux pour ignorer l'angoisse qui lui serrait la poitrine. Elle n'avait jamais eu l'impression d'être une mère exagérément protectrice, mais c'était la première fois que Danny se trouvait dans un environnement étranger. Et elle aussi, d'ailleurs !

Tout en trottinant pour suivre le rythme que lui imposaient les longues enjambées de Wesley, elle tendit l'oreille pour essayer de percevoir des rires ou le babil haut perché des enfants alors qu'ils approchaient de la pièce.

Là non plus, il n'y avait personne. Où pouvaient-ils être passés ?

Wesley se rembrunit, comme s'il se posait la même question.

— Ils sont peut-être allés demander des friandises à Trudie, suggéra-t-il. Cassie sait que les employés ne peuvent rien lui refuser.

Hank sortait un rôti du four quand ils poussèrent la porte de la cuisine. Il secoua la tête quand ils lui demandèrent s'il avait vu les enfants.

— Non. Ils ne sont pas venus ici. Mais demandez à Trudie. Elle a préparé le buffet dans la salle à manger, et c'est fort possible qu'ils soient venus l'embêter. Mais… je croyais que Felicia devait les surveiller ?

— Ils lui ont faussé compagnie.

Hank eut un petit rire.

— J'aimerais mieux tenir à l'œil un couple d'écureuils sauvages que ces deux petits garnements.

Trudie leur répondit également par la négative.

— Je ne les ai pas vus depuis un moment. Vous devriez voir avec Tim et Dexter. Ils sont restés dans la salle de jeu une bonne partie de l'après-midi. Les enfants sont peut-être allés les regarder jouer au billard.

L'impatience de Wesley devint visible quand il entra dans la pièce et n'y trouva que Dexter en train de siroter une canette de bière, affalé dans un fauteuil.

— On fait une partie, vieux ? proposa ce dernier. Je suis en veine. J'ai battu Tim trois fois de suite.

— Nous cherchons les enfants, dit Wes d'un ton tranchant. Ils sont venus ici ?

— Non. Je ne les ai pas vus de la journée, et je ne m'en plaindrai pas. Je croyais qu'ils étaient là-haut avec la nourrice pendant que vous faisiez votre balade romantique à la cascade.

Caroline se crispa en entendant ce commentaire, et fut choquée par le ricanement moqueur qui l'accompagnait.

— Tim les a peut-être vus, poursuivit Dexter en haussant les épaules comme s'il ne comprenait pas la raison de ce branle-bas de combat. Je crois qu'il est dans son bureau.

— S'ils passent par ici, tu les retiens, ordonna sèchement Wesley.

Il tourna les talons et Caroline eut du mal à le suivre tandis qu'il se dirigeait à l'arrière de la maison.

En chemin, elle ne cessa de se répéter que les enfants étaient en sécurité quelque part dans le chalet.

Il ne pouvait pas en être autrement.

Tim ne se trouvait pas dans son bureau, mais Shane défaisait des cartons dans la réserve adjacente.

— Si vous cherchez ma mère, elle a filé avec Tim, dit l'adolescent d'un ton hostile. Je n'ai pas demandé où.

— Tu n'aurais pas vu les enfants dans les parages ? demanda son oncle.

— Pas depuis une heure au moins. Ils jouaient à un de leurs jeux stupides…

Il leva les yeux au ciel et ajouta d'un ton écœuré :

— Ils voulaient que je joue avec eux.

— Quel genre de jeu ?

Shane haussa les épaules.

— Ils suivaient une sorte de carte au trésor.

— Tu as vu cette carte ? demanda Caroline avant que Wesley ait eu le temps d'ouvrir la bouche.

— Non, mais Cassie a parlé de monter jusqu'au refuge de chasse.

— Et tu ne les as pas arrêtés ? explosa Wes.

La fureur qui faisait étinceler ses yeux incita Shane à reculer.

— Mais tu es complètement stupide, ou quoi ?

— Je ne suis pas leur baby-sitter, protesta l'adolescent d'un ton geignard.

— Bon sang, Shane !

Wesley s'avança jusqu'à ce que son visage ne soit plus qu'à quelques centimètres de celui de son neveu.

— S'il leur arrive quelque chose, tu auras affaire à moi. L'ascension est déjà difficile pour n'importe qui en plein jour. Alors imagine ce que c'est pour deux enfants de cet âge quand la nuit tombe.

Il se tourna vers Caroline.

— Restez ici. Je vais les chercher.

Ignorant son conseil, elle lui emboîta le pas tandis qu'il sortait par la porte de service.

— Le refuge est loin d'ici ? demanda-t-elle d'une voix étranglée.

— A une bonne demi-heure de marche.

Wesley se dirigea sans plus attendre vers un chemin escarpé. Située à l'arrière du chalet, la voie rocheuse partait à l'assaut de la montagne à travers une épaisse forêt de résineux.

Il savait que Caroline aurait des difficultés à le suivre. L'ascension n'était pas facile, et même si le sentier était assez bien dessiné, la pente était rude.

Le refuge, composé de deux pièces, avait été construit pour servir de halte durant la saison de chasse, et on ne pouvait y accéder qu'à pied. Même en plein jour, l'ascension pouvait s'avérer dangereuse, et une chute était toujours possible. Mais à cette heure de la journée, alors que les ombres offraient une perception trompeuse des embûches, cela devenait très périlleux.

Il essaya de se rappeler combien de fois il était monté au refuge avec Cassie. Pas très souvent. Et il lui avait tenu la main chaque fois, en vérifiant ses appuis dès qu'un passage présentait un risque.

Son front se couvrit de sueur tandis qu'il imaginait ce qui pouvait arriver à deux enfants de six ans imprévoyants.

S'ils glissaient et tombaient…

Tandis qu'un frisson glacé courait le long de sa colonne vertébrale, il s'efforça de chasser cette horrible pensée de son esprit.

Qu'est-ce que c'était que cette fichue histoire de carte au trésor ? Shane avait dit qu'ils jouaient…

Cassie était tout à fait capable d'inventer une histoire abracadabrante, et il connaissait assez les enfants pour savoir que Danny suivrait uniquement pour prouver qu'il était aussi courageux que n'importe quelle fille.

En tout cas, s'ils quittaient le chemin, Dieu seul savait où ils pourraient atterrir. Il ne manquerait plus qu'ils se perdent dans la forêt…

Wesley et Caroline ne cessèrent d'appeler les enfants tandis qu'ils montaient vers le refuge, guettant une réponse.

Mais on n'entendait rien d'autre que le souffle du vent dans les branches, et les cris des oiseaux de nuit qui partiraient en chasse dès que l'obscurité aurait achevé de prendre possession de la montagne.

Wesley continuait à monter d'un pas alerte quand le cri angoissé de Caroline le fit s'arrêter net.

Tournant la tête, il vit qu'elle était tombée et commençait

à glisser vers le précipice. Dévalant la pente, il la rattrapa à temps et l'aida à se remettre debout.

D'un geste brusque, elle se libéra de son étreinte.

— Ça va, je n'ai rien, dit-elle d'un air vexé.

Même s'il admirait sa détermination, Wesley aurait préféré qu'elle l'attende au chalet. Il savait qu'ils devaient atteindre le refuge avant la nuit. Ensuite, cela deviendrait impossible, et elle lui faisait perdre un temps précieux.

— Nous y sommes presque, dit-il enfin. Le refuge est juste derrière le…

Avant qu'il ait eu le temps de finir sa phrase, une odeur de brûlé vint lui chatouiller les narines.

— Qu'est-ce que…

Approchant du refuge, il aperçut une vrille de fumée noire qui s'élevait dans la lumière déclinante.

7

Wesley franchit les derniers mètres en courant, sans se soucier des branches qui lui griffaient le visage et les mains.

L'odeur âcre du feu était de plus en plus forte, mais il ne distinguait pas une seule flamme.

Lorsqu'il fut au pied du chalet, il réalisa que la fumée s'échappait en spirales de la cheminée.

Rongé par la peur que les enfants n'aient finalement pas réussi à atteindre le refuge, il ouvrit la porte à la volée.

Le spectacle qu'il découvrit le laissa quelques secondes sans voix.

Cassie et Danny étaient assis sur le sol, devant la cheminée, et partageaient un paquet de chips.

— Qu'est-ce que tu fais là, papa ? demanda Cassie en ouvrant de grands yeux innocents.

Danny continua à mâchouiller ses chips sans faire preuve du moindre étonnement.

Wesley déglutit avec peine.

Jamais il n'avait été aussi soulagé. Ni aussi en colère.

Lorsqu'il entendit les pas pressés de Caroline derrière lui, il se retourna.

— Ils n'ont rien, dit-il.

Puis il s'écarta pour la laisser entrer.

— Danny, hoqueta-t-elle. Dieu merci.

Elle se jeta à genoux près de son fils, le prit dans ses bras, et l'embrassa éperdument. Puis elle lui passa la main dans les cheveux en étudiant son visage.

— Pourquoi elle pleure ? demanda Cassie en levant les yeux vers son père.

— Parce qu'elle était inquiète pour Danny.

— Toi aussi, tu étais inquiet pour moi, papa ?

— Evidemment ! dit-il sèchement.

— Alors, pourquoi tu ne pleures pas ?

Il prit une profonde inspiration avant de s'accroupir près de la fillette.

Fermant les yeux tandis qu'il la serrait dans ses bras, il laissa le soulagement envahir chaque parcelle de son corps. Puis il répondit :

— Je ne pleure pas, mais j'ai eu très peur aussi. Tu ne dois plus jamais faire une chose pareille.

— D'accord.

— Je suis sérieux. Ne quitte plus jamais le chalet sans me demander la permission. C'est compris ?

— Ne sois pas fâché, papa. Je voulais te demander, mais tu étais parti.

— Vous auriez dû le savoir tous les deux, renchérit Caroline en regardant son fils droit dans les yeux.

— Personne n'a dit qu'on ne pouvait pas y aller, protesta-t-il.

— Tu as demandé à quelqu'un ? demanda aussitôt Caroline.

— Cassie connaissait le chemin et la porte était ouverte, répondit-il, comme si cela justifiait tout.

— Qui a allumé le feu ? demanda Wesley.

Il était de règle que le dernier occupant du refuge laisse des bûches dans l'âtre, et il y avait toujours une boîte d'allumettes sur le manteau de la cheminée.

— C'est moi, répondit Cassie en souriant. Felicia m'a montré comment faire. Elle me laisse souvent allumer le sien. D'abord, tu craques une allumette, puis tu la jettes très vite dans les papiers froissés.

Les yeux de la fillette étincelèrent de fierté.

— Et après, tu as un feu.

— D'accord, mais tu sais qu'il ne faut pas toucher aux allumettes quand tu es toute seule, dit Wesley en ramassant la boîte abandonnée sur le sol.

— On avait froid, expliqua Danny.

— Et il commençait à faire noir, ajouta Cassie, tout en adressant un regard reconnaissant à Danny pour son aide.

— On n'a rien trouvé à manger à part les chips, remarqua le petit garçon d'un ton plaintif.

— En tout cas, vous êtes sains et saufs, et c'est tout ce qui compte, dit Caroline.

Avec un profond soupir de soulagement, elle passa un bras autour de son fils et le tint serré contre elle.

Wesley jeta un coup d'œil inquiet par la fenêtre. La nuit tombait vite, et il n'était plus question maintenant de retourner au chalet.

Ils allaient devoir passer la nuit dans le refuge.

Quand il avait demandé que tout soit prêt pour la saison de chasse à l'élan, il était loin de s'imaginer qu'il s'en servirait dans des conditions aussi étranges.

Jetant un coup d'œil en direction de Caroline, il se sentit tout à coup extrêmement mal à l'aise. Elle lui parlait à peine, comme si elle ressassait encore ce qui s'était passé à la cascade. Comment avait-il pu interpréter si mal la situation ?

Heureusement, elle ne pleurnichait pas et ne criait pas sur son fils. La dernière chose dont il avait envie était de se retrouver avec une femme hystérique sur les bras.

Tandis qu'elle s'asseyait devant la cheminée avec les enfants, il se promit de lui dire à la première occasion qu'il n'avait aucunement l'intention de la poursuivre de ses assiduités. Mais quand même, la façon dont elle faisait toute une histoire pour un simple baiser était un peu vexante.

Tout en ruminant, il se dirigea vers le coin cuisine, ouvrit un placard et en sortit une lampe tempête posée en hauteur.

La flamme créa un halo rassurant tandis qu'il la posait sur une petite table près d'une longue banquette de bois recouverte d'une couverture indienne. Quelques chaises dépareillées et un vieux rocking-chair complétaient l'ameublement. Les randonneurs et les chasseurs qui utilisaient le refuge n'étaient pas très regardants sur le confort. A côté de la cheminée, une porte basse en planches de chêne disjointes ouvrait sur une chambre où s'alignaient des lits superposés.

— Bon, les enfants, dit-il en allant s'asseoir près d'eux. Je veux savoir d'où vous est venue cette idée de monter ici tout seuls.

— C'est Danny qui a voulu, dit Cassie.

— Même pas vrai !

— Si !

— Non !

— Si !

— Ça suffit, dit Wesley d'un ton ferme qui mit fin au chassé-croisé d'accusations. Parlez-moi de cette carte au trésor.

Aucun des deux ne répondit. Leurs lèvres étaient serrées en une moue boudeuse qui annonçait des pleurs, et leurs yeux trahissaient l'appréhension.

— Tout va bien, dit Caroline d'un ton apaisant. Montrez-nous la carte. Vous l'avez encore, je suppose.

Lentement, Cassie plongea la main dans la poche de son anorak et en sortit une feuille de papier froissé qu'elle tendit à son père.

— Qu'est-ce que c'est que ça ? marmonna Wesley.

Caroline se rapprocha de lui.

— Montrez-moi.

Ils l'étudièrent tous les deux en silence.

La carte était un simple dessin qui aurait pu être fait par un enfant. Un rectangle coiffé d'un toit portait le nom de Chalet. Derrière, des vagues figuraient les montagnes. Une série de flèches pointait vers un chemin en zigzag menant vers un autre rectangle dénommé Refuge. Une autre flèche était dirigée vers la porte, avec l'indication Trésor.

— Qu'en pensez-vous ? demanda Wesley.

— C'est très facile à suivre.

— Qui l'a dessiné, Cassie ?

Le ton de Wesley indiquait qu'il attendait une réponse honnête.

La fillette avala sa salive avec peine.

Compatissante, Caroline serra sa petite main dans la sienne.

— Tout va bien, ma chérie. Tu peux nous le dire. Qui a dessiné la carte ?

— Je ne sais pas.

— Moi non plus, s'empressa d'ajouter Danny.

— Où l'as-tu trouvée ? demanda Wesley en s'efforçant de garder son calme.

De nature foncièrement impatiente, il savait qu'il pouvait se montrer cassant quand quelque chose le frustrait, et il n'avait pas envie de faire pleurer sa fille.

— Qui te l'a donnée ?

— Personne, dit Danny. On l'a trouvée près du téléphone. Hein, Cassie ?

La fillette hocha la tête.

— On voulait prendre des livres, continua le petit garçon en regardant sa mère, comme pour réclamer son approbation.

— Mais vous n'êtes pas allés jusqu'à la bibliothèque, devina Wesley.

Il se tourna vers Caroline.

— Et maintenant, nous savons pourquoi. Ils se sont arrêtés près du téléphone et ont trouvé la carte.

— Cela ressemble au jeu que Felicia avait organisé pour eux, observa Caroline d'un ton vaguement suspicieux.

Wesley fut surpris de sa remarque. Elle ne soupçonnait quand même pas la nourrice d'être à l'origine d'un acte aussi irresponsable ?

— Elle ne ferait jamais rien de ce genre, répondit-il avec une assurance tranquille.

— Vous êtes sûr ? Lui faites-vous vraiment confiance ?

La question de Caroline l'incita immédiatement à se demander si Felicia lui avait parlé de l'enlèvement. Il savait que le souvenir de cette tragédie continuait de peser lourdement sur la conscience de la nourrice, même si personne ne lui avait jamais fait de reproche. D'ailleurs, il avait toujours été persuadé que c'était parce qu'elle s'était inquiétée pour Cassie et l'avait prise avec elle cette nuit-là que sa fille n'avait pas été enlevée.

— Felicia ne mettrait jamais la vie de Cassie en danger, dit-il d'un ton ferme. Ni celle de Danny.

— C'est quand même elle qui leur a mis en tête cette idée de chasse au trésor.

— Mais elle ne les enverrait jamais seuls dans la montagne.

— Quelqu'un l'a pourtant fait.

— Oui, et je découvrirai de qui il s'agit, promit-il. A

première vue, je pencherais assez pour Shane. Tim essaie de l'encadrer, mais ce n'est pas facile.

Il soupira, sachant qu'il avait sa part de responsabilité dans le comportement indiscipliné de l'adolescent. Lui accorder une année sabbatique pour lui permettre de faire le point sur son avenir n'était peut-être pas une si bonne idée que ça, après tout. Au lieu de l'encourager à l'indolence, n'aurait-il pas mieux valu exiger de lui qu'il fasse quelques efforts ?

— Je crois qu'il a trop de temps libre et qu'il ne sait plus quelle bêtise inventer, expliqua-t-il. Il a dû penser que c'était une bonne blague.

— Il nous a dit de partager le trésor avec lui, révéla Cassie.

— Mais on l'aurait pas fait, hein, Cassie ? ajouta Danny en gloussant.

Wesley se leva en secouant la tête. Essayer de faire entendre raison à ces deux chenapans était une cause perdue.

— Venez, Caroline. Je vais vous montrer la chambre et nous déciderons des arrangements pour la nuit.

Tandis qu'elle le suivait dans la pièce voisine, Caroline réalisa que son expérience des hommes autoritaires était trop limitée pour qu'elle sache comment tenir tête à Wesley. D'autre part, elle ne pouvait s'empêcher de songer qu'il avait dû conduire ici des quantités de femmes.

— Je crains que ce ne soit pas très confortable, dit-il en balayant la pièce d'un grand geste du bras.

— Vous savez, j'ai grandi dans des fermes à peine mieux équipées, et il m'est souvent arrivé de camper. Je crois que les enfants et moi parviendrons à nous débrouiller. Mais vous, où allez-vous dormir ?

A sa grande surprise, il éclata de rire.

— Vous n'êtes vraiment pas banale, ma chère Caroline.

— Je ne vois pas ce que vous voulez dire.

— Probablement pas, et c'est ce qui fait tout votre charme.

Avant qu'elle ait eu le temps de songer à une repartie spirituelle, Danny et Cassie entrèrent en hurlant à l'unisson :

— On a faim !

— Bien, bien.

Wesley leva les mains pour faire taire les jérémiades.

— Lequel de vous deux veut faire la cuisine ?

— Pas moi, répondit Cassie en gloussant.

— On ne sait pas faire la cuisine, dit Danny d'un ton solennel, comme s'il pensait que la question de Wesley était vraiment stupide.

— Alors ça, c'est dommage.

Wesley hocha tristement la tête.

— Je crois que nous n'allons pas pouvoir manger.

— Ma maman, elle sait le faire, s'empressa de signaler Danny.

— Oh, vraiment ?

Wesley se tourna vers Caroline d'un air surpris.

— Vous croyez que vous sauriez nous préparer à dîner ?

Danny leva vers sa mère des yeux implorants.

— Hein que tu peux le faire, maman ?

— Je pourrais essayer, dit celle-ci d'un air sérieux. Je crois qu'il faut commencer par allumer le feu dans ce vieux fourneau.

— Je m'en occupe, proposa Wesley.

Caroline avait ouvert des boîtes de flageolets et de saucisses, ainsi que des fruits au sirop. Les enfants les dégustèrent dans des assiettes en papier, assis en tailleur devant la cheminée.

Les adultes s'assirent à la table pliante installée dans le coin cuisine et avalèrent leur repas dans un silence gêné.

Au bout d'un moment, Caroline se décida à poser quelques questions sur le refuge, de façon à maintenir un minimum de conversation.

— Cet endroit est étonnamment bien équipé pour un simple refuge. Je suppose qu'il sert souvent ?

— Essentiellement durant la saison de chasse à l'élan.

— Vous aimez chasser, donc ?

— Votre ton me laisse facilement deviner ce que vous en pensez.

— Il est vrai que toutes ces têtes d'animaux empaillées me donnent la nausée. Je trouve que c'est un sport horrible.

— La chasse est parfois une nécessité.

— Plus de nos jours.

Chacun semblait décidé à camper sur ses positions, et le silence retomba entre eux. Si les choses avaient été moins tendues, peut-être aurait-elle pu l'interroger sur l'enlèvement de son fils et compatir à sa douleur, songea Caroline. Mais ce n'était vraiment pas le meilleur moment.

Dès qu'ils eurent fini leur assiette, Danny et Cassie commencèrent à se disputer. Ils étaient fatigués et grognons, et les mettre au lit ne fut pas chose facile.

Au terme d'une longue négociation faite tout à la fois de suppliques et de menaces de punition, ils acceptèrent finalement d'aller se coucher, mais à condition de pouvoir dormir dans le même lit.

Les yeux fixés sur le plafond de pin brut, Caroline avait le plus grand mal à trouver le sommeil. La tension émotionnelle engendrée par la peur de ne pas retrouver les enfants sains et saufs persistait. Ses muscles mis à mal par la difficile ascension se rappelaient douloureusement à elle, et elle ne parvenait pas à trouver une position confortable sur l'étroite couchette.

Tandis qu'elle se redressait, elle aperçut une lueur par la porte entrouverte de la chambre. Wesley avait finalement décidé de passer la nuit sur le canapé, et visiblement, il ne dormait pas non plus.

Elle avait ôté son jean et son pull pour se coucher, ne conservant que ses sous-vêtements et son chemisier. Attrapant une couverture sur l'une des couchettes voisines, elle s'en enveloppa et se dirigea d'une démarche raide vers la partie salon.

Wesley était assis par terre devant la cheminée et regardait danser les flammes d'un regard absent.

En entendant des bruits de pas, il tourna la tête.

— Quelque chose ne va pas ?

— Je n'arrive pas à dormir.

— Bienvenue au club.

Avec un soupir, Caroline prit place sur le tapis à côté de lui, et remonta ses genoux sous son menton.

— Vous savez ce qu'il nous faut ? dit-il après un long moment de silence. Quelque chose de fort à boire.

Il alla vers la cuisine et revint avec une bouteille de cognac et deux verres.

— Oh non, protesta-t-elle. Je ne bois pas d'alcool.

Ignorant cette remarque, il versa la même dose de cognac dans les deux verres.

— Prenez celui-ci, dit-il. Vous n'êtes pas obligée de le boire.

— Dans ce cas, pourquoi voulez-vous que je le tienne ?

— Pour que je puisse vous parler.

Il reprit place à côté d'elle.

— Et si vous ne buvez pas, je le ferai.

Elle esquissa un sourire.

— Pourquoi pas ?

Son verre à la main, face à la lumière chatoyante du feu qui pétillait dans l'âtre, Wesley ferma un instant les yeux, et chercha comment aborder le sujet qui l'embarrassait.

Dehors, un vent violent s'était levé et ils pouvaient entendre les branches des sapins racler contre les murs de rondins.

— Je suis désolé de ce qui s'est passé à la cascade, dit-il après un long moment de silence. Le moment m'avait semblé spécial. Enfin, je ne sais pas comment expliquer ça...

Pour cacher son embarras, Caroline but une gorgée de cognac, et comprit son erreur quand l'alcool lui brûla la gorge, la faisant tousser.

— Je crois que c'est moi qui ai mal interprété votre geste, admit-elle d'une voix enrouée. Je pensais que le baiser faisait partie du programme touristique. Vous voyez ce que je veux dire, une promenade à cheval stimulante, la beauté du paysage propice au romantisme...

— Je suis allé à la cascade des dizaines de fois, et je n'y ai jamais embrassé personne. Il me semblait simplement que nous étions tous les deux sur la même longueur d'ondes.

Il secoua la tête comme s'il ne savait pas vraiment comment l'exprimer.

— Mais quand je vous ai embrassée, quelque chose a changé.

— Je crois que j'ai eu peur.

— Mais pourquoi ?

— Aucun homme ne m'a embrassée depuis la mort de mon mari.

— C'est dommage, murmura-t-il gentiment en lui prenant le menton pour qu'elle tourne la tête vers lui.

Une tension presque palpable envahit alors l'atmosphère. Les sentiments que Caroline refusait de s'avouer depuis leur baiser à la cascade resurgirent avec force.

Essayait-il de la manipuler ? La question lui traversa l'esprit, mais elle ne voulut pas s'attarder dessus. L'envie de sentir de nouveau ses lèvres sur les siennes était plus forte que sa fierté.

Cédant à l'indiscutable attirance sexuelle qui déroulait ses spirales autour d'eux, elle attendit qu'il se rapproche encore, qu'il penche son visage au-dessus du sien…

Soudain, le silence de la nuit fut troublé par des voix suraiguës dans la chambre.

— Pousse-toi !

— Non, toi tu te pousses.

— Tu prends toute la place !

— Même pas vrai.

— Si !

— Maman !

— Papa !

Caroline et Wesley échangèrent un regard complice et soupirèrent.

— Dommage, dit-il pour la seconde fois.

8

Wesley se réveilla en sursaut le lendemain matin, et tendit l'oreille pour entendre si Caroline et les enfants étaient réveillés.

Il n'y avait pas un mouvement dans la chambre, et il décida de les laisser dormir encore une heure ou deux.

Tout en se dirigeant vers la cuisine, il jeta un coup d'œil machinal par la fenêtre et son cœur fit un bond dans sa poitrine.

Il commençait à neiger.

Il laissa échapper un juron. Les tempêtes de neige pouvaient être redoutables dans le Colorado, et dans quelques heures, ils risquaient d'être bloqués par des congères de plusieurs mètres.

Tournant les talons, il se précipita vers la chambre.

— Debout, ordonna-t-il depuis le seuil. On s'en va.

Caroline redressa la tête.

— Quoi ? gémit-elle. Que se passe-t-il ?

— Il commence à neiger. Il faut redescendre avant que le chemin ne soit complètement recouvert.

Attrapant son jean qui gisait près du lit, elle l'enfila sous la couverture et se leva en un instant, mais les enfants n'esquissèrent pas un geste.

Employant les grands moyens, Wesley repoussa la couverture dans laquelle ils étaient emmitouflés.

— Allez, debout !

Quand l'air frais les atteignit, Danny et Cassie se recroquevillèrent un peu plus sans ouvrir les yeux. Epuisés par leur randonnée, ils n'étaient pas prêts à sortir du lit de si bon matin.

— Allez, il faut se lever, insista Wesley en les bousculant gentiment.

Il finit par obtenir gain de cause, et tandis que Caroline les aidait à s'habiller, il alla vérifier que le feu était bien éteint. Puis il prit deux couvertures et en enveloppa les enfants.

Quand il ouvrit la porte, une bourrasque rabattit sur son visage les flocons qui tourbillonnaient dans l'air glacial.

Heureusement, la couche de neige sur le chemin était encore fine et clairsemée, et ils devraient pouvoir atteindre le chalet sans encombre.

Il prit Cassie par la main et ouvrit la marche.

Ils avaient quitté la clairière et s'apprêtaient à traverser un épais bosquet quand la neige se mit à tomber plus dru.

La tête baissée pour lutter contre le vent qui soufflait de plus en plus fort, ils progressaient à présent avec une lenteur extrême.

Les enfants avaient du mal à suivre. Gênés dans leurs mouvements par la couverture enroulée autour d'eux, ils avançaient d'une démarche malhabile, et seraient tombés à plusieurs reprises s'ils n'avaient pas tenu la main d'un adulte.

Cassie se mit soudain à pleurer parce que les flocons de neige s'accrochaient à ses cils, et Wesley entendit que Caroline réconfortait Danny.

Il savait qu'il pourrait porter l'un des enfants, mais pas les deux, et il se dit qu'il avait pris la mauvaise décision en essayant de regagner le chalet avant le début de la tempête. Mais il était à présent trop tard pour faire demi-tour. Les enfants étaient à bout de souffle et ne parviendraient jamais à remonter la pente abrupte.

A mesure que les minutes s'écoulaient, le cauchemar augmentait. La neige commençait à recouvrir les arbres, les rochers et le sol d'un manteau blanc qui modifiait dangereusement le terrain. Le sentier commençait à disparaître, et la morsure glaciale du vent leur communiquait une désagréable sensation de paralysie.

Leurs pas étaient de plus en plus courts et lents, et Wesley crut qu'il était victime d'une hallucination quand il aperçut un mouvement en contrebas.

Lentement, une forme sombre se frayait un chemin à travers

le rideau de neige, et Wesley n'en crut pas ses yeux quand l'apparition leva la main et l'agita.

Tim Henderson !

Jamais il n'avait été aussi heureux de voir la silhouette robuste du Texan au verbe bourru.

— On s'inquiétait pour vous, lui dit ce dernier. En ne vous voyant pas rentrer hier soir, on s'est dit que vous aviez trouvé les gosses. Mais ce matin, avec la neige, j'ai décidé de monter voir.

— Dieu merci. Les enfants n'en peuvent plus et nous allons devoir les porter. Prenez Danny. Je vais m'occuper de Cassie.

Il se tourna vers Caroline.

— Vous vous mettrez entre Tim et moi.

Elle hocha la tête, et il s'empressa de détourner les yeux avant de céder à l'envie stupide de la prendre dans ses bras et de chasser les flocons qui s'accrochaient à ses cils.

Tandis qu'ils se remettaient en marche, il se fit la promesse de retrouver la personne qui leur avait fait vivre cet enfer, et de le lui faire regretter.

Chaque minute semblait une éternité à Caroline. La neige amoncelée alentour uniformisait le paysage et elle n'aurait pas su dire à quelle distance ils se trouvaient du chalet. Elle se contentait de mettre un pied devant l'autre, essayant de caler ses pas dans les larges empreintes de bottes laissées par Tim. Chaque fois qu'elle glissait ou trébuchait, elle se réjouissait de savoir que Danny était en sécurité dans les bras du colosse qui avançait devant elle d'une démarche sûre et puissante.

Lorsque le toit du chalet apparut entre les sapins couverts de neige, elle entendit le cri victorieux de Wesley.

— Nous sommes arrivés !

Le soulagement lui serra la gorge, et elle crut qu'elle allait se mettre à pleurer.

Ils entrèrent par la porte de service qui menait directement au bureau de Tim, et furent surpris de voir que personne ne les attendait. Il régnait dans la maison un calme inquiétant, sans doute parce que l'épais tapis de neige accumulée dehors étouffait les bruits ambiants. En tout cas, Tim semblait être le seul à avoir daigné se lever à l'aube pour partir à leur recherche.

— Nous devons faire prendre un bain chaud aux enfants, dit Wesley.

Tandis que Caroline soufflait sur ses mains bleuies et frictionnait le visage de Danny, il s'adressa à Tim.

— Demandez à Trudie et Hank de nous préparer un copieux petit déjeuner.

Puis il fit signe à Caroline de le suivre dans l'escalier de service.

Ils posaient le pied sur le palier du premier étage quand ils entendirent un cri au bout du couloir, puis virent Felicia se ruer vers eux en robe de chambre, les cheveux lâchés sur les épaules.

— Je vous ai vus arriver par la fenêtre, dit-elle. Toute la nuit, j'ai laissé des bougies allumées et j'ai prié.

Elle referma les bras autour de Cassie en sanglotant.

— Oh, mon pauvre bébé, mon pauvre bébé. Tu vas bien ?

— J'ai faim.

La nervosité de Felicia offrait un contraste insolite avec la réponse pragmatique de Cassie, et Caroline crut voir un sourire se dessiner sur les lèvres de Wesley.

— Elle va bien, dit ce dernier. Donnez-lui un bain et faites-la descendre pour le petit déjeuner.

Il fit un signe de tête à Caroline.

— Ne perdons pas de temps.

Lorsqu'ils arrivèrent devant la porte de la chambre de la jeune femme, il l'ouvrit pour elle et Danny. Puis, alors qu'elle s'apprêtait à suivre son fils à l'intérieur, il la retint par la main.

— Qu'y a-t-il ? s'étonna Caroline en scrutant son expression pensive.

— Je voulais vous dire que si je devais de nouveau être coincé dans une tempête de neige avec quelqu'un, je voudrais que ce soit avec vous. Je sais que vous ne me croyez pas, mais c'est vrai. Je n'ai jamais rencontré une femme capable de dominer la situation avec autant de courage.

Il tourna les talons avant qu'elle ait eu le temps de répondre et disparut au fond du couloir.

Lorsqu'elle redescendit un peu plus tard avec Danny pour prendre le petit déjeuner, Caroline s'interrogeait encore sur le surprenant compliment que lui avait fait Wesley.

Elle savait que c'était un homme complexe et qu'il ne fallait pas prendre pour argent comptant tout ce qu'il disait, mais elle n'était pas mécontente de voir qu'ils parvenaient enfin à établir une relation positive, aussi fragile fût-elle.

Avant même qu'elle ait atteint la salle à manger familiale, des éclats de voix lui parvinrent.

Avançant doucement jusqu'au seuil, elle vit Stella et Wesley qui s'affrontaient devant le buffet.

Les bras le long du corps, Wesley avait les poings crispés, tandis que les yeux de Stella étincelaient de fureur.

Ne voulant pas être prise à partie, Caroline évita le buffet et guida son fils vers une table.

— Je te dis que Shane n'a rien à voir avec ça, insista Stella d'une voix stridente. Je ne comprends pas comment tu peux insinuer une chose pareille.

— Et je ne comprends pas pourquoi il n'a pas retenu les enfants, rétorqua Wesley d'un ton mauvais. Il sait à quel point le chemin est dangereux. Et il savait qu'ils allaient au refuge. Ils lui avaient montré la carte.

— D'accord, je reconnais qu'il aurait dû prévenir quelqu'un de ce qu'ils mijotaient. Mais ce n'est qu'un adolescent qui vit dans sa ville. Et ce n'est pas sa faute si ta fille est intenable.

— Il y a quand même bien quelqu'un qui a dessiné cette carte, rétorqua Wesley sans relever l'attaque.

— Et tu as déjà décidé que c'était Shane. Eh bien moi, je trouve que cette blague de mauvais goût est tout à fait du style de ton cher ami Dexter. A ta place, je lui poserais la question.

Reposant l'assiette qu'elle s'apprêtait à garnir, Stella tourna les talons et sortit de la pièce en levant le menton.

Dexter, qu'elle avait dû croiser dans le couloir, fit son entrée quelques secondes plus tard.

Mimant un frisson, ce dernier se dirigea vers Wesley.

— Brr, ça gèle ici. Qu'est-ce qu'il lui prend à la princesse ? Elle est jalouse ?

— Ne sois pas stupide, répondit sèchement Wesley.

Dexter afficha un sourire égrillard.

— Tim m'a dit que tu avais passé une nuit tout ce qu'il y a de plus cosy au refuge avec notre charmante décoratrice. Comment tu t'es débrouillé ?

Wesley l'informa rapidement de ce qui s'était passé, et son ami redevint aussitôt sérieux.

— Attends une minute, vieux. Je ne savais pas que les gamins avaient disparu. C'est toi qui me l'apprends.

— En es-tu bien sûr ?

Les paupières étrécies par la suspicion, Wesley étudia le visage de son ami.

— Evidemment ! Si tu tiens à le savoir, j'ai trop bu hier. Tu sais que ça m'arrive quelquefois. Un peu trop de whisky et je m'endors comme une masse.

Il jeta un coup d'œil vers l'endroit où Caroline était assise.

— Quand même, tu n'as pas dû t'ennuyer.

Le rouge aux joues, Caroline repoussa brusquement sa chaise.

— Ne bouge pas, Danny, je te rapporte quelque chose.

Tandis qu'elle se dirigeait vers le buffet, Wesley pilota Dexter vers une table à l'écart.

— On se retrouve tout à l'heure dans ma suite, dit-il d'un ton qui ne souffrait aucune protestation.

Puis il alla s'asseoir à côté de Danny.

Caroline emplit rapidement deux assiettes, et fut soulagée que Dexter l'ignore complètement. Le regard dans le vide, celui-ci buvait mécaniquement une tasse de café noir. Apparemment, il avait dit vrai et souffrait d'une gueule de bois carabinée.

Wesley avait déjà ouvert un carton de lait pour Danny et versé du café dans deux tasses quand elle revint s'asseoir.

— Vous ne mangez pas ? demanda-t-elle tandis qu'elle prenait place en face de lui.

— J'ai pris quelque chose dans la cuisine un peu plus tôt. Je voulais interroger Trudie et Hank. Ils sont généralement au courant de tout ce qui se passe.

— Et ?

Il secoua la tête.

— D'après Hank, Tim aurait passé plusieurs coups de téléphone hier matin depuis l'appareil du hall, ce qui est assez curieux dans la mesure où il en a un dans son bureau. Mais Trudie n'a vu aucun papier quand elle a fait les poussières un peu plus tard.

— Vous pensez que quelqu'un a déposé la carte après le passage de Trudie en sachant que les enfants la trouveraient tôt ou tard ?

Il exprima son ignorance par une grimace.

— En tout cas, Tim a dit qu'il n'était pas au courant avant que Shane en parle.

— Vous en avez discuté avec votre neveu ?

— Pas encore. Je voulais d'abord parler à sa mère. Vous avez vu comment ça s'est terminé. Stella a toujours trop protégé son fils.

— C'est un peu le défaut des mères, admit Caroline, tout en glissant un regard vers Danny.

Même si l'enfant était en train de lécher avec application la gelée de groseille sur son toast, elle savait qu'il entendait tout. A plusieurs reprises déjà, il lui était arrivé de répéter des choses assez embarrassantes, et elle ne voulait pas que Wesley critique sa belle-sœur devant lui. Travailler avec Stella était déjà assez difficile sans que des problèmes émotionnels entrent en ligne de compte.

— Où est Cassie ? demanda soudain Danny, les lèvres et les doigts poisseux de confiture.

— Elle a préféré rester avec Felicia, comme d'habitude, répondit Wesley.

Se tournant vers Caroline, il ajouta :

— Vous pouvez lui laisser Danny quand vous voulez.

— Après ce qui vient de se passer, je préfère le tenir à l'œil, dit-elle aussi calmement que possible.

— Pourquoi ça ?

La confiance que Wesley plaçait en cette femme laissait Caroline perplexe. Comment pouvait-il ne pas lui en vouloir pour l'enlèvement de son fils ?

— Tout porte à croire que c'est elle qui a dessiné la carte.

Cela ressemble trop aux jeux qu'elle invente pour les enfants pour que ce ne soit qu'une coïncidence.

— Vous ne lui reprochez quand même pas ce qui est arrivé ?

— Je ne sais pas. Mais en tout cas, elle avait le devoir de les surveiller.

— Je reconnais qu'elle n'aurait pas dû les laisser aller seuls à la bibliothèque. Mais jamais elle ne mettrait leur vie en danger. J'en suis persuadé.

— Quelqu'un l'a pourtant fait.

— Ce n'était sûrement pas intentionnel.

Caroline se demanda qui d'elle ou de lui Wesley essayait de convaincre.

Lorsque Dexter se leva et passa devant eux sans leur adresser un regard, il le suivit des yeux, le front barré d'un pli soucieux.

— Vous le connaissez depuis longtemps ? demanda Caroline quand ils furent seuls.

— Je ne me souviens pas d'un temps où je ne l'aie pas connu. Il était témoin à mon mariage. Quand nous étions jeunes, il avait beaucoup plus d'argent que moi, et il se montrait incroyablement généreux. Puis, quand nous sommes entrés à l'université, le vent de la fortune a tourné. Mon père a fait des investissements judicieux et a diversifié ses activités. La famille de Dexter ne s'en est pas aussi bien sortie, et j'essaie d'être là pour lui quand il a besoin d'un ami.

— Vous ne pensez pas qu'il pourrait être assez stupide pour avoir dessiné cette carte ?

Un muscle joua dans la mâchoire de Wesley.

— Je reconnais qu'il a un sens de l'humour un peu particulier, mais il n'a jamais mis la vie de personne en danger.

— Moi, je ne l'aime pas, dit Danny d'un ton solennel.

Caroline et Wesley laissèrent tous deux paraître leur surprise.

— Pourquoi ? demanda Caroline.

— Parce qu'il me chatouille tout le temps.

Caroline tomba des nues. Elle ne savait pas que Dexter voyait Danny quand elle n'était pas là.

— Quand fait-il ça ?

— Quand il compte mes côtes. Et aussi celle de Cassie. Il dit que les garçons en ont une de moins que les filles. Mais c'est pas vrai, hein, m'man ? Chaque fois, Felicia lui dit de nous laisser tranquilles.

— Je vois, dit Caroline en forçant un sourire. Je lui dirai aussi.

— Ne vous inquiétez pas, dit Wesley. Je suis sûr qu'il n'a aucune mauvaise arrière-pensée. Mais je lui en parlerai.

Il repoussa sa chaise et se leva.

— Oh, j'allais oublier. J'ai promis à Cassie que Danny et elle pourraient profiter du Jacuzzi cet après-midi. Cela les réchauffera.

Il marqua une pause.

— Vous voulez peut-être vous joindre à eux ?

Elle balaya cette proposition d'un geste de la main.

— Je n'ai pas de maillot.

— Justement. C'est encore mieux.

Wesley avait pris un retard considérable dans son travail, et il resta enfermé dans son bureau jusqu'à 15 heures afin d'étudier les dossiers que lui avaient fait parvenir ses différentes équipes administratives.

Son plan de départ, qui consistait à réduire le temps passé au chalet, avait été écarté sans qu'il s'en rende compte. L'arrivé de Caroline Fairchild n'aurait pas dû modifier ses projets, et pourtant, c'était bel et bien ce qui s'était produit.

A présent, avec le drame qui avait failli avoir lieu, il fallait qu'il reste pour s'assurer que rien de la sorte ne se reproduirait.

Il venait de se lever pour se dégourdir les jambes et observait par la fenêtre la neige qui tombait sans discontinuer quand Felicia entra avec Cassie.

— Je suis prête, papa, dit-elle en sautillant dans son peignoir éponge rose et ses tongs en plastique.

— Regarde-moi ça, comme tu es jolie, admira Wesley.

— Tu as vu ? J'ai des barrettes avec des coquillages.

— J'ai vu. On dirait que tu es prête à aller passer l'après-midi à la plage.

— Et toi, pourquoi tu n'es pas prêt ?

— J'ai trop de travail aujourd'hui pour me baigner.

— Voulez-vous que je les accompagne ? proposa la nourrice.

— Non, ça ira. Merci, Felicia. Je vais prendre quelques dossiers et essayer d'y jeter un œil tout en surveillant ces deux petits monstres.

Elle insista, comme si elle n'était pas rassurée à l'idée d'abandonner Cassie après ce qui s'était passé.

— Je vous assure que ça ne me dérange pas.

— Non. Je m'en occupe. Je vous la ramènerai dans une heure.

Felicia hocha la tête et adressa un dernier regard à la fillette, puis elle disparut dans un bruissement de jupons.

— Allons-y, ma petite sirène, dit Wesley en prenant la main de sa fille.

— Papa, j'ai des pieds, protesta-t-elle, comme s'il n'y connaissait rien.

— Je sais. Et ils sont très jolis.

Une chaleur moite les accueillit quand ils entrèrent dans la pièce dédiée au Jacuzzi. Encastré dans un sol d'ardoise à la manière d'un bassin, le bain bouillonnant était entouré de plantes tropicales en pots et de chaises longues.

Il n'y avait aucun signe de Danny et Caroline, et Wesley songea qu'elle avait changé d'avis. Cette pensée lui occasionna un profond désappointement.

Impatiente, Cassie envoya valser ses tongs et jeta son peignoir sur le sol. Wesley resta près du bord tandis qu'elle descendait les marches et commençait à patauger dans l'eau. Lorsqu'elle voulut l'arroser, il opéra un repli prudent vers l'une des chaises longues et s'y installa pour lire ses dossiers.

Tournant le dos à la porte, il ne vit pas entrer Caroline et Danny et fut averti de leur présence par les cris surexcités de sa fille.

— Vite, Danny ! Dépêche-toi !

Tandis que l'enfant se débarrassait de son peignoir et de ses tongs, Wesley ne put retenir un sourire en découvrant le petit slip bleu marine qui lui servait de maillot de bain.

Interceptant sa mimique amusée, Caroline haussa les épaules.

— La nécessité est la mère de l'invention.

— Dommage que vous n'ayez pas fait preuve de la même audace ! Mais ce sera peut-être pour une prochaine fois.

Comme elle rougissait sans lui répondre du tac au tac, il se rappela qu'elle n'avait pas l'habitude de flirter. D'une certaine façon, son absence de sophistication lui apportait une bouffée d'air frais. Mais d'un autre côté, c'était assez frustrant.

Comment un homme pouvait-il marquer des points avec une femme désirable qui refusait le jeu de la séduction ? Ou qui ne savait pas comment faire ?

Refusant le siège qu'il lui proposait, elle resta debout à observer les enfants qui s'amusaient comme des petits fous.

— Vous aimez nager ? demanda-t-il, en fantasmant sur ses formes voluptueuses et ses longues jambes mises en valeur par un Bikini.

— Je n'ai jamais essayé, avoua-t-elle. C'est un peu idiot à mon âge. Il serait peut-être temps que je prenne des cours.

— Je me ferai un plaisir de jouer les professeurs, proposa-t-il aussitôt.

Affichant une expression sévère, Caroline jeta un coup d'œil à sa montre.

— J'ai mis du linge à laver. Ça ne vous ennuie pas si je vais voir où ça en est ?

— Pas du tout. Je garde un œil sur les enfants. Ne vous inquiétez pas, Danny est en sécurité avec moi.

— Ne le laissez pas jouer trop brutalement avec Cassie.

Il éclata de rire.

— Connaissant ma fille, je pense que c'est plutôt le contraire qui risque de se produire.

En la voyant quitter précipitamment la salle, Wesley devina qu'elle n'était pas encore remise du traumatisme émotionnel qu'ils avaient tous vécu. Apparemment, elle avait peur de laisser son fils hors de portée de vue.

Il pouvait le comprendre. Lui-même avait du mal à confier Cassie à d'autres personnes.

Il regarda les deux bambins qui s'éclaboussaient en hurlant et en riant. Danny s'était hissé sur le rebord du bassin et donnait des coups de pied frénétiques dans l'eau, aspergeant ainsi copieusement Cassie.

La fillette se passa la main sur le visage en riant et pointa la cheville de son compagnon de jeu.

— Tu as une drôle de marque, dit-elle.

— Non, c'est même pas vrai.

— Si ! Elle ressemble à un cœur. Et mon papa a exactement la même.

Wesley fixa la cheville de l'enfant.

Quelque chose explosa alors dans sa tête, l'air lui manqua, et il eut l'impression qu'on venait de le pousser du haut d'une falaise.

9

Caroline resta dans la lingerie plus longtemps qu'elle ne l'escomptait. La machine n'avait pas fini d'essorer, et il lui fallait encore passer le linge au sèche-linge et le plier.

Elle avait presque terminé quand Stella entrebâilla la porte et fit une drôle de tête en la voyant.

— Oh, vous êtes là. Felicia m'a dit que vous profitiez du Jacuzzi.

— Seulement les enfants. Wes les surveille.

— Je voulais m'excuser pour ce matin. Quand Wes et moi nous disputons comme ça, il me faut toujours un petit moment pour me calmer. Je ne voulais pas vous ignorer.

— Je comprends. Je n'étais pas de très bonne humeur moi-même.

— Et c'est bien compréhensible. Cette histoire est complètement folle. Qui irait inventer un jeu aussi dangereux ?

Sans reprendre son souffle, elle répondit à sa propre question.

— Quelqu'un qui savait que les enfants se passionnent en ce moment pour les chasses au trésor. Je n'ai pas vu la carte, mais je me demande s'il n'y aurait pas un indice permettant d'identifier son auteur. Vous savez, l'écriture ou le type de stylo... En tout cas, je ne veux pas que tous les soupçons se portent sur Shane. C'est injuste.

Même si Caroline se demandait jusqu'à quel point Shane méritait la confiance de sa mère, elle savait qu'elle aurait réagi de la même façon si son fils avait été accusé.

Cependant, elle aurait aimé trouver le courage de dire à Stella que Shane était fautif de ne pas avoir retenu les enfants alors qu'il était au courant de leur idée. Mais face à un client, il fallait parfois être capable de tenir sa langue.

C'est ce qu'elle fit tandis que Stella continuait à se plaindre de l'attitude injuste de Wesley.

— C'est d'autant plus insupportable que Shane ne sait pas quoi faire pour faire plaisir à Wes. Enfin, j'espère que ce malheureux incident ne perturbera pas notre projet de décoration. A force de perdre une journée par-ci par-là, on pourrait bien se retrouver hors délai.

Comprenant qu'elle lui en voulait d'avoir accepté l'invitation de Wesley à profiter du Jacuzzi avec les enfants, Caroline suggéra :

— Nous pourrions peut-être travailler toute la journée demain pour rattraper le temps perdu ?

Stella hocha la tête.

— Je suppose que nous n'avons ni l'une ni l'autre la tête à travailler aujourd'hui.

— J'aimerais finaliser assez vite votre projet de façon à ce que vous puissiez engager les artisans.

De plus en plus, elle ressentait la nécessité de venir à bout de ce contrat. Elle aurait l'esprit plus libre en sachant qu'elle disposait d'un peu d'argent à la banque.

Les deux femmes se séparèrent dans le couloir, et Caroline se dépêcha d'aller retrouver Danny.

Les enfants jouaient au ballon dans l'eau, et Caroline s'excusa auprès de Wesley d'avoir été aussi longue.

— Il a été sage ? demanda-t-elle.

Wesley la dévisagea un long moment, comme s'il n'avait pas compris la question. Puis il émergea de sa rêverie.

— Oui.

— J'ai dû attendre que le sèche-linge ait fini son programme, expliqua-t-elle.

Wesley se contenta de hocher la tête, puis il prit les serviettes et se dirigea vers les marches.

— Il faut sortir, maintenant, dit-il d'un ton qui trahissait son impatience.

Cassie jeta un rapide coup d'œil à son père, comme pour vérifier qu'il ne plaisantait pas.

Comme elle laissait tomber le ballon, Danny le ramassa et fit mine de le lancer.

Caroline n'aurait pu dire si Wesley allait réprimander son fils ou laisser passer cet acte de rébellion, mais en le voyant plisser les paupières, elle préféra intervenir.

— Danny, on y va.

Tandis que Wesley regagnait l'étage par l'escalier de service, elle essaya de comprendre à quoi était dû ce brusque changement d'humeur.

Il semblait prêt à exploser et la ligne crispée de sa mâchoire lui faisait peur.

— Merci, dit-elle lorsqu'ils arrivèrent devant sa porte. Je sais que Danny s'est amusé.

— Moi aussi, dit Cassie.

Si les enfants n'avaient pas été là, elle lui aurait demandé une explication.

A l'évidence, il s'était passé quelque chose pendant qu'elle était à la lingerie. Mais quoi ?

Jamais elle ne l'avait vu comme ça. C'était comme s'il avait tout à coup érigé un mur entre eux.

Après un bref signe de tête, il prit Cassie par la main, et s'éloigna, raide comme la justice.

Wesley écouta s'égrener les sonneries du téléphone en tapotant nerveusement des doigts sur le plateau de sa table de travail.

L'heure de fermeture du siège de Houston était passée, mais il savait que sa secrétaire, Myrna Goodwin, était encore dans les locaux. C'était une femme d'une cinquantaine d'années, entièrement dévouée à son travail, et qui avait été la secrétaire de son père.

Lorsqu'elle répondit, il ne s'embarrassa pas de formules de politesse.

— Bien ! Je constate avec plaisir que vous êtes encore là.

— Oh, bonsoir patron.

Le ton de Myrna, détendu et amical, trahissait une complicité de toujours.

— Que se passe-t-il?

— J'ai besoin que vous me trouviez un numéro de téléphone. Celui de ce détective privé qui a travaillé pour nous l'année dernière.

— M. Delio?

— Voilà!

Il attendit, son stylo à la main.

Après avoir pris quelques secondes pour vérifier, Myrna lui donna deux numéros.

— Le premier est celui de son bureau, et l'autre de son domicile. Je suppose que le portable ne vous sera pas utile au chalet.

— Donnez-le-moi quand même. Il se pourrait que je fasse un saut à Denver.

Sachant d'expérience qu'il la mettrait au courant si et quand il le jugerait nécessaire, Myrna ne posa aucune question. Il la remercia, raccrocha, et lutta contre l'envie d'appeler immédiatement Delio.

Il savait qu'il ne fallait jamais prendre de décision sous le coup de l'émotion. C'était un principe qui lui avait toujours réussi dans les affaires, et cette fois le défi était de taille.

La marque en forme de cœur sur la cheville était une anomalie qui se transmettait dans sa famille depuis des générations. Certains en héritaient, comme lui, et d'autres comme son frère Delvin et son neveu Shane ne l'avaient pas.

Repoussant son fauteuil, Wesley se leva et se mit à faire les cent pas dans la pièce.

Quelle était la probabilité pour que l'enfant de la décoratrice engagée par Stella soit en réalité son fils?

Caroline et Danny dînèrent de bonne heure, et elle venait juste de le coucher quand elle entendit frapper à la porte du petit salon.

Sa mimique vaguement agacée se changea en surprise quand elle découvrit Wesley sur le seuil.

— Que diriez-vous d'un verre ? J'ai décidé que nous devions terminer la journée sur une note un peu plus agréable. Qu'en dites-vous ?

En souriant, il brandit une bouteille de chardonnay et deux verres à pied.

L'humeur de Caroline s'allégea soudain.

— Je crois que cela ne me ferait pas de mal.

Lorsque son sourire fit courir une onde de chaleur à travers son corps, elle réalisa que ses sentiments pour Wesley avaient glissé vers un terrain dangereux.

Sans qu'elle s'en rende compte, elle avait permis à cet homme d'atteindre un territoire émotionnel qu'elle avait jalousement verrouillé depuis la mort de Thomas.

Jamais elle n'aurait pensé qu'elle pourrait ressentir de nouveau une telle euphorie. Et pourtant, son cœur s'était emballé rien qu'en le voyant.

— Le vin est juste frais comme il faut, assura-t-il en posant les verres et la bouteille sur la table du salon.

Ils prirent place sur le canapé, puis Wesley remplit les verres, lui en tendit un et leva le sien.

— A l'avenir, dit-il.

— Quel qu'il soit.

— L'avenir est ce que nous en faisons, n'est-ce pas ?

Tandis que le regard de Wesley croisait le sien par-dessus le rebord de son verre, Caroline devina que ses paroles comportaient un double sens, mais elle resta là à siroter son vin, détendue contre les coussins du canapé et simplement contente de sa compagnie.

La conversation se fit sur un ton plaisant, et Wesley sembla prendre plaisir à parler de son rôle de père. Et puis, sans qu'elle s'en rende compte, Caroline commença à lui faire des confidences sur son passé.

— Votre mari était doué avec les enfants ? demanda-t-il en lui servant un deuxième verre de vin.

— Thomas était un bon père et il aimait profondément Danny...

Avec un soupir, elle fit tourner le vin dans son verre.

— Malheureusement, il n'avait pas beaucoup le temps de s'occuper de lui. Son métier l'accaparait énormément.

Wesley hocha la tête d'un air compréhensif.

— Je le comprends d'autant mieux que je suis moi-même passé par là. Parfois, vous avez besoin d'un électrochoc pour comprendre ce qui est vraiment important.

Ses doigts se crispèrent sur le pied de son verre, et elle sut qu'il pensait à la mort de son fils.

— Je ne sais pas ce que je ferais s'il arrivait quelque chose à Danny.

— Il a de la chance d'avoir une mère comme vous. Je suppose que vous auriez voulu avoir d'autres enfants ?

Le vin lui avait délié la langue, et elle se confia sans retenue.

— Oh, oui ! J'en voulais quatre, mais ça ne s'est pas fait. C'est un tel miracle d'avoir eu Danny. J'avais presque perdu espoir.

— Vous aviez des difficultés à être enceinte ?

La poitrine de Caroline se serra tandis que la douleur du passé lui revenait, aussi vivace que si c'était la veille.

D'une main tremblante, elle posa son verre sur la table et ne répondit pas.

— Je suis désolé, dit-il aussitôt, en passant un bras autour de ses épaules. Si vous ne voulez pas en parler…

Etrangement réconfortée par la chaleur de son étreinte, elle réalisa qu'elle avait au contraire désespérément envie d'en parler.

Peut-être était-il temps pour elle de se libérer de son fardeau ?

Elle prit une profonde inspiration avant de se lancer.

— J'ai été enceinte deux fois. Un garçon et une fille.

— Et vous avez perdu la petite fille ?

— J'ai perdu les deux.

Elle sentit qu'il se crispait.

— Comment cela ?

Caroline déglutit avec peine.

— Je n'ai pas pu mener ces deux grossesses à terme.

Elle vida son verre en deux gorgées, tandis que de grosses larmes roulaient sur ses joues.

Wesley ne semblait toujours pas comprendre.

— Mais… Danny ?

Comme si l'enfant avait entendu son nom, il y eut un mouvement dans la chambre, dont la porte était restée ouverte, et il apparut bientôt sur le seuil en se frottant les yeux.

— Maman ? dit-il d'une toute petite voix.

— Qu'est-ce qu'il y a, chéri ?

— J'ai soif.

— Je vais aller te chercher un verre d'eau, proposa Wesley en se levant aussitôt. Et je vais te border comme je le fais avec Cassie. D'accord ?

Il prit le petit garçon par la main, et ils se dirigèrent vers la salle de bains.

Caroline se laissa aller contre le dossier du canapé.

Elle avait la tête qui tournait. Combien de verres de vin avait-elle bus ? Seulement deux, mais elle les avait bus vite.

L'alcool lui avait fait perdre tout sens commun. Elle ne parvenait pas à croire qu'elle avait révélé des choses aussi personnelles à quelqu'un qu'elle connaissait à peine. D'ailleurs, elle ne savait même pas comment la conversation avait pris un tel tour. Son infertilité n'était pas un sujet pertinent pour une visite de politesse. Surtout avec un homme tel que Wesley Wainwright.

Elle entendit Danny glousser de joie tandis que Wesley le mettait au lit, et l'intérêt que celui-ci semblait avoir pour elle et pour l'enfant la surprit une fois de plus.

Quelques instants plus tard, il revint s'asseoir près d'elle et remarqua :

— C'est un enfant génial. Je vous envie d'avoir un fils comme lui.

— Il a changé ma vie, admit-elle. Et après le décès de Thomas, j'ai doublement apprécié que nous ayons pris la décision de le prendre avec nous. Je l'aime autant que s'il était de ma propre chair.

— Il a été adopté ?

Caroline hocha la tête.

— J'étais anéantie quand on m'a appris que je ne parviendrais plus jamais à être enceinte, et Thomas a insisté pour que nous adoptions. En fait, c'est lui qui a tout organisé.

— Comment cela ?

— Je ne me suis occupée de rien. C'était trop pénible pour moi, vous comprenez ? Je ne savais même pas que ce serait un petit garçon jusqu'à ce que tous les papiers soient en règle.

— Je vois…

Wesley se resservit en vin, mais se contenta de jouer avec son verre sans le boire.

— Le fait qu'il soit médecin lui a sans doute permis d'avoir plus facilement accès à des bébés adoptables.

— Je suppose. Je n'ai pas voulu connaître les détails de façon à pouvoir accepter plus facilement Danny comme mon enfant. D'ailleurs, à l'instant où on me l'a mis dans les bras, j'ai su qu'il était à moi. Entièrement à moi.

Comme Wesley ne disait rien, elle tourna la tête vers lui et surprit son expression hagarde.

Quelle idiote elle était ! songea-t-elle aussitôt. La conversation avait dû inévitablement lui faire penser au fils qu'il avait perdu dans d'horribles circonstances.

— Je suis désolée. Je n'aurais pas dû m'épancher comme cela. Je ne voulais pas vous ennuyer avec le récit de ma vie.

— Non, je suis content que vous l'ayez fait. Et ça ne m'a pas ennuyé. En fait, je vous suis reconnaissant d'avoir eu envie de partager ça avec moi.

— Et moi, je vous suis reconnaissante de m'avoir écoutée.

Tandis qu'elle levait le visage vers lui, il repoussa gentiment une mèche de cheveux derrière son oreille. Ses lèvres effleurèrent son front d'un baiser léger. Puis, au grand étonnement de Caroline, il la repoussa avec fermeté et se leva.

— Je ferais mieux de vous laisser vous reposer. La journée a été longue. Nous nous verrons sans doute demain au petit déjeuner.

Elle hocha la tête, sans savoir s'il s'agissait d'une invitation ou d'un simple constat.

Wesley marqua un temps d'arrêt sur le seuil et la regarda comme s'il avait envie de revenir vers elle et de l'embrasser. Puis il lui dit bonsoir d'un ton sec et s'en alla.

Ecoutant le bruit de ses pas décliner dans le couloir, elle

se demanda d'où lui venait cette étrange sensation d'être plus seule que jamais.

Wesley alla tout droit à son bureau et composa d'une main moite le numéro de téléphone du détective Delio. Il savait qu'il était tard pour le déranger à son domicile, mais il était dévoré par un sentiment d'urgence qui défiait tout bon sens.

C'était comme si on venait d'effacer d'un coup de baguette magique six années d'attente insoutenable.

Son fils était en vie.

Il ignora la petite voix intérieure qui lui conseillait de ne pas s'emballer.

Le fait que Danny ait une marque à la cheville pouvait être une simple coïncidence. D'un autre côté, Caroline avait admis que son mari s'était occupé de tout. Peut-être le bon docteur n'était-il pas aussi honnête que sa femme le croyait ?

En tout cas, il savait qu'il ne trouverait pas le repos tant qu'il n'en aurait pas le cœur net.

Lorsque Delio répondit, il ne s'embarrassa pas de fioritures.

— J'ai besoin que vous enquêtiez sur une adoption dans le Colorado, dit-il du ton autoritaire qu'il employait dans le cadre professionnel.

— Bien. Je vais avoir besoin de détails.

— Je ne connais pas le nom de l'agence qui s'en est occupée, mais Thomas et Caroline Fairchild avaient pris un avocat. Je veux que vous alliez à Denver et que vous passiez au crible chaque étape de cette adoption.

— Et qu'est-ce que je dois trouver, exactement ?

— La preuve que l'enfant qu'ils ont adopté est mon fils.

Delio laissa échapper un long sifflement.

— Si je ne vous connaissais pas mieux, je croirais que vous êtes tombé sur la tête.

— L'enfant présente une caractéristique physique propre à ma famille. Ce qu'il me faut, c'est une preuve, et je suis prêt à faire n'importe quoi pour l'obtenir. Il faut que j'aille jusqu'au bout même si ce n'est probablement qu'une coïncidence.

— Je comprends.

— Bien. Mettez-vous au travail tout de suite.

— D'accord.

— Appelez-moi dès que vous aurez quelque chose.

— Ce sera fait. Mais, Wesley…

Le détective marqua une courte pause, comme s'il cherchait de quelle façon exprimer sa pensée sans le blesser.

— Ne vous faites pas trop d'illusions. Ça paraît quand même un peu tiré par les cheveux.

— Peut-être pas, répliqua sèchement Wesley.

Après avoir raccroché, il resta assis un long moment, les yeux perdus dans le vide.

Il avait déjà eu ce genre d'intuition viscérale dans le passé, mais jamais aussi fort.

Son esprit s'emballa.

Caroline.

Elle le touchait sur le plan émotionnel comme peu de femmes l'avaient fait avant elle. Il admirait son indépendance, son courage, et la douceur qu'elle essayait de cacher. Elle l'attirait physiquement.

Si les choses avaient été différentes…

Malheureusement, ce n'était pas le cas.

Il essaya de se persuader que les sentiments n'avaient pas à entrer en ligne de compte. S'il devait se servir de Caroline pour parvenir à ses fins, eh bien tant pis !

Il avait le droit de réclamer le retour de son fils chez lui, et il était prêt à tout pour y parvenir.

10

Lorsque Caroline et Danny se réveillèrent le lendemain matin, la neige avait cessé de tomber, et recouvrait le paysage d'un manteau de blancheur scintillante que le vif soleil matinal rendait presque aveuglante.

— Dépêche-toi, Danny, dit Caroline après avoir jeté un regard à sa montre. Si tu continues à lambiner comme ça, Trudie aura débarrassé le buffet quand nous arriverons.

Après s'être habillés en un temps record, ils s'apprêtaient à quitter leur chambre quand on frappa à la porte.

Ils eurent la surprise de découvrir Cassie sur le seuil.

— Felicia dit que vous devez déjeuner avec nous. On a des sablés à la cannelle avec plein de glaçage.

Adressant un sourire complice à Danny, elle se frotta le ventre.

— Miam, miam.

Le visage du petit garçon s'illumina.

— On peut, dis maman ?

— Oui, bien sûr, s'empressa de répondre Caroline, secrètement soulagée d'avoir une bonne excuse pour ne pas affronter Wesley. C'est très gentil à Felicia de nous inviter.

Elle était tellement embarrassée de s'être laissée aller de cette façon, la veille au soir ! Après ça, qui pouvait blâmer Wesley d'avoir pris la fuite ?

D'ailleurs, il ferait sans doute en sorte de l'éviter, désormais.

Tandis que cette pensée traversait son esprit, elle fut surprise de la déception qu'elle en éprouvait.

Qu'avait-elle fait de son bon sens ? S'il fallait en croire les ragots de Dexter, Wes accumulait les aventures. Et même si son ami en rajoutait par fanfaronnade typiquement masculine, le fait que Wesley ne se soit jamais remarié dénonçait ses intentions.

Tout ce qu'il cherchait, c'était une histoire purement sexuelle. *Eh bien, ça ne se ferait pas avec elle !*

Elle décida de chasser Wesley Wainwright de ses pensées et de s'occuper plutôt de son projet avec Stella. Il était plus que temps que cette dernière se décide.

Malheureusement pour elle, Felicia insista pour parler de Wesley dès que les enfants furent occupés à jouer.

— Wes dissimule bien des tourments, dit-elle en fixant ses yeux noirs sur Caroline.

— N'est-ce pas notre cas à tous ? répondit-elle avec un léger haussement d'épaules.

Elle n'avait pas du tout envie de parler d'un homme qui occupait déjà beaucoup trop ses pensées.

— Vous lui ressemblez beaucoup, insista la nurse.

Elle leva un sourcil.

— De quelle façon ?

— Votre cœur aussi a besoin d'être réparé. C'est ce que les cartes me disent.

— Eh bien, je vous assure que mon cœur est en très bon état, répondit-elle fermement. Vous vous inquiétez pour rien.

— Votre aura n'est pas bonne, répliqua Felicia tandis qu'elle semblait se concentrer sur quelque chose autour de la tête de Caroline. Très tourmentée.

— C'est probablement dû à un manque de sommeil.

Avec un soupir, Felicia se pencha et lui tapota la main.

— Je veux seulement vous préparer.

— A quoi ?

Caroline n'avait jamais consulté de voyante, et cette conversation commençait à la mettre mal à l'aise.

— Je ne sais pas. Quelque chose ne va pas. Comme vous, Wesley dissimule ses sentiments, et je sens qu'une personne dans cette maison va terriblement souffrir.

— J'apprécie votre intérêt, dit Caroline, mais vos cartes se trompent. Dès que mon contrat sera terminé, il y aura peu de chances que je le revoie.

Comme Felicia gardait le silence, elle décida qu'il était temps de partir.

— Merci pour le petit déjeuner, dit-elle en se levant. Je vais récupérer Danny et aller travailler.

— Vous ne le laissez pas avec moi ?

— Il est préférable que je le surveille quelque temps.

— Vous croyez que j'ai dessiné cette carte au trésor.

Il ne s'agissait pas d'une question, et les yeux sombres de la nourrice lançaient des éclairs.

— Comment pouvez-vous penser une chose pareille ?

— Ce n'est pas ça, commença Caroline.

— Protéger Cassie et son père, c'est toute ma vie. Rien d'autre ne compte. Je ferais n'importe quoi pour eux. N'importe quoi. Ne comprenez-vous pas ?

— Si.

Apparemment, la pauvre femme était rongée de culpabilité parce qu'elle n'avait pas pu empêcher l'enlèvement du fils de Wesley.

Caroline sentit un frisson courir le long de sa colonne vertébrale tandis qu'elle se demandait jusqu'où pouvait aller cette dévotion.

Danny regimba à l'idée de partir, mais Caroline tint bon. Felicia n'avait rien fait pour la rassurer. A dire vrai, son dévouement obsessionnel à l'égard de Wesley et Cassie ressemblait à un avertissement.

En cas de problème, ce n'était pas à Danny que la nourrice penserait en premier.

Finalement, elle décida qu'elle ne laisserait son fils jouer avec Cassie que lorsqu'elle pourrait rester avec lui.

Lorsque Caroline entra dans son bureau, elle fut surprise d'y trouver Stella. La dernière fois qu'elle l'avait vue, c'était à la lingerie, tandis que les enfants pataugeaient dans le Jacuzzi, et son humeur était loin d'être plaisante. A son grand soulagement, sa cliente affichait cette fois un sourire cordial.

— J'ai feuilleté quelques magazines, dit Stella, et j'ai quelques idées que j'aimerais vous soumettre.

— C'est parfait. Ainsi, vous pourrez engager les artisans avant que l'hiver ne s'installe vraiment.

— Je me suis renseignée, et j'ai trouvé des personnes vraiment bien à Telluride. Nous devrons fournir le gîte et le couvert aux ouvriers, mais ce ne sera pas un problème. Nous avons plusieurs chambres de service près des cuisines pour le personnel temporaire.

Caroline sentit ses épaules se décharger d'un énorme poids. Dès que son projet serait approuvé, elle pourrait fixer la date de son départ. Et grâce à l'argent gagné avec ce travail, elle aurait de quoi voir venir en attendant le prochain contrat.

— Allons voir dans le salon ce que vous avez décidé, proposa-t-elle en prenant son calepin.

Stella jeta un coup d'œil étonné à Danny.

— Felicia ne s'en occupe pas, aujourd'hui ?

— Non, répondit Caroline.

— Pourquoi ? demanda Stella en allant droit au but. Il y a un problème ?

— Non, pas du tout.

— Je sais que Felicia peut parfois sembler excentrique, insista-t-elle.

Caroline préféra ne pas abonder dans son sens. C'était le meilleur moyen de déclencher des ragots, et elle détestait cela.

— Elle est très douée avec les enfants.

Stella eut une petite moue dubitative.

— Elle gâte beaucoup trop Cassie. J'ai bien peur que celle-ci ne devienne une adolescente capricieuse et insolente.

Etant donné le comportement de Shane, Caroline jugea que Stella était mal placée pour faire une telle remarque, mais elle se garda de tout commentaire.

Après une matinée de travail fructueuse, Caroline et Stella s'accordèrent une courte pause déjeuner. Elles venaient de retourner dans le salon lorsque Wesley vint interrompre une conversation animée au sujet des rideaux.

— Qu'en penses-tu ? demanda Stella en lui présentant une liasse d'échantillons.

Penché sur le dessin que terminait Danny, Wesley ignora la question de sa belle-sœur.

— Il est joli, ce cheval, remarqua-t-il.

— Je te le donne, dit aussitôt le petit garçon.

Caroline dissimula un sourire en sachant que son fils s'attendrait à voir son dessin accroché au mur la prochaine fois qu'ils rendraient visite à Wesley dans sa suite.

— Merci beaucoup, mais je crois que c'est mieux de le laisser dans ton carnet pour le moment. Si tu en faisais plusieurs, ça ferait comme les catalogues de ta maman, et je pourrais choisir celui que je préfère.

C'était bien joué, songea Caroline, ravie de la façon dont Wesley se comportait avec son fils. Lorsque Cassie était absente, elle avait remarqué qu'il accordait beaucoup plus d'attention à Danny.

— Tu aimerais faire de la luge ? proposa-t-il soudain.

Le sourire de Caroline s'évanouit.

— Oh, je ne crois pas que ce soit une bonne idée. Stella et moi avons encore beaucoup de choses à faire.

— Je n'avais pas l'intention de vous empêcher de travailler. Je peux me débrouiller avec les deux enfants.

— Ils n'ont pas besoin d'aller loin, s'empressa de préciser Stella. Le terrain est suffisamment abrupt près de la maison pour permettre de belles glissades.

— Vous pourrez nous surveiller par les fenêtres du salon, si vous voulez, suggéra Wesley.

Il affichait un sourire courtois, mais son intonation trahissait un léger agacement en voyant qu'elle couvait autant son fils.

Danny tira sur sa manche.

— S'il te plaît…

Tandis qu'elle hésitait encore, Caroline se dit qu'elle n'avait aucune bonne raison pour refuser. Après tout, un seul adulte suffisait pour surveiller l'activité.

— D'accord, dit-elle avec un soupir.

— Génial !

Spontanément, Danny prit la main de Wesley.

— On y va.

— Une petite minute ! Tu vas d'abord te couvrir. Pendant ce temps-là, je vais demander à Tim de sortir les luges. Et puis j'irai chercher Cassie.

Dix minutes plus tard, les enfants jaillissaient hors de la maison comme deux poulains ivres de grands espaces. Caroline les regarda jouer quelques minutes, mais fut très vite rappelée à l'ordre par Stella.

— Remettons-nous au travail. Il faut préparer les commandes de matériaux et de meubles. J'aimerais aussi que nous réfléchissions aux accessoires. Et je ne sais toujours pas s'il faut mettre de la moquette dans le salon ou non.

Tout en regrettant de ne pas pouvoir tout laisser tomber pour rejoindre les enfants, Caroline s'apprêtait à obtempérer quand le bruit d'un moteur s'éleva à l'extérieur.

— C'est probablement Dexter qui rentre de Telluride, remarqua Stella.

Elle jeta un coup d'œil par la fenêtre et grimaça.

— La barbe !

— Qu'y a-t-il ?

— Nous avons de la visite.

Caroline s'approcha de la fenêtre et vit Dexter tenir la portière ouverte à une élégante jeune femme rousse.

— Qui est-ce ?

— Nicole Kitridge. Sa famille possède la moitié des mines de la région. Elle a eu une liaison avec Wes l'année dernière, et la rumeur prétendait qu'elle serait la prochaine Mme Wainwright.

— Que s'est-il passé ?

Stella haussa les épaules.

— Qui peut le dire ?

Elle regarda Nicole se diriger avec un sourire vers Wesley et l'embrasser chaleureusement.

— On dirait qu'ils se sont réconciliés, remarqua-t-elle d'un ton pincé.

— Apparemment, dit Caroline, en s'efforçant de paraître détachée.

Dexter rejoignit le couple, et ils observèrent pendant quelques minutes les glissades des enfants, avant que Wesley ne leur fasse signe de rentrer.

Lorsqu'ils s'avancèrent vers le chalet, Wesley riait de

quelque chose que venait de dire Nicole, et Caroline éprouva un étrange pincement au cœur en constatant leur complicité.

Tout aussi contrariée, Stella se passa une main dans les cheveux, puis elle tira sur son pull.

Lorsque le petit groupe entra dans le salon, elle accueillit la visiteuse avec effusion, ne laissant rien paraître de sa mauvaise humeur.

— Nicole ! Ça me fait tellement plaisir de te revoir !

Délibérément, Caroline accorda toute son attention à son fils.

— Tu t'es amusé, mon poussin ? demanda-t-elle tout en aidant Danny à défaire son anorak. Tu as les joues toutes roses.

— J'ai descendu la colline super vite, fanfaronna-t-il.

— Moi aussi, affirma Cassie. Hein, papa ?

— C'est vrai. Vous êtes presque prêts pour les jeux Olympiques.

Danny pointa le doigt vers Nicole.

— Elle a gagné une médaille en faisant du ski.

— Quel bonheur d'être ici, dit Nicole, tout sourire.

Tout en glissant un regard langoureux à Wesley, elle déboutonna avec grâce son manteau de daim marron glacé gansé de fourrure fauve.

Agacée avant même de la connaître par ses minauderies et sa voix suave, Caroline scruta d'un œil critique les boucles rousses encadrant un visage mutin constellé de taches de rousseur, le petit nez en trompette et les yeux gris vert.

— Lorsque Dexter a proposé de me conduire jusqu'ici, je n'ai pas pu refuser, poursuivit Nicole.

— Tout le plaisir était pour moi, affirma l'intéressé, tandis qu'il prenait son manteau avec empressement et le déposait sur le dossier d'une chaise.

Tandis que le regard de Nicole se posait avec étonnement sur Caroline, Wesley fit rapidement les présentations.

— Caroline Fairchild, notre décoratrice. Stella s'est mise en tête de refaire le chalet de fond en comble.

— Je sais, Dexter me l'a dit. J'imagine que ça représente un travail colossal.

— Nous n'en sommes encore qu'au stade de la réflexion,

précisa rapidement Stella, comme si elle n'avait pas envie que Nicole vienne y mettre son grain de sel.

Dexter s'impatienta.

— Et si on mangeait quelque chose pour se réchauffer ?

— Bonne idée, approuva Wesley.

— Viens, Stella, dit Dexter en glissant d'un geste possessif son bras sous celui de la jeune femme. Allons voir ce qu'il y a en cuisine.

Wesley prit sa fille par la main.

— Tu viens m'aider à allumer le feu dans le petit salon ?

La fillette afficha une moue boudeuse.

— C'est pas drôle dans la maison. Pourquoi on peut pas rester dehors pour faire un bonhomme de neige ?

— Plus tard, dit-il en l'entraînant vers le couloir.

— Vous venez ? proposa Stella à Caroline. Je crois qu'une pause ne nous ferait pas de mal.

Caroline aurait préféré s'excuser, mais elle ne savait pas comment faire sans paraître impolie. Ce fut donc à contre-cœur qu'elle suivit le groupe.

Dexter monopolisait l'attention de Nicole tandis que Stella servait des boissons chaudes et des muffins tout frais sortis du four.

Assise sur le canapé entre les deux enfants, Caroline devait faire un effort pour ne pas bâiller d'ennui. Nicole était incroyablement bavarde, et la conversation portait sur des personnes et des événements dont elle n'avait jamais entendu parler. Quant à Dexter, il était évident qu'il était attiré par la jolie rousse et qu'il faisait de son mieux pour paraître charmant.

De son côté, Wesley semblait préoccupé. Il ne cessait de regarder sa montre, et quand Tim passa la tête dans l'embrasure de la porte, il se leva d'un bond, l'air interrogateur.

Tim hocha la tête.

— J'ai l'appel que vous attendiez.

— Bien.

Wesley se tourna vers Nicole.

— Excuse-moi. Une question professionnelle à régler. Tu restes dormir, évidemment ?

— S'il y a de la place pour moi, répondit-elle avec coquetterie.

— Je crois que nous en trouverons.

Wesley ferma la porte de son bureau avant de s'asseoir, et pressa le bouton qui clignotait en rouge sur l'appareil.

Lorsque Delio s'identifia, il répliqua d'un ton sec :

— J'attendais votre appel.

— J'ai pris un vol pour Denver hier soir. Je savais que vous aviez hâte d'avoir mon rapport, j'ai donc fait au plus vite.

Comme il marquait une pause, Wesley s'impatienta.

— Qu'avez-vous trouvé ?

— Je ne suis pas sûr.

— Soyez plus clair, mon vieux.

— Eh bien, je n'ai rien pour le moment.

— Comment ça se fait ?

Le ton de Wesley impliquait que la seule faute en incombait au détective.

— Parce qu'il n'y a aucun document officiel faisant état d'une adoption effectuée par Thomas et Caroline Fairchild.

Wesley sentit ses mains devenir moites.

— Vous en êtes certain ?

— Si l'adoption a bien eu lieu, elle n'a pas été enregistrée dans l'Etat du Colorado.

Wesley eut l'impression qu'on venait de lui asséner un coup en plein estomac.

Il n'y avait pas eu d'adoption ?

— D'après ce que je sais, le mari a localisé l'enfant et s'est occupé des démarches légales, dit-il.

— Quel est le nom de leur avocat ?

— Je ne sais pas.

— Pourriez-vous essayer de le trouver ?

— Je vais voir ce que je peux faire.

— En attendant, je vais rassembler un maximum d'informations sur Thomas et Caroline Fairchild, déclara Delio.

Puisque le mari était dans le milieu médical, je devrais pouvoir trouver de nombreuses personnes qui l'ont connu.

— Je sais qu'il a étudié à l'université du Colorado, précisa Wesley. C'est là qu'il a rencontré sa femme. Elle a été élevée dans l'est de l'Etat, et ses deux parents sont morts.

— Comment l'avez-vous rencontrée ?

— De façon tout à fait fortuite. Ma belle-sœur l'a engagée pour redécorer le chalet.

Tandis que la conversation tirait à sa fin, Wesley sentit un poids peser sur sa poitrine.

Il ne voulait faire de mal à personne. Tout ce qu'il désirait, c'était retrouver son fils.

Oh, bien sûr, il n'était pas très fier de mentir à Caroline, mais il n'avait pas le choix.

Jusqu'à ce qu'il sache la vérité, il ne pouvait se permettre de laisser ses sentiments se placer en travers de sa route.

11

Lassée d'entendre Nicole pérorer, Caroline avait finalement trouvé une excuse pour regagner sa suite.

Elle s'apprêtait à ouvrir sa porte lorsque Wesley apparut au bout du couloir.

Abandonnant sa mère, Danny se rua vers l'arrivant.

— On peut aller faire le bonhomme de neige, maintenant ?

En riant, Wesley lui prit la main et ils rejoignirent Caroline.

— Il vaut mieux attendre qu'il neige encore. Comme ça, il sera beaucoup plus grand.

— Grand comment ?

— Si grand que tu devras monter sur une échelle pour installer son nez, promit Wesley.

Mais son sourire s'évanouit quand ils arrivèrent à sa hauteur, et Caroline se demanda à quoi était dû ce brutal changement d'attitude.

— Je suis désolée. Est-ce que Danny vous ennuie ? demanda-t-elle.

— Pas du tout. En fait, j'aimerais passer davantage de temps avec lui.

— Je suis sûre qu'il en serait ravi. Il déborde d'énergie, et je ne sais pas toujours comment la canaliser.

— Il a simplement besoin qu'on lui accorde davantage d'attention.

Caroline leva les sourcils. Elle n'aimait pas beaucoup ce ton péremptoire. Et puis, de quel droit cet homme d'affaires perpétuellement débordé se permettait-il de lui donner des conseils sur la façon dont elle devait élever son fils ?

— Je crois au contraire qu'il bénéficie de beaucoup trop d'attention, rétorqua-t-elle. Je suis toujours disponible pour lui.

Elle marqua une pause pour souligner son propos.

— Je n'ai pas d'entreprises à diriger, ni d'obligations sociales.

Comme pour ponctuer la dernière remarque de Caroline, la voix maniérée de Nicole s'éleva soudain dans l'escalier.

— Ah, tu es là, Wes chéri, dit-elle. Je me demandais si nous te reverrions un jour.

Arrivée à sa hauteur, elle glissa son bras sous le sien.

— Stella ne sait pas quelle chambre me donner.

Les ignorant superbement, Caroline se tourna vers Danny.

— Tu viens prendre ton bain, chaton ?

Elle n'avait pas l'intention de s'attarder pour connaître les arrangements de Wesley pour la nuit.

— Pourquoi tu es en colère, maman ? demanda Danny dès qu'elle eut refermé la porte derrière eux.

— Je ne suis pas en colère.

Mais ses gestes brusques tandis qu'elle faisait couler le bain et aidait son fils à se déshabiller démentaient ses dires.

— Il est gentil le père de Cassie, hein ? dit Danny.

— Oui.

— Alors pourquoi tu ne l'aimes pas ?

Parce que je suis jalouse aurait sans doute été la réponse la mieux adaptée, songea Caroline. Et le fait de l'admettre en son for intérieur l'aida à se sentir mieux.

— Mais si, je l'aime bien, marmonna-t-elle.

D'accord, elle était attirée physiquement par Wesley Wainwright. Cela ne voulait pas dire pour autant qu'elle était amoureuse de lui. Et de toute façon, il ne se passerait rien entre eux puisqu'il n'était pas libre.

Lorsqu'elle descendit avec Danny pour le dîner, Caroline était prête à affronter l'ennemi, mais Wesley et Nicole ne se montrèrent pas. Sans doute préféraient-ils dîner en amoureux dans la suite de Wesley, songea-t-elle avec dépit. Son envie de le voir était plus forte que sa fierté, et le simple souvenir de ses lèvres sur les siennes suffisait à la faire vibrer de désir.

Quand Stella la rejoignit à sa table, elle eut toutes les peines du monde à ne pas l'interroger au sujet de Nicole. Elle ne pouvait pas s'empêcher d'imaginer ce qui se passait à l'étage, et elle en était malade. Leurs deux corps enlacés entre les draps dans une étreinte passionnée, les mains de Wesley qui se perdaient en caresses audacieuses… Non ! Elle ne devait pas penser à cela.

La voix de Stella lui parvenait dans une sorte de brume, et elle essaya de se concentrer.

— Il faudra passer la matinée à vider le grand salon et à se débarrasser du bric-à-brac accumulé depuis des années…

Tandis que Stella poursuivait sa litanie, Caroline hocha la tête sans faire de commentaires. Elle connaissait suffisamment bien Stella à présent pour savoir que celle-ci se moquait éperdument de son opinion.

Dès que le repas fut terminé, Caroline s'éclipsa, non sans avoir promis à Stella de la retrouver le lendemain matin à 9 heures précises.

Sa mauvaise humeur persista tandis qu'elle bordait Danny. Puis, étendue dans le noir, elle resta longtemps les yeux ouverts à essayer d'oublier l'étrange regard que Wesley lui avait lancé juste avant que Nicole ne glisse son bras sous le sien.

Lorsqu'elle se réveilla le lendemain, Caroline découvrit que son humeur n'avait pas changé. Ce fut à cet instant qu'elle prit sa décision.

Il était temps de partir.

A priori, c'était de la folie. Sa situation financière n'avait pas changé. La compagnie d'assurance se montrait toujours réticente à l'indemniser, et elle n'avait aucune certitude quant à la somme qu'elle percevrait pour le travail déjà accompli au chalet.

Et pourtant, une urgence indéterminée la poussait à faire ses bagages au plus vite.

Dès qu'ils furent habillés, elle entraîna Danny vers l'alcôve qui hébergeait le téléphone au rez-de-chaussée. Là, elle composa fébrilement le numéro de Betty McClure, et fut soulagée quand son amie répondit à la deuxième sonnerie.

— Ah, Betty. Je craignais que vous ne soyez déjà partie pour le magasin, dit-elle rapidement.

— Caroline ! Comment allez-vous ? Nous avions hâte de savoir comme ça se passe, là-bas dans vos montagnes.

— Je suis désolée. J'aurais dû appeler plus tôt. Mais c'était compliqué.

— Comment cela ?

— Je vous expliquerai plus tard. Pour le moment, j'aimerais savoir si vous avez eu d'autres demandes me concernant. J'envisage de rentrer en début de semaine prochaine.

— Vous voulez dire que vous n'allez pas terminer chez les Wainwright ? Ça se passe vraiment aussi mal que ça ? J'aurais pourtant cru qu'il s'agissait d'une opportunité exceptionnelle.

— C'est compliqué, répéta-t-elle.

Elle ne parvenait pas à expliquer d'où lui venait ce sentiment d'urgence qui la submergeait.

— Eh bien, je suis vraiment désolée.

Betty soupira.

— Mon Dieu, je ne sais pas quoi vous dire. Les gens n'ont pas très envie de redécorer leur intérieur à cette époque de l'année. Vous savez ce que c'est… Au printemps, vous croulerez probablement sous les demandes. Et la recommandation des Wainwright vous sera précieuse, vous savez.

Les doigts de Caroline se crispèrent autour du combiné.

Elle savait que son amie avait raison. Renoncer à ce travail était irresponsable. Et laisser ses sentiments pour Wesley lui dicter ses choix de carrière était puéril. Sur le plan financier, elle ne pouvait tout simplement pas se permettre de faire ses bagages et de lever le camp sans se préoccuper de ce qu'elle ferait ensuite.

— Je crois que je ferais bien d'y réfléchir, admit-elle à regret. Merci pour le conseil.

— Je vous en prie. Les amis sont là pour ça. Je me doute que ce n'est pas facile pour vous en ce moment. Avez-vous des nouvelles de la compagnie d'assurance ?

— Non. Je sais seulement que l'enquête pour incendie

criminel retarde le paiement. J'ai l'impression qu'on me soup-
çonne d'avoir mis le feu à ma propre maison pour toucher la
prime. Vous vous rendez compte ? C'était mon seul bien, et
tout ce qui me restait de ma vie avec Thomas.

— Tenez bon. Ils finiront par vous payer. A propos, j'ai
visité quelques maisons qui seraient parfaites pour vous et
Danny. Avec l'argent que vous rapportera le contrat au chalet,
vous allez pouvoir redémarrer du bon pied.

Après avoir raccroché, Caroline réalisa que Betty avait
raison. Elle ne pouvait pas mettre son avenir en danger à
cause d'émotions nébuleuses.

Peut-être devrait-elle en parler à Wes et éclaircir les choses
entre eux ?

— J'ai faim, maman, s'impatienta Danny. Quand est-ce
qu'on mange ?

— On y va, chéri, dit-elle en lui passant la main dans les
cheveux.

— Tu crois qu'il y aura de la pizza ?

— Au petit déjeuner, ça m'étonnerait. Mais je suis sûre
que ce sera aussi bon.

Le petit garçon accueillit cette affirmation avec une grimace
sceptique.

Tandis qu'ils empruntaient le couloir menant à la salle à
manger, Caroline se prépara mentalement à affronter la vision
de Wesley et Nicole prenant leur petit déjeuner en tête à tête.
Mais Dexter était la seule personne à se trouver dans la pièce.

Après qu'elle eut fait son choix au buffet, il se leva et
tira pour elle une chaise à sa table. Ne voulant pas paraître
impolie, elle accepta, et ne tarda pas à s'en féliciter tant la
conversation fut instructive.

— Je raccompagne Nicole à Telluride ce matin, dit-il
d'un air ravi.

— Si vite ?

— Mouais. Elle n'a pas apprécié de passer la nuit toute
seule, si vous voyez ce que je veux dire. Wes ne devait pas
être d'humeur.

Il lui adressa un clin d'œil suggestif.

— A sa place, je ne me serais pas fait prier.

Le cœur battant à tout rompre, Caroline donna le change en aidant Danny à couper sa tranche de bacon.

— Quand c'est fini, ça ne sert à rien d'essayer de rallumer la flamme, poursuivit Dexter. De toute façon, Nicole n'a pas de souci à se faire. Avec tous les hommes qui lui tournent autour, elle n'a que l'embarras du choix. Et puis, avec la fortune qu'elle possède, elle n'a pas besoin de l'argent de Wes.

Il soupira.

— Malheureusement, je ne l'intéresse pas.

— Que faites-vous dans la vie ? lui demanda Caroline. Je ne vous ai jamais entendu parler de vos affaires comme le fait Wesley.

Dexter eut un petit rire suffisant.

— Disons que mon métier consiste à profiter de la vie. Mon cher papa m'a laissé de quoi voir venir, comme on dit.

Il l'observa par-dessus le rebord de sa tasse.

— Je parie que vous ne savez pas vous amuser. Vous ne devriez pas travailler autant, c'est mauvais pour le teint.

— Tout le monde ne peut pas faire comme vous, répliqua-t-elle avec agacement. Mon père m'a laissé une ferme en piteux état, hypothéquée jusqu'à la dernière poignée de porte. D'un autre côté, il m'a transmis quelque chose d'important : la force de m'en sortir toute seule.

— Je reconnais que je suis un privilégié, dit Dexter sans paraître comprendre le sens profond de sa remarque. J'ai aussi beaucoup de chance d'avoir un ami comme Wes. A vrai dire, je suis content que ça n'ait pas marché cette fois avec Nicole.

Il afficha une petite moue contrite.

— Ça me gêne de le reconnaître, mais j'ai tendance à être jaloux quand il accorde trop d'attention à quelqu'un d'autre. D'un autre côté, je n'aime pas le voir malheureux.

— Et il est malheureux en ce moment ?

— Je crois, oui. Il a sellé Prince très tôt ce matin pour une promenade en solitaire. C'est son habitude quand il a un problème à résoudre. Il aime s'isoler pour réfléchir. Quelque chose le préoccupe en ce moment. Vous ne sauriez pas de quoi il s'agit ?

— Vous n'avez qu'à lui poser la question.

— Il est muet comme une tombe. Ça vous fait un point en commun avec lui, d'ailleurs.

Repoussant sa chaise, il se leva.

— Je vais avancer la voiture et monter prendre le sac de Nicole. A mon avis, elle est vexée et préfère s'en aller avant le retour de Wes.

Caroline hocha la tête sans faire de commentaire.

— Pourrez-vous dire à Wes qu'il est possible que je passe la nuit à Telluride ?

Il lui adressa un clin d'œil.

— Tout dépend si la jeune demoiselle a envie de se faire consoler.

Sans laisser à Caroline le temps de refuser ce rôle de messager, il se précipita hors de la pièce.

Tandis qu'elle se versait une deuxième tasse de café, Caroline assimila l'information que Dexter venait de lui fournir.

Wesley n'avait pas passé la nuit avec Nicole.

L'étau qui lui broyait le cœur se desserra. Elle avait imaginé ses mains vagabondant sur un corps offert, à l'affût des points sensibles, des frémissements incontrôlés. Ses lèvres chaudes qui prenaient le relais, faisant défaillir de plaisir sa partenaire.

— Qu'est-ce que tu as, maman ? demanda Danny avec l'innocence de ses six ans. Tu as l'air bizarre.

Caroline lui sourit, tout en repoussant une mèche de cheveux derrière son oreille.

— Tu ne finis pas tes céréales ? Tu veux un yaourt aux fruits ?

Tandis que Danny terminait de déjeuner, elle s'appuya contre le dossier de sa chaise et jeta un coup d'œil machinal par la fenêtre.

La campagne couverte de neige sur fond de ciel bleu pâle faisait penser à une carte postale. Jouant à travers les arbres, le soleil faisait scintiller le givre accroché aux branches telle une fragile dentelle.

La luminosité la fit ciller, et elle s'apprêtait à tourner la tête lorsqu'elle aperçut au loin un cheval noir et son cavalier.

Se redressant, elle posa brusquement sa tasse sur la table. Wesley se dirigeait vers l'écurie.

Au même moment, Cassie et Felicia entrèrent dans la pièce. En découvrant son ami, la fillette se précipita vers la table.

— Super ! Je vais manger avec toi.

— J'ai fini, répondit Danny. Mais je vais prendre un beignet au chocolat.

Sans laisser le temps à Caroline de protester, il bondit de sa chaise et se rua vers le buffet, aussitôt imité par la fillette.

Obéissant à une soudaine impulsion, Caroline se leva.

— Felicia, pourriez-vous jeter un œil sur Danny quelques minutes ? J'ai quelque chose à faire.

— Bien sûr. Prenez votre temps.

— Je reviens tout de suite, promit Caroline en se glissant prestement hors de la pièce.

Wesley avait terminé de desseller Prince lorsque Caroline entra dans l'écurie. Il ne l'avait pas remarquée, et elle en profita pour l'observer tandis qu'il jetait une couverture sur le dos de l'étalon et commençait à le bouchonner.

Le lien entre son cheval et lui était palpable tandis qu'il déplaçait vigoureusement ses mains sur le dos puis sur les membres de l'animal.

Plus troublée qu'elle ne l'aurait voulu par cette image, Caroline se demanda ce qu'elle éprouverait à sentir ces mains fortes et douces à la fois courir sur sa peau. Chacun des gestes que Wesley faisait était comme une troublante promesse de puissance masculine et, tandis qu'une vague de chaleur lui traversait le ventre, elle réalisa combien cet homme la troublait.

Elle aurait dû faire demi-tour, quitter cet endroit où les odeurs de cuir et de paille mêlées à des notes plus animales achevaient de renforcer son trouble.

C'était de la folie de désirer autant cet homme !

Un gémissement avait dû lui échapper malgré elle, car elle le vit soudain tourner la tête.

Lorsqu'il l'aperçut, son expression trahit un mélange de surprise et d'agacement. Un instant, elle crut qu'il allait lui demander sèchement ce qu'elle faisait là, puis son regard s'adoucit.

— Désolé, mais c'est trop tard pour une promenade, dit-il.

— Ce n'est pas grave.

A présent qu'elle était face à lui, elle ne savait plus quoi lui dire. Après s'être creusé la tête, elle se raccrocha au message que Dexter lui avait demandé de transmettre.

— Je suis venue vous dire que Nicole était repartie à Telluride. Dexter s'est proposé de lui servir de chauffeur.

Elle vit ses paupières s'étrécirent légèrement, puis il lui tourna le dos et finit de s'occuper de son cheval avant de le remettre dans son box.

Ils se dirigèrent ensuite vers la maison en marchant côte à côte. L'essentiel de la conversation porta sur le temps et la probabilité qu'il neige de nouveau.

Apparemment, leur ancienne complicité avait disparu. Et pourtant, Caroline avait besoin de mettre les choses au clair avec lui.

Une fois dans le hall, elle se jeta à l'eau.

— Je sais que Stella va être furieuse, mais j'envisage de rompre mon contrat.

— Vous ne pouvez pas partir !

Les yeux écarquillés, il donnait l'impression d'avoir reçu un coup de poing dans l'estomac et de ne pas pouvoir reprendre son souffle.

— J'ai une autre proposition, affirma-t-elle sans se démonter. Naturellement, j'espère recevoir une juste compensation pour le travail déjà effectué.

Il laissa passer un moment de silence, tout en la fixant d'un air sévère.

— Ce n'est pas possible, dit-il.

Pendant un bref instant de folie, elle pensa qu'il allait lui déclarer son amour.

Son regard posé sur elle avec une intensité presque insoutenable la maintenait captive et elle retint son souffle.

— Je ne peux pas vous laisser partir.

Les mots étaient justes, mais l'intonation n'était pas celle d'un homme amoureux.

Vexée, elle commença à s'éloigner.

— Attendez ! dit-il en la saisissant par le bras. Nous... Nous devons parler. Je vous en prie. Il y a quelque chose que vous devez savoir.

Sa posture fit comprendre à Caroline qu'il ne s'agissait pas d'un caprice.

— De quoi s'agit-il ?

— Pas ici.

Il jeta un regard furtif autour de lui, comme s'il craignait les oreilles indiscrètes.

— Il faut que j'aille chercher Danny. Je l'ai laissé avec Felicia pendant qu'il terminait de déjeuner.

— Ne vous inquiétez pas pour lui. Venez, allons dans la bibliothèque. A cette heure-ci, il n'y aura personne.

Une fois la porte soigneusement refermée derrière eux, Wesley fit signe à Caroline de s'asseoir sur le canapé.

Il semblait ne pas savoir s'il devait prendre place à côté d'elle ou rester debout, et finit par prendre appui contre une longue table qui servait à consulter les livres.

— Vous vous souvenez de l'après-midi que les enfants ont passée à jouer dans le Jacuzzi ?

Elle hocha la tête, sans bien comprendre où il voulait en venir.

— Vous vous êtes absentée un moment pour aller à la lingerie.

Il marqua une pause si longue qu'elle se demanda s'il allait reprendre.

— Eh bien, il s'est passé quelque chose pendant que vous étiez partie.

Elle se crispa.

— Vous ne croyez pas que vous auriez dû m'en parler plus tôt ?

— Sans doute. Mais je n'étais encore sûr de rien à ce moment-là. Vous ne m'aviez pas encore dit que Danny avait été adopté.

— Quel est le rapport ?

La voix de Caroline était plus aiguë qu'elle ne l'aurait voulu, et tout au fond d'elle, une sonnette d'alarme se déclencha quand elle vit qu'il tardait à répondre.

— Danny à la même marque sur la cheville que mon père, mon grand-père, et d'autres membres de la famille Wainwright.

Elle lui opposa un regard vide.

— En quoi cela me concerne-t-il?

— Vous ne voyez pas? Mon fils a été enlevé alors qu'il n'avait qu'un mois. La marque était déjà bien visible.

— Et alors?

— Il existe une probabilité que vous ayez adopté le fils qui m'a été enlevé il y a six ans.

Caroline resta un moment sans voix.

Elle ne parvenait pas à croire que Wesley ait pu arriver à une telle conclusion, lui qu'elle prenait pour un homme intelligent et cartésien. Puis elle comprit que c'était la douleur qui le faisait raisonner ainsi et ressentit à son égard un regain de sympathie.

— Il s'agit certainement d'une coïncidence, dit-elle gentiment. Et je comprends que ce genre de particularité vous fasse réagir, mais c'est assez courant.

— Que savez-vous de sa mère biologique?

La brutalité de la question la déstabilisa pendant quelques secondes.

— Pas grand-chose, en réalité. C'était une jeune fille célibataire.

— Vous l'avez rencontrée?

— Non. Comme je vous l'ai déjà dit, c'est Thomas et notre avocat qui se sont occupés de tout.

— Et ça s'est passé à Denver?

Comme elle hochait la tête, il ajouta :

— Et si je vous disais que l'adoption n'a pas été validée légalement?

— Je vous répondrais que vous êtes mal informé.

Son visage s'était empourpré de colère.

— Vous avez fait des recherches sur l'adoption de Danny sans m'en informer?

— Oui. J'ai engagé un des meilleurs détectives du pays.

Il planta son regard droit dans le sien.

— Et il n'a trouvé aucun document officiel à votre nom dans l'Etat du Colorado.

— Dans ce cas, il n'est pas aussi bon que vous le croyez. J'ai les papiers d'adoption dans une boîte métallique que j'ai sauvée de l'incendie de ma maison. Je vais aller vous les chercher, et vous verrez que vous vous trompez.

12

Wesley posa les documents sur son bureau et Caroline le surveilla tandis qu'il examinait chaque mot, chaque ligne, jusqu'aux signatures et tampons officiels.

Elle avait l'impression de vivre un cauchemar.

Wesley Wainwright voulait faire valoir ses droits sur son enfant !

Elle en était malade rien qu'en songeant à la façon dont il l'avait manipulée. Il l'avait fait boire et s'était montré charmeur pour l'encourager aux confidences les plus intimes, jusqu'à ce qu'elle lui dise ce qu'il avait envie de savoir.

Ses yeux s'emplirent de larmes tandis qu'un mélange de colère et de peine la submergeait.

Elle le détestait de l'avoir trompée, de lui avoir fait croire qu'il tenait à elle.

A présent, elle connaissait l'amère vérité : l'attention de Wesley à son égard n'était qu'un moyen de parvenir à ses fins.

Etait-ce de cela que Felicia voulait l'avertir ?

Caroline l'avait jugée excentrique, mais peut-être la nourrice avait-elle déjà vu Wesley à l'œuvre. Peut-être se comportait-il ainsi avec tous les jeunes garçons qui avaient l'âge de son fils disparu. Peut-être Felicia avait-elle remarqué qu'il développait un attachement obsessionnel envers Danny.

Elle avait quant à elle remarqué que Wesley appréciait l'enfant, mais il apparaissait maintenant que son intérêt cachait quelque chose de plus profond et de plus inquiétant.

En tout cas, elle s'était assez ridiculisée, et il valait mieux qu'elle ait découvert ce qu'il tramait avant qu'il ne soit trop tard.

Sans faire aucun effort pour dissimuler son impatience,

elle croisa les bras et attendit qu'il ait fini d'examiner les documents.

— Satisfait ? demanda-t-elle d'un ton narquois.

— Ils ont l'air authentiques.

— Ils le sont !

Comme elle faisait mine de les reprendre, il arrêta sa main.

— Je peux en faire des copies ?

Son regard était froid, et il semblait à Caroline qu'elle se trouvait devant un inconnu.

Etait-ce bien le même homme qui l'avait prise dans ses bras quelques jours plus tôt ?

— Pour quoi faire ?

— J'aimerais que mon détective y jette un œil.

— C'est une perte de temps et d'argent, mais je suppose que vous ne manquez ni de l'un, ni de l'autre.

— J'ai seulement besoin d'être sûr.

Elle eut d'abord envie de refuser, en raison de l'amertume qui la rongeait. Même devant des preuves concrètes, Wesley refusait d'admettre la vérité. Seul le besoin de mettre un terme le plus vite possible à son obsession la décida finalement à le laisser prendre une copie des documents.

— Très bien. Finissons-en avec cette histoire ridicule.

Elle resta près de lui tandis qu'il plaçait les feuilles dans le chargeur du photocopieur, et les récupéra au fur et à mesure, de crainte qu'il ne lui joue un mauvais tour.

Quand elle eut reconstitué la liasse, elle se précipita vers la porte.

— Caroline !

Il l'arrêta avant qu'elle ait posé la main sur la poignée.

— Je vous en prie. Essayez de me comprendre.

— Oh, mais je comprends très bien.

Elle se retourna et planta son regard dans le sien.

— Je comprends que vous m'avez manipulée pour obtenir les informations que vous souhaitiez. A présent, vous les avez, et la comédie est terminée. Dès que votre détective aura fait les vérifications, je m'en irai avec mon fils, et j'espère bien ne plus jamais vous revoir.

Luttant contre les larmes, elle lui tourna le dos et disparut dans le couloir.

Wesley appela immédiatement Clyde Delio, et le prévint qu'il allait lui faxer les documents de l'adoption Fairchild.

— Où les avez-vous eus ?

— La mère me les a donnés.

— Je n'en reviens pas.

Wesley aurait soupçonné un travail bâclé s'il s'était agi de quelqu'un d'autre que Delio. Mais l'homme était doué. D'ailleurs, s'il avait pu faire appel à lui à l'époque de l'enlèvement, il était certain que l'histoire se serait terminée autrement. Quoi qu'il en soit, il devait y avoir une explication logique au fait que Delio n'ait pas trouvé trace de ces papiers.

— Le nom de l'avocat qui apparaît sur ces documents est celui de George Goodman. A première vue, tout semble en ordre. Dès que vous les aurez vérifiés, appelez-moi.

— Ce sera fait.

Lorsqu'il raccrocha, Wesley avait le cœur qui battait fort.

Il avait toujours préféré l'action à l'attente, mais que pouvait-il faire dans une situation comme celle-ci ?

Lorsque Caroline alla chercher Danny, elle apprit que Felicia était remontée à son appartement avec les enfants.

La porte était ouverte, et elle entra sans s'annoncer.

Les enfants étaient assis par terre et jouaient à une sorte de jeu de dés.

— Je gagne, annonça fièrement Danny quand il l'aperçut. Je peux rester ?

— Oh oui, supplia Cassie.

— Danny nous manquait, ajouta Felicia en se levant du fauteuil où elle s'était installée pour tricoter.

Son regard s'assombrit tandis qu'elle scrutait le visage de Caroline.

— Quelque chose ne va pas ? Je sens des turbulences dans votre esprit.

— Je ne crois pas que turbulence soit le mot exact. Je parlerais plutôt d'indignation, marmonna Caroline entre ses lèvres serrées.

— Voulez-vous que je vous fasse une bonne tisane ?

Caroline hésita à peine. Non seulement elle avait quelques questions à poser à la nounou, mais elle ne se sentait vraiment pas d'humeur à affronter tout de suite Stella.

— Oui, je crois que cela me ferait le plus grand bien. Merci, Felicia.

La nourrice s'empressa de sortir les tasses et de préparer une théière de breuvage subtilement parfumé, laissant ainsi à Caroline quelques minutes de méditation. Puis elle s'assit en face d'elle et remarqua :

— Votre aura est toute grise ce matin.

Caroline parvint à esquisser un sourire.

— Grise ? Vous êtes sûre que ce n'est pas rouge sang ?

Felicia lui tendit une tasse.

— Ça va vous aider.

En d'autres circonstances, Caroline aurait sans doute apprécié le goût exotique de la tisane, mais elle avait trop de choses en tête.

— Felicia, je dois vous parler de quelque chose que je sais être douloureux pour vous. Je ne le ferais pas si j'avais un autre choix.

— Ce n'est rien. Il y a bien longtemps que j'ai cessé de m'offusquer, répondit paisiblement la nourrice. C'est à propos de Wesley, n'est-ce pas ?

— Comment le savez-vous ?

— Les vibrations entre vous sont impossibles à manquer.

Caroline s'humecta les lèvres.

— J'ai besoin d'en savoir plus à propos de l'enlèvement. Quelles sont les mesures prises par Wesley pour essayer de retrouver son fils ?

Felicia ne parut pas le moins du monde surprise par cette question.

— Tout ce qui était humainement possible, répondit-elle promptement. Les ravisseurs auraient pu demander tout l'argent qu'ils voulaient, Wesley aurait payé, mais il n'y a pas eu de demande de rançon. Il a offert une récompense considérable, engagé une armée de détectives et suivi toutes les pistes, mais ça n'a rien donné.

— Il n'y avait pas de suspects ?

— Aucun. Même le FBI n'a rien pu trouver.

— Ils ont bien dû interroger des gens, quand même.

— Wesley avait à l'époque déjà beaucoup de concurrents qui jalousaient sa réussite, et cette piste a été explorée, mais je n'y ai jamais cru.

— Mais qui, alors ?

Les yeux fixés sur sa tasse, Felicia la fit tourner doucement entre ses doigts.

— Je me pose cette question depuis presque sept ans, sans succès. Mais je sais que nous connaîtrons bientôt la réponse.

Posant sa tasse, elle se pencha et tapota la main de Caroline.

— Soyez gentille avec lui.

Caroline eut un sursaut de protestation.

— Il veut me prendre mon fils !

— Je ne comprends pas. Qu'entendez-vous par prendre ? S'il veut vous aider à l'élever…

— Non, ce n'est pas du tout ça. Il est persuadé que Danny est en réalité son fils et veut le récupérer.

Felicia écouta attentivement tandis que Caroline lui parlait de la marque à la cheville, du détective que Wesley avait engagé, et de l'adoption qui était selon lui illégale.

Les yeux de Felicia s'arrondirent de surprise.

— Vous voulez dire…

— Que ce détective est un imbécile doublé d'un incompétent, répliqua Caroline. L'adoption de Danny a été faite dans les règles.

— En êtes-vous certaine ?

Une lueur d'espoir s'alluma dans les yeux sombres de la nourrice.

— Peut-être…

— Non ! s'exclama Caroline.

Puis elle prit une profonde inspiration pour calmer le tremblement de sa voix.

— La mère biologique de mon fils était une jeune fille

célibataire, et mon mari a fait appel à un avocat pour mener à bien l'adoption. J'ai des documents officiels et je les ai montrés à Wesley. Il va envoyer les copies à son détective et cette grotesque histoire sera réglée.

L'expression de Felicia changea, et Caroline devina qu'elle aurait préféré pour Wesley qu'il ait raison.

Elle ne devait se faire aucune illusion, songea Caroline, tout le monde au chalet se liguerait contre elle lorsqu'ils apprendraient le soudain intérêt de Wesley pour Danny.

Elle repoussa sa chaise.

— Je dois y aller.

En se levant, elle fut prise de vertiges et dut poser les mains sur la table pour maintenir son équilibre.

— Asseyez-vous le temps de vous reprendre, lui conseilla Felicia. Vous vous faites du mal à poursuivre les fantômes de votre imagination.

— Ce n'est pas moi qui me fais des idées.

Elle se laissa lourdement tomber sur sa chaise et se prit la tête dans les mains.

— Je ne comprends rien à ce qui m'arrive.

— Vous êtes tombée amoureuse de lui, n'est-ce pas ? Je sais que j'aurais dû vous prévenir. Pauvre Wesley, il n'a plus rien à donner à une femme. Pam lui a brisé le cœur avant de mourir.

— Elle ne l'aimait pas ?

— A sa façon, je suppose que si.

— Ce n'était pas un mariage heureux ?

— Wesley donnait et elle prenait, répondit tristement Felicia. En tant qu'ancienne reine de beauté, elle était habituée à ce que tout le monde l'adule et elle multipliait les caprices.

Elle étudia avec attention le visage de Caroline.

— Il est très protecteur avec Cassie, comme vous pouvez le comprendre. Si Danny était vraiment son fils…

— Il ne l'est pas !

Caroline bondit sur ses pieds, et cette fois l'adrénaline lui donna la force de marcher.

— Viens Danny, nous devons nous en aller.

— Cassie peut venir aussi ? On pourrait jouer pendant que tu travailles.

— Je peux ? Je peux ? supplia la fillette en levant vers elle ses grands yeux.

Caroline attendit que Felicia refuse, mais cette dernière se contenta de sourire mystérieusement.

— Si la maman de Danny est d'accord, dit-elle.

Caroline grommela en silence. Mais comme elle ne se sentait pas la force de lutter contre les trois, elle finit par capituler.

— Pourquoi pas ? Stella et moi devons vider le grand salon, et ils pourront nous aider si ça les amuse.

Felicia rassembla rapidement quelques jeux à emporter.

— Je viendrai chercher Cassie dans deux heures, promit-elle.

Stella était déjà dans le salon et, à en juger par son expression, elle était sur le point de perdre patience.

Lorsqu'elle découvrit les enfants, son visage s'assombrit un peu plus.

— Felicia est malade ? demanda-t-elle.

— Non.

— Dans ce cas, pourquoi les enfants sont-ils avec vous ?

— Ils ne nous dérangeront pas, dit Caroline, en évitant une réponse directe.

Tandis qu'elle les installait rapidement sur un tapis dans un coin de la pièce et leur demandait de jouer gentiment, Stella lui expliqua le programme de la journée.

— Nous allons étiqueter tous les meubles dont je veux me débarrasser, et Tim les mettra dans une remise, jusqu'à ce que je décide ce que je veux en faire. Je demanderai peut-être à un brocanteur de Telluride de passer les estimer. Mais dans un premier temps, il faut vider les tiroirs et les étagères. Il y a beaucoup de souvenirs de famille que Wes voudra garder.

En d'autres circonstances, Caroline aurait pris plaisir à regarder les vieilles photos, les coupures de journaux jaunies et les cartes postales au charme démodé. Mais en l'occurrence, chaque document semblait l'avertir que la riche et puissante famille n'avait qu'à claquer des doigts pour obtenir ce qu'elle voulait.

— Papa ! s'écria soudain Cassie en bondissant sur ses pieds. Tu viens jouer avec nous ?

Faisant mine de s'affairer, Caroline évita soigneusement de regarder vers la porte.

— Oh, Wes, c'est parfait, s'exclama Stella du ton autoritaire qui lui était coutumier. J'ai un travail pour toi. Il faut vider cette pièce et je m'apprêtais à aller chercher Tim et Shane. Tu pourras les aider à enlever les meubles.

— Je vois que c'est mon jour de chance, grommela-t-il.

Stella fit un commentaire inaudible entre ses dents tandis qu'elle quittait la pièce, et Caroline éprouva un élan de panique à l'idée de rester seule avec Wesley.

— Qu'est-ce qu'il y a là-dedans ? demanda-t-il en désignant le carton qu'elle était occupée à remplir.

— Le genre de choses qu'une famille accumule au cours des années.

— Oh, je reconnais l'un des albums photos, dit-il en se penchant au-dessus d'un carton.

Il se mit à le feuilleter machinalement, et le tendit à Caroline.

— Regardez ça.

Il lui montra la photo d'un jeune garçon brandissant un énorme poisson.

— C'est moi. Il était tellement gros que j'ai failli tomber dans la rivière avant de pouvoir le remonter.

Caroline y jeta à peine un coup d'œil. Son intérêt pour cet homme et sa famille était inexistant.

— Lui, c'est Delvin. Il avait deux ans de moins que moi.

Il pencha l'album vers Caroline pour qu'elle puisse mieux voir.

Elle se crispa en interceptant son regard qui passait du petit garçon caressant un chien à Danny, qui jouait tout à côté sur le tapis.

Essayait-il de trouver une ressemblance familiale ?

Les deux enfants avaient les cheveux châtain clair légèrement ondulés et une silhouette assez frêle — comme des milliers d'autres petits garçons.

Quoi qu'il en soit, décida Caroline, elle n'allait pas rester là à regarder des photos de famille pendant des heures. Comme elle se détournait, Wesley ferma l'album et lui prit la main.

— Caroline, vous devez comprendre que je suis déchiré entre deux hypothèses. Tant que je ne saurai pas…

— Cela ne devrait pas prendre trop de temps.

Elle retira brusquement sa main et s'écarta.

— Si votre privé fait correctement son travail, vous aurez très vite votre réponse. Ensuite, nous pourrons oublier cette mascarade.

— Une mascarade ?

Il alla se placer devant elle et chercha son regard.

— C'est vraiment ce que vous pensez ?

— Ne m'insultez pas en prétendant que votre intérêt pour moi était motivé par autre chose que le besoin d'obtenir des informations sur mon fils.

Une étincelle de colère s'alluma dans les yeux de Wesley.

— Vous oubliez que j'avais déjà démontré mon attirance envers vous avant l'épisode du Jacuzzi.

Elle répondit sur le même ton accusateur.

— Vous vous êtes délibérément servi de mes sentiments pour en apprendre davantage. Et je vous ai tout dit. Maintenant, vous n'avez plus besoin de faire semblant.

Avant que Wesley ait eu le temps de répondre, Stella revint avec Tim et Shane.

— Quelque chose ne va pas ? demanda-t-elle, étonnée par leur posture rigide et leur visage fermé.

— Non, non, marmonna Wesley.

Au grand soulagement de Caroline, il s'éclipsa en ignorant les récriminations de sa belle-sœur qui lui reprochait de la laisser toujours tout faire toute seule.

L'appel de Delio arriva aux environs de 16 heures. La main de Wesley se crispa sur le combiné quand le détective se présenta.

— J'espère que vous êtes prêt à entendre ce que j'ai à vous dire.

— Allez-y.

— Les documents sont des faux remarquablement imités. L'avocat George Goodman était bien inscrit au Barreau, mais il a fermé son cabinet il y a quatre ans et il a quitté le Colorado. Je n'ai pas eu le temps de faire une recherche pour le localiser.

— Vous voulez dire que Goodman a falsifié les papiers ?

— C'est probable. Et, d'après moi, les Fairchild n'étaient pas au courant.

Delio s'éclaircit la gorge.

— Je n'ai aucune preuve pour le moment, mais Goodman devait tremper dans un trafic d'adoptions illégales. Vous connaissez l'histoire : des couples parfaitement innocents et bien intentionnés, mais prêts à payer des sommes colossales pour avoir un enfant, des bébés fournis au marché noir...

Wesley eut soudain l'impression de ne plus pouvoir respirer. Son esprit échafaudait toutes sortes de scénarios.

Comme s'il venait de lire dans ses pensées, le détective le mit en garde.

— Nous n'en sommes pas encore à pouvoir affirmer que les ravisseurs de votre fils faisaient partie de ce trafic. Cela va prendre du temps.

— Je veux que cette affaire soit résolue. Embauchez toute l'aide dont vous aurez besoin. Je double votre rémunération.

— Ce ne sera pas nécessaire, Wes. Calmez-vous. L'enfant est entre de bonnes mains, n'est-ce pas ? Gardez seulement un œil sur lui. Pensez-vous que la mère accepterait un test ADN ?

— J'en doute. Jusqu'ici, elle s'est montrée très récalcitrante. Mais je parviendrai peut-être à la convaincre de coopérer si je lui dis que les documents sont faux.

— Cela ne vous coûte rien d'essayer. De mon côté, je vais faire des recherches sur George Goodman, ainsi que sur d'autres parents adoptifs qui auraient pu avoir recours à ses services. Je trouverai peut-être une secrétaire ou un assistant juridique qui ont travaillé pour lui et qui seraient prêts à parler.

— N'hésitez pas à les payer, s'il le faut. Et rappelez-moi dès que vous avez quelque chose.

— C'est promis.

Prenant appui contre le dossier de son siège, Wesley se repassa la conversation dans sa tête.

Chaque nouvel élément semblait corroborer son intuition.

Il n'était pas impossible finalement que le fils adoptif de Caroline Fairchild soit le sien.

A présent, il n'avait d'autre choix que d'obliger la jeune femme à coopérer.

Même si cela devait avoir pour conséquence de détruire ce qui restait encore de tendres sentiments entre eux.

13

Après avoir couché Danny, Caroline resta debout devant la fenêtre, à réfléchir.

La voix de Wesley résonnait encore à ses oreilles, et elle serra ses bras autour d'elle pour tenter d'endiguer un frisson grandissant.

Tant que je ne saurai pas...

Quelle preuve de plus lui fallait-il ?

Il avait vu les documents. Son détective les vérifierait.

Et ensuite ?

Le puissant Wesley Wainwright mettrait-il dans la balance son argent et ses relations pour la discréditer ?

Et s'il n'obtenait pas ce qu'il voulait, irait-il jusqu'à la violence ?

Lorsqu'on frappa à la porte avec autorité et qu'elle vit qui était son visiteur, elle resta sur le seuil pour lui bloquer le passage.

— Nous devons parler.

— De quoi ?

Wesley grommela.

— Je ne crois pas que nous devions en discuter entre deux portes.

— Et moi, je ne crois pas que nous devions discuter du tout, rétorqua-t-elle.

— C'est très important.

Elle n'eut d'autre choix que de reculer et de le laisser entrer.

— Quoi ? Vous ne m'apportez pas une bonne bouteille, ce soir ? ironisa-t-elle.

Il lui désigna le canapé.

— Asseyons-nous.

Elle se raidit.

Croyait-il vraiment qu'elle allait s'asseoir amoureusement à côté de lui comme elle l'avait fait la dernière fois ? Le souvenir de son tendre baiser sur le front était une torture suffisante.

— Je préfère rester debout.

— Caroline, je crois que vous feriez mieux de vous asseoir.

— Vous essayez de me faire peur ?

— J'ai une information très importante à vous faire partager.

— Venant de votre détective, j'imagine, répliqua-t-elle d'un ton sarcastique.

— Oui.

— Eh bien, je serais curieuse de connaître la raison pour laquelle il est passé à côté de mon dossier d'adoption, dit-elle en prenant place dans le fauteuil le plus proche.

Assis sur le rebord du canapé, Wesley se pencha, l'air passablement embarrassé.

— Delio m'a effectivement appelé.

— Et ?

— Caroline, ce n'est pas facile à dire... Il a vérifié les documents...

Il se racla la gorge.

— ... et ce sont des faux.

La première réaction de Caroline fut d'éclater de rire. Wesley était vraiment plus bête qu'elle ne le pensait s'il s'imaginait qu'elle allait gober un tel mensonge.

A moins qu'il ne la prenne pour une idiote.

— Comme c'est intéressant, Wes. Et comment votre détective d'élite est-il parvenu à cette conclusion ?

— Tout simplement parce que l'adoption n'a jamais été enregistrée légalement.

— Vraiment ? demanda-t-elle d'un ton acerbe. Et comment avez-vous réussi ce tour de passe-passe ? Combien de gens avez-vous payés pour modifier la vérité de façon à pouvoir soutenir votre thèse ?

Le regard de Wesley se durcit.

— Je sais que c'est un choc...

— Ce qui me choque, c'est que vous soyez tombé aussi

bas. Vous êtes prêt à me prendre mon fils parce que vous avez perdu le vôtre.

Il laissa soudain éclater sa colère.

— Vous ne pouvez pas croire ça !

— C'est exactement ce que je crois. Et je vais vous dire autre chose. Je ne renoncerai jamais à Danny, quoi que vous fassiez.

— Ça suffit !

Il serra les poings et prit une série de profondes inspirations pour reprendre le contrôle de lui-même.

— Il existe un moyen d'en avoir le cœur net, Caroline. Il suffit que vous donniez votre accord pour un test ADN.

— C'est ça ! Pour que vous manipuliez les résultats ! Vous oubliez que j'étais mariée à un médecin. Je sais combien il est facile d'échanger les échantillons ou de falsifier les analyses.

Il la dévisagea avec consternation.

— Vous ne pouvez pas croire ce que vous venez de dire. La seule chose que je veux, c'est la vérité. Pour notre bien à tous.

— Je connais la vérité.

— Vraiment ? Vous m'avez dit que votre mari et son avocat s'étaient occupés de tout. Vous admettez ne jamais avoir rencontré la mère présumée. Comment savez-vous qu'elle existe réellement ?

— Parce que je n'ai aucune raison d'en douter.

— Si je présente la situation à un juge, je suis sûr d'obtenir une ordonnance de la cour.

Il se leva et vint vers elle.

— Je vous en prie, Caroline. Ne détruisez pas tout entre nous.

Il lui prit la main et la fit se lever.

— Vous devez savoir ce que je ressens pour vous.

— Je le sais, dit-elle en se crispant à son contact. Vous avez parfaitement joué la comédie. Pas un seul instant je ne me suis doutée que vous vous serviez de moi.

— Ce n'est pas vrai. Je suis tombé amoureux de vous avant que la question de la filiation de Danny ne se pose.

Il repoussa tendrement une mèche de cheveux tombée sur son front.

— Et vous éprouvez également des sentiments pour moi.

— Détrompez-vous. Je n'ai jamais pris notre flirt au sérieux. Et quand Nicole a fait son apparition, j'ai compris que j'avais eu raison.

— Vous étiez jalouse ?

Un léger sourire se dessina sur ses lèvres.

— Pour votre information, j'ai dit à Nicole ce que je ressentais pour vous. Je lui ai avoué que j'avais enfin trouvé une femme qui était tout ce que je voulais. Mais pour qu'un avenir soit possible entre nous, il faut résoudre cette histoire.

Il avait incliné la tête vers elle, et ses lèvres n'étaient plus qu'à quelques millimètres des siennes.

— Vous ne comprenez pas que je vous aime ? murmura-t-il.

Les sens troublés de Caroline enregistraient chaque détail : le souffle tiède de Wesley dans ses cheveux, l'odeur virile et musquée de son corps, la chaleur de ses paumes autour de sa taille…

— Nous devons connaître la vérité pour pouvoir aller de l'avant, insista-t-il.

La vérité !

Ces mots brutaux la ramenèrent à la réalité, et elle le repoussa avec brusquerie.

— Je connais déjà la vérité. Vous êtes prêt à mentir, à tricher et à corrompre pour obtenir ce que vous voulez.

Son expression fut celle d'un homme qui venait d'être giflé, mais Caroline décida qu'elle ne se laisserait plus abuser par ses talents de comédien.

Tournant les talons, elle s'engouffra dans la chambre et ferma la porte de communication avec le salon. Puis elle s'appuya contre le battant et laissa couler les larmes brûlantes qu'elle était parvenue à refouler.

Après une épouvantable nuit sans sommeil, Caroline décida que rester au chalet était au-dessus de ses forces.

Elle devait partir.

Cette décision allait déclencher une myriade de problèmes auxquels elle aurait à faire face.

Pas de maison, pas de travail, pas d'argent…

Ce serait incontestablement difficile. Mais ce n'était rien comparé à l'idée de rester sous le même toit que l'homme qui avait joué avec ses sentiments et qui voulait lui prendre son fils.

Elle ne savait pas trop comment annoncer son soudain départ à Stella, mais lorsqu'elle descendit déjeuner avec Danny, elle apprit que Felicia l'avait déjà mise au courant des divagations de Wesley.

— Je n'ai jamais rien entendu d'aussi ridicule, dit Stella, après l'avoir invitée à s'asseoir à sa table. Wes ne s'est jamais remis de cette tragédie, mais je ne pensais pas qu'il sombrerait dans un tel délire.

Caroline eut un regard entendu vers Danny qui ne perdait pas une miette de la conversation.

— Ne parlons pas de ça maintenant.

— Oh… oh oui, s'empressa de répondre Stella, en saisissant son message muet. Nous verrons cela plus tard. En attendant, il faudrait passer les commandes et faire en sorte que les ouvriers commencent le plus vite possible…

Caroline fit mine de s'intéresser au monologue de Stella, mais elle avait l'estomac serré, et l'esprit préoccupé par trop de questions sans réponse.

Stella ne parut pas le remarquer.

Le petit déjeuner terminé, Caroline décida de laisser Danny à Felicia pour la matinée. Elle n'avait pas envie qu'il soit là quand elle informerait Stella de sa décision de s'en aller. Les choses risquaient de s'envenimer un peu lorsqu'elle demanderait à être rémunérée pour le temps déjà consacré au projet.

Et d'ailleurs, elle n'était pas certaine d'obtenir gain de cause. Rompre son contrat, c'était prendre le risque de ne pas être payée du tout.

Lorsqu'elle vit arriver Danny, Cassie tapa des mains.

— Oh, super, dit-elle. On va pouvoir jouer aux petites voitures.

— Je prends la rouge, décida Danny avec autorité.

Felicia accueillit Caroline avec un grand sourire.

— Vous vous sentez mieux, aujourd'hui ?

Caroline avait envie de lui demander de quel droit elle avait parlé à Stella de Wesley et Danny, mais elle était bien obligée de tenir sa langue en présence des deux enfants.

— Je repasserai le prendre à midi, se contenta-t-elle de dire avant de quitter l'appartement.

Stella était déjà dans le bureau et se tenait debout devant la fenêtre lorsque Caroline entra.

De lourds nuages assombrissaient le ciel, et une bruine grisâtre descendait des montagnes, colorant d'un même ton exsangue les arbres, les roches et les plaques de neige qui persistaient çà et là.

— On dirait qu'une nouvelle tempête se prépare, remarqua Stella en pivotant sur ses talons.

Caroline se crispa. Elle n'avait pas pensé au temps…

Il ne manquerait plus qu'elle se retrouve coincée par la neige !

Une nouvelle sensation d'urgence s'empara d'elle.

Indifférente à son désarroi, Stella s'assit à la table de travail et commença à parler des matériaux qu'elles devaient commander avant que les ouvriers n'arrivent.

Caroline prit une profonde inspiration.

— Je suis désolée de vous interrompre, Stella, mais je dois vous dire quelque chose.

Le front barré d'un pli soucieux, Stella posa le catalogue qu'elle feuilletait.

— Je ne sais pas comment vous expliquer tout ça…, poursuivit Caroline d'un ton hésitant.

Visiblement agacée par ce qu'elle devait juger être une perte de temps, Stella se fit cassante.

— Je vous écoute.

— Puisque vous êtes au courant de l'obsession de Wesley, vous comprendrez sans doute aisément que je ne peux pas rester ici plus longtemps.

— Que dites-vous ?

— Je suis désolée, Stella, mais j'ai pris ma décision. Je veux partir immédiatement.

Une lueur de panique passa dans le regard de Stella.

— Mais non, ce n'est pas possible. Vous ne pouvez pas. Nous avons un contrat.

— Oui, je sais, mais j'espérais que vous comprendriez la situation, et que vous tiendriez compte de ce qui a déjà été fait.

Rapidement, elle énuméra les décisions prises dans la sélection de meubles, de rideaux et d'accessoires pour le grand salon.

Stella garda le silence durant son monologue, et agita la main d'un geste agacé quand elle eut terminé.

— Je n'ai pas l'intention de terminer ce projet toute seule, dit-elle.

— Vous ne comprenez pas…

— Je crois que si. Wes vous a placée dans une situation très inconfortable, et je ne vous blâme pas de vouloir mettre de la distance entre vous deux.

Elle marqua une pause.

— Et je crois savoir comment faire.

— De quelle façon ?

— C'est à Wes de partir, pas à vous.

Caroline écarquilla les yeux.

— Vous êtes sérieuse ?

— Wes est déjà resté au chalet plus longtemps que prévu, de toute façon. Je vais lui parler. Il va rentrer à Houston, et il n'y aura plus de problème.

Elle jeta un coup d'œil à sa montre.

— Je crois que je peux le trouver dans sa suite en ce moment.

— Attendez, Stella ! s'exclama Caroline. Vous ne connaissez pas toute l'histoire.

Mais le temps qu'elle termine sa phrase, Stella avait déjà disparu dans le couloir.

Caroline se prit la tête entre les mains.

Elle imaginait très bien le tour que prendrait la discussion entre les deux dès que Stella apprendrait l'histoire montée de toutes pièces concernant l'adoption de Danny.

Les liens familiaux étaient plus forts qu'un accord professionnel, et dans ces conditions, il était complètement utopique d'espérer obtenir une rémunération. Le plus raisonnable était encore de rentrer à Denver et d'essayer de trouver de nouveaux clients.

Obéissant à un sentiment d'urgence, elle se précipita au rez-de-chaussée et composa le numéro du magasin de meubles de Betty.

— C'est de pire en pire, dit-elle à son amie. J'ai l'intention de quitter le chalet demain matin. Pouvez-vous m'héberger de nouveau ?

— Naturellement. Vous savez à quel point nous sommes ravis de vous avoir tous les deux chez nous. Mais que se passe-t-il, Caroline ?

— Ce serait trop long à expliquer. Je vous en parlerai quand je serai rentrée.

Elle déglutit avec peine.

— Je vais peut-être avoir besoin d'un bon avocat.

— Oh, vous avez décidé de secouer la compagnie d'assurances ? Vous avez tout à fait raison. Il serait temps qu'ils se décident à payer.

— Non, ce n'est pas au sujet de l'assurance. C'est... c'est personnel.

— Oh, ce n'est pas de très bon augure.

— Malheureusement, non.

Après lui avoir promis de tout lui raconter dès qu'elle serait de retour à Denver, Caroline raccrocha.

Elle était assise depuis si longtemps dans l'alcôve, les yeux fixés dans le vide, qu'elle avait perdu la notion du temps.

Soudain, un bruit étouffé de respiration la fit sursauter. Dissimulé dans la pénombre, Dexter rôdait autour d'elle.

— Ça vous amuse d'espionner les gens ? demanda-t-elle sèchement.

Il se contenta de sourire d'un air narquois.

— Pourquoi avez-vous besoin d'un avocat ? Vous n'avez quand même pas l'intention de poursuivre la richissime famille Wainwright ? Ne me dites pas que vous allez essayer de coincer ce bon vieux Wes. Rupture d'engagement ou quelque chose dans ce genre...

Il secoua la tête.

— Ce ne serait pas la première fois, remarquez. Mais laissez-moi vous mettre en garde. Le poisson n'est pas facile à ferrer. Il ne faut pas espérer que ça aille plus loin qu'une aventure.

— Et pourquoi me dites-vous ça ?

— J'ai bien vu ce qui se passait entre vous, et j'ai tout de suite compris que Wes vous faisait marcher. Non que vous ne soyez pas séduisante, bien au contraire, mais vous n'êtes tout simplement pas son genre.

— J'ai cru le comprendre, riposta Caroline en se levant. Si vous voulez bien m'excuser...

— Vous partez vraiment demain matin ?

— Oui.

— Dans ce cas, Wes et moi allons pouvoir reprendre certains de nos projets.

— Le mieux est de voir cela avec lui, dit-elle toujours aussi sèchement.

Si elle n'avait pas été prise dans un tel déferlement d'émotions, elle aurait réalisé que Dexter était jaloux du temps et de l'attention que Wesley lui consacrait.

Elle s'était mise entre deux vieux amis. Dans ces conditions, il n'était pas étonnant que Dexter soit soulagé de la voir partir.

Il était évident qu'elle s'était fait un ennemi sans même sans rendre compte. Se pouvait-il que Dexter soit celui qui avait mis les enfants en danger avec cette périlleuse chasse au trésor ? Peut-être sa jalousie s'étendait-elle à eux aussi ?

En tout cas, elle pouvait sentir le regard de cet homme étrange fixé dans son dos tandis qu'elle s'éloignait dans le couloir, et la sensation qu'elle en éprouvait était assez proche du dégoût.

Soudain, elle eut envie de jeter un dernier regard dans le salon. C'était tellement dommage de partir avant que tout ne soit terminé ! Elle avait consacré beaucoup de temps et d'énergie à ce projet, et elle aurait aimé pouvoir constater le résultat de ses efforts.

Le vent qui soufflait violemment dans la cheminée renforçait l'aspect lugubre de l'immense pièce vide, et le bruit de ses pas qui résonnait sur le plancher accentuait son malaise.

Fermant les yeux, Caroline essaya de visualiser à quoi ressemblerait le salon une fois que tout serait terminé.

Des bruits de pas dans son dos la firent soudain tressaillir. Exaspérée, elle fit volte-face. Si c'était encore ce Dexter de malheur...

Elle se décomposa en découvrant Wesley dans l'embrasure de la porte. Après ce qui s'était passé, elle espérait ne plus le revoir.

— Je vous cherchais, dit-il.

Traversant rapidement la pièce pour la rejoindre, il ajouta :

— Stella m'a dit que vous partiez.

— En effet, répondit-elle d'un ton pincé. Et rien ne pourra me retenir.

Le visage de Wesley se creusa sous l'effet de la déception.

— Très bien, vous avez gagné. Je vais partir, ainsi que Stella me l'a demandé. Vous pouvez rester pour terminer le travail. De mon côté, je suspends l'enquête jusqu'à ce que le dialogue soit renoué entre nous.

Il la saisit par les épaules, l'air profondément bouleversé.

— Vous devez me croire, Caroline. Je ne ferai rien qui risque de mettre en danger votre bonheur ou celui de Danny.

Comme pour sceller cette promesse, il l'attira soudain à lui et prit sauvagement possession de ses lèvres.

Renonçant d'avance à une lutte inégale, surprise par les sensations inattendues qui l'envahissaient, Caroline céda.

Le baiser chaud et ardent de Wesley lui faisait tourner la tête. Tout s'effaçait autour d'elle, et il lui sembla que le temps s'arrêtait.

Mais alors qu'elle commençait à prendre goût à ce baiser si déconcertant, Wesley s'écarta brusquement d'elle.

— Et maintenant, êtes-vous toujours aussi sûre que je ne ressens rien pour vous ?

Tandis qu'il se dirigeait vers la porte, elle étouffa son cri pour le rappeler.

14

Caroline ne revit pas Wesley de toute la journée.

De son côté, Stella semblait avoir pris le parti de croire que tout était réglé, et elle ne fit aucune allusion à leur conversation.

Lorsqu'elle lui ordonna, avec son manque de tact habituel, de se mettre en quête de main-d'œuvre, Caroline hocha la tête.

Sa décision de partir n'avait pas changé, mais elle se renseignerait auprès des agences pour l'emploi de Denver et Colorado Springs, bien que la distance soit de nature à rebuter de nombreuses personnes. Elle verrait également du côté de Grand Junction. Puis elle laisserait une liste, et Stella se débrouillerait. Même si Wesley partait, rien ne prouvait qu'il ne reviendrait pas avant qu'elle ait terminé le travail, et le problème serait le même.

Dès qu'elle regagna sa suite, après un rapide dîner, elle commença à faire ses bagages.

— Qu'est-ce que tu fais ? demanda Danny quand il la vit sortir leurs vêtements de la penderie.

— Nos valises.

— Pourquoi ?

— Nous retournons à Denver demain.

— Cassie vient avec nous ?

— Non. Elle doit rester ici… avec son père.

Danny commença à grommeler.

— Mais pourquoi on ne peut pas rester, nous aussi ?

— Ce n'est pas notre maison.

Une expression soucieuse apparut sur le visage de l'enfant.

— Mais on n'a plus de maison. Elle a brûlé.

Caroline s'assit sur le rebord du lit et passa un bras autour de son fils.

— Je sais, chéri. Mais ça va aller. Nous habiterons chez Betty et Jim le temps que nous trouvions une autre maison.

— Je préfère rester ici. Pourquoi on doit partir ?

Elle l'attira contre elle et posa le menton sur le dessus de son crâne.

— Le moment est venu.

— Pourquoi ?

Elle hésita et se résolut à mentir.

— Parce que le travail de maman ici est terminé.

Tandis que son fils se blottissait contre elle, Caroline murmura tendrement :

— Je t'aime très fort, mon poussin. On va bien s'amuser à Denver, tu verras. On pourra retourner au zoo et tu découvriras tous les nouveaux bébés animaux. Je suis sûre que ça va te plaire.

Elle continua son bavardage léger tout en le mettant au lit.

— Quel livre veux-tu que je te lise, ce soir ?

— *D'où je viens ?*

Un instant, elle se méprit sur cette réponse qui ressemblait à une question, puis elle réalisa qu'il répétait le titre du livre.

Un jour viendrait où il demanderait à connaître ses origines et, compte tenu des circonstances, cette perspective la terrifiait. Elle ne pouvait pas imaginer que son mari lui ait menti. Le bébé avait été abandonné par sa mère, et non enlevé comme le prétendait Wesley. L'adoption s'était faite dans les règles… Non, vraiment, cette histoire ne pouvait qu'être le fruit d'une imagination détraquée.

Lorsque Danny fut endormi et que la dernière valise fut bouclée, Caroline se laissa tomber dans l'un des fauteuils du salon et se prit la tête entre les mains.

Et s'ils n'étaient pas en sécurité à Denver ?

Affolée, elle se mit à envisager les pires scénarios.

Wesley était assez retors pour convaincre les autorités qu'elle détenait Danny illégalement. Si ses avocats payés à prix d'or réussissaient à prouver qu'elle avait bafoué la loi, on lui prendrait son fils.

Ne tenant pas en place, elle se leva et se mit à arpenter la pièce.

Elle ne croyait pas à la promesse que lui avait faite Wesley de suspendre l'enquête.

Au contraire, elle était certaine que ce Delio ne reculerait devant rien pour l'incriminer, et elle devait s'y préparer.

Mais comment ?

Où trouverait-elle l'argent pour engager un avocat ?

Et si elle était finalement contrainte de soumettre Danny à un test ADN, elle devait prévoir de réclamer une contre-expertise…

La tête lourde de pensées effrayantes, elle se posta à la fenêtre et appuya un moment le front contre la vitre glacée.

Dehors, le ciel était d'un noir d'encre et un vent violent agitait les arbres dans un long gémissement lugubre. Par chance, il n'y avait pour le moment aucun signe de neige. Si Danny et elle parvenaient à quitter le chalet suffisamment tôt, ils devraient pouvoir atteindre l'autoroute avant que la tempête ne se lève.

Elle enfila rapidement son pyjama de flanelle et se glissa instinctivement dans le lit de son fils.

Tandis qu'elle se blottissait contre le petit corps endormi, l'odeur familière de ses cheveux soyeux lui fit monter les larmes aux yeux.

Quoi qu'il arrive, elle devait se raccrocher à cette seule vérité : elle était sa mère.

Wesley ne dormait toujours pas quand les premiers flocons de neige s'abattirent sur les fenêtres.

Il se leva, se servit un whisky soda, et rajouta quelques bûches dans la cheminée.

Quelque chose lui disait qu'il ne trouverait pas facilement le sommeil.

Il ne cessait de repasser dans son esprit sa dernière entrevue avec Caroline. Il avait tout fait de travers. Pendant quelques instants, elle avait répondu à son baiser avec la même fièvre, la même passion que la sienne, mais il n'avait vu que la froideur et le rejet dans ses yeux lorsqu'il s'était écarté.

Tout était sa faute. Un étrange concours de circonstances avait réveillé en lui l'espoir que son fils était toujours en vie et, dans sa quête éperdue de la vérité, il avait oublié de se demander ce que ressentirait Caroline.

Il était allé trop vite, et il devait à présent trouver un moyen de réparer ses torts.

Après une nuit agitée, Wesley se réveilla de bonne heure. Négligeant de se faire un café comme il en avait l'habitude, il se précipita au rez-de-chaussée.

Il ne voulait surtout pas rater Caroline.

Il avait neigé en quantité durant la nuit et tout était blanc dehors. La tempête semblait s'être calmée, mais quelques flocons persistaient et Wes savait qu'il ne fallait pas se montrer trop optimiste. Dans le Colorado, les tempêtes de neige d'octobre étaient généralement plus rigoureuses qu'en plein cœur de l'hiver.

Trudie était occupée à dresser le buffet quand il entra dans la salle à manger. Elle était seule et lui lança un regard surpris.

— Vous êtes bien matinal.

— Je suppose que tout le monde dort encore.

L'employée secoua la tête.

— Justement, non. D'habitude, il faut encore compter une bonne heure avant de voir quelqu'un, mais on dirait que tout le monde est tombé du lit, ce matin.

— Qui est levé ?

— Caroline et son fils. Et aussi Tim. Il est allé lui chercher sa voiture pour la ramener devant. Vous vous rendez compte ? Elle veut se risquer sur la route avec le temps qu'il fait.

Avant même que Trudie ait terminé sa phrase, Wesley avait jailli hors de la pièce.

Il courut jusqu'à la porte principale, l'ouvrit et regarda dehors.

Il n'y avait pas trace de la petite voiture de Caroline. Peut-être Danny et elle avaient-ils accompagné Tim au garage ?

Indifférent aux flocons de neige qui tourbillonnaient autour de lui et s'agrippaient à ses cheveux, il bifurqua à l'angle de la maison.

Les portes des cinq box étaient fermées, mais il y avait de la lumière dans l'atelier adjacent.

Poussant la porte, il y découvrit Tim qui s'essuyait les mains dans un chiffon.

— Ils sont toujours là ?

— Vous les avez manqués de cinq minutes.

— Pourquoi ne l'avez-vous pas arrêtée ?

— J'ai essayé, mais c'est une femme têtue. J'ai pris tout mon temps pour vérifier le niveau d'huile et la pression des pneus en espérant que vous arriveriez à temps, mais je ne pouvais pas faire plus. Après tout, je ne suis qu'un employé ici.

Il y avait dans sa voix une amertume que Wesley n'avait jamais perçue auparavant. Tim était toujours si accommodant qu'il était facile de ne pas se poser de questions sur ce qu'il ressentait vraiment, mais il n'avait pas le temps de s'en soucier maintenant.

— Il faut que je l'arrête avant qu'il ne soit trop tard.

Bousculant Tim au passage, il se précipita vers sa jeep. Un coup d'œil à la jauge lui permit de constater que Dexter avait omis de faire le plein après avoir raccompagné Nicole à Telluride.

Avec un juron, il sortit la voiture du garage et s'éloigna sous des tourbillons de neige que ses essuie-glaces peinaient à évacuer.

Caroline venait de dépasser le lac et s'engageait sur l'étroite route en lacets quand elle se rendit compte qu'elle venait de commettre une terrible erreur.

Penchée vers le pare-brise, les mains crispées sur le volant, elle essayait de distinguer quelque chose à travers la neige qui tourbillonnait autour de la voiture.

Elle était obligée d'avancer au pas, et elle comprit bientôt qu'elle n'atteindrait jamais l'autoroute.

La neige s'amoncelait à une allure vertigineuse, recouvrant arbres et rochers. Elle n'avait pas d'autre choix que de faire demi-tour et de retourner au chalet.

Mais comment faire demi-tour ? Elle ne distinguait déjà plus les bas-côtés.

— J'ai peur, gémit Danny.

— Ne t'inquiète pas, dit-elle avec un calme qu'elle était loin d'éprouver. On va retourner au chalet.

— Maintenant ?

— Dès que la route sera assez large pour tourner.

Chaque fois que la voiture abordait un virage serré, elle espérait trouver une aire de stationnement. Mais c'était toujours la même route étroite, bordée d'un côté par un abîme impressionnant, et de l'autre par d'immenses blocs de roche entrecoupés de bosquets de résineux.

Elle n'y avait pas prêté attention en venant, mais il devait bien y avoir un endroit quelque part pour…

Avant qu'elle ait eu le temps de comprendre ce qui lui arrivait, la voiture dérapa sur une plaque de glace et quitta la route.

Au volant de la jeep, Wes roulait à une allure un peu moins modérée que Caroline, conforté par sa parfaite connaissance du terrain et par la sécurité que lui offrait le lourd véhicule.

A chaque virage, il espérait apercevoir la voiture de la jeune femme et de son fils. Si elle roulait prudemment — et elle n'avait pas vraiment le choix avec sa petite voiture de ville — elle ne devait pas être très loin.

Il répétait dans sa tête le savon qu'il allait lui passer quand il repéra ses feux arrière quelques mètres devant lui, à l'entrée d'un virage.

Bien. Il la ferait s'arrêter et l'obligerait à monter dans sa voiture. Cinq cents mètres plus loin, il y avait une vieille route forestière où il pourrait faire demi-tour.

Il suivit la courbe et s'apprêtait à klaxonner quand il vit ses feux arrière disparaître.

Penché sur le volant, il essaya de distinguer quelque chose.

Il serait passé à côté de l'endroit où la voiture avait plongé si des traces de pneus toutes fraîches n'avaient pas attiré son attention.

Quelques minutes plus tard, les empreintes auraient été recouvertes par la neige fraîche et Dieu seul savait ce qu'il serait advenu de Caroline et de Danny.

Immobilisant la jeep, il bondit à l'extérieur et courut jusqu'au bord du précipice. Les mains en visière au-dessus de ses yeux pour se protéger de la neige, il scruta le terrain en contrebas.

Après quelques secondes durant lesquelles il faillit céder à la panique, il repéra enfin la voiture dans la rivière.

Compte tenu du dénivelé, c'était un miracle qu'elle ne se soit pas disloquée dans la chute. Sans doute avait-elle glissé le long d'une ravine gelée creusée par des années de ruissellement.

Dévalant la pente au mépris du danger, il se fraya un chemin entre les rochers et les arbres aux branches lourdement chargées de neige.

L'air glacé qui pénétrait ses poumons à chaque respiration augmentait la douleur qui lui serrait la poitrine, et il avait conscience que l'hypothermie était une vraie menace à cette altitude.

Cette inquiétude se confirma lorsque, jaillissant d'un bosquet, il vit la voiture enlisée dans le lit de la rivière, de l'eau jusqu'à mi-hauteur des portières.

Insensible à la morsure du froid, il s'avança dans l'eau gelée.

— Caroline ! Danny !

Il tira de toutes ses forces sur la portière avant, sans succès, puis fit de même à l'arrière. N'obtenant pas davantage de résultat, il en déduisit que le système de verrouillage centralisé avait été endommagé dans la chute.

Il n'entendait rien à l'intérieur. Caroline était peut-être inconsciente, prisonnière de sa ceinture.

Frénétiquement il frotta la vitre avec sa manche, mais il était impossible de distinguer quoi que ce soit dans l'habitacle empli de buée.

Soudain, il crut entendre un gémissement. Mais peut-être n'était-ce que le bruit de l'eau.

— Wesley…

Cette fois, il n'y avait pas d'erreur.

— Oui, oui, cria-t-il. Je suis là.

Lorsqu'elle pressa son visage contre la vitre arrière, un immense soulagement l'envahit. Elle avait dû ramper à l'arrière pour réconforter Danny.

Du sang s'écoulait d'une petite blessure à son front, engluant ses cheveux, et elle avait le regard vitreux, mais elle était vivante.

Elle était vivante !

Pendant quelques secondes, il ne put penser au-delà du miracle que cela représentait.

Puis le visage de l'enfant apparut à côté de celui de Caroline et il crut que son cœur allait exploser de joie.

Lorsqu'il aperçut Wesley, les yeux emplis de larmes du bambin s'écarquillèrent et il posa sa petite main sur la vitre en une supplique muette.

— Oui. Je vais vous sortir de là, cria-t-il. Je vais devoir casser la vitre. Couchez-vous.

Les doigts ankylosés sous ses gants, il saisit une lourde pierre, fit exploser la vitre, et débarrassa rapidement l'encadrement des éclats de verre qui s'y accrochaient encore.

— Allons-y, dit-il.

Rapidement, Caroline aida Danny à se hisser hors de la voiture. Wesley le récupéra de l'autre côté et le porta jusqu'à la rive.

— Reste-là, dit-il. Je vais chercher ta maman.

Lorsqu'il revint à la voiture, Caroline avait déjà commencé à se contorsionner hors de l'étroite ouverture, la tête la première, et il n'eut plus qu'à la réceptionner dans ses bras.

Ils s'agrippèrent l'un à l'autre avec une ferveur telle que les mots étaient inutiles.

Mais il était trop tôt encore pour se réjouir. La tempête gagnait en intensité, et ils devaient encore rejoindre la route.

Tremblant et respirant avec peine, ils attaquèrent la difficile ascension, en se demandant s'ils parviendraient jusqu'à la jeep avant d'être transformés en statues de glace.

Très vite, Wesley dut prendre Danny sur ses épaules,

tandis que Caroline essayait vaillamment d'avancer malgré ses chutes répétées.

C'était un calvaire.

Chaque fois qu'il regardait vers le haut de la falaise, Wesley avait l'impression que le sommet reculait.

Sa vision se brouillait, et il commençait à perdre espoir quand il crut apercevoir des phares à travers le rideau de neige.

Puis il entendit un cri.

Ses cils étaient si alourdis de neige qu'il distinguait à peine la silhouette sombre qui dévalait la pente à leur rencontre.

— Tenez bon, j'arrive !

Wesley reconnut la voix de Tim avant que ce dernier soit assez près pour qu'il l'identifie.

Jamais il n'avait été aussi soulagé, et ce fut avec un soudain regain de force qu'il porta Danny sur les derniers mètres.

Ils étaient plus près de la route que Wes ne le pensait, et en quelques minutes ils furent au chaud dans la cabine de l'énorme pick-up qui servait pour la chasse et le ravitaillement.

Transis de froid, ils s'enveloppèrent dans tout ce qu'ils purent trouver : couvertures, vestes matelassées…

Danny se mit à gémir lorsque Caroline le serra contre elle. Il ne cessait de grelotter et son visage était livide.

— Je vous emmène à l'hôpital, déclara Tim d'un ton qui fit comprendre à Wesley qu'il n'avait pas son mot à dire.

15

Le Dr Richard Boyd, un séduisant quinquagénaire à la silhouette athlétique et au teint hâlé par les sports de plein air, était un ami de Wesley. Il tomba des nues lorsqu'il le vit arriver aux urgences.

— Wes! Mais qu'est-ce qui t'est arrivé?

— Oh, trois fois rien. J'ai eu envie de me baigner dans la rivière. Mais occupe-toi des autres, moi je vais bien.

— Je préfère quand même t'examiner pendant qu'on s'occupe de tes amis.

Il fit signe à son équipe et, en un ballet bien orchestré, Caroline et Danny disparurent de leur côté tandis qu'une infirmière prenait Wesley en charge.

Il fut rapidement débarrassé de ses vêtements mouillés, séché et enveloppé dans une couverture chauffante, puis Boyd réapparut.

— Tu as de la chance, déclara-t-il après avoir procédé à quelques examens. Mais tu n'es pas passé loin de la catastrophe.

— Comment vont Caroline et Danny?

— Beaucoup mieux que toi. J'ai entendu dire que tu étais une sorte de héros. Tu t'es jeté dans l'eau glacée pour les sauver.

Le médecin adressa un clin d'œil à Wesley.

— Que ne ferais-tu pas pour une jolie femme?

— Celle-ci est spéciale.

— Oh, vraiment? Eh bien, je suis ravi de l'apprendre. Il serait temps que tu te ranges.

— Je sais.

— En tout cas, elle a eu de la chance que la voiture plonge dans le lit de la rivière plutôt que contre un rocher. Et grâce à l'airbag, elle s'en tire avec quelques simples contusions. Sa blessure à la tête est sans gravité. Quant à l'enfant, il n'a rien.

— Dieu merci, souffla Wesley entre ses dents.

— Il a déjà son petit caractère, remarqua Boyd en souriant. Quand l'infirmière lui a proposé du thé pour le réchauffer, il a dit : « Le thé, c'est pour les mamies. Tu n'aurais pas plutôt du chocolat ? »

— Il est vrai que c'est un phénomène, reconnut Wesley, tout en s'interdisant de penser qu'il avait failli le perdre.

— J'ai une bonne nouvelle pour toi, déclara Boyd. Vous allez pouvoir sortir dans la journée.

Wesley sentit un élan de panique le gagner.

Qu'allait faire Caroline une fois qu'ils auraient quitté l'hôpital ? Rentrerait-elle avec lui au chalet, ou trouverait-elle un autre moyen de transport pour regagner Denver ?

— Surtout, il faut que vous restiez tous bien au chaud, recommanda le médecin. Et compte tenu de votre fatigue, je préférerais que vous passiez la nuit à Telluride. D'ici là, le temps se sera peut-être amélioré.

Wesley hocha la tête. De toute façon, il ne se sentait pas la force de faire la route jusqu'au chalet.

— Il faut que je parle à Tim, dit-il.

— Le pauvre type est en train de faire les cent pas dans le couloir. Je vais lui dire que tu veux le voir.

Lorsque Tim apparut quelques minutes plus tard, il semblait anxieux.

— Comment allez-vous ? demanda-t-il.

— Bien. Caroline et Danny aussi. Nous allons pouvoir sortir cet après-midi.

— Ah, tant mieux !

Il relâcha son souffle.

— Vous m'avez fait une de ces peurs ! J'ai appelé Stella pour lui expliquer ce qui s'était passé. Elle n'en revenait pas ! En fait, elle ne s'était même pas rendu compte que Caroline avait quitté le chalet. Elle m'a passé un de ces savons pour ne pas l'avoir retenue !

Il secoua la tête.

— Je suis désolé. J'ai vraiment été en dessous de tout.

— Ce n'est pas votre faute, Tim. D'ailleurs, je n'aurais pas dû vous parler comme je l'ai fait. Et merci d'être venu, en tout cas. Pouvez-vous appeler l'hôtel Stonehaven et réserver des chambres pour nous tous cette nuit ? Ah oui, et appelez le chalet pour demander à Dexter et à un des hommes d'aller récupérer la jeep dès que le temps le permettra.

— Stella voudra savoir si vous rentrez demain.

— Je ne sais pas encore.

Il ne pouvait pas dire à Tim que tout dépendait de la décision de Caroline. Il était fort possible qu'elle insiste pour qu'il la conduise à Denver comme elle l'avait prévu…

Pour le moment, la seule chose dont il était certain, c'était qu'il était prêt à faire toutes les concessions pour améliorer la situation.

Lorsque le médecin vint annoncer à Caroline qu'ils pourraient sortir tous les trois dans le courant de l'après-midi, elle en fut à la fois surprise et soulagée.

— J'en déduis que Wesley va bien, dit-elle.

Elle s'était terriblement inquiétée pour lui.

Le temps qu'ils arrivent à Telluride, il ressemblait à un cadavre. Tout le sang semblait s'être retiré de son visage, ses lèvres étaient bleues et son regard vitreux.

— Oui, il n'y a plus rien à craindre. Mais à une heure près, je ne donnais pas cher de lui. C'est un homme courageux.

Il la regarda comme s'il avait envie d'ajouter quelque chose, mais il se contenta de sourire et quitta la pièce.

Caroline était profondément touchée que Wesley ait choisi de courir un tel danger pour les sauver. Il fallait un courage hors du commun pour dévaler ainsi la montagne et plonger dans l'eau glacée.

Jamais elle n'oublierait la façon dont il avait lutté pour gravir la falaise en portant Danny sur ses épaules.

Et dire que tout cela était arrivé par sa faute !

En songeant à sa propre inconscience, les larmes lui montèrent aux yeux.

— Pourquoi tu pleures, maman ? lui demanda Danny, inquiet.

Elle déglutit avec peine.

— Parce que je suis tellement heureuse d'être ici.

— Eh ben, pas moi. J'aime pas cet hôpital.

— Je sais, mais nous allons bientôt sortir.

— On va retourner à la maison de Cassie ? demanda l'enfant d'un ton plein d'espoir.

— Je... je ne crois pas.

— Où on va aller ?

Elle cherchait une réponse quand Wesley entra dans la pièce. Apparemment, il avait entendu la question de Danny.

— Si nous allions dans un bel hôtel, avec une piscine bien chauffée ?

— Oh, oui ! On peut, dis, maman ?

Avec ces deux visages attentifs tournés vers elle, et sachant qu'elle avait besoin de temps pour faire le point, la réponse était toute trouvée.

L'hôtel Stonehaven était un immeuble de pierre rose au charme désuet, avec ses tourelles très « vieille Europe » et ses balcons de fer ouvragé.

Wesley y avait séjourné à plusieurs reprises et, dès qu'il se présenta à la réception, il eut le plaisir d'apprendre que sa suite préférée était libre.

Tim, qui avait des amis dans la région, déclina l'offre de Wesley de séjourner à l'hôtel.

— Je passerai vous voir demain matin. Vous aurez sans doute pris une décision d'ici là. J'ai promis de prévenir Stella dès que je saurais quelque chose, et je parie qu'elle est en train de ronger son frein. Je suis sûr qu'elle serait déjà ici si le temps le permettait.

Caroline ignora le regard interrogateur que lui lança Tim. Elle se doutait que Stella ne devait pas être ravie de son départ précipité, mais pour le moment elle avait d'autres préoccupations.

Ils avaient tout perdu dans l'accident et, dans la panique,

elle n'avait même pas pensé à récupérer la boîte métallique contenant les papiers de Danny.

L'hôpital avait fait sécher leurs vêtements, et ils avaient heureusement quelque chose à porter pour le moment, mais il lui restait d'autres détails à régler : faire éditer une nouvelle carte de crédit, prévenir l'assurance pour la voiture...

Compte tenu du miracle qu'avait été leur sauvetage, cela pouvait sembler bien insignifiant, et pourtant elle se sentait soudain submergée par la tâche.

Elle n'avait échangé que quelques mots avec Wesley durant le trajet jusqu'à l'hôtel, et ce fut dans un silence gêné qu'ils entrèrent dans le hall.

Il se dégageait une élégance délicieusement surannée des hauts plafonds à caissons, du sol de marbre noir et blanc ponctué de tapis aux chaudes tonalités de rouge, des lustres en cristal, des canapés de cuir capitonné à l'anglaise et du grand escalier. En professionnelle de la décoration, Caroline ne put qu'admirer cette ambiance de bon ton et nota quelques détails qu'elle pourrait réutiliser.

Elle fut tout aussi séduite par la suite dotée d'un balcon privatif et de cheminées dans toutes les pièces.

Du luxueux salon aux chambres décorées avec un goût exquis, jusqu'à la salle de bains de marbre, tout évoquait les plus grands palaces européens qu'elle avait pu admirer dans les magazines.

Même si elle avait été au mieux de sa forme, elle se serait sentie un peu déplacée dans un tel endroit. Compte tenu des circonstances, les efforts qu'elle devait fournir pour paraître à l'aise l'épuisaient. Danny, en revanche, se sentait comme chez lui et courait d'une pièce à l'autre.

— Je pense que vous pourriez prendre cette chambre avec Danny, proposa Wesley.

La pièce décorée dans des tons vert pâle et mauve était assurément plus féminine que l'autre, et Caroline hocha la tête sans discuter.

— J'ai l'habitude de prendre celle qui se trouve de l'autre côté du salon.

Et celle-ci était sans doute réservée à ses conquêtes, ne put s'empêcher de songer Caroline avec un pincement au cœur.

— Je crois que je vais prendre un bain et me reposer, dit-elle, en tournant la tête pour dissimuler les larmes qui lui montaient aux yeux.

— Excellente idée.

— Je veux aller nager, intervint Danny.

— Plus tard, lui dit Wesley. Toi et moi, nous allons aller faire des courses pendant que ta maman se repose. Je suis sûr que tu trouveras un ou deux jouets à ton goût dans la boutique de cadeaux.

— Je pourrai en prendre un pour Cassie ?

— On verra, répondit-il en cherchant le regard de Caroline.

Elle ignora son haussement de sourcils interrogateur.

Que ce soit sur le plan émotionnel ou physique, elle n'était pas prête à décider de la suite. Il restait encore trop de points non résolus entre eux.

Les yeux de Danny brillaient d'excitation, et elle devina que Wesley aurait bien du mal à lui résister.

Elle serra son fils dans ses bras.

— Sois gentil.

Danny hocha la tête et sautilla jusqu'à la porte.

— Reposez-vous bien, dit Wesley en passant un bras autour de sa taille.

Prenant appui contre lui, elle se laissa gagner par le réconfort que lui offrait cette étreinte.

Soudain, toutes ses défenses s'effondraient. C'était si bon de pouvoir s'en remettre à quelqu'un après avoir dû se battre seule pendant des années. Wesley était si fort, si rassurant...

Et pourtant, elle ne pouvait pas se permettre de lui faire confiance. Trop de choses restaient encore à élucider.

— Viens ! s'exclama Danny avec impatience.

Et comme Wesley n'obéissait pas assez vite, il le tira par la main.

— D'accord, cow-boy.

Avant de suivre l'enfant, il prit le temps de déposer un baiser léger sur le front de Caroline, qui en fut profondément troublée.

Dans un état second, elle entendit le bavardage joyeux de

son fils tandis qu'ils refermaient la porte derrière eux. Puis le contrecoup de l'expérience traumatisante qu'elle venait de vivre se fit sentir, elle s'effondra en larmes.

Lorsqu'elle se fut ressaisie, elle alla prendre une douche, et se laissa masser par le jet. Peu à peu, son corps se détendit, et elle sentit la tension qui nouait ses muscles se relâcher. Après s'être enveloppée dans le peignoir douillet de l'hôtel, elle se glissa dans le grand lit au confort moelleux. La chaleur et la douceur du linge de lit l'enveloppèrent comme un cocon, et elle ne tarda pas à s'endormir.

Il faut que je trouve Danny!
Wesley ne le ramènera pas!

Elle courait éperdument de pièce en pièce. La suite était un labyrinthe de portes qui débouchaient sur des murs.

Lorsqu'elle parvint enfin à trouver celle qui ouvrait sur le hall, une multitude d'escaliers se dressaient devant elle.

Elle montait les marches à la volée, courait le long d'étroits corridors, descendait d'autres marches en hurlant : *il a volé mon fils! Il a volé mon fils!*

Caroline se réveilla brusquement, et s'assit dans le lit, couverte de sueur.

Le cœur battant à tout rompre, en proie à un terrible pressentiment, elle se précipita dans le salon.

Vide.

Le seul bruit qu'elle percevait était le tapotement des flocons qui s'écrasaient sur la vitre, et le tic-tac lancinant de la pendule.

Deux heures s'étaient écoulées depuis que Wesley était parti avec Danny.

Il fallait qu'elle les trouve.

Revenant vers la chambre, elle s'habilla à la hâte. Elle terminait d'enfiler ses bottes quand elle entendit un grand fracas dans le hall.

Le temps qu'elle atteigne la porte, celle-ci s'ouvrit sur un bataillon de grooms chargés de paquets et de sacs.

Se frayant un passage dans cette marée humaine, Danny se rua vers elle en criant :

— Surprise ! Regarde tout ce qu'on a acheté. Il y a plein de trucs.

Médusée, Caroline regarda Wesley distribuer des pourboires aux employés, tandis que Danny commençait à éventrer les paquets.

Lorsque tout le monde fut parti, il vint jusqu'à elle et lui prit la main.

— Vous pourrez compléter s'il vous manque quelque chose, mais je crois que j'ai paré au plus pressé.

Malgré ses efforts pour se contrôler, les larmes se mirent à couler sur ses joues.

Une expression alarmée apparut sur le visage de Wesley.

— Quelque chose ne va pas ? Vous voulez retourner à l'hôpital ?

Tandis qu'elle secouait frénétiquement la tête, il la prit dans ses bras.

— Je n'aurais pas dû vous laisser seule.

— Non, ça va, je vous assure. J'ai seulement fait un cauchemar.

— C'est bien compréhensible. Une autre femme que vous serait devenue hystérique.

Il lui caressa la joue du bout des doigts, et pendant un long moment leurs regards restèrent prisonniers l'un de l'autre.

— Et si on buvait quelque chose ? proposa-t-il d'une voix soudain enrouée.

Trop émue pour parler, elle se contenta de hocher la tête.

Tandis qu'il se dirigeait vers le bar dissimulé dans un meuble en marqueterie, elle prit place sur le canapé et regarda les nouveaux jouets que Danny avait commencé à déballer.

Wesley s'assit à côté d'elle et passa un bras autour de ses épaules.

— J'ai pensé que vous n'auriez pas envie de sortir, et j'ai demandé qu'on nous fasse monter le dîner. Mais peut-être pourrons-nous revenir une prochaine fois pour profiter des charmes de Telluride.

Il chercha son regard.

— Y aura-t-il une prochaine fois ?

Un léger coup frappé à la porte évita à Caroline de répondre.

Danny ne tenait pas en place, et il monopolisa bruyamment la conversation durant le repas.

Lorsqu'il commença à se frotter les paupières, Caroline saisit la balle au bond.

— Il est temps d'aller se coucher, dit-elle avec fermeté. Dis bonsoir à Wesley.

— On pourra aller nager, demain ?

— Peut-être. On verra.

— D'accord.

A la grande surprise de Caroline, Danny alla déposer un baiser sur la joue de Wesley.

— Merci de nous avoir sauvés.

Après l'avoir couché, Caroline attendit quelques minutes pour s'assurer qu'il s'était endormi, puis elle retourna dans le salon.

Durant tout le repas, Wesley avait saisi toutes les occasions pour la toucher, et elle avait parfaitement conscience de l'exaltation sensuelle qui flottait dans l'air.

Elle le rejoignit devant la fenêtre, et pendant un long moment ils observèrent en silence le paysage hivernal.

Le soleil se couchait, et par-delà les faubourgs de la ville, l'obscurité recouvrait déjà les contreforts de la montagne. Mais les cimes enneigées baignaient encore dans une lumière flamboyante, tandis que quelques nuages laiteux bordés de rouge semblaient jouer à cache-cache dans le ciel.

— C'est magnifique, murmura-t-elle d'une voix serrée par l'émotion.

— Savez-vous combien j'ai eu peur de vous perdre aujourd'hui ? Et ça aurait été entièrement ma faute.

— Non, protesta-t-elle en se tournant vers lui.

— C'est pourtant la vérité. Mon obsession vous a poussée à fuir. Je vous en prie, pardonnez-moi.

Il lui prit le menton et plongea son regard dans le sien.

— Je suis prêt à faire tout ce que vous voudrez, à accepter le rôle que vous voudrez bien me donner dans votre vie. Mais, je vous en supplie, ne me séparez pas de Danny.

— Je ne pourrais jamais faire une chose pareille. Plus maintenant.

— Je t'aime, murmura-t-il, adoptant soudain le tutoiement. Je t'en prie, laisse-moi prendre soin de toi.

Pendant un long moment, Wesley et Caroline se contemplèrent gravement.

Comment aurait-elle pu résister à ces prunelles brûlantes, au souffle de cet homme sur ses cheveux ?

Sous l'intense chaleur de ses paumes, quelque chose se relâcha en elle. Fermant les yeux, elle se laissa aller contre le corps de Wesley, en proie à une exaltation proche de l'ivresse, et répondit avec fièvre à ses baisers.

La chambre au silence feutré, baignée de la lumière chatoyante du feu qui pétillait dans l'âtre, était devenue un monde à part qui n'appartenait qu'à eux. Plaquée contre le corps dur et vigoureux de Wesley, blottie dans sa chaleur, son odeur enivrante, Caroline se découvrait de nouveau femme.

Il y avait si longtemps qu'elle ne s'était pas livrée au pur bonheur des sens ! Les mots d'amour que lui murmurait Wes étaient comme un baume sur ses blessures secrètes, et la tendresse de son étreinte la bouleversait.

Plus tard, lorsque comblée de plaisir elle reposa sa tête sur l'épaule de Wesley tandis qu'il la berçait doucement dans ses bras, elle comprit qu'elle avait trouvé en lui son destin, la signification et le but de son existence.

Avec un profond soupir, elle ferma les yeux, se blottit plus étroitement contre lui, et sombra dans un profond sommeil.

16

Un soleil éblouissant inondait la pièce de lumière lorsque Caroline ouvrit des yeux égarés.

Elle était allongée sur un lit inconnu, dans une chambre inconnue.

Il lui fallut quelques secondes pour se rappeler où elle était, et ce qui s'était passé la veille.

Et puis le souvenir de ces heures magiques et tendres à tenter vainement de se rassasier l'un de l'autre lui revint.

Tournant la tête, elle découvrit que Wes s'était levé. Seuls l'empreinte de sa tête dans l'oreiller et le froissement des draps attestaient de sa présence.

Quelques minutes plus tard, elle entendit un murmure de voix et le rire haut perché de Danny.

Jetant un coup d'œil à la pendulette sur la table de chevet, elle fut surprise de constater à quel point il était tard.

Ses vêtements étaient encore entassés au pied du lit, là où elle les avait laissés la veille, mais un splendide peignoir de satin avait été déposé sur une chaise.

Avec un sourire, elle se leva et enfila le luxueux vêtement. La sollicitude de Wesley l'émouvait d'autant plus qu'elle n'avait pas été habituée à être traitée de cette manière. Thomas était un homme adorable, mais il était trop pris par son métier pour penser à ce genre d'attentions.

Lorsqu'elle ouvrit la porte de sa chambre, elle fut surprise de découvrir que Danny était déjà habillé. Le petit déjeuner attendait sur un chariot déposé par le service de chambre, et Wesley essuyait des moustaches de chocolat sur la bouche du petit garçon.

Un peu gênée, elle esquissa un timide sourire.

— Bonjour.

— Tu as dormi tard, remarqua Danny.

— Mais cela te réussit, dit Wesley en se levant. Tu es très en beauté, ce matin.

Passant un bras autour de sa taille, il effleura ses lèvres d'un baiser.

—.Comment te sens-tu, ma chérie ?

Se laissant envahir malgré elle par la délicieuse sensation de sa paume chaude au creux de sa taille, elle jeta un regard embarrassé vers Danny, que la situation ne semblait pas déranger le moins du monde.

— Je crois qu'un café me ferait le plus grand bien, dit-elle en s'écartant.

— Wes a dit qu'on pourrait aller nager, ce matin, l'informa Danny.

— Si ta mère est d'accord, s'empressa de corriger Wesley.

— On verra, dit-elle.

Après lui avoir servi un café et présenté un assortiment de viennoiseries, Wesley remarqua :

— Le bulletin météo est encourageant. Le temps commence à se réchauffer, et d'ici à cet après-midi, les routes devraient être dégagées.

Il chercha son regard.

— Nous pourrions rentrer au chalet après le déjeuner, si tu…

Elle savait qu'il lui demandait si elle rentrait au chalet avec lui.

La question ne se posait même pas. Elle l'aimait, et il le savait.

— Nous devrions peut-être passer à l'hôpital avant de quitter Telluride, suggéra-t-elle d'un ton très calme.

Une expression inquiète apparut aussitôt sur le visage de Wesley.

— Pourquoi ? Quelque chose ne va pas ?

— Je n'en sais rien. C'est ce que nous devons vérifier. J'avais envie de demander au Dr Boyd ce qu'il pense de ce test ADN que tu réclames.

La réaction de Wesley ne fut pas du tout celle qu'elle

attendait. Loin de se réjouir de sa proposition, il semblait au contraire sur le point de la décliner.

Il jeta un coup d'œil vers Danny qui avait quitté la table pour aller jouer.

— Nous devrions peut-être laisser les choses comme elles sont pour le moment.

Elle comprit alors qu'il avait peur de connaître la vérité. Quant à elle, elle savait qu'elle n'avait rien à redouter de cet examen. Le résultat démontrerait l'absence de lien de parenté entre Wesley et Danny. Il ne pouvait pas en être autrement.

Ou alors, cela voudrait dire que Thomas lui avait menti, et jamais il n'aurait pu faire une chose pareille.

— Je ne crois pas que ce soit une bonne idée, dit-elle. Le doute subsistera toujours entre nous, et notre relation finira par se dégrader.

Après un long silence, il hocha la tête.

— Très bien. Je vais appeler Richard et fixer un rendez-vous pour cet après-midi. Ensuite, nous rentrerons au chalet.

— Youpi ! s'écria Danny. J'ai hâte de montrer tous mes jouets à Cassie.

Soudain, il afficha une moue attristée.

— Elle va pas être contente quand elle va voir qu'on n'a rien pris pour elle.

— Tu crois ? demanda Wesley avec le plus grand sérieux.

— Je suis sûr qu'elle aimerait bien la poupée indienne qu'on a vue.

— Très bien. Alors nous lui en achèterons une.

Il adressa un clin d'œil à Caroline.

— Je crois que Cassie a trouvé quelqu'un pour veiller sur elle.

Se penchant pour l'embrasser, il ajouta :

— Exactement comme je vais veiller sur toi.

Tandis que Danny s'amusait avec Wesley à la piscine, Caroline rassembla tous leurs achats dans ses nouveaux bagages.

Après le déjeuner, ils quittèrent l'hôtel comme prévu et se rendirent à l'hôpital.

Contrairement aux craintes de Caroline, il n'y eut pas de prise de sang, mais un simple prélèvement buccal, et l'ensemble de la procédure dura à peine quinze minutes.

— Nous allons envoyer les échantillons à un laboratoire de Denver, expliqua l'infirmière qui s'était occupée d'eux. En général, il faut attendre une semaine pour avoir les résultats.

— Si longtemps ? protesta Wesley. Il n'y a pas un moyen d'accélérer la procédure ?

— Malheureusement non.

Caroline glissa sa main dans celle de Wes.

— Ce n'est pas grave. Nous pouvons attendre.

— Je suppose que oui, dit-il en esquissant un sourire crispé.

Puis il se tourna vers Danny.

— Et maintenant, que dirais-tu d'aller déguster un gros gâteau au chocolat pour se remettre de ces émotions ?

Au volant du pick-up, Wesley savourait le plaisir de conduire sur une route parfaitement dégagée.

Il avait un accord avec une entreprise de Telluride, et chaque fois qu'une tempête se déclenchait, un chasse-neige venait dégager l'accès jusqu'à la route nationale. Par ailleurs, il avait fait envoyer une dépanneuse par la route de la vallée pour sortir de la rivière la voiture de Caroline.

Lorsqu'ils atteignirent l'endroit où il avait abandonné sa jeep, il vit qu'elle n'y était plus. Visiblement, ses ordres avaient été suivis.

Assise à côté de lui sur le siège passager, tandis que Tim avait pris place à l'arrière avec Danny, Caroline ne cessait de tendre le cou vers le précipice.

— Nous sommes déjà passés, dit-il gentiment, en devinant ce qui la préoccupait.

— Si tu n'avais pas été juste derrière nous…

— Mais c'était le cas. Et vous êtes tous les deux sains et saufs, c'est tout ce qui compte.

Elle hocha la tête, mais son visage était livide, et il comprit qu'elle repensait à l'accident.

C'était un souvenir affreux qui sans nul doute resterait longtemps gravé dans sa mémoire.

Un soleil radieux éclairait la surface gelée du lac quand ils le longèrent, et Wesley voulut y voir un heureux présage. Il n'avait pas besoin de connaître le résultat du test ADN pour savoir que Danny était son fils. Quant à Caroline, il espérait qu'elle le vivrait le mieux possible, et que cela ne gâcherait pas leur relation.

Il eut à peine le temps de freiner devant le chalet que la porte s'ouvrit, laissant apparaître une Stella surexcitée.

— Je l'ai appelée en quittant l'hôpital, avoua Tim en riant. Et je vous parie qu'elle nous guettait derrière la fenêtre depuis une demi-heure.

Caroline n'eut pas le temps de poser la main sur la poignée que déjà Stella lui ouvrait la portière.

Le soulagement de la jeune femme était si évident qu'elle ne put s'empêcher d'éprouver un peu de culpabilité. Elle s'était toujours enorgueillie d'aller jusqu'au bout de ce qu'elle entreprenait, et d'entretenir des relations de franchise avec son entourage.

Laisser tomber les autres ne lui ressemblait pas, et elle n'était pas fière d'avoir ainsi pris la fuite.

Lorsqu'elle descendit de voiture, Stella détailla ouvertement l'ensemble pantalon de daim fauve que Wesley avait acheté pour elle.

— Quelle jolie tenue ! Vous avez fait des achats ?

— Wes nous a acheté plein de trucs, se vanta Danny. Et on a pris une poupée pour Cassie.

— Je suis ravie que tout se soit bien terminé, remarqua Stella sans parvenir à dissimuler une grimace pincée. Lorsque Tim m'a appris ce qui était arrivé, mon sang s'est glacé. Heureusement que Tim est venu à votre secours.

Son regard passa de Caroline à Wesley, comme si elle essayait de déterminer ce qui s'était passé entre eux.

Elle eut la réponse lorsque Wesley se tourna vers Tim.

— Soyez gentil de monter tous les bagages dans ma suite. Caroline et Danny s'installent avec moi.

Tim hocha la tête, comme si ce n'était pas une surprise pour lui, avant de disparaître avec une série de valises.

Lorsqu'ils entrèrent dans la salle à manger, Caroline eut la surprise de voir Trudie sortir précipitamment de la cuisine en s'essuyant les mains sur son tablier.

— Dieu merci, s'écria la cuisinière en la serrant dans ses bras. Je me suis sentie tellement responsable quand j'ai appris ce qui vous était arrivé. J'aurais dû vous empêcher de quitter la maison par ce temps. Est-ce que vous allez bien ? Et Danny ?

Stella s'interposa avant que Caroline ne puisse répondre.

— Ils vont parfaitement bien, ne le voyez-vous pas ? remarqua-t-elle sèchement.

— Vous avez faim ? demanda Trudie, sans se formaliser de cet accès d'humeur. Je peux vous préparer quelque chose rapidement...

— Ce ne sera pas la peine, Trudie, merci, dit Wesley. Nous avons déjeuné avant de quitter l'hôtel. Mais nous prendrons sans doute un rafraîchissement tout à l'heure.

— Je veux voir Cassie, dit Danny, qui tenait sous le bras la boîte contenant la poupée destinée à son amie.

— Quand nous aurons fini de nous installer, dit Caroline avec fermeté.

Danny afficha une moue boudeuse jusqu'à ce qu'ils entrent dans la suite de Wesley.

— Quelle chambre veux-tu ? demanda ce dernier. Lorsque Cassie reste dormir ici, elle aime bien celle qui se trouve à côté de la cuisine.

Il baissa la voix, adoptant un ton confidentiel.

— Je crois qu'elle en profite pour se lever la nuit et grignoter des gâteaux.

Le visage de Danny s'éclaira.

— Je vais prendre cette chambre-là.

— Tu es un petit malin, toi.

Wesley lui adressa un clin d'œil et le laissa dans la pièce

emplie de jouets. Saisissant alors Caroline par la main, il l'entraîna dans sa chambre et l'embrassa avec fièvre.

Tandis que ses mains remontaient le long du dos de Wesley pour l'attirer plus étroitement contre elle, Caroline eut l'impression de se consumer tout entière dans la passion de cette étreinte. Il y avait entre eux une indéniable alchimie physique, et elle savait qu'ils auraient fait l'amour si Danny n'avait pas été là.

Comme pour confirmer cette pensée, le petit garçon entra en courant dans la chambre, quelques instants après que Wesley se fut écarté en laissant échapper un soupir de frustration.

— Dis donc, il est drôlement grand ton lit, remarqua innocemment Danny en se laissant tomber sur le matelas. C'est super pour sauter dessus.

Joignant le geste à la parole, il se mit à bondir en hurlant de joie.

Devant la mine consternée de Wesley, Caroline dissimula un sourire.

— Et si nous allions apporter sa poupée à Cassie, maintenant ? proposa-t-il. Tu pourrais même rester jouer avec elle une heure ou deux.

Il glissa un regard vers Caroline.

— Si ta maman est d'accord, bien sûr, ajouta-t-il d'un ton faussement innocent.

— Elle est d'accord, répondit l'intéressée avec un sourire complice.

Cassie se jeta dans les bras de son père quand elle le vit entrer, et rit aux éclats tandis qu'il la faisait tournoyer.

— Regarde qui est avec moi, dit-il après l'avoir reposée à terre.

Connaissant sa fille par cœur, il ajouta :

— Danny t'a apporté un cadeau.

— Qu'est-ce que c'est ? demanda la petite fille d'un ton suspicieux.

— Quelque chose que tu aimes, dit Danny en tenant fermement son cadeau.

— Comment tu le sais ?

— Parce que tu me l'as dit.

Lentement, il tendit la boîte, mais resta sur place pour obliger Cassie à venir vers lui.

Wesley eut un sourire. Ce gamin était vraiment malin.

Tandis que Cassie poussait un hurlement de ravissement en découvrant la poupée indienne, Danny adressa à Wesley un sourire triomphant.

— Je te l'avais dit.

Felicia, qui se tenait en retrait jusque-là, voulut savoir si le retour de Caroline et de Danny au chalet était définitif.

— Pour le moment, tout reprend comme avant, dit Wesley d'un ton détaché.

Le regard sombre de la nourrice s'étrécit, comme si elle devinait qu'il ne lui disait pas tout.

— Je sens de grands changements. Quelque chose de sombre plane au-dessus de nos têtes. C'est mauvais, très mauvais.

Wesley, qui ne croyait pas à toutes ces sornettes, leva les yeux au ciel. Promettant de passer prendre les enfants pour le goûter, il s'empressa d'aller retrouver Caroline.

Elle l'attendait étendue sur le lit, le drap couvrant à peine sa sublime nudité. Plus impatient que jamais, il se débarrassa à la hâte de ses vêtements et la rejoignit.

Il aurait voulu prendre son temps, lui faire l'amour lentement, mais il y avait trop longtemps qu'il refrénait son désir. Leurs corps se cherchaient, se reconnaissaient, réclamaient leur dû, se souvenant instinctivement du plaisir déjà éprouvé, jusqu'à ce qu'un incoercible sursaut de volupté les fasse exploser ensemble.

Caroline s'était endormie dans le creux de son bras quand il entendit le téléphone sonner dans son bureau. Hésitant à répondre, il se souvint que Delio lui avait promis un rapport.

Il se leva le plus délicatement possible, enfila son caleçon et alla jusqu'à son bureau.

La voix du détective privé vibrait d'excitation.

— J'ai réussi à prendre contact avec l'ex-femme de George

Goodman, l'avocat qui s'est soi-disant occupé de l'adoption des Fairchild.

— Excellent travail !

— Elle m'a dit qu'il s'était installé au Mexique après leur divorce. Quand je lui ai parlé du dossier sur lequel je travaillais, elle a soudain éprouvé le besoin de soulager sa conscience.

Il reprit son souffle.

— Wes, vous n'allez pas le croire, mais c'est la stricte vérité. Elle m'a juré qu'un jour où il était ivre, son mari a reconnu avoir fait adopter un enfant enlevé à une riche famille. Il disait qu'une femme de cette famille l'avait payé pour enlever le garçon d'un couple d'enfants jumeaux, afin que son propre fils demeure le seul héritier mâle. J'ai pensé que...

Wesley laissa échapper un terrible juron et raccrocha brutalement le téléphone, sans laisser à Delio le temps de finir sa phrase.

Nouant à la hâte la ceinture de son peignoir, Caroline apparut dans l'embrasure.

— Que se passe-t-il, Wes ?

— C'est Stella ! Je vais la tuer de mes propres mains.

Il expliqua à Caroline ce que lui avait appris Delio. Puis ils s'habillèrent rapidement et commencèrent à fouiller le chalet avec le même sentiment d'urgence que s'ils avaient appris la présence d'une bombe à retardement.

Stella semblait avoir disparu.

— Nous devons prévenir Felicia de garder l'œil sur Danny jusqu'à ce que nous la trouvions, dit Caroline d'un ton affolé.

Tandis qu'ils se précipitaient vers l'appartement de la nourrice, elle essaya de décider s'il valait mieux ou non qu'elle reste avec l'enfant pendant que Wesley affronterait sa belle-sœur.

La décision lui échappa quand ils découvrirent que Felicia étaient seule.

— Où sont les enfants ? demandèrent presque à l'unisson Caroline et Wesley.

L'air étonné, Felicia posa lentement son tricot.

— Stella est venue les chercher. J'ai pensé que vous étiez d'accord. Elle a dit qu'elle les emmenait faire du patin à glace sur le lac.

— Du patin à glace ! s'exclama rageusement Wesley. C'est de la folie ! Le lac n'est pas assez gelé à cette période de l'année.

Ils se ruèrent comme des fous hors du chalet et coururent dans la neige.

Leur pire crainte venait de se réaliser.

En contrebas, ils pouvaient distinguer deux petites silhouettes qui se déplaçaient maladroitement à trop grande distance de la rive.

Caroline savait que son fils n'avait pas beaucoup d'équilibre sur des patins. Il n'en avait fait que deux ou trois fois sur un petit lac artificiel que l'un des centres de loisirs de Denver avait créé pour les enfants.

Elle cria son nom tandis qu'ils dévalaient la pente enneigée, mais sa voix s'étrangla dans sa gorge.

Stella se tenait sur la rive, les mains dans les poches, et regardait les deux patineurs malhabiles.

Affolés, Wesley et Caroline se mirent à crier de concert.

— Cassie, arrête-toi !

— Danny, reviens vers le bord !

Les deux enfants se tournèrent dans leur direction, étonnés par ces vociférations, mais il était déjà trop tard.

Avec un craquement lugubre, la glace commença à se fendre derrière eux tandis qu'ils revenaient lentement vers la rive, et Caroline vit avec effroi des pans entiers se décrocher et tomber dans l'eau.

Les deux enfants auraient pu être engloutis tous les deux si la couche de glace plus épaisse en bordure n'avait permis à Wesley de s'avancer à leur rencontre.

— Ramène-les au chalet, cria-t-il à Caroline, avant de se tourner vers Stella.

— Je suis désolée, bredouilla cette dernière en commençant à reculer. Je n'avais pas réalisé que la glace était aussi fine.

— Menteuse !

Il la saisit brutalement par les épaules.

— Tu vas me dire toute la vérité, ou je te jure que je t'étrangle de mes propres mains.

Caroline contenait à grand-peine son impatience tandis qu'elle attendait avec les enfants le retour de Wesley.

Elle était si bouleversée qu'elle pouvait à peine réfléchir. Tout s'était passé tellement vite !

Et pour couronner le tout, elle ne voyait rien par la fenêtre, la vue sur le lac étant masquée par un bosquet de sapins.

Heureusement, Cassie et Danny n'avaient pas conscience du drame qui se jouait. Pas plus qu'ils n'avaient réalisé le danger auquel ils venaient d'échapper. Assis par terre, ils jouaient à un jeu de société et se disputaient en riant avec une innocence enfantine.

Lorsque Wesley revint trois heures plus tard, Caroline était encore mal remise de ses émotions. Elle avait réussi à convaincre les enfants de faire la sieste, et elle faisait les cent pas dans l'appartement, l'esprit encombré de questions sans réponse.

Wesley franchit le seuil en lui ouvrant les bras, et elle courut s'y réfugier avec un soupir de soulagement.

— Tout va bien, dit-il, d'une voix encore tendue. Un agent du FBI de Durango est venu la chercher.

Tandis qu'ils prenaient place sur le canapé, il lui expliqua que Stella avait tout avoué.

— Elle a organisé l'enlèvement car elle avait peur que Shane perde ses droits sur la succession Wainwright, en tant que second garçon sur la liste des héritiers. Elle a demandé à l'un de ses amants, un employé du ranch, d'enlever mon fils. Apparemment, elle croyait qu'il avait tué le bébé, jusqu'à ce qu'elle apprenne que celui-ci avait été adopté.

— Comment l'a-t-elle découvert ?

— Parce que ce salaud a appris qu'il était atteint d'une maladie incurable et a voulu soulager sa conscience sur son lit de mort. Il a alors avoué qu'il avait vendu le bébé à un avocat du Colorado, George Goodman, qui s'était fait une spécialité des adoptions illégales. Elle a ensuite mené son enquête et elle est remontée jusqu'à toi.

Caroline n'en revenait pas. Comment une telle machination avait-elle pu voir le jour ?

— Stella s'est donc rendue à Denver pour te retrouver, continua Wesley, et elle a décidé de finir le travail elle-même.

Caroline se crispa.

— Tu veux dire que…

— Oui, elle a mis le feu à ta maison en espérant que vous n'en ressortiriez pas vivants. Quand elle a vu qu'elle avait échoué, elle a décidé de t'engager comme décoratrice et d'attendre que l'occasion se présente pour mettre au point un accident fatal.

— C'est elle qui a dessiné la carte au trésor !

Un muscle joua dans la mâchoire de Wesley.

— Elle a envoyé les enfants sur ce sentier périlleux en espérant qu'ils feraient une chute. A défaut, elle aurait provoqué un accident au chalet avant que nous ne sachions où ils étaient. Seulement, elle n'avait pas prévu que les petits montreraient la carte à Shane.

— Tu veux dire que chaque minute passée ici mettait la vie de Danny en danger, murmura Caroline, horrifiée.

Wes resserra la pression de son bras autour de ses épaules.

— Apparemment, je vous accordais trop d'attention pour lui laisser l'opportunité de tenter quelque chose. J'ai perturbé son plan sans même le savoir. Quand nous sommes rentrés et que Tim lui a parlé du test ADN, elle a compris qu'elle devait agir vite.

Caroline ferma les yeux en imaginant avec horreur la noyade de deux enfants innocents à cause de la folie de cette femme.

Ils restèrent longtemps silencieux, puisant leur réconfort dans les bras l'un de l'autre, jusqu'à ce que la laideur du monde finisse par n'être plus qu'une lointaine notion.

— Allons vérifier ce que font nos enfants, dit soudain Wesley en reprenant pied dans la réalité. Cassie a toujours eu envie de faire un goûter dans son lit. Qu'en dis-tu ?

— Je suis partante.

Le sourire aux lèvres, ils prirent des paquets de biscuits et des canettes de soda dans la cuisine et s'en allèrent retrouver les enfants dans la chambre.

Les deux bambins de six ans étaient endormis dans les bras l'un de l'autre, tels deux chérubins.

Wesley contempla longuement cette image du bonheur retrouvé. Sa voix était nouée par l'émotion quand il se pencha et secoua doucement ses précieux petits jumeaux.

— Réveillez-vous, mes poussins. Nous avons quelque chose à fêter.

Épilogue

La maison familiale des Wainwright se trouvait à quelques kilomètres de Houston et avait été construite dans la tradition des maisons du Sud, avec colonnes de marbre blanc et portique. La grand-mère de Wes était originaire de Louisiane, et elle avait insufflé ce style raffiné aux vastes prairies du Texas quand elle avait épousé son grand-père.

— Après notre mariage, tu auras sans doute envie de la redécorer selon tes goûts, fit remarquer Wesley tandis qu'il lui offrait un tour complet de la propriété. Mes parents n'y ont presque pas touché.

— C'est magnifique, protesta Caroline. Je ne vois pas ce que je pourrais changer. L'harmonie de style et de couleur est parfaite.

Elle avait peine à croire que, dans quelques jours, elle deviendrait la maîtresse des lieux, au lieu de se contenter d'être une visiteuse aux yeux ébahis.

— Pamela ne s'est jamais sentie à l'aise dans cette maison et préférait vivre à Houston. Le ranch se trouve à quinze kilomètres d'ici, et l'habitation en elle-même est assez rustique. C'est là que Stella et Shane avaient choisi de vivre...

Une lueur de tristesse passa dans son regard.

— J'ai acheté à Shane des terrains voisins où il pourra développer son propre élevage s'il le souhaite, et je lui fournirai également le personnel. Si en revanche il décide de reprendre ses études, je prendrai tout en charge.

Sa voix se brisa.

— Je ne comprends pas comment Stella a pu se mettre en tête que j'abandonnerais mon neveu.

Emue par sa tristesse, Caroline remarqua d'une voix douce :

— La jalousie est un terrible poison.

La semaine avait été difficile pour Wesley avec l'enquête du FBI, l'emprisonnement de Stella, et la fermeture du chalet. Le seul point positif était le résultat des tests ADN prouvant sa paternité. Ils le savaient déjà, mais c'était un élément de plus à verser au dossier.

Quant à elle, il lui était encore difficile d'admettre que Thomas lui avait menti à propos de leur bébé. Peut-être s'était-il contenté de répéter l'histoire que lui avait racontée George Goodman, mais peut-être aussi en savait-il plus qu'il ne l'avait prétendu. En tout cas, elle espérait qu'il était en paix à présent et que, de là où il était, il se réjouissait de son nouveau bonheur.

Vêtue d'une élégante robe de satin rose poudre, Caroline souriait à son reflet dans le miroir en pied de son boudoir. Les boucles d'oreilles en diamant que Wesley lui avait offertes pour officialiser leurs fiançailles brillaient de mille feux, et un splendide solitaire ornait son annulaire.

— Vous êtes absolument splendide ! s'exclama Betty McClure.

Jim et elle étaient arrivés la veille de Denver pour être ses témoins.

— Et vous, alors, répliqua Caroline en admirant la jolie robe de mousseline bleu pâle imprimée de motifs discrets que portait son amie. Je suis tellement heureuse que vous soyez là.

Emues, les deux femmes se firent une longue accolade.

— Oh, dit Betty en entendant résonner la musique dans le grand hall d'honneur. Je crois qu'il faut y aller. J'espère que Cassie et Danny ne feront pas de bêtises. Quant à Shane, il ne tient plus en place.

— Je suis tellement heureuse que Wes lui ait demandé d'être son garçon d'honneur, dit Cassie. Il a besoin de soutien et d'une forte présence masculine.

— Je suis sûre que les choses s'arrangeront, dit Betty en

lui tendant son bouquet de roses ivoire. Venez, il ne faudrait pas faire attendre le marié.

Emue, elle déposa un baiser sur la joue de Caroline.

— N'est-ce pas incroyable comme la vie nous réserve parfois de belles surprises ?

— C'est vrai, approuva Caroline, les larmes aux yeux.

Alors qu'elle descendait l'imposant escalier de marbre, une joie immense envahit son cœur lorsqu'elle aperçut ses enfants qui l'attendaient en se tenant par la main, heureux et complices. Lorsque Wesley leur avait appris qu'ils étaient frère et sœur, la crise redoutée n'avait pas eu lieu. Cassie avait tapé dans ses mains, et Danny leur avait offert son plus beau sourire.

Se jouant de tous les obstacles, le destin les avait réunis.

Ils formaient une vraie famille, à présent.

Retrouvez ce mois-ci
dans votre collection

BLACK 🌹 ROSE

Amour + suspense = Black Rose

HARLEQUIN
www.harlequin.fr

OFFRE DE BIENVENUE

Vous êtes fan de la collection Black Rose ?
Pour prolonger le plaisir, recevez gratuitement

◆ 2 romans Black Rose gratuits ◆
et 2 cadeaux surprise !

Une fois votre colis de bienvenue reçu, si vous souhaitez continuer à recevoir nos romans Black Rose, cela se fera automatiquement. Vous recevrez alors chaque mois 3 volumes doubles inédits de cette collection au tarif unitaire de 7,40€ (Frais de port France : 1,95€ - Frais de port Belgique : 3,95€).

➡ **ET AUSSI DES AVANTAGES EXCLUSIFS :**

➡ **LES BONNES RAISONS DE S'ABONNER :**

Aucun engagement de durée ni de minimum d'achat.
◆
Aucune adhésion à un club.
◆
Vos romans en avant-première.
◆
La livraison à domicile.

Des cadeaux tout au long de l'année.
◆
Des réductions sur vos romans par le biais de nombreuses promotions.
◆
Des romans exclusivement réédités notamment des sagas à succès.
◆
L'abonnement systématique et gratuit à notre magazine d'actu ROMANCE.
◆
Des points fidélité échangeables contre des livres ou des cadeaux.

➡ **REJOIGNEZ-NOUS VITE EN COMPLÉTANT ET EN NOUS RENVOYANT LE BULLETIN !**

N° d'abonnée (si vous en avez un) ⎵⎵⎵⎵⎵⎵⎵⎵⎵⎵   IZ5F09 IZ5FB1

Mme ☐ Mlle ☐ Nom : .... Prénom : ....

Adresse : ....

CP : ⎵⎵⎵⎵⎵ Ville : ....

Pays : .... Téléphone : ⎵⎵⎵⎵⎵⎵⎵⎵⎵⎵

E-mail : ....

Date de naissance : ⎵⎵⎵ ⎵⎵⎵ ⎵⎵⎵⎵

☐ Oui, je souhaite être tenue informée par e-mail de l'actualité d'Harlequin.

☐ Oui, je souhaite bénéficier par e-mail des offres promotionnelles des partenaires d'Harlequin.

Renvoyez cette page à : Service Lectrices Harlequin – BP 20008 – 59718 Lille Cedex 9 - France

Vous n'avez pas le temps de lire tous les
romans Harlequin ce mois-ci ?
**Découvrez les 4 meilleurs
avec notre sélection :**

OFFRE DÉCOUVERTE !

Vous souhaitez découvrir nos collections ? Recevez **2 romans gratuits*** et **2 cadeaux surprise !** Une fois votre colis de bienvenue reçu, si vous souhaitez continuer à recevoir nos romans, cela se fera automatiquement. Vous recevrez alors chaque mois vos romans inédits en avant première.

Vous n'avez aucune obligation d'achat et cette offre est sans engagement de durée !

*1 roman gratuit pour les collections Nocturne et Best-sellers suspense. Pour les collections Sagas et Sexy, le 1ᵉʳ envoi est payant avec un cadeau offert

---

☞ **COCHEZ la collection choisie et renvoyez cette page au**
Service Lectrices Harlequin – BP 20008 – 59718 Lille Cedex 9 – France

Collections	Références	Prix colis France* / Belgique*
❏ **AZUR**	ZZ5F56/ZZ5FB2	6 romans par mois 27,25€ / 29,25€
❏ **BLANCHE**	BZ5F53/BZ5FB2	3 volumes doubles par mois 22,84€ / 24,84€
❏ **LES HISTORIQUES**	HZ5F52/HZ5FB2	2 romans par mois 16,25€ / 18,25€
❏ **BEST SELLERS**	EZ5F54/EZ5FB2	4 romans tous les deux mois 31,59€ / 33,59€
❏ **BEST SUSPENSE**	XZ5F53/XZ5FB2	3 romans tous les deux mois 24,45€ / 26,45€
❏ **MAXI****	CZ5F54/CZ5FB2	4 volumes triples tous les deux mois 30,49€ / 32,49€
❏ **PASSIONS**	RZ5F53/RZ5FB2	3 volumes doubles par mois 24,04€ / 26,04€
❏ **NOCTURNE**	TZ5F52/TZ5FB2	2 romans tous les deux mois 16,25€ / 18,25€
❏ **BLACK ROSE**	IZ5F53/IZ5FB2	3 volumes doubles par mois 24,15€ / 26,15€
❏ **SEXY**	KZ5F52/KZ5FB2	2 romans tous les deux mois 16,19€ / 18,19€
❏ **SAGAS**	NZ5F54/NZ5FB2	4 romans tous les deux mois 29,29€ / 31,29€

*Frais d'envoi inclus
**L'abonnement Maxi est composé de 2 volumes Edition spéciale et de 2 volumes thématiques

---

N° d'abonnée Harlequin (si vous en avez un) ⊔⊔⊔⊔⊔⊔⊔⊔⊔⊔⊔⊔⊔

Mᵐᵉ ❏ Mˡˡᵉ ❏   Nom : _____

Prénom : _____   Adresse : _____

Code Postal : ⊔⊔⊔⊔⊔   Ville : _____

Pays : _____   Tél. : ⊔⊔⊔⊔⊔⊔⊔⊔⊔⊔

E-mail : _____

Date de naissance : _____

❏ Oui, je souhaite recevoir par e-mail les offres promotionnelles des éditions Harlequin.
❏ Oui, je souhaite recevoir par e-mail les offres promotionnelles des partenaires des éditions Harlequin.

Date limite : 31 décembre 2015. Vous recevrez votre colis environ 20 jours après réception de ce bon. Offre soumise à acceptation et réservée aux personnes majeures, résidant en France métropolitaine et Belgique, dans la limite des stocks disponibles. Prix susceptibles de modification en cours d'année. Conformément à la loi Informatique et libertés du 6 janvier 1978, vous disposez d'un droit d'accès et de rectification aux données personnelles vous concernant. Par notre intermédiaire, vous pouvez être amenée à recevoir des propositions d'autres entreprises. Si vous ne le souhaitez pas, il vous suffit de nous écrire en nous indiquant vos nom, prénom et adresse à : Service Lectrices Harlequin BP 20008 59718 LILLE Cedex 9. Service Lectrices disponible du lundi au vendredi de 8h à 17h : 01 45 82 47 47 ou 33 1 45 82 47 47 pour la Belgique.

Harlequin® est une marque déposée du groupe Harlequin. Harlequin SA – 83/85, Bd Vincent Auriol – 75646 Paris cedex 13. SA au capital de 1 120 000€ – R.C. Paris. Siret 318671591000069/APE5811Z